NOVELA HISTÓRICA

Clara Pierre

Trovador

Traducción de

ALBERT SOLÉ

PLAZA & JANÉS EDITORES, S.A.

Título original: *Trobadour*

Primera edición: junio, 2000

Printed in Spain – Impreso en España

ISBN: 84-01-35205-3
Depósito legal: B. 22.623 – 2000

Fotocomposición: gama, s. l.

Impreso en A & M Gràfic, S. L.
Santa Perpètua de Mogoda (Barcelona)

L 3 5 2 0 5 3

A la memoria de mis grandes maestros:
Adda B. Bozeman,
Joseph Campbell,
y mis padres

ÍNDICE

TERCERA PARTE
MONDRAGÓN 1202

CUARTA PARTE
COURTHÉZON 1209

AGRADECIMIENTOS

Las investigaciones para esta novela se llevaron a cabo durante mis viajes por el sur de Francia, pero principalmente en París, en el departamento de manuscritos raros de la Bibliothèque Nationale. Allí tuve la gran suerte de que se me permitiera examinar el manuscrito 844 («le Manuscrit du Roi»), un *chansonnier* o compilación de sesenta canciones de trovadores. Está magníficamente transcrito, probablemente por un italiano en algún momento antes de 1300, e incluye miniaturas iluminadas de muchos trovadores así como las partituras de más de la mitad de sus canciones. Aparte de los de Gaucelm, mis traducciones de versos fueron hechas a partir de este manuscrito.

En Béziers, debo agradecer que se me permitiera utilizar la Bibliothèque du Centre International de Documentation Occitane, una biblioteca pequeña pero muy bien surtida.

Este libro ha sido escrito a lo largo de veinte años, por lo que mis fuentes son demasiado numerosas para relacionarlas. Una de ellas, no obstante, debe ser mencionada: la principal edición crítica de la obra de Gaucelm es *Les poèmes de Gaucelm Faidit*, de Jean Mouzat (París, A. G. Nizet, 1965). En ella pueden encontrarse todas las canciones de Gaucelm en su texto provenzal original y traducidas al francés. Mis traducciones se basan en esta fuente. También he de agradecer su apoyo y amistad a Kathleen Anderson, Genia Gould, Corona Machemer y Joy Dunbar.

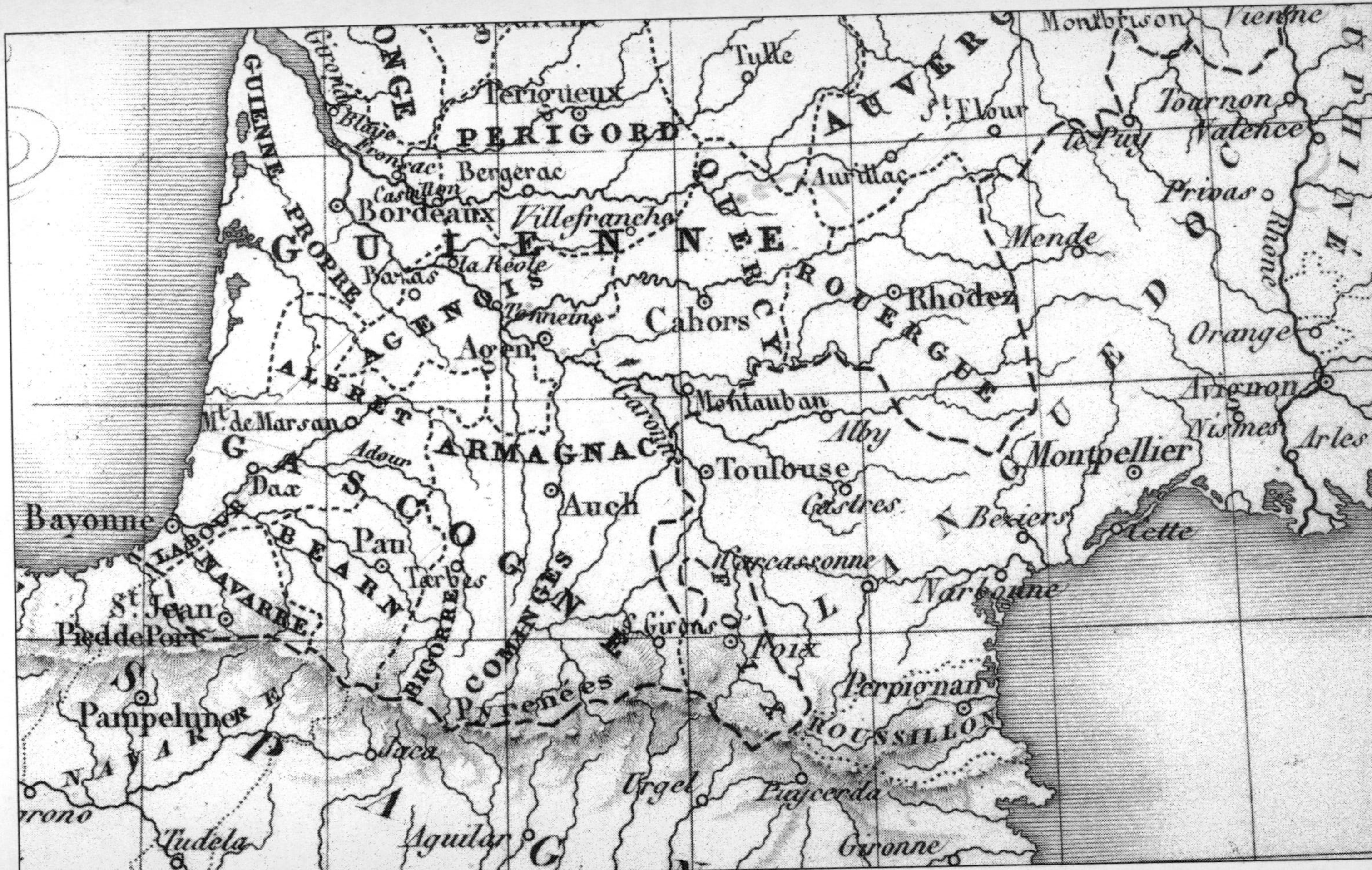
GUIENNE PROPRE
PERIGORD
Perigueux
Bergerac
Bordeaux
Villefranche
La Réole
Bazas
Tonneins
Agen
AGENOIS
ALBRET
Mt. de Marsan
ARMAGNAC
GASCOGNE
Dax
Pau
BEARN
NAVARRE
Bayonne
St. Jean Pied de Port
Tarbes
BIGORRE
COMENGES
Auch
QUERCY
Cahors
ROUERGUE
Rhodez
Tulle
St. Flour
Aurillac
Mende
Montauban
Alby
Toulouse
Castres
Carcassonne
Foix
Narbonne
Beziers
Montpellier
Cette
Nismes
Avignon
Orange
Arles
Privas
Le Puy
Valence
Tournon
Montbrison
Vienne
Rhône
Perpignan
ROUSSILLON
Pyrenées
Pampelune
Tudela
Jaca
Urgel
Puycerda
Aguilar
Garonne

PRIMERA PARTE

TOLOSA

1195-1201

1

EL CAMINO A TOLOSA

El joven Gaucelm cabalgaba hacia el sur a través de un paisaje humedecido por la primavera. Los campos se extendían ante él como paños de terciopelo. En casa, los pastos llenos de rocas sólo mostraban algún que otro retazo de verdor, y en comparación ahora Uzerche le parecía una tierra pobre. Cierto que había cerdos en cada patio y bosques llenos de castaños, pero sus suelos pedregosos y resecos apenas permitían cultivar judías y repollos y no se parecían en nada a aquella parte del país, donde los viñedos cubrían la tierra hasta donde llegaba la vista y muchos días a caballo más allá.

Así que aquél era el corazón del Languedoc, pensó Gaucelm, ese gran país cuya lengua compartía. Allí envejecían los mejores vinos, crecían las más exquisitas peras y ciruelas y se hablaba la más pura lengua del sur, y todo él pertenecía al legendario conde Raimundo de Tolosa. Gaucelm había oído hablar de él en el mismo tono empleado para referirse a lugares de cuentos de hadas como Bretaña o incluso París, donde residía el rey Felipe Augusto, monarca de los pueblos que hablaban la lengua del norte. Pero los dominios del conde Raimundo no eran ninguna tierra lejana. Gaucelm se encontraba a sólo cinco días del hogar —el pueblo de Uzerche, en el Lemosín—, donde muy pocos eran conscientes de su proximidad a las regiones que los rodeaban. Pese al cansancio del viaje, no pudo contener la risa. El «gran mundo», ese lugar del que todos hablaban como si se encontrara en el otro lado de la luna, quedaba a menos de una semana de viaje hacia el sur.

Llevaba tanto rato cabalgando que le dolía todo el cuerpo. Detuvo su montura junto a un árbol caído, probablemente arrancado de cuajo por alguna torrentada primaveral, y olió un hedor fétido procedente de su base. Las raíces habían quedado al descubierto y las pellas de barro y costras de tierra seca que las cubrían hacían pensar en unos dientes sucios.

El joven se dijo que aquel año las lluvias habían sido bastante abundantes para satisfacer la sed de cualquier estación. Las zanjas y las cunetas del camino todavía llevaban agua. Sus ojos recorrieron las viñas, aquellas negras protuberancias que se enredaban entre sí hasta desaparecer en la tierra. Aún no habían florecido y el momento de la cosecha no llegaría hasta después del verano, cuando la uva sería recogida bajo el sol velado por el polvo del otoño. Como nudos del justillo acolchado de un caballero, cada viña parecía aferrarse al blando suelo rojizo. Al verlas sintió ganas de beber una copa de vino, tal vez de aquel Corbières oscuro como una rosa aterciopelada y de un bouquet ligeramente picante, pero tan suave como la oreja de una joven. Gaucelm se preguntó si habría cerca alguna taberna donde pudiera tomar un trago y echar una partida de dados antes de pernoctar en Tolosa.

Se acomodó sobre la silla de montar, irguiéndose cuan alto era. Pensar en una taberna lo hizo sentir casi tan viejo como su padre. Faltaban menos de dos años para que alcanzara la mayoría de edad. Ya era un hombre, y podía hacer lo que le diese la gana. Ahora podía jugar todas las partidas de dados que quisiera y su padre nunca se enteraría de que su hijo había llegado a ser todo un experto en el vicio secreto de su progenitor. Si los ancianos de Uzerche llegaran a descubrir cuánto tiempo dedicaba Faidit de la calle de los Merceros, comerciante en paños y telas finas, a tirar los dados, seguramente ya no verían con tan buenos ojos que su nombre figurase en la lista de candidatos al concejo municipal.

Pero Faidit de la calle de los Merceros era tenido por un hombre honrado, algo que incluso sus competidores tenían que admitir. Nunca engañaba a sus clientes, como hacían algunos cuando colocaban las mercancías estropeadas al fondo de la tienda, donde había poca luz, y tampoco manipulaba las balanzas cuando el cliente le daba la espalda. Faidit era un comerciante íntegro que siempre desplegaba los paños de jamete o satén encima de la mesa para que los aldeanos pudieran verlos de cerca. En Lille y Lyon, Ypres y Narbona, e incluso en Saint-Gilles —donde, hosco y fuerte como un toro, comparecía una vez al año para pujar por los mejores linos ingleses—, todos los tratantes respetaban a Faidit. Cuando Gaucelm se imaginaba a su padre con las mejillas sonrosadas a sus cuarenta años, la imagen de aquel hombretón al que había abandonado sin darle ninguna explicación lo llenaba de orgullo y pena.

A primera hora de la mañana en que partió su hijo, Faidit habría sido informado de que Gaucelm despertó al alba, cogió los pasteles preparados por su madre, descolgó el laúd de su clavija y envolvió el delicado instrumento de cuerda en unos pantalones que su madre había sustraído de la tienda para él. El joven habría salido por la puerta sigilosamente mientras su madre rezaba y le despedía con la mano, con las palabras que intercambiaron la noche anterior todavía temblando en sus labios.

Faidit se habría levantado sin apresurarse. Gaucelm podía verlo yendo y viniendo por la estancia como un gran animal aturdido, mascullando con incredulidad: «¿Cómo has podido ocultármelo? ¡Tú, nada menos que mi esposa!» Mientras su madre guardaba silencio, Faidit habría soltado un rugido de fiera y después se habría acercado al alféizar de la ventana, sacudiendo su perpleja cabeza antes de volver a preguntar una y otra vez: «¿Por qué?» Finalmente, la rabia habría hinchado los tendones de su cuello mientras gritaba «¡Respóndeme!».

Gaucelm se removió sobre su montura. Estaba agotado, pero si quería llegar a Tolosa antes de que oscureciera tendría que seguir adelante. El vientre moteado de su caballo subía y bajaba como un fuelle debajo de él. Inclinándose desde la silla, Gaucelm cogió unas espigas de trigo invernal y las chupó para calmar los gruñidos de su estómago. Llevaba mucho tiempo sabiendo que tenía que irse de casa: o lo hacía o seguiría siendo el chico de los recados de su padre hasta que le llegara el momento de heredar el comercio; o se iba o pasaría el resto de su vida acarreando rollos de paño, contando monedas, empuñando las tijeras, rasgando y envolviendo. Ahora mismo, sentado sobre la silla de montar, podía sentir el suave estremecimiento de la seda hilada, las oleadas de reluciente satén meciéndose como embarcaciones sobre las perezosas aguas del cercano río Vezère. Podía ver cómo los días se sucedían unos a otros en un desfile incesante hasta que se hacía viejo.

Y aquel asunto con la chica de los Benet... El recuerdo de sus pequeños pezones erectos contra su pecho y cómo él la había estrechado, ciego de deseo, le hizo arder el rostro. Si se hubiera quedado en casa, la chica quizá se lo habría contado a su padre, quien habría corrido a ver a Faidit para hablarle del episodio, y entonces Gaucelm se hubiese encontrado prometido.

Por eso planeó su partida, con la esperanza de que su madre, que siempre había alabado sus proezas musicales, se convertiría en su aliada. Gaucelm era consciente de que tendría que demostrarle su valía. Ella, que se había imaginado a su hijo de mil maneras —próspero comerciante, caballero, sacerdote, obispo—, pronto descubriría que ser un trovador era una ocupación digna del hijo de un mercader de paños, por mucho que su madre fuese de noble cuna.

Gaucelm decidió tener paciencia. Unos días antes de su partida, oyó a su madre repetir una y otra vez que tocar y cantar ante los públicos que quisiera depararle el destino no sería nada fácil. Después alzó los ojos hacia el techo y dijo que, Dios mediante, aún tendría que pasar mucho tiempo antes de que heredase algo de su padre, y que aquellas pocas hectáreas de Sauger que formaron su dote apenas le darían ingresos. Dejando su labor de bordado a un lado, lo miró a los ojos. «¿Cómo te las arreglarás para subsistir? Empezar como un vagabundo sin ninguna posición en la vida... ¿En qué estás pensando, hijo mío?»

Pero Gaucelm tenía un as en la manga y supo jugarlo astutamente. Cuando su madre acabó de hablar, la réplica de su hijo fue: «¿Y qué me dices de Rigaud?» Su madre volvió a coger el bordado, deseando haber prestado más atención a lo que decían sus padres durante su infancia cuando hablaban de aquel misterioso pariente lejano. Rigaud era una leyenda en la familia, un barón de la pequeña nobleza cuyas posesiones se encogieron poco a poco hasta quedar reducidas a una aldea y unos cuantos campos perdidos por los alrededores de Barbezieux. Había renunciado a todo para ir a Poitiers, donde se decía que cantó ante Leonor de Aquitania y su fogosa hija María, condesa de la Champaña, quienes reinaban sobre las legendarias Cortes del Amor. Sus versos fueron apreciados y Rigaud se quedó en Poitiers. Habiéndose forjado una reputación entre los trovadores, cortejó a muchas hermosas damas aunque nunca se casó. De niña se lo imaginaba como un poeta romántico ataviado con una casaca ribeteada de armiño, en tanto que sus padres sólo veían el legendario anillo con el sello familiar en su índice. Para ellos Rigaud era un barón, y la palabra «trovador» nunca salió de sus labios.

Aunque suplicó y lloró, al final la madre de Gaucelm le otorgó su bendición y los dos conspiraron para preparar su viaje. Gaucelm pensaba en ella como su santa patrona y la llamaba «señora madre», el nombre que su madre usaba para referirse a la Virgen Bendita cuando Gaucelm, de pequeño, le pedía que le hablara de la Sagrada Familia.

Lo que no sabía su madre era que en Brive, a unas horas hacia el sur saliendo de Uzerche, su hijo planeaba cambiar los pantalones que le había dado por una montura. Gaucelm había acompañado muchas veces a su padre a las ferias comerciales, pero el cabeza de familia consideraba que los caballos eran un mero medio de locomoción y el arte de montarlos no le merecía respeto alguno. Decía que tener un caballo daba demasiados problemas, que era un capricho reservado para ricos ociosos. Pero Gaucelm no pensaba como él, porque su sueño era más grande que todas las ferias campesinas juntas. Gaucelm de Uzerche iba a ser trovador, y para ello necesitaba un caballo.

Después de algunos regateos y discusiones, en Brive le ofrecieron un pinto de pelaje grisáceo a cambio de sus pantalones. Gaucelm había asistido a suficientes subastas de caballos para saber que lo primero que había que hacer era examinar los dientes del animal. Pero el caballo le contemplaba con cierto recelo y, enfrentado a la perspectiva de agarrarlo por el negro hocico y abrirle las mandíbulas, Gaucelm se lo pensó mejor. Se conformó con deslizar una mano cautelosa por sus patas delanteras, como había visto hacer a los tratantes, y encontró unas alarmantes costras, como llagas curadas, en la parte interior de cada extremidad. Cuando se quejó de ello al tratante, éste se echó a reír y las llamó «castañas», explicándole que todos los caballos nacían con aquellas marcas. El tratante le aseguró que era una buena montura.

—Y antes de montar asegúrate de que llevas la cincha bien apretada —añadió—. Tiene el vientre un poco flojo.

Después el tratante le hizo una demostración, hundiendo la rodilla en el estómago del pinto antes de ceñir la cincha un agujero más. Así que tiene el vientre un poco flojo, ¿eh?, pensó Gaucelm. Y seguro que suelta ventosidades... Ventar. Su corcel se llamaría *Ventar*.

Ventar tenía los flancos tan gruesos que Gaucelm debía extender las piernas hacia fuera desde las caderas, lo que hacía que chocaran con la silla de montar mientras cabalgaba. La primera tarde aún no habían recorrido mucho trecho cuando los doloridos muslos del jinete le obligaron a hacer un alto. Durante los días siguientes, Gaucelm cabalgaba hasta que los músculos de las piernas le ardían como si un herrero se los estuviera hurgando con unas tenazas al rojo vivo y entonces se detenía y descansaba. Pero ahora, con Tolosa tan cerca, estaba demasiado emocionado para permitirse siquiera una hora de sueño.

Ventar piafó y meneó la cabeza, sacudiendo las riendas y haciendo que un gran suspiro recorriese todo su cuerpo, con el resultado de que las rodillas de Gaucelm volvieron a quedar bruscamente separadas de la silla de montar. El muchacho desmontó y abrió la alforja. Cogiendo un puñado de grano, dejó que el caballo comiera de la palma de su mano. Los dientes amarillos y torcidos de *Ventar* lo mordisquearon y Gaucelm chilló. Los labios del animal le recordaron a una carpa que había visto en el mercado, medio viva y con su gran boca todavía abriéndose y cerrándose. El grano se esparció por el sendero y *Ventar* se inclinó ávidamente. Gaucelm lo llevó a un lado del camino y dejó varios montículos de grano sobre la hierba, apartando rápidamente la mano. Luego cogió un trozo de pan, se sentó junto al camino y apoyó la cabeza en las rodillas.

Un relincho lejano le sobresaltó, pues se había quedado adormilado. Se levantó con movimientos torpes y buscó a su caballo. *Ventar* se había adentrado en un campo cercano. Gaucelm bajó por la pendiente embarrada y escaló el otro lado agarrándose a los matorrales.

—Demonio de pinto que sólo sirve para tirar del arado... ¡Me voy a destrozar los zapatos!

El caballo siguió pastando sin levantar la cabeza. Gaucelm examinó sus mocasines de cuero rojo, cosidos a cambio de unas monedas en la feria de Ypres. Su madre le hubiese dicho que se los quitara, porque un agujero en las medias siempre era más fácil de remendar que un desgarrón en el cuero. Pero el muchacho se encogió de hombros y avanzó entre el trigo invernal que le llegaba a la cintura.

—¡Penco barrigudo! —Asestando un manotazo sobre el flanco de *Ventar* a modo de reprimenda, Gaucelm montó con un gruñido—. ¡Maldición! —masculló y, apartándole la cabeza de la hierba con un tirón de las riendas, lo condujo hacia el camino.

El sol del atardecer relucía en el cielo mientras descendía hacia el oeste. Sus rayos iluminaron con un brillante destello la nariz erizada de pináculos de la catedral de Montauban, y Gaucelm sintió una punzada de excitación. Al anochecer estaría en Tolosa, una ciudad cuyo solo nombre le hacía estremecer de emoción. No había tenido tiempo de preguntarse qué le esperaba allí. El castillo del conde Raimundo no tardaría en aparecer ante él y allí, en aquel mismo instante, quizá estuvieran oyendo cantar a Bernard de Ventadour, el hombre que había compuesto la canción de la *lauzeta*. Gaucelm se la oyó cantar por primera vez a un juglar harapiento en la plaza mayor cuando todavía era un niño, y desde entonces la melodía había sido su talismán. *Can vei la lauzeta mover...* Las palabras le parecían maravillosas, como bolas multicolores que un malabarista estuviera lanzando al aire para dejarlas caer al suelo al final de cada estrofa. Gaucelm había permanecido inmóvil sobre las losas de la plaza, mientras el juglar ordenaba sus sílabas resplandecientes y sus labios las lanzaban al cielo en alas de un verso tras otro. En ese momento supo, con toda la convicción de la voluntad de un niño, que su vida estaría llena de canciones y que seguiría a la *lauzeta* allí donde lo llevara. La voz del juglar nunca había dejado de acompañar sus pensamientos y Gaucelm la llevaba consigo dentro del vientre de su laúd, dejando que sus sonidos revolotearan por el cielo cada vez que sus dedos tañían las cuerdas. Igual que el pájaro que le había dado nombre, la alondra, la canción de la *lauzeta* tiraba de él con manos invisibles, atrayéndolo hacia el momento en que su sueño de rendir homenaje a Bernard de Ventadour, en persona y con una canción compuesta por él, se haría realidad.

Hasta que su plan de irse de Uzerche empezó a madurar, a Gaucelm nunca se le pasó por la cabeza que el legendario poeta fuese un hombre de carne y hueso. De pronto quiso saberlo todo sobre aquel hombre: dónde había nacido, qué cortes había frecuentado antes de llegar a Tolosa... Pero lo único que consiguió averiguar fue que Bernard, hijo de un siervo y una panadera, empezó su carrera de trovador en un lugar llamado Ventadour. Eso hizo que la figura del famoso trovador le resultase aún más fascinante, y Gaucelm se juró que cuando se hubieran conocido, cada anochecer montaría guardia debajo de su ventana (iluminada quizá por una sola vela, como si el mundo pudiera caber en un ojo iluminado por su llama) para contemplar cómo hacía surgir de la nada los ritmos de una nueva creación mientras medía las armonías con cada zancada que daba sobre el suelo.

Pero quizá estaba perdiendo el tiempo. El famoso trovador tal vez ya no estuviera en el castillo, y el conde no mostraría ningún interés por las canciones de Gaucelm. Aun así, de una cosa estaba seguro: no volvería a casa. Para tranquilizarse, Gaucelm cantó los dos primeros versos de una canción que le había enseñado su madre:

Quod est, Christi transitus
in virgine Maria...
(Y así Cristo llegó a nosotros,
a través de la Virgen María...)

Le encantaba el sonido del latín y la forma en que se sucedían las palabras: transit*us*, Domin*us*, penit*us*. Siguió canturreando la melodía hasta que llegó al *sic patet*, que entonó en voz alta:

Sic patet, quod non patitur,
cum intrat aut egridtur...

Instantes después, una pincelada amarilla en la lejanía atrajo su mirada. Vasta y delicada, sólida y resplandeciente, parecía estar detrás de la próxima cuesta. La franja dorada le hizo abandonar el sendero y Gaucelm no tardó en sucumbir a su hechizo y perdió de vista la catedral, el último hito que debía guiar sus pasos en el camino a Tolosa. Se dijo que daba igual, y decidió seguir campo a través durante un rato y volver sobre sus pasos después. Pero enseguida tuvo que empezar a ir cuesta abajo, y pronto se halló metido en un barrizal. Mascullando juramentos, Gaucelm atravesó un terraplén y subió la cuesta que había al otro lado, donde un bosquecillo de perales se extendía ante las colinas formando una especie de neblina blanca. Detuvo a *Ventar* y desmontó. Delante de él, una ladera cubierta de las flores amarillas de la colza, lo bastante altas para rozar los corvejones de su montura, se alejaba hacia el horizonte. Gaucelm las contempló como si siguiera un camino que llevaba al corazón del sol.

Extasiado ante aquel universo amarillo, el cántico volvió a surgir de sus labios mientras atravesaba el campo a pie.

Ipsa nihilominus
terra, coelum, mare
ipse, quoniam Dominus...

Absorto en sus pensamientos, seguía el ritmo de las estrofas con un rítmico balanceo cuando le vino a la cabeza primero una frase y luego otra que ocuparon sus respectivos lugares, apropiándose de palabras que ya las esperaban sobre su lengua. El muchacho conocía aquellos signos, y supo que una canción estaba cobrando forma dentro de él.

E las fontz e.l riu clar
Fan m'al cor alegranza...

Una extraña felicidad se adueñó de él mientras andaba por aquel campo, donde había sido admitido como por obra de alguna gracia sagrada.

Prat e vergier, quan tot m'es gen...
(En primavera cada campo y arroyo parecen tan nuevos
como si se vieran por primera vez...)

Una celosía de sombras se extendió sobre las flores mientras Gaucelm tejía su canción y la concluía con una tornada, un anillo de versos tan perfecto e irreprochable como los dobladillos que su madre cosía. Después de haber contado las estrofas para recordar su orden, volvió a contemplar el campo. Los conos de las lilas ya se habían abierto a lo largo de las zanjas y terraplenes, derramando su tenue polvo plateado para mostrar los tesoros de púrpura ocultos en su interior. Alzándose sobre ellos, los castaños ofrecían sus velas rosadas a la cada vez más tenue luz del día. Gaucelm se había olvidado de su taberna. Prefería cantar y dar brincos a través de aquel bosque de polen a tener que trazar atajos para sus dados, pero estaba haciéndose tarde. El sol acababa de apartarse de sus hombros como una capa bruscamente arrebatada, y Gaucelm sintió un escalofrío.

Nuevamente montado sobre *Ventar* y con el campo amarillo ya a su espalda, llegó a otro sendero. Allí no había ni rastro de la catedral de pétrea nariz achatada, y no vio nada que le resultara conocido. Por primera vez desde que se fue de casa, Gaucelm sintió el gélido pinchazo del pánico. Me he perdido, pensó, y lo único que he sacado de la última hora es una canción. Siguió el camino con la esperanza de encontrar alguna pista o indicación de dónde había ido a parar, quizá una aldea perdida en las faldas de una colina o un viandante solitario que pudiera indicarle cómo llegar a Tolosa. Pero había perdido todo sentido de la orientación, y se hallaba tan extraviado como si se encontrara en Hungría. Entonces vio recortarse en el horizonte un gran campanario de forma cónica que, cuando estuvo un poco más cerca, resultó uno entre muchos. Conforme se multiplicaban las torres de iglesia, el perfil de una gran ciudad fue apareciendo ante él. ¡Tolosa, al fin!

Ya era de noche cuando entró por la puerta principal entre las dos torres gemelas fortificadas y preguntó al centinela por dónde se iba al castillo. Dentro de los muros de la ciudad, las calles enlosadas estaban vacías y el amasijo de tejados llenaba el cielo con su anguloso perfil. Los cascos de *Ventar* hacían tanto ruido como si estuvieran herrados con pedernal. Aún salía humo de las chimeneas de algunas cocinas. El mismo aire de Tolosa parecía impregnado por la presencia de muchas almas que comían, respiraban y roncaban a su alrededor, invisibles bajo las gruesas tejas de pizarra y protegidas del mundo por sus casas de piedra y ladrillo. Un acre olor a aceite quemado mezclado con el tenue aroma terroso de la arcilla caliente le habló de lámparas encendidas para alumbrar la cena y olor a grasa quemada. Pero todo estaba tan oscuro que Gaucelm apenas podía ver nada. Un perro buscaba algo que comer y Gaucelm oyó sus resoplidos y su correteo. Al pasar por delante de una puerta abierta vio el resplandor de una lámpara de junquillos. Estaba tan cansado que apenas tenía hambre, y después de tantos días en el camino sólo anhelaba estar cerca de un buen fuego.

Puso su montura al paso e hizo una profunda inspiración. ¡La ciudad de Bernard de Ventadour! Se preguntó si los ciudadanos de Tolosa, que se preparaban para otra noche de descanso, sabían que el gran poeta moraba entre ellos, protegido por las murallas de su ciudad como el grial de las leyendas.

La calle indicada por el centinela lo llevó hasta un puente de madera que unía las dos orillas del caudaloso Garona. Gaucelm oyó el murmullo plateado del agua debajo de él y contempló la gran arcada que se alzaba ante sus ojos. Después fue a la entrada del castillo y, sin desmontar, anunció su presencia al puesto de guardia con un grito.

—¿Quién va? —retumbó una voz.

—Gaucelm Faidit.

—¿De qué tierra?

—De Uzerche, en el Lemosín.

Gaucelm esperó con las manos tensas sobre las riendas.

—¿Qué te trae a Tolosa?

—Compongo canciones para los grandes señores —respondió Gaucelm con una seguridad que le sorprendió.

—Es muy tarde.

Gaucelm contuvo el aliento. Después el hombre gritó «¡Pasa!» y el rastrillo fue alzado con un rechinar de cadenas. Un mozo de cuadra llegó corriendo para hacerse cargo de la montura de Gaucelm.

—Dale toda el agua que quiera, pero no le des grano —dijo Gaucelm, sudando de alivio mientras desmontaba—. Ya ha comido demasiado por el camino.

El muchacho asintió y le señaló el otro extremo del patio.

—La sala está allí, señor.

Gaucelm cogió sus cosas y, con las piernas doloridas, fue hacia un par de grandes puertas. Los remaches metálicos relucieron con tenues destellos cuando el mozo de cuadra se alejó hacia los establos, dejando el patio sumido en la oscuridad. Gaucelm llamó a las puertas y esperó. Varios perros ladraron y gimotearon al otro lado. Gaucelm se disponía a llamar por segunda vez cuando un joven vasallo del castillo salió por una puerta lateral y fue a su encuentro.

—Por aquí —dijo secamente, alumbrando el camino con una antorcha de junquillos—. Mi señor se ha retirado temprano. El castillo duerme.

Gaucelm cogió su fardo y le siguió.

—Si tenéis sed, todavía queda vino de la cena —dijo el muchacho.

¡Vino! El estómago de Gaucelm emitió un gruñido.

—¡Sí, por Dios! Me iría muy bien —murmuró, siguiendo al muchacho por un pasillo estrecho.

Finalmente entraron en una estancia tan vasta que las paredes hacían reverberar el ruido de sus pasos. El muchacho levantó la antorcha, pero aun así Gaucelm apenas pudo ver nada en la enorme sala aparte del hosco rostro del joven con los ojos todavía entornados por el sueño. El vasallo se marchó, dejando a Gaucelm nuevamente sumido en unas tinieblas casi absolutas.

Una sirvienta de rostro arrugado surgió de las sombras y se dirigió a él con un acento que no le era familiar.

—Siempre da igual comer estofado al fresco...

Hasta que se hubo ido, Gaucelm no comprendió que le había preguntado si no le importaría cenar un poco de estofado frío. La sirvienta no tardó en volver con una vela, una jarra de vino y un plato a medio llenar. Lo dejó todo en una larga mesa de madera y luego colgó la palmatoria de un soporte de la pared, le dio las buenas noches y se fue.

Gaucelm comió ávidamente. Cuando hubo acabado, suspiró. Tenía tanta hambre que ni siquiera se había acordado de preguntar dónde podía dormir. Un silencio soporífero reinaba en la sala, interrumpido únicamente por ronquidos humanos puntuados por suaves gemidos y suspiros de animales dormidos. La fatiga se adueñó de Gaucelm, que apoyó la cabeza en los brazos. Poco después él también dormía.

Soñó con una de las cálidas tardes de su infancia en Uzerche. Una cúpula de aire húmedo se había posado sobre el pueblo como solía ocurrir a finales de verano. A Gaucelm le encantaba la forma en que la humedad gastaba jugarretas a sus oídos, amplificando cada sonido y dilatando cada palabra de los saludos que intercambiaban las gentes cuando se encontraban por la calle, confiriendo así a Uzerche una aureola de alegre intimidad desconocida durante los meses de invierno. Cogido de la mano de su madre, Gaucelm iba a la plaza del mercado con ella. Su rutina nunca variaba: primero visitaban a su padre en el tranquilo pasaje donde los mercaderes de paños finos y los mejores fabricantes de botas tenían sus comercios, y después iban a los puestos cobijados por la gran sombra de la iglesia de Saint-Pierre. Allí, entre sus frescas arcadas, estaban el panadero, el vendedor de aves y los puestos de frutas donde, si sabía aprovechar la ocasión, podía robar una manzana sin que su madre se enterase. Cuando tenían los brazos cargados de paquetes, se paraban a comer uno de los pasteles de carne del vendedor que siempre ponía su puesto a la sombra de la iglesia.

Gaucelm disfrutaba mucho con aquellas salidas, pero hoy andaba despacio y arrastrando los pies. Los pregones de los vendedores, el cacareo de las gallinas encerradas en sus jaulas de madera, los gritos de los carreteros subidos al pescante, el crujir de las carretillas que se abrían paso entre la muchedumbre formaban un bullicio al que Gaucelm apenas prestaba atención, y sus pensamientos estaban muy lejos de allí. Ni siquiera el gato del pescatero, que arqueaba la espalda mientras se restregaba contra sus piernas, despertó su interés. Toda su atención estaba puesta en la flauta que sonaba al otro lado de la plaza.

Su madre tiró de su mano, pero Gaucelm se soltó. Había decidido quedarse allí hasta que ella lo llevara hacia la música. Cuando su madre se inclinó para reñirle, Gaucelm se echó a llorar con rabia. Su madre, enfadada, lo dejó allí y fue a negociar una cuenta con el vendedor de hortalizas.

Apenas se hubo marchado, Gaucelm se secó las lágrimas y fue en busca de los sonidos que serpenteaban a través del gentío. Un grupo de saltimbanquis había congregado a un pequeño círculo de espectadores junto al abrevadero que atravesaba un lado de la plaza. Uno de ellos llevaba un gorro puntiagudo y anunciaba la presencia del grupo agitando una vejiga de oveja colgada de un palo, otro daba volteretas, y el tercero extraía agudas notas de una tosca flauta de pastor que sonaba casi igual que la voz de una muchacha. Para Gaucelm aquel tubo con agujeros sobre el que con tanta destreza bailaban los ágiles dedos del músico era pura magia. Se le aceleró el pulso a medida que su corazón intentaba seguir las palmas, el ruido de pies saltando sobre el suelo y los vertiginosos giros de la tela azul y amarilla que surcaba los aires con cada nueva pirueta del acróbata. Gaucelm no podía estarse quieto, así que bailó y cantó con ellos.

El niño no tardó en reunir a una multitud que le dio ánimos con sus aplausos. Gaucelm era consciente de un borroso torbellino de rostros, colores que giraban cual peonzas y capas que se agitaban como alas de pájaros en una confusión de índigo, azul y esmeralda. Entreveía la ondulación de las sedas y los anillos que destellaban bajo el sol. De pronto le zumbaron los oídos y se cayó. Unos brazos surgieron de entre unos pliegues de paño casero y lo sostuvieron. Alguien deslizó un reluciente bezante de cobre en la palma de su mano. Después el rostro de su madre apareció sobre él con una expresión que el pequeño conocía muy bien: líneas verticales surcaban su frente unidas en un gran fruncimiento de entrecejo. Antes de llevárselo, su madre le obligó a abrir el puñito y devolvió la moneda de cobre a su donante. Gaucelm estaba demasiado perplejo y acalorado para echarse a llorar.

Moviéndose en sueños, Gaucelm tiró la jarra de la mesa y el sueño desapareció tan bruscamente como un libro prohibido que alguien acabara de cerrar ante sus ojos. Levantó la cabeza, parpadeó y buscó un lugar donde acostarse. En un rincón de la sala encontró un banco vacío sobre el que había unos cobertores viejos y, tumbándose sobre ellos, pronto volvió a quedarse dormido.

Al amanecer abrió los ojos, y poco a poco fue cobrando conciencia de que nunca se había sentido tan cómodo y a gusto como ahora. Tanteó con una mano y encontró algo que cedía: ¡un colchón de plumas! Conque así dormían los ricos, ¿eh? Gaucelm apenas se atrevía a moverse por miedo a que el blando colchón desapareciera. Sus ojos se posaron en el techo y, contemplándolo con incredulidad, vio un cielo de medianoche lleno de titilantes estrellas. Perdido en la inmensidad de aquel dosel pintado de azul cobalto, empezó a distinguir animales perdidos entre las estrellas: un carnero, un caracol... ¿o era un chivo de grandes cuernos enroscados? Un cangrejo parecía corretear por el paisaje celestial, y en un rincón había dos niños que se abrazaban. Hay todo un universo encima de mí. Con el corazón palpitándole, se incorporó.

Los primeros albores del día se infiltraban por los ventanales, iluminando las partes más alejadas de la sala. Aunque no oía moverse a nadie, tenues sombras suspendidas en el vacío parecían flotar ante él. Gaucelm se frotó los ojos y las examinó con atención. De pronto, muy cerca de él en la creciente claridad del amanecer, vio rosas y, detrás de ellas, a una dama que sostenía algo en la palma de su mano alzada. Forzando la vista, logró entrever otra figura vestida de armiño y luego una corona, dos coronas, más ropajes suntuosos y más rosas. Las paredes estaban adornadas por un friso de nobles y damas y lo que parecían pliegues de ricos paños. Una agitación repentina le sobresaltó: un mastín se removía en sueños no muy lejos de él, arañando las losas con sus uñas.

Tratando de tranquilizarse, Gaucelm sonrió en la penumbra: estaba en el palacio de Raimundo, conde de Tolosa. ¡Había dormido en el palacio del conde Raimundo! Intentó imaginarse a aquel gran señor, conocido incluso en las tierras más lejanas de sus dominios como Rai Mundi, Luz del Mundo. Gaucelm se dijo que alguien con un nombre tan majestuoso tendría que ser alto. Cerrando los ojos, vio la púrpura real y una corona enjoyada. Ahora ya sólo tenía que demostrar que era digno de aquel gran señor. Cantaría como nadie, ni siquiera Bernard de Ventadour había cantado antes que él. Su juventud sería su blasón y su gloria. El conde Raimundo se asombraría al ver que alguien tan joven poseía una técnica dotada de tan lírica belleza.

De pronto oyó susurros y un removerse de cuerpos cerca de él. Los perros se levantaron del suelo y se desperezaron. Después sacudieron la cabeza hasta hacer tintinear sus collares y luego partieron al trote, presumiblemente en busca de comida. Una puerta se abrió al otro extremo de la sala para dejarlos pasar, indicando con ello que los sirvientes ya se habían levantado.

Una ráfaga de aire primaveral disipó el olor acumulado de tantos cuerpos y respiraciones. Gaucelm se desperezó y contempló cómo la servidumbre del castillo enrollaba sus colchones de plumas. La sala que tan cavernosa parecía a la luz de la vela ya no lo era tanto. Gaucelm vio que habría acogido a unos veinte o treinta durmientes. La mesa, aún con su plato y su jarra de vino, estaba en el centro de la estancia, y en el arco de la puerta vio los restos de la vela que la sirvienta había dejado al irse.

Bostezó aparatosamente, y aún no había cerrado la boca cuando sintió que le tocaban el hombro. El joven vasallo de expresión hosca acababa de aparecer, los ojos todavía enturbiados por el sueño, para llevarlo a la gran sala.

2

RAI MUNDI

El vasallo informó a Gaucelm que el conde Raimundo tenía por costumbre dar instrucciones a la servidumbre a la hora del desayuno. Pero al entrar en la sala, Gaucelm no vio ni rastro de comida. En vez del desayuno, caballeros con sus atuendos de gala y espadas golpeándoles suavemente los muslos llenaban la estancia de conversación y risas, mientras los sirvientes de librea dorada y carmesí formaban grupos expectantes a la espera de recibir órdenes.

Habían encendido el fuego y Gaucelm, restregándose las manos, fue avanzando hacia él a través del gentío. La inmensa arcada de la chimenea terminaba a medio camino del techo, y el joven se dijo que aquel hogar era lo bastante grande para asar dos bueyes enteros a la vez. Cuando se detuvo delante del dintel de piedra y acercó las manos a las llamas para calentárselas, se sintió minúsculo y sucio con sus mocasines cubiertos de barro seco. Cuatro hombres con sombreros que parecían almohadas aplastadas se pararon junto a él. Hablando en voz alta y muy seguros de sí mismos, estaban sopesando las posibles consecuencias de la petición de exención de tributos que acababa de presentar uno de los nuevos distritos fabriles. Gaucelm supuso que aquellos hombres pertenecían al muy respetado ayuntamiento de Tolosa. Su padre, que mantenía informado a Gaucelm de los asuntos políticos, solía hablarle de los ilustrados «cónsules» de Tolosa que, al igual que sus predecesores romanos, habían dado fama de gobierno independiente a la ciudad.

Gaucelm vio que un grupo de caballeros discutía animadamente y escuchó algunos fragmentos de su conversación: monopolios de la sal en Narbona, restricciones a la construcción de molinos de viento... Las palabras revoloteaban «igual que plumas zarandeadas por una ventosidad», como solía decir su padre.

Al volverse, no pudo evitar fijarse en un grupo de damas que reían luciendo el nacimiento de sus senos por encima de ceñidos corpiños. Gaucelm dio un respingo: incluso él, que no era muy devoto de la iglesia y apenas la frecuentaba, había oído condenar aquellas indumentarias desde el púlpito en Uzerche. Pero ¿qué podían saber de la moda allí? Alzó la cabeza y se apartó un poco del calor de la chimenea. Las damas del castillo vestían largos trajes cuyas faldas se arrastraban por el suelo como la cola del traje de una reina, con mangas que dejaban al descubierto elegantes manos adornadas con anillos, guantes o pañuelos lánguidamente sostenidos. Aun así, lo que le dejó boquiabierto fue la forma de sus peinados y los tocados que lucían. Acostumbrado a las púdicas gorras de lino que ocultaban la frente de su madre, Gaucelm se asombró ante aquella exhibición mundana de cabelleras. El lustroso esplendor de sus ondas y mechones escapaba de grandes peinetas tachonadas de perlas, o quedaba recogido bajo redes llenas de joyas resplandecientes.

Gaucelm se asombraba de la audacia que lo había traído hasta allí para colocarlo en el centro de una estancia donde no conocía a nadie, cuando de repente hubo un nuevo movimiento al otro extremo de la sala. El joven se puso de puntillas, pero sólo logró divisar un mar de cabezas. Un instante después una oleada de murmullos recorrió la multitud y llegó a sus oídos: «¡El conde!» Una figura encorvada y medio calva seguida por un paje se abrió camino a través de un grupo de caballeros. El recién llegado, vestido con una sencilla sobrepelliz azul, se detenía con frecuencia para saludar posando la mano en un hombro, decirle unas palabras a alguien o conceder un apretón de manos o un rápido abrazo. La forma del saludo permitió adivinar a Gaucelm quién gozaba de mayor estima por parte del conde: un caballero, al parecer recién llegado después de una larga ausencia, recibió un estrecho abrazo entre los pliegues azules de la capa del conde.

Estaba tan absorto en el avance de Raimundo que casi no se dio cuenta de que las damas, que se habían retirado hacia los lados de la sala, inclinaban ligeramente la cabeza ante él y extendían sus faldas hacia los lados mientras su señor pasaba. El conde se movía con tan majestuosa dignidad que más que andar parecía surcar el suelo como un navío impulsado por el viento, con los pliegues de su vestimenta hinchándose tras él conforme avanzaba a través de la estancia. De hecho, tenía una presencia tan imponente que Gaucelm se olvidó por completo de su excitación anterior. Un instante después, sin embargo, un escalofrío de emoción le recorrió cuando el conde fue hacia él mirándole con ojos sonrientes y prescindiendo de todo saludo formal.

—Ya veo que llevas una vida errante —dijo, fijándose en la descuidada apariencia del joven mientras el paje miraba con ceño sus mocasines manchados de barro.

—Y también canto, mi señor —dijo Gaucelm inclinándose ante el conde.

—Y sin duda tus bolsillos están vacíos.

—Así es, mi señor.

—¡Aunque esa bolsa que llevas delante está bastante llena para alguien tan joven!

Gaucelm intentó hundir el estómago, sabiendo que su gula estaba empezando a hacer que le saliera tripa igual que a su padre.

—¿Cómo te llamas, muchacho?

—Gaucelm Faidit de Uzerche, señoría.

—¿Y qué te ha traído del Lemosín?

—Deseo serviros, mi señor —respondió Gaucelm, y él mismo se sorprendió de su audacia.

—Has hecho un viaje muy largo hasta aquí.

—No hay viaje demasiado largo para quien sueña con cantar para vuestra señoría.

—Así que quieres hacer fortuna, ¿eh? Eso es algo que me gusta en un joven —dijo Raimundo, poniéndole afablemente las manos en los hombros y dando un paso atrás para contemplarle.

La penetrante mirada de aquellos ojos color topacio, enmarcados por arruguitas que irradiaban hacia las sienes y los volvían aún más bondadosos y afables, le llegó hasta el fondo de su alma. Pensó en los ojos de esmalte incrustados en un mosaico en el muro de la iglesia de Saint-Pierre de Uzerche. Aquellos ojos habían obsesionado a Gaucelm durante su infancia, porque poseían una notable propiedad: estuvieras donde estuvieras, siempre permanecían fijos en ti. El conde Raimundo poseía aquella misma mirada capaz de verlo todo.

—Me encantaría que te quedaras una temporada con nosotros, querido muchacho. Haré que alguien se ocupe de tu caballo y te proporcione alojamiento.

—Ya han... —empezó Gaucelm, y después se apresuró a rectificar con una frase más adecuada a las circunstancias—: Se me ha tratado con la máxima cortesía, mi señor, cosa de la cual estoy muy agradecido.

Una chispa de diversión iluminó los ojos del conde ante la formalidad con que había hablado el muchacho.

—Bravo, Gaucelm, tu réplica nos honra. Esperas cantar... y así lo harás esta noche durante el banquete. Pero antes, dime, ¿te gusta ir de caza?

Gaucelm se miró los pies. Sus mocasines se hallaban en un estado lamentable, pero lo peor era que nunca había ido de caza. Hacía poco que había aprendido a montar, y se creyó en la obligación de ahorrar a su anfitrión el nada atractivo espectáculo que ofrecerían sus rodillas bamboleándose junto a los gordos flancos de *Ventar*.

—Gracias, mi señor, pero como vos mismo acabáis de decir, he hecho un viaje muy largo. Si me lo permitís, reservaré ese placer para otra ocasión.

—Como quieras. En ese caso, esta noche volveré a saludarte —añadió, y los pliegues de su capa ondularon detrás de él mientras se alejaba hacia el siguiente súbdito.

Gaucelm se fijó en cuán pocas palabras pronunciaba el conde y que, no obstante, la charla que dispensaba a cada miembro de su corte parecía satisfacer a todos. El conde no llevaba corona ni diadema, dejando al descubierto el círculo de su no muy abundante cabellera pulcramente recortada. Ninguna joya o anillo, ni una sola fíbula. ¡Imposible! Y lo más increíble era que su capa parecía salida de un sencillo telar doméstico. Había algo realmente notable en aquel noble. Gaucelm pensó que ser observado por aquellos ojos color topacio era un acto tan simbólico como participar en un sacramento.

Retrocedió hacia la chimenea, posponiendo el momento de la conversación intrascendente que traería consigo el desayuno. Los sirvientes de librea oro y carmesí de la gran sala habían entrado en acción y Gaucelm se dedicó a contemplar las actividades que tenían lugar alrededor, fascinado por cada detalle culinario. Allá en el norte, por las tierras del Lemosín donde había nacido, el pan salía del horno en gruesas barras y hogazas. Aquí lo llevaban a la sala bajo la forma de grandes losas redondas que disponían formando un precario montículo sobre una mesa colocada en el centro de la estancia. Nadie se sentó salvo el conde, que comió con unos cuantos comensales selectos en una mesa separada donde su desayuno les fue servido en porciones sin que ningún otro cortesano se acercara mientras los pocos elegidos mantenían una animada conversación. De vez en cuando iban a la mesa y cortaban una rebanada de pan con la pequeña daga que todos usaban para servirse. Las damas llamaban a los pajes con una seña para que les sirvieran el pan en bandejas, y las sirvientas circulaban de un lado a otro con jarras de vino rebajado con agua. De esta manera los cortesanos seguían conversando mientras que, aquí y allá, alguien alzaba su vaso para que volvieran a llenárselo. Los jóvenes domésticos deambulaban entre el gentío cargados con grandes cántaros que llevaban sobre el hombro.

Gaucelm fue con paso rápido y decidido hacia el pan. Aún tenía hambre y, aunque carecía de daga para servirse, sus ojos seleccionaron la rebanada correspondiente. Una voz familiar le dirigió la palabra cuando empezaba a trocear un pan con las manos. Era la vieja sirvienta de anoche, que le ofrecía un cuchillo. Gaulcem retrocedió, confuso y avergonzado, pero la sirvienta se limitó a sonreír y, con el mismo acento de antes, comentó que había dormido como un tronco. «Tronco» sonó a «tranco», pero Gaucelm asintió y tomó el cuchillo que le ofrecía.

—Te han asignado un nuevo alojamiento. Encontrarás tus cosas en el extremo inferior de la cámara del caballero. —La sirvienta le miró fijamente—. Dicen que vienes del Lemosín. ¿Eres de allí? —preguntó con un tono casi desafiante que pilló desprevenido a Gaucelm.

—Veo que las noticias viajan deprisa —dijo.

—Estás en Tolosa, muchacho, y aquí siempre tenemos hambre de noticias —replicó ella—. Es natural, ¿comprendes? Vemos llegar a muchos viajeros, y el castillo siempre está lleno de ellos. ¿Cuánto tiempo piensas quedarte?

Gaucelm tragó el pan que se había metido en la boca y se pasó la lengua por los dientes.

—Eso depende —dijo.

—¿De qué?

—Del tiempo que él quiera que me quede —dijo Gaucelm, pensando que en el sur quizá fuese costumbre que los sirvientes hicieran preguntas tan impertinentes.

La mujer señaló al conde con una inclinación de la cabeza.

—¿Te refieres a Raimundo? —replicó—. Así que te ha dado la bienvenida, ¿eh? —añadió al ver que Gaucelm ponía cara de perplejidad, y sonrió al verle asentir—. Es impresionante, ¿verdad? —Con aire de conspiradora y bajando la voz, dijo en un murmullo enronquecido—: Y la forma en que sus ojos parecen atravesarte... Tiene una mirada increíble, ¿no? —susurró entornando los ojos.

—En el primer encuentro... —comenzó Gaucelm.

—Sí, en el primer encuentro —le interrumpió ella, agitando un dedo delante de su cara—, y tanto si conoce tu nombre como si no, siempre te parece que tu alma no tiene secretos para Raimundo. —Retrocedió un paso y puso los brazos en jarra. A Gaucelm le recordó a la vieja arpía de Uzerche a la que algunos llamaban María la Sabia mientras que otros la tenían por una bruja. Después la sirvienta volvió a acercársele—. Pero te lo advierto: si te quedas, cambiará.

—¿El qué?

—Tú. Tú cambiarás.

Y se alejó, dejando al muchacho boquiabierto.

Gaucelm se quedó en la sala mientras los sirvientes se llevaban los restos del desayuno y desmontaban las mesas de caballete. El suelo de piedra vibraba a medida que los gruesos tablones caían sobre él. Los sirvientes los amontonaron contra la pared y después, echándose los caballetes al hombro, se marcharon.

Entonces un resonar de cuernos acompañado por gritos y vítores llegó desde abajo. Gaucelm se acercó a una ventana al fondo de la sala. Estaba cerrada. Gaucelm forcejeó con la barra de hierro hasta sacarla de su soporte, después de lo cual el postigo de madera se abrió sin oponer resistencia. Arrodillándose sobre el asiento de la ventana, vio una multitud reunida en el exterior. ¡Qué algarabía! Los perros correteaban ante las perreras cerradas mientras jóvenes cargados de collares y cadenas les servían los últimos cuencos con comida y agua. Después vio llegar a los caballos, con sus cascos recubiertos de laca reluciendo sobre los adoquines. Los ecos del estrépito rebotaban en todas las piedras del palacio. Gaucelm contempló con deleite cómo la esplendorosa partida de caza se preparaba para disfrutar de la gran diversión del día.

Raimundo ya había montado y hablaba con un hombre alto y delgado que estaba de pie junto a su estribo. El hombre vestía una túnica verde de la que colgaban cuchillos, tiras, cinturones, bolsas y cuerdecillas de cuero; un cuerno de caza de cobre se curvaba sobre su pecho. Tenía más aspecto de estar al mando de la partida que Raimundo. A una señal suya todos los caballeros montaron, cada uno con un mozo sujetando las bridas de su cabalgadura. Gaucelm nunca había visto semejante profusión de colores —verdes, gules y azules reales, el rojo más oscuro y el más pálido de los marfiles—, y le parecieron más deslumbrantes que todos los brocados de su padre. El conde llevaba una capa de caza bordada con hilo de oro, y ribetes de una piel blanca como la nieve remataban sus mangas.

Los sirvientes acabaron de ponerles las correas y los collares a los sabuesos, dejándolos preparados para iniciar la cacería. Los caballos, una multitud de flancos cepillados hasta dejarlos tan brillantes como el satén que dilataban sus delicados ollares árabes para olisquear el viento, piafaban y arañaban el suelo con los cascos. El hombre de verde montó por fin. Sin casi darle tiempo a que hiciera sonar su cuerno, la partida de caza se dirigió hacia la puerta principal.

Gaucelm volvió a sentirse muy impresionado por el conde, que se había puesto al frente del multicolor tropel. Viendo desfilar al cortejo bajo las colinas aquella hermosa mañana de primavera, con los estandartes oro y rojo sangre de Tolosa ondeando mientras sus cortesanos seguían al conde, Gaucelm comprendió la importancia del orgullo y el esplendor de la corte. Siguió arrodillado delante de la ventana un buen rato, y no se apartó hasta que la última montura hubo desaparecido con una delicada ondulación de piel reluciente extendiéndose sobre sus cuartos traseros. El calor y el clamor de tantos caballos juntos fue disipándose del aire primaveral, pero Gaucelm aún podía oler el aroma de los sedosos pelajes de los animales. Viendo cómo sus colores bañados por el sol relucían con destellos rojos, oro y azabache, volvió a pensar en *Ventar* y en aquellos gordos flancos suyos, tan llenos de bultos como un plato de gachas.

La sala había quedado desierta y el silencio era absoluto. Gaucelm cayó en la cuenta de que, con todo el mundo fuera del castillo salvo los sirvientes, ahora podía ir al piso de arriba e investigar un poco. La llama solitaria de una lámpara de junquillos tembló en el aire mientras subía por la escalera de caracol que había detrás del estrado. Se detuvo al final de la escalera con la mano apoyada en su gruesa balaustrada. El aire cargado de humedad olía muy bien. Alguien cantaba un salmo. Gaucelm se acercó al sonido, andando sobre el suelo de madera con lentos y silenciosos pasos. Se detuvo a examinar un tapiz colgado del muro del corredor. El tapiz, viejo y ya un tanto deshilachado, mostraba una apacible escena de caballeros y damas a caballo, y uno de los jinetes llevaba un halcón posado en el guante.

Un suave murmullo de voces femeninas procedente de la sala de abajo alertó a Gaucelm, que se alejó entre una serie de columnas delgadas como flautas que se perdían galería abajo. El acabado de cada una era distinto: una estaba llena de grifos, otra había sido adornada con un motivo de cruces entrelazadas, la de más allá lucía un enrejado de celdillas de panal. Cada columna acababa en una magnífica protuberancia de piedra esculpida en un manojo de tallos que se prolongaban por el techo. El punto en que se cruzaban estaba marcado con una roseta de piedra. Gaucelm se maravilló ante aquel trabajo que superaba en delicadeza al de la iglesia más esplendorosa.

Todo lo que había bajo el techo del conde le parecía precioso, incluso los detalles de su techo. Hasta ese momento las únicas riquezas que había logrado imaginar eran las que conjuraba del pequeño libro de horas de páginas rígidas de su madre: visiones de cálices de cristal y regalos de un esplendor bizantino tachonados de perlas o marfil tallado, esmeraldas sin tallar del tamaño de nudillos, dorados abalorios africanos cosidos a sedas venecianas y, en conjunto, la clase de tesoros que hubiera podido desear un potentado oriental. Pero pensar en el conde Raimundo hacía que la riqueza cobrara otro significado, y Gaucelm empezó a comprender que el hecho de ser rico implicaba algo más que la mera posesión de riquezas. En el caso de Raimundo, ser rico significaba dar la bienvenida a los invitados con la cabeza desnuda y llevando una sencilla capa doméstica.

Siempre había imaginado al conde vestido de púrpura y coronado como un rey, y no pudo evitar avergonzarse de aquellas tontas fantasías de aldeano. La corona del conde era su cortesía. Pero su poder llegaba mucho más lejos que el del auténtico rey, Felipe, su primo del norte, que se conformaba con ejercer su insignificante dominio desde aquella estrecha tira de tierra a la que llamaban Île de France.

Gaucelm salió de la galería del segundo piso sonriendo tan triunfalmente como si acabara de descubrir uno de los grandes secretos del conde. Por unos momentos también él se sintió ilimitado... y rico. En instantes así podía ver con toda claridad a su señora madre señalándole una lejana estrella que resplandecía en un cielo despejado mientras explicaba al pequeño Gaucelm que algún día aquella fuente de luz sería suya. Si Dios me deja vivir en Tolosa el tiempo necesario para aprender, se juró, llegaré a ser el mejor trovador del país.

Entrando inadvertidamente por una puerta se encontró en un enorme dormitorio. Su aparición sorprendió a un par de sirvientas que sacudían una colcha. Pero cuando Gaucelm empezó a retroceder, una de ellas lanzó una rápida mirada a su compañera y después llamó a Gaucelm curvando un dedo. El muchacho se acercó, poniendo ojos como platos conforme se aproximaba a la cama con dosel. El suelo estaba lleno de cobertores de piel. La tela transparente como la gasa suspendida de la gran estructura de madera fue apartada igual que los pliegues de un cortinaje, y las dos jóvenes pusieron en su sitio los colchones, colchas y almohadas sin dejar de sonreír.

Gaucelm se quedó paralizado ante un aroma de hierbas mezclado con vapor caliente que llegaba de algún lugar cercano. Las dos sirvientas le miraron con extrañeza, pero él ni se enteró. Las notas del salmo tiraban de él y un instante después se encontró en el umbral de una segunda estancia, pequeña y llena de vapores. Antes de que las dos jóvenes lo sacaran de allí, Gaucelm vio la espalda de una mujer, reluciente como una serpiente y chorreando agua, que se ponía en pie dentro de una bañera colocada delante de la chimenea. Hacía mucho calor.

—¡Floritz! ¡Joia! —llamó la mujer de pronto.

Las dos sirvientas corrieron hacia ella, ruborizadas después de haber expulsado a Gaucelm de la estancia con un vigoroso empujón antes de que la dama tuviera ocasión de volverse.

Gaucelm corrió pasillo abajo. Nunca había visto a una mujer desnuda. Un estremecimiento le recorrió el cuerpo al pensar en la larga y esbelta espalda surgiendo de la bañera. Pero ¿quién era aquella mujer? Bajó las escaleras y cruzó corriendo la sala. Luego, ya más calmado y a paso normal, se encaminó hacia su nuevo alojamiento. El vapor perfumado, aquella fortuna en pieles que había visto en la cama del conde... Con la mente llena de aquellas misteriosas revelaciones, le entraron ganas de ponerse a bailar.

Pero lo que hizo fue quedarse inmóvil. Una vez más, oía cantar. Esta vez la melodía parecía venir de una de las estancias privadas del otro extremo. Gaucelm fue hasta el final del pasillo y escuchó. La voz que cantaba fue sustituida por el tañido de un laúd. La tenue melodía se interrumpía y volvía a empezar: alguien ensayaba una y otra vez la misma frase musical. La canción subió en una serie de cadencias para descender como una cascada de bronce, concluyendo con la tornada que le ponía fin. Gaucelm siguió adelante y la tornada volvió a sonar. Después, una voz gritó una obscenidad y un objeto chocó ruidosamente con la piedra.

¡Oh, que sea otro juglar!, rezó Gaucelm. Pasó por delante de una serie de pequeñas habitaciones y ya casi había llegado a los servicios cuando se detuvo delante de la última habitación.

Una figura estaba arrodillada en el suelo junto a un banco de madera. Observándola desde atrás, Gaucelm vio una abundante cabellera negra asomando bajo una gorra con la punta garbosamente inclinada. La habitación apenas tenía muebles. El joven, que había oído sus pasos, se volvió hacia Gaucelm con un arco de laúd roto en una mano. Mascullando un feroz juramento, amenazó a la varilla con el índice y empezó a reñirla.

—¡Éste ha sido el último castigo que te tenía reservado, asqueroso trozo de madera podrida! —Después lanzó el arco partido contra la pared, se levantó ceremoniosamente y, mirando a Gaucelm, fue a estrecharle la mano—. Siento haber armado tanto jaleo, amigo mío. Me llamo Peire Vidal. ¿Cómo te llamas?

—¿Eres el mismo Vidal que compuso la *Canción de Proensa*? —preguntó Gaucelm con incredulidad.

—El mismo —repuso él, complacido.

—He oído muchas de tus baladas. Supongo que te imaginaba... más viejo —balbuceó Gaucelm—. Tus versos son realmente maravillosos, y siempre están muy bien compuestos —se apresuró a añadir.

—Me honra que conozcas mis cancioncillas, aunque no me sorprende —dijo Vidal, quitándose la gorra después de haberse inclinado ante él.

—Estabas ensayando —se disculpó Gaucelm—. No debería haberte molestado.

—Cuando la música no quiere portarse bien, agradezco cualquier interrupción —replicó Vidal—. Mira esto —añadió mientras hacía girar la gorra en un dedo y la lanzaba al aire. La gorra acabó aterrizando sobre la cabeza de Vidal, quedando inclinada encima de una oreja. Adelantando el mentón con la destreza de un acróbata, Vidal la enderezó sin ayuda de las manos e inició una pantomima de gestos, una especie de mascarada fantasmal que Gaucelm reconoció vagamente.

Vidal barrió el suelo con una ondulación de túnicas invisibles, moviendo sus brazos grácilmente e inclinándose a izquierda y derecha mientras saludaba, asentía y murmuraba.

—¿Quién soy? —preguntó.

—Peire Vidal.

—¡No! ¿Quién soy?

—Oh. Yo no... Sólo llevo en el castillo desde anoche.

—Mi querido amigo, la real exhibición de esta mañana en la sala no puede haberte pasado desapercibida. Estabas allí, ¿verdad? Nadie está exento de pagar tributo a Rai Mundi, la luz de nuestro pequeño universo, el representante de Dios en estos parajes.

—Oh, sí, por supuesto —dijo Gaucelm.

Todas las estrellas de su señora madre se habían esfumado de repente. La satisfacción que había sentido el día anterior cuando acabó de componer la melodía para su canción de las flores amarillas desapareció, así como toda noción sobre cómo cantarla. Ése era el gran problema de no saber qué se esperaba de ti. Gaucelm no estaba a la altura de Vidal, capaz de ofrecer toda una función improvisada tan despreocupadamente como si repartiera las sobras de un banquete. Sintió una punzada de inquietud. Vidal imitó a la mujer del conde.

—Y ahora su esposa, nuestra querida y canosa Juana.

Hundió la barbilla en el cuello y empezó a andar a saltitos, chasqueando la lengua mientras cabeceaba como un títere.

Gaucelm se echó a reír ante su imitación de una gallina, pero un instante después el recuerdo de la espalda reluciente que había visto surgir de la bañera puso brusco fin a su risa.

—¿Es alta? —preguntó.

—¿Quién?

—Juana.

—No. De hecho, es más bien bajita. Cuando anda se escora igual que un barco con la carga mal repartida —dijo Vidal, fingiendo ser un navío que se inclinaba hacia un lado.

—¿Y entonces quién estaba bañándose en la habitación del conde esta mañana después de que todos se hubieran ido?

Vidal dejó de hacer payasadas, se inclinó sobre Gaucelm hasta que su nariz casi rozó la del muchacho y apoyó un codo en su hombro.

—Voy a darte tu primera lección sobre la corte —dijos, disponiéndose a pontificar—. La regla número uno es que nunca debes dar por sentado que las personas a las que sorprendes en la habitación de otra persona tienen algún tipo de... —carraspeó— de vínculo oficial con esa persona. O, de hecho, que cuentan con alguna razón para estar allí. La regla número dos es que nunca debes permitir que te descubran. Y ahora dime, novicio, ¿cómo te las ingeniaste para no ir de caza, por no hablar de cómo conseguiste adentrarte en los sagrados dominios de Rai Mundi?

—¿Se espera que los visitantes participen en la cacería?

—En absoluto: sólo forma parte de la rutina. La mayoría de visitantes suelen aceptar la invitación, por lo menos la primera vez.

Gaucelm abrió la boca. No estaba muy seguro de qué debía decir.

—No... no me gusta cazar —balbuceó finalmente, clavando la vista en las punteras de sus zapatos—. Es decir, nunca he... he ido de caza.

—Yo aborrezco la caza. No es más que otra repugnante cortesía, otro aburrido juego de la corte. Y además, a los hijos de los mercaderes no se les enseña a matar. Por cierto, ¿cómo te llamas?

—Faidit, Gaucelm.

—¡Faidit! ¿Me estás diciendo que tu padre es el mismo Faidit que comercia en sedas y jametes, el que hace negocios en Narbona y Limoges?

—Sí... y en Beaucaire e Ypres —añadió Gaucelm, alzando levemente el mentón con orgullo.

—He oído hablar de él a mi padre, que está metido en el negocio de las pieles. Se ha encontrado con el tuyo en muchas ocasiones, y si no recuerdo mal siempre lo llama «Viajero». Sí, eso es: Faidit el Viajero.

—Hace bien llamándolo así, y además mi padre se ha ganado ese apodo. Nuestro apellido significa «vagar».

—¡Ajá! ¿Y acabas de escaparte de casa?

—No, en realidad no. Es decir, yo... Sí. Quiero decir que no deseaba ser mercader, así que me fui.

—Bueno, pues te felicito. Yo tampoco quiero ser mercader. ¡Menudo oficio! Con las pieles todo depende de la estación, el tiempo que haga, si hay buena cosecha o si la gente pasa hambre... y de la cantidad de personas que estén lo bastante desesperadas para trabajar por las cuatro monedas que les pagarás para que te abastezcan de pieles. Es una vida de lo más ruin.

Gaucelm asintió.

—El riesgo, puro y simple —prosiguió Vidal—. Todo se reduce a una cuestión de riesgo. Básicamente tratas con campesinos, por supuesto, pero las personas en las que realmente confías son tus suministradores clandestinos. Y sólo son una pandilla de bandidos, créeme: furtivos, forajidos, aparceros y, de hecho, cualquier persona de la comarca que tenga buena mano con el arco y las flechas o sepa poner trampas. Ellos siempre saben qué peletero les comprará la mercancía sin hacer preguntas.

Gaucelm se acordó de una de las observaciones de su padre («Es lamentable que quienes no saben ganarse la vida de otra manera maten animales para hacerse con sus pieles»), pero no la mencionó.

—Así que a ti tampoco te iba esa clase de vida, ¿eh? —se limitó a decir.

—¡Ja! Hace mucho tiempo decidí que si un hombre puede escoger sus preocupaciones, las mías no incluirían las pieles de conejo. ¿Nunca te ha parecido extraño que todo lo relacionado con el matar esté en manos de los furtivos o los sacerdotes? Compañeros en el crimen, eso es lo que son... Bueno, por mí pueden quedárselo todo: unos dedos manchados de sangre no pueden tocar buenas canciones.

—Estoy seguro de que las pieles se me darían todavía peor que las sedas —observó Gaucelm—. De vez en cuando mi padre tiene el capricho de incluir algunas pieles en su inventario, y entonces algún viejo buhonero aparece por la tienda con unos cuantos conejos obviamente robados al hombro. Los vendemos, pero siempre me han dado escalofríos. Puedo comerme una olla entera de estofado de conejo sin pensármelo dos veces, pero no me pidas que mire a los ojos a un conejo muerto.

Podía verlos claramente: las largas orejas inertes, los párpados entornados que sólo dejaban ver una ranura de ojo, los hocicos adelantados como si aún estuvieran dando saltos hacia algún olor, y el resto de sus cuerpos vaciados y tan planos como una tortita. *Dieus!* Uzerche parecía estar muy lejos. Gaucelm ya no tendría que seguir soportando la monotonía del medir, coser, calcular los costes, contar y comprobar los envíos, pero aún podía oír los secos chasquidos de sus dedos y sus manos moviéndose sobre una tela, un sonido que siempre le provocaba repugnancia. Y aquella mañana había despertado en otra tierra, un lugar cuya jerga no conocía y donde se veía obligado a escuchar en silencio. Allí su habitual facilidad para las medias verdades y las réplicas altivas no le servía de nada, y aquella extraña sensación de que su lengua no quería obedecerle era totalmente nueva para él.

—Está claro que no sientes ningún interés por los deportes sangrientos. ¿Y qué hará Raimundo contigo?

—Intentaré vencer mis prejuicios —observó Gaucelm, con la esperanza de pasar por inteligente hasta que pudiera volver a pensar con claridad.

—No te molestes. El conde es muy tolerante, así que por ese lado no tendrás problemas. Después de todo, somos como hermanos. —Vidal adoptó la postura afectada del vocero de un grupo de cómicos disponiéndose a pregonar—. ¡La historia de dos burgueses descarriados! —exclamó con voz de trueno, y ambos se echaron a reír.

De pronto Gaucelm sintió una extraña sensación y una revelación devastadora inundó su ser con una terrible certeza: «Quiero quedarme aquí.» Ardía en deseos de empuñar el laúd y practicar para aquella noche. Cuando tocaba o cantaba para sí mismo, sentía tanto placer como si estuviera comiendo una deliciosa fruta madura. Pero aquella noche tendría que servir esa fruta a otros, y sólo pensarlo le llenó de terror.

La gorra de Vidal dejó de girar y se desplomó sobre su mano levantada.

—Bueno, ¿y qué tienes intención de hacer aquí?

—Canto.

—¿Tú también? —Vidal volvió a lanzarle una rápida mirada, como si estuviera evaluándolo por segunda vez—. En ese caso, deberías saber que Raimundo no tolera ninguna clase de enfrentamientos entre sus juglares.

—He de cantar esta noche. Quería preguntarte si...

—Veo que no pierdes el tiempo.

—¿Qué quieres decir?

—Que ya te han pedido que cantes.

—Bueno, preferiría estar preparado para ello. Oye, he de irme —dijo Gaucelm.

Pero Vidal prosiguió como si no le hubiera escuchado.

—Pretendía componer una pieza endiabladamente difícil, pero quizá haya pecado de exceso de ambición —dijo—. Si tuviera un gramo de seso seguiría con las baladas, porque les encanta todo lo que tenga una melodía y pueda tararearse. Esta noche quería probar suerte con una alborada que me ronda por la cabeza desde hace semanas, pero mi voz no está a la altura de las cadencias. Había pensado tocarlas con mi instrumento, pero ahora he echado a perder esa posibilidad —añadió, señalando el arco partido en dos que había tirado al suelo—. Como puedes ver, mi arco ha sido víctima de mi ira. Es el tercero que rompo en lo que llevamos de año.

Gaucelm se dijo que Vidal quería llegar a alguna parte con toda aquella charla, y comprendió que no era el momento más adecuado para irse. Cuando se entusiasmaba, aquel elfo de cabellos rebeldes y movimientos espasmódicos era capaz de hablar por los codos. Tejía sus charadas como una araña teje su tela, pegando una hebra a otra mientras las cascadas de frases caían sobre ti.

—Te prestaré el mío —dijo—. Esta noche no lo necesitaré.

—¡Qué amable eres! Te lo agradezco. ¿Cantas sin acompañamiento? Bien, entonces oigamos tu pieza.

Gaulcem torció el gesto.

—Antes preferiría oír la tuya para saber si he empleado la métrica adecuada.

—¿Métrica? ¿Métrica, dices? Mi querido Faidit, que ésta sea tu segunda... no, tu tercera lección: nadie te escuchará. Sólo prestarán atención a tu cara, porque eres una cara nueva.

—Por mí estupendo. Nunca he cantado ante una audiencia tan numerosa. Hasta ahora sólo he actuado en... bueno, ya sabes: tabernas, fiestas del campo y ferias.

En realidad Gaucelm nunca había actuado delante de una audiencia formada por más de dos personas, y a decir verdad sus experiencias con el público se limitaban a una ocasión en que algunos colegas de su padre lograron convencerle para que cantara en Saint-Gilles, durante el verano de los tafetanes de Jerusalén.

—¿Quién te enseñó a tocar el laúd? —preguntó Vidal.

—Nadie. El luthier me animó a tocarlo, y me enseñó a afinarlo y encontrar los acordes. El resto lo aprendí por mi cuenta. —Hizo una pausa, sabiendo que su madre merecía que se le reconociera una parte del mérito—. Y mi madre me ayudó, claro. Me enseñó las rimas latinas y me hizo estudiar la liturgia. También me enseñó las escalas y las claves, porque esperaba que eso acabaría guiando mis pasos hacia una carrera respetable dentro del ministerio eclesiástico. Yo adoraba la música pero odiaba la iglesia.

—Hmmm...

Vidal asintió como si supiera muy bien de qué hablaba Gaucelm, que decidió entretener a su amigo juglar con un par de historias de su infancia.

—Un amigo mío me había enseñado el truco de beber agua salada para ponerse malo, y un domingo se me ocurrió ponerlo en práctica. Mi madre me pilló haciéndolo, y acabé vomitando y encima me dio unos azotes. Después me obligaron a ir a la iglesia de todas maneras, y como había descubierto que no valía la pena tomarse tantas molestias para huir de mi destino, decidí probar algo nuevo: durante esas largas horas en que se suponía que debía estar escuchando, lo que haría sería hablar con Dios. Aquel domingo le hice muchas preguntas a Dios, pero no recibí ninguna respuesta. —Miró a Vidal, quien le animó a seguir con un asentimiento—. Al final me harté de hacer preguntas y renuncié a mis investigaciones. Nunca llegué a oír la palabra de Dios, así que pensé que debía de estar muy ocupado respondiendo a las plegarias de otras personas.

A partir de entonces me olvidé de Él y me concentré en las melodías que me rondaban por la cabeza.

Habiendo revelado más de lo que pretendía, Gaucelm bajó la cabeza y se miró las manos.

Vidal había adoptado una expresión pensativa mientras empujaba las dos mitades de su arco con el pie, pero de repente empezó a pasearse por la habitación.

—No estoy de humor para ensayar. Y en cuanto a esta noche, deja de preocuparte. Puedes confiar en mí —dijo, y extendió los brazos como si fuera a presentar un nuevo acto encima del escenario—. ¡Ven! Te tengo reservada una sorpresa muy especial. Te enseñaré el castillo —prosiguió al ver que Gaucelm le interrogaba con la mirada—. Pese a su legendaria magnanimidad, nuestro señor Raimundo no malgastará su tiempo revelándote los misterios de los establos y las cocinas. Cualquiera que lleve aquí lo suficiente sabe que las personas con que es preciso llevarse bien, las personas realmente útiles, son las que trabajan en las cocinas y el patio del castillo. Conocerás sus nombres. Cuando necesites una montura extra, dale unas monedas a un mozo de cuadra. Cuando quieras cenar después de que hayan cerrado la cocina, soborna a un cocinero. Pero reserva tus poderes de persuasión para lo que realmente importa.

Otra lección. Gaucelm se removió nerviosamente. Estuvo a punto de preguntar qué era lo realmente importante. Quizá tuviera algo que ver con que se fijaran en uno. Vidal tenía sus pequeños trucos, y obviamente aquellos juegos formaban parte de su repertorio de habilidades profesionales. Lo que necesito es un signo, una clave, un amuleto, pensó Gaucelm. Lo que haga falta para ganarse la aprobación del conde, sea lo que sea.

—¿Te han clavado al suelo o qué? —Vidal parecía estar danzando en círculos a su alrededor, dando saltitos en pos de su gorra cada vez que ésta salía despedida del dedo que la hacía girar—. ¡Venga, vamos!

Los ecos de sus pasos resonaron en el castillo casi desierto. Cruzaron casi corriendo la gran sala, donde unos muchachos esparcían juncos limpios sobre las losas. Un paje cargado de estandartes rojo y oro entró en la estancia. Evidentemente, los preparativos de las festividades de la noche empezaban poco después del desayuno.

—¡Gandules! ¡A trabajar, a trabajar! —gritó Vidal mientras pasaban entre ellos. Acostumbrados a sus bromas, los muchachos no le prestaron atención—. Esta noche viene Amalarico el cátaro, y estoy seguro de que tendrás ocasión de contemplar a Rai Mundi en todo su esplendor —le explicó a Gaucelm mientras salían al patio trasero—. Su benevolencia —añadió con un brillo malicioso en los ojos— quizá sea digna de verse.

El tintineo de las ollas y utensilios de cocina y el zumbido de voces ya anunciaba la proximidad del centro de actividad del castillo. Un aroma a carne asada flotaba en el aire primaveral, y de otra dirección llegaba el hedor del estiércol fresco.

—¡Maldición! —masculló Gaucelm, que acababa de asimilar el comentario sobre el anciano cátaro—. Había decidido cantar una tonada. ¿Crees que debería escoger algo más... solemne?

Vidal se volvió para mirarle con fingido horror.

—¿Lo dices en serio? Ya veo que necesitarás un montón de lecciones. La corte de Raimundo no se ha ganado su fama insistiendo en las monsergas piadosas. El conde deja que sus clérigos se ocupen de esas cosas en la iglesia, que es donde deben hacerse. Lo que los clérigos quieren oír, por otra parte, es precisamente lo que nosotros podemos suministrar. ¡Canta tu tonada esta noche, y que sea lo más picante posible! Y ahora deja de pensar en la velada, y vamos a ver qué habrá de cenar.

Uno de los perros del castillo cruzó el patio hacia ellos. Vidal se inclinó para acariciarle la cabeza:

—No les caigo bien a los cocineros, ¿verdad, *Loup*? —observó mirando al perro—. Nunca pido permiso antes de probar sus guisos. Bueno, ven con nosotros; al menos a ti te darán un hueso.

La cocina del castillo tenía su propio clima. Los vapores del agua hirviendo se pegaban a las vigas y perlaban las paredes.

—Un lugar que debe ser evitado a toda costa antes de una cita —proclamó Vidal con una sonrisa traviesa mientras cruzaban el umbral—. Quien pasa un rato en esta cripta sale de ella con un vapor pestilente condensado sobre la piel que tarda horas en disiparse.

Gaucelm se enamoró de la cocina nada más poner los pies en ella. Todo lo que contenía le pareció maravilloso, desde la enorme chimenea hasta las mesas de trinchar.

—En primer lugar, la jefa de cocina —anunció Vidal a modo de presentación—. Ella me llama Chico Huesos. Yo la llamo Repollo Desdentado, un apelativo que no necesita explicación.

—Has venido por tu ración de grasa y cartílagos, ¿eh? —resonó un vozarrón femenino desde un ángulo de la cocina—. Tengo guardados por ahí unos cuantos huesos recientes para ti y para *Loup*.

Un robusto antebrazo señaló los huesos apilados en el canal reservado a los despojos. La jefa de cocina se volvió hacia Vidal y le sonrió con una mueca de arpía que contenía exactamente dos dientes. Su pálido rostro estaba tan arrugado como una hortaliza excesivamente hervida. Gaucelm le devolvió la sonrisa, y la mujer meneó la cabeza mientras su amigo se inclinaba sobre los huesos.

Vidal hurgó en el canal e inspeccionó distraídamente los especímenes más exóticos, pasándoselos de una mano a otra mientras contemplaba sus curiosas formas: las grandes articulaciones palmeadas, los grotescos nudillos, los tobillos pelados y medio rotos, protuberancias aplastadas que parecían diminutas calaveras adormiladas, la nobleza digna de la puerta de una iglesia del arco de un costillar, y varias espinillas tan delgadas que casi daba miedo tocarlas.

—Ésta es una buena manera de averiguar qué habrá para cenar: los restos requemados te indican qué ha estado dando vueltas sobre las llamas durante toda la mañana —le explicó Vidal—. Nuestra jefa de cocina siempre se asombra de que no me importe acabar hasta los codos de grasa, mientras que ella se afana con las cenizas para limpiarse las manos después de haber pasado el día en este agujero hediondo.

Gaucelm removió el contenido del canal. Algunos huesos se habían astillado, otros estaban misteriosamente envueltos, o tan llenos de surcos y rayas como aquella concha de un cangrejo que un peregrino trajo en una ocasión a la tienda de su padre afirmando que era el talismán de un cruzado. Dos pares de manos se hundieron hasta el fondo del canal. Por un momento, Gaucelm tuvo la sensación de estar contemplando los confusos inicios de la vida esparcidos sobre alguna ciénaga primigenia. Naturalmente, la mayoría de huesos sólo eran despojos corrientes ennegrecidos por las llamas o blanqueados por los hervores, y en realidad aquel canal sólo era un almacén para los perros del castillo. *Loup* ya estaba dando cuenta de su porción.

Vidal se irguió con un gruñido de satisfacción, se limpió las manos con exagerado deleite en el paño de Repollo y después le dio un rápido besito en la mejilla antes de dirigirse al enorme hogar abierto. La cocina estaba llena de mozas sudorosas y Vidal no tardó en retener a una de ellas sujetándola por los hombros mientras levantaba la tapa de un enorme caldero. Dentro de él, unas cuantas aves rosadas giraban entre el hervor del líquido.

—Avísame cuando esté listo —dijo, y luego le mordisqueó la nuca, consiguiendo que la moza le amenazara con la tapa mientras iba a contemplar los espetones seguido por Gaucelm—. Bueno, ¿y qué tenemos para esta noche? —le preguntó a una anciana que preparaba un cuenco para recoger la salsa y las peladuras.

—Pavos reales, grullas y conejo, y en ninguna de las tres cosas te dejaré meter las narices —replicó secamente la anciana.

—A este paso tendremos que conformarnos con los restos que deje algún comensal —comentó Vidal—. ¡Vamos, *Loup*!, veamos qué está pasando en el patio.

Abandonaron la cocina llena de vapores para salir a la luz del sol. Un tablón sostenido por dos caballetes ocupaba el centro del patio. Los mozos de cuadra habían abandonado sus carretillas, taburetes de cepillado y cubos puestos del revés para formar corro alrededor del tablón. Dos hombres se enfrentaban sobre la mesa improvisada, tirando los dados con profunda concentración.

—¡Ah, esto ya está mejor! —exclamó Vidal.

Uno de los hombres le miró y le espetó:

—Tres reales de la última vez o una botella de vino.

—El vino te sentaría mal —le aseguró Vidal. Sacó de su bolsa dos viejos dados gastados por el uso, observó en silencio a los jugadores durante unos momentos y se volvió hacia Gaucelm—. ¿Juegas?

—Sí —repuso Gaucelm con una sonrisa.

—Pues entonces manos a la obra. Aquí, encima de la plancha del pozo. Veamos si es lo bastante plana... Sí, puede pasar.

Se sentaron a horcajadas sobre el pozo y empezaron a tirar los dados. Antes de que sonaran las campanadas del mediodía, Gaucelm ya había perdido los cuatro reales que formaban su calderilla. La pomposidad de Vidal empezaba a irritarle. Sonriendo alegremente, Vidal le lanzó tres monedas al hombre y se levantó.

—Después de que te los hayas gastado te sabrán mejor que el vino. ¿Ves como cumplo mis promesas? —dijo, y se volvió hacia Gaucelm—. ¡Y ahora a trabajar! Los alegres cazadores no tardarán en volver y cuando lo hagan será para exigir una diversión que nosotros, pobres desgraciados, estaremos encantados de proporcionarles. ¡A trabajar, señor! ¿Y dónde está ese laúd que me has dicho que podía tomar prestado?

3

EL BANQUETE

El invitado de aquella noche no era un clérigo cualquiera. Era Amalarico, un anciano hereje al que sus seguidores tenían por un santo. Venía de Foix, un distrito perdido en el suroeste que se había convertido en una fortaleza de los incrédulos conocidos con el nombre de cátaros, cada vez más numerosos por todo el país. La reticencia de Amalarico había engrandecido todavía más su reputación: cuando salía de su retiro para hablar, predicar y visitar el mundo, gentes de todas las doctrinas religiosas se congregaban ante él. Apodado el Papa de Foix, muchos lo tenían por un hombre santo.

Dos pajecillos rígidamente envueltos en libreas oro y carmesí hicieron sonar las trompetas. Los sirvientes de la sala encendieron las antorchas suspendidas de los muros bajo las banderas de Tolosa y Foix. Gaucelm y Vidal se habían apostado cerca de la entrada y vieron desfilar al cortejo. El conde Raimundo llegó con la condesa Juana del brazo, su codo derecho sobresaliendo exageradamente del costado debido a la escasa altura de su esposa. Vidal le dio un codazo a Gaucelm y después sacó disimuladamente el mentón mientras emitía cacareos ahogados. Era cierto: la condesa andaba igual que una gallina. Llevaba un traje confeccionado con una magnífica tela plateada que Gaucelm no pudo identificar. Juana andaba manteniendo las faldas bastante alejadas del suelo, revelando así sus gruesos tobillos y sus minúsculos pies.

Gaucelm no pudo apartar los ojos de Amalarico mientras seguía al conde y la condesa hacia el estrado. Sus negros ropajes le daban un aspecto entre blanco y transparente, y la piel de su rostro estaba tirante. Un extraño símbolo, una cruz con cuatro brazos de idéntica longitud, colgaba de su cuello; y la sonrisa que iluminaba su rostro parecía originarse en algún lugar lejano y misterioso que no tuviera nada que ver con él. Cuando se sentó en el sitio de honor, todos los que estaban cerca de él guardaron silencio. Los ojos de todos los presentes se volvieron hacia él, atraídos por la extraña cruz y la apariencia ultraterrena del anciano cátaro.

Seguido por Gaucelm, Vidal se apresuró a encontrar un sitio para sentarse justo enfrente del estrado. Gaucelm pensó que allí eran demasiado visibles y le tiró de la manga, pero Vidal repuso:

—No te hagas ilusiones. Para ellos sólo eres una mancha borrosa, y nadie te verá.

Un paje subió a la plataforma. En una mano llevaba un aguamanil de plata que se inclinaba a causa de su peso, la otra palma sostenía una jofaina y el antebrazo aguantaba un paño de lino blanco doblado. El paje fue hacia la condesa, que extendió las manos sobre el recipiente de gruesos bordes mientras el muchacho intentaba no echarle demasiada agua en los dedos. Juana se secó las manos en el paño y el paje fue a atender al conde Raimundo quien, ya absorto en una animada conversación con su invitado de honor, se limitó a despedirlo agitando la mano. Amalarico ejecutó sus abluciones de manera no muy concienzuda y después se secó minuciosamente los dedos. Gaucelm quedó muy impresionado por sus uñas, ovaladas y tan llenas de surcos y protuberancias que parecían diez extraños escarabajos blancos.

Una vez sentados, Vidal se volvió hacia él.

—Quiero echarle un vistazo a este hereje —dijo, lo cual explicaba la prisa con que se había dirigido hacia aquella mesa—. Debes saber que Amalarico es la pieza clave en una guerra privada entre Rai Mundi y el obispo de Tolosa.

—¿El obispo de Tolosa también está aquí?

Vidal resopló, visiblemente divertido.

—¿Un hereje y un obispo compartiendo la mesa de Raimundo en la misma sala? ¡Ni lo sueñes! —Soltó una risita que acabó convirtiéndose en una mueca y se calló como si estuviera saboreando una escena imaginaria—. ¡Pero oh, me encantaría que lo hicieran!

Tapándose los ojos con las manos, Vidal rió en silencio.

—Pues entonces no entiendo cómo se las va a ingeniar Raimundo para librar una batalla con alguien que está ausente —dijo Gaucelm, que encontraba cada vez más insoportables sus continuas payasadas.

Vidal reapareció por detrás de sus manos y miró al neófito sentado junto a él.

—Hablando —dijo, como si le explicara los misterios del mundo a un niño—. La gente habla. El mensaje llegará al palacio del obispo antes de que las sobras de la cena de esta noche sean arrojadas a los pobres por la puerta de atrás. Nuestro Raimundo es todo un especialista del gesto sutil, y nunca haría algo tan obvio como tener presente al enemigo. Y espera, que aún habrá otro refinamiento más. Verás, Amalarico es un *parfait*.

—¿Un qué?

—Un hereje del máximo grado. Los cátaros tienen su propia jerarquía, con obispos y todo lo demás. De hecho, Amalarico está considerado una especie de obispo. Casi parece una parodia de la jerarquía eclesiástica papal, ¿verdad? No tardarás en entenderlo: el panal de Raimundo es un hervidero de cátaros.

—¿Y qué tiene que ver todo eso con el obispo de Tolosa?

—¿Sabes de algún lacayo del Papa al que le caigan bien los herejes? Bueno, pues Raimundo los encuentra irresistibles. Cuando aparece un hereje realmente jugoso, especialmente si se trata de un eclesiástico cátaro que además es un intelectual, Raimundo no puede resistir la tentación de incorporarlo a su círculo. Por eso hoy Amalarico ha podido sentarse a la diestra de Dios. Y ahora, silencio...

Amalarico fue invitado a decir la acción de gracias por los alimentos. Si estiraba el cuello, Gaucelm podía ver el banquete de perfil: amplios manteles blancos anclados por su pieza central, una floritura de oro en forma de navío que relucía bajo la luz de las antorchas.

—La *nef* —murmuró Vidal, viendo que Gaucelm ponía ojos como platos—. Contiene un cargamento precioso de sal.

Cuando Amalarico hubo acabado de entonar la acción de gracias, un perro ladró y los músicos empezaron a afinar sus arpas e instrumentos de viento. Después empezó la procesión de la cocina: *quenelles*, bollos y tortas, bandejas llenas de pavos reales, los conejos prometidos por la arpía de las cocinas, y pasteles de carne picada aderezada con rebanadas de fruta. Los sirvientes ofrecían vino especiado en copas de plata. Resistiendo el impulso de vaciar su copa de un solo trago, Gaucelm la sostuvo para aspirar el cálido y delicioso aroma que emanaba de ella. Los sirvientes, pajes, trinchadores y cocineros se adelantaron con sus manjares, mostrándoselos al conde antes de servirlos a los invitados. Gaucelm ya no se acordaba de la tabla que un paje había depositado ante él, y su contenido todavía estaba intacto.

Vidal le dio un codazo.

—Come y deja de contemplar el espectáculo, bobo. Mira lo que tienes delante: esto no es un milagro sino una croqueta. Come o cuando tengas que levantarte y cantar te desmayarás. Y además —añadió—, pareces un tonto de pueblo que se ha quedado boquiabierto ante los osos bailarines de la feria. ¡No permitas que Raimundo te sorprenda con la boca abierta como un paleto de las colinas!

Gaucelm ya tenía un nudo en la garganta, pero se apresuró a bajar la mirada hacia la croqueta, que tenía un extraño color rojizo amarillento.

—Azafrán —dijo Vidal, adivinando su pregunta—. Una especia de Oriente, muy cara.

—Oh, sí, la conozco —repuso Gaucelm, tratando de mostrarse debidamente impresionado—. Mi padre la usa para teñir las telas.

—Comprendo. Debe de costarle sus buenas monedas. —Vidal le miró de soslayo y al principio fingió creerle, pero enseguida cambió de parecer—. ¡Un palmo de tela teñida con azafrán costaría lo mismo que veinte caballos! Y ahora, mi estimado tonto de pueblo, deja que te dé un consejo más: come y no hables.

Gaucelm apenas había tenido tiempo de tragarse la croqueta y apurar su copa de vino cuando una segunda ronda de viandas fue colocada ante él. Probó la alondra por primera vez. Contempló los pajarillos asados y con las patas rígidamente estiradas, y pensó en todas las veces en que, de pequeño, los había hecho caer del cielo con su honda. Y aunque sus ojos incapaces de ver parecían lanzarle miradas de reproche, tuvo que admitir que su carne era deliciosa. El vino y la excitación se le subieron a la cabeza. La terrible certeza de que pronto tendría que cantar fue adueñándose de sus pensamientos, al principio tenuemente como si acechara al final de un largo túnel y después con insistente premura. ¡Cómo le hubiese gustado poder volver a la sala de ensayos, donde al menos podría concentrarse en su actuación! Tener que aguantar todo un banquete sintiéndose acosado por aquel miedo que crecía sería una auténtica tortura, y el vino era la única manera de mantenerlo a raya. Gaucelm alzó la cabeza y un sirviente apareció de inmediato para llenarle la copa. Vidal no le quitaba los ojos de encima.

—Te estás poniendo sonrosadito —observó—. Si no dejas de beber, acabarás como uno de esos pájaros cantores que te han servido en el plato: patas arriba y con la cabeza dentro de la boca de alguien.

Gaucelm casi se atragantó. Para calmarse, empezó a juguetear con el borde del plato que tenía delante. Sus ojos recorrieron la sala en un tembloroso circuito y vieron que era mucho más grande de lo que le había parecido. ¿Sería a causa del vino? Las voces flotaban, elevándose hacia el techo junto con los hilos de humo que brotaban de los pasteles. El conde y la condesa podrían haber estado a dos campos de distancia. Entrecerrando los ojos, Gaucelm descubrió que apenas podía distinguir los rostros de las personas sentadas detrás de la plateada confusión de copas, recipientes, cuencos y cucharas y el incesante ir y venir de los botellones y las bandejas. Rai Mundi era un borrón de gruesa tela azulada, y Juana era un punto grisáceo. Pero ¿quién estaba sentado junto a ella? La cabeza erguida sobre el corpulento arco de un gran estómago parecía mantener un precario equilibrio encima de una cascada de papadas. Había algo indefiniblemente extraño en la rápida destreza con que su propietario desplazaba la cabeza de un lado a otro y de un vecino al siguiente, asintiendo y cabeceando con la grácil obsequiosidad propia de un hombre muy gordo. Gaucelm notó la rapidez con que aquellos ojillos de cerdo se movían bajo los gruesos párpados.

—¿Quién es ese hombre de la papada sentado junto a Juana?

—¿Te refieres al gordo de semblante pálido? Es un trovador rico que goza de la posición a que todos aspiramos. Y no me estoy refiriendo al sentarse al lado de Juana, ya que eso es consecuencia de su elevado rango. No, lo que quiero decir es que ha obtenido sus recompensas de ella. ¿De qué recompensas estoy hablando? Pues por ejemplo de un caballo gris y de ropa nueva dos veces al año, y de otros favores sobre los que quienes no estamos tan prendados de los encantos físicos de la condesa preferimos no saber nada.

—¿Cómo se llama?

—Folquet. Es de Marsella, la cuna de los pescaderos. ¿Quieres saber qué es lo que más me fascina de él? Pues su manera de andar: Folquet se impulsa ahuecando las manos como si nadase, lo cual constituye una forma de locomoción de lo más interesante.

—Eso quizá se deba a que está muy gordo.

—Muestras excesiva generosidad. No, es porque tiene demasiadas cosas que ocultar. En resumen, Folquet es un fatuo impulsado por sus propias ventosidades.

El vulgar humor de Vidal hizo sonreír a Gaucelm.

—¿Y qué tal son sus canciones? —preguntó.

—Tanto sus canciones como sus ventosidades apestan.

—¿Y quién es ese viejo de ahí? —preguntó Gaucelm, señalando a un anciano silencioso y de aspecto marchito que se inclinaba sobre su plato con una servilleta anudada al cuello.

—¿Odo? ¿El que parece un escarabajo pelotero? Es el capellán de la corte.

Gaucelm meneó la cabeza y señaló un poco a la izquierda del capellán.

—Ah, te refieres a Bernard de Ventadour —dijo Vidal con un tono totalmente distinto—. Raimundo lo mantiene junto a él para que su presencia bendiga la casa. En realidad no es tan viejo como aparenta, pero sus mejores momentos ya han quedado atrás. Lo que son las cosas, ¿verdad? ¡El más distinguido orfebre de las palabras presente en esta sala preside el extremo de la mesa, babeando y con la barbilla prácticamente clavada en su servilleta!

El corazón de Gaucelm empezó a palpitar con un extraño presentimiento. ¡Su ídolo, el hombre cuyas dotes musicales eran dignas de los mismísimos ángeles!

—Pero ¿por qué tiene ese aspecto?

—Una enfermedad. Ya no canta.

El corazón de Gaucelm pareció detenerse a mitad de un latido. No podía ser: un príncipe de los poetas debería tener un aspecto digno de su categoría. El horrible espectro de los pellejos de conejo vaciados de todo contenido se infiltró en su mente. Quiso llorar de pena e indignación, negándose a aceptar que se perdiera el arte de un gran maestro por el mero hecho de que su cuerpo se volviera demasiado viejo y débil. Su sueño de montar guardia bajo la ventana del poeta nunca se haría realidad, y lo que más le dolía era que ahora casi se avergonzaba de la razón que lo había traído a Tolosa. Bebió un sorbo de vino, pero se atragantó. Gaucelm tosió violentamente.

—¿Voy a ser presentado? —logró balbucear mientras Vidal le daba palmadas en la espalda.

—A su debido tiempo. Bernard aún es la diadema de esta corte. Presentar a sus invitados a Bernard de Ventadour es el único pequeño capricho que Raimundo nunca se niega a sí mismo. ¿Te encuentras bien? —Gaucelm asintió—. Y como quiere seguir disfrutando de ese pequeño capricho, nuestro conde se asegura de que su galería siempre esté llena de caras nuevas. Le encanta adquirir personas. Como tú, por ejemplo.

Gaucelm respiró hondo.

—Sí, ya lo imaginaba —replicó, aunque empezaba a hartarse de los incesantes sarcasmos de Vidal. Sólo servían para recordarle que nada le haría más feliz que ser adquirido. Lo deseaba tan vehementemente que sintió una desagradable agitación—. ¿Y cómo sabré cuándo ha llegado mi momento?

—Primero tendremos las atracciones habituales: un acróbata y puede que un rondel o dos, si les apetece a los invitados. Luego viene la parte seria: la semana pasada un grupo de cómicos representó una sátira sobre esposas apasionadamente loadas por desgraciados como tú y como yo, que esperan hacerse ricos gracias a la indulgencia de sus esposos. Tuvo muchísimo éxito. Juana se puso más roja que un tomate, pero Raimundo se limitó a reír. Verás, debes saber qué nobles aman a sus esposas y cuáles las usan como cebos para hacerse con un séquito brillante. Es como una prueba de perspicacia política: si no la superas, los resultados pueden ser desastrosos.

»Raimundo aborrece a Juana, naturalmente. Pero tampoco veo que haya ninguna perspectiva de que empieces a correr detrás de ella en busca de sus favores. En cualquier caso, están reservados para los que, como Folquet, son codiciosos por naturaleza. Te aconsejo que te dediques a componer tus versos en tu cuarto, y que te busques alguna moza en la ciudad cuando la necesidad apriete. En cualquier caso, después de que la atracción principal haya finalizado les tocará el turno a los trovadores.

De pronto palmadas acompañadas por la penetrante melodía de una flauta resonaron en la sala y un grupo de danzarinas árabes surgió de la nada. Gaucelm no daba crédito a sus ojos: aquellas mujeres iban casi desnudas; su atuendo se reducía a largas tiras de seda resplandeciente que ondulaban alrededor de sus cuerpos. Las danzarinas giraron como peonzas y acabaron deteniéndose al mismo tiempo sobre una rodilla flexionada delante de la mesa del estrado. Después, y entre un estremecimiento de panderetas, las jóvenes envueltas en sedas se entrelazaron en una serie de vertiginosas formaciones, mezclando púrpuras, dorados y carmesíes mientras sus faldas giraban alrededor de ellas como flores estrujadas en un ramo. Sus cuerpos desprendían cierto aroma mientras describían círculos unas en torno a otras, cogiéndose de los brazos para soltarse de repente. Una danzarina se separó del grupo e inició una sucesión de giros en solitario, moviéndose tan deprisa como una rosa a la que hicieran girar unos dedos invisibles y proyectando un intenso olor a almizcle con cada movimiento.

Gaucelm quedó fascinado por sus manos que, independientes como pájaros, revoloteaban de un lado a otro para detenerse súbitamente en el aire, retroceder en una suave ondulación y volver a quedar fugazmente inmóviles antes de reiniciar sus movimientos. A veces sus dedos se extendían como estrellas fugaces y luego se cerraban como moluscos. Batían el aire como las alas de un ave acuática cuando alza el vuelo: aquellas manos sabían volar, flotar a la deriva y hablar en el espacio sin dejar de danzar por encima del invisible movimiento continuo de los pies. La falda de la danzarina ondulaba como un mar de seda dorada.

Gaucelm cerró los ojos un momento. Nunca había visto un espectáculo semejante, y ni siquiera el malabarista de las antorchas en la feria de Champaña o aquella familia de acróbatas lanzadores de cuchillos famosa en todo el Lemosín le habían impresionado tanto. Cuando abrió los ojos, vio a las danzarinas inmóviles delante de él formando dos hileras que se balanceaban rítmicamente agradeciendo los aplausos y los pies que resonaban en el suelo. La que tenía más cerca lucía sedas violeta del color de los higos aplastados unidas a ella por una trencilla tan delgada que apenas se la podía distinguir. Su cuerpo era tan esbelto como los largos frutos marrones del peral que Gaucelm solía contemplar desde la ventana de su hogar.

Miró a Amalarico, cuyo rostro mostraba benevolencia, o quizá puro y simple deleite. El conde había dejado de trazar círculos sobre el mantel con su copa de vino e, inclinado sobre Juana, golpeaba suavemente el pecho de Folquet con los dedos. Pero el trovador se había quedado dormido sobre su papada y el conde Raimundo, que al parecer no quería interrumpir el descanso de su orondo invitado, volvió a enderezarse en su asiento. Los ojos de Gaucelm recorrieron la mesa de castos senos y vestimentas oficiales. Para su asombro, vio más de un par de párpados entornados y algunas cabezas inclinadas hacia el pecho. El vino, pensó, y demasiada comida. Miró a Vidal, pero su amigo estaba charlando con el joven caballero sentado a su derecha.

Como la llamita de una vela casi consumida, la atención de Gaucelm vaciló, pero fue reavivada por la esperanza de oír una hermosa melodía cuando un cántico quejumbroso empezó a surgir de un laúd español. Por fin oía un lenguaje que podía entender, pero el juglar de piel morena no parecía hablarlo muy bien. Sin entender nada, Gaucelm observó a la delgada figura cuyas manos se movían con tantos titubeos sobre las cuerdas de su laúd. Dos ojos llenos de miedo relucían debajo del extraño pañuelo que envolvía la cabeza del juglar, dándole la apariencia de un rapaz de las calles de Arabia. Gaucelm interrogó a Vidal con la mirada.

—Los placeres que proporciona no son de naturaleza... musical —repuso crípticamente Vidal.

Unos aplausos no muy entusiastas siguieron al lamento del laúd. Después, una súbita animación se adueñó de la sala cuando seis acróbatas entraron dando saltos y haciendo piruetas, para dar un salto mortal en el aire, caer de pie e inclinarse ante el conde Raimundo. Un enano vestido con un traje de plumas negras que hacía malabarismos con naranjas cerraba la comitiva.

—Dicen que sabe dónde están todas las casas seguras del valle de Ariège y que lleva mensajes de una a otra —murmuró Vidal, señalando al hombrecillo con un dedo.

Gaucelm puso cara de perplejidad.

—¿Casas seguras?

—Ya te lo explicaré más tarde —dijo Vidal—. Ahora me toca a mí.

Cogiendo el laúd de Gaucelm, se levantó y fue hacia el estrado. Empezó con una sencilla melodía para bailar, usando la mano libre para llevar el compás golpeando suavemente el vientre hueco del instrumento. Pero apenas había iniciado la melodía la interrumpió bruscamente.

—¡No, no y no! —anunció—. Esto no es lo que quería tocar para vosotros esta noche. —Los ojos se abrieron y las barbillas se levantaron. Gaucelm estaba tan sorprendido como el resto de los presentes—. Lo que quiero que oigáis es parte de una alborada en la que todavía estoy trabajando —explicó Vidal, que había concitado la atención de todos—. Ruego vuestra indulgencia para los pasajes que aún no he tenido tiempo de pulir.

Gaucelm se dijo que su amigo había sido muy astuto al presentar una obra inacabada justo cuando los invitados estaban dejando de interesarse por la velada.

—Ah, así que mi poeta no malgasta su tiempo bebiendo mi vino y persiguiendo a las mozas de la cocina... ¡Veo que está produciendo! —anunció el conde Raimundo con voz de trueno.

Vidal agradeció el cumplido con una reverencia. Después tocó un acorde melódico y luego otro más, y los combinó hasta acabar formando una estrofa: estaba claro que se disponía a ofrecer una canción de amor, pero Vidal no cantó la letra de la manera habitual, sino que hizo algo realmente fantástico: apoyando el instrumento en su muslo, empezó a hablar en verso con la voz de un joven enamorado que despierta a su amada antes del alba para que no los encuentren juntos.

—*Tant vos ai ades quiza...* —recitó—. Te he deseado tanto... *Eu remandrai tant quan er fait lo dos...* Y me quedaré a tu lado hasta que llegue la luz, pues eres la criatura más hermosa y delicada que jamás haya suplicado amor...

Después Vidal tocó la melodía de la alborada. Gaucelm no la reconoció hasta que su amigo llegó al estribillo que lo atrajo al cuarto donde estaba ensayando aquella mañana. Cuando la canción llegó a su fin —y Gaucelm se percató de que Vidal había prescindido de las cadencias—, hubo un murmullo de apreciación seguido por un estallido de aplausos.

Gaucelm hizo crujir los nudillos debajo de la mesa. El pánico se adueñó de él hasta que recordó su decisión de cantar la canción de la señora madre que había compuesto en el campo amarillo, la cual ejecutaría *a cappella*. *Dieus*, haz que este mal trago pase pronto, rezó.

Un instante después oyó cómo Vidal se dirigía al conde.

—Noble soberano de Argencia, os suplico que me permitáis presentaros a un joven poeta recién llegado a esta corte cuya canción os deslumbrará —dijo, y a continuación pronunció el nombre de Gaucelm.

El joven logró ponerse en pie sin saber muy bien cómo, entreviendo borrosamente una confusión de rostros cuyos ojos estarían muy abiertos y clavados en él. El silencio hizo que le palpitara la cabeza.

Fue hacia el conde y la condesa con paso vacilante. Teniendo la boca tan reseca, ¿conseguiría hacer brotar algún sonido de ella? Atravesó un vasto espacio de piedra que resonaba bajo sus pies con un sinfín de ecos fantasmagóricos, y alguna parte de su mente se acordó de que la genuflexión era obligatoria y le hizo doblar una rodilla. Tragó saliva. Se merecía aquella humillación, y su loco atrevimiento no tardaría en ser castigado. Gaucelm esperaba que el miedo fuese misericordioso y acabara con él tan deprisa como sus sueños lo habían llevado hasta allí. De momento ya le había robado la lengua. Dio media vuelta y fue hacia el centro de la sala, queriendo alejarse de la hilera de caras. *Plaitz Dieus*, guíame a través de esto y te serviré fielmente durante el resto de mi vida. Señora madre, no me abandones.

Nadie se movía. El intenso silencio fue seguido por una impaciente agitación de mangas, tintineo de anillos chocando con las copas y risitas ahogadas. Y aun así, cuando abrió la boca Gaucelm se asombró al oír su propia voz, y sintió cómo su cuerpo empezaba a moverse y esbozar gestos, cantándole a un rostro aquí y a un manchón borroso allá, a siluetas apenas visibles que empezaban a devolverle la sonrisa mientras cabeceaban y golpeaban la mesa con los nudillos siguiendo el compás de sus estrofas. Su miedo fue alejándose de manera gradual y casi imperceptible, y Gaucelm se encontró describiendo una majestuosa órbita entre el sol, la luna y las estrellas. ¡Qué inmensa alegría! Había descubierto que su voz contenía cuanto necesitaba.

> ¿Por qué debería hacer de mi vida
> un infierno de dolor
> cuando me aguarda otra dama
> dispuesta a consolarme?

Dirigió su cántico al conde Raimundo y después lo convirtió en una serenata dedicada a la condesa, alcanzando un crescendo que nunca le había parecido tan puro. En las pausas entre estrofas, el intenso olor a carne asada y vino especiado apenas le dejaba respirar. Finalmente hubo un murmullo seguido por un súbito silencio. Gaucelm volvió la mirada hacia Bernard de Ventadour y vio en el rostro del poeta una expresión extraña, un aire de beatitud tan profunda como si estuviera soñando.

Reconfortado por aquella imagen, dio comienzo a la última estrofa y permitió que su voz se desplegara para hincharse como una vela al viento. Cantaba desde lo más profundo de su ser, y la vastedad del sonido pareció encoger aquella sala que tan enorme le había parecido al principio. Volviéndose hacia Bernard, cantó para él en un homenaje dirigido al hombre que le había regalado la *lauzeta*.

Es tal el desdén
con que mi dama trata al amor
que volveré
a los campos de las flores amarillas.

Su voz pareció remontarse como una cometa, mientras él, embriagado por la emoción, creía flotar ante los rostros que sabía estaban pendientes de cada nota, cada palabra y cada gesto de sus manos, aquellos rostros que tan cálida acogida estaban dispensando al trovador Gaucelm de Uzerche.

Cuando acabó de cantar, el silencio estalló en su cabeza como una punzada. Los rostros de la mesa intercambiaron rápidas miradas y después se volvieron para contemplar a Gaucelm, solo en el centro de la sala con los brazos todavía extendidos. Primero hubo un murmullo, y luego llegaron los sonidos de las copas de vino siendo depositadas sobre el mantel en un crescendo de entusiasmo. Cuencos y saleros se unieron al rítmico aplauso hasta que éste se volvió ensordecedor. Gaucelm apenas podía andar, y tuvo que hacer un gran esfuerzo para volver a su asiento. Su amigo sonreía de oreja a oreja y lo envolvió en un abrazo de victoria tan fervoroso que casi le hizo perder el equilibrio.

—Un debut más que prometedor —murmuró enarcando las cejas.

Gaucelm sólo quería guardar silencio, respirar y dejarse llevar por la gran ola del momento. Vidal le había cogido del brazo. Si me suelta, pensó Gaucelm, me marearé o vomitaré. El rubor de la ejecución de la pieza ya se había disipado de su rostro, dejándole las manos extrañamente frías y entumecidas. Era como si su cuerpo estuviera precipitándose en el vacío. Y sin embargo ardía en deseos de volver a cantar, de sentir el tirón de la cometa, de ser liberado y desplegado para volver a remontar el vuelo sobre el sonido de su voz.

Pero en vez de eso, un estallido de trompetas hizo vibrar sus tímpanos. La gente se levantaba, el banquete había terminado. Gaucelm buscó con la mirada a Bernard de Ventadour, deseoso de ver su rostro. Pero una multitud ya venía hacia él para darle palmadas en los hombros, buscar sus manos y revolverle los cabellos. Gaucelm, que aún trataba de calmarse, no dijo nada. La sala tardó tiempo en vaciarse. Los sirvientes dispusieron mesas de ajedrez, y un grupo de caballeros ya tiraba los dados en el asiento de una ventana. Las palabras revolotearon por la estancia mientras Vidal se encargaba de presentarle a una serie de invitados cuyos nombres se esfumaban de la mente de Gaucelm apenas los oía. Finalmente, el conde apareció ante él para envolverlo en una nube de elogios.

Cuando el conde Raimundo le tomó del codo y lo apartó de Vidal, Gaucelm supo que el momento que había estado esperando por fin iba a desplegarse ante sus ojos como un estandarte. No estaba preparado para todo aquello, y se sentía tan distanciado de su propio deleite como si estuviera asistiendo a una representación teatral de la que no podía oír los diálogos.

—Tienes un talento prodigioso, muchacho, y nos gustaría que te quedaras aquí todo el tiempo que quieras —estaba diciendo el conde—. Estoy seguro de que ya conoces nuestras condiciones. Dispondrás de un corcel y te proporcionaremos ropas nuevas. Lamentablemente, tu alojamiento dejará un poco que desear, pero te ruego lo comprendas: el castillo está repleto. Sé que Vidal se encargará de servirte de guía.

Gaucelm le oía a medias y deseó dar las réplicas que se esperaban de él, pero aquella noche sólo era capaz de ofrecer unas cansadas palabras de gratitud.

—Vayamos a saludar a Bernard de Ventadour —dijo el conde.

Gaucelm sintió que se le erizaba el vello de la nuca. ¿Ahora? Con la mano del conde sobre su hombro, fueron hacia la mesa del estrado. Bernard seguía en su asiento y cuando se detuvieron delante de él, Gaucelm vio su aspecto de enfermo. Iba bien afeitado y envuelto en una túnica de lana adornada con bordados. Parecía acostumbrado a que lo considerasen un tesoro de la corte, y estaba claro que aún deseaba aprovechar cualquier ocasión de beneficiarse de su condición. Pero también parecía estar tan vacío como una concha abandonada por su ocupante, y mientras se inclinaba ante el trovador más famoso y aclamado de su época, Gaucelm sintió que un estremecimiento le subía por la espalda. Una vez más, los sonidos se negaron a acudir a su boca. Se lamió los labios, carraspeó y, finalmente, consiguió hablar al tiempo que estrechaba la mano que le ofrecía el gran hombre.

—Es un gran honor —dijo tontamente.

Bernard de Ventadour recibió aquellas palabras con gesto de curiosidad y asintió vigorosamente.

—Vuestras canciones me han abierto el camino a Tolosa y... —añadió Gaucelm.

Pero el poeta asintió sin darle tiempo a terminar la frase y, tras un embarazoso silencio, Gaucelm se dio cuenta de que el gran hombre estaba más sordo que una tapia. Lanzó una rápida mirada al conde, cuya expresión se lo confirmó.

Así pues, Bernard no había oído ni una sola nota de la canción de Gaucelm. Por un momento aterrador éste pensó que su corazón iba a estallar. A continuación una ola negra pareció abatirse sobre él. Nunca se le había ocurrido pensar que su ídolo pudiera ser viejo, y mucho menos que pudiera estar sordo. Siempre que pensaba en Bernard de Ventadour, se imaginaba a alguien tan eterno como sus versos y tan perennemente intacto como una mosca en el corazón del ámbar. La ola negra tiró de sus pies y después comenzó a alejarse poco a poco, dejándolo temblorosamente erguido. El corazón le latía muy deprisa, pero logró recuperar la compostura. Bernard de Ventadour era mortal, y eso lo volvía tan a merced de la enfermedad y la sordera como cualquier otra persona. Al menos estaba vivo, pensó, y él estaba allí para saludarle. Se despidió del gran poeta agitando la mano mientras el conde Raimundo lo conducía hacia el comensal de la gruesa papada. De camino hacia él fueron interceptados por Odo, el capellán, que era aún más bajo de lo que había parecido sentado a la mesa y venía presurosamente hacia ellos para ser presentado. El conde así lo hizo, hablando con tono solemne y sin apartar los ojos del rostro de Odo, con su nariz arqueada como el puente de un instrumento de cuerda. Aun así, Gaucelm fue consciente de que Raimundo no perdía de vista un objetivo que tenía más interés para él.

Se despidieron de Odo y fueron hacia Folquet, quien le siseaba tan audiblemente a Amalarico que tanto Gaucelm como el conde oyeron sus palabras.

—¡Llamo a vuestra fe herejía satánica y a vos seguidor del Anticristo! —acabó gritando Folquet y, dando media vuelta, fue hacia Gaucelm con las manos extendidas, todo sonrisas y alabanzas.

Las palabras grandilocuentes no tardaron en girar alrededor de Gaucelm en tal profusión que le dejaron confuso y perdieron cualquier posible significado. Gaucelm sólo oía la voz meliflua y las subidas y bajadas de la cadencia. Vidal tenía razón: había algo muy extraño en aquel hombre. Mientras hablaban, Folquet hendía el aire con gestos fláccidos y desarticulados, siempre dirigidos hacia abajo, como si estuviera obligando a sentarse a un perro.

—Habiendo compuesto unos cuantos versos —estaba diciendo Folquet—, me hallo en condiciones de apreciar la magnitud de tu triunfo. —Los brillantes ojillos porcinos no se apartaban del rostro de Gaucelm, el carnoso apretón de manos era firme, y la papada subía y bajaba como un acordeón—. Cómo envidio tu talento, mi querido muchacho.

El conde se excusó y fue hacia Amalarico, que se había quedado solo.

—Confío en que te oiremos con frecuencia —dijo Folquet.

Después se volvió bruscamente con un último destello de sus ojillos y salió de la sala, agitando el aire detrás de él como un enorme navío que abandona el puerto. Gaucelm, confuso, se miró los pies.

Vidal vio a su amigo, le llamó con un grito y le hizo señas de que se uniera a él en la esquina donde un grupo de caballeros se inclinaban sobre un tablero de ajedrez.

—Folquet se ha ido echando chispas —dijo Vidal—. ¿Qué ha pasado?

—¿Echando chispas? Pero si estuvo muy cortés y me cubrió de elogios.

—No hay Folquet más temible que el Folquet lleno de elogios —dijo Vidal—. ¿De qué hablaban él y Amalarico?

—No lo sé.

—Pues yo sí lo sé —dijo Vidal, dirigiéndole un extraño guiño—. Mañana asistiré a misa en la ciudad. Ven conmigo y verás a qué me refiero.

Sin decir una palabra más, Vidal se volvió hacia el tablero de ajedrez y pareció estudiar con concentración el movimiento que acababa de hacer uno de los jugadores. Gaucelm posó la mirada en la sobreveste de seda de un caballero, que había sido recortada para mostrar su magnífico forro. Después, a una seña de Vidal, dejaron a los jugadores y salieron de la gran sala para ir al largo pasillo que llevaba a los alojamientos comunes.

Vidal le pasó afablemente el brazo por los hombros.

—Has triunfado, mi querido Gaucelm. Te aseguro que pronto estarás en situación de obrar auténticos milagros con Raimundo. —Pero su voz había adquirido un tono algo forzado, como si hubiera estado reflexionando después de su estallido de entusiasmo inicial—. No te duermas en los laureles y no permitas que se canse de ti. Creo que tu siguiente paso debería ser componer una canción en su honor. Miserable ingrato, ¿no te parece que mis consejos merecen ser retribuidos? ¡Imagínatelo! —añadió—. Acabas de llegar y ya has conseguido caerle en gracia a la mismísima Luz del Mundo.

Gaucelm siguió andando junto a él sin decir nada. Ahora que el banquete había terminado, por primera vez en su vida, una maravillosa sensación de gloria se extendió por todo su ser. Como un sorbo del mejor coñac, la sensación se ramificaba a través de sus tejidos y calentaba todo su cuerpo. Cuando llegaron a los alojamientos de Gaucelm, Vidal le devolvió el arco.

—Consideraré un gran honor poder servirte de guía por las peligrosas calles de Tolosa mañana —dijo con una traviesa sonrisa de duendecillo—. Nos iremos después de desayunar, y procura ser puntual: nada de quedarse en cama saboreando tu éxito. Como obsequio especial de la casa, te pondré al corriente de las misteriosas actividades de la colmena de herejes y enanos portadores de mensajes de Raimundo, algo que no hago con cualquiera. Eso sí, no digo que vaya a explicártelas. Si quieres explicaciones, historias o predicciones, consulta con otro. Pero si quieres entender el embrollo Folquet-Amalarico, entonces soy tu hombre. Confía en mí: ¡nunca oculto nada!

Las admoniciones de Vidal cayeron en oídos sordos, porque Gaucelm no le escuchaba. Estaba imaginándose a su padre y su madre entre los espectadores de aquella noche, y veía cómo se enorgullecían de lo bien que había cantado. Gaucelm acababa de ganar una apuesta consigo mismo: su puesto estaba en la corte, no en una tienda de telas y paños. Tenía la palabra del conde, y siempre recordaría aquel momento maravilloso.

El delicioso calor de la exaltación se adueñó de sus miembros, volviéndolo insensible a las cosas corrientes. Ya no se avergonzaba de sus zapatos manchados de barro: era un ser único y sublime suspendido de hilos de cometa que lo elevaban hacia su propia estrella particular.

4

TOLOSA LA ROSA

Al alba, Vidal y Gaucelm se encaminaron hacia la iglesia de Saint-Sernin. Tolosa tiene que ser la ciudad más espléndida del mundo, pensó Gaucelm. El mismo rey Felipe Augusto decía que, comparada con ella, París no valía nada. Tan sólo dos noches antes, Gaucelm había visto desde la lejanía cómo sus muros rojizos parecían derretirse bajo el ocaso mientras un campanario que se alzaba en el norte reflejaba los rayos del sol poniente. Y esa mañana vio que aquella apariencia rojiza de la ciudad no era ningún truco de la luz, pues Tolosa había sido construida con ladrillo.

¡Qué abismo de tiempo parecía separar su entrada nocturna del día de hoy! Gaucelm andaba con el paso triunfal de un conquistador, y todo lo que veía le encantaba. A aquella hora tan temprana, las calles ya estaban llenas de estudiantes, cambistas de moneda, españoles, septentrionales, africanos, orientales, árabes y judíos. Un grupo de hombres y mujeres curiosamente vestidos de negro sudaban descargando grandes balas de lana de una carreta en torno a la que se apiñaban los transeúntes. No tenían aspecto de ganarse la vida llevando mercancías a los puestos, y cuando Gaucelm arqueó una ceja, Vidal se limitó a decir: «Más herejes. Cátaros, para ser exactos.» Evidentemente se les permitía ir y venir a su antojo, cosa que Gaucelm encontró un poco rara, e incluso reprensible. En Uzerche la desobediencia a la Iglesia era castigada con la muerte.

Contempló la plaza del mercado, las calles pavimentadas con losas de piedra tan llenas de incesante actividad como los bazares orientales de su imaginación y las tiendas con mostradores y mesas esparcidas ante ellas. Cada calle llevaba el nombre de su especialidad: rue de la Poissonière, donde los peces formaban arcos plateados en los puestos; rue de l'Épicerie, donde las especias pregonadas a gritos eran sacadas de los barriles y pesadas en la romana; rue de la Boucherie, la calle de los carniceros, y el pasaje de los cambistas de moneda. Todos parecían prosperar entre los muros rojizos de Tolosa.

Mientras cruzaban la ciudad, Gaucelm se fijó en que cada distrito tenía sus propios sonidos y olores, lenguajes y gestos de su profesión. En el barrio de los curtidores, dio un respingo al ver las pieles de animales colgadas a secar; todavía apestaban al ácido úrico con que, le explicó Vidal, las habían curado. Mientras andaban, Vidal le contó que a principios de la primavera llegaban a Tolosa millares de peregrinos que venían a contemplar las reliquias del mártir san Saturnino en la iglesia de Saint-Sernin, y que incluso con la ciudad tan atestada de visitantes, los judíos y los árabes no tenían nada que temer. Los judíos podían rezar sin ser molestados en su propio centro de culto, conocido como la Schola Judeorum. Los árabes eran muy buscados como médicos, y algunos de ellos incluso disfrutaban de posiciones importantes en la corte. A diferencia de los bastardos del norte, el conde Raimundo podía enorgullecerse de su tolerancia.

—Raimundo es muy listo —dijo Vidal—. En sus disputas con el obispo siempre consigue evitar enfrentamientos que puedan despertar las iras del Papa. Y además deja que sus cónsules se ocupen de casi todo lo referente a la administración de la ciudad; después de todo, para eso los eligieron.

En aquellas calles bañadas por el sol, Gaucelm observó a su compañero. Con su túnica verde un poco deshilachada y sus ojos relucientes, Vidal parecía un rapaz callejero. Tenía pequeños dientes de lobo y manos nudosas y fuertes, que no parecían habituadas a abarcar una octava. Era muy temprano, pero incluso a esa hora Vidal ya se movía con aquellos peculiares gestos suyos; y Gaucelm aún no tenía muy claro cuándo hacía el payaso y cuándo hablaba en serio. La historia de Juana y Folquet tal vez fuera una invención que había urdido para divertirse o para usarla, disfrazada, en una canción.

Anduvieron en silencio durante un rato, hasta que Vidal se paró.

—¿Sabes que todos creen que estoy loco? —dijo, y en su voz había un deje de orgullo.

—¿Es verdad que le prometiste a Alfonso de Aragón que mantendrías la paz en Provenza y Montpellier si te regalaba un buen caballo? —preguntó Gaucelm.

Vidal se echó a reír y después cantó:

—*Dragoman senher, s'ieu agues un bon destrier...* ¿Te refieres a esa canción? ¿Dónde la has oído?

—En Uzerche.

—¡Vaya, vaya! Así que mi pequeña cancioncilla ha llegado a hacerse famosa, ¿eh? —Sonriendo enigmáticamente, adelantó a su amigo por la calle adoquinada y luego volvió a pararse. Con un paso de baile preliminar, se embarcó en una parodia de su propia canción—. ¡Eh, señor, regaladme un penco de buen ver! —gritó, y a continuación desgranó algunas estrofas inconexas—. Famoso por mi valor guerrero, con Rolando en bravura rivalizo... *E dormis si planamen...* Dormiréis apaciblemente mientras vuestros enemigos se humillan ante mí. ¡Eh, señor! ¿Es que eso no vale un penco?

Gaucelm alcanzó a su amigo y le quitó la gorra. Vidal fingió ser un juguete mecánico que deja de emitir sonidos en cuanto se quita la tapa.

—¿Qué pasó? —preguntó Gaucelm.

Vidal se volvió hacia él.

—Que le hizo gracia. Si ya había gritado y suplicado, ¿por qué no probar suerte con la fanfarronada? Mi canción hizo que por fin me prestara atención.

—¿Conseguiste el caballo o descubriste que el rey de Aragón es un avaro?

—Alfonso es un auténtico monstruo de la racanería. Al final acabé volviendo a Tolosa a pie.

Gaucelm enarcó las cejas.

—Bueno, la mayor parte del camino —se corrigió Vidal.

—Al final del cual el conde te cubrió de riquezas.

—Raimundo recompensa adecuadamente mi locura. En conjunto, aquí vivo mejor que en ningún otro lugar donde haya estado. Alfonso no tiene nada aparte de problemas en sus fronteras, y Lombardía está hecha picadillo. Hay que encontrar algún mecenas cuyas arcas no hayan sido vaciadas por las guerras, y la única manera de hacerlo es buscar por todas partes. Sus pequeñas disputas con los eclesiásticos pueden crearle problemas a Raimundo, pero no le crean deudas... afortunadamente para nosotros.

Gaucelm le escuchó con atención, y después intentó desviar la conversación hacia Raimundo.

—¿El conde escribe versos? —preguntó.

—Te repetiré en cuatro líneas todo lo que he llegado a averiguar sobre él a lo largo de estos años. Pero debes jurar secreto absoluto.

—Desde luego —dijo Gaucelm solemnemente.

—Pacto de muerte.

—Pacto de muerte.

—Por el aliento de la Virgen.

—Y los huesos del Papa.

—Y los huesos del Papa.

Los dos amigos sonrieron.

—Muy bien. —Vidal acercó la mano alrededor de la oreja de Gaucelm y susurró—: «Y el lobo que aprender a rimar quiere / al final del verso muere / pues incluso estando dormido gritará / que a muchas, muchas, muchas ovejas se comerá.»

—Muy gracioso, amigo mío. Pero ¿no estás siendo un poco injusto? —repuso Gaucelm poniéndose serio—. A juzgar por lo que dices, Raimundo es un lobo viejo capaz de aprender nuevos trucos.

Vidal ignoró el comentario y Gaucelm, siendo un recién llegado, pensó que se merecía aquel desaire. Pero después Vidal lo llevó a la iglesia de Saint-Sernin y, una vez allí, lo sentó en un escalón.

—Has abordado un asunto muy serio —anunció—. El conde siempre está haciendo equilibrios entre el cielo y el infierno, pero yo sé con quién simpatiza en realidad y puedo asegurarte que no tiene nada de qué avergonzarse.

Incluso este elfo con dientes de roedor puede ser pomposo, pensó Gaucelm. Se preguntó cuándo empezaría la misa, ya que a los fieles no se los veía por ninguna parte. Sus mocasines, todavía manchados por el barro de hacía dos días, le estaban destrozando los pies.

—Raimundo es muy listo —decía Vidal—. Roma lo mantiene vigilado en todo momento, desde luego, pero no le descubrirán. El conde dispone de muchos espías. Por ejemplo, el enano al que viste anoche: un buen hombre y un gran malabarista. La corte retribuye sus servicios como atracción de feria, pero también es un informador secreto. Sabe dónde están todas las casas seguras (es decir, los escondites de los herejes) del distrito. Cuando hay problemas lleva mensajes, y en Tolosa siempre hay gente dispuesta a crear problemas. Alguien encuentra una cruz cátara tallada en un árbol, y cualquiera diría que el diablo ha decidido aparecerse ante él en carne, rabo y cuernos. La Iglesia siempre se obstina en llevar a cabo el exorcismo. Ahora corren rumores de que va a venir otra delegación papal; comisión investigadora, la llaman. Suena inofensivo... pero van acompañados por una escolta armada, o por lo menos la última la traía.

—¿Qué clase de mensajes lleva? —preguntó Gaucelm, que seguía pensando en el enano.

—Nadie lo sabe exactamente, pero ya puedes imaginártelo. Advertencias. Probablemente no le quita los ojos de encima a Juana.

—¿El conde espía a su propia condesa? —preguntó Gaucelm con incredulidad y sintió compasión por ella.

—Es hija de la formidable Leonor, ¿verdad? Leonor de Aquitania, Leonor Plantagenet, Leonor de las mil vidas, madre de Corazón de León, reina de Inglaterra, etcétera, etcétera. Y, naturalmente, Juana es como su madre: una católica de lo más devota. Está intentando devolver a su esposo al seno de la ortodoxia para evitarle problemas con el Papa. ¡Supongo que ahora comprenderás por qué Raimundo no puede permitirse ser un libro abierto!

Gaucelm se inclinó y deslizó un dedo por el interior de su mocasín derecho y acabó extrayendo un guijarro.

—Mantener una corte liberal es una cosa, pero que todo el norte sepa que un obispo cátaro fue el invitado de honor en una de sus veladas es otra muy distinta —prosiguió Vidal—. Raimundo debe evitar que Juana le vaya con ciertas historias a esas gentes. Y no olvides —añadió, disfrutando con la adición del insulto a la injuria—, que el primo de Rai Mundi es Felipe Augusto, ese supuesto rey aposentado en París que espera la ocasión de ir con rumores al Papa.

Gaucelm no dijo nada. De pronto Tolosa ya no era la ciudadela de armonía que le había parecido hacía sólo unos momentos. El castillo del conde estaba infestado de intrigas, y saberlo le llenó de inquietud. Quería seguir adelante y terminar de una vez con aquel asunto de la misa. Pero Vidal estaba disfrutando de su discurso, como si hubiera decidido aprovechar aquella ocasión para disipar la inocencia de Gaucelm.

—Y recuerda también que nuestro Príncipe de la Luz es un guerrero. No te dejes engañar por sus modales cortesanos y sus aficiones poéticas: ¡el lobo sueña con ovejas! Raimundo no ha renunciado a sus pretensiones sobre Provenza. Pero con los herejes creándole problemas en casa, ha decidido no tentar la suerte más allá de las fronteras. De hecho, sus ricas tierras también son codiciadas por el rey inglés, Corazón de León. —Vidal hizo una pausa, algo que Gaucelm ya le había visto bastantes veces para saber que estaba ejecutando alguna labor de bordado mental—. Como todos los felinos de su especie, Ricardo siempre está dispuesto a saltar sobre la presa. Mientras tanto, se dedica a mordisquear los confines de ésta y acosa las posesiones de Raimundo como el gato que juega con el ratón. Ahora ya sabes por qué nuestro soberano señor de Argencia debe ir con mucho cuidado, y por qué algunos le acusan de practicar una política de doble filo. Raimundo debe mantener contento a todo el mundo, y en primer lugar a sus propios súbditos. Después están Ricardo, Felipe Augusto, el Papa... Su situación es muy precaria, y no le envidio.

—Y eso explica la presencia del capellán de la corte —intervino Gaucelm—. Está allí para guardar las apariencias, ¿no?

—¿Odo? Es prácticamente invisible. Otro de los perros falderos de Raimundo. Comparece a la hora de comer y se ocupa de la capilla. Aparte de eso, no es más que un personaje simbólico, una especie de figurón con el que nuestro conde pretende aplacar al Papa.

Gaucelm se quedó consternado.

—¿Y entonces por qué se tomó la molestia de presentármelo?

—Raimundo se guía por una sola regla: «Nunca se sabe.»

Gaucelm, que aun así se sentía secretamente halagado por la presentación, no volvió a abrir la boca.

Llevaban casi una hora sentados delante de la iglesia. La gran plaza se había animado con el estrépito de los vendedores que se disponían a ocupar los lugares vacantes. Campesinos con gorra y gruesas pellizas de lana descargaban sus últimas mercancías de las carretas. Un par de zuecos repiquetearon sobre los adoquines de camino a una bodega. El sonido cesó cuando su portador, el propietario del comercio, se preparó para abrir sus puertas. Por lo demás, todo estaba en silencio y aún reinaba la atmósfera somnolienta de primeras horas de la mañana. El campanario a medio construir de Saint-Sernin brillaba bajo el nuevo sol. Los albañiles ya estaban llevando sus escaleras de mano y sus herramientas a la parte trasera del edificio, donde se elevaban los andamios. Cuando los rayos del sol empezaron a teñir de amarillo la calle en que estaban sentados los dos amigos, Vidal habló por fin.

—Entremos —dijo—. La misa terminará antes de que hayamos ido más allá de la entrada.

—¡No sabía que hubiera empezado! —exclamó Gaucelm, sorprendido.

La iglesia era oscura y vasta. Cuando las puertas se cerraron con un golpe sordo detrás de ellos, una súbita corriente de aire que olía a especias viejas removió la atmósfera estancada del interior y le hizo cosquillas en la nariz a Gaucelm. Décadas de incienso habían impregnado cada palmo del cavernoso recinto, desde las losas del suelo hasta la bóveda. En la penumbra Gaucelm apenas si podía distinguir la alternancia de ladrillo rojo y beige del transepto y los frescos, ya un poco descoloridos, pintados sobre los arcos. La magnificencia de la iglesia era la que se podía esperar en un templo que, según le explicó Vidal, había sido edificado sobre la tumba del mártir galo san Saturnino. Gaucelm recorrió la larga nave con la mirada. ¡Allí no había nadie! Nadie salvo una figura vestida de blanco que, ayudada por otras dos y medio oculta entre las sombras, celebraba la misa. Los sitiales soberbiamente tallados del coro estaban vacíos. Los ojos de Gaucelm fueron acostumbrándose a aquella luz grisácea y sus tímpanos vibraron bajo los ecos de la voz del sacerdote, la cual parecía llegar hasta ellos a través de un tambor abandonado. Las palabras flotaban en el vacío sin obtener respuesta antes de desvanecerse.

Los dos amigos esperaron en silencio durante un rato. Finalmente Gaucelm miró a Vidal y se le erizó el vello de los antebrazos: Vidal parecía estar rezando. La visión de aquel archicínico de rodillas le dejó tan impresionado que su mente se habría negado a formar una oración por mucho que lo hubiese intentado. Finalmente Vidal se puso en pie y le dirigió un enarcamiento de ceja, indicándole así que era hora de irse. Gaucelm inspiró hondo y después suspiró con alivio cuando sus pasos resonaron a lo largo de la cámara.

—Acabas de verlo con tus propios ojos —dijo Vidal, enarcando la otra ceja mientras la gran puerta se cerraba detrás de ellos—. Los herejes han caído sobre esta iglesia igual que un enjambre de langostas y la han dejado reducida a una osamenta de piedra.

Parpadearon a la intensa claridad solar. El aire estaba tan transparente como una aguamarina y parecía crepitar con la ajetreada actividad que lo rodeaba. El mercado ya estaba listo para acoger a los compradores, y los puestos rebosaban de salazones, quesos verdes, paños, zapatos, frascos de hierbas, judías y manzanas de la última cosecha. Gaucelm agradeció aquel estrépito. Los gansos chillaban dentro de sus jaulas de madera, los toneleros manipulaban sus martillos, los asnos rebuznaban, y la yegua que tiraba de una carreta respingó cuando un rebaño de vacas llegó al trote desde la calle Saint-Jacques.

—¿Hay algún puesto de comida cerca? —preguntó Gaucelm—. Ir a misa tan temprano siempre me abre el apetito.

Vidal sonrió, hundió un dedo en el estómago de su amigo

como si éste fuera un melón maduro y se dispuso a cruzar la plaza seguido por Gaucelm.

—¡El mundo real nos espera! —gritó, alzando una mano para señalar un grupo de edificios al final de la plaza.

Nubes de vapor brotaban del cobertizo de un vendedor de sopa donde, dispuestas en hilera sobre la gruesa media puerta, encontraron tortas recién sacadas del horno y todavía calientes. Apoyados contra la puerta, comieron contemplando la plaza del mercado.

—Y ahora ha llegado el momento de jugar —se atrevió a sugerir Gaucelm, que anhelaba nuevas emociones—. Tengo una deuda que pagar. Supongo que no habrás olvidado que todavía te debo todos tus consejos de anoche, ¿verdad?

—Ahora mismo estaba preguntándome cuándo te acordarías de pagármelos. Si esperas un poco, jugaremos todo lo que quieras. Antes quiero enseñarte algo. Sígueme.

Gaucelm lo hizo, serpenteando entre las plumas de gallina y hojas de repollo y procurando no tropezar con los bordillos mientras Vidal lo llevaba hacia la parte de atrás de Saint-Sernin pasando junto a los puestos de enseres para el hogar. Las arpilleras extendidas sobre los adoquines estaban llenas de lámparas de barro, recipientes, taburetes y ganchos para ollas. A lo lejos se oía predicar a alguien: la voz, apasionada, insistente y de una limpidez rayana en la transparencia, pertenecía a una mujer de mediana edad vestida de negro. Detrás de ella, dos largos palos clavados en los adoquines formaban una versión magnificada de la cruz truncada que Amalarico había lucido durante el banquete de anoche. La mujer estaba recitando unos versículos del Evangelio de san Juan. Después, hablando en un dialecto que a Gaucelm le costó descifrar, siguió con su discurso.

—Juntos nos enfrentamos a una Iglesia increíblemente poderosa y rica, una Iglesia que ha olvidado sus deberes para con los pobres. Ya sabéis quiénes somos. Sabéis cómo intentamos llevar una vida de abstinencia basada en el amor mutuo. Sabéis cómo aborrecemos cualquier clase de violencia. Sabéis que estamos en contra de la esclavitud humana, ya sea ejercida a través del matrimonio o de las ataduras de la servidumbre. Comparezco ante vosotros como una mujer libre que no está atada a ningún hombre, aunque antaño estuve casada.

Hubo algunos murmullos. Tres figuras se separaron del corro de oyentes y se marcharon.

—Pero quiero hablaros de vosotros. ¿Qué podéis esperar de la Iglesia? ¿Qué hace Roma por vuestras almas? Os proporciona los sacramentos, cierto, pero pagáis muy caro cada uno de ellos: pagáis por el bautismo y el matrimonio, incluso por la extremaunción. Cada pecado que confesáis os cuesta dinero o trabajo. ¡No me extraña que cada semana acabéis haciendo cola ante las puertas del conde con la esperanza de que su mayordomo os arroje unas monedas! ¿Es esto lo que significa ser cristiano? ¿Acaso creéis que Dios quiere que seamos mendigos?

Gaucelm se removió nerviosamente. En Uzerche aquel discurso le habría costado la vida.

—Y los que habéis estado en la Cruzada... ¿Acaso no veis que cuando el Papa necesita dinero, deja que compréis vuestra redención a cambio de la culpa? Vuestros cuerpos sirven para pagar sus caprichos. Cuando el Papa llama a la guerra, vosotros lo pagáis con vuestras vidas. ¿Pensáis que eso os vuelve puros? Yo pienso que no. Podéis haceros responsables de vuestras almas y liberarlas del peso de las malas acciones sin la intervención del Papa, sin su causa, sin su necesidad de disponer de soldados, su amor a la carnicería, el pillaje y el botín, y, sí, mujeres y niños, en el nombre de Dios. Vivir virtuosamente es a la vez más difícil y más fácil de lo que pensáis. Cuando la voluntad de Dios se convierta en vuestra forma de vida, sólo entonces os convertiréis en verdaderos creyentes. ¡Hasta ese día vuestra única fe será la codicia de oro del Papa!

Cuando acabó de hablar, hubo unos cuantos murmullos más y después los oyentes se dispersaron. La mujer fue a una mesa llena de paños de lana enrollados y se sentó tan tranquilamente como si aquello ocurriera todos los días.

—¿Quién es? —preguntó Gaucelm.

—Una tejedora.

—Apuesto a que es algo más que eso.

—Y una mujer santa. Los alguaciles saben quién es y qué predica, pero la dejan en paz y no se meten con su comunidad.

—Si dijera esas cosas en el norte la ahorcarían —murmuró Gaucelm—. ¿De dónde es?

—De Lavaur, en las colinas. Y está dispuesta a correr el riesgo de que la ahorquen. Todos lo están. Forma parte de su religión. No lo entiendo.

—Así que ella está lista para arder y yo estoy listo para una buena partida de dados. Qué extraño es el mundo.

—Vamos —dijo Vidal—. Conozco una buena taberna en el pasaje de los cambistas.

Fueron hacia una parte de la calle donde ésta se estrechaba.

—Es la única taberna de Tolosa cuyo dueño es lo bastante insensato para fiarme —dijo Vidal, y rió.

—Creía que el conde era generoso.

—Mi amor al vino también lo es.

—¿Piensas seguir mucho tiempo en su corte? —preguntó Gaucelm mientras entraban en la taberna.

La estancia de techo bajo tenía la forma del interior de un tonel, y ya estaba llena de granjeros y mercaderes que hacían negocios mientras tomaban sorbos de sus jarras de vino rebajado con agua. Vidal señaló una mesa y un banco.

—Mi querido Gaucelm, tienes por delante una carrera muy prometedora. Pronto podrás vivir de tus canciones. Algunos disfrutan de la vida de la corte, pero yo no. A mí me gusta viajar y coleccionar experiencias más apasionantes que las que puede proporcionar la colmena de abejas de Rai Mundi. En resumen, que soy un alma inquieta.

—Pero ¿cómo puedes permitírtelo? —preguntó Gaucelm mientras se sentaban, y después se inclinó para aflojarse los zapatos que oprimían sus pies doloridos antes de sacarse los dados del bolsillo.

—La legendaria generosidad del conde ya no es tan ilimitada como antaño. Y, de todas maneras, el aburrimiento hace que el dinero pase a ser una cuestión secundaria. En el peor de los casos siempre puedo volver, y además debo agradecerle a la Fortuna que no haya tenido a bien proporcionarme una esposa. Para variar, tampoco estoy enamorado. Así pues, soy libre...

Vidal alzó dos dedos y no tardaron en ver llegar dos jarras de vino.

—Pero ¿adónde irás?

Vidal se metió la mano en la bolsa con expresión pensativa y sacó los dados antes de responder.

—A donde me lleven los senderos. Preferiblemente hacia el sur: Carcasona, quizá vuelva a Marsella... Pero probablemente aún tardaré algún tiempo en irme. Tengo curiosidad por saber si Raimundo realmente está tan decidido a adueñarse de Provenza como parece. Si acaba declarándole la guerra a Die o a Castellana, tal vez vaya con él.

Vidal tiró primero. Gaucelm no lanzó sus dados.

—¿Cómo va hacerle la guerra a Die o a Castellana si el rey inglés, según dijiste hace un rato, se está preparando para atacarle? ¿Y por qué iba a iniciar una guerra ahora con el Papa jadeándole en el cuello?

—¿Un movimiento de diversión, quizá? Después de todo, si la guerra convierte en héroes a los idiotas, ¡piensa en lo que podría hacer por Raimundo! Pero los auténticos motivos de mi lealtad son todavía más ruines que ésos. —Le guiñó el ojo—. Raimundo me ha prometido una cota de malla y un caballo nuevo, al parecer un auténtico corcel de guerra.

—¿Nunca has pensado en ir a la Cruzada?

—Bueno, siempre me queda ese recurso. No descarto la posibilidad. El mundo está lleno de oportunidades y hay que saber aprovecharlas. Además, nunca he cruzado el mar Mediterráneo para ir a Oriente.

—Hablas como un renegado.

—Lo soy. Lo somos, y tú lo sabes muy bien.

—Al menos eres un mercenario relativamente rico. Yo no puedo decir lo mismo de mi persona.

—Oh, saldrás adelante. Pero no permitas que las aristas de estos cubos lleguen a desgastarse demasiado. —Cogió los dados de su amigo y los agitó delante de su nariz. Gaucelm los recuperó y los lanzó—. Sí, es verdad —prosiguió Vidal—. Raimundo me ha permitido disfrutar de las comodidades de la vida, pero Barral de Marsella también fue generoso conmigo en el pasado. No; necesito pasar algún tiempo lejos de la corte de Raimundo. Folquet y yo siempre estamos peleándonos. Me veo obligado a ensalzar a Juana, cuya política detesto. Necesito volver a los caminos. ¡Se me ocurren ideas mucho peores que ir a ultramar permitiendo que el conde me pague el viaje!

—¿Y qué me dices de Provenza? He oído decir que los condes de Forcalquier son muy ricos.

—Ricos pero mezquinos. Estoy harto de guerritas insignificantes; prefiero las grandes expediciones. No, no. Esperaré hasta la fiesta de San Miguel y luego me iré. Para entonces ya sabré si Raimundo hablaba en serio cuando me prometió todas esas cosas. En cuanto haya conseguido la mercancía me marcharé, al menos hasta Marsella. Allí los inviernos son menos duros.

—Y si tomas la cruz y partes a la Cruzada, ¿puedes hacerte a la mar desde Marsella? —preguntó Gaucelm con voz expectante.

—Sólo si mi pequeño asunto pendiente con Barral, y en particular con la vizcondesa Azalaïs, ha sido olvidado. Ahí está el problema. —Gaucelm le lanzó una mirada de perplejidad, y Vidal respondió a ella bebiendo un trago de vino—. No entremos en detalles —dijo agitando la mano—. Un besito robado se complicó progresivamente hasta acabar produciendo mi... mi apresurada huida de los dominios de Barral y mi subsiguiente viaje a Aragón, y Tolosa. Y ahora ya lo sabes todo.

—Pero Barral no se lo tomó tan a pecho, o eso dabas a entender en tu canción —se atrevió a decir Gaucelm—. *E.lh baizei a lairo la boca e.l mento...*

—¡Ajá! Siempre estás mejor informado de lo que aparentas, ¿eh? A este paso pronto te consideraré un auténtico experto en mi obra. Bueno, tienes razón... o eso es lo que dice mi poema. Pero la vida dijo otra cosa.

—«Los poetas somos una extraña estirpe, pues el amor a la belleza nos obliga a emplear la mentira» —declaró Gaucelm.

—¿Quién dijo eso?

—Acabo de inventármelo.

—Muy pomposo. Yo mas bien diría que la verdad es obligada a servir a un mero verso, el cual raramente alcanza algo tan elevado como la belleza. No, no somos una estirpe extraña, sino ridícula. —Vidal clavó la mirada en la mesa, olvidándose de la partida interrumpida—. Provenza... El que hayas pronunciado su nombre me hace amarla todavía más. Cuando estuve allí compuse esto:

Ah! l'alen tire me l'aire
Qu'en sen venire de Proensa
Tot quant es de lai m'agnesa.
(Anhelo respirar los dulces aires
Que vienen de Provenza
Pues amo todo lo que es de allí.)

—¡Cantas a Provenza como le cantarías a una mujer cuyos encantos te hubieran fascinado! —declaró Gaucelm—. Pero un paisaje no es tan complicado. Si realmente lo amas, puedes dedicarle hermosas canciones y...

—Cosa que no ocurre con la mujer —le interrumpió Vidal alzando el índice—. Aunque los paisajes nunca mienten de la manera en que lo hacen las mujeres. No puedes hacerle el amor a la tierra, pero puedes proclamar tu amor por ella. Por lo que a mí respecta, y si he de escoger entre uno y otra, me quedo... —estudió los dados y después los lanzó—, con ambos.

—Pero en el caso de la mujer, aunque mienta, todavía puedes acostarte con ella.

—Muy bien dicho, mi querido Gaucelm. Eres un auténtico príncipe del ingenio, ¿eh?

Siguieron hablando de mujeres mientras la tarde se convertía en crepúsculo. Finalmente recogieron sus dados, salieron de la taberna y fueron corriendo a las murallas, llegando a ellas justo a tiempo de contemplar cómo los espléndidos resplandores del sol bruñían las mansiones de los burgueses y las casuchas. Gaucelm y Vidal dejaron de hablar mientras el oro era lentamente transmutado en metales inferiores y el sol descendía por un cielo convertido en un mar de nubes. Un abrir y cerrar de ojos después, todo se había ennegrecido salvo el centro de la ciudad, que se alzaba entre las tinieblas como una rosa en llamas con los bordes todavía iluminados. Durante el misterioso intervalo entre el día y la noche, los sonidos animales de la ciudad y el campo eran amplificados por la atmósfera. Liebres y roedores apresurándose a regresar a sus madrigueras de las rocas, el canto metálico de la cigarra elevándose en una última frase final, el balbuceo del mercado sorprendido en sus últimos hervores, un millar de ollas y marmitas tintineando sobre sus fuegos... Todas aquellas notas flotaron sobre Tolosa durante un último momento de calma antes de esfumarse en la oscuridad.

Vidal se volvió hacia Gaucelm.

—¿Por qué no vamos al barrio del Chantier?

Dispuesto a cualquier cosa, Gaucelm respondió con un rotundo «¡Vamos!».

Echaron a andar entre el silencio de la larga calle de piedra. Impulsado por la curiosidad, Gaucelm se estiró hacia una ventana en la que, sin ser visto a través de los postigos entreabiertos, observó a un ama de casa que servía la cena a su esposo mientras sus hijos se peleaban en un rincón. Las casas se apoyaban contra las murallas de la ciudad como borrachos que buscaran su amparo. Pocas lámparas iluminaban las habitaciones, pues aquélla era la parte más vieja de Tolosa, despreciada por todo burgués que aspirase a prosperar y habitada por gentes de paso, pequeños comerciantes y todos aquellos a los que la suerte había dado la espalda.

Llegaron a la sección más pobre, una abigarrada colección de refugios. Vidal asumió inmediatamente su papel de guía. Gorra en mano y con una gran reverencia, le presentó al recién llegado una parte de la ciudad por la que sentía una especial afinidad.

—Nos encontramos en el corazón del Chantier —dijo—, donde antaño acampaban los herreros, hojalateros y pastores. Ahora es una colonia de mujeres entre las que hay muchas viudas, aunque algunas de ellas apenas hayan dejado atrás la adolescencia. Durante el día las calles resuenan con los gritos de sus hijos, y de noche son sus clientes los que se encargan de armar alboroto. Supongo que ya me entiendes, ¿no? —añadió con burlona malicia—. La mayoría de ellas tienen que enfrentarse a toda una jornada de trabajo antes de atender a su clientela nocturna, así que siempre andan corriendo de un lado para otro. Cada una de ellas está enterada de todo lo que hacen las demás: saben cuáles roban, se emborrachan o usan la magia sobre sus clientes, y cuáles son las manzanas podridas del barril. Están al corriente de las últimas novedades en lo referente a esposos, amantes, hijos, dinero, celos, patronos y enfermedades. Hay reglas, y también existen ciertas normas de cortesía.

—¿Qué es ese olor? —preguntó Gaucelm, refiriéndose a un penetrante hedor a grasa quemada.

Vidal le explicó que en los distritos más pobres de Tolosa, sus habitantes todavía usaban el aceite de oliva como combustible para sus lámparas, aunque ahora costaba más que antes porque el prensado resultaba bastante laborioso. En aquellos barrios, el aire siempre estaba impregnado por un aroma vegetal que hacía que acabaran oliendo igual que la plaza del mercado.

Gaucelm se sintió tan horrorizado como fascinado por lo que veía. ¡Un mundo entero gobernado por mujeres! Antes de Tolosa, siempre había fantaseado con comitivas de nobles, espléndidos castillos, ferias y majestuosas plazas, lugares donde reinaban los príncipes y comerciaban los mercaderes. Pero nunca había soñado con un enclave de mujeres que no rendían cuentas a nadie y se ganaban la vida por su cuenta. Allí las mujeres ofrecían sus cuerpos a cambio de plata en oscuras habitaciones, medio escondidas detrás de ventanas iluminadas por lámparas que ardían lejos de las sucias calles. Sus vidas laberínticas seguían su curso a través de la noche como si aquellas transacciones fueran lo más normal del mundo. Costillas de cordero asándose sobre las llamas, bebés que lloriqueaban, encender las lámparas y, un día tras otro, fregar los suelos y lavar la ropa sucia. Si por fin iba a conocer a las mujeres, ¿realmente era necesario que las conociese de aquella manera? Buscó sus dados, los estrujó entre sus dedos mientras andaba y respiró profundamente. ¿Su propia *pucela*? Sí, tal vez, ¿y por qué no aquí y ahora?

Atraído por el olor de la carne y el aceite de las lámparas, oyó voces, susurros y risas dentro de las casuchas. Imaginó cuerpos entrelazados que se abrazaban y compartían su calor. *Dieus mauditz!* Iría con una de aquellas mujeres y se dejaría llevar por la veloz corriente del oscuro río que borboteaba en su interior, como si una extraña certeza oculta dentro de su ser lo arrastrara a ello. Apretó el paso y alcanzó a Vidal, que andaba a grandes zancadas por delante de él. Una capilla se alzaba al final de la calle.

—Ha sido profanada, naturalmente —observó Vidal—. Me han traído aquí en más de una ocasión cuando las casas estaban llenas. ¡Pero juro por las cejas de Dios que ese suelo está demasiado frío incluso en verano!

La puerta estaba abierta y entraron. Dentro sólo quedaba el altar, reducido a una simple losa de piedra. Gaucelm se estremeció: el que una *pucela* y su cliente usaran un altar como lecho infringía todo lo que le habían enseñado.

Vidal estaba diciéndole que durante el día aquel extraño templo era el centro de actividad del barrio. Las mujeres se saludaban unas a otras, regateaban, cotilleaban y rezaban pidiendo suerte, la curación de un niño enfermo, un cuartillo de vino o un buey nuevo. Las gentes acudían allí en busca de ensalmos contra el mal de ojo y para pedir favores a los santos. Allí rezó en vano Marie Maury, la mujer del cardador, para que se le pasara la fiebre a su pequeño. Cuando el niño murió, decenas de mujeres llorosas lo llevaron al altar y allí se le administró la extremaunción, aunque ya estaba frío.

—Yo quería mucho a ese niño —dijo Vidal, dando la espalda al altar con el rostro ensombrecido—. Le enseñaba canciones.

Un ruido de pasos acompañado por el chasquido de un bastón contra las piedras resonó detrás de ellos. Una anciana entró en la capilla y se arrodilló como si pisara suelo sagrado. Después se incorporó lentamente con la ayuda del bastón y observó a los visitantes. Poco a poco fue reconociendo a Vidal y lo saludó inclinando la cabeza y luego, pensando que había estado demasiado seca, le dijo:

—¿Qué tal te van las cosas?

—Bien, madre Damsin, gracias. Mi amigo Gaucelm acaba de llegar a Tolosa y le estoy enseñando la ciudad.

La anciana saludó a Gaucelm, quien le devolvió la sonrisa.

—Nadie enseña esta parte de la ciudad a los visitantes a menos que tengan que hacer algo en ella —observó—. ¡Y ahora que lo pienso —exclamó, encarándose con Vidal—, rara vez te he visto sin una mujer colgada de cada brazo!

—Enseguida nos ocuparemos de eso —dijo Vidal—. Pero antes, el recorrido por los lugares más interesantes. Siempre hay más de lo que parece a primera vista... especialmente en los distritos que conoces bien.

—¡Desde luego que sí! —repuso la anciana—. A veces pienso que este lugar está encantado.

—Estoy seguro de que lo está —dijo Vidal maliciosamente—. El barrio está lleno de brujas.

—¡Llámalas como quieras! —replicó la anciana con un tono tan burlón como el suyo—. ¡Pero las brujas no son lo peor que tenemos aquí, eso puedo jurártelo por la Madre de Dios! ¿Has oído hablar del líder de no sé qué extraño culto que vino aquí a celebrar su ritual? —Vidal meneó la cabeza, visiblemente divertido. La anciana fue hacia él y le cogió por la pechera de la túnica—. ¡Le enseñó el trasero al altar para imitar el beso de la paz! —explicó en un susurro afectado y, golpeando el suelo con el bastón como si quisiera dar aún más énfasis a sus palabras, dio un paso atrás para observar los efectos de aquella revelación. Gaucelm se estremeció, pero Vidal se limitó a sonreír—. Sí, eso dicen que hizo. ¡Madre de Dios, ya hay bastantes problemas en el mundo sin necesidad de que la gente haga esas cosas! —Pero la reacción de Vidal la había decepcionado, por lo que intentó reforzar sus argumentos—. Ah, ¿y sabes que Marie vio al diablo aquí mismo, en los escalones y a la luz del día? Nos juró que era todo rojo y tenía dos caras, cuatro pezuñas y un rabo. Y muchos dicen que la capilla está encantada por el fantasma de una hermosa joven, pero sólo puedes verlo cuando nieva.

—¿Y qué hace? —preguntó Gaucelm, incrédulo.

La anciana se volvió hacia él con renovado entusiasmo.

—Flota en el aire y se persigna una y otra vez —aseguró y, echándose hacia atrás, apoyó las manos en el puño del bastón—.

Oh, sí, este sitio parece atraer al mal —prosiguió—. Aquí se han celebrado montones de misas negras, como cuando la mujer del zapatero pidió que mataran una oveja y luego insistió en llevar su sangre a la capilla para que la bendijeran. Después se la bebió. ¿Quién puede reprochárselo? Tenía un bulto tan grande como un puño en el cuello. ¡Y con su pobre hijito muerto, además! Bueno, la sangre obró su magia y el bulto perdió su poder. Se acabaron los desmayos, y esos sudores repentinos que tanto la hacían padecer. A decir verdad, no se puede conocer el bien sin haber conocido el mal.

—Algunos han llegado a conocer muy bien a ambos —dijo Vidal—. La capilla está poseída. Puedes creer que pertenece a Dios o al diablo, pero no hay otro lugar igual. Siempre se oyen voces y pasos.

—Cierto —dijo la anciana—. Acuérdate de eso cuando entres aquí después de que haya oscurecido sin ninguna idea buena en la cabeza. —Alzó el bastón y señaló a Gaucelm—. ¡Procura que se porte bien! —ordenó con ojos chispeantes, y después se marchó de la capilla con paso lento y vacilante.

Gaucelm enarcó una ceja.

—¿Qué piensas de sus historias?

—Paparruchas —dijo Vidal—. No es más que una vieja cotilla que siempre anda metiendo las narices en todo. Ya no vengo aquí con tanta frecuencia como antes. ¡Brujería! Pero nunca se sabe, claro... En una ocasión una mujer me dio un talismán después de que me hubiera acostado con ella. Yo temblaba y los ojos y la boca se me llenaban de espuma sanguinolenta. Me dio este amuleto como protección. —Se sacó de la faltriquera una piedrecilla. Era tan blanca que parecía un globo ocular lechoso, y el roce la había convertido en un óvalo perfecto. Vidal rió y se encogió de hombros—. Sí, ¿quién sabe? Cuando entendamos el poder que nos quita la salud, entonces podremos restaurarla fácilmente. Mientras tanto, ¿por qué no recurrir a los sustitutos?

Se guardó la piedra y salieron de la capilla. Gaucelm pensó que Vidal estaba unido al barrio del Chantier por algo bastante más profundo que los meros placeres de la carne.

Las casas iluminadas por las lámparas empezaban a mostrar nuevos signos de vida. Muchachas cuyos puntiagudos pechitos y piernas de potranca proclamaban que aún no habían acabado de crecer anunciaban sus precios desde las ventanas. Gaucelm escuchó aquella cacofonía que recordaba a las llamadas de los vendedores del mercado. Pero cada vez que se apartaba de Vidal para echar un vistazo a alguna, su guía desaprobaba su elección.

—Ésa no, que es una ogresa. Levántale la camisola a ésa de ahí y verás que debajo sólo hay un montón de plumas de gallina. ¡Ésa tiene purgaciones, puedo asegurártelo!

Una abisinia tan flexible y esbelta como un hurón asomó la cabeza por el hueco de una puerta en cuanto oyó sus pasos. Cuando le vio el cabello, Gaucelm no pudo contener la risa: lo llevaba recogido en un sinfín de rígidas trencillas que apuntaban en todas direcciones. La abisinia se apoyó contra el quicio de la puerta y el movimiento hizo que su cuerpo pareciese un rimero de bandejas de madera tan frágilmente unidas que cada parte se movía con independencia de las demás. La rodilla asomaba sobre la pantorrilla, el estómago sobre el muslo, los pechos sobre el estómago y la cabeza sobre el cuello, y todos se inclinaban en temblorosa expectación. Luego se paró un momento delante de otra joven negra, atraído por su olor a madera untada de aceite. Su aroma le gustaba más que el de las hembras pálidas de las que emanaba un tenue olor a... ¿a qué exactamente? Después de pensárselo un poco, se dijo que olían a exceso de uso; a sudor, tablas de lavar, sábanas arrugadas y demasiados domingos sin bañarse; a muchos días de no comer más que repollos y puerros, y al rancio hedor de la transpiración en un clima caluroso. Se sentía atraído por la honrada franqueza de la piel aceitosa de aquella mujer para la que el calor era un elemento, no un enemigo.

Vidal siguió andando sin dejar de hablar. Gaucelm se detuvo, indeciso entre las muchachas blancas y las jóvenes negras y queriendo poseerlas a todas a la vez. Finalmente echó a correr en pos de Vidal, sabiendo que aún no estaba preparado para adentrarse en aquellos territorios inexplorados.

Y entonces Vidal le señaló a Auriga. Su amigo le explicó que ése era el nombre que le había dado, porque le parecía una figura surgida de la antigüedad. Esbelta, morena y con muslos de gacela, apenas tendría catorce años y estaba sentada con perfecta compostura delante de su choza, los hombros tan erguidos y nítidamente perfilados como los de una egipcia.

—Si fuera tú, me gastaría el dinero en ella —dijo Vidal.

Gaucelm asintió sin vacilar, contento de que se le ahorrara tener que elegir.

—¿Cuánto? —se apresuró a preguntar—. ¿Y dónde te encontraré... después?

—Con dos monedas es suficiente. Pregunta por Guilhelma.

Gaucelm vio cómo Vidal se perdía en la noche y después se volvió para contemplar a la mujer. Se acercó un poco más, dispuesto a inspeccionarla. La joven irguió un poco más la espalda. Gaucelm le enseñó las dos monedas, un gesto que esperaba la animaría a dar el próximo paso. La joven le hizo señas de que la siguiera al interior de la choza. Estupendo, pensó Gaucelm. Ya veo que basta con dos monedas.

La habitación era minúscula y olía a paja. La joven encendió una lámpara de aceite, protegiendo el pábilo chisporroteante con una mano, y la llevó a una mesa tan baja que podría haber servido de taburete. Encima de ella había una jarra y dos cuencos de barro. Gaucelm recorrió con la mirada toda la habitación, pero no encontró nada para sentarse salvo un colchón de paja que ocupaba el centro del suelo. La joven extendió sobre él un sucio cobertor y allí se sentaron, vueltos hacia la mesa. Gaucelm vio pisadas y huellas de botas en la tierra apisonada alrededor de la cama.

No se estaban tocando, pero él estaba tenso y nervioso. El cuerpo de la joven apenas si era un garabato infantil, un proyecto, una promesa de futuro. Estaba tan delgada que Gaucelm podía percibir los huesos bajo su frágil constitución. Aún estaba brotando y, al igual que él, sólo era un comienzo. Le pareció que había escogido su propio reflejo, y esa complicidad imaginada le provocó una súbita agitación.

La joven le ofreció vino, que Gaucelm bebió con gratitud aunque ya empezaba a avinagrarse. La joven lo miró con expresión expectante. Parecía que nunca se hubiera peinado, y su cabello era una masa de rígidos rizos que apestaban a pomada seca. Alguien se había encargado de hacerle aquel extraño tocado, y Gaucelm sintió un súbito anhelo de deshacerlo para que su cabello recuperara la suavidad perdida.

Moviéndose mecánicamente, la joven se sacó el corpiño por encima de la cabeza. Gaucelm no abrió la boca hasta que vio la diagonal de una cicatriz que iba del hombro a la columna.

—¿Qué es eso? —preguntó alarmado.

La expresión de la joven no cambió. Era como si no hubiese oído la pregunta. Siguió desnudándose, pero cuando se agachó para quitarse sus gastadas zapatillas de cuero, Gaucelm le tomó las manos y volvió a ponérselas encima del regazo. La suavidad de sus dedos le reveló que aquella joven era prácticamente una niña.

—¿Cuántos años tienes?

—Ni idea.

—¿Naciste en Tolosa?

—¡Oh, no! —exclamó ella, meneando la cabeza y haciendo oscilar sus rizos—. Nací en África.

—Cuéntame más cosas —le rogó Gaucelm—. Háblame de tus padres.

—Mi madre murió al nacer yo, y unos traficantes de esclavos árabes me compraron en Bujía...

—¿Dónde está eso?

—No estoy segura. En algún lugar de África. Lo único que recuerdo es que me hicieron subir a un barco que se dedicaba al tráfico de esclavos. Éramos unos treinta, y nos dijeron que iríamos a España. Nos dieron de comer una especie de puré. Había tan poca agua que nos la disputábamos. Uno de los chicos logró entrar en la bodega y sólo encontró sacos de corteza reseca y cántaros de aceite sellados. ¡Nada que comer! Así que cuando atracamos en Marsella, me escapé.

—¿Así de fácil?

Ella meneó la cabeza.

—A cambio de ciertos favores —dijo.

Una muchacha tan joven, sola. A Gaucelm le costaba creerlo.

—Yo también me fui de casa para ser libre —dijo, y volvió a contemplar la cicatriz con una nueva inquietud, sabiendo que en el caso de ella «libre» significaba algo muy distinto.

Resiguió la gruesa marca con un dedo y vio erizarse el vello en sus antebrazos. Obedeciendo a un impulso repentino, hundió la cara en el excitante aroma animal de su cuello y mordisqueó la piel, haciéndola reír.

Y entonces sintió que una extraña pesadez se adueñaba de él, como si su sangre hubiera empezado a espesarse. No se atrevía a moverse y no osaba volver a tocarla, temiendo aplastarla y consumirla en un momento abrasador. El incidente con la hija de Benet volvió a su memoria para llenarlo de vergüenza, pero enseguida se dijo que ahora se encontraba en un mundo muy alejado de todas las personas y cosas que conocía. Además, acababa de pagarle sus servicios, y los había pagado con su propio dinero.

Se preguntó cuántas veces habría hecho aquello antes. De pronto tuvo miedo, y se dio cuenta de que estaba sudando. No sabía prácticamente nada sobre lo que había que hacer cuando estabas con una mujer. Su juventud, su huida y su cicatriz le habían conmovido. Tumbándola sobre el colchón de paja, hurgó en las faldas con una mano mientras la otra luchaba con sus pantalones. Casi desnuda, la muchacha se pasó la camisola de áspera tela por la cabeza con brazos tan delgados como ramitas. Los omóplatos se tensaron debajo de sus hombros. No era hermosa. Tenía la silueta de una figura primitiva tallada sobre un recipiente de barro, con los hombros más bien anchos y la espalda musculosa. Gaucelm la observó desde atrás, fascinado por sus sencillos gestos. Su columna vertebral era como una serpiente que se fundía con las nalgas. El olor del agua perfumada escurriéndose de otro cuerpo flotó en el aire por unos momentos y Gaucelm visualizó a la mujer misteriosa de los aposentos del conde, alzándose nuevamente de su baño.

Se volvió hacia Auriga. Ahora era suya para hacerle lo que quisiera. Súbitamente inflamado por la pasión, Gaucelm la sujetó por detrás, tal como decía Vidal que les gustaba a aquellas mujeres. Pero en su frenesí, y no sabiendo cómo darle placer, lo que hizo fue causarle dolor. Volviéndola bruscamente de cara a él, la embistió con todas sus fuerzas hasta que las venas se hicieron visibles en la piel del cuello. La joven tenía los ojos cerrados, cosa que después Gaucelm agradecería cuando se acordara de lo que había hecho con ella.

Cuando la tormenta se hubo calmado en su interior, se desplomó sobre el cobertor. Se quedó inmóvil con las rodillas pegadas al pecho, exhausto. Cuando por fin alzó la cabeza vio que sus piernas desnudas estaban surcadas por marcas rojas y blancas dejadas por la paja del colchón. Un fuerte olor brotaba de la paja, tan intenso que le hizo estornudar. Satisfecho y saciado, dejó que sus pensamientos flotaran a la deriva. Su miembro, nuevamente despierto, dio un respingo sobre sus muslos.

—¿Cuánto por la segunda vez? —preguntó, ladeando la cabeza para mirarla y tratando de fingir experiencia pese a lo ridículo de la postura en el suelo de aquel pesebre.

La joven se echó a reír.

—Conmigo siempre quedarás contento: ¡un mínimo de dos por el precio de uno! Si quieres puedes joder hasta perder el sentido, que a mí tanto me da... a menos que haya cola delante de mi puerta.

Desconcertado, Gaucelm se incorporó de golpe, cogió sus pantalones y los apretó contra su pecho. La miró con incredulidad, boquiabierto ante tantas obscenidades. Después recogió sus zapatos y el resto de la ropa mientras ella se dedicaba a hacer lo que fuera que hiciesen aquellas muchachas para evitar tener hijos. De pronto olió a vinagre y, mirando por el rabillo del ojo, la vio meterse un trozo de tela entre las piernas. Gaucelm se vistió con la cabeza dándole vueltas, como si todo su contenido hubiera sido bruscamente puesto del revés. Su cerebro estaba lleno de crujidos y chasquidos, como si alguien estuviera rompiendo muebles y partiendo maderas y metales. Sin decir nada, se fue.

Anduvo por las bulliciosas calles del barrio viejo haciendo un viril esfuerzo para encajar el montón de fragmentos en que acababa de convertirse su nueva vida con las mujeres. Pero lo único que podía hacer era revivir una y otra vez aquellos momentos, casi avergonzándose de sí mismo. Pero, *Dieus*, una imagen de ella seguía en su mente: los ojos color avellana agrandándose y entornándose, el cerrarse de sus párpados, los dos ribetes de negras pestañas que se encontraban para volver a separarse en una serie de rápidos movimientos.

Aún podía sentir un tenue residuo de vergüenza, como si hubiera usado un ariete para abrir una puerta que no estaba cerrada con llave. ¡Si alguien le hubiera dicho cómo iba a ser todo! Sueños del fantasma de la capilla revolotearon por su mente: la hermosa mujer de blanco flotando por la nave cuando nevaba, persignándose.

De pronto pensó que iba a desmayarse. El estómago, vacío y con acidez, le hervía en una violenta agitación. No había comido nada desde las tortas de la mañana en la plaza, y estaba mareado. Se llevó la mano a la bolsa y descubrió con horror que había desaparecido. Las náuseas se volvieron irresistibles y finalmente se rindió a las arcadas con la frente goteando sudor. ¡Aquella maldita zorra! Como un niño perdido en la calle de las rameras, intentó recordar el nombre de la *putana* de Vidal, pero no lo consiguió.

Sus entrañas se revolvieron. Escupió un chorro de vino y un nombre se formó lentamente en sus labios: Guilhelma. Se obligó a seguir calle abajo. Las lámparas de aceite estaban apagadas, y las cabañas ya no tenían ojos para alumbrar su camino. Yendo hacia el alféizar más próximo y sin importarle a quién pudiera molestar, preguntó a gritos dónde podía encontrar a Guilhelma.

—¡Tres puertas más abajo! —gritó una voz en la oscuridad—. La que tiene una parra encima.

Siguió calle abajo, mareado, hasta que vio unos cuantos tallos que se agarraban a un dintel. Demasiado débil para llamar a la puerta, se desplomó delante de ella y se quedó dormido.

Al amanecer Vidal casi se desplomó sobre él. De no ser por los zapatos de Gaucelm, que asomaban bajo su empapada túnica marrón, nunca habría reconocido a su amigo bajo aquella tela mojada.

—¡Virgen María y santos ojos de Dios, y que me cuelguen!

Lo empujó con el zapato. Como no obtuvo respuesta, se agachó y levantó la cabeza dormida del amasijo de la capucha y la túnica. Gaucelm abrió los ojos de mala gana y se humedeció los labios. La luz del día le hizo palpitar la cabeza como si cien caballos estuvieran galopando delante de él.

—¿Te pegó o qué? ¿Estás borracho? ¡Habla, hombre de Dios!

—Tengo hambre —masculló Gaucelm, y tosió con una especie de eructo de sapo.

—Estás hecho un auténtico mendigo. Y como sigas ahí tirado encima de tus orines, acabarás pillando las fiebres. Ven, que Guilhelma te dejará como nuevo. ¿Aún quedan gachas o ya se han acabado? —preguntó Vidal volviéndose hacia la cabaña.

Alguien salió de la cabaña entre un revoloteo de faldas y le quitó la túnica. Con un par de brazos sosteniéndolo por las axilas, Gaucelm se vio llevado en volandas a través del umbral y fue depositado encima de un taburete delante de una mesa. La cabeza se le desplomó sobre los brazos mientras luchaba por recordar los acontecimientos de la noche anterior y el orden en que se habían producido, intentando decidir qué parte de ellos debía contar a Vidal y cuál debía confiar a sus remordimientos.

—Mira a ver si le han robado la bolsa —dijo Guilhelma, arrastrando las erres como una provinciana.

Poniendo cara de asco, Vidal rebuscó entre la ropa mojada de Gaucelm.

—Ha desaparecido —dijo.

—Esa pequeña zorra siempre reconoce a un recién llegado, y nunca olvida quedarse con su dinero. A estas alturas ya tendría que haberse corrido la voz y todos los novatos deberían saber que no hay que acercarse a ella, pero siempre hay algún incauto en la remesa. Y apuesto a que además tiene la tripa llena de vino barato, ¿eh? ¡Maldita perra hija de puta! ¿Está borracho?

—Tengo hambre —repuso Gaucelm.

—Entonces no te preocupes, porque eso se remedia fácilmente —dijo la mujer con voz pastosa y jovial.

Después de dos escudillas de gachas y una jarra de agua, Gaucelm empezó a sentirse mejor. Guilhelma Monja fue haciéndose visible bajo la luz de la lámpara. Robusta y llena de curvas, trajinaba con una habilidad impropia de su edad, pero tenía el rostro sonrosado de una muchacha. Gaucelm se preguntó qué edad tendría. ¿Quince, tal vez? Llevaba su oscura y espesa melena recogida en la nuca. Guilhelma se inclinó para recoger los cuencos, y Gaucelm sintió la abundancia de sus pechos y pudo oler el aroma a harina que impregnaba sus antebrazos. No, pensó, no era una muchacha. Fuera cual fuese su edad, Guilhelma era una mujer. El oscilante haz de la lámpara proyectaba su sombra sobre la pared, confiriéndole las dimensiones de una giganta mientras iba y venía entre el recipiente de lavar y el fuego.

Vidal abrió la puerta para que entrara un poco de aire fresco. La primera claridad del día llegó casi inadvertidamente, adquiriendo la forma de un vapor que envolvió con un resplandor ultraterreno a la lámpara, ya muy escasa de aceite. Guilhelma se inclinó para apagarla de un soplido, curvando una mano alrededor del parpadeo de la llama. Tenía los ojos largos y bastante planos, y sus oscuras cejas se extendían sobre ellos como un par de alas. Su nariz era puramente romana, con la típica pequeña protuberancia presente en todas las narices romanas. El perfil de la barbilla era recto y firme, pero se curvaba como la de una niña cuando inclinaba la cabeza. Dos hoyuelos enmarcaban sus carnosos labios y, debido a alguna razón que Gaucelm no hubiese podido explicar ni por todo un reino de bolsas perdidas, el contemplarla aceleró su recuperación.

—¡Bueno, aquí no ha pasado nada! —exclamó alegremente Vidal, dándole una palmada en la espalda.

—Eso crees tú —repuso Gaucelm.

Las palabras, como repollos empapados en agua, parecían demasiado grandes para su boca. Tenía el cuerpo entumecido de haber pasado tantas horas acostado sobre la piedra, y estaba tan confuso como si acabara de sobrevivir a un naufragio. El «¡Hora de irse!» de Vidal le pareció irritantemente prematuro. Gaucelm no quería ir a ningún sitio; lo único que deseaba era quedarse allí. Ser alimentado con nuevos cuencos de gachas mientras veía cómo Guilhelma trajinaba por su pequeña casa le hubiera bastado para ser feliz todo el día. Pero como Vidal tenía tanta prisa por irse, sintió el impulso de darle las gracias a Guilhelma con un cántico de gratitud. Olvidando su estado, se levantó del taburete torpemente y lo volcó, y las disculpas se antepusieron a su agradecimiento.

En cuanto hubieron salido de la cabaña, Vidal se enfrentó al amanecer como un tamborilero que se dispone a iniciar los redobles de la estampida, aquella vieja melodía bailable cuyo contagioso ritmo Gaucelm conocía desde su infancia, y empezó a cantar dando un extraño énfasis a algunas vocales.

—*KalENdaya MAya, ni fuelhs de FAya...* —canturreó alegremente, ejecutando pasitos de baile entre verso y verso.

—¿Siempre te da por cantar después de haber estado con Guilhelma? —preguntó Gaucelm, trastabillando sobre los adoquines.

Vidal siguió cantando.

—*NI chanz d'AUzelh, ni flors de glAYa!*

Da-di-di-DA-ya, di-di-da-YA-da..., coreó Gaucelm dentro de su cabeza. Después de haber salvado el pequeño obstáculo del *pros domna guaya*, se acordó de lo mucho que le gustaba el estribillo *chanz d'auzelh* y de cómo las palabras zumbaban igual que mariposas nocturnas atraídas por una vela. Después venía la apresurada sucesión de rápidas líneas —una, dos, marchando—, y el impecable chasquido final de una conclusión rimada. Cada sonido cobraba forma como en una súbita ráfaga de viento, y luego se confundía con el fluir de los versos hasta desaparecer.

—*Non es quem plAYa...* —cantó sin poder evitarlo.

La niebla envolvía el río con una vaporosa luz rosada cuando llegaron a Saint-Sernin, que alzaba su mole de piedra sobre el mercado desierto. Las voces de los dos amigos resonaban estridentemente en el húmedo aire. Con el sol apenas visible sobre la ciudad, Gaucelm y Vidal despertaron a los ciudadanos de Tolosa con su canción, lanzando estrofas al aire como si escupieran pepitas de uva mientras sus talones marcaban el compás sobre los adoquines.

Doblaron en la esquina para entrar en la gran plaza y el cántico cesó de repente. Gaucelm sintió un vuelco en el corazón y se quedó paralizado, y Vidal dejó escapar un gemido de repugnancia: tres cabezas que rezumaban sangre como salchichas recién cortadas habían sido clavadas en sendas picas delante de ellos. Dos de ellas, con sus frentes manchadas de barro y sus negras cabelleras enmarañadas, habían pertenecido a un par de golfillos de las calles. La tercera, clavada un poco más arriba para que contemplara el mundo sin verlo, era la ciega cabeza de Amalarico, el hereje cátaro.

5

PARATGE

¡Hereje! Conforme transcurrían los años y se aproximaba el nuevo siglo, aquella palabra resonaría con creciente frecuencia sobre las hermosas laderas del Languedoc. «¡Hereje!», susurraban los aldeanos el día de mercado, entre el ir y venir de los zuecos de madera y los aleteos y cacareos de las gallinas. «¡Hereje!», repicaban las campanas al crepúsculo desde Albi hasta Foix. La palabra se había convertido en moneda de cambio, intercambiada igual que los cotilleos y extraída de las bolsas de cuero junto con los reales que servían para pagar las mercancías. «Hereje» llegó a ser la auténtica divisa del miedo, una extraña moneda que provocaba discusiones y apuestas en las tabernas y las posadas al tiempo que era pronunciada en los burdeles y gritada en las peleas callejeras. Los herejes no tardaron en inspirar más miedo que el niño de dos cabezas nacido durante el solsticio en Limoux o el lunático curado de su locura por ángeles negros en Lourdes.

Como el canturreo de las cigarras al mediodía, los rumores alcanzaron febril intensidad.

—El Papa no tardará en intervenir —decía el sacerdote.

—Es un presagio seguro del Apocalipsis —decía el pastor.

—Es nada menos que la última y más terrible ira de Dios —decía el campesino mientras araba los campos.

—Un mal signo para nuestro Raimundo —decía la tejedora.

Pero a pesar de los portentos, las profecías y el pánico ocasional, el nuevo siglo llegó y el año 1200 fue proclamado sin incidentes.

Una mañana de verano de 1201, casi seis años después de su primera visión de una cabeza cortada clavada en un palo —una cabeza que había saludado, entonado la acción de gracias y repartido elogios tan sólo dos noches antes—, Gaucelm despertó cubierto de sudor, con el corazón latiéndole frenéticamente como el de un pájaro enjaulado y los ojos de Amalarico mirándole fijamente desde la oscuridad.

Después del martirio del anciano cátaro, un súbito silencio se había adueñado de Tolosa. Los herejes ya no predicaban en las calles. El conde Raimundo se retiró a su corte como un escabarajo que busca refugio en su caparazón, y el obispo se dedicó a alardear de su triunfo. El horror de la muerte de Amalarico no tardó en ser olvidado por la mayoría de las gentes. Pero durante los años siguientes, la muerte del anciano cátaro empezó a llenar las noches de Gaucelm de horribles pesadillas. Veía la cabeza de Amalarico clavada en la pica y oía cómo Vidal, inmóvil junto a él, exhalaba un gemido de repugnancia y disgusto. «¡Esta vez los matones del Papa van en serio!», había dicho su amigo.

Tal como le había ocurrido entonces, Gaucelm sintió un intenso picor en el cuero cabelludo. Aunque estaba despierto, aún se sentía acechado por la presencia de Amalarico, con sus largos dedos blancos, sus uñas ovaladas y la extraña transparencia de todo su ser. En momentos como aquellos echaba de menos los consuelos de su señora madre y la tisana que depositaba junto a la cabecera de su lecho cuando él despertaba llorando de una pesadilla. Nunca totalmente enterrado en el pasado, el olor a hojas de la tisana, su aroma a espesos bosques estivales había perdurado en la memoria de Gaucelm y atravesaba su sueño. Pese a que había crecido, pasando de ser un tímido brote a convertirse en un robusto joven al que el conde Raimundo tenía en gran estima, a veces su mente aún se extraviaba en aquellos ensueños infantiles y esperaba que su madre le refrescara los párpados con la mano.

En la corte a veces tenía la impresión de que sólo él era presa de aquellas visiones. En vez de olvidar, con el paso del tiempo se había vuelto receloso y ahora siempre se mantenía atento y vigilante, mientras que quienes le rodeaban, Raimundo incluido, optaban por hacer caso omiso de los rumores que corrían por los campos y las aldeas. Y así, durante esas horas que precedían al amanecer en las que sus miedos se redoblaban al amparo de la oscuridad, las palabras empezaron a cobrar forma y se volvieron tan maleables como el metal calentado al rojo blanco y, lentamente, se organizaron en el principio de una larga composición. Los versos le tranquilizaban, y poco a poco fue añadiéndoles nuevas estrofas. Cuanto más larga se volvía la canción, menos le obsesionaban los ojos de Amalarico.

Durante los años que llevaba en Tolosa, Gaucelm había atravesado la órbita del poder de Raimundo, al principio comportándose como un súbdito —un siervo al que la fortuna había llevado al feudo mágico del conde—, y después, y de manera gradual, convirtiéndose en algo más parecido a un hijo. Pasaban cada vez más tiempo juntos recorriendo las propiedades de Raimundo y visitando las cortes de los alrededores, y con cada día que veía en acción al conde, más llegaba a estimarle. Gaucelm no hubiese podido precisar cuándo empezó a formarse el vínculo que los unía y que, desplegándose como un manto protector, imbuyó en él una aguda conciencia de la fe y la confianza que Raimundo había depositado en su joven trovador. Pero recordaba cuándo le oyó usar por primera vez la palabra *paratge*, admitiendo con ella la existencia de una igualdad que reconoce los méritos del otro por encima del rango.

Fue el otoño siguiente a la marcha de Vidal. Los fieles salían de la capilla después de un primer servicio matinal mortalmente aburrido. Los vientos otoñales ya habían dejado medio desnudos a los árboles, y Gaucelm tenía la sensación de que sus pensamientos flotaban en una gélida neblina. Se aproximaba la lúgubre penumbra del invierno, una oscura e interminable estación que detestaba.

Raimundo le alcanzó para quejarse de su capellán, como de costumbre.

—El viejo Odo habla y habla, y aburre hasta a las ovejas. Pero al menos nos ha proporcionado unos momentos de duermevela.

Ese estribillo tuyo no paraba de rondarme por la cabeza: *Vos vei acordatz totz, los pros e-ls malvats...* Supongo que te refieres a la Virgen y a su don para reconciliar el bien con el mal, ¿verdad? Sabes expresarlo mucho mejor que los sacerdotes. Me pregunto por qué el lenguaje eclesiástico tiene que ser tan aburrido...

—La culpa no es del lenguaje eclesiástico, sino de Odo.

Raimundo, que no esperaba ninguna réplica, prosiguió.

—Quizá se deba a que la Iglesia nunca ha aprendido el significado de la palabra *paratge*.

—¿Qué? —preguntó Gaucelm. Su estado de ánimo, ya abatido por el inminente invierno, contrastaba con el de Raimundo.

—Ven, sentémonos aquí un momento y dejemos que los otros echen carreras para ver quién llega primero al desayuno.

Le señaló un banco de piedra tallado en el muro del patio y tomaron asiento. Gaucelm sentía frío en las orejas y vio que el conde, como de costumbre, no llevaba nada en la cabeza.

El *paratge*, le explicó Raimundo, era una cualidad que él siempre buscaba en todas las personas a su servicio, desde el hombre de armas hasta el sirviente. Pero nunca la había hallado tan intensamente presente como en Gaucelm, su trovador.

De pronto, y de una manera casi inaudible, la atención de Gaucelm emergió de las profundidades de su mente como una criatura marina abriéndose paso a través del hielo.

—Lo que hizo que empezara a pensar en ello fue ese verso tuyo del *acordatz totz* —dijo Raimundo—. Nos insta a reconciliar las diferencias, y alienta la generosidad y la amplitud de miras. ¿No te parece que encierra un extraño donaire propio? Y lo que es más, tú tienes esa cualidad: posees de manera natural esa generosa franqueza que otros tanto se esfuerzan por aprender. Esa cualidad no tiene nada que ver con la cuna o el rango. Si pudiera enseñarla, la convertiría en mi máximo legado.

Fue entonces cuando cimentaron su hermandad, en la comunión de dos mentes que pensaban igual, y los dos, tan separados en lo tocante a edad, clase y experiencia, se encontraron calentándose ante el mismo fuego. Gaucelm permaneció sumido en un incómodo silencio, aunque estaba sintiendo una nueva y deliciosa agitación en las entrañas. Miró a Raimundo y pensó: He aquí a un rey con la cabeza desnuda, un verdadero rey. El recuerdo de la gran sala, el calor de aquella chimenea ante la que se había puesto de puntillas la mañana siguiente a su llegada a la corte para tratar de divisar al conde, volvió a su memoria con una maravillosa nitidez. Y su primera visión de aquel hombre, sin corona y sin joyas, con una sencilla capa azul por único atuendo.

—Yo sé mejor que nadie que la verdadera aristocracia se origina en el mérito, y no en el rango o las riquezas. Ni siquiera el poder —prosiguió Raimundo—. Además, el *paratge* mantiene vivas a las personas y la tradición porque siempre está absorbiendo nuevas enseñanzas y nuevas ideas —añadió extendiendo los brazos ante sí—. Sin ella matas lo que más valoras... —Tras una breve reflexión, se alisó la túnica—. ¿Te imaginas la cara que pondría Odo si me oyera decir estas cosas? Al menos tú lo entiendes. Lo entiendes, ¿verdad?

Gaucelm se limitó a asentir, sorprendido por la repentina declaración de confianza de Raimundo.

El conde le dio una palmadita en el estómago.

—Lo que más me gusta de ti es tu manera de absorber y asimilar las cosas. Venga, vamos a desayunar.

A partir de entonces, Gaucelm supo que era libre de componer y cantar como quisiera. Gozó de los resplandores que emanaban del sol de Raimundo y prosperó bajo la luz de su favor. A lo largo de su camino tuvo ocasión de participar en los eventos habituales: torneos de canciones, premios, viajes... Incluso obtuvo su insignia de peregrino y decidió ir a Compostela, en el noroeste de España. Nada más partir descubrió el país de los gascones y, encontrándolo tan rico en pan, vino y mujeres parlanchinas como auguraba su reputación, se despidió de los otros peregrinos mucho antes de llegar a los Pirineos. Las hazañas que llevó a cabo durante el camino de vuelta a casa rindieron homenaje a todo lo que le había enseñado Vidal, aquel travieso amante de los placeres de la vida. Las páginas en blanco de la vida de Gaucelm no tardaron en llenarse con un sinfín de mujeres. Lanzado al mundo bajo la tutela de Vidal, descubrió que no había mujer que no le gustara: robustas y peleonas, oscuras como las nueces, gordas y opulentas; mujeres a las que puedes hincarles el diente para luego asombrarte ante todo lo que escondían, y aquellas otras, mucho más delgadas, a las que masticas y luego escupes como si fueran un hueso de gallina, las muchachas que ya casi han sucumbido a la bebida y la carga de un hogar lleno de niños, y las que son todavía más jóvenes y apenas han salido de la infancia... Todas le gustaban, y nunca se hartaba de su sabor. Si se sentía con fuerzas para ello, le gustaba tomarlas en los campos antes que en las ciudades, donde las monedas que les entregaba servían para que pudiesen seguir viviendo en sus miserables chozas. También las hubo malas, arpías que le revolvieron el estómago y le dejaron un agrio sabor de boca.

Aprendió algunas cosas sobre las misteriosas costumbres de las mujeres, cómo preparaban infusiones con hojas de sauce, menta o poleo, y cómo bebían un tazón de aquel líquido maloliente para evitar dar a luz.

Cerca de Bayona conoció a una esbelta joven morena cuya dorada trenza le llegaba hasta la cintura. Por dentro era tan resbaladiza que a Gaucelm se le puso dura una y otra vez hasta que la joven gritó que estaba embarazada, con lo que el miembro viril de Gaucelm se aflojó súbitamente dentro de ella. Después la joven empezó a sangrar y lloró. Gaucelm la rodeó con el brazo, y le dio unas monedas. Pero la joven rechazó el dinero y siguió jadeando tan desesperadamente que Gaucelm temió fuese a abortar delante de él. La envolvió en su capa y pasó toda la noche junto a ella, pero a la mañana siguiente la joven había desaparecido.

Hubo otros viajes. Dos veranos después de la marcha de Vidal, Gaucelm, que echaba de menos los caminos, fue al norte para hacer campaña con Arturo, el joven duque de Bretaña. Pero cuarenta días en el barro hicieron que pusiera rumbo a París en cuanto sus obligaciones hubieron finalizado. En París conoció al tío del duque, el legendario Ricardo Corazón de León. Pasaron mucho tiempo juntos, e incluso compusieron versos a dúo para divertirse.

—Bueno, ¿entonces esta composición es tuya o es mía? —había preguntado Corazón de León, refiriéndose al tensón al que cada uno había aportado una estrofa.

—Es mía, ya que he sido el último en contribuir a ella —repuso Gaucelm—. El que la termina se la queda.

—No, que mía es —replicó Ricardo con ingeniosas cuartetas—. ¡Pues si puedo hacerme con la corona inglesa, bien puedo reclamar un puñado de rimas baratas!

El lado magnánimo y bondadoso del famoso guerrero se ganó el cariño de Gaucelm, y se sintió tentado de acompañar a Corazón de León en su interminable campaña contra el rey de Francia. Pero al final su viejo deseo de volver al Languedoc empezó a tirar de él. El barro del norte le había hecho apreciar más que nunca las calles tolosanas bañadas por el sol, y sus pensamientos solían volver a su ciudad adoptiva.

También echaba de menos a Guilhelma, y solía atesorar las pequeñas cosas cotidianas pensando en cómo se las contaría después. A lo largo de sus viajes fue almacenando en su memoria incidentes para narrárselos cuando la viera: He de acordarme de esto para contárselo a Guilhelma. Seguro que le hará mucha gracia. Se encontró anhelando sus cuidados, sus conversaciones y las comidas y las noches compartidas. Pero no era sólo ella: necesitaba volver con Raimundo y los siempre cambiantes atractivos de su corte. Por encima de todo, echaba de menos la espléndida libertad de la ciudad, con su historia de independencia y su sólida riqueza adquirida a lo largo de siglos de comercio. Le encantaba la forma en que sus ciudadanos aceptaban con mundanal ecuanimidad la mezcla de razas y culturas que vivían entre ellos. Y si algunos eran anticlericales y alzaban la voz contra el Papa, ¡pues que hablaran! En Tolosa había sitio para todas las voces. La amplitud de miras de la ciudad fue lo que le sedujo desde el primer momento, y no podía permanecer alejado de ella durante mucho tiempo.

¡Pero cómo echaba de menos a Vidal, aquel travieso amante de los placeres de la vida! Como el elfo que era en realidad, un día Vidal se fue sin decir nada, seguramente con rumbo a ultramar, llevando un traje nuevo... pero sin caballo, según había declarado el encargado de los establos. Los meses en que consolidaron su amistad habían pasado tan deprisa como la cola llameante de un cometa. Ya hacía años que nadie veía a Vidal ni oía hablar de él. Así pues, por mucho que echara de menos a su antiguo compañero, Gaucelm no tardó en apreciar su nueva posición: desde la desaparición de Vidal, el escenario había pasado a ser única y exclusivamente suyo. Gaucelm solía preguntarse si eso no habría formado parte del plan de Vidal desde el primer momento.

Guilhelma también parecía formar parte de su herencia. La dulce curva de aquella boca flanqueada por dos hoyuelos le obsesionaba. Adoraba su forma de hablar, tosca y siempre llena de maldiciones, y Guilhelma había entrado en sus canciones y ahora la llamaba *amia*. Intercambiaban historias sobre Vidal, y sobre cómo enseñó a Guilhelma a tirar los dados. («Cualquier persona que sepa contar puede jugar a los dados, y una mujer sabe contar igual de bien que un hombre —le había dicho Vidal—. Así pues, no hay ninguna razón por la que una mujer no pueda jugar a los dados.») De alguna manera, aquellas anécdotas hacían que no echara tanto de menos a su amigo. Guilhelma se convirtió en su refugio, su compañera, su amante. En ella encontró una oyente. Poco a poco se acostumbró a cantarle los versos de las canciones que estaba componiendo y Guilhelma, memorizando las estrofas, le echaba una mano cuando se olvidaba de alguna rima.

Después de que Gaucelm hubiera vuelto de Bretaña, una noche Guilhelma lo invitó a su casa para obsequiarle con una gran cena.

—¿Dentro de una semana? ¿Y por qué no antes? —preguntó él, sin caer en la cuenta de que Guilhelma necesitaría varios días de atender a su clientela para llenar la marmita con las verduras y la carne necesarias.

Guilhelma tuvo una semana muy próspera. Cuando Gaucelm se presentó en su casa el día acordado, la marmita contenía una gorda gallina y había manzanas de sobras para asar con vistas al postre. Guilhelma había cocido un pan en el horno comunal del Chantier, una hogaza tan majestuosa y dorada como la cúpula de una catedral.

—No tenía ni idea de que supieras cocinar... ¡aparte de las gachas de la mañana, claro! —dijo Gaucelm cuando se disponían a tomar manzanas asadas.

—Pues claro que sé cocinar. ¡Puedo preparar auténticos banquetes! Y si a eso vamos, incluso sé cortar leña. Mi padre era leñador.

—¿Dónde? —preguntó Gaucelm, queriendo saber dónde había nacido.

—Cerca de Alesia. ¿La conoces? Es una plaza de mercados.

—¿Yendo a Beaucaire?

—Si vienes desde Tolosa por el este, sí.

—¿A qué señorío pertenece? Tengo la impresión de que debería conocerlo.

—Al de Bernard d'Andussa, y forma parte del marquesado de Provenza. Mira. —Guilhelma le quitó el cuchillo y lo puso encima de la mesa—. Esto es el Ródano, y a ese lado del río... —dijo señalando el oeste— está Beaucaire. Queda muy cerca del río, más o menos por aquí. —Arrancó un trozo de corteza del pan y lo colocó junto al mango del cuchillo—. Y aquí... —explicó, desplazando un dedo un poco más al oeste— se encuentra Alesia.

—En la Provenza —murmuró Gaucelm—. Sí, seguro que la atravesé cuando iba a Beaucaire con mi padre.

Recuperó el cuchillo y se dispuso a dar buena cuenta de las manzanas. Sus pensamientos volvieron a una cuestión que llevaba algún tiempo dándole vueltas por la cabeza.

—¿Qué se siente al...? Eso de que tantos hombres vengan a verte para acostarse contigo, quiero decir... ¿Cómo se te ocurrió dedicarte a...?

Guilhelma no se inmutó.

—¿Qué otra cosa puedes hacer para ganarte la vida si eres hija de un leñador y vives en un feudo pobre? Porque las tierras de Andussa no son muy fértiles, desde luego... En mi familia somos cinco: padres, dos hermanos y yo. Mi padre y mi hermano mayor salían de casa al amanecer, iban a los bosques y no volvían hasta el anochecer. Mi madre arrancaba raíces y hierbajos en los campos del señor. Los meses en que incluso el pan escaseaba, comíamos cebollas y repollos. En una ocasión no paramos de escupir sangre durante un invierno entero. Mi hermano pequeño llegó a estar tan flaco y se puso tan pálido que pensamos que se moría, así que mi madre y yo le preparamos infusiones y emplastos de hierbas... Pero yo era robusta, y siempre tuve buena salud.

Se interrrumpió, sorprendida por el interés de Gaucelm. Vidal le había contado que su padre era mercader, y además rico. Gaucelm incluso había aprendido latín. Pero el joven se inclinó hacia ella, interrogándola con la mirada.

—Desde que fui lo bastante mayor para llorar cuando mis padres se peleaban y saber que mis hermanos se irían de casa en cuanto pudieran hacerlo, siempre quise ir a Uzès —prosiguió Guilhelma—. Y allí me fui, un año después de haber empezado a menstruar... No quedé desilusionada, porque Uzès era tal como la había imaginado: una ciudad próspera con un gran mercado. Mi hermano mayor me llevó allí y me encontró alojamiento en casa de un tejedor. El tejedor también era pobre, pero su esposa era muy buena y se interesó por mí. En cuanto al trabajo... Bueno, de alguna manera tenía que pagarme el alojamiento. No tardé en descubrir el barrio del placer. Todo fue muy sencillo. Las mujeres del barrio habían acabado allí porque no tenían otra forma de ganarse la vida: eran lavanderas y cocineras, todas solteras y algunas con un niño al que alimentar o un pariente viejo al que mantener. Casi todas tenían familia en el barrio. Una estaba coja, otra había tenido las fiebres después de dar a luz y se quedó tan débil que luego no podía trabajar en los campos... Pero la mayoría estaban sanas.

—Y ellas te... te enseñaron a... —balbuceó Gaucelm.

—Sí. Me enseñaron a usar los paños empapados en vinagre, y cuándo hay que empezar a contar después de los días en que sangras. No tardaron en acudir a mí para que les diera mi poción mágica.

—¿Tu poción?

Guilhelma le contempló como si intentara decidir si debía contárselo o no.

—Yo le añado menta —dijo finalmente—. Así huele mejor, ¿sabes? Verás, la menta hace que la semilla no pueda brotar. Y no es la única, porque hay muchas plantas que matan la semilla antes de que dé fruto.

Gaucelm asintió y frunció el entrecejo.

—¡Ah, algunas campesinas son tan ignorantes! —exclamó Guilhelma, alzando las manos hacia el techo y repantigándose en su silla—. Una me dijo que si bebía la orina del hombre antes de hacerlo, nunca me quedaría embarazada. ¡Tonterías! Yo sé lo que surte efecto y lo que no. De momento aún no he tenido que recurrir al ajenjo, que es lo que usamos cuando ya no hay otro remedio. Pero lo peor es la corteza de avellano, porque es venenosa. Artema estaba tan desesperada que se tomó una infusión y tanto ella como su bebé murieron.

Gaucelm volvió la cabeza, no queriendo saber más.

—Quizá tuve suerte, porque la verdad es que pude ganarme la vida desde el primer momento... cuando había dinero, claro —prosiguió Guilhelma—. En vez de monedas, a veces me daban una gallina, una pieza de tela o una docena de huevos. ¡Y las historias! Casi me daba por pagada con ellas, créeme. Algunos de mis hombres eran buhoneros, mercaderes. Uzès está en una encrucijada de caminos. Me contaron cómo era el mundo y me enseñaron a hacerles lo que querían. No tuve el tipo de educación que sacas de los libros, pero aprendí todo lo que necesitaba saber... y más.

—¿Más?

—¡Cualquier *putana* de tres al cuarto sabe cómo abrirse de piernas, pero con eso apenas sacas para pagar el alquiler! Aparte de eso, lo que realmente importa es lo que... bueno, lo que te vas inventando poco a poco. Los pequeños extras, ¿comprendes? Eso es lo que hace que sigan encontrándote interesante.

—Y lo que mantiene abiertas sus bolsas.

Guilhelma le lanzó una mirada indescifrable y se mordió el labio.

—Sí, supongo que se podría decir que aprendí a hacer bien mi trabajo. Nunca me vi obligada a frecuentar las tabernas o las casas de baños. Eso es peor que seguir a los ejércitos, ¿sabes? ¡Con los soldados al menos tienes ocasión de ver algo más que el fondo de una copa de vino y alguna que otra pelea callejera! Enseguida aprendí qué no debía hacer, pero algunas de las lecciones fueron bastante desagradables. Después de que un borracho le prendiera fuego a mi colchón de paja, me acostumbré a tener cerca un cubo de agua por si acaso. Pronto supe distinguir a los habituales de los que sólo buscaban jaleo. He tenido que aguantar a unos cuantos sodomitas, sacerdotes medio locos y jovencitos pagados de sí mismos que aún apestaban al estiércol del que habían salido, pero eso forma parte del trabajo. —Alzó el mentón como queriendo borrar aquellos recuerdos desagradables y miró a Gaucelm, que la contemplaba con los ojos tan abiertos como un colegial—. Siempre he sido independiente y nunca he tenido que rendirle cuentas a nadie, aunque siempre había una o dos «abadesas» rondando por el barrio en busca de nuevas reclutas. Así es como llamamos a las monjas que rondan por aquí —añadió, adelantándose a la pregunta de Gaucelm—. Escogen a sus presas entre las más jóvenes, pero procuran no meterse con las veteranas como yo. En parte fue cuestión de suerte, pero además yo era lo que los clientes llaman guapa. Los hombres no paraban de venir a mí. De noche volvía a mi habitación exhausta. El tejedor y su esposa nunca preguntaron de dónde sacaba las monedas con que les pagaba, pero estoy segura de que lo sabían.

—¿Volviste a ver a tus padres?

—No he sabido nada de ellos desde el día en que me fui.

—¿Y tus hermanos?

—Oí decir que se habían unido a las fuerzas de d'Andussa. Lo supe por un hombre que había ido a Alesia por cuestiones de negocios.

Gaucelm la escuchaba con tanta fascinación como si estuviera oyendo los versos de una nueva canción. Antes de Guilhelma nunca había sabido nada sobre ninguna mujer con excepción de su madre, por supuesto, y de la joven de los Benet, pero su padre era amigo de la familia y nunca se le había ocurrido preguntarle por su hija. Ahora estaba sentado enfrente de una mujer que tenía su propia historia, y tenía miles de preguntas que hacerle.

—¿Cómo decidiste venir a Tolosa? ¿Y por qué te fuiste de Uzès?

—Quería ver mundo, o por lo menos una parte más grande de la que podía ofrecerme una plaza de mercado. Había oído decir que Tolosa era una gran capital y que tenía dos catedrales, así que cuando llegó un grupo de peregrinos que iban a España decidí unirme a ellos. Empecé a ganarme la vida en el Chantier nada más llegar, y ya he visto más de lo que esperaba ver en toda una vida. Aquí podemos conocer a hombres de la corte de Raimundo, como tú mismo. Comparada con Tolosa, Uzès no ofrece gran cosa: campesinos, vendedores de hortalizas, tenderos, dependientes y algún que otro buhonero, como te decía. Pero aquí las reglas son muy estrictas, eso sí. Nunca he tenido problemas con los padres de la ciudad, a los que nosotras llamamos los cónsules sabios, pero no te pierden de vista. Y sus perros guardianes pueden llegar a ser realmente brutales: son capaces de robar, y en más de una ocasión nos han desplumado. La primera vez sólo se llevaron mis zapatos de los domingos, pero poco después de la Candelaria me robaron la capucha de seda y un trozo de satén color azafrán. Han intentado multarnos, nos han amenazado con los magistrados y la cárcel e incluso quieren que llevemos lazos blancos en las capas, pero ninguno de sus trucos ha dado resultado. ¡Somos demasiado listas para ellos! Cuando nos arrestan, nuestros clientes nos sacan de la cárcel pagando una fianza. Ah, sí, son hombres experimentados, hombres de todas las profesiones y colores que han visto mucho mundo y para los que la vida no tiene secretos. ¡Hombres como Vidal y como tú!

—¿Y algunos vuelven como yo?

—Algunos... ¡Pero normalmente todo se reduce a meterla y sacarla, y luego ya no vuelves a verlos nunca más! Aunque más de una vez me he encariñado con alguno y me he quedado con ganas de volver a verlo.

Gaucelm pinchó su último trozo de manzana y lo contempló con expresión pensativa, sin atreverse a mirar a Guilhelma. Por primera vez durante la cena se había quedado sin palabras. En su imaginación veía a todos los clientes, un interminable desfile de hombres que entraban y salían de la habitación de Guilhelma. Vio cómo uno de ellos se quitaba la camisa mientras otro se subía los pantalones y se calzaba las botas. Se preguntó si alguno se habría atusado la barba después de peinarse con la mano, y si alguno habría bebido un vaso de vino con Guilhelma antes de irse. ¿La dejaban exhausta yaciendo sobre la sábana y el cobertor, sus oscuros mechones cruzándole la cara como latigazos? ¿Se habría acostado con alguien a quien conociera? Jugueteó con el cuchillo, clavándolo en la madera.

—¿Ha habido alguien que...? Aparte de Vidal, quiero decir... ¿Te has acostado con alguien que...?

—¡Puede que sí y puede que no, pero más te vale no saberlo! —repuso Guilhelma con alegre coquetería.

Con el paso del tiempo Gaucelm comprendería la sabiduría que encerraban aquellas palabras, pero en ese momento sólo sirvieron para llenarle de frustración. Dejó caer el cuchillo sobre la mesa y se levantó.

—¿Y qué pasaría si yo quisiera que sólo fueses mía? —preguntó con un hilo de voz, vuelto de espaldas.

Esta vez fue Guilhelma la que guardó silencio, pero sólo por unos momentos. Después se levantó del taburete en una de sus habituales reacciones impulsivas y, yendo hacia Gaucelm, le rodeó con los brazos y apoyó la cabeza entre sus omóplatos.

—Muchos hombres me han hecho esa pregunta, pero tú eres el único al que he querido responder. —Le dio la vuelta para mirarlo a los ojos—. El único... —repitió—. Pero entonces, ¿cómo me ganaría la vida?

Irritado por la pregunta, Gaucelm la apartó con la palma de la mano hasta que quedaron separados por la distancia de su brazo.

—¿Qué hacen las otras mujeres? Con todo lo que sabes sobre los remedios caseros y las hierbas, ¿no podrías ser partera o curandera?

—Lo poco que sé nunca bastaría. Para eso se necesitan años de experiencia, y antes has de haber pasado por un largo aprendizaje. ¿Te has fijado en que casi todas las comadronas y curanderas están casadas? Sin un marido, nunca ganaría lo suficiente para subsistir.

Gaucelm se sentó y clavó los ojos en el cuchillo.

—Eres una mujer muy práctica, Guilhelma, y te admiro por eso. Ya sabes que vivo de la generosidad de Raimundo, ¿no? Aparte de la ropa y el caballo que me proporciona, mis posesiones se reducen a una viola y un laúd. —Cogió el cuchillo, pinchó el último trozo de manzana y se lo comió resignadamente—. Supongo que no puedo aspirar a tener ningún derecho sobre ti. ¡Qué mal suena la verdad, sobre todo cuando se interpone entre mi persona y lo que más deseo en el mundo!

Se volvió hacia ella. Un mechón negro como ala de cuervo se le había soltado del moño y reposaba sobre su hombro. Guilhelma le sonrió con una dulzura tal que Gaucelm se levantó y la rodeó con los brazos, estrechándola tan apasionadamente contra su pecho que ella rió al tiempo que suplicaba clemencia. En vez de soltarla, la llevó a la cama.

Aún no era de día, pero en los aposentos de Gaucelm el aire ya parecía volverse más tenue y alzarse hacia el techo para dar la bienvenida a los primeros resplandores del amanecer. Gaucelm sabía que no volvería a quedarse dormido antes de que la mañana se esparciera sobre su cama y empezara a trepar por el muro de piedra detrás de él, sobre el tapiz colgado encima de su cabeza. Tenía demasiadas cosas en que pensar.

La presencia de Amalarico se había disipado como el vapor junto con el recuerdo de los frescos dedos de su madre y la tisana de hojas verdes que acostumbraba a traerle. En su lugar casi podía oler el aroma del pan que Guilhelma hornearía para él cuando fuera a verla, aquella redonda hogaza caliente que traía del horno del Chantier y que impregnaba toda la calle con su delicioso aroma. Ya habían transcurrido tres años desde su primera cena juntos, y Gaucelm se resistía a aceptar la nueva importancia que Guilhelma iba adquiriendo en su vida. Aún se tenía por un hombre de los caminos, un trovador que recorría el mundo cantando y acostándose con quien le diera la gana.

Ése era el problema. Era lo que le impedía verla con más frecuencia porque, gracias a sus viajes, las canciones de Gaucelm habían difundido su fama más allá de Tolosa. Cuando el dardo de una ballesta lemosina hirió de muerte a su antiguo compañero de rimas, Ricardo Corazón de León, hacía ya dos años, el *planh* de

Gaucelm —«*Ai, Dieus!* Cuánta pena, y qué terrible pérdida...»— fue cantado por todas partes, tanto en el norte como en el sur.

Por ello, y a medida que su reputación y su obra iban creciendo en Tolosa, cada vez tenía menos tiempo para dedicar al Chantier, y en realidad incluso le preocupaba que alguien del castillo pudiera verlo allí. Todo aquello estaba muy bien para un hombre que sólo estuviera de paso —un viajero—, pero él tenía un futuro en que pensar, y ese futuro consistía en formar parte de la corte. Su lugar estaba en el séquito de Raimundo, y el de Guilhelma en el barrio del placer.

Pero le ocurría algo muy extraño. El nombre de Guilhelma acudía a su mente cada vez que el mundo le daba alguna sorpresa y se veía sumido en la confusión y, por mucho que intentara convencerse de lo contrario, acabó estando seguro de que se trataba de alguna clase de presagio. Su nombre, el olor de su cabello y su misma presencia eran lo que acababa de envolverlo, impregnando todo su ser apenas despertó de aquel sueño en que había vuelto a ver a Amalarico.

Pensar en ella disipó los últimos vestigios del sueño y lo devolvió a Tolosa y a los peligros que iban haciendo nacer de él aquel largo poema. Era en momentos como aquellos, recién despertado, cuando su plan empezaba a adquirir cohesión. Frases enteras comenzaban a acudir a él, ocupando su lugar como losas que estuvieran siendo incrustadas en un suelo. Pero a veces las dudas le pisaban los talones como llamitas minúsculas. Suspirando y tapándose hasta las orejas, se preguntó por milésima vez quién era él para alarmarse cuando nadie más parecía hacerlo. ¿Qué le unía a los cátaros para que ahora pensara en defenderlos? ¿Y quién era él, un incrédulo, para quejarse de los excesos de la Iglesia triunfante?

Gaucelm se dijo que el que amara a su ciudad era razón más que suficiente para dar la señal de alerta. Era muy consciente de la situación a que debían enfrentarse los ciudadanos de Tolosa. A diferencia de los campesinos, los habitantes de Tolosa habían aprendido a resistir los embates de los vientos del cambio: ¡los tolosanos no eran como esos campesinos que se asustaban por nada! La ciudad estaba tan acostumbrada a los enfados del Papa que los oían como quien oye susurros o el tenue tañido de los maitines antes de despertar del todo. Además, todos conocían las caras de aquellos a los que llamaban herejes y les eran tan familiares que habían llegado a considerarlos amigos: Sicard, el hilandero cuya apacible existencia hacía impensable que alguien osara tratar de ensuciar su reputación; o Aimery y su hermano Aicart, dos jóvenes pastores de las colinas que los domingos bajaban a la ciudad para vender su lana al cardador de la calle de los Tejedores; y, siempre, la mujer de Lavaur que, tras haber guardado silencio durante un año tras la muerte de Amalarico, había vuelto a predicar en la plaza del mercado. Y era precisamente en esa familiaridad, razonaba Gaucelm, donde radicaba el peligro que pesaba sobre la ciudad: Tolosa se había acostumbrado a los herejes.

Una semana después de que Gaucelm se hiciera aquellas reflexiones, los ciudadanos de Tolosa despertaron para encontrarse con cuatro cabezas reducidas a huesos calcinados sobre una pira en el centro de la plaza. Gaucelm no necesitaba más. No le hizo falta ir a verlas, porque ya estaba viviendo con la calavera de Amalarico en sus sueños. Pero cuando se enteró de que había habido cuatro nuevas víctimas, el germen de su canción, que de ser un mero talismán contra la noche había ido creciendo hasta convertirse en una especie de guardián que lo protegía de la mirada impasible de Amalarico, cobró una vida propia. Gaucelm llevaba mucho tiempo sabiendo que estaba ahí, pero era tan poco consciente de su presencia como lo es la ostra de la diminuta partícula irritante, esa futura perla, alojada en su concha. La canción había cobrado forma lentamente dentro de su cabeza y de pronto, negándose a seguir confinada, huyó de su encierro y exigió que se le prestara atención a la luz del día. Gaucelm empezó a trabajar seriamente en ella, pasando días enteros en la sala de ensayos que había compartido con Vidal.

Nunca había intentado componer una pieza de tales dimensiones. La obra, que había titulado en secreto *Herejía de los sacerdotes*, era ambiciosa. Sus progresos eran muy lentos, pero nada le había apasionado tanto desde el día en que llegó a Tolosa siendo un joven pueblerino que no sabía nada de la política y el mundo. Se había acostumbrado a interpretar el papel de trovador que cortejaba al séquito de Raimundo y lo deleitaba con sus baladas, sus *cansos* y sus hermosas alboradas. Todas aquellas composiciones tenían sus propios méritos, pero llevaba demasiado tiempo jugando a ser un cortesano. Ya iba siendo hora de que probara algo distinto, y por fin había encontrado su gran tema: un poema político.

Al principio hurgó en su memoria buscando algún modelo. Lo único que encontró fue la *sirventé* de Bertrán de Born, con su aterradora conclusión *E dijas li que trop estai en patz*. ¿Cómo conseguir que su canción reflejara la majestad de aquel inolvidable «Y dile que ya demasiado tiempo ha vivido en paz»? Pero eso era exactamente lo que quería para su nueva *Eretria dels preires*, aunque allí el tema no fuese la guerra sino los sacerdotes.

Las complicaciones de componer una *sirventé* parecían muchas, y se preguntó cómo se las habían ingeniado los poetas en el pasado para crearlas. Ocho estrofas, con un esquema de versificación que cambiaba en la última copla de cada estrofa y acababa siendo alterado para que encajara con las otras rimas finales, en un total de dieciséis. ¡Dieciséis! Y como si eso no bastara para hacerle sentir impotencia, la canción requería colores intensos y deslumbrantes. Tenía que hervir de indignación, porque su meta era convertir a la audiencia, no meramente convencerla.

¡Ah, si al menos el insoportable y fascinante Vidal no se hubiera ido! Gaucelm se había acostumbrado a pedirle consejo cada vez que se encontraba con problemas a la hora de componer una canción. Juntos daban forma a cada estrofa, Vidal llevando el compás con su arco hasta que la composición fluía sin obstáculos. Vidal le había ayudado a abrirse paso a través de centenares de frases atascadas y rimas incorrectas, y Gaucelm no comprendió cuánta suerte había tenido hasta que el astuto zorro se hubo marchado.

Si pudiera pedirle ayuda a Bernard de Ventadour... Hacía un año el corazón del pobre poeta había vuelto a fallarle, convirtiendo la mitad de su rostro en una fláccida máscara pero sin dañarle las manos. Gaucelm lo veía pasar horas y más horas sentado en la sala de ensayos como un mero espectador, sin llegar a tocar pero con los dedos preparándose lentamente sobre las cuerdas de su laúd hasta que, después de haber hecho acopio de fuerzas, se desplegaban de pronto para desfilar a través de las cuerdas firmemente tensadas. Al menos, pensó, aún podía tañer un continuo. Los dedos de Bernard de Ventadour todavía eran capaces de ejecutar ese delicado movimiento giratorio que siempre le recordaba a alguien arrancando flores del suelo.

A causa de su sordera apenas hablaba, pero cuando lo hacía, pronunciaba las frases más banales con tal ímpetu que su esfuerzo parecía compensar lo que les faltaba de sustancia, como si estuviera formando las palabras con la lengua de alguna criatura acuática. Después cerraba los ojos por unos momentos, la comisura izquierda de su boca descendía bruscamente y entraba en un mundo de ensueños inalcanzable para los mortales corrientes que gozaban de buena salud.

¡Pobre Bernard! Para él, los sueños habían ocupado el vacío dejado por la huida de la poesía. De hecho, a veces creía haber compuesto una estrofa y luego descubría que no podía recordar los versos, y mucho menos entrelazarlos con una melodía. En una ocasión le contó a Gaucelm cómo las palabras se desvanecían antes de que pudiera atraparlas, y le dijo que a veces le parecía despertar de un profundo sueño sosteniendo entre sus dedos una frase a medio formar que al final siempre acababa escapándosele... y que aun así no lamentaba perderla. Bernard le había contado todo aquello con ingenua perplejidad, como asombrándose de verse tan viejo y lisiado.

Finalmente, y después de haber luchado con las coplas durante una semana entera, Gaucelm fue a ver al anciano trovador para pedirle consejo. Bernard respondió como un náufrago rescatado. Su marchita figura se irguió de golpe y pareció encontrar nuevas fuerzas por primera vez desde que Gaucelm lo conocía y, como un pájaro que sacude su plumaje empapado, todo él cobró vida.

Articulando las palabras con exagerados movimientos de los labios, Gaucelm descubrió que podía «transmitir» a Bernard las líneas que necesitaban ser retocadas.

—*Dels bels digz honratz / e-l bens dirs es vertatz...* —le recitó.

Bernard permaneció inmóvil unos momentos y luego aplaudió.

—¡Maravilloso! —exclamó—. Hacía mucho que no oía una estrofa de apertura tan bellamente concebida. Oigámosla de nuevo. —Gaucelm volvió a recitársela y Bernard, inclinado hacia él, fue murmurando—: Muy bien concebida. Pero incluso las líneas más perfectamente concebidas deben someterse a la colocación correcta. Aún no te has dado cuenta, pero esas hermosas palabras tuyas darían una magnífica tornada.

—*Bens dirs es vertatz?* ¡Pero si son el comienzo de la composición!

—Exactamente. Ahora prueba a ponerlas al final.

Gaucelm se resistió, temiendo de manera instintiva que Bernard estuviera en lo cierto porque el cambio desharía todo su poema. No en balde llevaba años vigilando a su *Eretria* como una gallina clueca a su polluelo favorito, y no quería ver cómo se la ponían patas arriba en un abrir y cerrar de ojos. Repasar los temas principales se había convertido en su deleite y su obsesión secreta. Los había engarzado minuciosamente, uniéndolos como una costurera iría dando forma a los distintos retazos de una colcha. Por eso al principio su primera reacción fue rechazar todas las sugerencias de Bernard, pero supo guardar silencio mientras iba digiriendo los cambios. Iba a ver a Bernard cargado de nuevas ideas, nuevas versiones y nuevos problemas, y salía de su habitación con otro cargamento. Cuanta más técnica adquiría más iba floreciendo Bernard, y no tardaron en ser inseparables. Gaucelm siempre acababa haciendo suyas las opiniones de Bernard, y con la ayuda de su mentor empezó a trabajar en su nueva tornada. Primero invirtió los versos y luego, poco a poco, fue dominando la compleja versificación de las coplas.

—Debería ser como el tejer —dijo Bernard—, con todo el sentido contenido en la frase final.

Cuando Gaucelm logró superar el último obstáculo, Bernard asintió con aprobación y le cogió la mano.

—Tienes un inmenso talento, muchacho. Posees el don. ¿Qué quieres hacer con él?

Los elogios que llevaba seis años anhelando por fin habían

llegado, y Gaucelm no pudo responderle, tan abrumado por la alegría que Bernard tuvo que repetir la pregunta.

—Bueno, ¿qué harás con él?

Gaucelm, ya recuperado, se asombró.

—¿Hacer con qué? —logró balbucear, y se dio cuenta de que no podía apartar los ojos de una arruga del cuello del anciano en la que el sol otoñal iluminaba un solitario pelo blanco—. Pues... lo que acabo de hacer... Componer, claro. Refinar el arte.

Se inclinó para repetir las palabras ante los ojos del sordo. Pero Bernard permaneció inmóvil, interrogándole con la mirada.

—Quiero llegar a ser el mejor *trobar* de todos los tiempos. Después de ti, claro —declaró Gaucelm, moviendo los labios tan exageradamente que las palabras parecieron salir como una sucesión de enormes letras. Bernard seguía sin reaccionar, como si aún no hubiera oído lo que esperaba—. Quizá incluso... —añadió Gaucelm, y tragó saliva antes de terminar la frase— mejor que tú.

—Muy bien —dijo Bernard, asintiendo con satisfacción—. Desarrollarás una gran habilidad, pues eres capaz de ello. Pero componer versos cortesanos encierra un riesgo, un peligro... y no para tu audiencia, sino para ti. Tienes que ir más allá de las viejas convenciones.

—Pero ésta...

—Sí. Ya sé que has escogido un tema muy difícil y erizado de dificultades, pero también te estoy hablando de nuevas formas. ¿Qué otra cosa significa un *trobar* sino ser «uno que encuentra»?

Gaucelm estaba tan perplejo como si acabaran de plantearle una adivinanza para la que no hubiese respuesta.

—Algún día quizá descubras lo que significa ser un poeta —prosiguió Bernard, mirándolo para cerciorarse de que le estaba escuchando—. Un poeta —subrayó, alzando la voz a la manera de los sordos—, no meramente alguien que sabe componer versos. Creo que ya sabes en qué se diferencian.

Gaucelm sintió que su estrella tiraba de él hacia los cielos.

6

L'ERETRIA DELS PREIRES

El 13 de septiembre, los enviados del Santo Padre entraron en Tolosa y se llevaron por la fuerza a un sacerdote cátaro llamado Aymar. La advertencia estaba muy clara: Aymar fue desterrado en virtud de un interdicto papal, a causa de haberse negado a jurar lealtad a la Iglesia. El abad cisterciense que encabezaba la delegación papal no era otro que Folquet de Marsella.

Hasta ese momento todo había sido un mero espectáculo de marionetas. Las manos que ponían fin a las vidas de los cátaros, amontonando las ramas y empuñando el pedernal causante de que la pira y sus víctimas cátaras fueran presa de las llamas no pertenecían a nadie de aquella ciudad cuyos ciudadanos disfrutaban de las ventajas del gobierno ilustrado de su propio Rai Mundi.

¿Dónde iniciar la búsqueda de alguien a quien poder culpar? Tolosa era una ciudad administrada por poderosos burgueses que habían forjado su derecho a rendir culto a Dios como les viniera en gana, y que eran conocidos por el celo con que defendían esa libertad. Tolosa era una ciudad en la que hasta las mujeres podían participar en las elecciones del concejo municipal. Y aunque a veces su Rai Mundi pecara de exceso de tolerancia, nadie podría decir que los ciudadanos de Tolosa no estuvieran abiertos a las nuevas ideas.

Pero aquel frío y ventoso día de otoño de 1201, las manos se revelaron a sí mismas, los hilos finalmente se hicieron visibles y el espectáculo de marionetas llegó a su fin.

Gaucelm trabajaba frenéticamente sin prestar atención a las habladurías de la corte. Una petición urgente de Raimundo le había puesto en un apuro: el conde quería algo nuevo, y lo quería para esa misma noche. Imposible, rugía Gaucelm para sus adentros. Odiaba componer bajo presión, y el hacerlo siempre le provocaba gases. Estaba tan indignado como un luthier al que se hubiera ordenado montar un instrumento en un solo día. Podía unir las distintas partes, sí, pero ¿cómo confiar en que producirían los sonidos que se esperaba de ellas?

Poco a poco, y conforme la creciente estima en que le tenía Bernard iba volviéndose más importante para él, Gaucelm se percató de que empezaba a hartarse de complacer a Raimundo. ¿Qué sabía Raimundo del arte de componer, después de todo, por no hablar del hecho de que su trovador tuviera un sorprendente as en la manga? Ahora tendría que embutir la tornada en el rígido corsé de los versos terminados como si lo único que quedara por hacer fuese dar un pequeño toque aquí y allá y pulir los detalles finales.

Harto de estar confinado en sus minúsculos aposentos, decidió ir a la gran sala, donde al menos dispondría de un poco de espacio para echar pestes, componer y producir las rimas. La presencia de otras personas era exactamente lo que necesitaba, y el ajetreo de los músicos y la servidumbre que atendía a sus obligaciones disipó parte de su irritación.

Le sorprendió ver allí a Bernard tan temprano. Sentado en su sitio de costumbre con un laúd en el regazo, el anciano le llamó con un gesto de la mano. Moviendo los labios en silencio, articuló las palabras «Esta noche habrá acompañamiento completo» y señaló el arpa, la mandolina, el salterio, el rabel y la reluciente viola nueva de seis cuerdas que rodeaban su asiento. Gaucelm contempló el despliegue de instrumentos sin entender nada. Un aprendiz practicaba cerca de allí, rasgueando su instrumento para trenzar cadencias como un sastre enhebra ojales.

—Esta noche tocaremos mi canción de la alondra ante los asistentes al banquete —anunció solemnemente Bernard.

¡La *lauzeta*, claro! Gaucelm aplaudió de puro deleite. Bernard había dejado de ser un anciano que se aferraba al pasado y se conformaba con repetir sus viejos éxitos, como para convencerse de que aún no había pasado a la historia. Una expectación infantil había rejuvenecido sus facciones. Pero si la *lauzeta* requería un acompañamiento completo, pensó Gaucelm, entonces quizá debería interpretar su *Eretria* con una guitarra española en vez de hacerlo con su laúd. Gaucelm prefería el dorso redondeado de la guitarra española, tan parecido a una nalga de mujer, a la versión latina de lados rectos. Inclinándose sobre los instrumentos, cogió el que más le gustaba.

—En honor de Folquet —estaba diciendo Bernard.

Gaucelm asintió sin mirarle mientras posaba las manos sobre las cuerdas del instrumento. Un instante después, como solía ocurrirle, oyó las palabras de Bernard bajo la forma de un eco.

—¿Folquet? —Se encaró con el anciano—. ¿Folquet el Gordo? —Estaba asombrado—. ¿Va a asistir al banquete de esta noche?

Bernard asintió, y lo hizo con evidente placer y expectación. Obviamente, nadie se había molestado en contarle cuáles habían sido las últimas maniobras políticas del abad.

—Ese maldito santurrón pagado de sí mismo... —masculló Gaucelm, dándole la espalda a Bernard—. ¿Qué vendrá a hacer aquí? ¿Y por qué nadie me ha avisado que iba a venir? ¿Qué estará tramando Raimundo? Creía que lo habían ascendido a las cumbres de la jerarquía de un puntapié y había ido a parar a no sé qué gran diócesis —dijo, volviéndose hacia el viejo trovador sin ocultar su inquietud—. ¿No lo habían enviado a Le Thoronet? Oí decir que incluso se había casado...

Las palabras salieron de sus labios atropelladamente y demasiado deprisa para Bernard, que alzó una mano. Viendo formarse un «¿Qué?» en el rostro del poeta, Gaucelm le puso el índice en los labios para impedir que le pidiese una explicación.

—Así que vas a tocar la *lauzeta*, ¿eh? ¡Me alegro! —dijo a continuación, cambiando de tema y volviendo a articular muy despacio en beneficio de Bernard.

—Voy a dirigir a los aprendices —le corrigió el anciano con su estridente sonsonete de sordo, y Gaucelm palmeó el hombro de su maestro con afectuoso respeto.

Bernard agradeció aquella atención alzando la mano para estrecharle los dedos. Consumido por la impaciencia y la curiosidad ante la noticia de la reaparición de Folquet, Gaucelm se limitó a asestar otra palmadita al huesudo hombro de Bernard. Por un momento pensó con cierta inquietud en las repercusiones políticas que podía tener su canción, pero enseguida desechó aquellos temores. Lo que hizo fue refugiarse en la reconfortante certeza de que Raimundo, gracias a su larga experiencia con las adversidades, había llegado a dominar tanto el arte de buscar el contraste de opiniones con sutileza que casi siempre lograba imponerse a las objeciones de la corte. Con tal que la discusión mantuviera un tono civilizado y no se encendiera demasiado, el conde siempre prefería alentar el debate a evitarlo.

Gaucelm empezó a ensayar. Tendría que volver a repasar toda la composición con el joven juglar al que había enseñado a cantar las secciones intermedias, y luego terminaría el acompañamiento para su tornada. Estuvo practicando hasta que la campana de la capilla dio las vísperas.

El sol de principios de otoño se deslizaba bajo los arcos de piedra de los ventanales de la sala. Una mirada a la humeante chimenea de la cocina le indicó que los preparativos ya habían alcanzado su apogeo. El enorme recinto estaba siendo transformado en una sala de banquetes: los domésticos cubrían el suelo con junquillos, los caballetes eran dispuestos en un gran semicírculo y los blancos manteles cubrían los tableros de las mesas. Un sirviente entró cargado con la nave ceremonial llena de sal.

Gaucelm sintió un familiar estremecimiento de aprensión. Después de todos aquellos años en la corte, aún temblaba de ansiedad antes de actuar, y la noticia de que Folquet asistiría al banquete le había puesto todavía más nervioso. Corrían rumores de que el Papa pensaba en él para un alto cargo.

Ah, mi querido Raimundo, pensó Gaucelm. Últimamente se lo veía tan... envejecido. Pero la presencia de Folquet demostraba que a Raimundo todavía le gustaba hacer equilibrios en la cuerda floja que separaba la libertad de la perdición. Sin duda pensaba que invitar a aquel bastardo pomposo sería muy instructivo, o tal vez se tratara de un mero acto de cortesía. De todas maneras, ése era su estilo. Por otra parte, Gaucelm se dijo que Raimundo debía de ser consciente de que le convenía aliarse con Folquet a pesar de sus diferencias ideológicas. Si los rumores estaban en lo cierto y realmente lo habían nombrado administrador de Le Thoronet, entonces no cabía duda de que el gordo abad estaba subiendo muy deprisa. ¿Por qué no obsequiarle con un poderoso recordatorio de los esplendores de la corte de Tolosa? Raimundo aún sabía organizar grandes espectáculos. Aunque fracasara, seguiría siendo un gesto magnífico.

Aún estaba ensayando su tornada, sin sentirse satisfecho del todo, cuando empezó la procesión de la cena. Folquet, más gordo que nunca, llevaba la capa blanca de los cistercienses y no paraba de sonreír. Las trompetas entonaron su breve anuncio. Folquet elevó una breve oración y los pajes se apresuraron a ocupar sus puestos. Absorto en una interminable serie de consultas con su juglar, Gaucelm no comió nada y apenas prestó atención a la actividad que se desarrollaba a su alrededor.

En la mesa principal, Raimundo hablaba con Folquet del místico español que acababa de terminar un tratado sobre el panteísmo. Folquet le quitó importancia con un movimiento de su mano enjoyada.

—Mi querido Raimundo, ¿quién puede tener necesidad de la erudición de Ibn Arabí hoy en día, especialmente cuando viene expresada en treinta y cuatro volúmenes? Ibn Arabí ha malgastado una vida entera estudiando a los antiguos, lo cual siempre sirve para llenar las bibliotecas. Pero yo veo en ello un signo de que los árabes por fin empiezan a asistir al ocaso de su sol. —Sus manos quedaron suspendidas en el aire sin llegar a terminar el leve revoloteo de impaciencia que habían iniciado—. Su misticismo sólo sirve para mantener con vida a sus extraños dioses, y no me cabe duda de que ésa es precisamente su intención —añadió mientras sus dedos enjoyados jugueteaban con la copa de vino—. Si continúan por ese camino, llegarán a estar tan intelectualizados que acabarán extinguiéndose.

—Lo que supondría una gran pérdida para nosotros —repuso Raimundo, dejándose llevar por su instinto de polemista.

Folquet mordió el anzuelo.

—¿Qué pueden ofrecerle de nuevo a nuestro mundo? ¡Otro ermitaño sufí escribe un grueso tomo sobre los sátiros y los demonios mientras nosotros nos las vemos y deseamos para mantener con vida a un solo Dios! —Se inclinó hacia el hombro de Raimundo para dar más énfasis a sus palabras—. Viven en las edades oscuras, mi querido amigo —siseó como si estuviera revelando un gran secreto—. Juegan con la alquimia y calientan metales malolientes en negras marmitas con la esperanza de abolir el mal, o cualquier otra tontería similar —añadió, repantigándose en su asiento con cara de satisfacción—. ¡Confieso que esperaba una reacción más ilustrada por tu parte, Raimundo! Estamos rodeados de oscuridad, y no necesitamos mirar dentro de los calderos para encontrar demonios. Satanás anda suelto por los campos... especialmente los tuyos. Las deidades con cabeza de Pan de Ibn Arabí existen allí donde pueden hacer más daño: en las mentes de sus súbditos, no sólo confinadas en los libros.

Raimundo le escuchaba sin inmutarse, asintiendo de vez en cuando con una tenue sonrisa. Después recorrió su mesa con la mirada diciéndose que las pontificaciones de Folquet eran de lo más tedioso, y empezó a pensar en sus otros invitados. Le encantaba que hubiera tantos extranjeros presentes: un griego hablaba latín con su vecino de mesa, con el hermoso siseo cadencioso de su lengua nativa; el joven Peire Cardenal, cuya pasión de mendicante por el verso lo había impulsado a recorrer medio mundo después de sacarlo de la más absoluta pobreza, contaba anécdotas de sus viajes en un provenzal impecable. Gaucelm había dicho que sus canciones tenían espinas. Después de todo, Cardenal había osado llamar «castellano mentiroso» a Domingo de Guzmán y escribía versos satíricos sobre los nobles. Pero ¿qué podía importarle a Raimundo que su *Mauvais barons* hubiera enarcado unas cuantas cejas entre la pequeña nobleza? La mayoría de ellos se tenía bien merecidas las burlas que les dedicasen.

Enfrente de él se sentaba Raimon de Miraval, aquel querido

amigo suyo al que Raimundo llamaba «Audiart» para evitar confusiones, dado que los dos compartían el mismo nombre de pila. Había algo en aquel joven caballero de las colinas de Carcassès que se ganó el afecto de Raimundo desde su primer encuentro. Se habían conocido durante una de las expediciones secretas emprendidas por Raimundo para visitar a la Loba, la famosa castellana de Pennautier a la que todo el mundo conocía con ese apelativo. Cuando llegó a su castillo, el conde se encontró con que ella también había sucumbido a los encantos de aquel irresistible muchacho. ¿Sería ir demasiado lejos suponer que su aprecio por Miraval nació de que tuvieran los mismos gustos en cuestión de mujeres? Sus labios reprimieron la sonrisa con que intentaban confesar aquella verdad oculta. Ah, pero eso era antes de Juana, y ya hacía muchos años de todo aquello. La sonrisa volvió a aflorar a sus labios. Seguramente por eso le caía tan bien el joven Miraval: no por sus versos ni por sus modales, aunque ambos fueran irreprochables. De hecho, todo en él era más que irreprochable, y además tenía una cabeza digna de figurar en una moneda romana. Su impecable perfil poseía una extraña cualidad que siempre le recordaba los rostros de la juventud romana. Esa indefinible permanencia capaz de desafiar el paso del tiempo parecía encarnar los ideales enseñados por los griegos primero y por los romanos después, y ahora por el propio Raimundo; aquellos ideales que, como el *paratge*, perdurarían más allá de su reinado. ¡El rostro de Miraval decía a todos los que tuvieran ojos para verlo que la posesión de un perfil clásico podía garantizar la supervivencia de una forma de vida!

Posó la mirada en su trovador, que estaba sentado en la mesa de enfrente del estrado. Gaucelm no poseía ni rastro de la gracia de Miraval, y nunca la tendría. Era excesivamente indulgente consigo mismo. Comía y bebía demasiado, y los resultados de ello ya llevaban mucho tiempo visibles en su cintura. No podía estar más alejado del código clásico de la moderación, la antigua mesura.

Aun así, poseía la rara cualidad del *paratge*. Raimundo supo reconocerla en él, y por eso permitió que el talento de Gaucelm se declarara a sí mismo. Para sus ojos de experto, estaba claro que algún día aquel joven llegaría a convertirse en un cantor del *fin' amor*.

Había visto cómo Gaucelm iba dejando atrás su inocencia provinciana para entrar en una edad adulta un tanto atolondrada. Todavía se tomaba demasiado en serio asuntos como el incidente de Amalarico y todo el resto de la medicina papal, pero eso lo volvía todavía más entrañable y digno de ser querido.

Bebió un sorbo de vino con expresión pensativa mientras esperaba la llegada de la carne, y una súbita oleada de cálido e intenso orgullo se extendió por todo su ser. Tal como estaban las cosas, él era el único gobernante capaz de reunir bajo el mismo techo talentos tan raros y diversos, una meta a la que había dedicado todos los esfuerzos de su vida. En ese momento se sintió supremamente satisfecho de sí mismo, porque incluso la presencia de Folquet era una prueba más de ese delicado equilibrio que tanto le complacía cultivar.

Como recompensa, permitió que su mirada fuera atraída por Lombarda, la esposa de un rico mercader de Narbona sentada junto a Miraval. Le daba igual que su cara pudiese delatar sus emociones. De hecho, le complació sentir que su expresión pasaba de la benevolencia solemne y absorta al franco deleite que le produjo contemplar su opulenta morenez y su denso cabello. Pensar en los fragantes recovecos de su cuerpo actuó sobre él como si hubiera un lugar para ella en su vida actual, en vez de pertenecer a sus años de juventud.

Los ojos de Juana se encontraron con los suyos, y Raimundo retornó súbitamente a la realidad. Las copas volvieron a ser llenadas, y la corte no tardó en impacientarse durante la pausa que precedía al inicio de los entretenimientos de la noche. Finalmente, el conde golpeó tres veces la mesa con los nudillos.

—Milores, caballeros, damas: esta noche hay muchos rostros familiares entre nosotros. La mayoría de vosotros conocéis a Folquet, cuyos versos han inspirado tan grata camaradería en esta mesa. Esta noche ha vuelto con un nuevo atuendo ascético, pero confiamos en que será posible revivir sus ánimos, a pesar de que hace algún tiempo pasara a ser un responsable cabeza de familia... y de que ahora se haya convertido en un buen cisterciense. —Una ola de carcajadas recorrió la sala—. He confiado esta tarea a Gaucelm, quien, sometido a una cruel presión de la cual asumo toda la responsabilidad, ha completado una sátira...

Juana estiró el brazo y tiró de la túnica de Raimundo.

—Bernard —siseó.

—Os pido disculpas —anunció Raimundo—. Estoy seguro de que Gaucelm permitirá que la experiencia preceda a la juventud. Hemos llegado a estar tan acostumbrados a la presencia de Bernard de Ventadour que olvidamos que ya no es el tesoro silencioso de nuestro reino. Bernard ha vuelto a tocar, y todos nos alegramos de ello. Esta noche dirigirá el acompañamiento de su gran canción... —miró a Juana, quien le animó a seguir con una inclinación de cabeza— *Can vei la lauzeta*.

Bernard fue ayudado a llegar al centro de la sala por dos aprendices, uno de los cuales cargaba una silla en la que dejó instalado al anciano. El otro aprendiz le ofreció su laúd.

Gaucelm tragó saliva, sintiéndose extrañamente nervioso. Pero enseguida vio con qué tranquila despreocupación afinaba su instrumento Bernard, como si no llevara años sin tocar ante la corte. Admiró sus gestos precisos y seguros y la forma en que sostenía el laúd como si formara parte de su cuerpo. Después volvió a preocuparse al percibir el leve temblor que recorría sus dedos, y entonces el anciano se removió en el asiento y acunó el instrumento entre el pecho y el estómago. Gaucelm sabía que eso le permitía «oír»: Bernard estaba afinándolo a través de las vibraciones que el vientre del laúd producía sobre su estómago. Cuando acabó de ajustar las cuerdas, el temblor de sus dedos desapareció de repente.

Los dos aprendices ya estaban preparados. Uno cantaría y tocaría el arpa mientras el otro, que había traído consigo su viola, acompañaría al anciano durante los solos instrumentales. Bernard tañó la frase introductoria y la voz del joven, pura y dulce, surgió de sus labios:

Cuando veo volar a la alondra
Aleteando bajo la luz del sol
Y que, olvidándose de sí misma, se deja caer
Desde la dulzura que le atraviesa el corazón,

Ah, cómo envidio entonces
A aquellos a los que veo gozar
Y me maravilla que en un instante
No se me derrita el corazón de deseo...

Gaucelm quedó cautivado por la magia de aquella conocida primera estrofa. Como el asistente a una pantomima que ya conoce la rutina del acto, llevaba el compás con los dedos y articulaba las palabras antes de que fueran cantadas. «*Enveya m'en ve...*», murmuraba, aspirando el verso como si quisiera pegárselo a los dientes para acabar lanzando un rápido «*Veya jauzion!*» al final de la frase. Sin prestar atención a nada que no fuese la melodía, siguió canturreando entre dientes para creciente irritación de sus vecinos de mesa.

Ay de mí, que tanto creía saber del amor
Cuando tan poco de él conocía.
No puedo evitar amar a aquella
De la que nunca favor alguno recibiré.
Se ha llevado mi corazón, mi todo...

Gaucelm no podía evitar maravillarse ante la forma en que las palabras se sucedían para fluir hacia la línea siguiente después de aquella conmovedora pausa marcada por el lamento melancólico del «*Ai, las! tan cuidava saber d'amor e tan petit en sai!*» y seguida por «*Car eu d'amar no.m posc tener*», concluyendo finalmente en ese cambio de clave y aquel lento deslizamiento hacia el modo menor de «*Celeis don ja pro*». Gaucelm suspiró con anhelo, desgarrado por el deseo de poder componer tan bien. Volvió a asombrarse ante la canción que lo había traído hasta allí. Sin apartar los ojos de Bernard, se recostó en su asiento sintiéndose tan lleno de orgullo y alivio como un padre que por fin cree ver asegurado el éxito de su hijo. Ahora ya podía limitarse a disfrutar de la interpretación. Cerró los ojos. Su alondra, el pájaro cantor que se precipitó al suelo porque estaba tan enamorado que se olvidó de volar, revoloteaba por la sala en un arco invisible suspendido sobre la cabeza de Bernard. Las abejas zumbaban a su alrededor, y también había flores, perros, vacas y todas las estrellas del verano. Las frases se ahogaban en un mar de amor.

Ya no soy dueño de mí mismo
Y no he vuelto a serlo desde la hora en que
Ella me permitió contemplar su rostro
En aquel espejo que tanto me complacía.

Escuchando las palabras con los ojos cerrados, Gaucelm empezó a oírlas de una manera distinta. Sabía que la canción hablaba de una mujer de carne y hueso para la que había sido compuesta, pero de joven se había limitado a pensar en ella como una especie de inspiración jamás encarnada, pues su nombre nunca aparecía en los versos. De pronto comprendió quién era, y por fin pudo ponerle un nombre. Era un nombre famoso para todos los que conocían a las grandes familias del *pays d'Oc*. ¡Oh, sí, tenía que tratarse de Marie de Ventadour! Su nombre era pronunciado con el mismo respeto que el de Leonor de Aquitania, y ambas eran famosas por sus cortes del amor llenas de damas. Se decía que en ellas mandaban las mujeres. Gaucelm había oído hablar de los juegos con que se entretenían, las pruebas de amor que concebían para los jóvenes caballeros prendados de ellas, y las decisiones inapelables con que dirimían las disputas románticas. Aquel extraño mundo siempre le había parecido tan incomprensible como apasionante. Sí, ella tenía que ser «*la contessa*» de la canción de Bernard, aquella Marie que, recordó, había contraído matrimonio con un conde que llevaba el extraño nombre de Ebles. Sus feudos se hallaban en el Lemosín, su tierra natal, pero quedaban muy al este de Uzerche.

¡La condesa de la juventud de Bernard! Mientras escuchaba la canción de la alondra, Marie de Ventadour —el primer gran amor de Bernard de Ventadour— se convirtió en alguien que vivía en el condado vecino. Ya que no su mano, al menos le había dado el nombre de su castillo. Gaucelm comprendió lo majestuosa e irresistible que debía de haberle parecido al joven Bernard, hijo de la panadera del castillo y del hombre que barría los suelos de piedra de su gran sala y se encargaba de traer la leña para sus chimeneas. Ah, su querido Bernard, que había crecido en Ventadour... ¿cómo no iba a enamorarse de su joven y hermosa señora, la esposa de su mentor?

La canción de la alondra nunca había sido tan real para él en el pasado, pero ello le trajo un nuevo motivo de preocupación. Escucharla cantar en público estaba haciendo que ya no le perteneciera exclusivamente a él. Ahora estaba «poblada» de personajes con nombres y caras. Tuvo la extraña sensación de que la alondra de la canción podía desvanecerse en cualquier momento, arrebatándole el noble propósito de la canción y haciendo que la delirante cascada del grito lanzado por la alondra en el primer verso se esfumara en la noche.

Miró a Bernard, que seguía tañendo su instrumento, y sintió una nueva y aguda punzada de temor. Se preguntó si un músico podía robarle la magia a su propia canción. Aquel momento espantoso empezó a girar locamente en su cabeza. Vio frases partirse por la mitad ante los ojos de su mente, saltando por los aires como los fragmentos del arco que había roto Vidal. Pero luego se rió de sí mismo y comprendió que se estaba comportando igual que el niño que presiona un diente dolorido con la lengua para sentir florecer el dolor, disfrutando así de un perverso placer. No, Gaucelm sabía que la canción seguiría siendo suya y que siempre podría atesorarla en su corazón: siempre estaría allí para él, la piedra de toque de su juventud y el talismán de sus viajes. Saber quién había sido Marie de Ventadour y poder imaginar la magnitud del loco amor que había inspirado en Bernard sólo añadía una nueva dimensión al significado de la canción.

Una nueva idea reclamó su atención, y se preguntó si el poema podía haber hecho famosa a Marie. Si el mundo había llegado a creer en lo que él acababa de descubrir hacía sólo unos instantes, entonces sin duda la canción de Bernard habría hecho que el nombre de Marie fuera reverenciado en tierras lejanas, por el norte e incluso en París. Los versos, como bien sabía Gaucelm, tenían ese poder. ¡Un humilde sirviente podía convertir a una gran dama en una leyenda! Nunca se había sentido más orgulloso de su vocación de trovador.

Los comensales empezaron a aplaudir. Bernard acababa de terminar y ahora le tocaba actuar a Gaucelm. Raimundo golpeó la mesa con los nudillos, pidiendo silencio.

—Y ahora, la sátira de Gaucelm —anunció—. Tengo entendido que lleva por título *L'eretria dels preires*, y estoy seguro de que todos la encontraremos muy graciosa.

Lleno de gratitud hacia Bernard, Raimundo y todos los presentes, Gaucelm se dirigió a la gran mesa con el corazón rebosante de felicidad por haber podido vivir aquel momento. Hincando una rodilla en el suelo delante de su mecenas, se embarcó en una jovial parodia de la obediencia debida al conde.

—Oh Luz del Mundo... —canturreó en latín, pero Raimundo le interrumpió afablemente.

—Déjate de halagos, Gaucelm, y danos un poco de poesía en vez de tanta retórica clásica. Hemos comido demasiada carne y ahora necesitamos algo que nos endulce el paladar.

—Pero fuisteis vos quien cobró las presas, mi señor —replicó Juana con burlona sumisión, y Raimundo arqueó las cejas.

—¡Oh, apiadaos de nosotros! —murmuró Folquet con cara de disgusto—. Pagáis a vuestro trovador para que se encargue de abastecer de ingenio a esta mansión, ¿no? Aunque oírle cantar una tonadilla con esa vocecita tan «dulce» que tiene seguramente me echará a perder la digestión.

—Muy bien. Entonces tal vez opte por cantar algo más afilado. O algo amargo, quién sabe —dijo Raimundo mientras arqueaba una ceja con aire de conspirador y miraba a Gaucelm, que seguía con la rodilla doblada ante él.

—Os pido mil perdones por mi voz —dijo Gaucelm, decidido a superar a Folquet en malicia e ingenio—. Nunca la había oído denigrar con semejante cortesía. —Se levantó y se volvió hacia Folquet—. Allí donde nací, en el Lemosín, un poeta confía en las palabras y no en la voz. No obstante, excelencia, y dado que no me está permitido pedir auxilio a un juglar hasta que hayamos llegado a la partición, me temo que de momento tendréis que conformaros con mis pobres cuerdas vocales.

—¡Basta, amigos míos, basta! —exclamó Raimundo alzando

las manos—. ¿Acaso he reunido a los poetas más afamados del sur para ver cómo consumen su velada, y la nuestra, en una justa verbal? ¡Canta, Gaucelm! Juzgaremos tus palabras, no tu melodía.

—Entonces llenadme la copa para que pueda tragar vino en vez de insultos.

—Muy bien dicho, y así se hará —rió Raimundo, llamando a un sirviente con una seña—. ¡Y ahora, diviértenos!

Gaucelm colocó el instrumento morisco sobre su muslo derecho y empezó a cantar.

—*Tan m'abelis per slatz reveillar. Que s'es trop endormiz...* Cuánto disfruto del solaz de la vigilia, pues últimamente se duerme demasiado. ¡Despertad, vosotros que os hacéis llamar cristianos! Despertad y ved cuán opulentamente viven vuestros sacerdotes gracias a las monedas de los creyentes. Rojo les gusta el vino a nuestros clérigos, y blancas como la nieve las mujeres. Emulan al Papa en la riqueza del atuendo. Compran costosos caballos de Oriente. ¿Cuándo pidió Dios a los pobres que trabajaran como esclavos hasta el fin de sus días y que se mataran a ayunos para que los sacerdotes puedan atracarse de faisanes?

Un golpe sordo hizo vibrar la mesa cuando la manga de Folquet derribó su copa de vino. Todos los ojos siguieron la lenta progresión del charco rojo que se extendía por el mantel. Folquet no hizo nada para detener su avance.

Gaucelm siguió cantando. La pieza era larga, y se sintió bastante satisfecho de ella pese a un par de rimas un poco forzadas. Cuando acabó, hubo un breve instante de silencio antes de que se oyeran unos pocos aplausos.

Folquet estaba muy serio.

—Canta tus versos a los cátaros, que estoy seguro los escucharán encantados —masculló sin siquiera una inclinación de cabeza como gesto de cortesía, y se volvió hacia Raimundo—. Tener que oír cómo un viejo alababa el adulterio ya ha sido penoso. Pero... —añadió, señalando a Gaucelm con la cabeza— ¡con poetas como éste en vuestra corte corréis el riesgo de ser excomulgado! —Y se levantó para irse—. Esto es más serio de lo que me imaginaba —declamó solemnemente—. Oh, sí, mucho más serio. Esto no ha sido una sátira. ¡Es herejía! ¿Es que estáis ciego, sordo y mudo, hombre de Dios? ¡Reprimid esta escandalosa conducta ahora mismo si no queréis ganaros el anatema del Papa!

Raimundo, que se había puesto lívido, se levantó.

—Algunos me consideran demasiado blando —dijo—, pero me enorgullezco de saber juzgar a los hombres. Ahora veo que esta vez me he equivocado: ¡he invitado a un hipócrita a mi casa! Tú, que te considerabas un trovador igual que los demás y loabas a las mujeres como cualquier otro juglar, tú que antes de venir a mi corte no eras nada y que viviste de mi hospitalidad... ¿Cómo osas amenazarme a mí con el Papa? ¡Muchos cátaros son parientes y amigos nuestros, por Dios! Los cátaros son gentes inofensivas que sólo quieren vivir en paz. Si quieres lamer los zapatos del Papa, ve y hazlo. Pero ¿arriesgarás tu corpachón en una guerra por él? ¡Qué imbécil eres, Folquet! Mira a tu alrededor. Esta corte es célebre por su amplitud de miras... —Su brazo trazó un arco y la manga se desplegó debajo de él—. Si fuéramos distintos a como somos, no te encontrarías sentado a mi mesa esta noche. No toleraré la crueldad humana, especialmente cuando los fines a los que sirve son tan obvios. Y tampoco estoy dispuesto a soportar la presencia de un renegado... ¡Así que sal ahora mismo de esta sala!

Folquet palideció, giró sobre los talones y salió bamboleándose de la sala. En la arcada de la puerta se detuvo y, volviéndose hacia Gaucelm, lo señaló con un dedo.

—La mezcla de poesía con política es un brebaje letal —siseó—. ¡Considérate advertido! —Y bajando la voz como si quisiera que sólo Raimundo pudiera oírle, repitió su admonición—: ¡Y ten por seguro que esto llegará a oídos del Papa! —Y se marchó.

—¡Cómo se atreve! —estalló Raimundo, dejándose caer en su asiento y meciéndose para acabar apoyando la frente en las manos con un gemido ahogado.

Juana estaba paralizada de furia.

—¿Ves adónde acaban llevando esta clase de fanfarronadas?

Gaucelm, la guitarra todavía apoyada en el muslo, no se movió. Volviendo la cabeza hacia Bernard, vio que el anciano se había enterado de todo lo que acababa de ocurrir. Con los brazos alzados como un profeta sumido en la desesperación, Bernard parecía mecerse de un lado a otro. Gaucelm temió por el frágil corazón del poeta. Volvió la mirada hacia Raimundo en busca de una señal, pero su señor seguía hundido en su asiento y parecía haberse olvidado de la compañía, la música y los buenos modales. Gaucelm no osó moverse. No podía apartar los ojos de Raimundo, inmóvil con la cabeza apoyada en las manos. Fragmentos de imágenes incongruentes desfilaron velozmente por su cerebro. ¿Qué haría Vidal en esta situación? Se imaginó a su alegre y vivaz amigo apostado bajo la ventana de Folquet, dándole una serenata al gordo abad con todas las picantes canciones de amor que había compuesto para Azalaïs hacía ya tanto tiempo, viendo cómo Folquet deambulaba por sus aposentos retorciéndose las manos regordetas, víctima de sus propias palabras y sin poder hacer nada salvo verter insultos sobre la cabeza despeinada de Vidal. Y Vidal, al despedirse, diría: «No tenía ni idea de que poseyeras semejante talento para la austeridad. Seguro que ahora la Virgen ha sustituido a la esposa de Barral como objeto de tus afectos, ¿verdad? ¡Bueno, en el futuro tal vez debas dedicar tu tiempo a la penitencia en vez de a hacerle los trabajos sucios al Papa!» Pero la escenita no logró consolarle.

A la mañana siguiente Raimundo se presentó en los aposentos de Gaucelm y, sin disculpas o largos discursos, despidió a su trovador. Gaucelm no supo cómo reaccionar.

—Quedas liberado de mi protección —dijo Raimundo—, pero cuando las aguas hayan retornado a su cauce volverás a ser bienvenido en mi corte. Quizá he estado viviendo de prestado, no lo sé. Puede que haya pecado de ceguera, de negligencia o de ambas cosas, pero ahora escojo creer que la razón estaba de mi parte. Y aunque ostenten los títulos de Papa y abad, no me dejaré asustar por un par de idiotas arrogantes. Saldremos adelante, Gaucelm. Siempre lo hemos hecho.

Se abrazaron y se besaron en las mejillas. Cuando Raimundo lo separó de él extendiendo los brazos para contemplarlo por última vez, Gaucelm vio lágrimas en sus ojos.

Enrolló su jubón, lo envolvió con su capa y embutió las dos prendas en su alforja junto con las botas de Bretaña y el crucifijo de París. La furia se cebó en él, aguijoneándolo como un insecto invisible. Los mocasines de cuero, casi irreconocibles a causa del barro, fueron arrojados a un rincón. ¿Por qué Raimundo se limitó a alzar las manos y permitió que Folquet dijera la última palabra? ¿Habría perdido su antiguo ingenio? ¿Estaría cansado? Raimundo era capaz de pasarse horas ensalzando la generosidad de espíritu... hasta que el enemigo le miraba a los ojos. Quizá había optado por no correr riesgos, y sacrificar a Gaucelm era una manera de evitarse problemas en el futuro. La protección de un noble tenía sus límites, cierto. Por otra parte, también cabía la posibilidad de que estuviera usándolo como chivo expiatorio.

Mientras recogía sus pertenencias, la rabia perdió su agudo filo inicial para ser sustituida por una terrible desilusión. Gaucelm se sentó en su banco por última vez y se llevó los puños a los ojos. Había estado demasiado ciego para ver aquella faceta de Raimundo hasta que fue demasiado tarde: el conde siempre se dejaba llevar por la marea, y la parte de su ser que se encargaba de sopesar las pérdidas y las ganancias estaba dispuesta a desterrar al amigo que acababa de dar un paso en falso. Aquello transgredía todo lo que le había contado acerca del *paratge*. Durante seis años Gaucelm había sido el hombre de Raimundo, su trovador, su... hijo. Ahora todo aquello había terminado. Gaucelm lloró.

Pero la relación entre Bernard y él aún no había terminado. No podía partir sin despedirse del hombre que había convertido tan recientemente su reverencia infantil en genuino afecto. La pena reemplazó a la angustia, y lamentó haber necesitado tanto tiempo para atravesar la sordera de Bernard. Pero aunque la *Eretria* hubiera causado su perdición, también había insuflado una nueva vida a Bernard de Ventadour.

Y gracias a ello, una extraña sensación de gratitud se deslizó como un hilo invisible a través de su ira y lo condujo pasillo abajo hasta los aposentos de Bernard. Mientras iba hacia allí compuso, en beneficio del sordo, un relato fragmentario de la conversación mantenida con Raimundo y un discurso de despedida: *Escotatz*,

Bernard... Ha traicionado mi lealtad, y te ruego que trates de entenderlo. Te juro que siempre intentaré estar a la altura de tu ejemplo. *Senher, amic...* Siempre serás... *e.l miels trobar...* Lo que los toscanos llaman *il miglior fabbro...*

Pero nada más entrar en los aposentos supo que Bernard ya había entendido lo que acababa de ocurrir. Sentado en su sillón, el anciano extendió las manos hacia Gaucelm quien, conteniendo las lágrimas, se dejó envolver por el afecto de Bernard.

Cuando se separaron y Bernard le preguntó adónde iría, Gaucelm ya había pronunciado la palabra «Ventadour». Nada hubiera podido complacer tanto a Bernard como oír de labios de su protegido el nombre del lugar en que había nacido.

—Pero antes he de contarte un par de cosas acerca de Marie —murmuró alzando un dedo—. Lo que dicen la canción y las leyendas... Bueno, es cierto que estuve enamorado de ella. Marie era demasiado joven para Ebles, y yo era demasiado viejo para ella. Cuentan que Ebles me desterró, pero no lo creas. Era un esposo demasiado tolerante, y le encantaba ver cómo la juventud y los logros de su esposa eran ensalzados en su corte. También le gustaba ayudar a los otros poetas, pues él mismo lo era, y a decir verdad siempre lo tuve por un auténtico maestro del *trobar clos*. Su generosidad llegó a atraer al mismísimo Folquet.

—¿Folquet?

—Llegó a Ventadour pisándome los talones, y él sí tenía la edad adecuada para Marie. Por aquel entonces yo ya había partido hacia el norte y acababa de cruzar las aguas para servir a Leonor. Ah... —dijo con voz pensativa—, aquella duquesa de ojos verdes, la hermosa y rubia reina de Inglaterra... Entré en un mundo nuevo, y dejé atrás Ventadour y todo lo ocurrido allí. Sólo sé lo que oí contar después: que Marie y Folquet urdieron ciertas intrigas juntos.

—¿Qué? —preguntó Gaucelm mientras otro inesperado destello de alarma recorría todo su ser.

—Marie siempre estuvo metida en política incluso cuando no era más que una joven esposa —murmuró Bernard—. Y ante ella, como ante cualquier otra gran dama, siempre se alzaba la figura de

Leonor. ¿Quién, no conociendo a Leonor, no hubiese deseado imitar su corte? Pero en cuanto la conocías... Oh, puedo asegurarte que entonces veías las cosas de otra manera. Ah, bueno, ya hace mucho tiempo de eso —dijo, ahuyentando el pasado con un ademán—. Deben de haber transcurrido más de dieciséis años desde que vi a Marie por primera vez. Dale recuerdos de mi parte y saluda también a Ebles, si es que todavía vive. Es el momento ideal para que vayas allí, porque cuando llega la hora de cultivar nuestro arte todos parecemos sentirnos atraídos hacia Ventadour. Eres afortunado. Ah, y no lo olvides: sé un poeta, no un versificador —dijo, apretándole suavemente el hombro con la mano mientras sus ojos buscaban los de Gaucelm y le sostenían la mirada—. Tienes todo lo que se necesita para serlo, así que asegúrate de que no te perdemos.

Sus palabras hicieron que Gaucelm olvidara su pequeño discurso de despedida y, abrazando al viejo trovador, no pudo contener por más tiempo el llanto. Bernard se dejó abrazar, pero luego lo apartó con un cariñoso empujón y le habló con voz solemne.

—No olvides lo que te he dicho, Gaucelm. No soy vidente y no sé predecir el futuro, pero sí sé reconocer a un auténtico poeta cuando se cruza en mi camino. En cada generación sólo hay sitio para uno. Creo que el arte te perseguirá como el sabueso de los cielos y acabará dando contigo. Ve con Dios, muchacho.

Gaucelm sólo tuvo fuerzas para besarle la mano y después, con el rostro enrojecido por el llanto, salió de la habitación y cruzó el patio. Con las alforjas llenas y el caballo preparado, la expresión de Raimundo y la sensación del huesudo abrazo de Bernard todavía conmoviendo su corazón, fue en busca de Guilhelma.

SEGUNDA PARTE

VENTADOUR

1201

7

EL CAMINO A VENTADOUR

Guilhelma oía el suave roce de las patas de la yegua mientras avanzaban por el sendero cubierto de maleza. Apoyó la mejilla en la ancha espalda de Gaucelm y bajó la mirada: debajo de ellos había un rastro de hojas tan húmedas y de colores tan vivos como los guijarros de un arroyo. Le gustaba ver cambiar las estaciones, y el otoño era su preferida. Aunque el calendario eclesiástico dijera lo contrario, para ella cada año tenía dos principios: la Candelaria, que conmemoraba la Purificación de la Virgen en el oscuro mes de febrero, y la fiesta de San Miguel, al final de la cosecha en septiembre. Esta última anunciaba la proximidad de la fiesta más importante, los misterios de Todos los Santos a los que seguirían los días de ayuno de las vísperas de la Navidad. Pero el ciclo de las estaciones nunca llegaba a aburrirla, porque siempre traía consigo nuevos motivos de celebración repartidos a lo largo del año.

Obviamente, la llegada del otoño no había surtido ese efecto sobre Gaucelm. Viéndolo callado y triste, Guilhelma ya no intentaba hablar con él. Gaucelm aún estaba furioso por las reacciones con que había sido acogida su sátira sobre los sacerdotes. ¡Ah, aquel cerdo de Folquet! Guilhelma lo había conocido en los viejos tiempos, y aún se acordaba de hasta qué punto estaba obsesionado por el sexo. Antes de que Vidal entrara en su vida, Folquet ya había empezado a acudir a su cabaña cada vez que iba a Tolosa. Y si Guilhelma estaba ocupada con un cliente, entonces se acostaba con la primera que encontraba. Para él todas eran iguales. Lo único que veía en una mujer era un lugar donde dar rienda suelta a sus deseos o, mejor dicho, a sus exigencias. Algunos hombres solicitaban su cuerpo con afable humildad, y otros corrían detrás de ella por toda la habitación, jugando a perseguirla. Algunos, cierto, no se quitaban las botas y la trataban con tosca dureza cuando se acostaban sobre la paja. Pero eran hombres como Folquet los que hacían que su trabajo fuera desagradable y agotador. Folquet siempre se enfrentaba al sexo de la misma manera: parecía considerarlo un deber para consigo mismo, una mera necesidad de las partes inferiores de su cuerpo. Después, y eso era lo peor, tardaba horas en irse y la torturaba con el molesto zumbido de sus horribles versos.

Y además también tenía teorías religiosas. Como tantos jóvenes que se consideraban poetas, Folquet mostraba tendencias que gustaba de llamar heréticas. Decía admirar las enseñanzas de los cátaros. Guilhelma ya había oído todo aquello anteriormente, sobre todo de labios de los estudiantes. En el caso de Folquet, Guilhelma pensaba que esa mascarada anticlerical probablemente le hacía sentirse más importante, al igual que su poesía. Finalmente se fue para gran alivio de Guilhelma, y transcurrieron muchos meses antes de que volviera a visitarla. Cuando volvió, enseguida vio que Folquet había cambiado tanto de creencias como de hábitos. Parecía haber adoptado una nueva actitud de pía devoción —vestía la túnica blanca de un cisterciense recién ordenado—, y estaba todavía más pagado de sí mismo que antes.

Fue entonces cuando empezó a usar la violencia con ella. La primera vez que intentó atarle las muñecas, Guilhelma se resistió con uñas y dientes. Entonces Folquet sacó de su bolsa más oro del que ella hubiera visto jamás, y Guilhelma cedió. Pero Folquet no se conformó con eso, y las bofetadas o el desgarrarle la ropa pronto se convirtieron en una práctica habitual que se repetía en casi todas sus visitas. Las cosas llegaron a tal extremo que intentó negarle la entrada en su casucha, pero Folquet no era de los que aceptan un no por respuesta.

Guilhelma suspiró, contenta de que aquellos días ya hubieran quedado atrás... aunque el muy cerdo siempre pagaba bien. Acordándose de Folquet, susurró al oído de Gaucelm: «Cuanto más te alejes, tanto mejor.» Pero él guardó silencio y Guilhelma no insistió. Que se cueza en su propia salsa, pensó, hasta que ya no pueda más.

Alzó la mirada hacia los rayos de luz dorada que se filtraban entre los álamos temblones, y se dijo que en otoño todo el mundo parecía estar un poco encorvado. En verano todo era plano y bajo, mientras que la primavera era como un lento flotar hacia el cielo. Pensó con nostalgia en la vendimia que no tardaría en empezar cerca de Tolosa. Los surcos de los viñedos quedarían puntuados por los toscos pañuelos de las mujeres que arrancaban los largos y voluptuosos racimos azulados. Se imaginó las jugosas ciruelas maduras en el patio trasero de su casa en el Chantier. En el sur los nísperos pronto se pondrían amarillos y los gansos desplegarían sus alas para surcar el cielo formando enormes V, indicando así la llegada del momento en que la fruta madura caía a tus pies. Las mariposas habían desaparecido, cierto, y el agua de los estanques y las lagunas estaría inmóvil bajo una delgada película verde. La humedad de finales del verano se habría evaporado de la piel de las peras, en tanto que las manzanas aún estarían amargas y duras. Pero a Guilhelma le encantaba presenciar aquellos pequeños cambios que culminaban en la primera helada. Podía verse de pie junto a la muralla de la ciudad contemplando los campos esparcidos debajo de ella, viendo cómo un granjero secaba su leña para el invierno en la lejanía con el humo de su hoguera de ramas de avellano serpenteando hacia un cielo ventoso. ¿Cómo he podido irme precisamente ahora, pensó, cuando la puerta del invierno no tardará en abrirse sobre el umbral de esa época tan llena de promesas? Y ahora, como recompensa a su sacrificio, cabalgaba detrás de un trovador que no podía estar de peor humor.

Advirtió que algo iba mal nada más verlo entrar en su casa. Sabía que Folquet estaba en la ciudad, porque el Chantier solía enterarse de esas cosas antes de que llegaran a conocimiento de la corte. De hecho, su calle olía levemente a sabuesos y dos hombres del séquito de Folquet ya habían visitado a sus vecinos. Aun así, nada la había preparado para ver a Gaucelm tan despeinado como un santo del desierto y más muerto de sueño que un caballero andante.

—¡Tienes peor aspecto que la mañana en que Vidal te encontró delante de mi puerta! —exclamó—. ¿Qué te ha pasado?

Gaucelm le explicó lo de la *Eretria* y le repitió las últimas palabras de Raimundo, para lo cual tuvo que hacer un esfuerzo rayano en el dolor, y después le contó cómo se había despedido de Bernard.

Guilhelma se incorporó sobre el lecho de paja y le escuchó. No le interrumpió: estaba acostumbrada a dejar que los hombres hablaran hasta que se cansaban, y a Gaucelm le habría escuchado toda la noche. El trovador habló y habló, titubeando y atropellándose como urdiendo un plan, el que fuese, que le permitiera seguir adelante y lo sacara de Tolosa.

—Bernard me ha dado ciertos consejos acerca de Ventadour. Ebles tiene una gran corte allí, y Bernard me dijo que aprendió más sobre el arte de componer de Ebles que de ninguna otra persona. «Todos los grandes trovadores han pasado por Ventadour», me dijo. —Hizo una pausa—. Supongo que ahora me toca a mí.

—¿Y a qué distancia de Tolosa queda ese lugar? —preguntó Guilhelma, que no quería perderle y no soportaba la idea de que fuera a dejarla como le ocurría con todos.

—Yendo a caballo, una semana. Está en el norte, y queda más o menos a la altura de Uzerche, mi ciudad natal —dijo Gaucelm, y después le preguntó si le acompañaría.

A ella le dio un vuelco el corazón. Lo único que sabía del ancho mundo era lo que le contaban sus clientes. Terminara como terminara, siempre sería una aventura. Se levantó del lecho de paja y empezó a pasearse por la habitación. ¿Qué será de mí si dejo todo esto?, se preguntó. ¿Cómo cambiaría su vida si dejaba a sus amistades, sus clientes, las calles familiares del Chantier y la profesión que le ponía el pan en la mesa? Pero ahora, con el verano tocando a su fin, el negocio ya no iba tan bien. Después de todo, quizá ya había tenido bastante. Fue al pequeño aparador de madera en el que guardaba un cántaro de vino rebajado con agua. Llenó un vaso, bebió un trago y le ofreció el cántaro a Gaucelm. Oh, sí, era toda una tentación.

Gaucelm le describió las profundas cañadas del Corrèze y los tortuosos senderos que las surcaban, los bosques de árboles retorcidos y nudosos, los precipicios rocosos, los vientos que dan formas fantásticas a los troncos y las retumbantes cascadas del norte. Ya había estado en parajes parecidos cuando fue a Bretaña, y le dijo que se enamoraría de ellos nada más verlos. Eran fascinantes, salvajes y maravillosos.

—¿Y Ventadour?

Gaucelm acercó un poco más su taburete a ella.

—¿Has oído hablar de las cortes del amor? —preguntó.

—¿Como la de Leonor de Aquitania en Poitiers?

—Ah, la suya era famosa. Ahora ya debe de ser una anciana —replicó él—. Pero en Ventadour también hay una gran dama: la condesa Marie, la esposa de Ebles.

—¿La condesa Marie tiene una de esas cortes del amor? —preguntó Guilhelma con incredulidad—. ¿Y qué es lo que hacen en ellas? ¿Tienen tribunales como los nuestros, y los enamorados acuden a ellos para exponer su causa ante un juez de verdad?

—Los jueces son mujeres, y dictan sus decisiones en cada caso —dijo Gaucelm, dándoselas de experto en un tema del que sólo había oído hablar—. Pero siempre se toman su tiempo. Es... bueno, se podría decir que es una especie de entretenimiento. Recuerdo que una vez hablaron de un caso en la mesa de Raimundo. Le preguntaron al tribunal si es más aconsejable para un enamorado besar a su amada en el vientre o en los labios.

—¿Bromeas? —Guilhelma se dejó caer sobre el catre de paja y, levantando las piernas hacia el techo, soltó una risotada—. ¿Y qué dijeron las mujeres que juzgan esos asuntos? —preguntó sin dejar de reír.

—Se decretó que a veces el vientre es más aconsejable que la boca... y mucho más limpio. Si no me engaña la memoria, el tribunal acordó que habría que promover los besos en el vientre como acto de reverencia a la raíz de la vida.

Guilhelma rió con más fuerza.

—¿Quién te ha contado todo eso? —jadeó—. No me lo creo.

—Ven conmigo a Ventadour y comprobarás si es verdad.

Guilhelma se puso seria y se incorporó. Cruzó la habitación y se detuvo delante de Gaucelm.

—¡Iré! —exclamó alegremente.

A continuación sacó del aparador su capa y unas faldas e hizo un hatillo con ellas. Envolvió una barra de pan y una ristra de cebollas en un paño, y luego lo ató con dos firmes nudos. Lanzando una rápida mirada a Gaucelm, se arrodilló para sacar de debajo del colchón la cajita de madera en la que escondía sus ahorros. Contó meticulosamente las monedas que contenía, y luego se las guardó en la media para que estuvieran a buen recaudo. Finalmente, alzó las cejas sobre sus luminosos ojos oscuros y dijo:

—Estoy lista.

En la grupa de la yegua sólo había una manta extendida detrás de la silla de Gaucelm, y eso quería decir que Guilhelma tendría que montar a pelo. Recogiéndose las faldas, saltó a la grupa y se acomodó detrás de él.

Salieron de Tolosa en dirección noreste. La mañana del segundo día el viejo hito por el que se había orientado Gaucelm, la cúpula de la catedral de Montauban, se hizo visible al oeste. Al día siguiente divisaron las murallas de Cahors antes de cruzar el río Lot por Saint-Cire e iniciar una lenta subida a través de los bosques que rodeaban las cañadas del valle de la Dordoña. Pasaron cuatro días serpenteando por estrechos senderos, algunos de los cuales no sabían adónde llevaban.

Gaucelm se mostraba silencioso y casi no hablaba. Llena de preguntas que aún no osaba formular, Guilhelma se dedicó a contemplar cómo la hojarasca multicolor del bosque desfilaba por debajo de la yegua. No tardaría en oscurecer. Cuando salieron del bosque, Guilhelma entrevió la línea azul de un río en la lejanía. El cielo ardía sobre las aguas como ascuas esparcidas encima de una parrilla, y cuando alzó la mirada hacia el horizonte distinguió la hilera de pináculos y tejados de un pueblecito, extendiéndose delante de ellos para formar una masa oscura tan llena de huecos como el diente cariado de una vieja. El sol siguió descendiendo lentamente ante sus ojos, dejando un ribete de oro en el horizonte.

—¿Pararemos allí? —preguntó, señalando por encima del hombro de Gaucelm.

—Pararemos cuando yo lo diga.

Guilhelma contuvo el deseo de patearle las pantorrillas como habría hecho con un niño respondón y se limitó a soltar un suspiro. El viento se había calmado, y el olor de las parras silvestres se elevaba por encima de los matorrales.

Guilhelma nunca había estado en el norte. Su pueblo natal quedaba al otro extremo del Languedoc, encima del río Gard que fluía hacia el Ródano para encaminarse luego hacia el mar y, de hecho, seguía un cauce tan cercano a él que sus aguas estaban calientes durante la mayor parte del año. En Alès, el otoño llegaba unos días antes que el frío, en una pausa demasiado breve para que la luz se tornase dorada. Allí nunca había tenido ocasión de conocer el largo y lento madurar de los árboles frutales, cómo la tierra mojada era engullida por las neblinas matinales debajo de los huertos o las tardes bañadas en un cielo azul. Nunca había visto los violentos crepúsculos que le describió Gaucelm cuando le habló de su viaje a Bretaña, donde hizo campaña durante un corto verano con el joven duque Arturo, el sobrino de Ricardo Corazón de León. Guilhelma se imaginó la primera ráfaga de aire fría y cortante de aquellas regiones que la aguardaban en Ventadour, por donde habían pasado todos los grandes trovadores. «Ahora me toca a mí», había dicho Gaucelm. Guilhelma pensó que así tenía que ser.

A medida que se aproximaban al pueblo, la promesa de un plato caliente la hizo removerse impacientemente sobre la grupa. Cintas de humo ascendían perezosamente sobre sus muros, aunque la cena ya había sido preparada y consumida. Aquí la gente debe de acostarse muy temprano, pensó Guilhelma. ¡Qué poco se parecía aquel lugar a Tolosa! La desnudez de una llanura rocosa sustituyó a las colinas cuando se dirigían hacia la entrada principal del pueblo. Sorprendentemente, la puerta de la barbacana estaba abierta de par en par. Cuando entraron, un olor acre inundó sus fosas nasales.

Gaucelm detuvo la yegua y miró alrededor. Las casas eran viejas y míseras, con precarios tejados cubiertos de liquen: un villorrio de tejedores, quizá. Pero enseguida vio que el pueblo se hallaba desierto. Las calles estaban llenas de gatos, y un sinsonte enloquecido lanzaba un angustioso gorjeo desde su nido. Desmontó, dejando a Guilhelma sobre la grupa. Entró en una casa cuya puerta se abrió apenas la empujó con la mano. No encontró ni un mendrugo de pan rancio. Aquel lugar había sido abandonado, pero no a toda prisa. Había habido tiempo para recoger las pertenencias antes de huir. Salió de la casa e indicó a Guilhelma que le siguiera sobre la yegua. La calle resonó con el eco de sus rápidas zancadas y el estrépito de los cascos. ¿Habría habido una plaga, una sequía?

Se paró en medio de la pequeña plaza que había delante de la iglesia del pueblo. Dos esqueletos calcinados yacían sobre un montón de frías cenizas de madera, uno de ellos todavía medio atado a un poste de madera consumido sólo en parte. Guilhelma le siguió y se quedó sin habla, horrorizada ante aquella escena. Mientras retrocedía ante el hedor de la carne quemada, Gaucelm sintió una extraña mezcla de curiosidad, ira y deseo de venganza. Sabía quiénes eran aquellas víctimas, sin duda un par de cátaros a los que la aldea habría protegido durante cierto tiempo. ¡Qué visión tan horrible! No le extrañó que los lugareños hubieran optado por huir después de que los enviados papales les hubiesen dado «una buena lección».

Cogió una rama del suelo y, tapándose la nariz con una mano, fue hacia los restos y removió las cenizas. Un trozo de metal cayó a un lado con un leve tintineo. Era una hebilla plateada con la forma de una cruz cátara. Sosteniéndola entre el índice y el pulgar, Gaucelm examinó el metal labrado. Después le quitó la ceniza restregándola en el justillo y se la metió en la bolsa, súbitamente hambriento e impaciente por salir de allí. La yegua olisqueó el aire maloliente y empezó a cabecear, sacudiendo las bridas con nerviosa agitación. Guilhelma seguía inmóvil. Gaucelm volvió a montar y la yegua avanzó al trote por las calles con los ollares temblando espasmódicamente. Los dos jinetes recibieron con gratitud el ocaso, y ninguno dijo nada mientras contemplaban oscurecerse el horizonte.

Antes del anochecer llegaron a un arroyo cuyas tranquilas

aguas lamían las estribaciones de las colinas. No había ningún otro pueblo a la vista. Gaucelm le quitó el bocado y las bridas a la yegua y la ató al tronco de un árbol con un largo ronzal. La yegua pació ávidamente, sacudiendo la cabeza. Guilhelma se acercó a la orilla del arroyo, donde se dispuso a recoger las últimas moras del verano, que les servirían de cena y la ayudarían a olvidar aquellas espantosas imágenes.

Cuando volvió del arroyo, encontró a Gaucelm examinando el suelo en busca de nueces. Ya no parecía apático, sino animado y lleno de energía. Le dio un puñado de moras y le enseñó a pelar los brotes de pino jóvenes que acababa de recoger, y le explicó cómo morderlos para arrancarles sus blandos núcleos. El arroyo les sirvió de vino. Hicieron el amor bajo el cielo silencioso, con el deseo por el otro tal vez incrementado por el frío aire nocturno y la conciencia de lo afortunados que eran al estar vivos. Después Guilhelma se acurrucó junto a él con un suspiro de satisfacción, y los dos oyeron los resoplidos de la yegua mientras se quedaba dormida de pie.

El pinchazo de algo afilado en su espalda hizo que Gaucelm buscara su bolsa entre la ropa. La abrió y sacó la hebilla cátara. Tumbándose sobre la espalda de Guilhelma, la sostuvo delante de sus ojos. Ella se incorporó, y Gaucelm le cerró solemnemente los dedos alrededor de la hebilla.

—Que con esta prenda una la Dama Fortuna nuestras vidas y bendiga nuestro camino a Ventadour —dijo ceremoniosamente, y selló sus palabras con un beso.

Guilhelma abrió la mano y pasó el pulgar por la hebilla.

—Es muy bonita —dijo.

Pero lo que estaba pensando era: Nunca la luciré, porque no es un abalorio cualquiera. Tal vez sea un símbolo secreto, una señal de esperanza, porque ha sido rescatado de algo terrible. Se remetió la cruz en su cinturón, para llevarlo lo más cerca posible del cuerpo. Después, tapándose los ojos con las manos, se acordó de los cuerpos destrozados.

—Gaucelm, no puedo evitar ver...

—... la pira —dijo él, terminando la frase por ella.

Guilhelma, perpleja y confundida, meneó la cabeza.

—No creo que los cátaros sean mala gente. Al menos no los que veía en el mercado cada día... ¡Con esas capas negras suyas parecen sacerdotes que se mataran a trabajar! Y en la calle de los Tejedores todo el mundo sabe que la lana de Aimery es la mejor que puedes encontrar en la comarca. No son como los otros mercaderes, que sólo piensan en quedarse con tu dinero y siempre están intentando timarte... ¿Crees que son mala gente? Nunca les he visto hacer daño a nadie. Son amables y bondadosos. Siempre están predicando, claro, pero...

—¿Te has acostado con alguno?

Su pregunta la sorprendió, quizá porque nunca había pensado en ello. Se acordó de Folquet, pero enseguida desechó la idea. Suponiendo que hubiera llegado a unirse a su secta, no pudo ser por mucho tiempo. Pero entre los estudiantes, sacerdotes, muchachos y mercaderes de toda clase que frecuentaban el Chantier, ¿cómo podías saber quién era un cátaro y quién no? Nadie —de eso sí estaba segura— había cruzado el umbral de su cabaña vistiendo la túnica negra de un hereje confeso.

—No que yo sepa —respondió finalmente.

—¿Te atreverías a hacerlo?

—¡Virgen santa, pues claro que sí! Tendrías que ver los tipejos asquerosos que han entrado por mi puerta... ¡Ah, bien a gusto los habría cambiado por un cátaro!

—No entiendo a los herejes —dijo él—. Sé que no comen carne y que se niegan a luchar. Vidal me contó que no creen en los sacramentos y que piensan que el matrimonio es un invento del diablo. ¡Puede que tengan razón! Aparte de eso, la verdad es que no sé en qué creen. Pero sí sé que si Rai Mundi no teme a los cátaros, entonces yo tampoco los temo. Me parecen inofensivos: los comerciantes, los tejedores, los predicadores, la mujer de Lavaur... —Guilhelma asintió para demostrarle que le entendía—. Pero... es complicado. Depende de en qué bando estés. Para la Iglesia son peligrosos, así que los hombres del Papa van por ahí matando cátaros. Y matar cátaros es lo más fácil del mundo, porque se dejan quemar en la hoguera sin oponer resistencia.

Tumbándose, alzó los ojos hacia el cielo nocturno. En la corte de Raimundo, pensó, ese horror nunca habría sido posible. No hasta que Folquet llegó a ella... Se desperezó y se volvió hacia Guilhelma.

—Durmamos —dijo.

La tierra estaba húmeda, pero la yegua, cerca de ellos, desprendía un calor que los hizo adormilar, acurrucados entre las raíces de un gran roble con la capa de Gaucelm extendida debajo de ellos.

Él ya se había dormido cuando Guilhelma se irguió de repente.

—Gaucelm...

—¿Mmm?

—He estado pensando en Folquet.

Un gemido.

—¡Oh, por san Esteban! ¿Y por qué precisamente ahora?

—Quizá por haber visto ese pueblo, no lo sé. Aquel montón de cenizas... ¡Antes eran personas, Gaucelm, y ahora lo único que queda de ellas es esa hebilla de metal que me has regalado!

—Mmmmm...

—Y se me ha ocurrido pensar que...

—¿Qué? —preguntó él, abriendo los ojos perezosamente.

—Alguien está matando cátaros, Gaucelm. Mata cátaros y los quema. ¡Esto va en serio!

Gaucelm despertó del todo.

—¿Y qué? ¡Yo no soy un hereje! Soy un trovador que necesita dormir un poco —dijo, gimiendo y dándole la espalda.

Guilhelma se inclinó sobre su oreja y empezó a hablarle en susurros.

—Desde que salimos de Tolosa no has parado de repetir que Raimundo te ha traicionado, que después de haber sido tu mecenas durante seis años te echó de su corte porque ahora tiene miedo del Papa y de Folquet y no quiere meterse en líos. He estado pensando. Folquet tiene que haberle dado un ultimátum: la excomunión... ¿Gaucelm? —Le sacudió el hombro—. Un segundo encuentro entre ellos, después del banquete. ¿Lo crees posible?

Gaucelm se volvió hacia ella.

—La excomunión siempre flota en el aire —murmuró a la oscuridad con cansancio—. Eso no es nada nuevo, querida. Ya sabes que Raimundo siempre está jugando al gato y el ratón con el Papa, ¿no? Eso los ha mantenido entretenidos durante años.

—Entonces quizá se trate de un castigo más grave que la excomunión. ¿Y si lo han amenazado de muerte? Supón que han intentado matarlo...

—En ese caso él me lo habría dicho. Raimundo y yo nos regíamos por el espíritu del *paratge*, y no había secretos entre nosotros. O eso decía él, al menos... Y además, en caso de que su vida realmente hubiera estado en juego, él sabía que yo me habría apresurado a irme lo más lejos posible.

—Pero ese cambio tan repentino... Venga, Gaucelm, intenta reflexionar. ¿Realmente crees que Raimundo hubiese emprendido algún tipo de acción contra ti, con *Eretria* o sin ella, de no ser por ese cerdo? Folquet es un intrigante, créeme. Conozco a los de su ralea. Es de esa clase de hombres que van provocando catástrofes sin que nadie les pida cuentas de sus actos. ¿Qué podía hacer Raimundo sino expulsarte de su corte? Escúchame bien: creo que Folquet está tan decidido a acabar contigo como con Raimundo.

Gaucelm se irguió sobre los codos, dejando incómodamente arrugada la capa debajo de él al incorporarse.

—¿Por qué dices eso? ¿Acaso conoces a Folquet? —preguntó, y prosiguió atropelladamente antes de que Guilhelma pudiera responder—: De acuerdo, supongamos que se ha propuesto acabar con Raimundo. Eso tiene sentido. Pero ¿por qué yo? ¿Acaso no hay montones de juglares y cantores que componen poemas políticos y los cantan abiertamente? ¿Qué me dices de la diatriba contra Domingo y todos los demás que compuso Cardenal... o, pensándolo bien, de prácticamente todas las composiciones de Vidal? ¿Es que no hay suficientes anticlericales sueltos para mantener ocupado a Folquet? ¿Por qué no intenta cazar alguna presa realmente importante? ¿Por qué no un trovador cátaro? ¿Por qué yo?

—¿Y por qué no? Componer tonadillas heréticas para que las canten en las ferias callejeras y la plaza del mercado es una cosa, pero levantarse del asiento en la corte de Raimundo de Tolosa y cantar un poema que ataca a la Iglesia, en presencia de un nuevo abad que piensa que el Papa es su amigo personal, es algo muy distinto.

—¡Pero eso no me convierte en un hereje! Yo no soy cátaro. Él lo sabe. Todos lo saben.

—¿Lo saben? ¿Lo sabe Folquet?

—¡Por la madre de Dios, Guilhelma! Era el trovador de Raimundo, me hallaba bajo su protección...

—Sí, y tú te lo creíste. Esa buena fe de la que me hablas, ese *paratge* o lo que hubiera realmente entre ti y Raimundo, fuese lo que fuese... Bueno, después de haber escuchado cómo cubrías de maldiciones al clero, alguien como Folquet quizá empiece a sospechar que estás tratando de ocultar algo. ¿Qué importancia pueden tener el *paratge* y la confianza para alguien como Folquet? Lo único que oyó esa noche fue lo que salió de tus labios... y fue más que suficiente.

Gaucelm reflexionó.

—Una reprimenda, entonces —dijo—. Podría haber presionado a Raimundo para que me obligara a «portarme mejor», y en ese caso, supongo que le habría pedido que me encerrase en una mazmorra. Pero ¿qué gana Folquet con mi expulsión de la corte de Tolosa? Hay centenares de cátaros confesos a los que podría perseguir, y te estoy hablando de damas muy ricas, poetas de noble cuna, grandes terratenientes. Claramunda de Foix, Peire Cardenal... Así pues, ¿por qué yo?

—Podría haber otra razón —dijo Guilhelma, empezando a sonreír.

—¡Dímela!

—Tú puedes hacer lo único que él es incapaz de hacer.

—¿Te refieres a hacer el amor? —preguntó él, apretándose contra el cuerpo de Guilhelma.

—Me estoy refiriendo a componer grandes versos, bobo. Hablo de la auténtica poesía, de canciones que llegan a hacerse famosas y son cantadas por todo el Languedoc y todos los lugares donde has estado durante tus viajes. Canciones como el *planh* que compusiste para Corazón de León...

—Pero ¿por qué debería importarle eso a Folquet cuando ya

ha demostrado que no necesita componer versos para triunfar? —murmuró Gaucelm con los labios pegados a su oreja—. ¿Por qué debería importarle cuando es abad de Le Thoronet? Se lo jugó todo a una carta y ganó, y ahora puede dirigir su propio espectáculo. ¿Por qué debería estar celoso de mí? Puede que yo tenga talento, pero él tiene poder. Y a un hombre como Folquet sólo le interesa el poder, ¿no?

—¿Quién puede saber qué es lo que realmente desea un hombre en lo más profundo de su corazón? Me parece que Folquet quiere acabar contigo y con Raimundo, y creo que quiere veros muertos.

Gaucelm suspiró, harto de aquella conversación.

—Oye, sabemos que a él se le da muy bien la política. A mí se me dan muy bien las palabras. Yo creo que es un reparto del trabajo bastante equitativo, ¿no? Y me da igual lo que creas tú, porque estoy agotado. Necesito dormir.

Guilhelma no le escuchaba.

—No se trata de eso, y tú lo sabes. Folquet anda detrás de algo mucho más grande que Le Thoronet, y apostaría a que esto sólo es el principio. Folquet es un hombre al que hay que tomar muy en serio, Gaucelm.

Él se tapó con la capa y cerró los ojos, pero sabía que tardaría bastante en conciliar el sueño. Guilhelma nunca se dejaba llevar por la fantasía, y lo que había dicho tenía sentido.

A la mañana siguiente volvían a estar hambrientos, y parecían dos criaturas salvajes criadas en el bosque. Guilhelma, con los labios todavía manchados por las moras y ramitas en los cabellos, fue en busca del desayuno. Gaucelm llevó la yegua al arroyo y mientras la veía beber contempló la niebla en las montañas y se dijo que ir por el mundo con una mujer requería cierta planificación. Si no llegaban a Ventadour antes de los fríos, tendrían que buscar alojamiento en las abadías o las posadas. Pensó con alivio en las monedas que Guilhelma se había guardado en la media.

Ella le saludó desde lo alto de una loma. Sostenía el dobladillo de la falda sujetándola con ambas manos, pues la había llenado con algo.

—¿Qué has encontrado? —preguntó Gaucelm cuando ella regresó.

—¡Setas! —exclamó ella, esparciéndolas sobre su capa.

—¿Y cómo sé que no pretendes envenenarme con amor igual que envenenaron a Tristán en la leyenda? —se burló Gaucelm.

—Huele —dijo ella, poniéndole una debajo de la nariz.

—¿Y?

—¡Bobo! Ya te he contado que mi padre era leñador. Conozco los bosques como una dama de noble cuna conoce su labor de bordado. Estas setas se llaman morillas. Los campesinos suelen usarlas como relleno para la caza, y se las distingue fácilmente por su sombrerete. ¿Ves? Es un poco más pequeño que tu pulgar y huele muy bien, como a pimienta.

—En ese caso me dejaré rellenar —dijo él, y sonrió.

—Y serás un hermoso faisán que he cazado en el bosque —bromeó ella.

Gaucelm se tumbó sobre la hierba y miró el cielo.

—Ya no tengo ninguna prisa —dijo—. Y además, necesito embriagarme con tu amor.

Extendió las manos hacia ella atrayendo su cabeza hacia su pecho, y Guilhelma le sonrió. Después de un largo silencio durante el que cada uno oía la respiración del otro, Guilhelma se acercó hasta que sus cabezas quedaron al mismo nivel y luego se acostó junto a él. Gaucelm se dedicó a quitarle ramitas y hojas de los cabellos, y un mechón reluciente se esparció sobre la palma de su mano. Guilhelma deslizó distraídamente la mano por el reverso de su cinturón y encontró la hebilla cátara que había guardado allí la noche anterior. La sacó y la hizo girar entre los dedos, sintiendo la reconfortante lisura del metal en la palma. Después volvió a encajarla en su cinturón, se incorporó y se puso bien el pañuelo. La neblina matinal se disipó mientras comían las morillas. Ya iba siendo hora de reanudar la marcha hacia Ventadour.

Mediodía: el sol brillaba en las alturas. Aun así, la tierra estaba tan húmeda como el día en que salieron de Tolosa. Mientras cogía el sudadero de la silla de montar para depositarlo sobre la ancha grupa de la yegua, Gaucelm tuvo un recuerdo afectuoso para *Ven-*

tar. El pobre penco apenas podía tenerse en pie, y al final lo soltaron para que pudiera pastar a su antojo junto a las murallas de Tolosa. *Ventar* y sus mocasines de cuero... Se había avergonzado de ellos y acabó dejándolos abandonados a su suerte, y sin embargo ahora los recordaba con afecto. Subió a Guilhelma a la grupa, tensó las correas de las alforjas que había colgado detrás de ella y montó delante. Empuñando las riendas con una mano, se inclinó sobre el cuello de la yegua y lo acarició con la otra. No sabiendo cómo se llamaba, decidió llamarla *Ventara* en memoria del viejo pinto que lo había llevado a Tolosa tantos años atrás.

En los charcos dejados por las lluvias del otoño, Gaucelm veía el cielo reflejado como una masa azul surcada por nubes que desfilaban velozmente. Guilhelma le rodeó la cintura con los brazos para no resbalar de la grupa. Notando que *Ventara* se movía más deprisa que de costumbre, Gaucelm miró en torno y vio cómo los talones de Guilhelma espoleaban los flancos del animal.

—¡Deja de darle con los pies, mujer! —gritó—. Si va más deprisa, nos caeremos los dos.

Guilhelma se rió y le apretó el estómago.

Irónicamente, todo aquello sobre lo que posaba la mirada Gaucelm aquella tarde tenía un aspecto fresco y nuevo a pesar de las penas que habían dejado atrás. El viento susurraba entre los árboles y el pelaje de la yegua relucía como ámbar a la luz del sol. No tardaron en dejar el camino para ir por un sendero bordeado de maleza. Las ramas ya habían empezado a aclararse y sus hojas apuntaban un rojo de óxido. Cuando se levantaba un poco de brisa algunas se desprendían, pero la mayoría ya habían caído y formaban una chorreante corteza marrón a través de la que avanzaba su montura. Sin el estímulo de los talones de Guilhelma, su marcha no tardó en volverse más lenta. Gaucelm volvió a sumirse en sus pensamientos, oyendo únicamente el sonido de los cascos. Se sentía tan destripado como un ave recién sacrificada. Todas las decisiones de los últimos días habían sido tomadas por una recóndita parte de su mente que se encargaba de recordarle que debía poner un pie delante del otro. Había hecho lo que tenía que hacer, pero se sentía vacío. Zarandeado de un lado a otro y arrojado al vacío como las sobras de una comida, echó a andar por un camino que no llevaba a ninguna parte y se convirtió en un exiliado. La odiosa charada de su expulsión le volvía una y otra vez a la cabeza: «Eres libre, Gaucelm.» ¡Oh, desde luego que sí! «Saldremos adelante, Gaucelm.» ¿Quiénes saldrían adelante? Gaucelm había sido arrojado a un vórtice, y todos los significados se habían esfumado de repente. Poco a poco, y de una manera tan confusa como gradual, se dio cuenta de que estaba aterrorizado.

Pensó en su madre. El primer año del nuevo siglo le había enviado una carta diciéndole que le iban muy bien las cosas. Todavía hablaba con ella algunas veces, en la oscuridad. ¿Qué lección le habría impartido en aquellos momentos, qué consuelo o qué garantía hubiera podido darle? Había intentado rezar, pero las oraciones se negaban a acudir a sus labios. Sus rezos se convertían en súplicas: Permíteme volver a Tolosa. Deja que vuelva a oír el repiquetear de los cascos sobre los adoquines que tan familiar ha llegado a resultarme. Llévame a mi sala de ensayos y siéntame en mi taburete. Devuélveme el alegre estrépito de la cena en la gran sala, y a Raimundo golpeando la mesa con su copa de vino mientras otorga su ruidosa aprobación a *Solatz e chantar* o a su amado *Per l'esgar*.

¡A eso había quedado reducido el hermoso concepto del *paratge* expuesto por Raimundo! ¡A eso habían quedado reducidas las nobles ideas de la valía, la imparcialidad y la igualdad! Sin una órbita fija, todas las cosas parecían girar ciegamente en un vertiginoso movimiento aleatorio. Sólo una pequeña certeza seguía alojada en su cerebro para ofrecerle un delgado hilo de satisfacción: siempre había estado en lo cierto acerca de Dios. Sin un Ser Supremo lleno de benevolencia que se encargara de mantener el equilibrio, el cielo y la tierra no eran más que pedazos de materia que flotaban a la deriva. Cuando la niebla se disipó, lo único que le quedaba eran sus versos. Aquellos versos eran obra de Gaucelm, compositor de canciones, y no había que agradecérselos a ningún Dios.

La ira volvió a adueñarse de él. La yegua se resistía al bocado porque sus manos habían tensado las riendas. Podía rendir culto a cualquier cosa —aquel árbol, aquel montón de piedras, cualquier criatura alada o de cuatro patas a la cual pudiera dar nombre—, pero no a Dios. No tenía ninguna fe que perder, y se alegraba de ello. «¿Ves cómo todas esas horas de pie en la iglesia, escuchando el vaivén de las voces y viendo cómo las llamas morían en los bordes de los cirios, no han servido de nada? —argumentaba en las discusiones que mantenía con su madre—. Si esperas tener noticias de Dios, no tendrás respuesta. Lo único que oirás será un estruendo lejano declarando que una parte de tu vida ha terminado.»

Estaban ganando altura rápidamente. Un vendaval surgió de la nada para azotarlos. Parecía un ataque, o quizá un presagio, y las náuseas acudieron súbitamente a la garganta de Gaucelm. Deteniendo a la yegua con un tirón de riendas, se inclinó con los brazos cruzados encima de la perilla de la silla de montar y trató de contener el vómito. La sensación sólo duró un abrir y cerrar de ojos, pero mientras se incorporaba no pudo evitar preguntarse qué estaba haciendo y por qué iba al norte con tres o cuatro poemas en la cabeza, unas cuantas monedas en la bolsa y una mujer que aguardaba su destino sentada a sus espaldas.

El último tramo de su viaje transcurrió a través de los parajes más solitarios y salvajes que Guilhelma hubiera visto jamás. Gaucelm no había exagerado al hablarle de los vientos, pues nada más entrar en el valle del Corrèze fueron embestidos por violentas ráfagas. En las alturas, el vendaval era todavía más terrible. Podías luchar en vano contra aquellos vientos hasta el agotamiento. Había vientos que se cernían sobre ti como un insulto personal. Había vientos repentinos que estallaban como una avalancha, haciéndote dar un salto y agarrarte al arbusto más cercano para esperar, paralizado por el terror, la llegada de la próxima ráfaga. Los vientos jugaban contigo, eran más traicioneros que el peor de los mistrales y podían volverte todavía más loco.

La última mañana salieron de un frondoso bosque para encontrarse ante un precipicio rocoso de paredes a pico. El abismo era tan vertiginoso que por un instante los dos contuvieron la respiración. En el fondo, a tanta distancia de ellos que Guilhelma habría podido pasárselo por los cabellos como una cinta, fluía un río resplandeciente. Gaucelm soltó un grito ahogado, volvió grupas para evitar que Guilhelma se quedase hipnotizada ante el abismo y, resiguiendo el cauce del río, siguió avanzando hacia el norte.

Cuando llegaron al sendero empezó a preguntar a los campesinos por dónde se iba a Ventadour, pero sólo conseguía respuestas vagas e imprecisas. Les hablaron de una cascada, y después de un lago en el que desembocaba el río que habían estado siguiendo.

—Cuando desemboca en el lago, el río cambia su nombre por el de Luzège —dijo un leñador—, y entonces estás muy cerca de Ventadour. —Cuando Gaucelm preguntó cómo se llegaba al castillo, el hombre enarcó las cejas—. El camino es muy escarpado. *Bona fortuna!* —les deseó mientras se alejaban.

—Antes del anochecer avistaremos Ventadour —prometió Gaucelm.

Pero la aparición del castillo los pilló por sorpresa. Ninguno de los dos estaba preparado para lo que vieron al doblar la curva de la siguiente colina. Surgiendo de una losa de roca, Ventadour alzaba su enorme fortaleza cuadrada con sus baluartes y almenas nítidamente recortadas sobre los campos que se extendían hacia las lejanas montañas. La torre y el muro circundante se elevaban hacia el cielo entre un último estallido de resplandor solar que iluminaba sus perfiles con un intenso color cobre. Encaramado a su zanco de roca y con sus cimientos sostenidos por promontorios rocosos, el castillo de Ventadour presentaba una apariencia realmente formidable. Sólo un rayo caído del cielo podría expulsarlo de su nido. Los árboles otoñales de vivos colores rojizos, la hierba y los matorrales crecían a su alrededor hasta la base del recinto. Debajo de él había una ladera sobre la que se apiñaban unas cuantas casas, pegándose como si buscaran protección detrás de su propio muro y con sus míseros contornos ya envueltos en sombras. Gaucelm dejó escapar un suave silbido y dirigió a *Ventara* hacia el sendero que llevaba al castillo.

8

GUILHELMA

Cuando la condesa Marie, nacida Turena, la gran castellana y presencia gobernante de aquel remoto y austero castillo, contrajo matrimonio con Ebles de Ventadour, no tuvo más dote que su juventud, un antiguo apellido lemosín y todos los instintos de una anfitriona literaria. Esos instintos, y sus talentos intelectuales, hicieron que fuese bienvenida en el hogar de Ebles, donde se la consideró digna de una corte que había criado y protegido a cantantes, trovadores, poetas y juglares de mérito desde los tiempos del abuelo de Ebles. Conforme iba añadiendo años a su edad, Marie se convirtió en alguien para quien hubiera podido inventarse la palabra «mandar». Era la mayor de tres hermanas, las famosas *tres de Turena* cuya altivez —ya que no su belleza— había sido ensalzada por el guerrero-trovador Bertrán de Born en muchas serenatas. A los treinta y seis años de edad, algunos veían en ella el vivo retrato de la distinción. Otros se limitaban a considerarla eficiente. Su costumbre de cambiarse de traje una vez a la semana aseguraba que por las mañanas no perdiera el tiempo decidiendo qué se pondría. Embarcada en el tramo central de su vida y con un esposo ya muy mayor, Marie podía enorgullecerse de una alianza que, ya que no otra cosa, al menos había servido para renovar la gloria de Ventadour. Suyo era el mérito de haber alentado las brillantes dotes del trovador Bernard, el hijo del encargado de las chimeneas y los hornos de Ebles y de la panadera del castillo. Marie enseguida vio en Bernard, que había adoptado el nombre de

Ventadour, a un poeta del amor destinado a mayores glorias de las que encontraría bajo la tutela de su esposo. En consecuencia, decidió encargarse personalmente de su educación. Bernard pasó muchos años en Ventadour viviendo bajo la luz del afecto de Marie, en lo que algunos afirman era lealtad y otros dicen era amor. Pero cuando, próximo a cumplir los cuarenta años, cometió la temeridad de enamorarse de Leonor, la duquesa de Normandía de verdes ojos que había llegado a ser reina de Inglaterra, Marie lo echó del castillo. Después de exiliar a Bernard, Marie se volvió todavía más imperiosa y entrometida que antes. Llegó a obsesionarse con aquella Leonor a la que nunca había visto, y prestó oídos a todos los rumores y cotilleos sobre las elegantes reuniones celebradas por la reina en Poitiers. Marie tomó como modelo aquellas legendarias «cortes del amor», como eran llamadas, y decidió que Ventadour también tendría su propia corte. Y con el tiempo diseñó su propia versión de ella, aunque —careciendo de los generosos recursos de Leonor— no pudiese aspirar a reproducir la elegancia cosmopolita de la reina. Al igual que Leonor, no obstante, Marie intentó formar un círculo en el que la voz femenina tuviese un poder inapelable a la hora de dictar sentencia en los pleitos suscitados por los asuntos del corazón. Ebles, que ya estaba demasiado viejo para cualquier clase de combates, se hizo sabiamente a un lado y dejó hacer a su esposa. Después de todo, ¿no había sido Marie quien, en su famosa *tenson*, prohibió la igualdad en el amor? ¿No había sido ella quien dijo que una dama enamorada debía honrar a su hombre como a un amigo, pero no *cum un seignor*? Su lema era «nunca como un señor», y se había convertido en la divisa de su corte. Allí, las mujeres tenían la última palabra en todo.

Cuando Gaucelm y Guilhelma llegaron al almenado portal de entrada, el cielo ya estaba oscuro. El invierno llegaba temprano a Ventadour. Cuando la guarnición del portal consiguió sacar los gruesos troncos de sus alvéolos de hierro, *Ventara* ya había empezado a pedir grano con roncos bufidos y los viajeros estaban ateridos de frío. Finalmente, las grandes puertas se abrieron ruidosamente sobre sus bisagras de hierro y la exhausta pareja entró en el patio.

En Ventadour, la estación de prender las lámparas ya había empezado. Su castillo, no muy alto y pegado al muro principal, resplandecía con todas sus luces encendidas bajo el cielo de acero del Corrèze y, gris como el ala de una paloma, parecía bailar entre las tinieblas como un navío de granito tachonado de chispazos y destellos. Las antorchas ardían bajo los arcos de los ventanales de la gran sala, mientras que las cámaras estaban iluminadas por lámparas de aceite cuya luz anaranjada oscilaba detrás de las estrechas ventanas habituales en el norte. En la capilla, las lámparas encendidas alumbraban las vísperas. Sólo las aspilleras de los arqueros seguían sumidas en la oscuridad.

Mientras *Ventara* era llevada a los establos, un paje abrió las puertas del castillo y se marchó presuroso cuando éstas se cerraron detrás de Gaucelm y Guilhelma. Los viajeros se encontraron en una estancia tan vacía como una cámara de ecos, a la espera de entrar en un castillo que les era tan ajeno como un país extranjero. Las losas hexagonales del largo pasillo que se extendía ante ellos resonaban, como golpeadas por un pedernal, con las pisadas de caballeros invisibles en la lejanía cuyas botas dejaban tras de sí un sonido metálico. Nadie fue al encuentro de los recién llegados.

En la cámara de recepción reinaba el silencio, y el aire estaba tan inmóvil como un pájaro dormido. Pero bastaba con doblar una esquina para que el visitante pudiera oír un auténtico vendaval de alas golpeando la piedra. Allí no había sedas y pieles extendidas como en la sala de recepción de Raimundo, y un solitario cortinaje era lo único que protegía de las corrientes de aire a quienes esperaban el momento de entrar en la sala principal. Aun así, el frío emanaba de la piedra como si las mismas paredes se dedicaran a absorberlo. El frío vagaba por aquel castillo como un espectro diurno, y los recién llegados enseguida aprendían a andar con paso rápido y decidido y a no entretenerse por el camino.

Agotados por el largo tramo final de su viaje, los visitantes esperaron durante lo que les pareció una eternidad a que alguien se percatara de su presencia. Finalmente el mayordomo del castillo, un afable hombrecillo con perilla, surgió de la nada para preguntarles qué querían. Gaucelm rogó que se les permitiera presentarse a la condesa por la mañana, ya que estaban muy cansados. Pero justo cuando iban a ser acompañados a sus aposentos, que el mayordomo les explicó quedaban más allá de la gran sala, unas trompetas lanzaron sus notas al aire y los comensales empezaron a acudir a la sala para cenar. Mientras seguían al hombrecillo por el corredor, los dos recién llegados fueron objeto de una considerable atención.

Una mujer —alta y delgada, con un traje color esmeralda ribeteado de terciopelo marrón oscuro— se apartó de su acompañante y puso la mano en el hombro de su pequeño mayordomo.

—¡Ten la amabilidad de informarnos de quiénes son nuestros invitados, Pons!

La autoridad de su tono era inequívoca. Aunque lucía una expresión de cálida bienvenida, el rostro de marcadas facciones de Marie de Ventadour seguía teniendo aspecto pétreo. Su cabellera canosa estaba dividida en dos mitades rígidamente tensadas hacia los lados de su frente antes de desaparecer debajo de su griñón. Sus ojos, francos y llenos de inteligencia, parecieron tomar nota de todos los detalles del penoso aspecto de los viajeros con una sola mirada. Balanceándose debajo de su cadera izquierda, el único detalle de su atuendo lo constituía un festón de llaves suspendidas de un anillo de hierro cuya cadena no dejaba de acariciar con los dedos. Sus manos eran largas y pálidas, y tan huesudas como las de una monja.

Mientras un Pons bastante sonrojado se volvía hacia sus protegidos para confirmar sus nombres, Marie llamó con una seña a Ebles, su majestuoso consorte de blanco cabello, para que se reuniera con ella. Una joven, casi una niña que no tendría más de catorce años, echó a andar junto a él. Cuando estuvieron un poco más cerca, el que siempre se movieran acompasadamente dejó muy claro que, aunque la hija compartiese los ojos gris azulados de la madre, era casi una réplica de su padre. Su rostro era un óvalo perfecto enmarcado por cintas de los cabellos rubios más resplandecientes que Gaucelm hubiera visto jamás. Aunque estaba agotado, el recuerdo de aquel campo de flores amarillas donde se vio tan deliciosamente desviado de su camino cuando iba hacia Tolosa volvió a iluminar su mente. Mientras contemplaba a la joven con deleite, Gaucelm se dio cuenta de que había estado conteniendo el aliento y soltó un breve suspiro que, dadas las circunstancias, podía pasar por fatiga.

—Sed bienvenidos —dijo Marie cuando su esposo y su hija se reunieron con ella.

Un corto silencio rodeó como un foso a las tres figuras con Marie alzándose, impenetrable, en el centro del pequeño grupo. El brazo que apoyó en el hombro de su hija tiró de los cabellos dorados con una dolorosa presión, haciendo que la joven torciera el gesto. Guilhelma sonrió. Pons se inclinó hacia Marie y anunció sus nombres. Después retrocedió, no muy seguro de si la información que acababa de transmitirle a su señora sería acogida con disgusto o satisfacción.

Pero Marie se mostró complacida.

—¡Gaucelm Faidit! —exclamó—. ¡Ventadour conoce tus canciones, y nos haces un gran honor con tu presencia! ¿Venís de Tolosa, pues? Entonces tendréis muchas cosas que contarnos. Ardemos en deseos de saber cómo le van las cosas a Folquet; era algo así como mi mascota favorita, ¿sabes? Tengo entendido que se ha estado labrando toda una reputación. —Volvió la cabeza hacia su esposo para dirigirle un guiño triunfal—. Y el querido Bernard, mi mayor tesoro... Tienes que saber que creció aquí. Espero que serás capaz de llenar el vacío que dejó con su marcha. Ya veremos, ya veremos... Y ahora, debéis de estar muy... —La frase murió en sus labios sin ser completada.

Gaucelm, horrorizado, contuvo la respiración pensando que Marie tal vez fuera a desmayarse. Pero sus grises ojos, abiertos de par en par, no se apartaron de los suyos. El silencio discurrió silenciosamente entre ellos. Gaucelm, cada vez más alarmado, clavó los ojos en el suelo y después observó disimuladamente a la joven, su padre y la puntiaguda barbita del mayordomo. Nadie se movía.

—... cansados después de tan largo viaje —prosiguió Marie al fin—. ¿Verdad que nuestro Corrèze es realmente precioso? —Parecía tan majestuosa y segura de sí misma como antes, y en su rostro no había señal alguna de que hubiese ocurrido algo que se saliera de lo habitual. Una vez superada su confusión inicial, Gaucelm murmuró algo sobre las cañadas y Marie respondió a sus balbuceos con todo el encanto de una gran anfitriona—. Dicen que quien consigue atravesar las cañadas de Luzège se gana el derecho a qu-qu-qu-qu... —Gaucelm, más confuso que antes, la contempló boquiabierto— quedarse aquí para siempre. Bueno, ¿y a quién más tenemos aquí? —preguntó volviéndose hacia Guilhelma.

—Es mi juglaresa, condesa —improvisó Gaucelm, que hasta ese momento se había aferrado a la esperanza de que no tendría que dar ninguna explicación acerca de Guilhelma. Pero la inesperada *froideur* de la recepción hizo nacer en él un súbito deseo de impresionar, y su lengua dio forma al apelativo como por arte de magia. Juglaresa... Pensándolo bien, ¿por qué no? Marie de Ventadour no tenía por qué llegar a enterarse de cuál era la verdadera profesión de Guilhelma. Armándose de valor, Gaucelm añadió a su primera respuesta el nombre completo (Guilhelma Monja), con la esperanza de que no hubiera más preguntas.

Los nombres empezaron a revolotear por el aire apenas hubo acabado de hablar.

—Vizconde Ebles, señor de Ventadour. —Una inclinación de la cabeza—. La dama Douce de Ventadour... —La solemne jovencita ejecutó una graciosa reverencia sin que su madre tuviera que indicárselo.

Finalmente, todos fueron presentados en una rápida sucesión de salutaciones. Era una especie de danza cuya complejidad superaba a cuanto hubiera conocido Gaucelm en presencia de Raimundo, que era bastante menos ceremonioso. Mirando disimuladamente a Guilhelma, vio que no parecía sorprendida de que la hubiera llamado «juglaresa». De hecho, más bien parecía —¿o serían imaginaciones suyas?— estar disfrutando de su salida. Un instante después se dio cuenta de que, en su desesperado esfuerzo por seguir las reglas de aquel juego totalmente nuevo para él, no se había acordado de ofrecer los servicios culinarios de Guilhelma.

Mientras tanto, Marie había posado su sagaz mirada en Guilhelma.

—Como defensora de la participación de la mujer en las artes musicales —estaba diciendo—, te felicito. Pero seguramente acompañar a Gaucelm no debe de ocupar todo tu tiempo, ¿verdad? ¡Pons! —El mayordomo surgió de la penumbra de la gran sala para plantarse junto a ella, con su daga de hoja plana golpeando suavemente los pliegues de su jubón color azafrán. Gaucelm se dijo que le recordaba a un cangrejo insólitamente veloz—. Tú tienes que saberlo, Pons. ¿Podemos encontrar alguna ocupación para un par de manos extra? ¿Sabes si Alba necesita ayuda en la co-co-co...?

Guilhelma tragó saliva. Había tenido un cliente que padecía el mismo impedimento, y sabía que lo único que podías hacer era no cambiar de expresión, contar los latidos de tu corazón y esperar. Pero Pons enseguida dio una palmada e inclinó el mentón en un vigoroso asentimiento.

—Lo agradecerá inmensamente, mi señora —dijo.

Fueron dispensados de asistir al banquete. Después de haber recibido instrucciones de traerles un cuarto de carne asada y un poco de vino, lo primero que hizo Pons fue sacar una antorcha del aro de la pared en el que ardía y alumbrarlos hasta sus aposentos, precediéndolos por el pasillo con un rápido susurro de sus botas de piel.

Guilhelma nunca había dormido en un colchón de plumas y enseguida tomó posesión de la colcha. Además, su piel nunca había estado protegida por una lámina independiente de algo que parecía gasa. Estaba encantada con su nuevo entorno y su nueva identidad. ¿Juglaresa? Bueno, ¿y por qué no? Pero de momento se conformaría con echar una mano en la cocina del castillo. Gaucelm, sumido en lúgubres meditaciones, apenas había prestado atención a lujos tan raros como los colchones de plumas y las sábanas de lino.

—¿Qué clase de homenaje creía estar rindiendo a Bernard con ese discursito suyo sobre «el trovador que era mi mayor tesoro»? Bernard lleva doce años sin poner los pies en su corte. ¿Es que vive en el pasado o qué? ¡Y eso de que espera que yo pueda llenar el vacío que dejó Bernard! Hablaba de mí como si fuese un perrito faldero, un adorno que puede ser comprado y vendido...

—Sólo intentaba mostrarse simpática y darnos la bienvenida —dijo Guilhelma.

Gaucelm la miró con una réplica sarcástica a medio formar en los labios. Pero las palabras se disolvieron en su boca ante la visión de ese perfil tan familiar para él en aquella austera estancia. El rostro de Guilhelma, de grandes huesos, boca sensual y expresión abierta y sincera, no podía estar más sereno. Gaucelm apoyó la barbilla en la palma de una mano para contemplarla: las mismas pecejas aladas, la misma carnosidad del labio inferior, las mismas pequeñas hendiduras en las comisuras de su boca.

—Sonríe —le ordenó.

—¿Por qué?

—Haz el favor de sonreír.

—¿Por qué iba a sonreír cuando te comportas como un sepulturero?

Guilhelma se volvió hacia su codo y sonrió. Gaucelm extendió el pulgar y el meñique de su mano libre y le rozó los hoyuelos.

—Cuando sonríes se hacen más profundos.

—¿Qué dices que les pasa?

—Oh, da igual.

Echándose hacia atrás, volvió a apoyar la cabeza en la almohada. ¿Cómo podía explicarle que su boca le recordaba la suave papada de un corderito, o que cuando lo miraba con su expresión más confiada parecía un enorme poni contento y feliz? Tonterías. Empezó a canturrear.

—Ssssh —dijo Guilhelma—. Despertarás a los demás.

—Los demás, mi dulce neófita, aún estarán en la sala esperando a que Marie acabe de dictar sus sentencias mientras se preparan para librar sus duelos de palabras. Ya imagino qué clase de juegos enseña. Folquet parece haber aprendido muy bien sus reglas, desde luego. —Se volvió hacia ella y puso el canto de la mano entre sus pechos. Guilhelma volvió a sonreír, aunque él no podía verle la cara—. ¿Te fijaste en esa chica? —preguntó, con la voz medio ahogada por la almohada.

—¿La hija, Douce?

—No oí su nombre.

La visión de Marie y su tartamudeo entrecortado habían afectado hasta tal punto a Gaucelm que no pudo ser consciente de nada más. ¡Y pensar que aquella mujer que no tardaría en ser una vieja había sido la *amia* de Bernard!

—Perdiste el mundo de vista a mitad del discurso de Marie.

Así que la hija se llamaba Douce. Sí, pensó Gaucelm, está claro que es el fruto de un útero viejo. Extrajo de su memoria el fugaz atisbo de unos ojos solemnes y una cabellera rubia tan larga como un brazo. Después bostezó, volvió la cabeza y tiró de la colcha para taparse el mentón. Luego notó por primera vez el suave olor a limpio del lino, y no tardó en quedarse dormido.

Guilhelma estuvo despierta hasta mucho después de que dieran las completas. Permaneciendo muy quieta y sin respirar, como si estuviera debajo del agua, podía oír todos los ruidos. Voces ahogadas y el tañido de un laúd llegaban hasta ella por el pasillo desde la gran sala. Los ronquidos de Gaucelm se elevaban hacia el alto techo para desaparecer, como si el aire engullera los sonidos. Si giraba la cabeza hacia la izquierda, podía ver el cielo nocturno a través de una ventana. El vaivén de las sombras de las ramas meciéndose sobre el suelo le indicó que la luna ya había empezado a crecer. Moviéndose sigilosamente para no despertar a Gaucelm, Guilhelma se levantó de la cama.

Un estremecimiento la recorrió en cuanto sus pies tocaron las losas. Buscó a tientas el hatillo, sacó de él su camisola y aspiró el querido aroma sureño de la lavándula seca que emanaba de sus fríos pliegues. No se la ponía desde el invierno, pero la prenda se calentó rápidamente apenas se hubo deslizado sobre su cabeza para desplegarse alrededor de su cuerpo. Antes de ir a la ventana se puso las medias de lana y se echó el chal por los hombros. Volvió a estremecerse, y después apoyó los codos en el repecho de piedra. Flotando como una esfera fantasmagórica entre las nubes negras y plateadas, una luna tan baja que Guilhelma podía ver sus cráteres se cernía sobre el castillo.

Ya me encontrarán un sitio en la cocina, pensó. ¿Habrá grandes banquetes con pavos reales y venados, y celebraciones especiales en las fiestas de guardar? ¿Las copas y las cucharas serán de plata, como dice Gaucelm que lo eran las de la mesa de Raimundo? ¿Habrá bailes?...

Con los ojos de la imaginación, Guilhelma volvió a ver a aquella dama desgarbada y llena de buenas intenciones cuyo impedimento del habla tan perplejos los había dejado a ambos. Obviamente, Marie se tomaba muy en serio los asuntos domésticos. Parecía el tipo de persona que siempre tiene las cuentas al día, exige mucho de la servidumbre y no se deja conmover por las desgracias privadas. Su esposo probablemente la acompañaba en un curso paralelo pero distante. Guilhelma pensó que costaba imaginársela trayendo al mundo a una hija como Douce. Apostaría a que caza con los hombres y da lecciones de latín a su hija cada día, pensó.

El frío aire exterior olía a limpio y mordía la piel con un filo cristalino. Guilhelma se acordó de cómo habían subido hacia el castillo por aquel camino envuelto en tinieblas, y se vio despierta en las alturas entre los árboles susurrantes. Pensó en el colchón de plumas, pero no echó de menos su acogedora calidez. Sentía un extraño júbilo, como si hubiera salido a pasear por el tejado del mundo. Aquella noche era especial, y ya habría tiempo para dormir en el futuro. Apoyó la cabeza en el brazo estirando el cuello para seguir viendo la luna, y pensó en cómo había cambiado su vida desde el momento en que subió a la grupa de la yegua de Gaucelm y salió de Tolosa para alejarse de las largas esperas entre clientes, el ahorrar monedas y el no saber nunca qué debería hacer la próxima vez, con quién o cuándo. Todo aquello había quedado atrás, y ahora Guilhelma pertenecía a las nubes. Allí incluso la luna parecía más cerca.

Un crujido debajo de la ventana la sobresaltó. Alzó la cabeza y escrutó el patio. Bajo la primera luz del amanecer, vio una silueta que andaba a toda prisa sobre el césped: una capa, una cesta medio escondida. Después entrevió los mechones rubios que escapaban de una capucha. Guilhelma reconoció la silueta: era Douce.

9

JUGLARESA

Los recién llegados no tardarían en descubrir que los oscuros amaneceres de Ventadour eran tan gélidos que hasta los dedos de los pies se te encogían de frío. Cuando sonaron las campanas de la iglesia, Guilhelma se levantó y se echó agua en la cara inclinándose sobre la jofaina. Aquel agua medio helada era un castigo, pero siempre era preferible a tener que extraerla del pozo. Lanzando una última mirada de desaprobación al dormido Gaucelm, se ató el pañuelo y echó a andar pasillo abajo procurando no hacer ruido.

Dos sirvientes llevaban leña a la gran sala para encender los fuegos. Guilhelma los saludó con la cabeza y echó un vistazo al patio interior a través de uno de los largos y estrechos ventanales. Una delgada columna de humo surgía de la chimenea de un edificio redondo, seguramente la cocina. Siguiendo aquella prometedora señal distinguió dos pozos, uno casi invisible bajo las malas hierbas y otro con la tapa levantada. Un par de cuervos que parecían ansiosos por discutir graznaban en las ramas desnudas de un roble.

Sintiéndose constreñida por el muro de piedra que circundaba el patio y un poco desorientada, y no sabiendo si iba en dirección norte o sur, atravesó el patio. Una gran brecha en el muro estaba ocupada por una vieja parra, sus brazos paralizados en el aire como si hubiera estado luchando con las rocas y la argamasa para acabar siendo vencida, arrastrando consigo una parte del muro en su derrota. Pero la brecha quedaba a más de dos cabezas por encima y

Guilhelma no podía ver a través de ella. ¿Dónde estaban las traicioneras cañadas por las que viajaron ayer? ¿Dónde estaba el pueblecito de Ventadour, aquel puñado de casas a lo largo del camino? ¿Qué había más allá de aquel lugar rodeado de rocas? Frustrada, se volvió hacia la cocina, pero su mirada fue atraída hacia arriba. Al lado del castillo, las severas torres cuadradas de la fortaleza se alzaban por encima como una ciudadela. Verlas tan cerca le cortó la respiración. El frío de la mañana había empezado a trepar por sus faldas, atravesando la protección de sus medias de lana como si éstas no existieran. Guilhelma fue hacia el pequeño edificio redondo y abrió su gruesa puerta de madera.

Dentro había un auténtico caos. Un infierno de calor, una confusión de cuerpos, juramentos, réplicas, instrucciones, estrépito de ollas y sartenes, repiquetear de los zuecos de madera sobre el suelo, el zumbido siseante de la grasa al ser consumida por las llamas. Nubes de humo de leña la dejaron boquiabierta. Entrecerrando los ojos para tratar de ver algo entre toda aquella confusión, logró distinguir a una robusta matrona. Un pañuelo de muselina blanca ocultaba su cabello y se doblaba sobre su frente, haciendo que sus ojos parecieran danzar bajo los párpados hinchados. Sus hombros eran tan sólidos como jamones y los antebrazos, gruesos como rodillos de amasar, parecían muy fuertes. Esa mujer tiene más majestad en los brazos que aquella condesa tan tiesa de cuerpo, pensó Guilhelma. Estaba viendo a alguien que, de no ser por los azares del nacimiento, ahora estaría dirigiendo asedios en vez de remover pucheros. Mientras los demás corrían de un lado a otro enarbolando cucharones y trinchantes o colgando calderos de los ganchos de los hogares, aquella mujer trabajaba sola en su puesto.

No hubo ningún intercambio de cortesías. Antes de que pudiera contar hasta tres, la mujer ya le había entregado una gran tabla de madera y una ristra de gallinas para desplumar. Sujetando un ave por las patas, Guilhelma puso manos a la obra y empezó a arrancar una pluma tras otra.

—Veo que tienes buena mano con las aves. Eres nueva, ¿verdad? —Guilhelma asintió, y la mujer echó la gallina recién desplumada al caldero—. Me llamo Alba y soy la jefa de cocina.

Guilhelma ya lo había adivinado, pues aquella mujer ocupaba sus dominios con tanta autoridad que podías tener la certeza de que era toda una veterana, alguien que llevaba mucho tiempo reinando sobre el gallinero. Alba puso un montón de cebollas en la encimera y las troceó con un cuchillo.

—Cuando hayas acabado con las gallinas las ataremos —declaró con deleite. Guilhelma vio que, a diferencia del resto de su persona, sus manos eran tan duras y fibrosas como un trozo de carne lleno de tendones—. Reconozco una cara nueva en cuanto la veo —dijo Alba—. La próxima Candelaria hará doce años que estoy aquí. Comencé en la lavandería, ¿sabes? Cuando empezó a dolerme la espalda de tanto cargar recipientes, me pusieron a trabajar trinchando verduras, limpiando aves y cortando y ablandando la carne. He cortado tanta que ahora no aguanto el olor de la carne cruda. Mi hija se ocupa del guardarropa de la señora y mi esposo es el herrero. ¿De dónde eres?

Guilhelma respondió que de Tolosa.

Los ojos de la mujer se entornaron.

—No hablas como una chica de la ciudad —dijo Alba—. ¿Dónde naciste?

—En Alès.

Alba sonrió de oreja a oreja.

—Ya me parecía que habías nacido en algún lugar del sureste. Así que eres una auténtica provenzal. *S'en venir de Proensa*, ¿eh? —canturreó una tonada del sur—. En Ventadour hay gente de todas partes. ¿Has conocido a Pons? Es de los Pirineos. Es mayordomo y jefe de criados, sirve el vino y corta el pan de los señores y las damas. Le encanta exhibir las insignias de su cargo, las llaves, los cuchillos y todo lo demás. Él decide quién hace qué en la cocina. Y también le encanta aspirar. El polvo color rubí, ya sabes... Le gusta demasiado.

Qué manera tan extraña de hablar, pensó Guilhelma sin apartar los ojos de su gallina mientras Alba reanudaba su canturreo.

—¿Y tú de dónde eres? —se atrevió a preguntarle.

—De aquí mismo. Nací en Ventadour.

—¿En el castillo?

—En el pueblo. Y no creas que da igual haber nacido en un sitio o en otro, mi joven y hermosa dama. Si hubiera nacido detrás de estas murallas, ahora no podría decir lo que probablemente acabaré contándote. Si quieres conocer realmente bien un lugar, tienes que venir de fuera. Necesitas verlo un poquito de lejos, ¿entiendes? —Dejó el cuchillo encima de la tabla y miró fijamente a Guilhelma—. Voy a darte un consejo, y procura hacerme caso: no permitas que se aprovechen de ti. Al principio te mandarán hacer un poco de todo para averiguar qué se te da mejor. Bueno, pues te aconsejo que decidas qué quieres hacer... y no te luzcas en otros trabajos, o tendrás que cargar con ellos. Amasarás la pasta para los rellenos y las cortezas de los pasteles, prepararás la masa, clasificarás el pan de ayer para que lo corten y lo sirvan en las bandejas de la cena, y pelarás verduras para las sopas y los estofados. Te harán hacer todo lo que se les ocurra y más, así que decide qué prefieres hacer antes de que lo decidan ellos.

Adorna su historia con pequeños consejos como si estuviera preparando un budín y lo fuese recubriendo con frutas confitadas, pensó Guilhelma.

—¿Cuánta comida estamos preparando para esta noche? —preguntó.

—Lo habitual: doce brazadas de aves y tres costados de res, puede que más.

—Pero eso es una cena para... ¡cincuenta personas!

—Exactamente —asintió Alba con aprobación, viendo que la chica sabía sumar—. ¡Oh, sí, es mucho trabajo! Pero Ebles es rico. Verás, la despensa está repleta de azúcares finos, almendras, miel y toda clase de frutos secos. Incluso tenemos arroz, e higos de la feria de Limoges cuando es la estación. Con tanto remover y probar los platos he engordado un poco, ¡pero eso siempre es mejor que comer raíces y pan! Ah, sí, cuando el castillo está lleno, te pasas el día entero corriendo de un lado para otro. Y el castillo casi siempre está lleno, claro.

No me extraña que tengan dos pozos, pensó Guilhelma. Sacudió los dedos para quitarse las plumas, cogió el ave y metió la mano dentro de ella. Mientras buscaba las entrañas calientes y escurridizas, recorrió la cocina con la mirada. Ya se sentía como en casa entre toda aquella confusión, pues ¿acaso no estaba acostumbrada al ajetreo y la algarabía? Sólo que aquí sabías con exactitud qué trabajo te aguardaba: había que desplumar y preparar veinticuatro gallinas, y después le tocaría el turno a las verduras. Más tarde, las aves calientes tendrían que ser despojadas de sus huesos y habría que cortar la carne. Los pucheros de los estofados debían ser vigilados. Guilhelma decidió que aquello era más que agradable: era perfecto.

Por un momento se vio mandando sobre los cocineros que preparaban las sopas y las mujeres que se ocupaban de las aves, dueña y señora del reino del sótano y los depósitos inferiores en los que, suponía, estarían guardados los barriles de aceite, harina y vino, y la despensa con todos sus dulces tesoros. Casi podía oler las manzanas invernales, el tocino puesto a curar, el queso y la miel en sus cántaras. Se oyó impartir órdenes a cada sirviente, desde las hoscas mozas de cocina hasta los robustos muchachotes que llenaban los espetones y alimentaban los fuegos. Supervisaría cada movimiento. Imaginó la ordenada procesión de bandejas que dejaban de estar bajo su tutela, atravesaban el patio y eran recibidas con aplausos en la gran sala.

Acabó de sacar el último puñado de vísceras de la segunda gallina y su estómago gruñó.

—Ahora que has acabado —dijo Alba, como haciéndose eco del hambre de Guilhelma—, prepararemos el desayuno. Hay misa a la hora de prima. ¿Nadie te lo había dicho? No importa, es tu primer día.

La enorme mesa de trabajo fue despejada, y los cántaros de vino subieron de la bodega. Jarras de agua sacada del pozo empezaron a sudar en aquella atmósfera recalentada. Los restos del pan de la noche anterior fueron esparcidos en las bandejas, con los trozos más grandes y planos apartados para las tablas de los comensales. Todo el mundo pareció aceptar la presencia de Guilhelma con naturalidad, como si llevara toda la vida en la cocina y sólo hubiera salido un rato a estirar las piernas. Siguió a Alba, cogió un taburete y lo llevó a la mesa. Con una jarra de agua en una mano para rebajar el vino de su tazón de madera, Guilhelma se atrevió a formular otra de las preguntas que le rondaban.

—¿Siempre hay tanto trabajo a primera hora? ¿Cuándo tenéis un rato libre?

—¡Niña, ya tendrás tiempo libre de sobras el día del Juicio Final cuando el castillo por fin quede vacío!

—¿Es que nunca se vacía?

—¡Claro que sí, y benditos sean esos días! Cuando se les ocurre ir a cazar de noche o salen de montería, entonces puedes recuperar el aliento. Pero nunca te avisan de lo que van a hacer. Una mañana despiertas y oyes cómo llevan las bestias de carga al patio y el ruido de los carros siendo enganchados a sus tiros. ¡Y menudo lío se organiza entonces! Las camas y las alacenas se vacían de golpe, hay que doblar las sábanas y guardar los utensilios, las lavanderas protestan porque no habrá manera de que todo esté seco cuando llegue la hora de partir, y las mozas de la cocina se quejan de que no les dejarán ni una olla para preparar la comida. Marie se pone nerviosa, empieza a tartamudear y va por ahí azotando a todo el mundo con su lengua temblorosa. Pero en cuanto se han ido, lo primero que hago es dar un largo paseo por la muralla. Visito los gatos, inspecciono el huerto y echo un vistazo a las conejeras. Después voy al palomar que hay detrás del establo y me entretengo viendo cómo los pájaros entran y salen de él. Sus zureos siempre me tranquilizan, y me encanta oírlos. A veces preparo una fritura especial para los pocos que nos hemos quedado de guardia en las cocinas. Pero te advierto que eso sólo ocurre tres o cuatro veces al año.

—Debéis de tener muchos invitados que vienen de lejos, ¿no?

—¡Oh! Los días de fiesta parece que el castillo va a reventar, sobre todo porque cuanto de más lejos vienen, más tiempo se quedan. En un abrir y cerrar de ojos tendrás a cien personas sentadas a la mesa esperando ser servidas. ¡Es terrible, te lo aseguro! Piensa en la persona famosa que quieras, y seguro que se le ocurre pasarse por Ventadour. Hemos tenido arzobispos, cabezas coronadas... ¡Aparte del Papa, todos han pasado por aquí! Y entonces no paras de trabajar hasta que llega la noche. Apenas se ha acabado el desayuno y ya tenemos que empezar con la comida. Las trompetas se desgañitan antes de que hayamos podido poner la comida en las bandejas de servir, y habrán terminado la acción de gracias antes de que tengamos la sopa a medio preparar. —Se inclinó para hablarle al oído—. ¿Te has dado cuenta de que Pons siempre va corriendo de aquí para allá como si algo le mordiera el rabo? Bueno, nosotros siempre decimos que eso le pasa a todos los que han empezado sirviendo en la cocina. ¡El mundo entero se convierte en una emergencia!

Alba se metió un trozo de pan en la boca y siguió hablando mientras lo masticaba.

—Y luego está el séquito de los señores y todos los criados que se traen consigo cada vez que vienen a parlamentar a Ebles. Cuando han acabado de parlamentar, se instalan en el castillo para disfrutar de una justa o una cacería. No olvides que Ventadour es el único castillo digno de ese nombre en leguas a la redonda, y que a su alrededor sólo hay rocas y precipicios. Cuando por fin consiguen llegar aquí, muchos echan raíces en el castillo durante una estación entera: no se van hasta que se han labrado una reputación o se han llenado la bolsa, o ambas cosas. Por no mencionar a los pajes de las casas cercanas que se alojan aquí y a los eclesiásticos, escribanos, sacerdotes, mensajeros y contables que duermen un par de noches en el castillo antes de seguir viaje. Y cualquier conde, barón o duque, con todo su séquito, al que se le ocurra pasar por este lugar, naturalmente. ¡Ah, por todos los santos! Supongo que he de agradecer al cielo no haber estado aquí en tiempos de guerra. Nunca hemos alojado a soldados. De todas maneras sería imposible encontrarles alojamiento, porque sólo con los habituales ya no cabe ni un alfiler. Si algo he aprendido durante mis cinco décadas, es que cuantos más cuerpos hay metidos en un lugar cerrado, más quisquillosa se vuelve la gente. Pase lo que pase, siempre procuro no meter las narices en lo que no me incumbe.

La puerta de la cocina se abrió y se cerró con un estridente siseo y un seco portazo. Guilhelma sintió una ráfaga de aire frío por debajo de sus faldas.

—¡Pero si es nuestra damita! —canturreó Alba mientras Douce entraba en la cocina—. Y apuesto a que ha venido en busca de un poco de sustento antes de ir a la capilla, ¿verdad? ¡Pues me temo que no nos queda ni un mendrugo, porque le hemos dado todas las sobras de anoche al mendigo! —añadió inclinando la cabeza mientras veía venir a Douce, y luego se levantó para inspeccionar los espetones que giraban sobre las llamas.

Guilhelma cogió otro trozo de pan y contempló a Douce. Su dorada cabellera le caía sobre los hombros como una cortina descorrida. Su túnica, bordada con triángulos rojo y oro, se alzaba sobre su esbelto cuerpo en rígidos pliegues, y debajo de ella una falda de delicada muselina ondulaba por encima de los dedos de sus pies. Douce lucía la expresión solemne y satisfecha de la niña que acaba de cumplir impecablemente algún complicado encargo y busca otra tarea para aliviar su aburrimiento. Sus manos se deslizaban distraídamente sobre la pared mientras recorría la cocina en una concienzuda investigación. Sus dedos rozaban los cantos de las mesas, se detenían sobre el borde de los calderos y jugueteaban con una tapa, un cucharón o una espita sin llegar a ser conscientes de su presencia. Entonces vio al gato de la cocina y se acercó a él entre un revoloteo de faldas.

—¡*Gris, Gris!*

Gritando su nombre, agarró al gato por la cola, lo levantó del suelo y lo llevó a un taburete junto al hogar. Guilhelma se fijó en el curioso gesto de impaciencia con que se apartaba la redecilla de brocado de la frente para subírsela hacia la coronilla como si fuese una visera, y después la vio iniciar una conversación con el gato que, prisionero en su regazo, no parecía tener muchas ganas de estar allí.

Terminado el desayuno, la cocina empezó a vaciarse con la llegada de la pausa que precedía a los preparativos para la comida del mediodía. Alba le dijo a Guilhelma que iba a salir, pero que si quería podía quedarse allí. Guilhelma regresó a su puesto, donde la aguardaba una cesta llena de patatas. Sus ojos volvieron a posarse en Douce sentada junto al fuego, y luego pasaron a la ristra de hierbas secas suspendida de las vigas encima del hogar. Pensó que lo que veía colgar de las vigas —manojos de romero para los asados, cucharones oxidados llenos de hojas de laurel, masas de albahaca ennegrecida, verdes nudos de camomila cubiertos de polvo, y diminutos ramitos de tomillo, con sus flores marchitas todavía de un tenue color malva— debía de ser la versión invernal del huerto del castillo.

Mientras pelaba las patatas, sus pensamientos buscaron en su memoria los recuerdos de aquellas hierbas curativas que tan bien conocía desde hacía mucho tiempo. Recordaba haberlas recogido de niña en los alrededores de una vieja casa capitular medio derrumbada, no muy lejos de Alès. Decían que la casa se alzaba sobre cimientos puestos por los hombres de César en la antigüedad. Los campos, de hecho, estaban llenos de lo que habían dejado en ellos: un promontorio de piedras mordisqueadas por el liquen que quizá hubiera pertenecido a un muro construido por los romanos, o un peñasco que había formado parte de un fuerte o una guarnición. Entre aquellas piedras, Guilhelma llenaba su delantal de verdes tallos que luego llevaba a casa para preparar tisanas o emplastos. Su madre le enseñaba a convertirlos en paquetitos que calmaban las molestias y los dolores, y aquella parte siempre resultaba muy divertida.

Había un nombre latino para cada una de aquellas plantas. Su madre no entendía mucho de etiquetas, y sólo podía identificar algunas por sus verdaderos nombres. Pero a la hora de medir y preparar las mezclas que le dabas a beber a una persona enferma, era tan hábil como la más experta herbolaria. Preparar las pociones había sido la parte más difícil. Era una ciencia tan exacta como decisiva, y a veces podía marcar la diferencia entre la vida y la muerte.

Volvió a contemplar las ramitas de camomila seca e intentó recordar sus propiedades. ¿Dónde había visto usar aquella hierba, y de qué manera? Seguramente la habría recogido, pues crecía abundantemente en los alrededores de Alès. El recuerdo volvió a su memoria de pronto: su patrona en Uzès, la mujer del tejedor, afirmaba haber visto cómo los ataques de temblores y balbuceos que padecía un muchacho desaparecían para siempre gracias a la cataplasma de camomila que una curandera le había aplicado en el cuello. Guilhelma recuperó aquel fragmento de conocimiento y lo guardó en su cabeza con satisfacción, sabiendo que podía ser muy útil. Ya había decidido que intentaría curar a Marie de su tartamudeo. Pero todo a su debido tiempo.

De pronto Douce apareció junto a su codo. La niña cogió una patata y empezó a pasársela de una mano a otra.

—¿Cantas sus canciones? —preguntó de repente.

—¿Las de quién?

—Las de tu esposo.

—¿Las canciones de Gaucelm? Oh, sí. No, quiero decir... No. Casi siempre las canta él.

—¿Entonces tocas el laúd?

—Gaucelm toca el laúd.

—¿Quieres decir que no sabes cantar?

Guilhelma hundió su cuchillo en una patata y extrajo el nudo de un brote.

—No; sé cantar.

—¿Compones tus propias canciones?

—Algunas —murmuró Guilhelma.

—¡Pues entonces cántame una!

—Ah... En otro momento, ¿de acuerdo? Ahora no.

—¡Ahora!

Guilhelma, súbitamente irritada por la impertinencia de la niña, se encaró con Douce.

—He de pelar estas patatas para la olla del estofado, jovencita —declaró, apoyando las manos en las caderas—. ¿No sabes que esta noche tendremos el comedor lleno de invitados?

—Ahora. ¿Por favor?

—*Dompna, Dieus Maria!*

—Te ayudaré a pelarlas... si me cantas.

Douce cogió un cuchillo del montón de los utensilios. Guilhelma fingió exasperación, pero en realidad se sentía complacida. Cogiendo dos puñados de patatas, las puso delante de Douce.

—Aquí tienes, jovencita. Y ahora, coge una de esta manera y asegúrate de sacar cada brote verde, así.

Trabajaron en silencio una al lado de la otra, con Douce concentrada en las patatas.

Había algo que Guilhelma quería preguntarle. Miró a Douce, titubeó y después se armó de valor.

—¿Eras tú la que estaba anoche en el jardín con una cesta?

El cuchillo de la niña quedó inmóvil entre sus dedos. Su mirada se volvió todavía más fija y penetrante, y después entrecerró los ojos como un conejo asustado. Luego volvió a inclinarse sobre la patata.

—Canta para mí —se limitó a decir.

Después de pensárselo unos momentos, Guilhelma empezó a cantar una canción de hacía mucho tiempo, una delicada melodía que la mujer del tejedor de Uzès solía cantar cuando hacía las cosas de la casa.

—«El otro día vi junto a un matorral a una pobre doncella, la joven hija de un campesino. Ribetes de piel lucía en la gorra y el traje, y de tela eran su blusa y su jubón...»

—¡Sabes cantar!

—Silencio, niña. Si quieres oír una canción tendrás que estarte calladita.

—No soy una niña. Ya casi tengo quince años. Pronto me casarán.

—¿Con quién?

—Oh, no lo conozco... Creo que se llama Comborn.

Guilhelma no hizo comentarios.

—Tienes una voz muy bonita —declaró Douce—. Sigue cantando. Por favor... ¿Qué le ocurrió a la doncella?

Guilhelma carraspeó. Cantar mientras pelabas patatas no era tan mala idea después de todo.

Ninguna de las dos oyó abrirse la puerta cuando Gaucelm entró en la cocina y se quedó sorprendido al oír cantar a Guilhelma.

—*Si cum filla de vilana, cap e gonel'e pelissa, vest e camiza tressissa, sotlars e caussus de lana...*

Guilhelma, consciente de una presencia, se volvió y lo vio boquiabierto. Gaucelm parecía no saber qué hacer.

—¿Por qué no me lo dijiste? —preguntó al cabo, yendo hacia ella y apoyando el mentón en su hombro desde atrás.

—Nunca me lo preguntaste. Y si se trata de cantar, te aseguro que no encontrarás a ningún *trobairitz* o juglaresa que lo haga mejor que yo —dijo ella, poniéndose en jarras como una pescadera ofendida—. ¿Vidal nunca te lo dijo? Ah, el viejo bribón, el *mareng villein*... —Gaucelm detuvo el torrente de insultos campesinos tapándole la boca con la mano, un gesto que no tardó en convertirse en un beso—. Y por si quieres saberlo —prosiguió ella en cuanto la soltó—, me enseñó a cantar. ¡Me enseñó a cantar, cosa que a ti nunca se te ha pasado por la cabeza intentar!

—Aun así, algún instinto debe de haberme susurrado la idea al oído. Supongo que no habrás olvidado cómo te presenté anoche, ¿verdad?

—¡Me acuerdo! —intervino Douce—. ¡Dijiste que era juglaresa!

—Y yo que creía habérmelo inventado... —murmuró Gaucelm.

—¿No vas a acabar de contar qué le pasó a la doncella? —suplicó Douce. Pero dándose cuenta de que había dejado de ser el centro de la atención de Guilhelma, y como si Gaucelm no estuviera allí, hizo su gran anuncio—: Cantarás en la gran sala. Yo lo arreglaré todo.

—Pero...

—¡Quiero que lo hagas! ¿Esa canción era de Bernard?

—¿Bernard?

—Sí, nuestro Bernard. Se hace llamar Bernard de Ventadour. El famoso, ya sabes. Mamá dice que su madre trabajó para nosotros aquí mismo, en esta cocina.

—No, no es suya. Creo que es de Marcabrun.

Miró a Gaucelm, que asintió.

—¿Quién es ese Marcabrun?

—Un gascón que odiaba a las mujeres —repuso Gaucelm.

—Entonces a mi mamá no le habría gustado —proclamó Douce y, volviéndose elegantemente sobre un talón, salió corriendo de la cocina.

En cuanto la niña se hubo marchado, Gaucelm se volvió hacia Guilhelma. Levantándole la barbilla con el índice y con la sonrisa más radiante de que era capaz, le dijo:

—Ahora entiendo por qué Vidal siempre decía que la cocina es el lugar más importante de una casa. Aquí se puede encontrar de todo, ¿verdad? ¿Qué vamos a hacer contigo ahora que sabemos que puedes cantar, mi querida muchacha? No puedo permitir que me hagas sombra en la corte. ¡Pero juro por san Esteban que siempre supe que eras una mujer de muchos recursos!

—Di Mirepoix.

Guilhelma, de pie junto a la ventana bajo la cada vez más tenue luz del atardecer, estudió la posición que Gaucelm había hecho adoptar a sus labios. Cuando dijo «Mirrrrepoix», Gaucelm se encogió sobre sí mismo.

—¿Cómo voy a enseñarte a ser una dama si eres incapaz de seguir las instrucciones que te doy? —Exasperado, se sentó en la cama—. Si Douce se sale con la suya y tienes que debutar delante de los nobles de la región, más vale que vayas aprendiendo a pronunciar la p y la q.

Todo había comenzado hacía unos días cuando Gaucelm decidió bajarle los humos después de haberla oído cantar en la cocina. Envolviéndose en el chal de Guilhelma, empezó a contonearse por sus habitaciones mientras daba vueltas a un manojo de llaves imaginario. La pantomima sólo pretendía ser un suave reproche, porque le parecía que Guilhelma había empezado a darse aires de gran señora desde que Douce le abrió la perspectiva de actuar en la sala de banquetes. Aunque una parte de él aplaudía tanto su valor como su voz, Guilhelma había ido demasiado lejos. Le irritaba su comportamiento en general y, en particular, el que estuviera tan pendiente de Marie y Ebles. En el poco tiempo que llevaban en Ventadour, Guilhelma había hecho notar su presencia mucho más allá de la cocina. Se sabía de memoria todo el horario de actividades y ofrecía sus pequeños servicios allí donde eran más apreciados.

Ya había conseguido prepararle el baño a Ebles y asistir al despertar de Marie, y le informó que Ebles dormía en una cama llena de pieles y mantas de pelo de camello y que el agua con que se lavaba siempre era calentada dos veces en la cocina antes de ser llevada a su cámara. Encontró capullos de rosa secos en la despensa, se los llevó a Marie y le dijo que si los echabas en el agua del baño obtenías una solución muy relajante. Siempre estaba pensando en ese tipo de cosas. ¡Por san Esteban, pero si ya sabía cómo funcionaba Ventadour mucho mejor que él! En un abrir y cerrar de ojos, Guilhelma se había convertido en la nueva reina de los aposentos de la servidumbre.

Gaucelm se levantó de la cama y decidió hacer otro intento.

—Procura no arrastrar las erres y deja de añadir ges al final de palabras como *marrain*. La otra mañana dijiste que Vidal era un *mareng villein*, ¿te acuerdas? —Pero cuando Guilhelma se limitó a enarcar una ceja como diciéndole «Y lo es, ¿no?», la expresión adusta de maestro de escuela que había adoptado se disolvió en una carcajada—. ¡Sí, por supuesto que lo es! Has sabido calar a nuestro Vidal, desde luego: ¡es un niño travieso que se merece una buena azotaina!

Esta vez fue Guilhelma la que se puso seria.

—¿Qué quieres decir con eso de que no arrastre las erres?

Gaucelm tragó saliva e intentó calmarse.

—Bueno, volvamos a empezar. Mirepoix.

—Mirrrrrepoix.

—No, así... —Gaucelm abrió la boca para que ella observara la manera en que formaba las sílabas—. No digas «Mirrrrrepoix» —prosiguió extendiendo una retahíla de erres sobre el promontorio central de la palabra.

Guilhelma le miró con temerosa vacilación, como si no se atreviera a intentarlo.

—*Dieus e Maria!* —exclamó—. Mi lengua hace lo mismo que la tuya: ¡Mirrrrepoix! No veo la diferencia.

—¡No oyes la diferencia!

—Pues entonces explícamela. No te conformes con repetir «Mirepoix» a cada momento como si no te hubiera oído la primera vez.

Gaucelm volvió a suspirar e intentó pensar.

—Tienes que superar ese maldito vicio de las erres —dijo—. Deja de revolcarte en tus condenadas erres, o cualquier día acabarás ahogándote en un mar de erres. Inténtalo: Rosellón, Perpiñán. —La escuchó atentamente mientras repetía las palabras—. Eso está mejor. Y ahora, a ver si puedes oír la diferencia. Per-pi-ñán, no Perrrrr-pi-ñán. Mire-poix. Pierre. Prueba a decir Pierre.

—Pierrrre.

—¡Oh, *Dieus*! —gimió Gaucelm—. Escucha, el final de una palabra siempre resulta más difícil —le explicó con tono más suave—. Lo de cortar las erres, quiero decir. Di «Pierre de Tolosa».

—Pierre de Tolosa.

—Perfecto. Ahí tienes tu solución: una «r» final siempre debe ir seguida por otra cosa.

Guilhelma le lanzó una mirada entre perpleja y recelosa.

—Nunca digas Pierre a secas, o las erres no se acabarán nunca.

Guilhelma se lanzó sobre él.

—¡Es una suerte que en tu nombre no haya ninguna erre, porque te las haría pagar muy caras! —Gaucelm extendió los brazos para mantenerla a raya. Guilhelma retrocedió un par de pasos—. Y además, si quieres que sea una gran dama, tendrás que tratarme como tal.

—¿Tendrías la bondad de explicarme en qué debería consistir ese tratamiento?

—¿Oro, tal vez?

—¿Y de dónde voy a sacarlo?

—Bueno, si te portas bien y sabes jugar tus cartas, obtendrás oro de ella. Pero te advierto que tendrás que pagar un precio, porque te tentará para que te conviertas en su más ardiente admirador. ¿Y qué gano yo entonces?

—Tienes la mía.

—¿Tu qué?

—Mi admiración. No todos los trovadores tienen su propia juglaresa.

—Cierto, y te lo agradezco —replicó ella—. Pero tu estima no puede cambiarse por monedas.

Gaucelm rió y se lanzó sobre ella.

—¿Detecto una sombra de envidia en tus palabras? —preguntó cogiéndola por los hombros—. ¿Todavía no te has dado cuenta de lo afortunada que eres? Tu Gaucelm te ha alojado en un castillo donde se te alimenta con exquisitos manjares. Pero todo esto no es gratis, naturalmente, y en eso tienes razón. Tu Gaucelm no es ningún lirio del campo. Es un trovador profesional, y como tal debe ganarse el pan ensalzando a su patrona y proclamando su amor por ella.

—¡Amor! ¿Cuándo se ha visto que un trovador profesional tenga que estar enamorado de la dama a la que ensalza?

—No he dicho que tenga que estar enamorado de ella. Pero el que parezca estarlo ayuda.

—¡Me sorprendes, Gaucelm! —le riñó ella—. Bien, entonces enamórate de su oro... pero compón tus poemas para mí. Y procura que tu patrona no acabe enamorándose de ti. Las mujeres ricas con esposos viejos necesitan admiradores, y las mujeres feas siempre son más vulnerables a los halagos que las guapas.

—¿Dónde has aprendido a ser tan sabia?

—En la cama.

—Qué chica tan lista.

Gaucelm se dijo que Guilhelma era eso y mucho más. Le asombraba la forma en que sabía adaptarse a las circunstancias y nunca se la viera asustada o insegura. Guilhelma se sentía tan a gusto entre los nobles como entre la servidumbre. «Soy Guilhelma tanto para los condes como para las mozas de la cocina», parecía decir su presencia. Desde que llegaron a Ventadour se la notaba más satisfecha de sí misma que antes. Gaucelm solía observarla mientras se vestía y veía cómo dedicaba un cuidado especial a su atuendo, y cómo se cepillaba los botines hasta dejarlos relucientes.

Ya casi había oscurecido. Gaucelm se desabrochó el cinturón y se quitó la túnica. Todos parecían sentirse atraídos por Guilhelma. Estaba el caso de Douce, por ejemplo. Gaucelm ya había empezado a darse cuenta de que Douce pasaba casi todas las mañanas en la cocina con ella.

—Douce parece haberse prendado de ti —observó mientras se quitaba la camisa.

—Pobre niña. ¿Te imaginas lo que debe de ser tener una madre como Marie, con esas llaves tintineando junto a su cadera y siempre pendiente de su trabajo?

—Parece más una carcelera que una madre —dijo él, pero Guilhelma siguió hablando como si no le hubiera oído.

—Con Ebles fuera la mayor parte del tiempo y sin hermanos o

hermanas, Douce necesita a alguien. Además, cuando estoy con ella nadie puede darme órdenes.

—Muy astuta. —Gaucelm se metió en la cama—. ¡Y ahora acuéstate entre estas sabanas y caliéntame las partes inferiores, mujer!

—Antes cántame una canción.

—¡Yo sí te haré cantar!

—¡Sólo a cambio de oro!

Guilhelma escogió atacar por abajo, y se deslizó bajo las sábanas para mordisquearle los dedos de los pies. Gaucelm rugió y ella le hizo cosquillas en el estómago. Él se arrodilló sobre la colcha y empezó a darle almohadazos hasta que las plumas de ganso se esparcieron por el suelo y los dos se desplomaron sobre la cama.

—¡Silencio! —gritó una voz desde el pasillo—. ¡Haced el favor de guardar vuestros chillidos para la víspera de Todos los Santos!

10

DOUCE

Cuando Gaucelm y Guilhelma llegaron a Ventadour, Douce estaba a punto de dejar de ser una niña. Aún no tenía quince años, pero ya era una belleza. Ojos, nariz, orejas, pequeña barbilla puntiaguda... Por sí solo cada rasgo ya era exquisito, pero su combinación poseía esa clase de perfección capaz de dejar sin aliento a quien la contempla. Su rostro despertaba algún profundo instinto en el observador, como si su visión le hiciera comprender que aquél era el aspecto que habrían podido tener todas las criaturas si el Creador hubiese dado en el blanco todas las veces.

Todo su cuerpo era esbelto y delicado. Se movía despacio y no de la forma en que lo hacen la inmensa mayoría de los mortales, pues parecía flotar a unos centímetros del suelo mientras los pétalos de su dorada cabellera caían sobre su espalda. Con aquellos andares que parecían salidos de un sueño habría podido tomársela por una aparición, un espectro de tobillos tan delgados que bastaba verlos para sentir un súbito desfallecimiento.

Pero en su caso las apariencias engañaban, y la transparencia de su comportamiento y su solemne rostro ovalado ocultaban un firme dominio de los asuntos cotidianos. Douce conocía los misterios de la corte tan bien como el más curtido cortesano e interpretaba su papel de princesa de rubio cabello con cierta arrogancia, dando por sentado que era ella —no su famosa madre— la que atraía a tantos caballeros al castillo. Pero su conocimiento del mundo se circunscribía a las murallas de Ventadour. Su idea de la guerra se limitaba a las disputas fronterizas y las conversaciones sobre torneos que tenían lugar en la mesa. Estaba acostumbrada a oír hablar de aquella misteriosa actividad relacionada con las espadas, los escudos y los cuarenta días de servicio. En la sala de los banquetes se comportaba como una niña que, por mucho que le gustara entretenerse con los juegos de los adultos, podía buscar refugio en su imaginación cuando le apeteciera. De hecho, la mayor parte del tiempo Douce era una solitaria en la telaraña de Ventadour.

El último verano había podido hacer todo lo que le viniera en gana. Marie estaba muy ocupada con sus responsabilidades como castellana, pero aun en ciertos momentos era consciente de estar perdiendo el control de la educación de su hija. En esas ocasiones pensaba que sólo Dios sabía qué podía estar aprendiendo Douce, aunque lo cierto era que la niña siempre parecía estar ocupada y siempre se la veía corretear de un lado a otro. Marie habló del asunto con el capellán, quien recomendó que Douce acompañara a Daniel, el limosnero, cuando iba a visitar a los pobres y enfermos del pueblo. El capellán le dijo que ya iba siendo hora de que la joven dama descubriera que tenía ciertos deberes para con los menos afortunados que ella. Douce odiaba aquellas salidas, pero consideraba que eran un precio pequeño a cambio de su continuada libertad, por lo que iba al pueblo sin rechistar.

Cuando el invierno empezó a hacerse notar, Gaucelm y Guilhelma ya se habían acostumbrado a la vida en el castillo y Marie vio en ello una solución que la dejaría todavía más libre de dedicarse a sus asuntos. Guilhelma se había convertido en la última curiosidad de su hija, y Marie alentó esa amistad. Una soleada mañana Douce cogió de la mano a su nueva moza de la cocina. Apartándola de su tabla de trinchar, la niña le anunció que aquél era el día en que cumpliría la promesa de enseñarle las propiedades de su padre. Los vientos de finales de septiembre ya habían desnudado los árboles, y tendrían una buena vista de los dominios del conde Ebles. Douce decidió que empezarían con los apriscos de las ovejas y los establos, porque para ella los animales eran más importantes que las personas que cuidaban de ellos.

Pero Guilhelma sentía curiosidad por todo lo que había en el feudo, y quería saber cómo funcionaban las cosas y quién hacía qué. Quería visitar los pequeños edificios esparcidos a lo largo del perímetro interior del muro del castillo, y Douce accedió a su petición aunque a ella no le interesaban. No se entretuvieron mucho rato en el patio o los establos, donde Guilhelma contó veinticinco o treinta caballos envueltos en nubes de vapor que arañaban el suelo de aquellos cubículos que olían a cerrado. Siguiendo el muro interior del patio, pasaron junto a un vallado lleno de gallinas y un almacén cuya puerta entornada revelaba un montón de herramientas, carretillas, cestas y toneles. Al lado del almacén había un horno y, yendo al otro lado del reino familiar para Guilhelma, la cocina, llegaron a la lavandería.

La lavandería, de piedra como el resto de los edificios exteriores, era un cobertizo largo y bajo. Douce le explicó que durante el invierno había que traer el agua desde uno de los pozos del centro del patio para llenar los canales de madera, ahora vacíos, que surcaban el suelo de tierra de la lavandería. Pero los meses en que hacía calor, las lavanderas llevaban la colada al arroyo que corría junto al pueblo. Allí limpiaban la ropa golpeándola con las palas que Guilhelma pudo entrever colgando de sus ganchos a lo largo del muro de la lavandería, y luego la ponían a secar sobre los arbustos que crecían en la orilla del arroyo.

Guilhelma entró en la lavandería, se detuvo y miró alrededor con los brazos en jarras. Junto a la pared del fondo había dos barriles que supuso contendrían cenizas de fresno y sosa cáustica. De un tercer barril emanaba un tenue olor a putrefacción, como el de un roedor muerto. Tapándose la nariz con una mano, fue hacia el barril.

—¡No levantes la tapa! —le advirtió Douce—. Es grasa de cordero.

—¿Para qué sirve? —preguntó Guilhelma retrocediendo.

—Cuando se les acaban las barras de jabón, la mezclan con cenizas. Mira —dijo Douce. Se inclinó por detrás de una hilera de recipientes de madera y, dándose la vuelta, extendió la palma para enseñarle un cubo amarillo oscuro del tamaño de un bloque de construcción—. Lo hacen con olivas. Huele.

Guilhelma se acercó y olisqueó.

—Desde luego —dijo, perpleja. Guilhelma había crecido entre olivares, pero nunca había visto aquel lujo.

—Cuesta mucho dinero —dijo Douce—. Viene del sur, y lo compramos en Limoges. Siempre se acaba antes de que termine el invierno, y entonces tienen que usar la grasa de cordero. Huele fatal. Todas las lavanderas la odian y sus quejas resuenan por el patio hasta el anochecer. Cuando se les acaba el jabón de olivas, nunca vengo por aquí los días de colada.

Al lado estaba el taller del fabricante de velas. Antix, como le dijo Douce que se llamaba, le había enseñado a dar forma a las candelas y a llenar de aceite las lámparas de junquillos y recortarles el pábilo. El cerero no estaba allí, lo que animó a Douce a lucir sus conocimientos.

—Antix me enseñó a manejar el pedernal, y sé encender el fuego mejor que cualquier sirviente —proclamó. Guilhelma enarcó una ceja, pero se guardó su escepticismo. Incluso ella, con la fuerza que había dado a sus brazos pasarse todo el día cortando y trinchando, necesitaría ayuda para levantar uno de los troncos que llenaban los enormes hogares del castillo de Ventadour—. En una ocasión la sala empezó a llenarse de humo, y todo se puso negro —prosiguió Douce—. Hice que Pons tirara agua encima de aquel desastre y luego le mostré cómo se hace, empezando con leña bien seca para que pudiera enseñar a los domésticos. No me crees —dijo, viendo la cara que ponía Guilhelma.

—Me parece que quizá lo adornas un poquito, ¿no?

Guilhelma no estaba preparada para la reacción de Douce.

La niña se paró de golpe y faltó poco para que se echara a llorar.

—¿Por qué no me crees si te estoy diciendo la verdad? Nadie me cree. Te digo que sé cómo hay que poner los troncos...

—Perdóname —dijo Guilhelma—. Ahora sí lo he entendido.

Douce parecía tomarse muy en serio todas aquellas cosas, y

Guilhelma descubrió que la creía. Aquella capacidad de disfrutar de su dominio de las labores más prosaicas era una de las cualidades que hacían que Guilhelma se sintiera tan a gusto cuando estaba con Douce. Había ido olvidando que la jovencita rubia junto a la que pasaba tanto tiempo era hija de un conde. Aquella orgullosa exhibición de sus conocimientos sobre los productos de limpieza empleados en la lavandería y la fabricación de velas recordó a Guilhelma lo inusual que era esa cualidad. Educada para dar órdenes a los demás, Douce se consideraba perfectamente capaz de hacer el trabajo por su cuenta. Cuanto más tiempo pasaban juntas más olvidaba Guilhelma que Douce fuera hija de un noble, y las dos compartían sus horas como un par de hermanas nacidas en la misma casa.

A pesar de ello, Guilhelma ya había descubierto que el castillo de Ventadour contenía dos mundos separados. El hospitalario clamor de la cocina disolvía todas las diferencias de rango, pero pasear por el castillo en compañía de Douce era harina de otro costal. Durante su recorrido, Guilhelma vio cómo se le recordaba repetidamente la insignificancia de su posición. Conforme la pareja se abría paso a través de la jerarquía de pajes, aguadores, despenseros, destiladores, lavanderas, mozos de establo y domésticos del patio, la palabra que éstos empleaban para dirigirse a Guilhelma siempre era «tú». Con Douce, en cambio, se recurría al tratamiento formal y se empleaba el «vos». A finales de la tarde, la ambición de saber cómo se llamaban todos y qué hacía cada uno ya había perdido su atractivo inicial y Guilhelma acabó no sabiendo ante quién debía inclinarse y a quién debía saludar como un igual.

—Oh, no te preocupes —le dijo Douce—. Me parece que ellos no le dan tanta importancia a ese tipo de cosas. Y además, todavía eres nueva. Lo entienden.

—Todo el mundo tiene derecho a ser tratado con la debida consideración —observó Guilhelma con cierta sequedad.

Douce rió. Había visto cómo muchos recién llegados se obsesionaban con aquellos asuntos, que para ella no tenían ninguna importancia. Confiando en el don natural para adaptarse que ya había percibido en Guilhelma, se limitó a decirle con jovialidad que no tardaría en pillarle el truco. Pero Guilhelma siguió pensando en ello hasta que llegó la hora de volver a la cocina para preparar la cena. Sólo cuando cogió el cuchillo de la tabla de trinchar y empezó a lagrimear a causa de las cebollas comprendió que tendría que dejar esas reflexiones para otro momento.

Desde el primer hasta el último día de aquel rojizo y soleado mes de octubre, Guilhelma no paró de robarle horas a su trabajo para poder estar con Douce. Empezó a valorar aquellos tesoros de información almacenados durante tanto tiempo en su memoria de los que tan ávida parecía la niña. Siguieron recorriendo el castillo, y pasaron a investigar sus despensas, los cuartos usados como almacenes y el sótano. Para Guilhelma cada lugar era como un aula que le traía recuerdos de su infancia en el campo. Describió a Douce, que la escuchaba con atención, los pasos cruciales en la preparación de las pociones y emplastos de hierbas medicinales. Le explicó cómo preparar las tisanas que iban bien para el estómago, las que limpiaban los riñones y renovaban la sangre, y las que hacían acudir el sueño. Pero por mucho que se esforzara, había muchos nombres de los que no estaba demasiado segura: era como si aquel conocimiento perteneciera a otra existencia.

No abordó el tema del tartamudeo de Marie con la niña, pero intentó recordar qué hierbas podían ser efectivas a la hora de tratarlo aparte de la camomila. Y mientras hurgaba en su memoria, sus pensamientos giraban en torno a las pociones y los masajes en el cuello que administraría personalmente a Marie para ganarse su favor. Estaba el aromático brezo que, preparado en cataplasma, aliviaba la hinchazón y daba firmeza a la piel. También estaba la ortiga, cuyas hojas calmaban los nervios (lo cual constituiría uno de los aspectos cruciales del tratamiento de Marie. Y ¿eran sus hojas o sus raíces hervidas las que hacían crecer el pelo?). Imágenes y fragmentos dispersos de su infancia volvían a su memoria, y recordó una a una las recetas maternas para facilitar las labores de la casa, como lavar la ropa del domingo con lejía y tierra de batán, o que meter hojas de laurel en los arcones de madera de ciprés donde se guardaba la ropa servía para mantener alejadas a las polillas. Explicó a Douce cómo lavar y tratar las heridas con romero y vino caliente, cómo curar un dolor de cabeza con té de bayas de saúco, y cómo una infusión de hojas de llantén podía bajar la fiebre.

Su entusiasmo por aquellos «trucos del oficio» acabó contagiando a Douce e hizo que le entraran ganas de explorar las praderas y los bosques en busca de las plantas descritas por Guilhelma. Siempre dispuesta a huir del confinamiento en el castillo, Douce ardía en deseos de tener una compañera de aventuras. Pero Guilhelma, que no estaba acostumbrada al frío, le dijo que no.

—Faltan siete semanas para Navidad, niña, y la tierra estará más dura que el hielo —dijo—. Los campos pueden esperar hasta la primavera.

Después le prometió que cuando volviera a hacer sol irían a recorrer los alrededores del castillo, sabiendo que, en cuanto encontrara las plantas y las hierbas, sus nombres y sus propiedades volverían a su memoria.

Marie, viendo que la nueva moza sabía ser útil fuera de la cocina, empezó a dejar en sus manos todo lo concerniente a la educación doméstica de su hija. Douce fue creciendo bajo los cuidados de Guilhelma igual que un arbolillo echa raíces y florece hasta convertirse en un árbol: teniendo una vida propia y siendo independiente de su progenitor, pero bajo la protección de unas grandes ramas y un sólido tronco.

La negativa de Guilhelma a ampliar el radio de sus paseos al exterior del castillo hizo que Douce empezara a buscar otro compinche. A principios de noviembre ya había encontrado uno en la persona de Gaucelm. Una mañana en que los demás oían misa lo vio tirar herraduras en el patio exterior, allí donde la fragua del herrero rugía junto a la poterna del castillo. Gaucelm hablaba en voz alta consigo mismo, declamando algo con un estridente canturreo y tan absorto en sus palabras que la aparición de Douce le sobresaltó.

—*Dieus!* —gritó sorprendido—. Creía que aquí nunca venía nadie. Y mucho menos vos, mi señora.

—Prefiero que me llames Douce, si no te importa.

—*Na* Douce, entonces.

Douce se rió.

—Sólo Douce.

—*Pax* —sonrió Gaucelm—. Douce. Tú ganas.

—¿Me enseñarás? —preguntó Douce.

—Será un placer. Pero antes permíteme contar las estrofas.

Gaucelm las fue numerando en voz alta al tiempo que llevaba la cuenta con los dedos. Después Douce contempló con fascinación cómo retrocedía y articulaba silenciosamente las palabras con los ojos cerrados, memorizándolas hasta que estuvo seguro de que no se le olvidarían. Douce no permitió que empezara a instruirla en el lanzamiento de herraduras hasta que logró persuadirle de que le explicara por qué hacía todo aquello.

Douce no tardó en adorar a *su* trovador. Todavía era lo bastante niña para disfrutar con los toscos juegos que Gaucelm inventaba para ellos. Juntos fueron en busca de un poco de aire fresco, pues Gaucelm odiaba las actividades de interior a que se entregaban los caballeros confinados en el castillo a causa del invierno. Cuando no tenía más remedio podía jugar al ajedrez razonablemente bien, pero el exterior del castillo le proporcionaba un entorno mucho más de su agrado. La diversión favorita de Douce pasó a ser conocida como «la peonza», y consistía en que Gaucelm la cogiera de las manos y la hiciera girar en círculos cada vez más grandes, levantándole los pies del suelo hasta que Douce chillaba de excitación ante el peligro de que la soltara. Después, cuando estaban demasiado mareados para seguir, se dejaban caer al suelo entre carcajadas. La primera vez que Gaucelm la ayudó a levantarse del suelo después de aquel juego, le pareció tan delgada como una cervatilla y más ligera que una ramita. Llevó a Douce hasta un montón de hojas donde podría recuperar el aliento, y cuando su corazón se negó a dejar de palpitar, Gaucelm lo atribuyó a los excesos de su diversión. La delgadez de aquella muchacha-niña lo tenía fascinado. Douce pesaba tan poco como un ángel, y aun así Gaucelm sintió los brazos más pesados después de haberla depositado sobre el suelo cubierto de hojas. La idea de que pudiera llegar a ser como su madre

—sólida, impasible, alguien que da órdenes— le parecía inconcebible.

Ni el corpulento poeta ni la esbelta jovencita vieron razón alguna para ocultar a los ojos de la corte aquellas peculiares diversiones al aire libre. En lo que concernía a Douce, ningún joven caballero o paje tendría tiempo para compartir tales tonterías con ella, y por lo tocante a su padre su idea de la diversión se limitaba a la caza. Gaucelm, por su parte, sospechaba que aquella clase de juegos extremadamente físicos eran una experiencia de la que la inmensa mayoría de damitas nunca llegaba a disfrutar, algo que luego lamentarían cuando fuesen mayores. Él había crecido en un pueblo, por lo que no tenía ni idea de cómo había que educar a una jovencita. Al carecer de hermanas, sus conocimientos sobre las muchachas se habían reducido a fugaces contactos sociales con algunas hijas de la nobleza en la corte de Raimundo. Su experiencia con las mujeres se limitaba a las prostitutas de la ciudad, las mozas del campo y Guilhelma.

Guilhelma parecía estar ocupándose de instruir a Douce en todo lo concerniente a las cuestiones domésticas, por lo que Gaucelm se sintió autorizado a encargarse de su educación al aire libre. Después de todo, razonó, no había nadie más que pudiera hacerlo. Así pues, inventaron infinitas variaciones del escondite y el juego de las prendas. Gaucelm le enseñó a luchar, lo que la hizo sentirse invencible. Douce fingía disponer de un escudo mágico, gracias al cual ningún caballero —ni siquiera un Comborn, la familia con cuyo hijo se había acordado que contraería matrimonio— podría tocarla. A mediados de noviembre, Gaucelm ya estaba enseñándole a tirar con arco.

Fue entonces cuando Marie se enteró de la nada convencional educación que estaba recibiendo su hija. La condesa no tenía por costumbre visitar el escenario de una fechoría, y normalmente hacía que el transgresor acudiera a su presencia para recibir el merecido castigo. Pero su hija merecía un tratamiento especial. Cuando Pons, balbuceante y tembloroso, le comunicó que los truhanes acababan de ser sorprendidos en flagrante delito mientras hacían prácticas de tiro, Marie no pudo contener su furia. Fue a los establos y los encontró apuntando una flecha hacia el muro trasero de un cobertizo. Cuando vio a Gaucelm plantado a la izquierda de Douce, con una mano sobre el hombro de su hija y la otra protectoramente extendida para ayudarla a sostener el arco, Marie soltó un chillido de furia. El trovador y la muchacha se volvieron y, paralizados por la sorpresa, dejaron que la flecha cayese a sus pies.

—*Maman*... —balbuceó Douce, dejando caer el arco.

—No quiero oír ninguna explicación —dijo Marie con voz gélida—. ¡Gaucelm, te hago responsable de esta tra-tra-tra-transgresión! No consentiré semejantes travesuras. Contigo ya hablaré más tarde, Douce. Y tú, Gaucelm... —Hizo una pausa, como si no estuviese muy segura de qué clase de medida disciplinaria adoptar—. ¡Pronto tendrás noticias mías! —concluyó y, girando sobre los talones, volvió al castillo.

Douce y Gaucelm se miraron sin saber qué cara debían poner, y acabaron riendo.

—No ha dicho nada acerca de tirar herraduras —murmuró Gaucelm.

A la tarde siguiente los dos optaron por fingir que no había pasado nada y, cruzando el foso seco, llegaron al pueblo. Fueron a ver al siervo que se encargaba de alojar y herrar los caballos usados para cultivar las tierras de Ebles con la idea de pedirle unas herraduras. Su cabaña no formaba parte del itinerario habitual en las rondas del limosnero, pero aun así el campesino reconoció a Douce y, no sabiendo cómo responder a su extraña petición, se deshizo en disculpas. Después los llevó a su cobertizo, donde dio a Gaucelm seis herraduras.

Gaucelm y Douce estuvieron tirando herraduras hasta que acabaron con la cara enrojecida bajo aquella luz color acero. A Gaucelm le encantaba contemplar el repertorio de gestos de Douce mientras preparaba su lanzamiento a dos manos. Observó a la muchacha mientras iba hacia la raya que él había trazado sobre el polvo con una rama. Douce se echó hacia atrás la diadema que le ceñía los cabellos y tiró de la cintura de su camisola de lino, subiéndosela un poco para no pisarla. Después se subió las largas mangas hasta los codos.

—¡Lista! —anunció.

—¡Detrás de la raya! —gritó Gaucelm al ver cómo su pie se adelantaba.

Le había enseñado a lanzar la herradura lo más alta posible, pero aquel día la detuvo cuando Douce intentó cambiar las reglas.

Douce siempre quería seguir jugando hasta que veían aparecer a los mozos de las caballerizas con sus linternas para iniciar sus rondas, pero ahora Gaucelm no podía olvidar las secas advertencias de Marie, que le habían parecido suficientemente alarmantes para proyectar una oscura aureola de amenaza sobre sus diversiones.

—¡Último lanzamiento! —anunció mientras las sombras se alargaban alrededor del poste que habían improvisado.

Douce, totalmente concentrada en el juego, se recogió las faldas, volvió a rozar la raya con la punta del pie, se aseguró de que la manga estuviera bien sujeta debajo del hombro y lanzó.

—¡Blanco! —gritó cuando la herradura golpeó el poste con un satisfactorio tañido metálico. Se disponía a inclinarse para coger otra herradura cuando Gaucelm fue hacia ella y, sujetándole con una mano su rubia cabellera, le quitó la herradura.

—¡Ya está bien por hoy! —ordenó, y la llevó a un banco que había junto al establo. Douce se sentó, apretó los labios, se repantigó en el asiento como una niña rebelde y cerró los ojos.

Gaucelm ya había advertido de que cuando tenía que enfrentarse a las exigencias de la vida, Douce se ensimismaba. Entonces el disgusto desaparecía de su rostro y sus facciones adoptaban una compostura indicadora de que estaba pensando en algo, pero que no quería compartir sus pensamientos con nadie. Ése fue el aspecto que le vio adoptar en aquel momento. A pesar de su postura desmadejada, Douce irradiaba una serenidad impropia de sus años.

—¿Gaucelm? —preguntó, irguiéndose súbitamente.

—¿Sí?

—Guilhelma dice que un día te fuiste de casa de tu padre y que nunca volviste.

Al principio Gaucelm no supo qué decir.

—Uzerche es tan pequeño que los poetas o los trovadores no pueden ganarse la vida allí —dijo al cabo.

—Me refería a la manera en que te fuiste, en secreto... ¿Qué sentiste al irte?

—Bueno, mi madre ya lo sabía.

—Pero tu padre...

—Oh, apuesto a que una semana después mi padre ya ni se acordaba de que me había ido.

—Ya, pero no volver a verlo nunca más...

—Algún día regresaré —dijo Gaucelm—. ¿Por qué lo preguntas?

En vez de contestar, Douce se inclinó, cogió unos guijarros del suelo y permitió que resbalaran entre sus dedos hasta que formaron un montículo. Pasado un rato, se sacudió el polvo de las manos y se volvió hacia Gaucelm.

—Lo que quiero saber es qué sentiste cuando los dejaste, pensando que quizá nunca volverías a verlos... ni a Uzerche, tu casa o nada de lo que conocías.

—¿Por qué lo preguntas? —insistió Gaucelm, siendo consciente de que había en ella un profundo anhelo que, como un manantial escondido, podía oír sin que le fuese posible llegar hasta él.

—Sólo quería saberlo —replicó ella, y Gaucelm respetó su silencio.

—Damiselinda —murmuró después, queriendo reprocharle que no le permitiera llamarla «mi señora» y ni siquiera «*na* Douce».

Al principio Douce se limitó a seguir contemplando el vacío con cara de perplejidad. Después volvió la mirada hacia Gaucelm, admitiendo con ese giro de la cabeza que al dirigirse a ella de aquella manera tan singular, Gaucelm acababa de darle una lección al tiempo que declaraba el afecto que sentía por ella.

11

CORTESÍA

A finales de noviembre, en Ventadour ya anochecía deprisa. Enfrente de la ventana de la sala de ensayos de Gaucelm, la luna flotaba tan alta que las montañas no podían ser vistas, aunque su lejano resplandor brillaba en un cielo surcado por gruesas nubes.

Gaucelm estaba inclinado sobre un pequeño pergamino y lo garabateaba con una pluma que se resistía a las órdenes de sus dedos. Llevaba años sin tratar de obligar a la volátil mezcla de granuloso pigmento negro, agua y goma a que se plegara a su voluntad sobre una superficie grasienta que se enrollaba tozudamente cada vez que intentaba alisarla con las palmas. Se acercó un poco más la vela. «Estimados padres —había logrado escribir con gran dificultad—, sabed que después de seis estaciones como trovador en la corte del conde Raimundo de Tolosa, ahora canto para la condesa Marie en Ventadour. Me encuentro bien...»

El mayordomo Pons estaba asomado a la ventana, contemplando la luna. En vez de sentarse en el alféizar o esperar pacientemente en un rincón mientras Gaucelm completaba su tarea, que era lo que hubiese debido hacer un buen sirviente, Pons se había dedicado a pasearse por la estancia, jugueteando con la pequeña daga que colgaba de su cinturón sin dejar de emitir un irritante canturreo.

Gaucelm siguió escribiendo y la pluma se enganchó en el pergamino, esparciendo una hilera de motitas negras sobre su superficie. La retahíla de juramentos que soltó hizo que Pons se acercara para inspeccionar los daños. El mayordomo clavó los ojos en la página manteniendo el rostro suficientemente cerca de la tinta para inhalar sus oscuros vapores, y Gaucelm se fijó por primera vez en que su rostro mostraba las cicatrices de una enfermedad infantil.

—Yo lo arreglaré —murmuró Pons—. Dejad que se seque y no lo toquéis —añadió, y se marchó.

Si se hubiera inclinado ante las esperanzas de su señora madre, pensó Gaucelm melancólicamente, a estas alturas ya sería clérigo y el dar forma a las letras sería una ocupación habitual, no una horrible tortura. *Dieus!* Irguiéndose sobre su taburete, soltó un pedo tan ruidoso como satisfactorio, y estaba volviendo a acomodarse en el asiento cuando Pons entró en la estancia.

—La condesa desea veros a la mayor brevedad posible en sus aposentos —anunció pomposamente el mayordomo.

La convocatoria pilló desprevenido a Gaucelm, aunque durante los últimos días había sido muy consciente de hasta qué punto había disgustado a Marie el incidente del arco y la flecha. Nunca había estado en sus aposentos privados, y sólo sabía que sus habitaciones ocupaban la mayor parte del nivel superior del castillo. Subió lentamente por los peldaños tapizados por una alfombra. Disgustado por el derramamiento de tinta, pensar en lo que pudiera tenerle reservado Marie hizo que se sintiera aún más abatido. La condesa era capaz de cualquier cosa, incluso de echarlo de la corte.

Le sorprendió ver que Marie se había quitado el tocado. Un círculo de velas encima de un atril proyectaba un anillo de pálida luz sobre las paredes, dulcificando el gris de la piedra con los tonos amarillentos del pergamino. Marie de Ventadour le aguardaba dentro del halo parpadeante de las llamitas, que iluminaban la plata de sus cabellos. En cuanto le oyó entrar se volvió hacia él, y la luz arrancó destellos al broche de su cuello. Pero cuando fue hacia él, Gaucelm descubrió que no podía apartar la mirada de la cascada de mechones grises y castaños que caían sobre su espalda en un alegre desorden más propio de una muchacha. Estaba acostumbrado a verla con un tocado y una cofia tan rígidamente sujetos al mentón que la cinta amenazaba con ahogar sus tartamudeos. Imponente y tan almidonado que parecía una tabla, el tocado de Marie siempre le hacía pensar en el paño mortuorio con que ataban las mandíbulas de los muertos. Sin él, Marie parecía mucho más viva, y alarmantemente desnuda.

—He decidido informarte de que estoy al corriente de *Eretria* —dijo Marie sin más. Gaucelm, que había intentado olvidar aquel doloroso incidente, quedó tan sorprendido que no supo qué decir y se limitó a mirarla—. Querías jugar con fuego, ¿eh?

—Yo no lo veo de esa manera —replicó él cuando se hubo recuperado lo suficiente—. Y a Raimundo tampoco se lo pareció.

—¿Raimundo? ¿Y qué me dices de Folquet?

Hubo un silencio ominoso. Las ramas arañaban la piedra como garras de gato junto a la ventana.

—¡Qué tra-tra-travieso eres! Siempre quiero saberlo todo sobre las personas a las que otorgo mi protección, y eso incluye tanto el pasado como el presente. En particular me gusta estar informada de cuanto hace Folquet. Y no me hace ninguna gracia enterarme de que ha sido insultado... especialmente por un trovador al que he acogido en mi casa de buena fe. Ese tipo de travesuras no puede ser pasado por alto.

Marie le sonrió como si entre los dos existiera una especie de acuerdo tácito y Gaucelm lo hubiese infringido. Su extraña insistencia en hablar de las travesuras hizo que se preguntara si la condesa no estaría coqueteando con él. Estaba perplejo, pero de momento su curiosidad se impuso a todo lo demás.

—¿Cómo os habéis enterado de la *Eretria*? —quiso saber.

—Qué ingenuo eres, muchacho —dijo Marie, para mayor irritación de Gaucelm—. Pues me he enterado gracias a cierto enano para quien la ortodoxia y sus trans-trans-transgresiones no tienen secretos. —Gaucelm se acordó del enano portador de mensajes de Raimundo—. Deberías saber que, en mi caso, el acumular información nunca es un mero impulso nacido de la curiosidad. Los extremos de la naturaleza humana me interesan muchísimo. Si quiero respuestas, las obtengo. Y ahora ten la bondad de sentarte.

Le señaló una silla de respaldo recto colocada delante del fuego y después se plantó ante él de tal forma que la luz de las llamas bailaba sobre la falda de su traje rojizo y jugaba con las llaves que colgaban de su cinturón recamado.

—El enano de Raimundo me contó ciertas cosas, y enseguida se me ocurrió una manera de ajustarte las cuentas. Había planeado mandarte lejos de la corte durante algún tiempo confiándote una... misión. Pero cuando interrumpí tus diversiones con mi hija el otro día, me di cuenta de que acababa de encontrar el cas-cas-castigo perfecto para tu crimen. —Gaucelm no pudo evitar dar un respingo, pero Marie extendió una mano hacia él como si quisiera disipar sus temores—. No lo consideres un castigo en el sentido habitual del término —añadió para tranquilizarle—. Los hombres tienden a ser demasiado impulsivos, y suelen actuar precipitadamente. Me enorgullezco de examinar las cosas desde todos los puntos de vista, como es propio de las mujeres. Tengo mi propia forma de impartir justicia, Gaucelm. En cuanto a tu misión, no te resultará desagradable. Claro que eso dependerá de cuál sea tu verdadera naturaleza... —concluyó con una sonrisa de complicidad, disfrutando tanto del cuidado con que había escogido sus palabras como de la perplejidad de Gaucelm.

Empezó a pasearse y se detuvo junto a una mesa llena de frasquitos, lacre y cordoncillos de seda para atar pergaminos. Después examinó los objetos, cogiendo primero uno y luego otro en lo que tal vez fuera una táctica deliberada para retrasar el momento de exponer los detalles de su plan. Gaucelm esperó con expectación, inhalando el aroma a limpio de la estancia.

—Al amanecer partirás hacia el castillo de Malemort —anunció Marie—. Allí conocerás a una mujer cuya amistad valoro en mucho, la señora Audiarde. La encontrarás interesante, pues es una mujer instruida a la que le encanta discutir. Es una auténtica preciosidad, como tendrás ocasión de ver. Pero debo advertirte que no ha tenido compañía desde que su esposo partió para ultramar después de la cosecha, y honraré tu sensibilidad no dándote más instrucciones. Dejo los resultados de vuestro encuentro en manos de la Fortuna.

Marie de Ventadour sonrió con una peculiar mueca de satisfacción secreta. Gaucelm siguió observándola en silencio, más perplejo que nunca.

Ella fue a una mesa encima de la que había un gran libro de cuentas, y Gaucelm se dijo que una mujer como ella debía de ocuparse personalmente de todo lo relativo a la contabilidad doméstica. La condesa jamás confiaría esos asuntos a otra persona. Marie deslizó un dedo por una página del registro y después levantó la tapa de un gran cofre de madera. Sacó una pelliza de tela rojiza ribeteada de piel y se la entregó a Gaucelm.

—La necesitarás para protegerte del frío —dijo secamente. Luego fue al otro extremo de la chimenea, donde un par de velas chisporroteaban al lado de un tablero de ajedrez. Cogió un caballo negro, lo hizo girar entre los dedos y se acercó a Gaucelm—. Una cosa más. Deberás traerme un signo de tu éxito con ella.

—¿Por ejemplo? —preguntó Gaucelm, desconcertado.

—Eso decídelo tú. —Volvió a dirigirle aquella peculiar sonrisita suya.

Gaucelm por fin empezó a verlo claro: iba a ser entregado en préstamo a Audiarde de Malemort, una ofrenda personal de la condesa Marie. Un peón, tal vez, en una partida secreta. Aun así, había esperado algo mucho peor. ¿Cómo podía quejarse? La vida de un trovador era una sucesión de trueques y regateos, un intercambio constante de servicios a cambio de bienes. Conque el castigo se reducía a eso, ¿eh? Aliviado, pensó que lo más irritante era tener que salir tan temprano por la mañana sin haber podido disfrutar de una buena noche de sueño antes. Sus ojos recorrieron el solanar y se posaron en una cama que no había visto antes. Era bastante estrecha, con colgaduras de terciopelo verde y lo que parecía una cobertor de armiño doblado a los pies. Se preguntó si Marie dormiría allí sola.

—¿Qué más podéis decirme sobre la señora de Malemort? —preguntó.

—Sólo necesitas saber lo que te he contado. Cuando hayas llegado allí, déjalo todo en manos de Armand, su mayordomo. —No muy satisfecho pero resignándose, Gaucelm se levantó para irse. Marie se llevó la mano al broche del cuello, y él volvió a ver aquella extraña sonrisa secreta—. Espera. Hay una cosa más que deberías saber: se dice que el esposo de la señora Audiarde, cuya fama como soldado tal vez haya llegado a tu conocimiento gracias a aquella canción de Bertrán de Born, prefiere los mu-mu-muchachos a la hermosa mujer que tiene por esposa.

Gaucelm se preguntó qué clase de advertencia era aquélla. Perplejo e intrigado, pensó en cómo iba a explicarle a Guilhelma lo repentino de su marcha y, aún más difícil, cómo expresar lo ocurrido en palabras que Guilhelma pudiera comprender.

El aire sabía a nieve cuando Gaucelm se puso en camino antes del amanecer montado en uno de los corceles de Ebles. Se alegró de contar con la nueva pelliza, aunque sus anchas mangas ribeteadas de piel rojiza pesaban tanto que le dificultaban los movimientos. Tardaría un poco en acostumbrarse a ellas.

El sendero parecía tan poco prometedor como la mayoría de caminos de aquella tierra inhóspita, y a hora tan temprana —las campanas aún no habían dado prima—, Gaucelm tenía al viento como único compañero de viaje. Los vientos del Corrèze nunca dejaban de soplar, y durante su viaje Gaucelm los conocería a todos: vientos insultantes que te embestían como piedras disparadas por una honda; vientos que removían la maleza para asustar a tu montura, vientos que bailaban en tus orejas con un chirrido casi inaudible pero incesante, con lo que al final no podías olvidarte de ellos ni siquiera cuando dormías. También estaban los vientos pegados al suelo que buscaban los lugares húmedos, arremolinándose alrededor de las cunetas musgosas para infiltrarse en los agujeros de las nutrias y las madrigueras de los tejones, y en las profundas hoyas de los nacimientos de los ríos. Había vientos que olían a moho, podredumbre y raíces viejas. ¡Cómo echaba de menos los vientos alegres y majestuosos que flotaban sobre las cálidas llanuras de Uzerche, aquellos vientos inofensivos que durante el invierno llamaban a los postigos de las casas para recordarte lo afortunado que eras al tener cobijo bajo un techo!

Pero al final de la jornada, la visión del castillo de Malemort bastó para hacerle olvidar las penalidades de su viaje. A diferencia de Ventadour, la estructura parecía recién erigida: su piedra brillaba con un blanco resplandor cristalino como si no hubiera sido extraída de las canteras del Corrèze, sino de algún paisaje lunar. Cuando detuvo su corcel en lo alto de una loma desde la que se divisaba el castillo, vio que le habían dado forma de trébol. Ya había oído hablar de aquellas curiosidades, pero nunca había visto esa clase de fortificación triangular y le pareció poseedora de una solidez y una lógica perfectas. Sus blancos muros hacían que Ventadour pareciese un vetusto cuartel. Poniendo el caballo al trote, fue hacia la trinidad de torres resplandecientes con un escalofrío de expectación.

La barbacana había sido izada, como si esperaran su llegada. Un caballerizo acudió para ocuparse de su corcel apenas Gaucelm entró en el patio. Cuando hubo desmontado, el muchacho le señaló el portal principal del castillo. Allí le fue franqueada la entrada con un mínimo de preguntas y, como si todo hubiera sido acordado previamente, fue llevado a la sala principal pasando por debajo de un arco de mármol tallado. El techo era tan alto que su primer impulso fue mirar hacia arriba. Una serie de bóvedas cruzadas se sucedían como un bosque de piedra, con sus capiteles ricamente adornados situados a tal altura que apenas se distinguían los detalles. Un extraño silencio reinaba en el corazón de aquella sala. Cuando llegó a él, Gaucelm sintió un extraño equilibrio, como si acabara de ser colocado en el centro exacto de un espacio de proporciones casi perfectas. Bastó con que carraspeara para que el sonido remontara el vuelo, alejándose de él sin crear ningún eco.

No dispuso de mucho tiempo para asimilar aquella curiosa ligereza. Unos pasos de mujer resonaron en el pasillo, y su figura no tardó en aparecer ante él. Nada más ver a la señora Audiarde, un verso cobró forma en la cabeza de Gaucelm para quedar alojado en ella durante el resto de su estancia en Malemort: «Rojo rubí, blanco de escarcha.» Los labios de Gaucelm murmuraron un saludo sobre la mano de la castellana de Malemort. Después alzó la cabeza y clavó la mirada en la razón de la frase que acababa de venirle a la cabeza: una gema rojo oscuro llameaba en solitario esplendor sobre el cuello de la señora Audiarde. Y después, inevitablemente, sus ojos se posaron en el corpiño que había debajo de ella, el cual no estaba meramente ribeteado de bordados sino que era todo él un inmenso bordado. El delicado trabajo estaba entrelazado con hebras de hilo plateado, por lo que su primera impresión fue la de estar contemplando una cascada de copos de nieve tan impalpables como la más fina gasa.

Gaucelm se preguntó si aquella delicada criatura habría pasado por el trance del nacimiento y luego había ido creciendo hasta adquirir tan inconcebible hermosura. ¿O se había limitado a aparecer un día, exactamente como se alzaba ahora ante él, un ángel de cuello de cisne con ojos resplandecientes y dos rubios rizos asomando bajo la blancura de su griñón? La mano sobre la que se había inclinado era ligera como una pluma y tenía las venas suavemente azuladas, y las muñecas eran diminutas. Pero su voz —aunque obviamente impostada, e incluso un tanto teatral, como les ocurría a todas las mujeres acostumbradas a dar órdenes a la servidumbre— no dejaba ningún ambiguo temblor en el aire. Era una voz consciente de toda su musicalidad, una voz hecha para el placer.

Tal como había prometido la condesa Marie, el mayordomo Armand se hizo cargo de él. Fue Armand quien le trajo el pan y el vino rebajado con agua a la mañana siguiente. De mediana edad, lucía barba y unas abundantes patillas que parecían recortadas de una vieja escoba. Por su porte y modales, Gaucelm supuso que había sido militar. Entraba en las habitaciones inadvertidamente, y parecía considerarse autorizado a ir y venir a su antojo sin llamar o anunciarse previamente. Había algo extraño en su actitud de mayordomo, algo que denotaba no servilismo, sino una especie de vaga conspiración.

El castillo estaba impecablemente administrado. En cuanto Gaucelm acabó de desayunar, Armand reapareció para llevarlo a los aposentos privados de la señora Audiarde. Cuando atravesaron la gran sala lo que más le llamó la atención no fue aquel techo mágicamente abovedado, sino una sucesión de criados, sirvientes y ayudantes elegantemente ataviados que iban y venían concentrados en sus obligaciones. Comparada con el ajetreo del despertar de Raimundo y el tumulto cotidiano de Ventadour, la vida de Malemort parecía tan eficientemente organizada que las órdenes eran ejecutadas sin necesidad de palabras. Era, pensó con cierta diversión, como una interminable pantomima.

Y para completar la ilusión, tampoco faltaban los majestuosos telones de fondo: la espaciosa austeridad de los aposentos de la señora Audiarde contrastaba con la profusión de objetos de los aposentos de Marie. Debido a la estructura en forma de trébol del castillo de Malemort, los muros se curvaban como los de una fortaleza redonda y no necesitaban tapices para impartir calor.

Nada más entrar fue consciente del intenso aroma que emanaba del hogar. La señora Audiarde estaba de pie delante de los troncos chisporroteantes, con una mano extendida y la manga recogida para mostrar su delicada muñeca. Su palma rebosaba hierbas aromáticas secas que lanzaba al fuego poco a poco, como si estuviera echando grano a los gansos.

—Mmmm... un olor delicioso —observó Gaucelm.

—Me encanta el ruido que hacen al ser consumidas por las llamas.

—¿Qué es?

—Romero. —La señora Audiarde echó las últimas hierbas al hogar y esperó hasta que el fuego floreció en un estallido de chispas—. Bebamos una copa de vino. Quiero saberlo todo sobre Ventadour y sobre ti.

Señalando dos sillas, le pidió que las acercara a una mesita. Gaucelm vio que se había puesto un exquisito traje de seda pálida con el ceñidor sujetado por un broche en forma de escorpión incrustado de gemas, y no le sorprendió que hubiera decidido defender su fragilidad con aquel escudo digno de Cleopatra. Encima de la mesa había un jarro de cristal con asa de marfil envuelto en un armazón rematado por garras, dos copas de plata y un cuenco de peras. El vino que le sirvió tenía un cálido aroma a canela y jengibre, y él inhaló profundamente aquella embriagadora mezcla antes de tomar un sorbo.

Un penetrante chillido resonó súbitamente al fondo de la estancia. Gaucelm dio un respingo y se derramó un poco de vino en el regazo antes de encoger las piernas y conseguir que éste fuera absorbido por la lana de sus medias.

—¡Por la Cruz! —exclamó, recuperándose del susto justo a tiempo de reprimir el primer juramento que le había venido a los labios.

La carcajada de la señora Audiarde resonó como una escala descendente de campanillas mientras atravesaba la estancia, con lo que le ahorró la vergüenza de tratar de remediar el derramamiento de vino ante ella.

—¡Me había olvidado de ponerle la capucha! —dijo—. ¡*Chanute*, querida! —Extendió el brazo hacia un pedestal de madera tallada. Una hembra de gavilán blanca como la nieve saltó a su muñeca desnuda, haciendo tintinear la campanilla atada a su pata con una cinta de cuero—. Ven y te presentaré a *Chanute* —dijo volviéndose hacia él. Gaucelm se apresuró a obedecer, sacudiéndose el regazo para eliminar las últimas gotas de vino—. Su nombre significa «de blanca pluma» en el dialecto local. Es albina, lo cual la convierte en un ejemplar muy raro. —Gaucelm contempló al ave con recelo—. Dile algo a nuestro nuevo amigo, querida. Muéstrale lo lista que eres. —Como a una señal invisible, el ave desplegó un ala estirándola hasta la última pluma. Gaucelm retrocedió un paso, pero la señora Audiarde no se dio cuenta—. Cuando luce el plumaje de esa manera quiere decir que está tranquila. Le gustas...

—Me alegro —dijo Gaucelm.

La señora Audiarde cogió una capucha de cuero adornada con plumas blancas que parecía un yelmo de guerra hecho para un Zeus o un Hermes en miniatura.

—Me la trajeron recién salida del nido. Cuando hubo crecido la puse a prueba en el campo, pero no quiso lanzarse sobre nada. Los albinos suelen tener muy mala vista, ¿sabes? Y entonces ya era demasiado tarde para adiestrarla con el señuelo, naturalmente. Pero doy gracias a la Virgen por tenerla conmigo, pues me hace mucha compañía.

Gaucelm contempló el pico del ave y las negras uñas con forma de espuela en que terminaban sus patas amarillas y, finalmente, sus fríos y vigilantes ojos amarillos. No estaba muy seguro de que aquel ave hubiera sido domesticada: le parecía la criatura más salvaje que jamás hubiese visto en cautividad, un temible depredador que sólo esperaba una orden para atacar.

En lo tocante a la cetrería, Gaucelm era un completo ignorante. A decir verdad, las aves de presa le daban mucho miedo e incluso los cernícalos, esas criaturitas tan inofensivas que incluso un villano podía llegar a tenerlas, le parecían temibles. La primera vez que fue de caza con Raimundo vio cómo un gerifalte mataba a una enorme grulla en vuelo. Contempló con fascinado horror cómo el halcón llevaba a su presa cerca del suelo para acabar hundiendo sus garras en el cuerpo de la grulla. Por mucho que quisiera admirar sus habilidades guerreras, no podía estar cerca ni del más ordinario de los halcones peregrinos, que seguían pareciéndole terribles, y las aves de grandes alas le resultaban pura y simplemente pavorosas.

—¿Con qué la alimentáis? —preguntó por cortesía.

—Lo que más le gusta son los palomos, pero si no hay disponibles aves pequeñas entonces come conejos y ratas.

Gaucelm vio que debajo de la percha había un recipiente lleno de arena y excrementos de ave, cuyo olor era camuflado por el aroma de romero que emanaba de las llamas.

—¿Y no le molesta estar confinada? —preguntó a continuación, decidido a mostrar interés.

—Cada día salimos del castillo y dejo que vuele un rato con la correa puesta. Siempre va conmigo a todas partes excepto cuando voy a ver a los halconeros. Quiero que sepa que es única, y por eso la mantengo alejada de las otras aves. Es muy especial. ¿Verdad que eres especial? —murmuró, acariciándole el ala—. Mañana disfrutarás de tu baño. Te encanta bañarte, ¿verdad? Debes venir con nosotros —le dijo a Gaucelm—. Dejo que se bañe en el agua de lluvia que recogemos en un tonel junto a los establos. Y ahora, *Chanute*, vuelve a tu percha. —El ave saltó de su muñeca al pedestal. Su ama colocó el pequeño artilugio de cuero sobre su cabeza, cegándola como si le pusiera una capucha de verdugo—. Y ahora, basta de interrupciones —añadió Audiarde mientras aseguraba las tirillas de cuero debajo de la capucha.

Gaucelm se sentó y lanzó una ávida mirada a las peras, pero la castellana no se las ofreció. Sin ser tocadas por nadie, las peras quedaron olvidadas como un montón de juguetes dorados en su cuenco de alabastro traslúcido.

—¿Qué opinas de Marie? —preguntó la señora Audiarde, tomando un sorbo de vino y dejando claro que era una pregunta retórica—. Tengo entendido que entraste a su servicio después de abandonar la corte de Raimundo. Supongo que allí conocerías a Bernard, ese querido trovador suyo del que siempre está hablando. Nunca he tenido ocasión de verle —suspiró—. Marie no permitía que... se alejara demasiado de ella. Era su exótico halcón albino, ¿comprendes? ¡Oh, pero qué canciones compuso para ella! ¿Crees que estuvo enamorado de Marie? ¿Te habló de ello en alguna ocasión? *Ai, bon'amors encobida cors be faihz, delgatz e plas...* Claro que eso ya lo dice todo, ¿no te parece? ¿Cómo va a poder cantar un hombre al dulce amor largamente deseado, y a un cuerpo esbelto y bellamente formado, si la pasión no reina en su corazón? ¿Te apetece una pera?

Se levantó, fue a la habitación contigua y volvió con un pequeño cuchillo de empuñadura tallada. Veo que conoce los versos de Bernard, pensó Gaucelm mientras ella seleccionaba la pera de piel más prometedora. Después la presionó con el pulgar para comprobar su grado de madurez antes de cortarla por la mitad. La visión de sus dedos sobre el cuchillo con su empuñadura de piedra purpúrea, el alabastro surcado por venas lechosas del cuenco, el suave tono broncíneo de las peras... Gaucelm tuvo que recordarse que sólo un día de viaje a caballo lo separaba de la penumbra llena de ecos de las estancias de piedra de Ventadour.

La señora Audiarde le ofreció una mitad de la pera. El extremo del tallo estaba tan arrugado como los labios de una vieja, y Gaucelm sintió el áspero roce granuloso de su piel en los dedos. Pero la superficie cortada era de una deslumbrante blancura, y ya empezaba a perlarse de dulce jugo allí por donde había pasado la hoja del cuchillo. Gaucelm la mordió ávidamente.

No quería hablar de Bernard, porque era Folquet quien le preocupaba.

—Bernard ya es agua pasada —dijo—. Ahora sólo habla de Folquet de Marsella.

—¡Folquet! Ah, pero lo suyo fue muy distinto. Fue él quien decidió someterse a la voluntad de Marie y convertirse en su embajador del amor. —Titubeó, y una idea repentina le iluminó la cara—. Oh, claro... ¡Qué tonta he sido! Tendría que habérmelo imaginado. Si ha estado hablando de Folquet, ahora entiendo por qué te ha enviado. —Le sonrió y siguió con el tema de Folquet—. ¡Aprendió muy deprisa, desde luego! Nunca se lo perdonaré, eso puedo asegurártelo. Y en otros lugares también aprendió muy deprisa: en las monterías, en la sala, en los aposentos de las damas... Siempre encontraba alguna manera de ser útil, y siempre sabía instintivamente qué se esperaba de él. Cuando se lo pedían, era capaz de producir versos muy buenos. Y ahora, Marie me ha informado que ha sido nombrado abad de Le Thoronet. Folquet... Por mucho que me esfuerce no consigo imaginármelo. ¡Un lobo con piel de cisterciense! Bueno, hombres como él han acabado siendo obispos e incluso papas. ¿Otra pera? —Examinó la fruta y seleccionó otro ejemplar—. Me pregunto si Folquet habrá renunciado por completo a... a las delicias del amor. —Miró a Gaucelm, pero su expresión sólo revelaba perplejidad—. Espero que no lo haya hecho —prosiguió—, porque a su manera era un auténtico experto. Poseía una comprensión natural de los... los matices, por llamarlos de alguna manera, y sabía sacarle el máximo partido al equipo.

Una vez más, su rápida mirada dejó sumido en la perplejidad a Gaucelm quien, no entendiendo nada, pensó que sería mejor cambiar de tema.

Se levantó, pera en mano, y empezó a inspeccionar la estancia como si el mobiliario de la señora Audiarde pudiera proporcionarle alguna pista sobre los enigmas de su discurso. Un montón de libros atrajo su atención. El de más arriba tenía una cubierta de marfil tallado que mostraba a una dama cazando con halcón a lomos de un unicornio. Gaucelm la acarició con los dedos y acabó abriéndolo. El frontispicio lucía el nombre del autor: Andreas Capellanus. ¡Así que aquél era su famoso Libro del Amor! Gaucelm paseó la mirada por las páginas de pergamino hecho con piel de cabritillo.

—«Octavo principio: nadie debería ser privado del amor salvo por la mejor de las razones» —tradujo en voz alta las palabras latinas con cierta dificultad—. Es difícil no estar de acuerdo con eso, desde luego. ¿En qué se basa para dárselas de experto en tales cuestiones?

—Lee lo que dice antes de esa parte —declaró la señora Audiarde, acercándose a él.

Gaucelm estudió una larga frase que empezaba de la siguiente manera: «El amor es un padecimiento de origen interno derivado de la visión de y la excesiva meditación en la belleza del sexo opuesto...»

—Pero ¿por qué lo llama «padecimiento»? —protestó.

—Andreas está hablando del amor espiritual, el *amor purus*. Continúa leyendo.

Gaucelm leyó en voz alta.

—«... que hace que cada amante, por común deseo, ponga en práctica todos los preceptos del amor en el abrazo del otro.» Ah, así que habla de las dos clases de amor...

—El amor espiritual y el amor del cuerpo, sí —dijo la señora Audiarde rozándole el hombro con la mano—. Pero ahora dejemos a Andreas Capellanus. ¿Cuál crees que es el más grande de los dos, y el más ennoblecedor?

—La pregunta tiene fácil respuesta: el amor hecho por dos cuerpos es más grande que aquel que tiene su origen en el espíritu —repuso Gaucelm.

—Entonces a ver qué opinas de la siguiente proposición: ¿crees que el amor entre dos seres humanos, debidamente consumado, puede conducir a la encarnación del amor... en el espíritu?

Gaucelm sonrió y cerró el libro.

—Si nos guiamos por lo que dice el maestro Andreas —argumentó—, y creemos que el amor es el deseo de un abrazo apasionado, ¿no significa eso que el verdadero amor equivale al adulterio?

—Muy astuto —dijo ella—. Un argumento digno de un abogado. ¿Has pensado en dedicarte a la abogacía?

Gaucelm estaba empezando a disfrutar de aquella manera de cortejar. Todavía le quedaba mucho que aprender para llegar a dominar el arte de la justa verbal como preludio a los favores de una mujer, pero al menos el intentarlo era un buen entretenimiento. Malemort quizá no fuese una auténtica corte del amor, pensó, pero una mañana en compañía de la señora Audiarde valía por toda una lección de cortesía.

—Pues si os parece excesivo hablar de adulterio, ¿qué proponéis entonces? ¿Realmente creéis en la existencia de eso que llaman matrimonio espiritual? —preguntó con tono de chanza.

Pero la señora Audiarde, poniéndose súbitamente seria, no permitió que la conversación siguiera por aquellos derroteros e insistió en el tema.

—No creo en esas tonterías —afirmó con un repentino apasionamiento que hizo aparecer dos manchas rosadas en sus mejillas—. ¿En qué se diferenciaría ese supuesto «matrimonio espiritual» de la actitud de nuestro actual pontífice, o de la misma Iglesia? ¿Quién defiende la castidad más fervorosamente que nuestra Santa Madre Iglesia? Hablamos de una religión que teme a las mujeres y las rebaja con sus palabras y sus escrituras, y por boca de sus clérigos. Cuando aún había predicadores capaces de desenvainar una espada, y si tenías por costumbre asistir a la iglesia, ¿acaso no tenías que escuchar sus inacabables diatribas contra las mujeres? Deploran su salacidad y su obsesión por adornarse, cómo inflaman con el fuego de su lujuria a cuantos las contemplan mientras empuñan el hierro ardiente del infierno para marcar eternamente a los hombres con el estigma de su deseo... Francamente, cualquiera pensaría que los sacerdotes se excitan hablando de esas cosas. ¡Sí, creo que disfrutan con ello! Pobres idiotas... ¿Qué saben ellos de las mujeres, cuando lo único que hacen es revolcarse públicamente en su ignorancia? ¡Y de paso también despiertan las bajas pasiones de su público, por supuesto!

—Ese discurso podría ser calificado de herético —dijo Gaucelm, sorprendido por su vehemencia.

—¡Pues que lo sea! —repuso ella sin vacilar. Hizo una pausa y se acercó al hogar—. Pero ¿quién eres tú para hablar? Malemort no está tan alejado del mundo para que no nos lleguen las noticias de la corte.

—Así que estáis al corriente de mi pequeño... percance —dijo él cautelosamente, pero se sorprendió al ver que ella le sonreía.

—¿Percance? Yo más bien diría que fue un acto de valentía.

Y, posiblemente, también de temeridad... Puede que algún día tengas que pagarlo muy caro.

—Cuando os oí hablar de Folquet hace un rato, no me pareció que lo considerarais un enemigo.

—Permíteme explicarte una cosa, Gaucelm. Me sentí atraída por Folquet, y él se sintió atraído por mí, a causa de ciertas... razones muy específicas. —Él esperó sin decir nada, pero la señora Audiarde no se extendió sobre aquellas razones—. Yo no tenía manera de saber hacia dónde se dirigían sus simpatías, porque entonces Folquet aún no andaba metido en política. Pero ya hace unos cuantos años de eso, y aunque mi información al respecto se limita a los rumores y a lo que me han contado sobre él, tengo entendido que es un hombre tan respetable como ambicioso. La respetabilidad y la ambición no son precisamente el tipo de cualidades que te impulsan a mantenerte alejado de una persona, ¿verdad? Pero desde que lo nombraron abad, ya sólo se habla de su alianza con la causa del Papa. Eso también es natural: ¿de qué otra manera va a progresar un hombre en la vida? Pero yo nunca he intentado ocultar mis convicciones, y no pueden ser más contrarias a todo lo que representa Folquet. Todo el mundo sabe que la Iglesia está corrompida. Cualquiera puede ver que el Papa prefiere buscar chivos expiatorios entre los infieles y los herejes antes que poner orden en su casa.

Gaucelm se consideró autorizado a volver a poner en práctica el cinismo que había adquirido en presencia de Vidal.

—Pero puede que al papado actual no le baste con esa solución —sugirió, y la risa de la señora Audiarde le sirvió de asentimiento—. ¿Y la condesa Marie también considera que Folquet puede llegar a ser peligroso? —añadió, presintiendo que si se hacía el inocente tal vez conseguiría averiguar algo.

—Oh, no —repuso ella—. Todo lo contrario. Folquet es su hombre, y Marie desea verlo llegar lo más alto posible. Su relación con ella siempre fue muy distinta a la que mantenía conmigo. Folquet siempre fue su vasallo, y el que me lo regalara sólo fue un... capricho momentáneo que no duró mucho tiempo.

—Yo también soy un regalo —dijo secamente Gaucelm, y se le

aceleró el pulso cuando comprendió que estaba siguiendo los pasos del hombre que había prometido denunciarlo al Papa—. ¿Marie suele compartir sus conquistas con sus amigas?

Ella enarcó las cejas.

—¿Te consideras una conquista de Marie?

—Por supuesto que no —dijo él, asombrándose de que la castellana de Malemort pudiera pensar algo semejante—. ¿Y Folquet? ¿Fue una de sus conquistas?

—Sí. Más que eso porque, como ya te he dicho, Marie creó a Folquet. Le dio forma, y eso es algo completamente distinto. Es algo que... ¡Oh, eso queda fuera incluso de las reglas de la cortesía! Nuestro amigo Andreas Capellanus probablemente no lo aprobaría.

—Entonces —dijo él, consternado y todavía un poco perplejo—, supongo que tengo derecho a estar aquí.

Ella dio un paso adelante y le rozó la mejilla con las puntas de los dedos.

—Claro que sí —murmuró—. Es lo que quería Marie.

—Me intrigáis, mi señora —dijo él, recuperando la compostura y mirándola a los ojos, que aún ardían con el fuego de la convicción y los reflejos de las llamas—. Y ahora he de irme —añadió súbitamente—, antes de que confunda el *amor purus* con... ¿Cuáles fueron vuestras palabras? Ah, sí: con los fuegos de la lujuria. Gracias por esta conversación. No había disfrutado de tal sustento desde que me fui de Tolosa.

¡Preciosa criatura!, estuvo a punto de jadear mientras subía presuroso por las escaleras y se dirigía a sus aposentos junto a la sala de alto techo abovedado. Hilos de plata, escorpiones y ojos brillantes como joyas. No, se dijo finalmente, no es ningún copo de nieve, y no hay nada etéreo en ella. La señora Audiarde, su primera mujer dotada de opiniones propias, era tan deliciosa como inteligente. A su manera era perfecta: un poco frágil, tal vez, ofreciendo la leve resistencia preliminar del azúcar hilado una vez que se ha enfriado. Un auténtico artículo de lujo, encerraba todas las promesas de un exquisito pastel adornado para el banquete de gala, una cumbre del arte de la repostería confeccionada por un maestro en su oficio. No era ninguna ilusión de gasa blanca, como había supuesto al principio.

Gaucelm estaba preparado para ejercitar la paciencia si el juego en que había empezado a tomar parte así lo requería, pero la invitación al dormitorio de la señora Audiarde le llegó aquella misma noche. Fue entregada por el silencioso Armand, quien se materializó ante él poco después de que las campanas diesen la completa.

Recibió instrucciones de subir por la ya familiar escalera, atravesar la estancia donde habían hablado aquella mañana, pasar junto al ave de presa albina y entrar directamente en el dormitorio privado de la señora. Cuando se detuvo al final de la escalera, pudo ver que alguien había encendido una antorcha para guiarlo a través del cenador, que por lo demás se hallaba sumido en las tinieblas. *Chanute* reposaba sobre su percha como una gallina meditabunda, encapuchada y silenciosa y, presumiblemente, dormida. Detrás de ella se divisaba la habitación de la que la señora Audiarde había cogido el cuchillo. La puerta estaba entornada, y dejaba escapar un olor a cera y una claridad tan intensa que le hizo llorar los ojos. Gaucelm entró.

La luz brotaba de docenas de velas que parpadeaban a ambos lados de la cama. Encima de ella, vestida con una túnica de jamete blanco y con el rubí como una mancha de sangre sobre su cuello, Audiarde de Malemort yacía con los tobillos y las muñecas atadas a la cabecera del lecho. Gaucelm, horrorizado, clavó los ojos en aquel esbelto cuerpo tan rígidamente aprisionado como una rosa clavada a la pared. Cuando el corazón dejó de palpitarle locamente, extendió las manos hacia sus pies para liberarlos.

—No —dijo ella—. Ven aquí. —Su mirada le siguió sin perderse ni uno solo de sus movimientos. Cuando vio pánico en sus ojos, Audiarde de Malemort rió suavemente—. ¡Ay, madre de Dios! —exclamó—. Ya veo que ha habido un malentendido. ¿Qué te ha contado Marie sobre mis apetitos... o qué no te ha contado? —Él la miró—. ¿Nada?

Él meneó la cabeza sin apartar la mirada de los cordoncillos de seda que ceñían sus muñecas bajo la luz oscilante de las velas.

—¿Quién os ha atado así? —preguntó por fin.

Ella volvió a reír.

—Acércate un poco más, Gaucelm —dijo con dulzura—. Si quieres, luego podrás desatarme. ¿Te gusto? —preguntó, como si se le acabara de ocurrir que podía no gustarle.

Gaucelm contempló las diminutas llamas temblorosas que se reflejaban en las bruñidas superficies del oro labrado y la plata líquida. Audiarde de Malemort debía de haber mandado traer todos los recipientes del castillo para dar cabida a tantas hileras de velas de cera. El cobre y la aleación egipcia parecían destellar ruidosamente ante él.

—Sí —murmuró. La dulzura de su tono había disipado su sorpresa, y poco a poco su desconcierto fue transformándose en otra cosa—. Mientras sea un invitado bajo vuestro techo os serviré en todo cuanto pueda, mi señora. Haré lo que me digáis.

—Pues entonces ven a ver lo que tengo para ti. Siéntate junto a mí. Y ahora mira. —Alzó la cabeza y la volvió un poco hacia la izquierda. Encima de un taburete estaba el mismo cuchillo para damas con la empuñadura de pórfido que había usado para partir su pera, y Gaucelm se dispuso a cogerlo—. No, todavía no —dijo ella—. Primero deja que te contemple. Levántate. —Gaucelm se puso en pie—. Muy bien. Y ahora, empieza por las botas. Los cordones —le instruyó, viendo cómo luchaba con las tirillas de cuero—. Las medias. —Gaucelm separó de sus pantorrillas las calzas de lana negra—. Tu jubón. —Gaucelm abrió el cierre del cuello, sacó el pasador y después se sacó la prenda de seda azul por la cabeza. Ella estudió sus rizos despeinados con visible placer—. Y ahora la camisa.

Gaucelm no consiguió llevar a cabo esta última etapa tan grácilmente como hubiese deseado, pues la prenda tenía las mangas muy ceñidas y no quedaba sujeta al costado. Después, y sin necesidad de que ella se lo ordenara, se desabrochó el ceñidor de tela y dejó que sus calzones de lino cayeran al suelo. Finalmente quedó desnudo ante ella con el miembro erecto.

—Ahora coge el cuchillo —ordenó ella. Gaucelm se inclinó hacia él y titubeó—. Empúñalo —dijo ella. Gaucelm lo hizo, y después dio un paso hacia sus muñecas atadas a la cabecera de la cama—. Todavía no. —Esta vez no rió—. Ábreme la túnica. —Él separó los blancos pliegues de jamete y encontró sus muslos desnudos—. Empieza por mis tobillos —le instruyó ella—, y deja que la daga me acaricie. —Aquellas palabras hicieron que todo el cuerpo de Gaucelm se contrajera en un súbito espasmo de miedo y excitación—. Sigue.

Él puso la hoja metálica sobre la parte interior de un muslo y la deslizó lentamente por su suave carne, sin atreverse a mirarla a la cara. Pero no tardó en oír cómo se le aceleraba la respiración, y sus ojos ascendieron por su cuerpo para ver que el rubí subía y bajaba rápidamente encima de su cuello. Incapaz de hablar, la contempló en silencio y con todos los músculos en tensión mientras seguía moviendo lentamente la mano. De pronto la respiración de la castellana se aceleró todavía más, y le pidió que volviera la vista. Intentando no perder el control, Gaucelm clavó la mirada en las llamas hasta que la señora Audiarde recuperó la calma. Pero entonces no pudo contenerse más y un instante después se encontró encima de ella, montándola bajo los blancos pliegues hasta que las manos de la señora formaron puños bajo sus cordoncillos de seda y golpearon rítmicamente la cabecera del lecho al tiempo que el corazón de Gaucelm parecía estallarle. Después su cuerpo fue relajándose poco a poco y, descendiendo sobre ella, se hizo a un lado para que pudiera respirar.

Pero la experiencia aún no había terminado, y a partir de aquel momento siguió un curso todavía más extraño. La señora Audiarde gimió, y él creyó oírle decir «Abrázame». Volviendo a inclinarse sobre ella, la rodeó con los brazos y la atrajo hacia sí.

—¡No! —exclamó ella entonces—. ¡Pégame!

Gaucelm retrocedió con un brusco respingo y la contempló con incredulidad. Su ternura anterior se había disipado de repente, y la oyó susurrar una y otra vez «¡Pégame, pégame!» mientras apretaba los dientes. El deseo desapareció como si nunca hubiera existido, y Gaucelm recorrió frenéticamente la habitación con la mirada, vio la puerta y pensó huir. Pero ella insistió, alzando la voz hasta convertirla en un alarido y, no sabiendo de qué otra manera hacerla callar, Gaucelm finalmente hizo lo que le pedía y la abofeteó. El cuerpo femenino se desmadejó bajo su golpe, y abrió los puños. El silencio subsiguiente dejó helado a Gaucelm. Ya había estado con muchas mujeres, pero nunca había experimentado algo semejante. Fue un momento cargado de una extraña tensión, como una pausa en la batalla. Pero no mostraba ninguno de los signos de una tregua, y ni siquiera podía considerarse una situación de tablas a la que los enemigos pudieran dar la espalda para irse con el honor intacto. Era como si los dos bandos se hubieran enfrentado y, después de haber estado a punto de hacer las paces, hubieran vuelto a ser enemigos.

—Ahora ya puedes soltarme —murmuró finalmente la señora Audiarde.

Moviéndose como un sonámbulo, Gaucelm recogió la daga del suelo. Cortó la seda de sus muñecas, y la señora se incorporó lentamente. Tomándole la cabeza entre las manos, le besó en la frente y, dejándose caer sobre las almohadas, le pidió que le liberase los tobillos. Después se tendió de costado como una niña y, haciéndose un ovillo, se dispuso a conciliar el sueño. Gaucelm, con los dedos temblorosos, no se entretuvo en abrocharse la cinturilla de los pantalones. Metió sus pies sudorosos en las calzas de lana y se echó la camisa y el jubón al brazo. Cogió las botas del suelo y salió del dormitorio andando de puntillas y tan deprisa como se lo permitían sus pies.

12

LAS FESTIVIDADES DE COMBORN

La mañana en que Gaucelm se disponía a abandonar Malemort, un mensajero de Archambaut, vizconde de Comborn, partió hacia Ventadour.

Marie no había tenido un buen día. Acababa de terminar sus rondas de la tarde, y estaba furiosa. El fabricante de velas parecía haberse esfumado y Marie sospechaba que estaría durmiendo la mona en algún lugar del pueblo. Con su truculencia habitual, Alba le había contado que alguien estaba robando harina, lo cual significaba que andarían escasos durante toda la semana, puesto que el molinero no haría su próxima entrega hasta el viernes. Cruzando el patio con paso rápido y decidido, Marie oyó un clip-clop de cascos delante de ella y el ribete de un caparazón azul claro atrajo su atención hacia los flancos de la montura: ¡los colores de Comborn! Entró en el castillo por una puerta lateral y llegó a la gran sala justo cuando un mensajero con librea de gala se disponía a salir.

Ebles estaba sentado en su banco favorito con su tablero de ajedrez delante de él. Unos cuantos caballeros se habían distanciado discretamente de su señor para agruparse al fondo de la sala.

—¡Parece que nuestra hija por fin se casará! —anunció triunfalmente Ebles cuando Marie se detuvo junto a él—. Los Comborn están dispuestos a negociar la dote.

—¿Cuándo llegarán?

—Mañana por la noche.

—¿Qué dijo exactamente el mensajero?

—Que Archambaut desea parlamentar. Que vendrá acompañado por Giscarda, Humbert y un pequeño séquito...

—¿Cuántos?

—No lo dijo.

Marie suspiró. ¿Cómo iba a preparar los alojamientos sin saber cuántos serían?

—¿Qué edad tiene Humbert ahora? ¿Ya ha cumplido los diecinueve?

—No lo dijo. Sólo era un mensajero, Marie.

Su esposa soltó un bufido de impaciencia.

—¿Hay alguna cosa más que deba saber?

—¿Qué más puedes desear, Marie?

Su esposo tenía razón, desde luego. Los Comborn eran ricos. Descendían de los vizcondes de Limoges, y sus feudos, a un día de caballo de Ventadour yendo hacia el oeste, abarcaban todo el valle del Garona. Desde los tiempos del padre de Ebles, las dos familias siempre habían estado tan unidas por los acontecimientos que parecían compartir un destino común. Así pues, era natural que Comborn pidiera en matrimonio a Ventadour. Ella y Ebles no habían parado de hablar de esa boda desde que Douce cumplió doce años.

La nueva de su inminente llegada sumió a Marie en un frenético torbellino de actividad. Dejó a Ebles con sus caballeros y su partida de ajedrez y, cogiendo una antorcha del muro, corrió a sus aposentos para pensar sin que nadie la molestara. Estaban pidiéndole que obrara un milagro en un abrir y cerrar de ojos: una pequeña cena íntima para mañana por la noche, y un gran banquete con un montón de invitados en cuanto hubieran acabado de parlamentar. Entre la cena y el banquete habría una tarde de cacería, lo cual era una bendición porque de esa manera el castillo quedaría vacío y Marie podría trabajar sin que nadie la estorbara. Aun así, eso le daba exactamente dos días para organizar un festín de considerable importancia. Los Comborn tendrían que haberles avisado con más tiempo, y el que no lo hubieran hecho casi era insultante. Bajo circunstancias normales, Marie habría escogido cuidadosamente a sus invitados. Tal como estaban las cosas, tendría que despachar a los mensajeros sin perder un instante y sin poder dedicar la debida atención a los distintos intereses de sus invitados y los posibles enfrentamientos.

Cornil, pensó mientras contaba con los dedos: tres. Por lo menos cinco Turena, su propia gente, en los que siempre podía confiar en momentos como aquellos. Y ciertamente sus dos hermanas, de todas maneras, con sus esposos, a menos que Guiraut hubiera decidido irse de viaje después de todo. También podía contar con Lemozi de Brive, que sabía ser encantador con las damas y, afortunadamente, casi siempre estaba disponible. Lo que más la irritaba era que había enviado a Gaucelm a Malemort en el peor momento. Pero ¿cómo podía haber previsto que aquel acontecimiento de tanta importancia para la vida de Douce, y para las fortunas de todos ellos, caería del cielo para animar los últimos días del aburrido mes de noviembre? Lo normal era que durante los meses de invierno nunca ocurriera nada, y por eso se perdonó a sí misma haber organizado aquel pequeño enredo entre Gaucelm y la señora Audiarde precisamente en el momento en que lo había hecho. Pero ahora, con los Comborn a punto de llegar tan de improviso, le parecía tener la cabeza llena de estrellas fugaces.

Colgó la antorcha de un aro y se sentó a la mesa sobre la que guardaba su libro de cuentas. Después sacó un trozo de pergamino de debajo del grueso volumen y empezó a hacer números. Los propietarios de los alrededores tendrían que ser invitados tanto si podían venir siendo avisados con tan poca antelación como si no. Eso significaba los Biartz, Arnaud de Tintignac y esa horrenda esposa suya, y los Gloton de Egletons. También los D'Ussel, por mucho que Marie lamentara el que Elías fuera incapaz de administrar su hacienda con un mínimo de sensatez para conservar sus propiedades, por muy pequeño que fuese su señorío. Sí, habría que invitar a Elías aunque eso supusiera correr el riesgo de reavivar la disputa de límites que mantenía con Ebles. Y si invitaba a Elías, entonces su hijo Gui y el hermano —¿Pierre?— también tendrían que ser invitados. Aquel par sólo serviría para hacer bulto, pero Elías —y eso nadie podía negarlo— al menos realzaría la mesa de Marie con su magnífico porte de militar.

Y ahora, las diversiones. Con Gaucelm fuera del castillo, eso prometía ser un auténtico problema. Douce no paraba de hablarle de Guilhelma, la moza de Douce, insistiendo en que tenía una voz excelente. Bueno, pensó Marie, quizá haya llegado el momento de ponerla a prueba. No sería la primera vez que Ventadour descubría un soberano de oro perdido entre la servidumbre. En cuanto al atuendo, era una pena que no hubiese tiempo de encargar un traje nuevo. La pieza de jamete azul brillante que mandó traer de Provins la primavera pasada tendría que seguir enrollada en su guardarropa. Marie suspiró y se levantó decididamente de su escritorio, con las llaves balanceándose como un incensario. Los mensajeros tendrían que partir con las primeras luces del alba. De pronto se le ocurrió una idea para el plato fuerte del banquete. Tendría que convencer a la vieja Alba de que era factible hacerlo con tan poco tiempo, pero al menos garantizaría que los Comborn se irguieran en sus asientos y prestaran atención. Las negociaciones quizá estuvieran en manos de Ebles, pero el espectáculo sería todo suyo.

A primera hora de la mañana siguiente, cada lavadero estaba lleno de colada y la grasa de cordero burbujeaba en las cubas esperando ser convertida en velas. Antix fue traído a rastras del pueblo y recibió severas instrucciones de no apartar los ojos de sus canales.

En el castillo, los sirvientes abrillantaban los metales. Las mujeres del pueblo fueron convocadas para echar una mano con la limpieza mientras sus esposos arrancaban las malas hierbas del patio y alisaban el suelo. Una carreta fue enviada a Egletons para que retrajese toda la harina que encontrase. Una oleada de excitación recorrió el castillo y la aldea conforme se iba difundiendo la nueva del probable compromiso de Douce. Desde los campos hasta los graneros y desde los sótanos hasta el solanar, villanos y sirvientes supieron que su pequeña dama no tardaría en unirse a los poderosos Comborn del otro lado del valle del Garona. En cuanto se enteró, Guilhelma se apresuró a ir a la cocina. A juzgar por el ajetreo no podría descansar hasta el anochecer, pero la perspectiva de tomar parte en los preparativos de aquella gran ocasión le parecía tan emocionante como si se tratara de su propia celebración.

¡Si al menos Douce dejara de darle la lata! Poco después de que las campanas de la iglesia dieran la tercia, la muchacha entró corriendo en la cocina llena de vapor con el rostro enrojecido y lloroso. Guilhelma había empezado a ocuparse de la primera tanda de aves que serían trinchadas en cuanto hubieran salido de los espetones, y se limitó a alzar la mirada hacia ella. Douce se volvió en busca de la reconfortante presencia del gato. «*¡Gris!*», llamó dando palmadas, pero ningún felino respondió a su convocatoria. Demasiado abatida para buscarlo, Douce lanzó una mirada de reproche a Guilhelma y fue a sentarse junto al fuego donde, con la cabeza gacha, se quedó encogida abrazándose las rodillas.

Guilhelma terminó con los espetones y se secó la cara con la toalla que colgaba de su cinturón. Un ruido de taburetes le anunció que el resto de la servidumbre se disponía a comer, pero en vez de unirse a ellos Guilhelma se quitó la toalla de la cintura y cogió su chal. Su necesidad de tomar aire fresco y dar un poco de descanso a sus piernas era todavía más grande que la del pan y el queso, y no deseaba ignorar a Douce. Le hizo una seña, Douce se levantó de su taburete y las dos salieron al huerto.

Se sentaron en el frío alféizar de piedra junto a la parcela de las hierbas para el puchero. La tierra había sido removida hacía poco, y de los brotes verdes que a veces aparecían a finales del otoño ya sólo quedaban unos cuantos tallos ennegrecidos que habían escapado a la azada del jardinero.

Las punteras de las zapatillas de cuero de Douce apenas rozaban las plantas medio podridas. La muchacha se inclinó para examinarlas y arrugó la nariz con una mueca de asco. Luego se incorporó, pareciendo una colegiala que anhela portarse bien pero no sabe qué decir. Guilhelma, sus manos apoyadas en el regazo con las palmas hacia arriba, esperó a que se decidiera a hablar.

Había ciertas cuestiones en las que siempre estarían separadas por un abismo invisible. La mujer que permanecía sentada junto a Douce dispuesta a escucharla era una villana. Desde el momento en que nació, su vida había estado destinada a ser tan distinta de la de Douce de Ventadour como la noche del día. ¿Cómo podía entender lo que Douce temía estaba a punto de ocurrirle? ¿Cómo podía saber qué se sentiría al ser entregada en matrimonio por su padre y el sacerdote en Egletons, para casarse con un Comborn al que apenas conocía?

—No me casaré. No quiero casarme con nadie —dijo Douce finalmente—, y menos con alguien que lleva un nombre tan horrible como Humbert.

Guilhelma contuvo una sonrisa.

—¿Hay alguien más?

—Lo había, pero... Oh, es muy complicado. ¡Es imposible! Jugábamos juntos de pequeños.

—¿Cómo se llama?

Douce titubeó, pero acabó diciéndose que el nombre no significaría nada para Guilhelma.

—Gui —dijo, pronunciándolo por primera vez.

Había ocurrido en primavera, hacía más de un año, debido a una disputa de lindes. Gui d'Ussel acababa de finalizar su servicio como aprendiz de caballero en la mansión de Arraut de Cornil cuando, una verde mañana de mayo, llegó a Ventadour acompañado por su padre. A sus dieciséis años, Gui ya había adquirido el porte de quien se ha visto obligado a salir adelante sin ayuda de nadie. Cuando tuvo que a saludar a Ebles, fue al encuentro del señor del castillo con paso rápido y decidido y la expresión tan vivaz y alerta como un joven zorro. Las eternas discusiones por motivos de tierras con los vecinos de Ventadour habían sido constantes durante toda su niñez. Pero sus sutilezas, complicaciones y misterios no le quitaban el sueño. Para él eran más vívidos los rumores de que había problemas en Provenza que circulaban por Cornil cuando se fue de allí. Un rato después Elías y Ebles ya estaban absortos en sus asuntos mientras compartían una jarra de clarete y Gui se excusó, decidido a mezclarse con los caballeros de Ebles para enterarse de qué sabían sobre los problemas en el sur. La primera persona que vio al salir de la gran sala fue a Douce.

Gui aflojó el paso y Douce casi se paró. No hablaron, aunque ella enseguida se acordó de aquellos ojos, oscuros como violetas y tan distintos a los ojos lupinos de su padre. Se saludaron con una cortés inclinación de la cabeza. Douce le pareció muy distinta a como la recordaba, cual si acabara de florecer de la niña que había sido. ¡Y él, qué guapo era! Un impecable hoyuelo dividía su mentón, y la curva de su labio superior revelaba la carne aterciopelada del borde. Sus rizos negros pulcramente recortados se curvaban sobre sus orejas como el yelmo de Aquiles. Le pareció perfecto. Cuando hubo pasado junto a ella, Douce se volvió para contemplar aquel largo torso que parecía fundirse con el tahalí suspendido de sus caderas. Después fue corriendo a su habitación.

El verano ya estaba muy avanzado antes de que volviera a ver a Gui. Los campos en disputa casi habían desaparecido bajo los brezales cuando Gui y su padre los cruzaron al galope para reunirse con Ebles, esperando llegar a un acuerdo definitivo. A esas alturas Douce ya sabía que se había enamorado, y estaba decidida a ocultarlo. Durante la cena de aquella noche su orgullo ejecutó una impecable charada. De hecho, se mostró más animada que de costumbre y deleitó a todos los presentes con su conversación. Se inclinó ante Ebles, replicó ingeniosamente a sus observaciones, sirvió atentamente a su madre, permitió que Elías le llenara la copa y no miró a Gui ni una sola vez. El esfuerzo la dejó exhausta. Y además, todo aquel parloteo sobre cosechas, tributos, diezmos y torneos no podía ser más estúpido.

Después de que hubieran dado de comer a los perros y una vez apagadas las lámparas, Douce les dio las buenas noches a sus padres y subió a su habitación decidida a rezar.

El transcurso de más de un año había oscurecido su recuerdo de los ojos violeta.

—Hasta esta mañana apenas había vuelto a pensar en Gui —le dijo a Guilhelma—, y mañana por la noche vendrá al castillo con su padre y su tío. Pero lo que te he dicho es verdad: no quiero casarme. Me da igual con quién, ¿entiendes? ¿Por qué todo esto ha tenido que ocurrir tan de repente?

Guilhelma la miró.

—Ninguna joven con dos dedos de frente rechazaría la clase de matrimonio que se te está ofreciendo. ¿De qué esperas vivir si no te casas?

—Una dama puede ganarse la vida de otras maneras sin necesidad de casarse —dijo Douce, haciéndose la misteriosa. La imagen que le vino a la cabeza a Guilhelma nada más oírla hizo que estallara en carcajadas, ante la incongruencia que suponía ver a Douce instalándose en una cabaña del barrio del Chantier. La muchacha la miró con ceño—. ¿Qué le encuentras de gracioso a una orden religiosa?

—¿Tú? —exclamó Guilhelma—. Vamos, Douce... ¿Cómo vas a encerrarte para siempre en un convento sólo para evitar casarte con alguien llamado Humbert?

—Llevo algún tiempo pensando en ello —dijo Douce con voz gélida, como si sospechara que Guilhelma no la tomaba en serio.

—¿En qué has estado pensando exactamente?

Douce volvió a titubear antes de responder.

—¿Me prometes...? ¿Me juras que no se lo contarás a nadie, ni siquiera a Gaucelm? Es un secreto de vida o muerte.

—Lo prometo.

—He conocido a una... curandera. —Hizo una pausa, y después habló atropelladamente—. Puede curar a las personas que tienen ataques. Prepara sus propias medicinas, igual que tú. Yo le llevo plantas y hierbas secas. Pertenece a una orden religiosa secreta.

—¡Así que esa noche la del cesto en el brazo eras tú!

Douce tomó entre sus dedos las manos curtidas por el trabajo de Guilhelma y se las apretó.

—Nunca, nunca debes contarlo —suplicó.

La puerta de la cocina se abrió y la voz de Alba resonó en el patio.

—¡Guilhelma! ¿Dónde se ha metido? Guilhelma, ¿estás ahí?

Las dos compañeras se miraron, y Douce torció el gesto al ver tan bruscamente interrumpida su confesión. Guilhelma se levantó, sintiéndose culpable por haber desaparecido de aquella manera. Se apresuró a volver a la cocina, dando vueltas a aquel nuevo conocimiento y la manera en que la unía todavía más a Douce. Aquella curandera que conocía los secretos de las hierbas ejercía un cierto poder sobre la muchacha, eso era evidente. Una orden secreta, ¿eh? ¡Y un cuerno! La vieja probablemente sabía reconocer una ocasión de ganar dinero en cuanto la veía, sobre todo cuando procedía del castillo. Pero Guilhelma tenía fe en Douce, y se dijo que en cualquier caso el matrimonio no tardaría en curarla de aquellas disparatadas obsesiones religiosas. A esa edad las muchachas solían tener ideas muy raras, y ahora lo único que podía hacer por ella era escucharla y tratar de aconsejarla lo mejor posible.

Se paró a ponerse bien el chal y vio cómo Douce cruzaba el patio corriendo. Si puede moverse con esa rapidez, pensó, quiere decir que al menos he ayudado a que no viera las cosas tan negras...

Las negociaciones matrimoniales fueron más largas y complicadas de lo que había esperado Ebles. Un asiento extra tuvo que ser subido escaleras arriba hasta su estudio que, de acuerdo con la austeridad de sus gustos, sólo contenía un escritorio y un escabel plegable. Con una leve inclinación de su cabeza circundada por un anillo de blancos cabellos como la de un monje, Ebles le ofreció el pesado sillón a Archambaut. Pero cuando lo vio sentado, pensó que incluso en aquel asiento de honor parecía un colegial temeroso de su maestro.

Acarició el pergamino que había encima de su escritorio. Redactado inmediatamente después del nacimiento de Douce, estipulaba su dote en una cláusula *maritagium suum*. La relectura de sus voluntades confirmó a Ebles que había sido muy generoso: la porción matrimonial correspondiente a su única descendiente comprendía una parte sustancial de las propiedades de Ventadour. Se dijo que era natural que hubiese querido asegurar el futuro de una hija cuya posición, a diferencia de lo que hubiese ocurrido con un hijo, debía ser asegurada mediante todas las garantías. Pero su satisfacción aumentó más cuando se recordó que, gracias a una prudente administración, sus ingresos habían aumentado con el paso de los años.

Se volvió hacia Archambaut, girando rígidamente sobre sí mismo como si la cabeza y el torso fueran uno solo.

—No hay otra familia con la que más haya deseado mezclar mi sangre —dijo—. Humbert siempre me ha parecido un muchacho sensato y...

—Lo es, y estoy convencido de que están hechos el uno para el otro. Pero... —Archambaut alzó una mano en cuyo dedo medio destellaba una esmeralda tallada en forma de cuadrado— he de ser franco contigo. Las tierras de los Comborn se han visto reducidas por el paso de los años.

Al parecer Archambaut había pasado por épocas difíciles, y no había podido cumplir con su cuota de jinetes armados. Como resultado, una parte de su feudo había sido revocada. Ebles sospechó que aquel revés había tenido lugar más recientemente de lo que estaba dispuesto a admitir Archambaut. Si a eso se añadía su confesión de que la cosecha de otoño había sido bastante mala, era fácil entender qué había motivado aquella visita tan precipitada. Aun así, Ebles tuvo que admitir que la esperanza de recuperarse de sus pérdidas materiales que impulsaba a Archambaut no disminuía el deseo de ambas partes de ver a dos jóvenes felizmente unidos en matrimonio. Con ciertos ajustes, el compromiso favorecería tanto a Ventadour como a Comborn.

A mediodía Ebles había accedido a entregar más hectáreas de las que estipulaba su testamento, y había hecho dos adiciones a la porción de Douce: un gran arcón lleno de lino de la mejor calidad y un broche de perlas engarzadas en un aro de oro que Marie nunca se ponía, y que de todas maneras acabaría siendo heredado por Douce. Poco después de que las campanas dieran la sexta, un paje les trajo una bandeja con queso, manzanas y un poco de vino. La bandeja tuvo que ser depositada en el suelo, ya que el pequeño escritorio de Ebles formaba un ángulo para facilitar la lectura y la escritura. Cuando las campanas tañeron la nona, Ebles se dio por satisfecho con la dote del novio. Aunque incluiría menos hectáreas de lo que había esperado, normalmente la productividad de Comborn superaba a la de Ventadour, cuyas tierras, como bien sabía Ebles, eran demasiado rocosas para dar grandes cosechas. Cuando sonaron las vísperas, los dos hombres estaban exhaustos mientras sellaban el acuerdo con un apretón de manos, y Ebles se sintió doblemente aliviado al ver que podría ahorrarse el organizar una montería para honrar a su invitado. Ya estaba anocheciendo, por lo que apenas habría tiempo de ir a la capilla antes de la cena ligera que precedería a una noche de sueño de la que todos andaban muy necesitados.

El extraño hechizo de las sombras grises de Ventadour pareció pesar sobre los Comborn y su visita desde el momento en que llegaron. Alba no se mostró nada entusiasmada cuando Marie le reveló su idea de ofrecer una jaula de repostería llena de pájaros vivos como gran atracción central de la mesa. Aun así, las órdenes de Marie se llevaron a cabo y una docena de urracas y gorriones fueron capturados con redes y llevados a la cocina, donde pasaron la noche alojados en un artefacto hecho con ramas. Los gatos, *Gris* incluido, fueron desterrados al patio como medida de precaución. Antix y Arnold, el encargado de la volatería, recibieron órdenes de dormir en la cocina y montar guardia para evitar que los cautivos se mataran a picotazos. Aquel nuevo deber no les hizo ninguna gracia, y nadie los culpó por ello: además de hacer guardia ya tenían el doble del trabajo habitual, y Marie no se lo agradecería.

Aun estando entre rejas, los pájaros ya habían conseguido poner patas arriba toda la cocina. Alba, que siempre era la primera en entrar allí por la mañana, fue recibida por una cacofonía de trinos desconcertados y aletazos descargados sobre las ramas de la prisión. Antix se había emborrachado mientras estaba de guardia, y hubo que echarle encima un par de cubos de agua fría antes de que estuviera en condiciones de volver tambaleándose a su tienda.

Hubo otros contratiempos. No fue hasta después de tercia cuando un bodeguero informó a Pons de que la mayor parte del vino se había agriado, y tendría que ser hervido con especias y miel para hacerlo potable. Pons bajó a la bodega a probarlo, y para su consternación la cata lo dejó tembloroso y con un pésimo sabor de boca. El bodeguero recibió unas cuantas bofetadas de Pons por no haber decantado el vino en su debido momento, y dos infortunados pajes, un copero y un despensero que se encontraron por casualidad en la línea de fuego de Pons, recibieron una severa reprimenda por estar ahí.

Poco antes de la completa, cuando la última remesa de vino ya había sido calentada y el último cuarto de venado acababa de pasar del espetón a la bandeja, Marie calculó que los invitados ya habían esperado lo suficiente. Le hizo una seña a Pons y los comensales ocuparon sus asientos. Guilhelma, deseando disponer de algo nuevo que ponerse, se conformó con quitarse el delantal, se echó un poco de agua en la cara y ocupó un taburete en una de las largas mesas que Marie había asignado a los niveles superiores de la servidumbre. Con las manos cruzadas encima del regazo como si estuviera en la iglesia, vio entonar la acción de gracias al capellán.

Con las armas azul pálido de los Comborn suspendidas encima del estrado y las de las otras familias flanqueándolas, la sala le pareció más majestuosa que nunca. La mesa principal relucía con los destellos de la plata, los regalos de los visitantes formaban una larga hilera encima de una mesa auxiliar, y los trompeteros vestían librea de gala. Si se sentía un poco nerviosa, era únicamente porque la sala estaba llena de desconocidos. Entrevió a Douce en un extremo de la mesa principal, como una concesión a su nueva condición de futura novia. La joven no podía estar más triste.

En cuanto Pons entró con la jaula de repostería de Alba seguido por una procesión de servidores y pajes —todos rostros familiares—, Guilhelma empezó a tranquilizarse. Y entonces ocurrió lo impensable: justo cuando Pons se disponía a inclinarse ante los invitados, uno de los perros se levantó tan bruscamente que lo hizo caer al suelo. Guilhelma, boquiabierta, vio cómo la jaula caía de la bandeja y su guarnición de manzanas quedaba esparcida por el suelo. Los sirvientes se apresuraron a levantarse de sus asientos a ambos lados de ella para ayudar, pero la situación ya era irreparable. Los pájaros huyeron de su prisión de repostería con estridentes chillidos, y el gavilán favorito de Ebles emprendió el vuelo para lanzarse sobre ellos. ¡Fue una auténtica masacre! Los invitados acogieron con gritos de diversión aquel inesperado entretenimiento, y las vigas acabaron vibrando con los ecos de sus risas y aclamaciones. Guilhelma pasó del horror a la consternación y, por último, a la diversión y la risa. El tumulto era terrible: chillidos de gavilán, pájaros ensangrentados esparcidos sobre los junquillos del suelo, perros que ladraban, y vino caliente fluyendo sobre los manteles y acumulándose en las tablas de trinchar.

Guilhelma se levantó impulsivamente, fue al fondo de la sala y se plantó delante del estrado. Era como si aquel pandemónium la hubiera transformado en un agente libre y, sin que nadie se lo ordenara, hizo lo único que le parecía natural en aquellas circunstancias: cantó. El resultado fue mágico. Antes de que hubiera podido iniciar la cuarta estrofa de *Tant ai sofert*, la mayor parte del estropicio ya había sido limpiado y los pajes y servidores sacaban las bandejas de la cocina en algo parecido al orden en que hubieran debido llegar. Pudiendo escuchar la voz de aquella robusta joven campesina, a los comensales no les importó demasiado que algunos pajes aún estuvieran confusos y que la mayoría no se acordara de doblar la rodilla ante la gran mesa cuando presentaban los platos. Sólo Marie se dio cuenta de que ya no había pan, y de que los pasteles sazonados con especias habían quedado olvidados en la tahona. La señora de Ventadour se levantó de la mesa principal cuando la voz de contralto de Guilhelma estaba llegando a su apogeo. Más tarde Douce le contó lo mucho que se asustó al ver que su madre se levantaba: sabía que iría a tener unas palabras con Alba, y aunque Pons no figurase entre sus favoritos, temió por la piel del mayordomo.

El vino corrió en abundancia mientras Marie estaba fuera, y Guilhelma siguió cantando en una infinita ascensión de notas. El alcohol no tardó en surtir efecto, ayudando a que todos se sintieran más serenos y a gusto. Guilhelma concluyó su canción. Después de que los muros le hubieran devuelto sus últimos ecos, se inclinó ante la mesa y buscó la aprobación de Douce al otro extremo de la mesa. Pero la joven contemplaba a otra persona por encima de la multitud de cabezas. Guilhelma siguió la dirección de su mirada y enseguida lo comprendió todo. Vio una abundante cabellera negra que enmarcaba las facciones de un joven ángel, y supo que tenía que tratarse de Gui. La expresión que vio en el rostro de Douce le indicó que no tardaría en haber problemas.

Antes de que pudiera volver a su asiento, los invitados empezaron a pedirle más canciones. Golpeaban la mesa con sus copas y le exigían que siguiera cantando. Guilhelma volvió hacia el estrado, esta vez segura de sí misma y con una sonrisa triunfal. Cantó la pastoral que tanto le había gustado a Douce aquel día en la cocina, cuando descubrió que Guilhelma podía cantar. A esas alturas, Guilhelma ya sabía que su público estaba dispuesto a emocionarse con cada nota que saliera de sus labios. Como última canción escogió una de las composiciones de Gaucelm, aquella a la que había titulado *Be-m deu plazer*.

Gaucelm durmió un rato y montó en su corcel antes de que Armand y la servidumbre del castillo se hubieran despertado. Mientras volvía a Ventadour un día antes de lo que esperaba Marie, se sintió todavía más confuso que la mañana en que abandonó a Raimundo y salió de Tolosa con Guilhelma. ¿Habría pasado por alto alguna de las señales de Marie, cualquier oscura alusión al hecho de que su «castigo» iba a ser, ya que no cruel, al menos sí desusado? ¿Le habría dado a entender de alguna manera lo que ocurriría en aquel dormitorio, intentando prevenirle acerca de las velas, las ataduras de seda y el cuchillo para damas enjoyado? Se acordó de cómo coqueteó con él y de su extraña sonrisa mientras le explicaba su misión, inclinada sobre la mesita repleta de sellos y cintas. Quizá aún la temía demasiado para poder percatarse de que prácticamente estaba saboreando por anticipado el encuentro entre Gaucelm y la señora Audiarde.

Pero el respeto temeroso de antes ya había sido sustituido por la ira. Había sido utilizado por dos mujeres que se divertían practicando oscuros juegos sexuales sobre el tablero del amor cortesano. Las «reglas» de Andreas Capellanus sólo eran una excusa intelectual. Gaucelm empezaba a sospechar que probablemente no existiese nada parecido al amor cortesano. Al menos, no en Ventadour o Malemort. Pero lo que más le irritaba era haber sido engañado por un par de mujeres. ¿Quién era ahora la ramera... él o la señora Audiarde?

Tratando de calmarse, empezó a jugar con algunas palabras que servirían de inicio a su poema, pues ésa era la clase de «prueba» que había decidido presentar a Marie. Tendría que ser artificio puro, aunque al menos Marie sería capaz de apreciarlo. ¿Cómo iba a hablar en verso de lo que realmente había ocurrido en aquel dormitorio?

No conseguía quitarse de la cabeza la imagen de la señora Audiarde y la frase «Rojo rubí, blanco de escarcha», y pensó que tal vez pudiera incluirla en su poema. Intentó componer una estrofa sobre la cortesía, tomándola prestada más o menos intacta de los fragmentos de Andreas que había leído en voz alta. Pero la estilizada prosa latina del Libro del Amor se negaba a dejarse encerrar en ninguna de las canciones que le apetecía cantar.

—*Dieus, ges longuas non posc sofrrir de l'afan!* —acabó gritando.

Su corazón estaba diciéndole a Dios que ya no aguantaba más. Gaucelm se sentía como si lo hubieran partido por la mitad. ¡Tendría que haberle robado la daga!, pensó. ¡Así podría habérsela entregado a Marie, y que interpretara mi «prueba» como le viniera en gana! El que Marie pudiera llegar a la conclusión de que había matado a la señora Audiarde le hizo reír, pero la daga le hubiese evitado tener que contar lo que realmente había ocurrido, al menos durante cierto tiempo. Tarde o temprano tendría que contarle la verdad a Marie, naturalmente, y entonces ella querría conocer todos los detalles.

—Querrá conocer todos los detalles —dijo Gaucelm en voz alta.

¡Pues claro! Eso había pretendido desde el primer momento: la vieja mirona quería participar en aquella aventura.

Marie tendría sus detalles, y Gaucelm decidió que le haría pagar el que le hubiera tendido aquella trampa contándoselo todo. Tendría el inmenso placer de descargar su ira sobre ella en verso. ¿Por qué no? Dada la perversidad de Marie, a lo mejor hasta le gustaba. Acabó optando por un tensón, pero no de la variedad habitual en que las estrofas iban alternándose entre dos voces distintas. Su poema sería una discusión, que era lo que se esperaba de un tensón, pero lo compondría dándole la forma de un diálogo consigo mismo. Aquella innovación le pareció tan deliciosa que, picando espuelas, hizo que el corcel de Ebles iniciara un veloz galope. Sí, una estrofa de ocho líneas con sus pensamientos sería seguida por otra que describiera lo que había ocurrido entre él y su dama rojo rubí y blanca como la escarcha en aquel dormitorio. Dolorido por la injusticia pero encantado con su plan, la primera línea cobró forma rápidamente dentro de su cabeza: *Aissi me tol mos covinenz e.ls fran.* (Tomando en sus manos mi precioso pacto, lo parte por la mitad.) Después los versos fueron sucediéndose unos a otros: *Si.m fos grazitz mos chanz ieu m'esforzera, e dera.m gaug e deportz e solatz...* (Nuevos ánimos me daría el que pudiera gustarme lo que compongo, pues entonces sentiría solaz, satisfacción y reposo...) En realidad estaba resultando más fácil de lo que había imaginado, porque ya sólo le faltaban dos estrofas.

Cuando llegó al sendero de Ventadour, ya había terminado su canción. Aún estaba memorizando los finales de cada verso cuando tiró de las riendas y condujo el corcel al interior del patio. Después de que un caballerizo se llevase a su montura, entró en el castillo y se asombró al ver que todo el césped estaba iluminado. Las antorchas ardían detrás de cada ventana ribeteada de piedra y cada aspillera de arquero. Ventadour parecía un gigantesco navío gris sitiado por un ejército de llamas. El estruendo de la música y las palmadas procedentes de la gran sala le indicaron que se estaba celebrando un banquete. Un estallido de trompetas y tambores resonó en cuanto cruzó la entrada principal del castillo, pero cuando llegó a las puertas de la sala se encontró ante una corte silenciosa.

Estandartes multicolores ondeaban sobre las cabezas de una multitud cuyas prendas de seda y jamete permanecían tan inmóviles como vidrieras emplomadas por encima de los manteles blancos que cubrían la mesa principal. Incontables pares de ojos pertenecientes a rostros que no reconoció se clavaban en Guilhelma, de pie delante del estrado. Una sensación indescriptible recorrió todo su ser e hizo que el corazón le latiera más deprisa cuando la oyó cantar los versos que él había compuesto: *Be-m deu plazer, car sobre las genssors essos rics cors de simpla captenenssa...* Sí, tenía una voz tan potente como maravillosa que vibraba con una extraña especie de orgullo. ¡Cuán acertado había estado su instinto aquella primera noche cuando se la presentó a Marie! Guilhelma poseía el talento de una juglaresa nata.

Volvió a experimentar la extraña mezcla de triunfo y celos que había sentido al oírla cantar por primera vez. Siempre había habido juglaresas, naturalmente. Algunas incluso eran famosas, como Alamanda, pero Gaucelm nunca la había visto actuar. Pensándolo bien, en todos sus años de viajes nunca había oído cantar a una muchacha en una corte. Normalmente sólo frecuentaban las tabernas y las posadas. En las cervecerías del norte, la clientela solía lanzarles huevos y luego tenían que mendigar alguna moneda.

Miró en torno buscando algún sitio donde sentarse, pero entonces se dio cuenta de que no podía apartar los ojos de Guilhelma y se quedó donde estaba. Guilhelma siempre había sido distinta desde el primer momento, reflexionó. La escasa instrucción que hubiera podido proporcionarle Vidal no había influido sobre la cualidad natural de aquella voz. Era generosa incluso en los registros más altos, y el de bajos era como ella: robusto y opulento. Tenía una gama muy amplia y —Gaucelm no encontró otra manera de describirlo— sus notas parecían llenas de colores. Las más agudas (*Sos rics cors*) eran plateadas, y los registros más graves le hacían pensar en un aterciopelado azul oscuro. Cuando bajaba por la escala tonal, los sonidos se fundían hasta volverse líquidos, como si hubieran encendido una llama en las profundidades de su estómago.

Oírla cantar era una experiencia apasionante, y mientras la escuchaba Gaucelm se preguntó por qué nunca había intentado explotar sus dones. Bueno, él intentaría sacarles el máximo provecho: Guilhelma estaba demostrando que podía realzar sus composiciones y volverlas aún más hermosas, presentándolas mejor, en ciertos aspectos, que él mismo. Después de todo, componer era una cosa mientras que el arte del juglar o la juglaresa se movía en otra dimensión. Se preguntó si, vista su musicalidad, también poseería el talento de componer versos, pero... No, Guilhelma no había nacido para componer poesía. Algunas damas de la nobleza componían versos, pero eran casos tan raros que incluso el nombre con que se las conocía —trovadoresas— sonaba raro.

A pesar de ello, decidió animarla a seguir por aquel camino. Después de haber tomado esa decisión, esperó a que acabara de cantar y fue hacia el fondo de la sala. Guilhelma se sobresaltó al verlo y se apresuró a reunirse con él. Después de todas las cosas extrañas que habían ocurrido en Malemort, Gaucelm se alegró mucho de verla. Aun así, su beso de bienvenida estuvo teñido por una levísima sombra de envidia.

13

JAQUE MATE

A la mañana siguiente Gaucelm no oyó las campanas que daban la prima y siguió durmiendo hasta que volvieron a sonar. Despertó aturdido y sin estar muy seguro de quién era, como si hubiera pasado mucho tiempo lejos de Ventadour. Después comprendió que Guilhelma probablemente habría ido a la cocina incluso antes de que fuese hora de pasar por la capilla. El desastre de la noche anterior habría proporcionado sobrados motivos a Marie para castigar a los sirvientes e insistir en que redoblaran sus esfuerzos. Gaucelm iría a buscar a Guilhelma a su puesto y le propondría que se escapara para dar un paseo con él durante la comida, que era cuando menos se la echaría en falta. Tenía que hablar con ella: cuando había demasiado caos en su cabeza, Guilhelma siempre le ayudaba a poner orden en sus pensamientos y asignar la categoría correspondiente a cada cosa, como si las repartiera entre las pequeñas entradas de un palomar.

Y por encima de todo, necesitaba hablar de Marie. Acerca de su extraña misión en Malemort, decidió que sólo revelaría el hecho de que Marie había enviado allí a Folquet antes que a él. A la luz del día, lo que había ocurrido en el dormitorio de la señora Audiarde le parecía tan irreal, tan curiosamente remoto, que hubiera podido sucederle a otra persona. En cualquier caso, no sería capaz de hablar de intimidades tan antinaturales —ni siquiera con Guilhelma— hasta que lograse entenderlas un poco mejor.

Pero ahora al menos tenía una pista sobre por qué Marie le

había hecho seguir los pasos de Folquet. Gaucelm había comprendido que Marie disponía de toda una miríada de métodos para moldear a los jóvenes poetas adaptándolos a sus especificaciones, y la esclavitud sexual vicaria era uno de ellos.

¿Cuáles eran los demás?

¿Habría intentado usar ese mismo tipo de trampa con Bernard de Ventadour, o respetaba demasiado su genio para tratar de convertirlo en una de sus criaturas? En el caso de Folquet, Marie había logrado salirse con la suya a través de la señora Audiarde. En el de Gaucelm, y como no tardaría en descubrir, había cometido un serio error de apreciación: su primer intento de corromperlo se había saldado con un sonoro fracaso. ¿Le esperarían nuevas pruebas? La clave quizá estuviera en las páginas de aquel curioso librito sobre el amor cortesano. Gaucelm se dijo que aquel amor no tenía nada de cortesano, pero decidió hacerse con un ejemplar para descubrir lo que su peculiar guía le tenía reservado en el futuro mientras siguiera viviendo en Ventadour.

Encontró a Guilhelma lavando los platos del desayuno, y esperó mientras acababa de limpiar las ollas y marmitas y las dejaba preparadas para la comida. Milagrosamente, la cocina estaba tan ordenada como si el banquete nunca hubiese tenido lugar.

—La mayoría de los comensales se han ido, alabado sea Dios —dijo Guilhelma con una expresión triunfal que no traslucía la menor señal de fatiga.

A mediodía y mientras la puerta se cerraba tras ellos, oyeron el susurro de una suave brisa entre los árboles.

—Parece que va a nevar —dijo Gaucelm.

Guilhelma se envolvió en la capa para protegerse del frío, ocultando los brazos entre sus pliegues. Se alegró de la capa extra alrededor de la cintura que le proporcionaba el delantal de cocina. Echaron a andar por el sendero medio helado y surcado de roderas de carros que iba a la poterna pasando junto a los establos. La forja rugía en el patio exterior. Una cota de malla inacabada colgaba de una valla mientras el herrero atendía una emergencia, ya que un caballo acababa de perder una herradura. Dos jóvenes pajes contemplaban con fascinación cómo descargaba martillazos sobre una tira metálica para darle la forma de una herradura. El mozo de cuadra que sujetaba al caballo saludó a Gaucelm con una respetuosa inclinación de la cabeza y el herrero le miró con una sonrisa después de que Gaucelm le hubiera saludado, pero los pajes estaban tan hipnotizados por aquel revolotear de chispazos rojizos que ni siquiera se percataron de su presencia. Guilhelma no recordaba haberlos visto antes: allí, aunque todavía estaban cerca del castillo, casi se sentía como en un país extranjero.

Gaucelm aseguró el pesado pestillo de la puerta trasera y se pararon a contemplar el mundo de Ventadour. «¡Oh!», exclamó Guilhelma señalando la lejanía. Un espolvoreo de cristales blancos suavizaba los escarpados contornos de los riscos por debajo de ellos. Estaban en la cima de una profunda cañada, un precipicio tan escarpado que Guilhelma sólo osó lanzar un rápido vistazo hacia abajo. Para no marearse, se obligó a contemplar las ondulaciones del terreno hasta un punto donde los barrancos eran sustituidos por una llanura que acababa convirtiéndose en campos. Allí, muy lejos hacia el horizonte, el vendaval había estado esculpiendo la superficie nevada en una serie de riscos que recordaban la concha erosionada de una ostra.

—Mi primera nieve —murmuró Guilhelma.

Repentinas ráfagas de viento empezaron a sacudir los árboles en el precipicio sobre el que estaban. Las ramas perdieron sus envolturas cristalinas y éstas, desprendiéndose con un seco chasquido, se esparcieron como vidrios rotos sobre los retazos de blancura que se agitaban a sus pies. Un pequeño vendaval surgido de la nada se arremolinó a su alrededor. Gaucelm detestaba la desolación de aquel lugar, la densa masa oscura de los árboles, el lejano resonar de la caudalosa corriente, las intensas sombras y el resplandor que servía de montura a la tormenta, los destellos cortantes de los arroyos apenas visibles en sus cauces, el frío y —lo peor— el que sólo hubiera legua tras legua de amenazadores e impasibles precipicios rocosos vacíos de pueblos, casas y cuanto daba calor a la existencia humana. Por encima de todo, odiaba los vientos incesantes del Corrèze, que no habían dejado de acosarle ni un instante mientras iba a Malemort y volvía de allí. Su recuerdo y la nieve reción caída hicieron que se arrepintiese de haber sugerido aquel paseo.

—Volvamos antes de que el viento nos convierta en estatuas de piedra —dijo, echándose aliento en las manos—. ¿Qué has hecho con tus brazos? —le preguntó a Guilhelma mientras le rodeaba la cintura con los suyos—. No los encuentro por ninguna parte —murmuró, tocándola hasta que acabó localizándolos cruzados por debajo de su capa.

—Bueno, y ahora cuéntamelo de una vez. ¿Qué ocurrió en Malemort? —preguntó ella.

—¿No tienes frío?

—Un poco. Pero me encanta mirar la nieve: es milagrosa.

—Bueno, en ese caso... —dijo él, resignándose a pasar frío.

Empezó a hablarle de la señora Audiarde, guardando silencio acerca de sus exquisitos atractivos y concentrándose en aquellas peculiaridades de su castillo que pensó podían parecerle más graciosas a Guilhelma: el silencioso Armand, el ave de presa albina. Cuando mencionó a Folquet, la vio enarcar las cejas como si aquel nombre la hubiera alertado de repente. Se disponía a extenderse sobre lo furioso que estaba con Marie y a explicarle que la ira le consumía, cuando Guilhelma le interrumpió.

—¿Qué te ocurrió realmente en Malemort? Me refiero a lo que pasó en el dormitorio de la señora Audiarde... —Le miraba como si estuviera al corriente de todo.

Finalmente, Gaucelm logró vencer su reticencia y se lo contó todo, lo de las ataduras de seda incluido. Mientras hablaba contempló su rostro con creciente inquietud hasta que vio que sus ojos, agrandados por la curiosidad, empezaron a entornarse.

—¿Y qué te hizo quedarte? ¿Por qué no abandonaste el dormitorio en cuanto viste que estaba atada... o es que las llamas de las velas te hechizaron? Podrías haberte negado a coger el cuchillo. ¿Qué te obligó a hacer lo que te pedía? ¿Llegaste a hacerle sangre?

La forma en que le miraba —como si fuese un desconocido, con las mejillas enrojecidas y los ojos tan duros como el pedernal— volvió a ponerle nervioso. Guilhelma había liberado los brazos de sus envolturas, y ahora los extremos de su capa colgaban libremente mientras apretaba los puños encima del delantal.

—Tenía mis órdenes —replicó Gaucelm—. Es muy sencillo: si no obedezco a Marie no tendremos donde dormir. Si quieres disfrutar de los beneficios, tienes que participar en el juego. Y mientras no estés en condiciones de dictar tus propias reglas, haces lo que se te ordena para poder seguir viviendo. Tú deberías entenderlo muy bien. No podía marcharme del dormitorio. Marie no es tonta, y exige una prueba de que he hecho lo que me ordenó.

Le bastó con decirlo en voz alta para que la explicación le pareciera lógica y un súbito alivio le despejó la cabeza, como le ocurría siempre que se confiaba a Guilhelma.

—¿Qué clase de prueba?

—Bueno, creo que ella pensaba en alguna clase de prenda: ese cuchillito habría sido la prueba ideal... si se me hubiera ocurrido cogerlo, claro. Pero Marie insistió en dejarlo en mis manos, así que lo que obtendrá será una canción.

Eso pareció satisfacer a Guilhelma.

—Y Folquet... —dijo, cambiando de tema—. ¿Quién te informó de que había estado aquí?

—La señora Audiarde. Pero recuerda que Folquet era el protegido de Marie. Ella misma nos lo dijo la noche que llegamos a Ventadour... ¡como si fuera para enorgullecerse!

Guilhelma tiró de su capa por debajo del cuello y hundió la barbilla entre sus pliegues. Folquet... Sí, ahora todo empezaba a cobrar sentido. Por mucho que la molestase la inexplicable docilidad con que Gaucelm había accedido a los deseos de la señora Audiarde, había asuntos todavía más extraños a considerar, como la retorcida proclividad sexual de Folquet. Así que fue ahí donde empezó a dar sus primeros pasos hacia la cumbre, pensó, en la cama de la zorra a la que acaban de ofrendar a Gaucelm, y por las mismas razones.

Folquet siempre le había parecido tan incomprensible como irritante. Primero lo conoció como el hijo de un rico mercader de Marsella, y después como un aspirante a trovador que intentaba abrirse camino y un hombre casado. Folquet había seguido visitándola cuando era un novicio, y como abad de Le Thoronet después. Guilhelma no había intentado ocultarle deliberadamente sus relaciones comerciales con Folquet a Gaucelm, pero nunca había surgido la ocasión de sacar a relucir el nombre de Folquet en ese contexto. De hecho, siempre dio por sentado que Gaucelm sabía que Folquet había sido uno de sus «habituales».

Todo el mundo lo sabía. En Tolosa, el que el Chantier fuera visitado tanto por clérigos como por los potentados casi era una cuestión de orgullo cívico. Ellos (y los grandes mercaderes, por supuesto) siempre eran tratados de la manera más higiénica y atenta posible. Algunos decían que eso era una preferencia injusta. Pero en cuanto corría la voz de que una delegación de sacerdotes estaba a punto de llegar al Chantier, todo el mundo se apresuraba a hacerles sitio. Los clientes locales eran despedidos más temprano que de costumbre; los borrachos de la calle y los vagabundos eran alojados en algún hospicio, y todas las gentes de mala catadura o dudosa reputación desaparecían misteriosamente. No, el Chantier de Tolosa era famoso por aquella clase de atenciones. A cambio, los clérigos que lo visitaban demostraban su gratitud: eran generosos y siempre pagaban a sus favoritas en oro. Folquet siempre se había mostrado particularmente generoso, sobre todo a medida que iba acumulando riquezas y —recordó Guilhelma torciendo el gesto— también barriga. Casi sin quererlo, se encontró convertida en su *putana* favorita.

Con aquella revelación de Gaucelm, todas las piezas del rompecabezas encajaron de repente. ¡Folquet había aprendido sus perversiones allí mismo, bajo la tutela de Marie! Conque así era como funcionaba la «corte del amor», y eso era lo que quería decir «jugar al juego del amor». Bueno, pues muy bien. Pero el que Marie hubiera enviado a Gaucelm a Malemort para que fuese instruido como lo había sido Folquet... No, eso no podía soportarlo.

Le contó su pasado con Folquet a Gaucelm, y esta vez le tocó el turno a él de enfurecerse.

—¿Tú? ¿Folquet? —A pesar de todo lo que había creído saber sobre las realidades de la antigua ocupación de Guilhelma, no pudo evitar sentirse escandalizado—. ¡Folquet! —gritó—. ¿Cómo has podido...? Folquet, el muy cerdo... ¡Es siniestro!

¿Y qué podía decirle ella? Recordarle que cualquier hombre tenía derecho a compartir su lecho con tal de que pudiera pagar no hubiese servido de nada. Aquello era algo que ningún hijo del privilegio podría entender jamás, y la experiencia le había enseñado a mantenerse prudentemente alejada de esos asuntos. Pero el estallido de furia de Gaucelm la dejó perpleja. Gaucelm tenía a Folquet por una criatura tan baja y vil que ni siquiera lo consideraba merecedor de su desprecio, por lo que los celos quedaban descartados. Lo contempló boquiabierta, como si esperase instrucciones. Finalmente acabó comprendiendo que, dado que cuando no estaba viajando siempre había vivido en la corte de Raimundo, Gaucelm tal vez no supiera casi nada acerca del Chantier. Que ella supiese, nunca había vuelto a poner los pies en el Chantier por «asuntos de negocios» —salvo para visitarla a ella— después de aquella primera noche en la que, con Vidal como carabina ausente, le robaron la bolsa y acabó tirado delante de la puerta de su casucha. Así pues, estaba claro que tendría que aclararle cuáles eran las reglas de su antigua profesión y en qué consistían las peculiaridades de Folquet. Pero ya habría tiempo para eso más tarde.

Por suerte, la furia de Gaucelm no tardó en volver a dirigirse contra Marie. No creía en sus motivos, ya que afirmar que aquel reptil de Folquet era creación suya hacía de ella algo más que una mera virtuosa del engaño. Para decirlo claramente, la convertía en una proxeneta. En un gesto de desafío, alzó los ojos hacia un cielo súbitamente agrisado por la amenaza de más nieve.

—¡No lo aguanto más! Vayámonos de Ventadour —dijo, dando la espalda a los campos—. Ya estoy harto de engaños y mentiras. ¿Qué nos retiene aquí?

—Nada, aparte de los beneficios que acabas de mencionar. Alojamiento y comida.

En ese momento Guilhelma también tenía la sensación de estar partida por la mitad. La aventura de Gaucelm en Malemort, la revelación de la estancia de Folquet allí y las intrigas de Marie habían hecho que empezara a dudar de todo lo que tan segura estaba hacía unos instantes. Un abismo pareció abrirse de pronto ante ella, y le bastó con mirar los remolinos de nieve que giraban lentamente sobre los campos para sentirse mareada. Pero volver a su lecho de paja en el Chantier, renunciar a todo lo que veía ante ella —aquellos cielos inmensos y un techo bajo el que siempre estaría a salvo— para volver a ser una joven sola a merced del primer hombre que se presentara; despedirse de Douce, de la vieja Alba y de tres comidas al día a pesar del frenesí ocasional de la cocina... ¡No, eso era impensable! El castillo tal vez fuera una vieja fortaleza con rendijas por ojos, y su señora quizá estuviera hecha de piedra, pero aun así podía permitirse el lujo de ignorar a Marie o de humillarse ante ella, según lo que más conviniera a sus propósitos. ¿Dejar Ventadour? ¡Nunca! Especialmente no después de la emoción que había sentido anoche al cantar en la gran sala, y se felicitó por ser capaz de resistir la tentación de hablarle de ello a Gaucelm en aquel mismo instante.

La única persona que se interponía entre la miseria y su brillante porvenir era el hombre que permanecía inmóvil ante ella, aturdido por el frío y el resentimiento. Pensándolo bien, sería mejor que se lo dijera.

—Espera un momento —dijo, llamándole con un dedo entre los pliegues de su capa—. Hay más. Quizá quieras oír el resto... sobre Folquet. —Gaucelm se volvió hacia ella con lo que casi parecía impaciencia, como si quisiera saciar su ira—. Cuando Folquet empezó a frecuentar el Chantier hace más de seis años, y como ya sabes, componía versos e intentaba establecerse como trovador. Bien, como es habitual en los aficionados, se tenía por un espíritu libre y se habituó a presentarse intempestivamente en mi casa para hacerme la vida imposible, recitando sus poemillas y bebiéndose mi vino cuando yo hubiese debido estar preparando la cama para el próximo cliente. Siempre estaba hablando de los herejes que se hacían llamar cátaros y de lo mucho que le interesaban sus creencias. —Gaucelm, boquiabierto, la miraba con una mezcla de horror y confusión tan cómica que ella se creyó obligada a batirse en retirada, al menos por el momento—. No estoy afirmando que llegara a unirse a ellos, y aunque lo hubiese hecho yo no me habría enterado. Hasta yo podía ver que todo aquello formaba parte de una pose. Pero hacía todo lo posible para enterarse de qué jóvenes simpatizaban con los cátaros, sobre todo si eran juglares o músicos, y frecuentaba su compañía.

Un júbilo malicioso iluminó el rostro de Gaucelm.

—¿Acaso no te oí decir, y no hace tanto tiempo, que nunca habías compartido tu cama con un hereje? —se apresuró a preguntar.

—No a sabiendas, Gaucelm. Pero debo advertirte que no tengo pruebas. Lo más probable es que no pasara de ser un mero capricho, un enamoramiento fugaz de jovencito rico que juega a entregarse en cuerpo y alma a una idea al ver que se ha puesto de moda. Ya sabes que entre los cátaros hay muchos artistas y comerciantes, y supongo que Folquet quería formar parte de su círculo.

—No puedo creer que tenga tanta suerte... ¡Esto es demasiado bueno para ser cierto! —exclamó Gaucelm, golpeándose la palma izquierda con el puño derecho mientras alzaba los brazos hacia el cielo tan triunfalmente como un caballero que acabara de asestar el golpe de la victoria en el torneo.

—No tengo ninguna prueba, Gaucelm —volvió a advertirle ella—. Por muy seguro que estés de ello, nunca podrás utilizarlo contra él.

—Aun así... —murmuró él, y Guilhelma vio que no la estaba escuchando.

Mientras volvían al castillo, Gaucelm se paró de pronto y la miró fijamente.

—¿Folquet sabe que tú lo sabes?

—¿A qué te refieres?

—A que simpatizaba con los cátaros.

—Tiene que saberlo. Después de todo, hablaba de ello en mi casa. Yo le alentaba a hacerlo, porque así no me aburría tanto como cuando recitaba esas horribles poesías suyas.

Una mueca de preocupación ensombreció el rostro de Gaucelm.

—Eso podría crearnos problemas.

—¡Madre de Dios! ¿Por qué?

—Si Folquet tuviera que enfrentarse a una acusación de haber simpatizado con los cátaros, enseguida sabría quién se había ido de la lengua. Tolosa, el Chantier, una mujer llamada Guilhelma Monja...

—... y —repuso ella sin vacilar— si se enterara de que tú y yo estamos juntos, no pararía hasta verte muerto.

Entraron en el recinto del castillo por la poterna sumidos en un lúgubre silencio.

Cuando volvió a la cocina, Guilhelma no se sorprendió al ver que Douce estaba esperándola. Le bastó con echar una mirada a la solemne expresión de la joven para comprender que debía de haber ocurrido algo, y que ella también quería hablar. Pero Guilhelma ya había agotado su cuota de tiempo libre, y todo el mundo estaba trabajando.

—¡Si te das prisa aún podrás alcanzar a Gaucelm! —le dijo—. Quizá le apetezca tirar unas cuantas herraduras.

—¿Por qué?

—Porque está un poco triste y necesita algo que le distraiga.

—Yo también.

Guilhelma suspiró y le señaló el hogar, que era el sitio donde había menos probabilidades de que las oyeran hablar. Empezó a añadir hierbas a los pucheros que Alba había llenado durante su ausencia. Douce agarró a *Gris* y cogió un taburete, arrastrándolo por el suelo con tal estrépito que el gato se asustó y salió huyendo después de haberse liberado con unos cuantos arañazos.

—Así que ese muchacho de la mesa grande de anoche era Gui, ¿verdad?

—Sí —dijo Douce, y se echó a llorar.

Guilhelma se sacudió las hierbas de los dedos y la abrazó mientras la joven sollozaba desesperadamente, temblando. Finalmente Douce alzó la cabeza y, con un hilo de voz estrangulado por los sollozos, anunció:

—Ya lo han acordado todo con los Comborn. Han fijado la boda para la semana de Pentecostés del año que viene. No puedo hacerlo, Guilhelma. ¡No me casaré!

—¿Has hablado con tu señor padre?

Douce la miró sin decir nada, se secó los ojos con el dorso de las manos y se levantó.

—Estoy decidida. Si no puedo tener a Gui, entonces no me casaré con nadie. Ingresaré en la orden secreta de la señora Belot.

—¿Te refieres a tu curandera? Así que se llama Belot, ¿eh?

Douce asintió.

—¿Me ayudarás a huir de Ventadour?

Guilhelma ignoró su súplica. Sentía curiosidad por la tal señora Belot, y también fue consciente de una tenue punzada de celos.

—¿Cómo llegaste a conocer a semejante persona?

—¿A la viuda Belot? La conocí cuando acompañaba al viejo Daniel en uno de sus recorridos por el pueblo. ¡Prométemelo, Guilhelma! Necesito que me ayudes.

Guilhelma volvió a suspirar. Quería a Douce, pero no había nada que pudiese hacer para ayudar a la pobre criatura. Todo esto es absurdo, pensó. Ahora que por fin he conseguido hacerme con una posición estable en la vida, teniendo un trabajo decente que me gusta y me permite llenar el estómago cada día, las dos personas que más significan para mí me amenazan con irse de Ventadour. Era para desesperar a cualquiera, desde luego. Se volvió hacia Douce, que seguía sentada con la cabeza baja. Parecía una adulta que acabara de llevarse una terrible desilusión, y la niña-adolescente había desaparecido como si nunca hubiese existido.

—El amor puede cambiar, ¿sabes?

Douce por fin le prestó atención y la miró fijamente.

—Ya veo que amas a Gui —prosiguió Guilhelma—. Sí, le amas apasionadamente y con todo tu corazón. Crees que ese amor durará y que nunca dejarás de amarle, ¿verdad? Pero yo he vivido lo suficiente para saber una cosa: nunca debes esperar que todo seguirá igual eternamente. Ése es el gran error que todo el mundo acaba cometiendo tarde o temprano. El amor cambia.

Casi pudo oír la réplica silenciosa de Douce: Sólo es una sirvienta. ¿Qué le hace pensar que el mundo no tiene secretos para ella?

—O hay amor o no lo hay, y yo amo a Gui —dijo Douce—. Gui es perfecto. Tú misma lo has visto con tus propios ojos. ¡Sabes que estamos hechos el uno para el otro! A veces siento que somos el mismo ser. ¿Qué quieres decir con que «el amor cambia»? ¿Qué tiene que ver el cambio con lo que yo siento por Gui?

—¿Y Gui? —repuso Guilhelma—. ¿Qué sabe él de toda esta... «perfección»?

La irritación de Douce se convirtió en abatimiento. Guilhelma tenía razón: Gui no sabía nada de sus sentimientos. Sólo había habido miradas por encima de la mesa, una sonrisa, los ojos de Gui fijos en los suyos. Le lanzó una mirada de resentimiento a Guilhelma y se levantó de su taburete. Esta pobre niña lo va a pasar muy mal, pensó Guilhelma mientras la veía salir de la cocina sin decir palabra.

Cuando todo estuvo listo para la cena, el personal salió de la cocina para descansar hasta que las campanas de la capilla dieran las vísperas. Guilhelma cruzó el patio andando muy despacio, contemplando la nieve. Se inclinó, cogió un puñado de nieve y la estrujó hasta oírla crujir, tardando un buen rato en darse cuenta de lo entumecida que le había dejado la mano desnuda. Sospechaba que Gaucelm estaría desahogando su furia contra Marie en aquella canción que le había prometido y, como era de esperar, lo encontró en la sala de ensayos, donde se estaba curando las heridas de la única forma que conocía. Gaucelm se sentó en un taburete y le escuchó.

Nada más separarse de Guilhelma en la puerta de la cocina, Gaucelm había vuelto a dedicar toda su atención a componer, como si un fuego se hubiera encendido dentro de él. Pero el tensón que tan rápidamente había cobrado forma al dictado de la inspiración mientras volvía de Malemort ya no le parecía digno de ser cantado. Lo eliminó todo salvo la estrofa que empezaba con *Aissi me tol mos covinenz*. Aquel verso le gustaba por su énfasis («¡Tomando en sus manos mi precioso pacto, lo parte por la mitad!»), y las palabras le ayudaron a calmarse un poco.

En cuanto decidió ser más claro y directo, las frases volvieron a surgir de él. Cuando oyó abrirse la puerta estaba preparado para acoger con irritación la presencia de Guilhelma, pero ésta se sentó sin hacer ruido y no le interrumpió, así que no pudo protestar. En cuanto hubo acabado, le pidió que le dijera si sus palabas poseían o no la deliciosa ironía que había pretendido conferirles.

—*No m'alegra chanz ni criz d'auzels...* —cantó—. Viendo que ni el trinar de los pájaros ni sus canciones alegran tu corazón, comprendo que debo de haber pecado. Dime por qué mis súplicas caen en oídos sordos, oh dama mía. ¿O acaso deberé renunciar para siempre a la alegría, sin poder cantar nunca más?

—No veo necesidad de arrodillarse —sugirió Guilhelma después de haber oído el tensón, y él la miró.

—No estoy arrodillado.

—Ese poema tuyo no es más que una forma de arrodillarse ante Marie, bobo. Eres demasiado modesto. No supliques. Síguele el juego. Juega a su manera y tendrás una posibilidad de vencer. Sigue jugando a tu manera y acabarás perdiendo.

Gaucelm estaba perplejo. ¿Por qué aquella condenada campesina siempre acababa teniendo razón? Le estaba diciendo que gritara aquello que él no se atrevía a expresar con palabras. Algo, algún tozudo escrúpulo, había estado actuando como un freno a lo largo de todo el tensón y él no se había dado cuenta hasta ahora. Todos los versos componían variaciones alrededor de la misma nota, porque las fórmulas convencionales nunca bastarían para transmitir todo el propósito destructivo de su verdadera intención. Había permitido que las palabras absorbieran su ira en vez de proclamarla.

Pero ahora Guilhelma estaba diciéndole que lo intentase de otra forma, que le diera la vuelta al poema y utilizara la estrategia de Marie para llamar su atención, atreviéndose a decir lo que realmente sentía.

Valía la pena intentarlo. La idea de combatir el fuego con el fuego, llegando hasta donde hiciera falta y dando lo mejor de sí, le parecía cada vez más interesante. ¿Sería capaz de hacerlo? Exhaló un suspiro que concluyó en una extraña risita, y volvió a empezar. Lo primero que hizo fue prescindir de los pájaros, y luego eliminó las súplicas. Después optó por anunciar que no seguiría sirviendo a Marie, presentándolo como una decisión irrevocable. Eso le proporcionó el tono que buscaba, y se enfrentó a la sección central de la pieza como si estuviera componiendo una saga al estilo de los antiguos *laïs*.

—Nuevo en las tierras del norte, llegué al Ventadour de la condesa Marie... —empezó, y la vio asentir con aprobación. Después añadió una melancólica variación sobre los inevitables temores que había suscitado en él la reputación de su mecenas y, finalmente, llegó a su gran sorpresa—: Y ahora he de huir de vos como un amante que hubiera traicionado al amor. Os ruego que me perdonéis y suplico vuestra compasión. ¡Apiadaos de mí!

La miró, esperando su aprobación, pero no la encontró, porque Guilhelma se levantó y empezó a pasearse por la sala.

Gaucelm dejó su instrumento y entonces, antes de que pudiera cogerlo de nuevo, volvió a ser visitado por la inspiración. «He mentido y engañado», articuló en silencio, y después siguió sentado con el laúd inmóvil. Sin tocar una sola nota, disfrutó imaginándose la cara que pondría Marie cuando oyera la palabra «engañado». ¡Un *lauzengier* acusándose a sí mismo de haber mentido, engañado y difamado! ¿Acaso podía haber algo peor en los cánones del amor cortés?

La frase fue desarrollando brotes y zarcillos y, casi sin darse cuenta de lo que hacía, Gaucelm se encontró recitando dos estrofas en voz alta. Miró a Guilhelma.

—¡Qué listo eres, Gaucelm mío! —le felicitó ella—. Sí, eso debería bastar. ¡Hará que Marie se arrodille ante ti, y entonces podrás dictarle tus condiciones! Si no quiere perderte, lo único que podrá hacer será renovar el vínculo.

Guilhelma no estaba tan segura como aparentaba, pero contendría el aliento e intentaría no pensar en tener que dejar Ventadour.

Aquella noche el número de comensales quedó tan drásticamente reducido que la atmósfera de la gran sala casi habría podido calificarse de íntima.

Una súbita nevada nocturna había hecho que los Comborn tuvieran que partir antes de lo previsto, pues todos sabían que durante una tormenta de nieve el valle del Garona podía volverse tan difícil de atravesar como cuando había inundaciones. Con un día de viaje por delante, los Biartz también partieron al amanecer, pero los Tintignac y los Gloton, todos vecinos cercanos, se despidieron después de un sustancioso desayuno. Las tierras de los Cornil limitaban con el feudo de Ebles, y aún tardarían un poco en irse para que Arraut de Cornil pudiera pasar algo más de tiempo con su ahijado Gui. La familia de Marie, los Turena, pasaría el resto de la semana en el castillo. Marie sospechaba que los Ussel no se irían hasta haber vaciado todas las bodegas y despensas de Ventadour, por lo que anuló la orden de traer más vino de Egletons que había dado el día anterior.

Cuando Marie ocupó su puesto en el estrado, Gaucelm vio que llevaba el traje verde oscuro de cada día y que su cabellera volvía a estar oculta debajo de un griñón en vez de recogida por la diadema que había lucido durante el banquete en honor de los Comborn. Bastaba con mirarla para saber de qué humor estaba: Gaucelm nunca la había visto tan relajada. Las arrugas de enfado continuo, normalmente acentuadas por la rigidez de su tocado, apenas eran visibles. El compromiso de Douce había llegado a una conclusión satisfactoria para todas las partes, y Marie todavía tardaría algún tiempo en encontrar un nuevo motivo de irritación.

No tenía mucha hambre, y apenas prestó atención al fragante estofado de Alba. Pero sus frecuentes miradas a Marie le revelaron que la condesa ya había vaciado dos platos y bebido más que su habitual única copa de vino mientras charlaba animadamente con su cuñado Guirault. Gaucelm no pudo evitar preguntarse cómo encontraba tantas cosas que decirle a aquel hombre, cuya no muy poblada cabeza se limitaba a asentir mientras concentraba toda su atención en su plato.

De hecho, podía considerarse afortunado: había terminado el tensón justo a tiempo, porque Marie lo mandó llamar inmediatamente después de la cena. Le sorprendió ser convocado a sus aposentos tan pronto, pero se dijo que más valía terminar con aquello cuanto antes. Se disponía a correr el mayor riesgo de su vida, y sabía que si tenía tiempo de reflexionar acabaría acobardándose y se echaría atrás. Mientras iba hacia la escalera del solanar, pensó en el papel que había desempeñado Guilhelma en toda aquella empresa. Ella no quería irse de Ventadour, eso estaba claro. Aun así, le había animado a iniciar una temeraria aventura que podía acabar devolviéndolos a los caminos. Cualquier otra persona habría intentado persuadirle de que doblase la rodilla, pronunciara las loanzas habituales y se considerara afortunado por haber salido de la aventura relativamente ileso. Pero Guilhelma no. ¿Estaría —y la idea surgió súbitamente en su confuso cerebro— planeando conseguir que lo expulsaran de Ventadour mientras ella se quedaba? Gaucelm se reprochó haber pensado algo semejante, pero entró en el solanar con un caos de pensamientos agitándose en su cabeza. Constató con alivio que la cabeza de Marie seguía estando cubierta por el griñón, ahorrándole así la visión de aquellos cabellos canosos sueltos de su primera visita. Esta vez no hubo preliminares, y esos paseos del escritorio a la silla y de la chimenea al arcón que le habían dado ocasión de observarla y admirarla brillaron por su ausencia. Aquella noche la expresión de Marie revelaba su certeza de que ese tipo de evidencias de su poder ya habían surtido efecto, y de que no necesitaba hacer ningún otro esfuerzo para ganarse la estima de Gaucelm. Al contrario, dos puntos rojos revelaban su excitación. Gaucelm vio que se moría de curiosidad, pero antes de pedirle que le relatara su aventura en Malemort, Marie necesitaba saber una cosa.

—¿Por qué te fuiste un día antes de lo previsto? —le preguntó—. ¿Estaba enferma la señora?

Gaucelm tragó saliva.

—Me habéis juzgado mal, mi señora.

Marie dio un paso hacia él, como si quisiera inspeccionar más de cerca la intención de sus palabras.

—Siéntate —dijo.

—Prefiero estar de pie.

Marie le miró con ceño y se volvió hacia la chimenea, como si se dispusiera a despedirle.

—¿Qué quieres decir con que te he juzgado mal?

Él se tomó su tiempo para responder.

—La reprimenda e incluso el castigo corporal habrían sido justos y merecidos, mi señora, pero la tortura... La tortura no —dijo finalmente.

Marie se volvió lentamente hacia él.

—Gaucelm... —Su expresión no podía ser más distinta de la anterior, pues ahora su rostro rezumaba simpatía—. Oh, Gaucelm, mi querido muchacho... ¡Sólo era un juego! ¡Estaba segura de que la señora Audiarde te parecería muy divertida! Estaba enfadada contigo, naturalmente, y supongo que no esperarías que no lo estuviera. Pero quienes reciben su castigo de manos de ella sólo pueden considerarse... —titubeó y dio un paso con los brazos extendidos hacia él, como en una ofrenda de paz— ¡privilegiados!

Gaucelm no respondió.

—Muy bien —dijo ella bajando los brazos—. No volveremos a hablar de esto. Asunto concluido... salvo por una cosa. ¿Te has olvidado de nuestro acuerdo? ¿Has traído alguna prueba de la pequeña lección de amor que recibiste en Malemort? —preguntó con renovada ansiedad.

—No lo he olvidado, mi señora —dijo Gaucelm, y le cantó su dimisión en cuatro estrofas.

La expresión de Marie, al principio tranquila y confiada en que iba a oír los detalles picantes de la escena que había organizado para delectación suya, no tardó en verse ensombrecida por la ira. Gaucelm siguió recitando y vio cómo las arrugas que enmarcaban la boca de Marie iban volviéndose más profundas y el rubor de sus mejillas pasaba al rojo oscuro de la indignación. Marie giró bruscamente sobre los talones y volvió a detenerse delante de la chimenea, esta vez dándole la espalda. Cuando hubo acabado de recitar su tensón, Gaucelm salió del solanar con una reverencia que Marie no vio. No se volvió, y ella no le ordenó que volviera. Lo que hizo, cuando las campanas acabaron de dar la completa, fue enviar a Pons a la habitación de Gaucelm con una bolsa que contenía treinta monedas de oro.

Gaucelm no fue consciente del loco atrevimiento de su aventura hasta después de que Guilhelma lo hubo abrazado para hacerle recorrer toda la estancia en una frenética danza, y se preguntó si el riesgo no se le había subido a la cabeza. Un instante después decidió averiguar hasta dónde llegaba su nuevo poder sobre Marie. Volvió a subir la escalera, llamó a la puerta del solanar, exigió cincuenta monedas y las obtuvo al momento. Junto con las monedas, recibió de ella una mirada que decía: «Muy bien. ¡Ahora que estamos igualados, juguemos otra ronda!» Había ganado. Marie acababa de reconocer su victoria, y Gaucelm tuvo que admitir que había aceptado noblemente su derrota. Marie seguía las reglas, incluso si era ella quien las había concebido.

Pensó en ello mientras bajaba por la escalera. Las diversiones a que se entregaban las mujeres ociosas primero le intrigaron y luego le parecieron tan despreciables como se lo había parecido antes la cacería, aquel entretenimiento de hombres ociosos. Pero ahora que se sabía capaz de vencer con sus mismas cartas a contrincantes tan temibles como la condesa de Ventadour, lo que le repugnaba era algo más profundo que el juego en sí. A pesar de su victoria, Gaucelm aún no había digerido su primera humillación infligida por el ejercicio del capricho femenino. Era aquello —y no los extraños esfuerzos de Marie por corromperlo— lo que no podía perdonar.

14

NOTICIAS DE PROVENZA

Ebles de Ventadour, envuelto en un manto ribeteado de armiño, estaba sentado en su sillón de la gran sala la segunda mañana después del banquete. Allí estaba en su elemento, y disfrutaba entreteniendo a los caballeros con historias de la Cruzada. Para Ebles la guerra significaba cargar al frente de mil hombres a través de las llanuras de Asia Menor para enfrentarse a los infieles de piel morena que se defendían con uñas y dientes en combates singulares entre el polvo.

—Delante de Jaffa nos vimos superados en número —dijo inclinándose y apoyando los codos en la mesa, que ya había sido recogida después del desayuno—. Sólo éramos dos, yo y un alemán, y suerte tuve de que él llevara un hacha en su silla de montar. Pero mientras el alemán y yo subíamos al galope por la pendiente, fuimos sorprendidos por tres musulmanes a caballo que cayeron sobre nosotros lanzando gritos de guerra árabes mientras agitaban esas espadas de hoja curva que parecen guadañas...

—¿Y cómo sonaban sus gritos de guerra? —preguntó Gui d'Ussel con vivo interés.

Queriendo complacer al muchacho, Ebles tensó las manos sobre los brazos del sillón y, cerrando los ojos, emitió un estridente «¡Ye-eee! Ye-eeee!». Todo movimiento cesó de repente. Marie, que cumplía sus deberes de anfitriona dando conversación a Pierre, el tío de Gui, se quedó helada a mitad de una frase; y gracias a ello Ebles se encontró convertido en el triunfante centro de atención, un estado del que no había disfrutado desde su regreso de la Cruzada hacía ocho años. Ver la perplejidad de Marie le produjo un leve placer. De hecho, tener a una audiencia tan pendiente de él era una sensación tan nueva como deliciosa, por mucho que supiese que eso sólo duraría hasta la comida. Entonces la mayor parte del grupo se iría... con excepción, naturalmente, de los D'Ussel.

Ebles tosió y volvió a repantigarse en el sillón. Después de toda una vida de combates en el norte y fuera de Europa, sabía que al contar sus historias de guerra a los jóvenes caballeros, llenando así el limbo que precedía a su marcha, les permitía saborear por anticipado el futuro que les aguardaba.

—De pronto comprendí que aquellos tres musulmanes querían acabar con nuestros caballos —prosiguió—. El primero en caer fue el del alemán, pero no antes de que su jinete hubiera conseguido extraer su hacha. Yo conseguí atravesar a un hombre y derribar a otro, y el tercero huyó. Y así fue cómo acabamos: tres hombres luchando a pie, con la espada, el hacha y el sable hendiendo el aire. ¡Y entonces el alemán y yo dimos buena cuenta del último musulmán!

Mientras hablaba, se le ocurrió que algunos de sus jóvenes y aguerridos oyentes tal vez ni siquiera supiesen qué mar había tenido que cruzar para llegar a Oriente. Pasado un rato, detectó signos de mera cortesía bajo las expresiones de fascinada atención. La mayoría no tardó en irse. Gui d'Ussel se quedó, al igual que su orondo tío Pierre y Araut de Cornil, en cuya casa, como bien sabía Ebles, acababa de completar su servicio como paje. Un caballero de Cornil y un par de familiares de Marie, los Turena, ponían cara de que les encantaría apoyar los pies en la mesa para estar más cómodos, aunque Ebles no tenía muy claro si eso era debido al aburrimiento o a la impresión de estar en su casa nacida de la atmósfera de familiaridad del clan. Los demás, después de haber buscado refugio en el mucho más espacioso recinto de la sala, formaban pequeños grupos que sin duda estarían hablando de política. Bueno, los jóvenes siempre estaban pendientes de las últimas novedades, que servían como entretenimiento inofensivo para los principiantes. Ebles se dijo que la deserción de la mesa era una reacción de lo más natural.

—¡Pons! —llamó—. ¿Dónde está el encargado de las bodegas?

El mayordomo, que había estado esperando que alguien necesitara de sus servicios junto a la entrada de la sala, se apresuró a informarle que la señora condesa había cancelado su orden anterior.

—¡Tonterías! ¡Envía inmediatamente una carreta a Egletons! ¿Cómo demonios vamos a entretener a toda una sala llena de hombres si no tienen qué beber?

Pons se dispuso a cruzar la sala.

—¡Y una cosa más, Pons! —gritó Ebles—. Haz que nos traigan algo de comer... —Agitó la mano en un vago gesto de despedida—. Pasteles, hogazas... ¡Lo que Alba tenga por ahí!

Después sus ojos se posaron en Elías. Había transcurrido más de un año desde que él y Elías pasaron un día entero en el estudio de Ebles intentando encontrar una solución a su problema de lindes, y entonces Elías había conseguido mantenerse sobrio pese a que no paraban de traerles vino de las bodegas. Cuando por fin lo vio marchar hecho una furia poco antes de la puesta de sol, Ebles se maravilló de que aún pudiera tenerse en pie. ¡*Dieus*, y lo que le había hecho sufrir el muy condenado! Aún recordaba cómo, ya muy avanzada la noche, Marie lo había encontrado todavía sentado a su escritorio luchando con el enredo de cabos sueltos en que se había convertido aquella solución tan cuidadosamente redactada, intentando entender cómo era posible que, después de haber estado tan cerca de alcanzar un acuerdo, todo el asunto hubiera acabado estallándole entre las manos.

Ebles ya se había percatado de que Elías no formaba parte de su audiencia matinal. Quizá hubiera estado entreteniendo a otro público con el relato de cómo adquirió sus cicatrices de guerra, que, y eso Ebles debía admitirlo, eran honrosamente abundantes. A fin de cuentas, Ebles también tenía que admitir que durante los últimos años, y a pesar del problema con los lindes, Elías había llegado a parecerle un tipo francamente decente. Era un buen jugador de ajedrez y sabía distinguir un clarete respetable cuando se lo servían (y en aquella misma mesa le habían servido más de uno). Se tomaba muy en serio la religión y componía versos pasables, aunque no se podía decir que D'Ussel hubiera visto florecer ninguna tradición del *trobar* como sí había ocurrido en Ventadour. Desde la muerte de su esposa, naturalmente, había sido padre y madre para Gui y a juzgar por lo poco que Ebles sabía de él, la ausencia de su madre no había echado a perder al muchacho. Parecía listo. Tenía curiosidad, una cualidad bastante rara en los jóvenes de hoy en día. Era guapo, y además tenía buenos modales.

Miró a Gui. Con ese cabello negro como ala de cuervo, había salido más a su tío Pierre que a su padre. Tenía un poco de la melancolía de Pierre, y esa misma mirada un tanto huidiza cuando lo saludabas por primera vez. Pero los diecisiete años —o dieciocho, o los que tuviera ahora— siempre eran una edad bastante difícil. Aun así parecía un buen chico, honrado y sincero aunque aún no hubiera tenido ocasión de acumular experiencia. Ebles casi lamentaba que un matrimonio entre el muchacho y Douce fuera sencillamente imposible. Aparte de lo impensable —Elías unido a Ventadour por los lazos del matrimonio—, los D'Ussel no eran una familia que mereciera ser tomada en consideración. El problema no era la falta de tierras, desde luego: Elías poseía el castillo de Ussel y también contaba con Charlus, que había sido arrebatado por la fuerza al condado del Lemosín durante los días de guerra y pillaje del abuelo de Elías.

Pero eso era precisamente lo que no aguantaba de aquella familia: las posesiones de los D'Ussel eran viejas, ya que no realmente venerables, y Elías había dilapidado su herencia. A decir verdad, Elías tenía alma de vagabundo. A pesar de sus considerables propiedades, era obvio que no sabía administrarlas ni poner orden en sus asuntos, y siempre andaba metiéndose en líos. Las propiedades de los D'Ussel estaban mal administradas incluso en tiempos de paz, y sus aparceros pasaban hambre y no paraban de quejarse. En vez de ocuparse de sus campos y graneros, Elías pasaba la mitad de sus días dedicándose a la cetrería y el resto bebiendo vino con aquellas cohortes suyas a las que llamaba «poetas», aunque Ebles nunca había oído recitar ni un solo verso suyo. Charlus, por su parte, prácticamente era una ruina.

El sillón era espantosamente incómodo, y Ebles apoyó un codo en la mesa para cambiar de postura. Había días en los que le dolía todo el cuerpo. La vejez ya era bastante horrible por sí sola, y lo último que necesitaba era a alguien como Elías d'Ussel para que acabara de amargarle la vida. Ebles estaba decidido a impedirlo por todos los medios.

Bastaba con verle, porque cualquier hombre con un mínimo de experiencia en los campos de batalla se daría cuenta de que Elías seguiría malgastando sus talentos hasta que pudiera utilizarlos... en la guerra. Desde sus rizos despeinados hasta sus gruesas botas de guerrero, Elías era la quintaesencia del guerrero. Cuando no había guerra, casi oías cómo se devanaba los sesos buscando alguien con quien enfrentarse. Ebles era consciente de que, en aquellos tiempos de relativa paz, su pequeño contratiempo con los lindes había servido para mantener entretenido a Elías.

Pons entró en la sala moviéndose con inusual dignidad, sonrojado por la importancia de su misión. Anunció que el carro de una troupe de cómicos de la legua y juglares acababa de llegar por el camino del pueblo, donde habían pasado la noche.

—Buscan trabajo, mi señor, y ruegan que se les permita acampar junto a la poterna.

—¡Diles que pueden quedarse todo el tiempo que quieran, con tal que accedan a entretenernos cada noche! —repuso Ebles agitando un brazo.

Pons siguió inclinado sobre su sillón.

—Traen noticias, señor conde.

—¿De qué se trata?

—Vienen de Provenza. Al parecer Alfonso de Aragón está armando sus fortalezas de los alrededores de Mondragón para hacer frente a las pretensiones del conde Raimundo de Tolosa.

Los caballeros se apresuraron a cruzar la sala entre un tintineo de espadas y, formando corro alrededor de la mesa, se lanzaron sobre aquella información como una jauría de perros famélicos.

—¡Merecería que lo llamaran Alfonso el Arrogante! —exclamó Pierre—. ¡Deberíamos enviarlo de vuelta a España con el rabo entre las piernas y la hoja de una espada pegada al trasero!

El contingente de Turena no parecía compartir su entusiasmo.

—Oh, Alfonso es un advenedizo, desde luego, aunque ahora

que tiene los cofres llenos, algunos dicen que sus derechos son más antiguos que los de Raimundo —observó Guiraut, el cuñado de Marie.

—¡Por supuesto! —convino otro Turena—. Hoy en día ser rico significa que puedes quedarte con todas las tierras que te apetezca, ¡y por muy sospechosos que sean tus derechos siempre dispondrás de lacayos dispuestos a arriesgar el cuello luchando por ellos!

Gui se adelantó sobre su taburete.

—Pero Raimundo también es rico —intervino—, y he oído decir que no teme correr riesgos en sus empresas...

Los Turena se volvieron para mirarlo como si fuera un colegial que acabara de hablar sin permiso del maestro.

Elías d'Ussel se abrió paso entre el enfrentamiento de voces. Pasando por alto el comentario de su hijo, se dirigió a Guiraut.

—Raimundo no es ningún advenedizo, y ése es el auténtico problema. Acabas de poner el dedo en la llaga. Su gran desgracia es que tampoco es un guerrero. Los condes de Tolosa no llevan la guerra en la sangre. Raimundo tiene el derecho pero no la fuerza...

—Y ésa es la razón por la que necesitamos vuestra ayuda —dijo Pierre, incluyendo a los caballeros de Cornil, que aún no habían abierto la boca.

Elías retomó el tema.

—¿Y qué hará Turena? ¿Quedarse cruzada de brazos mientras ve cómo Raimundo defiende su causa sin ayuda de nadie? ¿Qué hará mi señor Arraut de Cornil? —preguntó separando las piernas para plantar los pies en el suelo, advirtiendo así a todos los que le conocían que se disponía a embarcarse en una larga exhortación.

Gui, los codos apoyados en las rodillas, se llevó una mano a la frente como para protegerla de los embates de una tempestad.

Ebles alzó una mano conciliadora, queriendo detener la avalancha de objeciones que sobrevendría.

—Bueno, sea quien sea el vencedor y suponiendo que haya un conflicto, no se derramará mucha sangre. Los hombres de Provenza no aman la guerra, y está claro que Raimundo es su hombre.

Ebles, que admiraba al conde de Tolosa, lamentaba que el Papa pareciera decidido a hacer un escarmiento público con Raimundo. Pero ahora que los venecianos habían pervertido la última expedición a Tierra Santa convirtiéndola en una mera empresa comercial, el Papa probablemente estuviera buscando una pequeña «diversión» que hiciera olvidar el desastre de ultramar. ¿Qué mejor lugar para crear un poco de agitación que el hogar? Ah, sí, Inocencio era muy astuto. Pero la disputa no merecía una demostración de fuerza, por mucho que hombres como Elías siempre estuvieran intentando crear problemas allí donde no los había. El estallido de ardor guerrero con que había acogido las noticias de Mondragón era propio de él. A juzgar por lo que acababa de decir, ya ardía en deseos de enfrentarse a los aragoneses.

Marie, alertada por la escalada de voces entre Ebles y Elías, decidió intervenir.

—¿Por qué no le preguntamos qué opina a Gaucelm? Ha tenido ocasión de llegar a conocer muy bien a Raimundo y...

—Pero querida, ¿qué sabe nuestro trovador de política? Las guerras no se libran en las salas de ensayos.

—¿Gaucelm? —exclamó Elías—. ¿Estáis hablando de Gaucelm Faidit?

—Ha estado en Ventadour desde la cosecha —dijo Ebles.

—No cantó en el banquete...

Marie se adelantó a su esposo.

—Porque yo se lo había prestado a la señora Audiarde de Malemort. La que cantó fue Guilhelma, su moza.

—Me gustaría conocer a ese hombre —dijo Elías.

—Entonces lo conoceréis. Y quizá Gaucelm nos dé alguna pista acerca de lo que podemos esperar de Raimundo. ¡Pons!

Gaucelm se detuvo en la entrada de la gran sala y parpadeó como un topo al que acabaran de sacar de su agujero. El familiar olor de los suelos de piedra, el calor de cuerpos caninos dormitando cerca de la chimenea y el ácido aroma del metal llenaron sus fosas nasales. Era un olor del norte, en el que predominaba el aroma del acero: a diferencia de los de Raimundo, los hombres de Ebles siempre llevaban la espada al cinto.

Aquellas reuniones de caballeros no le gustaban. Un súbito silencio se hizo en la sala cuando él entró, como si fuese el niño mimado de la casa traído del cuarto de juegos para que hiciera unas gracias ante adultos importantes. Caras desconocidas se volvieron hacia él. Durante la cena había estado tan pendiente de Marie que apenas se había fijado en los invitados. Se preguntó qué le tendría reservado. La señora de Ventadour era perfectamente capaz de disfrutar con una humillación pública, y quizá le hubiera preparado otra trampa. La cautela le recordó que, según las reglas de su juego, ahora le tocaba mover a ella.

—¡Gaucelm Faidit! —dijo Marie con un ampuloso ademán—. Esperamos de ti que saques nuestra discusión del punto muerto en que se ha atascado. ¿Te ha dicho Pons...?

—Pons no me ha dicho nada, mi señora.

—Ah, entonces te pondré al corriente.

Gaucelm la escuchó impasiblemente mientras Marie le informaba de lo que estaba ocurriendo en Mondragón.

—Pasaste seis años en la corte de Raimundo y formaste parte de su círculo privado —dijo en cuanto hubo concluido—. ¿Qué crees que hará?

—¿Tienes alguna idea de cuáles son sus defensas? —preguntó Ebles a su vez—. ¿De cuántas catapultas y ballestas de sitio dispone? ¿Sabes si sus caballeros se entrenan regularmente en el campo de justas? Que yo sepa, nunca ha celebrado un torneo. ¿Cruzan las armas entre ellos, o se limita a mantenerlos enjaulados en su corte como cacatúas ornamentales?

¡Raimundo! Gaucelm reprimió el impulso de dar media vuelta y marcharse de la sala. No quería pensar en Raimundo, y mucho menos hablar de él. Además, cuando le formulaban esa clase de preguntas en público prefería haberse preparado previamente, ya que no le gustaba hablar de cuestiones políticas... ¡sobre todo si involucraban de alguna manera a Raimundo! ¿Qué querían Ebles y Marie de él? Raimundo pertenecía al pasado, a todo ese horrible asunto con Folquet, a otro mundo.

—Carezco de opinión sobre el asunto, mi señor.

—Ya sabemos que no te interesa mucho la política, Gaucelm —dijo Marie—. Lo que nos gustaría oír de ti es tu opinión acerca del hombre. Llegaste a conocer a Raimundo mejor que nadie en Tolosa... —Lo obvio del halago le puso en guardia, pero cuando Marie siguió hablando también detectó una sincera preocupación en su voz—. Puedes hablar con entera libertad y sin ningún temor, Gaucelm. Pero queremos saber qué opinas acerca de Raimundo porque Ventadour... es decir, Ebles y nuestros caballeros, así como Elías, Arraut, Guiraut... —fue señalándolos a medida que los nombraba—, tal vez nos veamos involucrados en una crisis que podría poner en peligro nuestras tierras, y quizá incluso nuestras vidas. ¿Cómo crees que reaccionará Raimundo? ¿Se quedará cruzado de brazos o actuará?

Gaucelm tuvo que resistir el impulso de gritar: «¡Raimundo es un traidor! ¡No creáis nada de lo que diga! El conde de Tolosa hará cualquier cosa con tal de salvar el pellejo.» Pero entonces oyó la voz de Vidal con tanta claridad como si aquel astuto diablillo estuviera a su lado. Sí, Raimundo estaba acostumbrado a jugar al gato y el ratón con el Papa. Finalmente, y sabiendo que la pregunta esperaba ser respondida, dijo:

—Raimundo siempre está haciendo equilibrios entre el cielo y el infierno. Su política es... inconsistente.

Un silencio perplejo se adueñó de la mesa.

—¡Pero es que no se trata de Raimundo! —gritó una voz—. El que podáis confiar en ese hombre o no carece de importancia. ¿Acaso no lo entendéis? ¡Lo que realmente importa es que su causa es justa!

Gaucelm se volvió hacia el hombre que acababa de hablar, aquel al que Marie había llamado Elías. Sus toscas facciones podrían haber sido talladas en piedra o madera, y su robusto torso parecía tan acostumbrado a batallar contra los elementos como un sauce de Lombardía.

—¡Que Raimundo una al sur ahora que todavía hay tiempo! —dijo Elías con voz apremiante—. El condado de Provenza no es tan orgulloso como para no poder llegar a un acuerdo con él...

—O con Alfonso —intervino uno de los Turena.

—Posiblemente —repuso el caballero del rostro curtido por la intemperie—. Pero si tuviera que jugarme la bolsa, yo apostaría a que será Raimundo quien haga el primer movimiento. Una alianza sureña le beneficiaría mucho. ¡Fijaos en lo que tiene que defender! A Raimundo no le interesa que haya barreras entre Tolosa y Provenza... y Ventadour, si a eso vamos. Dado que todos hablamos la misma lengua, ¿por qué no oficializar el vínculo?

—Pues ahí lo tienes, Elías d'Ussel —dijo Ebles, acomodándose en su sillón—. Tú mismo lo has dicho en muchas ocasiones. Pero no pierdas de vista las realidades. Raimundo se enfrenta a una doble amenaza: el Papa anda detrás de él y ese abad cisterciense no le deja en paz con eso de los herejes, y ahora además quizá tenga que ir a la guerra para defender su porción de Provenza. ¡Si queréis saber mi opinión, yo diría que Raimundo ya tiene bastantes problemas sin necesidad de formar un frente para proteger a una banda de proscritos eclesiásticos!

—Es verdad, Elías —dijo Marie—. Esa agrupación de fuerzas resultaría muy sospechosa. Parecería una alianza contra el Papa. O al menos así la interpretaría alguien que se encontrara en la posición de Folquet... y otros que consideran que el conde de Tolosa es un protector de los herejes.

—He oído decir que permite que esos cátaros vivan en su corte, que los viste y alimenta, ¡y que incluso permite que prediquen en la plaza del mercado! —dijo su cuñado Guiraut de Turena, con su calva enrojecida por la indignación—. Pueden hacer negocios con quien les apetezca. ¡La tolerancia es una cosa, pero a mí eso me parece pura y simple temeridad!

—Tal vez, pero el comercio de la lana prospera gracias a ellos —dijo Gaucelm—. Incluso los judíos los respetan, porque son honrados y siempre puedes fiarte de ellos en los asuntos de dinero.

—Yo digo que hay que dejarlos en paz. Raimundo hace bien. Los herejes deberían ser tratados como cualquier otro ciudadano decente —declaró Arraut de Cornil.

Gaucelm asintió y los Turena mostraron su desaprobación. Finalmente uno de los caballeros de Arraut, que parecía un poco lerdo de entendederas, expresó en voz alta lo que flotaba en el aire.

—El único problema es que quienes intenten ayudar a Raimundo pueden encontrarse luchando por las vidas de unos herejes. Me han dicho que los cátaros se niegan a empuñar las armas aunque sea en defensa propia.

—Cuando estaba en Cornil sirviendo a mi señor Arraut —intervino Gui—, oí hablar de barones, e incluso condes, que se han unido a las filas de los cátaros... aunque no van por ahí alardeando de ello, naturalmente. ¿Creéis posible que Raimundo...? Me pregunto si por eso el Papa está tan decidido a acabar con él.

Arraut de Cornil torció el gesto. Los Turena le miraron con incredulidad, y Ebles se limitó a menear la cabeza. Pero Gaucelm miró al joven de negro cabello con un renovado interés.

—Me gustaría poder afirmar que conozco a Raimundo tan bien como ha dado a entender la condesa, o al menos lo suficiente para poder admitir que es un hereje —dijo mirando a Gui—. Pero no puedo hacerlo, aunque no cabe duda de que es una posibilidad muy tentadora.

Había algo en aquel joven caballero que despertó su interés. Quizá fuese el hecho de que formulaba preguntas en vez de limitarse a proclamar sus opiniones como si promulgara edictos, o tal vez fuese su mirada vivaz y despierta. Se preguntó cuántos años tendría, y acabó decidiendo que no hacía mucho que había dejado de ser un muchacho. Aunque no podía ser mucho más joven que Gaucelm, había en él una ingenuidad y una deferencia que despertaban el deseo de protegerle. Su conjetura sobre Raimundo era muy astuta, pero sólo podía habérsele ocurrido a un inocente. Esa manera de pensar directa y honrada lo distinguía de los demás, y le pareció muy atractiva. En una guarida llena de leones hambrientos, Gui era un cachorro del que podías llegar a hacerte amigo.

—Una cosa sí puedo decir, y nuestra anfitriona lo sabe tan bien como yo —dijo, dirigiéndose a él—. Raimundo tiene un espía, un enano, que puede identificar todas las «casas seguras» de los cátaros en los alrededores de Tolosa y al sur de la ciudad hasta la misma Foix. También se rumorea que ha escondido a obispos cátaros y algunos *perfecti* cuando corrían peligro. Pero sospecho que eso no será ninguna novedad para nadie que esté al corriente de las tendencias liberales de Raimundo.

—¡Un enano! —murmuró Gui—. Como en un cuento de hadas.

Gaucelm miró a los hombres que lo flanqueaban, Elías y el de negro cabello, y pensó que cualquiera de los dos podría ser su padre. Que los tres eran de la misma sangre estaba tan claro como que el árbol brotaba de las raíces. Si hubiera sido engendrado por un propietario de tierras en vez de por un mercader de telas, pensó, ahora podría estar sentado entre ellos... Pero mientras contemplaba al muchacho, la diferencia de linaje no le impidió tener la sensación de que estaba viéndose a sí mismo con varios años menos.

—Y si llega a haber guerra, ¿por qué lucharemos... por unas tierras o por una banda de herejes? —preguntó Gui.

—¡Por ambas cosas! —gritó Elías antes de que Gaucelm pudiera abrir la boca.

—Elías. ¡Gui! —Ebles se irguió en su sillón como un árbitro decidido a impedir que dos jugadores recurrieran a la violencia—. Las cosas nunca llegarán tan lejos. Raimundo no puede permitirse ninguna maniobra que acabe en una guerra contra el Papa. —Se volvió hacia Gaucelm—. Bien, y ahora que ya has oído hablar a todo el mundo, ¿qué opinas? ¿Crees que Raimundo enviará soldados a Mondragón?

—Creo que hay muchas probabilidades, mi señor —dijo Gaucelm en voz baja, como si estuviera a solas con Ebles.

La gran sala quedó en silencio, y un par de caballeros miraron de soslayo a Ebles. El anciano, visiblemente abatido, se encogió en su asiento.

—¡Malditos sean Raimundo, Folquet y el Papa! —estalló Elías—. ¡Perdemos el tiempo hablando de lo que podría ocurrir mientras el enemigo se prepara delante de nuestras narices! Esos españoles llevan demasiado tiempo saqueando Provenza, y ya va siendo hora de que los echemos de allí. ¡Reunamos a las tropas! Esto sólo es el comienzo. Tu trovador tiene razón, Ebles de Ventadour: Raimundo enviará soldados a Mondragón. ¡Y antes de que nos demos cuenta, todo el sur estará en guerra!

Gaucelm vio cómo el hosco caballero le hacía una seña al joven y los dos salían rápidamente de la sala. Decidió seguirles.

Cuando llegaron al patio, Elías oyó pasos detrás de él y se volvió.

—Habéis mencionado al abad Folquet... —empezó Gaucelm.

—¿Sí?

Un extraño cosquilleo de alarma recorrió la nuca de Gaucelm cuando pronunció aquel nombre, y por un momento no supo qué decir.

—¿Cómo...? Porque os referíais al abad de Le Thoronet, ¿verdad? Bien, lo que me gustaría saber es si Folquet anda metido en el asunto de Mondragón.

—¿Puedo preguntarte por qué quieres saberlo? —inquirió Elías mientras seguían andando.

—Conozco a Folquet. Le conocí hace años en la corte de Raimundo. Me preguntaba por qué lo habéis mencionado precisamente ahora, y si tiene algo que ver con esta disputa entre Raimundo y Alfonso. A mí me parece una cuestión privada, un mero enfrentamiento personal por motivos territoriales...

—¡Privada! ¡Una disputa en la que están en juego miles de hectáreas de uno de los reinos más ricos de la cristiandad no puede seguir siendo privada durante mucho tiempo! Todo el mundo debe tomar partido. Y Folquet, como probablemente sabrás, no es muy amigo de Raimundo.

—¿Y eso sería razón suficiente para que Folquet apoyara las pretensiones de Aragón?

—Si eres el abad de Le Thoronet, entonces lo sería. ¡Y si quieres que el papa Inocencio vea que estás de parte de sus ángeles, desde luego que lo es!

Gui, que había estado escuchando a Elías con paciencia, rogó a Gaucelm con la mirada que no exaltara todavía más a su padre, y luego intervino con un franco apretón de manos.

—Gui d'Ussel, hijo de Elías. Me alegro de que mi pregunta sobre si Raimundo se habrá unido a los cátaros en secreto no te haya puesto tan nervioso como a los demás —dijo, y se volvió hacia su padre—. Si Gaucelm tiene razón, ¿cuándo crees que empezará a haber movimiento alrededor de Mondragón?

—Sólo sé lo que me dice el sentido común, Gui: que Provenza es una flecha lista para ser disparada. Ahora lo único que falta es un dedo que la lance, y entonces sí estaremos metidos en un buen lío.

—En ese caso el sur debe unirse —dijo Gaucelm, y al punto supo que había superado el examen.

Llegaron al centro del patio y Elías aflojó el paso.

—Quiero que me escuches atentamente, Gui —dijo—. No tenemos mucho tiempo. Respecto a lo de Mondragón, ¿quién sabe? Ninguno de los dos bandos correrá el riesgo de iniciar una guerra a gran escala en pleno invierno. Acabamos de enterarnos de que Alfonso ha estacionado tropas allí. ¿Quién sabe cuándo actuará Raimundo? Pero cuando estábamos en la sala, tú preguntaste si esta guerra iba a ser por las tierras o por motivos religiosos. Es una buena pregunta.

—Y tú dijiste que por ambas cosas.

—Es lo que creo. Alfonso, con el Papa detrás de él, quiere extender las disensiones por todo el sur. ¿Y qué mejor manera de empezar que invadiendo las posesiones de Tolosa en los alrededores de Mondragón, de manera que Raimundo se vea obligado a ir allí para luchar por sus tierras? En cuanto Provenza haya empezado a hervir, el Papa y sus aliados podrán iniciar una campaña a gran escala contra los herejes... —Se volvió hacia Gaucelm—. No sé de qué parte estás. Yo no comparto las creencias de los cátaros, pero respeto su derecho a practicar una religión distinta a la que dicta la Iglesia. Y de todas maneras, sé cuándo va a haber guerra porque siempre puedo olerla en el aire —prosiguió, volviéndose hacia Gui—, y os digo que el Papa encontrará alguna manera para provocar una guerra con la excusa de los cátaros. Pero antes Provenza sangrará. Mirad esto.

Elías se quitó la espada del cinto y trazó una gran curva en el suelo del patio.

—Aquí —dijo señalando un punto en el polvo— está Mondragón, que es el sitio que Alfonso ha escogido como centro de sus pretensiones. —Levantó la vista hacia Gui para asegurarse de que le prestaba atención—. Si Raimundo consigue recuperar Mondragón, entonces tendremos una posibilidad. De lo contrario, todo se derrumbará como un castillo de naipes y Mornas seguirá a Mondragón. ¿Y después de eso? —preguntó Elías a su hijo, tendiéndole la espada.

Gui, bruscamente interpelado, titubeó antes de responder.

—Después supongo que... ¿Orange? —murmuró, clavando la punta de la vaina en la tierra reseca justo debajo de la marca hecha por Elías.

Su padre borró la segunda marca con su bota, recuperó la espada y la hundió en el suelo más hacia el sureste.

—¡No, Orange está ahí! Un guerrero que no sepa geografía siempre acabará derrotado.

Siguieron andando. Elías, impulsado por la inercia de sus especulaciones, no tardó en olvidar su irritación ante el error de su hijo.

—Y después de Orange, y antes de que el príncipe poeta de Courthézon pueda ver con qué le han atizado, le tocará el turno a Courthézon. Luego vendrán Carpentras, Villeneuve, Aviñón, Beaucaire, Arlès, Nimes y Montepellier. ¡Y eso será el fin del sur!

Hendiendo el aire con su espada, Elías decretó la perdición de toda Occitania. Llegaron a los establos sumidos en un hosco silencio. Elías apoyó el pie en un cubo puesto del revés.

—¿Y entonces qué? —preguntó Gaucelm, poniendo fin a aquella tensión.

—Entonces puede que los barones del sur se decidan a mover el trasero y reúnan un ejército... pero ya será demasiado tarde. Y ahora, señor trovador, la respuesta a una pregunta que quizá te haya pasado por la cabeza: ¿qué tengo intención de hacer yo? Gui irá a Mondragón, y mi hermano Pierre y yo alertaremos al sur. Debemos reunir tropas ahora, antes de que llegue la primavera. Pierre partirá antes que yo. Necesitamos dinero, así que no podré seguirle hasta que haya cobrado mis rentas después del primero de año. ¡Alguien tiene que espabilar a esos imbéciles! —Gaucelm vio que Gui torcía el gesto, y comprendió que Elías se disponía a embarcarse en otra de sus apasionadas arengas—. Los provenzales están demasiado gordos y llevan demasiado tiempo sumidos en la indolencia, y sólo Dios sabe cómo han conseguido conservar sus tierras durante tantos años. Antes de que puedan reaccionar ya habrán sido despojados de sus feudos, sus cofres y todo su sagrado orgullo... —Elías fue puntuando cada nuevo botín con una palmada en el muslo—, ¡por una banda de codiciosos bárbaros del norte mandada por el Papa!

Los planes personales de Elías d'Ussel no podían estar más alejados de los de Gaucelm.

—Debo volver —dijo de pronto—. Estoy componiendo una canción y he de tenerla terminada para mañana.

—¡Gaucelm Faidit! Por las luces de san Esteban, con tanto hablar de la guerra había olvidado que tenemos un auténtico poeta entre nosotros. Es un honor conoceros, señor trovador. Y, ya que hemos estado hablando de Provenza, permíteme decirte que me encanta esa canción tuya... ¿Cómo dice? Ah, sí: *Alen tir vas me l'aire...*

Gaulcem dejó que siguiera destrozando sus versos durante unos instantes más antes de interrumpirle.

—*Ab l'alen tir vas me l'aire / qu'eu sen venir de Proensa* —recitó—. Sí, la obra maestra de Peire Vidal. Lo mejor que ha compuesto hasta la fecha, y así se lo he dicho. Naturalmente, todavía no he tenido ocasión de ver los hermosos parajes de Provenza con mis propios ojos.

Transcurrieron unos momentos mientras Elías desplazaba el peso de su cuerpo al otro pie.

—Te he atribuido erróneamente ese gran poema, pero eso te dará cierta medida de la estima en que tengo tu obra —dijo después—. Yo también compongo versos —añadió con lo que casi parecía orgullo—, pero, como has podido ver, tengo muy mala memoria para los de los demás.

Gaucelm reaccionó alzando la mano para evitar que siguiera tratando de disculparse, pero Elías ya había cambiado de tema.

—¿Conoces al trovador Arnaud d'Arques? Menciono su nombre porque he oído decir que Folquet ha revelado su identidad al obispo de Marsella. Todos saben que Arnaud es cátaro, y que nunca ha intentado ocultarlo. —Meneó la cabeza—. No entiendo a esos cátaros. Como he dicho antes, ignoro cuáles son tus convicciones —dijo lanzándole una mirada interrogativa—. Pero he pensado que deberías saber que los trovadores no están exentos de la ira del abad Folquet.

«Ya lo sabía», estuvo a punto de decir Gaucelm, pero optó por callarse. El incidente de la *Eretria* aún le quemaba, y le enfureció que hubiera salido a relucir una vez más. Aquella mañana había entrado en la sala para desayunar sintiéndose más contento y satisfecho que de costumbre después de que la bolsa de monedas de oro de Marie le hubiera devuelto el buen humor. Y ahora, cuando las campanas de la iglesia aún no habían dado el mediodía, ya se sentía amenazado. La política siempre le afectaba de esa manera. ¡Y de todas maneras, maldita fuese Marie por haber interrumpido su trabajo! ¿Por qué demonios no se había ido de la sala después de haberles dicho lo que pensaba de Raimundo, antes de que la mención del gordo abad estropeara su buen humor? Cada vez que alguien mencionaba a Folquet, el suelo parecía temblar bajo los pies de Gaucelm.

Y ahora, pensó, me veo obligado a hacerme otra pregunta. Si X es un hereje, ¿de parte de quién está Y? ¿Y si Raimundo realmente fuese cátaro? Las cosas estaban llegando a tales extremos que había que tener muchísimo cuidado con todo el mundo, el ampuloso Elías d'Ussel incluido. Pero en vez de ser cauteloso, lo que realmente quería era gritar: «¿Y cuál será el próximo paso? ¿Empezarán a quemar trovadores en la plaza del mercado?»

Se acordó de los restos humeantes de la aldea cátara en que habían entrado él y Guilhelma, y tuvo un acceso de náuseas. Una oleada de picor se esparció por su cuero cabelludo y, por primera vez desde su llegada a Ventadour, tuvo miedo. Elías y Gui se dieron cuenta de que tenía la frente perlada de sudor.

—Sólo es hambre —dijo Gaucelm, pensando que quizá fuese hambre después de todo. Hasta que Marie lo llamó a la gran sala, no había parado de componer desde el desayuno y no se había tomado su descanso habitual para reponer fuerzas con un poco de pan y vino—. Bueno, así que no tardarás en partir —le dijo a Gui.

—En realidad todavía no soy caballero —dijo Gui mirando a su padre.

Elías se golpeó la frente con el puño.

—¡Eso hay que remediarlo inmediatamente! Celebraremos la ceremonia aquí este mismo día.

—¿Milord Arraut de Cornil me conferirá el escudo? —preguntó Gui.

—Es tu padrino, así que deberías pedirle que te hiciera ese honor. Seguramente todavía no se habrá ido, gracias a Dios. Necesitaremos a Ebles y al capellán, y... ¿Con cuál de los caballeros de Arraut te llevas mejor? Ah, pero espera: no tendrás tiempo de ayunar y velar tus armas antes de la ceremonia, así que sólo necesitarás a un solo hombre de Arraut para que te haga de paje. El capellán bendecirá las armas de que dispongas. ¿Y con qué cuentas exactamente aparte de la espada y el casco, Gui? ¿Tienes una cota de malla?

Gui negó con la cabeza.

Elías se sentó en el cubo y apoyó la frente en las palmas.

—Bueno, supongo que Ebles podrá prestarte una cota de malla y unas espuelas —dijo tras una breve reflexión.

—Si se me permite hacer una sugerencia... —dijo Gaucelm—. Ayer mismo vi una cota de malla en la fragua del herrero, junto a la poterna. Me pareció que ya casi estaba terminada, aunque tal vez tenga dueño.

—Excelente —dijo Elías—. Tendremos que volver a confiar en la generosidad de Ebles. También necesitarás una lanza y unos guantes de malla, Gui. Te daré mi sobreveste. La fragua está por ahí —dijo, señalando más allá de los establos—. Ve a ver al herrero ahora mismo y averigua si ha terminado la cota de malla, y luego busca a Arraut. Yo hablaré con Ebles. ¡Y ahora vete!

Gui asintió y se volvió hacia Gaucelm. Con una sonrisa y una pequeña inclinación de soldado, repitió las palabras de su padre —«Es un honor conoceros, señor trovador»— y echó a correr hacia la poterna.

Elías se volvió hacia Gaucelm.

—Necesitaremos que alguien adorne su casco y su escudo con nuestros colores. He oído decir que esa moza tuya que salvó el banquete la otra noche tiene muchos talentos ocultos. Si cose tan bien como canta, quizá podría tomarme la libertad de pedirle que descuelgue el estandarte de los D'Ussel de la sala. ¿Podrías pedirle que lo recortara y fijara una mitad a la lanza de Gui y desplegase la otra sobre su escudo? El chico tiene que ir lo mejor equipado posible. Bien, necesito hablar con Ebles. ¿Me acompañas a la sala?

—Será un placer —dijo Gaucelm, percibiendo el aroma a carne asada que emanaba de la chimenea de la cocina mientras echaban a andar.

Haber visto cómo Elías empleaba sus formidables talentos organizativos le indujo a imaginárselo en el campo de batalla. Aquel hombre desplegaba a las personas como si fueran soldados de juguete, pero no parecía dar importancia a las celebraciones y la diversión.

—Es una pena que Gui no vaya a tener una despedida más elaborada —dijo Gaucelm mientras volvían a cruzar el patio.

—No hay tiempo para ello. Los torneos y los festines tienen que ser cuidadosamente planeados de antemano... y además cuestan muchísimo dinero. Te sorprendería saber lo caros que salen. Esas frivolidades pueden acabar arruinando a un hombre. Cuando llegué a la mayoría de edad no pude disfrutar de todas esas tonterías: a mí me hicieron caballero en el campo de batalla, ¿sabes? Y si quieres que te sea sincero —añadió bajando la voz—, la verdad es que me alegré. Todo eso de pasarse la noche rezando en la capilla... ¡Buf! Si Gui tuviera que pasar por eso, acabaría exhausto. ¿Y qué sentido tendría? ¡Lo único que necesita es una buena noche de sueño y una armadura decente, porque el resto sólo es una mascarada para las damas!

Gaucelm se preguntó qué habría hecho Elías si no hubiera salido a relucir el tema. ¿Habría tenido que partir Gui hacia Mondragón sin haber sido nombrado caballero y con la espada todavía por consagrar? Elías podía ser un avaro, pero aun así Gaucelm se dijo que ningún hombre con propiedades enviaría a su hijo a la guerra para que luchara igual que un villano. El orgullo ancestral de Elías había logrado imponerse a su cicatería... pero evidentemente le había costado lo suyo.

—*Sacrificiis praesentibus quaesumus, Domine, placatus intende: ut et devotioni nostrae proficiant, et saluti...*

Antes de la puesta de sol, todos se habían congregado en la entrada de la capilla. A medida que bajaba la temperatura, empezó a caer una ligera nevada. Primero espolvoreó la negra sotana del capellán y después se posó sobre los pliegues de la capa de Marie. La señora de Ventadour presidía la ceremonia en silencio, con la espalda tan tiesa como una de las columnas de piedra que se alzaban alrededor del reducido grupo de asistentes a la ceremonia para sostener un techo tan pequeño que no podía resguardar a todos de los copos de nieve. Guilhelma alzó el rostro para sentir el cosquilleo de la nieve antes de que se derritiera sobre su chal. Posó la mirada en la celosía de ramas todavía enguantadas por la helada de anoche que se entrelazaban sobre ellos, y se pegó instintivamente a Gaucelm en busca de calor. Douce permanecía inmóvil junto a Ebles, envuelta en la capa con capucha que Guilhelma sabía llevaba en sus visitas secretas a la señora Belot, la curandera. Gui, con su sobreveste de lana blanca, no tardó en ser el único sobre el que la nieve se posaba sin ser vista.

Siguiendo una costumbre inmemorial, la parte sagrada de la ceremonia tuvo lugar en privado delante del altar de la capilla. Cuando el capellán, seguido por Gui, Elías, Arraut de Cornil y uno de los caballeros de Cornil armado con lanza, casco y escudo, entró en la capilla, Guilhelma vio cómo Douce bajaba la vista. La joven había inclinado la cabeza de tal manera que el pico de su capucha apuntaba hacia el techo, pero Guilhelma hubiese podido jurar que la mano de Douce estaba limpiando lágrimas de sus ojos. Miró a Gaucelm para ver si se había dado cuenta, pero Gaucelm no apartaba la vista de la puerta cerrada, como si estuviera tratando de imaginarse los misterios que se celebraban al otro lado de ella.

Gui no tardó en volver a reunirse con ellos y se detuvo debajo de la arcada, con la sobreveste echada hacia atrás para revelar su armadura, recién puesta y bendecida. La nieve caía suavemente sobre su casco plateado envuelto en malla metálica para protegerle el cuello y la garganta. El extremo de la cota todavía estaba por acabar, pero aun así terminaba lo bastante debajo de sus rodillas para ofrecerle cierta protección, y llevaba las piernas envueltas en gruesas calzas de cuero. El escudo de Arraut de Cornil, que Guilhelma había adornado con los colores de los D'Ussel, colgaba del antebrazo izquierdo de Gui, y su mano derecha empuñaba una lanza a la que había fijado los colores de la familia, el blanco y el azur.

Cuando los otros caballeros se hubieron agrupado detrás de Gui en la capilla, el capellán recitó su admonición:

—Tú, Gui d'Ussel, te mantendrás fiel al juramento que le has hecho a tu Dios y, después de él, a tu señor y tu comunidad. Protege a ambos contra los enemigos de Cristo con toda tu fuerza y tus proezas.

Guilhelma pudo leer la exultación en el rostro de Gui. Parecía dispuesto a enfrentarse al desafío del que le había hablado Gaucelm, como si ya ardiera en deseos de combatir al usurpador Alfonso para devolver la herencia del sur a su propio suelo, liberándola de los intrigantes extranjeros que, como había observado Gaucelm, ni siquiera podían entender al enemigo cuando les lanzaba sus gritos de guerra. Vio cómo Gui se despedía formalmente de su padre, y sintió un nudo en la garganta. Se preguntó si el muchacho lamentaba separarse de Ussel, Elías y los Cornil, en cuya mansión acababa de finalizar su aprendizaje. ¿Estaría pensando en Douce mientras volvía la cabeza en su dirección?

Y en ese mismo instante la joven alzó los ojos hacia él, y Guilhelma entrevió un brillo de mejillas húmedas. Douce parecía estar soñando despierta, como si ya estuviera acompañando a Gui mientras salía de Ventadour para iniciar su viaje hacia lo desconocido. Durante el fugaz instante en que permanecieron inmóviles bajo la nevada, Guilhelma vio a Gui tal como debía de estar viéndolo Douce, listo para marchar hacia el sur ataviado con su nuevo orgullo de caballero. Gui sólo tuvo tiempo para beber un sorbo de vino antes de montar en su corcel y galopar hacia el sur.

15

NAVIDADES EN VENTADOUR

Era la noche de los pastores, la víspera de la gran fiesta del año. Los licántropos aullaban en los campos de Ventadour. Sólo sus voces rompían el silencio de una noche en la que bastaba estirarse un poco para poder tocar las estrellas. Después de haber sido invitado a buscar sitio más cerca del castillo, el carro de los cómicos se acurrucaba bajo la sombra de la fortaleza. Dentro de él, varios niños encogidos sobre montones de paja soñaban con murciélagos malévolos, leones de ojos llameantes y perros negros. Y aunque la noche estaba llena de cosas extrañas, el aire olía a paraíso y te resecaba la nariz con el filo acerado de su pureza.

Gaucelm, que volvía a gozar del favor de Marie, tenía que organizar las ceremonias navideñas. Estaba presidiendo el círculo de mesas extra esparcidas por la gran sala de banquetes cuando de pronto se abrió la puerta y todo el recinto se inundó con la luz de las antorchas. Un estallido de vítores acogió a Pons y el hijo de un aparcero cuando entraron en la sala cargados con el tronco navideño. Lo pasearon tres veces alrededor de la sala aparatosamente y luego, entre jadeos y resoplidos, lo llevaron a la chimenea, donde acabaron depositándolo para que aguardara allí las libaciones de vino y monedas con que sería obsequiado por Douce antes de la bendición final.

—¿Dónde puede haberse metido? —se preguntó Gaucelm.

La verdad era que Douce se había escabullido. En ese momento estaba en los establos, donde adornaba los collares de los chivos con moras y flores silvestres. Previamente había preparado los collares con cuerdas en las que había entrelazado trozos de telas de colores robados del costurero de su madre. Emparejadas por el cuello mediante cintas, las cabras, los chivos y las gallinas entrarían en la sala entre una fanfarria de trompetas inmediatamente después de la mascarada de los cómicos. Gaucelm admitía de buena gana que todo el mérito del entretenimiento correspondía a Guilhelma, ya que lo de los animales había sido idea suya.

La velada era fruto de las circunstancias. Desde la marcha de Gui, Douce no paraba de hablarle de él a Guilhelma hasta que, finalmente, Guilhelma le sugirió a Marie que permitiera que la joven se encargara de supervisar los adornos de la fiesta. En cuanto Douce tuvo algo que hacer, el plan obró milagros. Douce estaba muy ocupada remendando estandartes, discutiendo la preparación de las almendras garrapiñadas para la mesa con Alba, persiguiendo a Pons para preparar la expedición del tronco navideño y atendiendo a mil detalles más. El desfile de los animales, sin embargo, era una innovación y tuvo que vencer cierta resistencia inicial.

—¡Pero tienen más derecho a estar presentes que nosotros, porque el niño Jesús nació en su establo! —gritó Douce después de tener que enfrentarse a las tozudas objeciones de Marie.

Su madre suspiró y acabó dándose por vencida, ya que el desfile de los animales siempre sería preferible a que la muchacha se pasara el día rondando por las habitaciones de la servidumbre con cara de pena. La consecuencia más inmediata fue que Pieter, el paje extranjero, tuvo que encargarse de reunir al rebaño antes de su aparición en la sala. Pero cuando vieron a Douce tratando de adornar los cuellos de las gallinas con cintas, los mozos de cuadra pensaron que estaba llevando las cosas demasiado lejos.

A diferencia de los demás, Gaucelm se inclinaba a permitir que Douce se saliera con la suya, y no veía nada de raro en lo del desfile de animales. De hecho, había compuesto la música que acompañaría su entrada en la sala, y había estado ensayando con Douce la pastoral que cantaría la joven una vez su rebaño estuviera reunido delante de la mesa principal. Después de haber jurado que todo sería mantenido en el más absoluto secreto, Gaucelm la había ayudado a componer la canción. Con los animales finalmente preparados, Douce estaba hecha un manojo de nervios. Pieter aún no había llegado. Temiendo que alguno de sus animales lograra desprenderse de los adornos, Douce pidió a gritos a un mozo de cuadra que vigilase a sus pupilos hasta que les llegara el momento de entrar en la sala.

Tras haberse asegurado de que todo iba bien, Douce se recogió su falda de seda color azafrán con manos temblorosas y corrió a la sala donde aguardaban los comensales. Había llegado el momento de encender el tronco con las cenizas de la ofrenda del año pasado y repartir las porciones navideñas. Gaucelm dio la orden. Con las mejillas sonrojadas, Douce se alisó la falda y cogió un puñado de monedas y una jarra de manos de Pons. Puso las monedas en un extremo del tronco y roció el otro con el vino mientras Pons se disponía a encenderlo. Todos contemplaron cómo la corteza reseca empezaba a arder detrás de los negros postes gemelos de los morillos, cuyas curvas siluetas se alzaban tan majestuosamente como mitras de obispos. Después Gaucelm extendió los brazos para pedir silencio y dejó el resto de la ceremonia en manos del capellán.

—... y que Dios proteja del mal a esta casa y a cuantos viven en ella durante el próximo año. Que la alegría sea con nosotros: *Dieus nous alègre*.

Las familias de granjeros con sus niños, la servidumbre del castillo, los pajes, Ebles, Marie, Douce, los invitados, Gaucelm y Guilhelma: todos permanecieron inmóviles con la cabeza inclinada hasta que el capellán hubo acabado de enunciar las solemnes palabras.

Tímidamente, los granjeros empezaron a hacer cola para reclamar su porción de hogaza y una jarra de vino de manos de Ebles. Después fueron seguidos por los sirvientes del castillo, los cuales tenían derecho a recibir un complemento de higos y almendras. Todos inclinaron la cabeza y murmuraron su gratitud mientras recibían el regalo. Luego se dirigieron a los rincones de la gran sala para esperar el resumen del trabajo y los acontecimientos del año.

Ebles, majestuoso en su manto de armiño, esperaba el momento de tomar la palabra.

Finalmente todo quedó en silencio salvo por los ruiditos de *Cabriolas*, un galgo que, oliendo la cena, deambulaba nerviosamente de un lado a otro con sus largas uñas marfileñas repiqueteando sobre las losas. Pero una orden de Gaucelm bastó para que buscara refugio debajo de un caballete, donde se adormiló mientras Ebles iniciaba un soporífero discurso sobre los tributos, la cosecha, las deudas, los nacimientos, las muertes, las subidas de salario y las pensiones. Pendiente de lo que ocurriría después de la cena, Douce escuchó a su padre sin prestar demasiada atención a lo que decía y empezó a remover distraídamente los junquillos del suelo con la punta del pie. Los rostros familiares, la luz del fuego, los estandartes de vivos colores, los gruñidos satisfechos de los perros adormilados y los olores que llegaban de detrás de la puerta, donde pajes y servidores esperaban con los pasteles de anguilas y las bandejas llenas de lampreas asadas, se combinaban como cada año para aturdirla con una mezcla de hambre y temblorosa expectación.

Douce miró a Gaucelm, que aparentaba prestar una educada atención al discurso de Elías, aunque por la forma en que sacaba el labio inferior, Douce supo que estaba ensayando las líneas de la canción que había compuesto especialmente para aquella noche. Guilhelma estaba sentada junto a él, con sus piernecitas de rana cómodamente cruzadas por los tobillos bajo unas amplias faldas púrpuras. Las pantorrillas, redondas como dos palillos de tambor, asomaban por encima de las botas. Douce suspiró y siguió removiendo los junquillos con el pie.

Marie, que se sabía de memoria las sumas que estaba recitando su esposo, pensaba en otros asuntos. Lanzó una rápida mirada de soslayo a Elías d'Ussel. No había vuelto a Ventadour desde el banquete de los Comborn, y la disputa sobre las tierras tampoco había sido resuelta. Pero ahora Elías estaba aquí después de haber aceptado su invitación. Las leyes de la cortesía así lo exigían, ya que Elías no tenía esposa. Marie intentó imaginarse cómo sería la Navidad en Ussel, con aquel hombre hosco y siempre despeinado solo en un castillo casi vacío mientras su hermano reunía tropas en algún lugar del Languedoc después de que Gui se hubiera ido a luchar en Mondragón. Bueno, la Navidad era el momento ideal para enterrar el hacha de guerra, suponiendo que ésta pudiera ser enterrada. Ebles le había dicho que durante esas fiestas el deseo de ser buenos vecinos se impondría en ambos bandos y Elías, entusiasmado con sus planes para unir al sur, sería una excelente compañía. Su esposo tenía razón.

Aun así, su presencia la ponía un poco nerviosa. Con él nunca podías estar segura de que no abusaría del vino y acabaría peleándose con alguien, como había hecho muchas veces anteriormente. Elías era una extraña combinación de contrastes, con su escrupulosa asistencia a la iglesia por una parte y la avidez digna de un libertino con que se entregaba a la guerra o las discusiones por otra, y siempre producía una vaga impresión de descuido general.

Marie admiró las mangas de su camisa. Como tributo a las circunstancias especiales de aquella noche, llevaba un vestido de seda rojo anaranjado y los cabellos sueltos debajo de su tiara. Sus ojos recorrieron la gran mesa con su mantel blanco en una rápida comprobación de toda su parafernalia, y pensó que parecía un enorme tablero de ajedrez que invitara a iniciar la partida. Muy majestuosa, pensó. Había oído decir que en cortes provenzales como la de Les Baux, la mesa navideña estaba llena de juguetes: conejitos de cuerda, tortugas con correa y otras tonterías por el estilo. Los visitantes que habían cenado en la mesa de los condes de Marsella también hablaban de peces enteros y jabalíes con librea hechos de mazapán, así como otras extravagancias que, supuso Marie, servían para mantener entretenidos a los cocineros. Marsella se había enriquecido gracias al comercio, por supuesto, y sin duda era proclive a otros excesos cuya naturaleza no deseaba imaginar. Por su parte, Marie opinaba que esos alimentos ilusorios eran demasiado ostentosos y, mientras fuera ella quien diese las órdenes, seguiría vetando cualquier forma de orgullo culinario. Alba y los demás se quejaban, por supuesto. Como era lógico, querían poder lucir sus talentos en las ocasiones especiales. Pero Marie nunca iría más allá de los pájaros encerrados en una jaula de repostería —como los del banquete de los Comborn—, e incluso aquellos pájaros habían sido una excepción. Los días normales procuraba dar buen ejemplo a su cocina, y conseguía que alabaran su sopa de repollos. No, las cuestiones domésticas requerían mano dura. Marie había decidido permitir que mañana sirvieran salsa de moras con el venado, y había removido cielo y tierra para conseguir naranjas de Valencia, que costaban un ojo de la cara. En cuanto al vino, siempre era un motivo de preocupación, como el banquete de los Comborn había servido para recordarle. Hoy en día había que tener mucho cuidado con todas las cosechas que no procedieran de tus propias tierras, y debías cerciorarte de que el vino fuese guardado como era debido para evitar que se volviera rancio. Después del desastre de los Comborn, Marie había ordenado a un paje que no perdiera de vista al encargado de las bodegas. En cuanto a los coperos, aquel año había aumentado su número a seis. Con más de cien personas en la sala en noches como aquella, había que asegurarse de que todas serían servidas a su debido tiempo sin que llegaran a producirse según qué excesos. En Ventadour los invitados no eran atiborrados, y nunca acababan emborrachándose como hacían los ingleses en sus celebraciones del vasallaje.

Douce se removió nerviosamente mientras Ebles concluía su discurso y los aparceros con sus familias, los villanos y los sirvientes del patio salían de la sala. ¡Por fin podrían ir a la mesa! Aunque aquella noche no habría carne en preparación para el generoso banquete de mañana, sintió que se le aceleraba el pulso mientras contemplaba aquel desfile de bandejas llenas de pasteles, estofados de pescado, congrios y anguilas asadas. Más tarde habría bandejas de tortas cuya sabrosa harina caliente estaría reforzada con trozos de lamprea, y no había olvidado lo exquisitas que eran. Luego vendrían los sollos bañados en crema de queso y los pasteles navideños especiales rellenos de frutas confitadas; y, después de todo eso, los nísperos y las nueces garrapiñadas de Alba. Sólo de pensarlo se le hacía la boca agua.

Cogió una granada y estudió sus vetas rosadas y su coronita

marchita. El fruto estaba tan duro como una manzana invernal, y su piel parecía cuero. Douce lo atacó ferozmente con los dientes, pero tuvo que acabar recurriendo al cuchillo. La granada reventó bajo la hoja y esparció zumo sobre sus dedos. La acidez del fruto le encogió deliciosamente la lengua. ¿Dónde celebraría las Navidades Gui? ¿En un barracón con los otros soldados o en la gran sala de algún noble? ¿Iría a confesarse esta noche antes de oír misa? ¿Rezaría en soledad? Vio a su amado pequeño y solitario, arrodillado en alguna capilla anónima con una mano apoyada en el casco que había dejado en el suelo. ¿O estaría cabalgando bajo las estrellas rumbo a alguna misión, con el cabello ondeando al viento como una bandera negra? ¿Qué aspecto tendría ahora, y cómo andaría entre los otros caballeros? Gui era suyo. Se secó las manos en el mantel y tragó saliva para contener la marea de miedo que amenazaba con alzarse. ¿Correría peligro? ¿Y si... muriese? No tengo nada para recordarle, pensó. No me ha dejado ningún recuerdo, ni siquiera un mechón de su cabello negro como ala de cuervo.

Gaucelm se levantó. Aquella noche su canción parecía haber sido compuesta únicamente para ella y aunque supiese que no era así, Douce se permitió el lujo de creerlo mientras duraba el hechizo.

El amor que me envuelve en su luz,
Con el cuerpo calmado y radiante
Y con tanta frecuencia complacido,
Ése es el que da los mejores frutos.
Ai, Seigner Dieus, merces!

Su grave voz de barítono a veces la hacía reír. Pero esa noche sus palabras le llenaron los ojos de lágrimas y, súbitamente rebosante de bondad y amor, pensó en lo mucho que amaba a Gaucelm y se dijo que aquella noche amaba a todos los seres del mundo.

Después llegó la hora de la familia y los regalos para los sirvientes de la casa. El acontecimiento siempre se veía atemperado por cierta emoción contenida pues, a diferencia de la porción navideña a la que todos tenían derecho, los presentes indicaban qué valor tenías para la casa. Una vez al año todos se volvían niños delante de

Marie de Ventadour, recibiendo elogios o reproches según los deseos de su señora. Recibir una moneda de plata en vez de una de oro o unos guantes en vez del esperado traje nuevo podía crear revuelo; en tanto que una recompensa que adquiriese la forma de un par de botas, una barra de azúcar, un caballo o una espada causaba un suspiro de satisfacción. Los malos humores eran contenidos a duras penas hasta después de la cena, cuando los receptores podían reunirse para comparar las fortunas y los favores.

Como siempre, Pons y su predecesor, el ya muy anciano mayordomo retirado del castillo, fueron hacia la cabecera de la mesa a la que se sentaba Marie y luego volvieron sosteniendo con dignidad dos piezas idénticas de paño azul. Cuando le tocó el turno a Guilhelma, Douce sintió un nudo en el estómago. Había ayudado a escoger aquel regalo. Vio con expresión expectante cómo Guilhelma sacaba el collar de cuentas de su bolsa de seda y exhalaba un jadeo de placer. Las cuentas, discretas y todas del mismo tamaño, alternaban el cuarzo con el ámbar. Guilhelma se las puso encima del corpiño púrpura para examinarlas a la luz. Después le dio las gracias atropelladamente y las sostuvo ante ella mientras volvía a su sitio, donde muchas manos se extendieron hacia las cuentas para sopesarlas y determinar su valor. Los murmullos de admiración reconocieron que el collar de cuentas de Guilhelma equivalía a un voto de confianza por parte de Marie.

Gaucelm intentaba mantener el orden, pero sus esfuerzos no lograron evitar que la sala se convirtiese en un hervidero de voces: los pajes y los sirvientes de menor rango con sus familias todavía no habían sido recompensados. Cuando les tocó el turno a los niños, sus chillidos de placer apenas pudieron oírse entre la algarabía. Peonzas, balones y muñecas rodaron bajo los caballetes. Los perros, que hasta el momento sólo habían comido sobras, entraron en un estado de febril excitación mientras perseguían los arcos y flechas que acababan de ser entregados a los pajes, gruñendo y tirando de las espadas de juguete y los tableros de juegos que volaban por los aires. Cuando *Cabriolas* subió de un salto a la mesa principal y se hizo con una porción de pastel, quedó claro que las cosas habían ido demasiado lejos. Los niños fueron desalojados de la sala, dejando a sus padres para que recogieran sus pertenencias de entre la confusión de juguetes.

El silencio fue momentáneo. Las copas volvieron a ser llenadas y después llegó la hora de gritar «¡Queremos ver la historia de Griselda!». Los juglares ya estaban esperando en la entrada. Ése era su gran momento.

—¿Con qué nos van a obsequiar los actores esta noche?

—¡*Griselda* en Nochebuena no! ¡Mejor *Papagayo*!

—¡O *Cara de mono*!

—No, nada de esposas que se mantienen fieles a sus votos matrimoniales. Eso está bien para el resto del año, pero es muy aburrido. Esta noche estamos obligados a asegurar la diversión de...

—¡Pues entonces *Birgorne*! —insistió uno de los invitados.

—¡Sí, sí! —corearon todos.

—¡Oigamos la historia de Birgorne, que se come a los esposos sumisos y está muy gordo!

Poniéndose en pie, Gaucelm alzó las manos para silenciar a la multitud.

—Los cómicos nos obsequiarán con lo que han preparado —les recordó a todos—. He visto unos cuantos dragones y cabezas de asno tiradas por ahí, así que tened paciencia y enseguida veremos qué piensan depararnos...

Douce esperaba que no fuese una Natividad como el año pasado. Todo el mundo conocía la historia, y además era demasiado solemne.

Unos instantes después sus temores fueron disipados por la aparición de una criatura con cuernos y rabo que se abrió paso a través de las mesas, saludando alegremente mientras sus dedos pinchaban costillas, acariciaban pecheras de clérigo y hurgaban entre los tocados. Cogiendo una gran espina de pescado de una mesa, la agitó en el aire pidiendo silencio e inició un recitado más siseado que murmurado. Cuando llegó a la parte preferida de Douce —su exposición de los presagios de la noche—, el cómico supo estar adecuadamente siniestro, puntuando su discurso con suaves meneos de su negra cola. Finalmente, pidió a su audiencia que se confesara en la capilla antes de que la velada hubiera terminado, advirtiéndoles de los hechizos que podía llegar a lanzar en caso de que descuidaran sus almas y recordándoles que debían mantener rectos los pábilos de las velas y evitar que los gatos maullaran hasta que hubiera amanecido, ya que tanto los pábilos torcidos como los maullidos eran muy malos signos.

Estaba terminando su discurso cuando un joven actor vestido de caballero entró en la sala con la espada desenvainada. Douce se sobresaltó: en estatura, habría podido pasar por Gui. Pero su ilusión pronto se convirtió en hilaridad. Vestido de blanco igual que un príncipe, lucía una corona de hojas alrededor del casco que, de hecho, era un puchero cogido de la cocina. Esto provocó tales carcajadas que el joven no pudo continuar con su discurso mientras Satanás, plantado delante de la mesa principal como si no supiera qué hacer, siseaba y agitaba su espina de pescado. El príncipe tuvo que quitarse el puchero de la cabeza, dado que éste le resbalaba con cada movimiento y las hojas ya se le estaban metiendo por el cuello de la túnica. Su traje también le estaba dando problemas. Una gran estrella de tela se había desprendido de su sobreveste, quedando precariamente suspendida de ella.

Cuando la hilaridad se hubo calmado, el príncipe presentó armas e inició su denuncia en verso de Satanás, hendiendo el aire con la espada a intervalos apropiados y tratando de ofrecer un aspecto lo más majestuoso posible al tiempo que se esforzaba por recordar sus líneas. Pero Satanás, harto de tanta devoción, se arrastró por debajo de la mesa y reapareció detrás del príncipe, agitando la cola, poniendo los ojos en blanco y arrancando nuevas carcajadas a los comensales.

El príncipe, que no se había enterado de nada, seguía con su interminable discurso. Pero cuando Satanás vio que la sala volvía a quedar en silencio, los adversarios iniciaron una nueva serie de payasadas para deleite de todos los presentes salvo Marie. Esta vez se persiguieron por entre las mesas, con Satanás blandiendo la espina de pescado y azotando a la audiencia con su cola. El príncipe cogió su casco y echó a correr, olvidándose de la espada y pisoteando los restos de su atuendo, cuya estrella de tela quedó tirada en el suelo como un pétalo gigante después de su apresurada partida. La mascarada fue muy aplaudida y los actores volvieron a entrar con los rostros sudorosos y enrojecidos, recogiéndose las faldas y sujetando los restos de sus disfraces sobre sus cuerpos como damas sorprendidas a medio vestir.

Sin dejar de reír, Gaucelm llamó a un copero para que le sirviera más vino. Vio que Douce le miraba y, dirigiéndole un guiño de conspirador, sacó algo azul de su envoltorio. Douce pensó que sólo era un trozo de tela, ni siquiera una túnica. La joven se preguntó si estaría decepcionado y le transmitió la pregunta con un arqueamiento de cejas, y él le mostró un par de calzas. ¡Qué amable era al darse por satisfecho con tan poco! Le devolvió la sonrisa, sin saber que la auténtica fuente de la satisfacción de Gaucelm le esperaba en sus habitaciones, escondida debajo de su colchón, dentro de una bolsita que le había entregado su madre.

Pons entró corriendo en la sala y se inclinó sobre Ebles para susurrarle al oído. Ebles se incorporó en su asiento y pareció buscar a alguien entre la multitud. Después señaló a Elías y ordenó a Pons que fuera en su busca. Elías salió con Pons. Ebles les siguió con expresión seria.

Su partida apenas fue notada salvo por Douce y Gaucelm, quien le dio un codazo a Guilhelma. Una súbita melancolía se adueñó de Douce, a pesar de que ya faltaba poco para su desfile de animales. Intentó calmarse, pero su mente se había vuelto tan negra como un escenario sin iluminar en el que la figura de Gui no paraba de surgir bajo las más extrañas apariencias. Tan pronto lo veía envuelto en llamas como ataviado con la sobreveste blanca del príncipe de la mascarada. Pero aquello era ridículo. La repentina entrada de Pons seguramente no tenía nada que ver con Gui, y Douce se preguntó si Ussel estaría ardiendo. Aquella noche no debía de haber casi nadie allí; con su señor en Ventadour, los sirvientes habrían ido al pueblo. O quizá se tratara de algún incidente sin importancia, una discusión entre granjeros que había acabado llegando a las manos o la muerte de algún villano enfermo. Sí, seguramente se trataría de eso: una muerte en Nochebuena era un mal presagio, y tenía que ser comunicada enseguida.

Aun así, la expresión que vio en su padre cuando volvió a su asiento no le gustó nada. Si el asunto sólo afectaba a Elías, ¿a qué venía ese ceño? Ebles se inclinó hacia Marie y le susurró un par de palabras. La expresión que apareció en el rostro de su madre cuando buscó la mirada de su hija sólo podía significar una cosa. El terror se adueñó de Douce: ¡Gui, entonces! Corrió hacia Ebles, tropezando con los juguetes todavía esparcidos por el suelo y enganchándose la falda en la esquina de la mesa. Sus mejillas ardían con la pregunta que surgió de sus labios.

—¿Le ha pasado algo a Gui?

Pero Ebles no se inmutó.

—No te preocupes, niña. No es nada que debas saber —dijo y, como si eso fuera a dar más crédito a sus palabras, se levantó, salió de la sala, volvió con Elías cogido del brazo y lo sentó en su sitio.

Douce siempre había confiado en su padre, y no había ninguna razón para negarle aquella confianza. Pero de pronto, y como si fuera un sabueso que acaba de oler un rastro, supo que algo andaba terriblemente mal. Para calmarse fue a sentarse entre Gaucelm y Guilhelma. Los cómicos no se habían enterado de todas aquellas interrupciones. Un acróbata que empuñaba una antorcha entró en la sala dando saltos mortales, pero sus bufonadas no obraron efecto alguno sobre Douce. Dándose cuenta de que le pasaba algo, Gaucelm intentó distraerla dándole instrucciones sobre su pastoral.

—Vamos a repasar esas rimas —dijo, y empezó a recitarlas—: *Volria... amia... que sia...*

Pero ya las habían ensayado cuidadosamente antes, y sólo consiguió aumentar sus recelos. Douce se preguntó si Guilhelma le habría hablado de sus sentimientos hacia Gui, y si habría revelado los secretos de sus largas conversaciones en la cocina. Queriendo disipar su confusión y su miedo, decidió ir a los establos para echar un vistazo a los animales. Guilhelma le palmeó la mano y le susurró al oído:

—No puede ser Gui, porque en ese caso su padre no habría vuelto a la mesa.

Douce se escurrió entre los bancos, pasó por encima de los perros y salió por la puerta cercana a la chimenea en la que ardía el tronco navideño. Pero se detuvo y, obedeciendo a un impulso repentino, volvió a entrar, cogió un puñado de cenizas del hogar y volvió a salir de la sala.

Era magia. Si había algo que pudiera proteger a Gui y ahuyentar a los demonios que le carcomían, era aquello. Douce sabía que los campesinos solían añadir cenizas del tronco navideño a sus medicinas, o que las guardaban todo el año en sus cabañas para protegerlas de los incendios. Cuando llegó a los establos aún no había ni rastro de Pieter, y el mozo de cuadra estaba dormido. Un gavilán se había soltado de su percha y se mofaba de los animales desde las vigas. Un chivo se había comido el collar, pero por lo demás la procesión se hallaba intacta. Los animales estaban encantadores. Impaciente por empezar, Douce despertó al mozo y le dijo que fuese a la sala para esperar la señal de Gaucelm.

La hilera de animales cruzó el umbral de la gran sala detrás de Douce. Cuando el primer par de ovejas vio a la multitud y se negó a seguir adelante hasta que un acróbata con los dedos cargados de platillos los convenció, Douce temió que sus intérpretes animales la dejarían en la estacada. Pero en cuanto el sonido de los platillos hubo atraído hasta el centro de la sala a las asombradas ovejas, los gansos y los chivos se apresuraron a ir tras ellas, tirando de sus collares y arrastrando a sus parejas.

Finalmente fue la música procesional de Gaucelm la que evitó el caos. Empezó con una fanfarria de trompetas interpretada por dos jóvenes pajes a los que Gaucelm había escogido como aprendices de músico. Todavía no eran lo bastante rápidos para seguir la línea melódica sin tropiezos, pero la instrucción de Gaucelm les permitió lucirse con unas cuantas frases musicales al tiempo que evitaban los estallidos metálicos habituales. Su composición sirvió a los animales con idéntico aplomo, y su decidido compás proporcionó una ilusión de orden allí donde no había ninguno.

Animada por su audiencia, Douce ejecutó elegantemente la pastoral, aunque se saltó un verso sin darse cuenta. Después los animales fueron sacados de la sala por el mozo de cuadra, que había esperado en el patio. Guilhelma estrechó a Douce y Gaucelm le ofreció una copa de vino que la joven vació sin respirar. Los dos pajes volvieron a hacer sonar sus trompetas para anunciar el fin de la celebración, y los invitados apuraron sus copas antes de prepararse para ir a la capilla. Los sirvientes empezaron a descolgar las antorchas de las paredes mientras los comensales se dispersaban.

Agotada y acordándose de su palma manchada de ceniza, Douce se miró las manos. Guilhelma vio la cara que ponía, le separó los dedos, asintió y volvió a cerrárselos sobre la palma. Douce se persignó y se apoyó en ella.

—No te duermas. Las plegarias —anunció Gaucelm, levantando un mechón rubio y enrollándoselo en los dedos. Una de sus canciones le vino a la cabeza—. Levantaos, hermosa dama —canturreó, fingiendo hacerle la corte—, pues el alba ya se aproxima y seremos descubiertos...

Douce le sonrió. Después de la procesión, las trompetas y su pastoral, Gui parecía estar muy lejos. Esperaría a haber salido de la capilla para averiguar qué le había ocurrido. Mientras tanto, rezaría.

Una ráfaga de aire frío agitó el tapiz allí donde cubría la pared detrás del asiento de Ebles. Los invitados empezaban a salir al patio dejando las puertas abiertas de par en par detrás de ellos, pero ninguno de los tres se movió de su sitio. Un tenue rumor de voces llegaba del pueblo, donde las familias de los granjeros estarían cantando villancicos alrededor de sus fuegos. Los más impetuosos ya estarían apurando los últimos restos de sus porciones navideñas directamente de la jarra. Mañana estarían haciendo cola delante de la puerta de la cocina, con las manos extendidas a la espera de las limosnas del día de Navidad.

—Las plegarias —insistió Gaucelm—. La capilla.

Pero en vez de levantarse, se hundió un poco más en su asiento y cruzó las manos encima del estómago. El carro de los juglares crujía rítmicamente en el patio a medida que su caballo comía la paja inclinándose entre los varales. Guilhelma pensó en los niños que dormían dentro del carro, acostados allí donde los actores se cambiaban de traje. Los adultos ya estarían volviendo a él para desvestirse, avivar la hoguera que ardía junto al carro y tapar al caballo con una manta. Desde donde estaban sentados, Douce podía mirar por la ventana y ver las gavillas que había colgado del viejo alerce del patio. Era una de las tareas que Guilhelma le había asignado, diciéndole que debería encargarse de proporcionar su porción navideña a los pájaros. Las gavillas mecidas por el viento temblaban sobre las frías estrellas.

Nadie de Ventadour le diría la verdad, como si la creyeran demasiado joven para aceptar lo que ellos llamaban «vida». Douce sospechaba que Ebles y Marie habían urdido una conspiración para que no se apartara del estrecho sendero recto etiquetado «Comborn». Cualesquiera que fuesen sus razones, nada podía dolerle más que el ser mantenida en la ignorancia. Decidida a averiguar qué había ocurrido —pues a esas alturas la llama inicial de sus sospechas ya se había convertido en un auténtico incendio—, decidió que a la mañana siguiente iría a Ussel después de la misa navideña. Se haría acompañar por Guilhelma, y llevarían monedas, juguetes y pan de las fiestas en bolsas colgadas en sus sillas de montar. En caso de que la necesitaran, Douce ya había pensado en una noble coartada: visitar a los enfermos de la aldea cercana el día de Navidad.

Pero las cosas no salieron tal como las había planeado. Alba, que siempre acogía con deleite las visitas de su «joven dama», frunció el entrecejo en cuanto miró por la ventana de la cocina y vio a dos caballos esperando ser montados con Guilhelma, en vez de un mozo de cuadra, sujetando las bridas.

—¿Y adónde piensas ir con el pan si apenas ha amanecido? ¿Daniel irá contigo? No es su hora habitual...

No había habido tiempo para escoger monturas de damas. Douce dejó el pan sobre los adoquines del patio y vio que Guilhelma se recogía las faldas con una mano. Pegando la pierna derecha a la silla de montar, se subió a ella. Douce se apresuró a imitar su ejemplo, y salieron del patio olvidándose del pan. ¡Bah, daba igual! Alba, que las observaba desde la ventana con perplejidad, ya se encargaría de recogerlo. A lomos de su caballo, Douce se sintió extrañamente invencible.

No había estado en Ussel desde que era niña. Pero ahora todo era distinto: Ussel era el hogar de Gui, y la perspectiva de verlo hacía que sus sentimientos se insuflaran locamente. Aun así, no tardó en entender a qué se refería su padre cuando decía que Elías d'Ussel era un derrochador. Cuando el castillo apareció ante ellas, enseguida pudieron ver que de todos los edificios que había dentro del recinto sólo la fortaleza se hallaba intacta. Al largo granero de madera le faltaba una parte del techo y los establos eran túmulos de piedras derrumbadas. Cuando Guilhelma soltó un bufido, Douce supo qué estaba pensando: aquel cobertizo con un horno anexo difícilmente merecía ser llamado cocina. Todo se encontraba en un estado lamentable, y además no se veía ninguna capilla. Mientras el portero iba en busca del mayordomo, Douce intentó aceptar la triste verdad de que aquel feudo medio en ruinas era lo que Gui debería heredar algún día.

El mayordomo les abrió las puertas de bisagras de hierro. Se llamaba Isard, y Douce se acordaba de él. Ahora estaba encorvado por la edad y se mostró encantado pero también perplejo de ver a Douce, a la que al principio no pudo reconocer. Hablaron en los escalones mientras el portero sujetaba las bridas de su caballo, ya que Douce no tenía ningún deseo de entrar en la fortaleza.

—Mi señor partió hacia Mondragón esta misma mañana —les dijo con su marcado acento de campesino—. El joven amo está grave, aunque el paje de Die que pasó por aquí ayer no dijo nada de una herida mortal, gracias a Dios. ¿No fue a Ventadour? Le envié con las noticias...

Douce asintió, y luego quiso saber a qué parte de la ciudad de Mondragón habría sido llevado Gui.

—Por lo que dijo el paje, el joven amo estará convaleciendo en la casa de la señora Béatritz de Die. El muchacho añadió que el viejo barón de Mondragón, su padre, quizá haya muerto. Su castillo queda justo al lado del río Ródano y el paje había oído decir que fue asaltado por los hombres de Alfonso, que el diablo se los lleve. Y además...

—¿Quién es esa Béatritz de Die? —le interrumpió Douce.

—¡Ah, hacéis bien en preguntarlo! —repuso Isard con deleite, pues tenía sus propias opiniones sobre aquellos asuntos—. ¡Con esas ideas religiosas que tiene y su afición a meterse en política, sabe Dios qué clase de cuidados le estará proporcionando al amo Gui! Incluso aquí arriba sabemos cómo intentó administrar el reino de Raimbaut...

Pero Douce ya había oído suficiente y, con un gesto de impaciencia, llamó al viejo mayordomo para que enlazara las manos bajo su pie a fin de volver a montar.

Después se despidió de Isard mientras los caballos volvían grupas para encaminarse hacia la puerta. Guilhelma meneó la cabeza. Ahora ya nada detendría a Douce. Conocía los signos: se le habían subido los colores y tenía el rostro encendido. Atravesaron el pueblo de Ussel al trote. Cuando llegaron al camino, Douce tiró de las riendas y esperó a que Guilhelma se reuniera con ella.

—¿Tienes alguna idea de cuándo emprenderá su recorrido mi padre?

—Ya sabes que nunca informa al castillo hasta que llega el día de partir —repuso Guilhelma—. Pero si me lo preguntaran yo diría que antes de que acabe enero, porque el día de los pastores oí a tu señora madre hablar con Alba acerca de gastar las reservas de harina para que no se echaran a perder durante el año nuevo.

—¡Enero! No puedo esperar tanto tiempo...

—Mira, niña, tampoco puedes coger un caballo y partir al galope. Y mucho menos en pleno invierno, y con Provenza asediada... ¡No lo consentiré!

Douce le lanzó una dura mirada.

—Me llevaré a Pieter como escolta.

—¡Ese bergante!

—No puedo esperar hasta que la casa se haya vaciado. Me iré mañana.

—Douce, oh Douce... ¡No puedes desaparecer de esa manera! ¿No te das cuenta de que enviarán a todo el mundo detrás de ti? Sabes muy bien a qué clase de peligros te expondrás recorriendo los senderos con un paje por única escolta... ¡y además uno que habla una lengua que nadie entiende! —Guilhelma se interrumpió para recuperar el aliento—. ¿Dónde buscarás cobijo cuando anochezca? —prosiguió—. Nunca he oído hablar de Mondragón, pero si pertenece a los condes de Provenza entonces como mínimo está a una semana de aquí yendo a caballo. Y aun suponiendo que no haya guerra, puedo asegurarte que los caminos están llenos de rufianes que te cortarán el cuello para hacerse con un par de reales o una jarra de vino. Vas a arriesgar la vida por un muchacho al que apenas conoces, y que podría haber muerto mientras hablamos. ¡Y con el que nunca permitirán que te cases aun suponiendo que viva! ¡Recapacita, niña! No lo permitiré.

Continuaron al paso durante un rato, a través de los campos bañados por el sol invernal. Lo que quedaba del grano de los D'Ussel se alzaba del suelo en resecos penachos atiesados por las heladas. Los cuervos graznaban en las alturas. Cuando los rayos del sol rebasaron las colinas, Douce ya tenía un plan. En cuanto hubiera reñido al paje Pieter por no haber atendido sus obligaciones anoche, quedaría muy claro que Pieter le debía un favor. Sobornaría al portero. Se irían poco antes del alba, y Douce llevaría el segundo traje de Pieter. Se volvió hacia Guilhelma.

—Necesitaré pan y vino para una semana de viaje... y carne, si puedes echar mano a algún trozo antes de la cena de esta noche. Si te parece que alguien de la cocina sospecha algo, bastará con cualquier sobra de ayer. Y si Alba empieza a protestar, dile que son para el montón de Douce. Así pensará que las quiero para una de mis visitas al pueblo. Dejaré un par de alforjas detrás de la puerta de la despensa: con todas las provisiones que tendrán que recoger para dar de comer a los invitados, nadie se dará cuenta. Asegúrate de que estén llenas antes de maitines. Yo diré a Pieter que las recoja y lleve a los establos cuando todo el mundo esté en la capilla. Pero no olvides que deben estar listas antes de maitines. —Se acordó de los juguetes y las monedas—. Oh, y dale al viejo Daniel lo que contienen estas bolsas... —Palmeó los bultos colgados detrás de su silla de montar—. Él sabrá repartirlo entre los necesitados tan bien como lo hubiese hecho yo: después de todo, es su trabajo.

Guilhelma estaba furiosa.

—¡No puedo permitir que lo hagas! ¿Qué pasará si tu madre y milord Ebles se enteran de que te he dejado marchar? Piensa en mí, Douce. Y al menos deja que Gaucelm...

No llegó a terminar la frase, viendo que el hablar no serviría de nada. Douce no había vuelto la cabeza hacia ella y seguía mirando al frente entre las orejas de su caballo.

—Si tú o Gaucelm vinierais conmigo me echarían en falta mucho antes —dijo finalmente—. Necesito tiempo para llegar allí. ¿De qué servirá que me vaya si luego los tengo a todos pisándome los talones antes de haber podido cruzar el Luzège? Supongo que lo entiendes, ¿no?

—Santo Dios... —Guilhelma suspiró, dándose por vencida ante el tono inapelable empleado por Douce—. Necesitarás una antorcha y un paquete de velas —murmuró con resignación.

Douce le sonrió. Por primera vez en muchos años, se sentía completamente segura de lo que iba a hacer. Espoleó al caballo.

Las laderas de las colinas empezaban a relucir bajo los últimos rayos de sol, ardiendo como un gran ópalo surcado de vetas llameantes mientras las dos mujeres entraban en Ventadour.

TERCERA PARTE

MONDRAGÓN

1202

16

AL SERVICIO DEL AMOR

Una flecha pasó silbando tan cerca del joven caballero que éste abrió los brazos con asombro. Pero una segunda flecha hizo blanco en su mano y el joven cayó de su montura en absoluto silencio, como si estuviera ejecutando una pirueta con impecable precisión. Ni siquiera un pestañeo ensombreció su caída.

Cuando por fin abrió los ojos, Gui despertó al dolor para sentir cómo su cabeza palpitaba bajo la venda que la rodeaba en sustitución de su casco. Sin que él lo supiera, su cuerpo había estado batallando con el ángel negro. Gui fue localizando sus miembros gradualmente, como si examinara a tientas las distintas partes de una oscura cueva. Bajó la vista hacia su brazo y movió la mano derecha, y después miró hacia la izquierda: la tenía vendada e inmóvil, como un animal dormido junto a él, pero no la sentía. El pánico se adueñó de él, pero siguió sin sentir nada. El pánico se agudizó y Gui se incorporó sobre su codo izquierdo para examinarla más de cerca. Aquella criatura paralizada siguió durmiendo al final de su antebrazo. Gui se desplomó sobre la cama, exhausto y sin ánimos de proseguir con sus exploraciones.

Casi se había dormido cuando un susurro de faldas y un tintineo de recipientes lo despertó. Olfateó la leche caliente y el pan traídos por la sombra de una joven. Y entonces vio su rostro bajo las primeras luces del alba: era Douce.

—Estás aquí... —murmuró.

—Shhh —dijo ella poniéndole un dedo sobre los labios—. No

intentes hablar. —Se apresuró a retroceder y se apoyó contra la pared para no desmayarse de puro alivio. Gui viviría. Fue hacia él y le cogió tímidamente la mano derecha—. Te caíste del caballo cuando una flecha te hirió la mano. Te golpeaste la cabeza con algo y perdiste mucha sangre. Béatritz dice que no has parado de recuperar y perder el conocimiento desde bastante antes de la Nochebuena. Estamos en el nuevo año, Gui. Es el tercer día del año 1202 de Nuestro Señor. —Hizo una pausa—. ¿Gui?

Él volvió la cabeza hacia ella, pero sus ojos permanecieron cerrados.

—¿Mi padre...? —logró preguntar con un hilo de voz.

—Lo sabe. Pasó por aquí de camino hacia el sur.

—¿Dónde está ahora? —balbuceó, intentando obligar a sus torpes labios a que articularan las palabras—. ¿Quién se lo dijo?

—Béatritz. Estamos en su casa. Tu padre ha ido a reunir tropas al sur de aquí —repitió ella—. Eso fue antes de que yo llegara.

Gui seguía contemplándola con ojos expectantes. Douce vio cómo su deseo de saber más se doblegaba ante el sueño. Cuando oyó que su respiración se volvía más lenta y regular, se sentó sobre los talones y suspiró. ¡Qué insensatez! Soldados aburridos que buscaban alguna guerra para entretenerse. Las lágrimas resbalaron por su mejilla. Era tan estúpido y desgarrador como una baja después de un alto el fuego. Los hombres de Alfonso sólo habían conseguido tomar el castillo de Mondragón, y Béatritz decía que las auténticas batallas aún estaban por llegar. Douce deseó que Béatritz se diera prisa en volver.

Gui dormía, y se acomodó junto a él para velarlo. Los primeros albores de la mañana fueron convirtiéndose en el resplandor del día. Douce contempló cómo un haz de sol rebasaba el alféizar de la ventana para iniciar un lento deslizamiento sobre el suelo de piedra, iluminando cada objeto de la sencilla habitación. La luz reveló su capa colgada de la clavija detrás de la doble puerta cuya mitad superior daba al camino. Douce siguió el avance de la claridad con los ojos hasta posar la mirada en el montón de paja que le servía de cama, y pensó en lo incongruente que parecía el tapiz doblado encima de ella. Béatritz lo había rescatado del castillo junto con unas copas de plata, un gran cuenco rematado por garras —ahora lleno de manzanas invernales en el centro de su tosca mesa—, y un cobertor de piel que había usado como manta. Douce pensó que Gui había tenido mucha suerte al poder ser atendido por aquella mujer. Pero qué humillante debía de ser para ella, hija del viejo barón de Mondragón, verse deportada a una de las casas de alquiler de su padre, al que ahora sólo podía visitar en su castillo con permiso de sus captores. A pesar de ello, Béatritz se comportaba como si nada hubiera ocurrido.

Volvió a mirar a Gui. Un mechón negro había escapado de la venda que le ceñía la frente. Douce lo acarició con el índice, recordando cómo los cabellos de Gui siempre le recordaban a una gorra hecha de relucientes plumas de pájaro. Apartó la mano lentamente y el mechón se negó a quedarse plano. Sonrió al recordar cómo, durante una de las siempre incómodas pausas en el banquete, Gui había intentado recogerse un rizo rebelde detrás de la oreja y éste se había empeñado en seguir escapando. Aquel día sus ojos, sobre cuyos párpados cerrados montaba guardia ahora, habían brillado con la animación del vino para clavarse tímidamente en la mesa cada vez que se encontraban con los suyos.

Pero aquí, en las acogedoras estancias de Béatritz, ya no tenía que invocar los recuerdos, porque ahora podía contemplar el rostro de Gui hasta saciarse. Aun así, le gustaba recordar cómo, después de que se hubiera ido de Ventadour, le bastaba con pensar en su hermosa mejilla y las minúsculas arruguitas de las comisuras de su boca para enloquecer de pasión. Estaba despabilando una vela o cortando con los dientes el hilo de una puntada, cuando de repente se quedaba inmóvil y una ancha —y Douce suponía que boba— sonrisa aparecía en sus labios. Alguien que no la conociera seguramente habría pensado que estaba loca. Pensó en el aspecto que debían de tener las rodillas de Gui debajo de su cota de malla: ovaladas y duras como piedras alisadas por la corriente, con las pantorrillas tan nudosas y robustas como las de un potro. Gui siempre la hacía suspirar. Durante los últimos meses había puesto patas arriba toda su vida.

Estar enamorada no era como se había imaginado. En cuanto

vio por primera vez a Gui d'Ussel, hacía ya casi dos veranos en Ventadour, Douce sintió no amor, sino peligro. Sin embargo, viéndolo respirar con tanta placidez ahora, aquella sensación parecía extrañamente fuera de lugar. Pero tampoco podía librarse de ella, porque sabía que estaba corriendo algún riesgo extraordinario. Al mismo tiempo, sentía una paz tan completa que podía oír el latir de su corazón y la susurrante brisa de su aliento en los pulmones. No había huida o escapatoria posible, y nada podría salvarla de aquel peligro: de hecho, nunca se había sentido más viva.

El familiar siseo de unas suelas sobre la gravilla llegó hasta ella desde el exterior, rápidamente seguido por un chasquido de barro sobre piedra cuando un cántaro de leche fue depositado en el umbral. La puerta de madera giró sobre sus goznes con un crujido y Béatritz entró en la habitación.

El fuego se avivó en el hogar cuando una ráfaga de aire casi la llevó en volandas al interior de la pequeña estancia. Su capa se hinchó, esparciendo una rociada de escarcha mientras su dueña cogía la falleba de la puerta para cerrarla. El fuego se calmó y Gui se removió en sueños. Béatritz dejó el cántaro encima de la mesa y apartó la capucha de su abundante cabellera color miel. Quitándose la capa, la sacudió desperdigando cristales por todas partes y la colgó de una clavija junto a la de Douce, que era un poco más corta.

—El sábado que viene los puestos ya estarán en sus lugares habituales —anunció alisándose los cabellos—. Todo vuelve a la normalidad. Dicen que el mercado abrirá después de misa como de costumbre. Bueno, ¿qué tal está el paciente? —preguntó, lanzando una rápida mirada a Gui antes de cruzar la habitación para calentarse delante del fuego, con sus largas manos extendidas hacia el calor de las llamas.

—Ha despertado. Me reconoció. ¡Habló!

Béatritz corrió hacia ella para darle un abrazo y después puso la mano sobre la frente de Gui.

—Alabado sea Dios —dijo volviéndose hacia Douce—. Tenemos que hablar del futuro.

Pero Douce se sentía como una escaladora que, agotada y sin aliento, acabara de llegar a la cima. No podía pensar en lo que la aguardaba al otro lado y sólo quería permanecer donde estaba, saboreando aquel momento perfecto, sin importarle que pudiera estar punteado por pizcas de inquietud. Béatritz, en cambio, era todo planes y sentido práctico. La palabra «Ventadour» zumbó en los oídos de Douce. Pero no podía centrar la atención en nada, y unos instantes después ya volvía a estar muy lejos de allí. Era como si flotara en un vacío donde sólo era consciente del parpadeo de las llamas. Necesitaba la serenidad de la casita de Béatritz, y lo único que quería era poder quedarse en ella.

—Nunca dejaré a Gui —murmuró como si hablara en sueños.

—Piensa en tus padres. Piensa en mi responsabilidad.

—He de estar aquí —dijo Douce, mirando a aquella desconocida que le había dado cobijo.

La mera presencia de Béatritz atraía la luz y el calor. Todo en ella era esbelto y flexible, casi felino, desde su dorada piel imperceptiblemente curtida por el sol hasta los chispeantes ojos verdes. Llevaba un sencillo traje negro hecho en casa y un cinturón de oro labrado cuyos extremos se cruzaban para sostener un talismán, una piedra de un delicado verde lechoso incrustada en un óvalo dorado. Su abundante cabellera envolvía su rostro con un aura de autoridad que Douce nunca se cansaba de admirar.

—¿Ha comido algo? —preguntó Béatritz—. La leche de su cuenco no ha sido tocada.

—No. Iba a dársela con un poco de pan, pero volvió a quedarse dormido —dijo Douce.

Moviéndose con una seguridad que hizo que Douce contuviera la respiración, Béatritz echó leche fresca en el cuenco y se arrodilló junto a Gui. Levantándole la cabeza con un brazo, le puso el cuenco en los labios casi antes de que hubiera tenido tiempo de despertar.

—¿Ves? —dijo mirando a Douce—. Imagínate que le estás dando de comer a un bebé. No le preguntes si tiene hambre. Beberá por reflejo. ¡Mira, ya está!

Gui lamía la leche, y en un momento dado incluso llegó a sostener el cuenco con la mano. Pero no tardó en darse por vencido y se dejó alimentar por Béatritz.

—¿He muerto? —susurró ridículamente.

—Casi —murmuró Douce, ingeniándoselas para sonreír.

—¿... y Douce?

—Está aquí —respondió Béatritz.

Gui volvió a cerrar los ojos y su rostro fue calmándose gradualmente. De pronto se incorporó y vomitó leche sobre el cobertor. Douce corrió a coger una palangana del aparador. Gui vomitó una y otra vez, apoyándose en la mano de Béatritz que le sostenía la frente. Cada nueva acometida de su estómago le obligaba a torcer el gesto. Finalmente se desplomó sobre la cama como si estuviera borracho. Béatritz le soltó y Douce trajo un trapo para recoger los riachuelos de leche antes de que fuesen absorbidos por la gruesa lana del cobertor, y después salió a vaciar la palangana sobre el suelo helado.

Al tercer día Gui ya se encontraba lo bastante fuerte para sentarse en la cama. El dolor de cabeza había dejado de ser constante, y su debilidad le parecía una mera ondulación en un mar apacible y acogedor. Después de pasar tantos días durmiendo, su cuerpo había conocido una parte de la tierra crepuscular que separa la vida de la muerte, el sueño de la vigilia. Había tenido ocasión de experimentar un sufrimiento exquisito que no tenía relación con la herida de su mano, y eso le complacía. Toda su compostura de caballero se había desvanecido en cuanto perdió el conocimiento. Su escudo invencible y la lanza con sus colores ondeando al viento le habían fallado.

Una vez fuera de peligro, empezó a verlo todo con una nueva claridad. Ahora sabía valorar las pequeñas cosas: el suave roce de los vendajes de lino que Douce aplicaba bajo la supervisión de Béatritz; el trocito de gallina asada que le preparó. Incluso la cataplasma de vino y romero tenía sabor para él, por mucho que hiciera una mueca de dolor cuando entró en contacto con la herida de su mano. Le complacía el dominio del arte de mezclar las hierbas que veía en Douce, quien afirmaba haberlo aprendido de una mujer llamada Guilhelma. Bajo la tutela de Béatritz, cada vez sabía aplicarlas con mayor habilidad.

Atendido por aquellas dos enfermeras, Gui iba recuperando algo más que la salud. Todo su cuerpo parecía estar impregnándose del fluido de sus sentidos, como si flotara en una poción hecha de cosas que le habían pasado desapercibidas durante sus horas de vigilia, cuando la mente está concentrada en las cuestiones prácticas. Ahora le bastaba con respirar, habitar su propia piel y sentirse a salvo del mundo. Gui era todo cuerpo, el blando colchón en delicioso contacto con su espalda. Su columna vertebral parecía poseer una existencia propia, como si estuviera grácilmente suspendida entre dos postes. Podía identificar y mover cada uno de los músculos de las partes sanas de su cuerpo. Su sexo se mantenía alerta día y noche, respingando en cualquier minuto desde debajo del cobertor. Comer se convirtió en una ocupación exquisita, y Gui comprendió que durante toda su vida se había limitado a ingerir comida sin saborearla.

Tenía absoluta fe en los cuidados que Douce dispensaba a su mano, pero ésta seguía insensible. Poco a poco, tuvo que admitir que no tenía demasiada prisa por recuperarse del todo. Sus heridas le proporcionaban una última ocasión de volver a ser un niño, y se dedicó a disfrutar de las atenciones de Douce como si fuera un principito mimado. El proceso curativo natural no tardaría en devolverlo a los campos de batalla, razonó, y de todas maneras ya había tenido suficiente guerra por el momento.

De no ser por la curiosidad de Douce, habría olvidado las batallas para entregarse a sus nuevas comodidades. Pero Douce quería que le hablara de la guerra.

—¿Qué se siente, Gui? —le preguntó con voz suplicante—. ¿Tenías miedo?

—No fue una auténtica guerra, ¿sabes? Sólo fue una... escaramuza sin importancia.

—Pero ¿por qué luchabais?

—Por el castillo.

Sus palabras hicieron que Béatritz cogiera un taburete y se sentara junto a su cama.

—Cuando llegué allí todo estaba tranquilo —prosiguió Gui—. Nos helábamos de frío en las tiendas sin nada que hacer aparte de afilar nuestras espadas y esperar. Tenía tanto frío que acabé pasando la mayor parte del tiempo cepillando a los caballos sólo para estar cerca del calor que desprendían.

—¿Hubo un ataque por sorpresa o qué? —preguntó Douce impacientemente.

—Bueno, sí... pero no contra nosotros. Todavía no estoy muy seguro de qué sucedió. Supongo que los hombres de Alfonso se estaban poniendo nerviosos y su comandante dio la orden de tomar el castillo. Lo único que sé es que nos enteramos en el último momento y que Brial, que era mi oficial superior, nos despertó poco antes del amanecer. Mis hombres llegaron al castillo con las primeras luces del alba, pero fuimos los únicos en subir hasta allí. ¡No apareció nadie más! Las tropas de Alfonso acababan de tomar el castillo y ya habían aceptado la rendición del viejo...

—Ese viejo del que hablas es mi padre, el barón de Mondragón —murmuró Béatritz.

—*Dieus!* —Gui se llevó la mano a la cara en un gesto de sorpresa—. ¿Cómo he llegado hasta aquí?

—Dos de los soldados de Raimundo te trajeron a esta casa, y llevas más de dos semanas yaciendo en ese lecho.

—Entonces te... te ruego me perdones. Pero... ¿quién eres exactamente?

—Soy Béatritz de Die, y antes de casarme era Béatritz de Mondragón.

Douce sonrió triunfalmente y sus ojos fueron de Gui a Béatritz. Él estaba tan asombrado que se había quedado sin habla.

—¿Cómo te hirieron? —insistió Douce, aunque ya veía por su expresión que Gui no respondería a ninguna pregunta hasta que se hubiera enterado de todo lo ocurrido.

—Espera un momento —dijo él—. ¿Cómo supiste que debías venir aquí?

Sólo después de haberle contado todos los detalles de su aventura —cómo Elías se levantó de la mesa de Navidad y el viaje hasta Ussel con Guilhelma para averiguar su paradero de labios de Isard, el anciano mayordomo—, pudo convencerle de que continuara con su historia.

—Después de la rendición del barón... —empezó, y Douce le animó a seguir—. Bueno, cuando estuvo claro que llegábamos demasiado tarde y el castillo ya había sido tomado, nos dispusimos a volver a nuestro campamento. Pero los malditos aragoneses querían más. Tenían ganas de pelea, ¿comprendéis? Supongo que tenían que demostrarse a sí mismos que saben luchar. No les bastaba con haber tomado un castillo indefenso, y necesitaban celebrarlo de alguna manera. Se pusieron como locos: gritaban, reían, disparaban flechas al aire... Recuerdo lo mucho que me enfureció que Brial nos hubiera sacado de los catres para aquello. Lo único que quería era regresar al campamento a galope tendido y meterme debajo de mi manta. Entonces oí una flecha, sentí que me caía de la silla y eso fue todo.

Los tres guardaron silencio durante un rato. El vínculo que los unía no necesitaba ser sellado con palabras, pero mientras miraba a las dos mujeres sentadas junto a su lecho, Gui sintió que se le hacía un nudo en la garganta y supo que si no hablaba se echaría a llorar.

—Gracias —murmuró.

Unos días después insistió en tratar de caminar. Con Douce y Béatritz a los lados logró incorporarse apoyándose en ellas, pero en cuanto intentó sostenerse por sí solo le fallaron las piernas.

—Igual que un potrillo recién nacido —sonrió Béatritz mientras Gui se agarraba a su brazo y volvía a dejarse caer sobre el colchón de paja.

Gui se castigó a sí mismo volviendo a intentarlo, pero enseguida quedó claro que una pierna debía haberse doblado debajo de él cuando cayó de la silla de montar, porque ahora quería ceder apenas se la obligaba a sostener un poco de peso. De momento, su convalecencia estaba asegurada.

Durante las semanas siguientes, Béatritz se convirtió en su conexión con el mundo exterior, su *lutz clar*, y los dos jóvenes acabaron apodándola Ángel de Luz. Cuando volvía a casa trayendo agua de la fuente de la plaza del mercado o vino de la taberna de Mathilde, también traía las últimas noticias: un paciente había escapado de la leprosería, un hombre había sido arrestado en la calle de los Judíos porque se paseaba por ella vestido de mujer. A veces iba un poco más lejos y llegaba hasta la cabaña de la tonta del pueblo, donde obtenía saúco y romero para los vendajes de Gui y las pociones que le ayudaban a digerir los alimentos. Y a pesar de ello, cada día iba a visitar a su padre. La rendición le había salvado la vida, pero los hombres de Alfonso habían decidido convertir su subyugación en un ejemplo público y obligaban al anciano a depender de su hija para la comida.

Douce se asombraba ante la calma y el dominio de sí misma de que daba muestra Béatritz. Aquella mujer no necesitaba las llaves de una castellana para ejercer la autoridad sobre su pequeño reino. Los troncos ardían alegremente en el hogar, y siempre había sopa en la olla. El pan, la leche y el vino aparecían en las alacenas como por arte de magia incluso cuando el mercado estaba cerrado. En beneficio de Gui, el brasero quemaba hierbas en vez de carbón de leña y los olores del saúco y el enebro subían hacia el techo en alas de sus vapores. Las losas del suelo eran barridas, y la ropa de la cama era pulcramente doblada cada mañana. Los vendajes de Gui ondeaban encima del hogar como estandartes blancos colgados a secar. Los orinales y las palanganas para las cataplasmas esperaban en un rincón. Béatritz reinaba con abandono sobre aquel pequeño espacio. Douce sabía que su vida se había salido del curso fijado, obligándola a escoger un camino muy alejado del de la mujer de noble cuna convencional para el que la habían educado, y que aquello la había afectado hasta el extremo de volverla casi vengativa en su buen hacer.

Una tarde en la que Gui durmió más de lo habitual, Douce se sorprendió pensando en Ventadour. Vio a sus padres organizando un gran banquete de bodas para celebrar su matrimonio con Humbert de Comborn. Después de la repentina desaparición de su hija, Ebles y Marie debían de estar haciendo todo lo posible para averiguar su paradero. Se preguntó si Guilhelma mantendría su juramento de silencio. Ser una princesa que había huido de casa era muy emocionante, y se estremeció de satisfacción al pensar en su secreto.

Fuera cual fuera el futuro que la aguardaba, sería más tolerable que quedar a merced de un hombre al que sólo había visto una vez, el cual siempre estaría guerreando lejos de casa mientras ella se veía obligada a ejercer las funciones de un mayordomo sobre sus vastas propiedades. Cualquier cosa sería preferible a tener que criar un niño detrás de otro, dando instrucciones a los sirvientes y jugando a ser la señora de la casa en banquetes de cien invitados. Douce nunca podría soportar las interminables cacerías, la vida en un castillo tan lleno de gente que parecía una aldea, las quejas de los vasallos, las disputas familiares y las pequeñas contiendas locales, las visitas y peregrinaciones obligatorias y, además, la soledad que llevaba implícita el hecho de ser la única responsable de todo el frente doméstico. No, no sentía ningún aprecio por la tradición cuyo estandarte había sido designada para enarbolar. Prefería ser Béatritz o incluso Guilhelma, libre en su persona, unida a una gran casa porque así lo había elegido o para ganarse la vida, no por obligación. Había visto a su madre consumida por los deberes de dirigir una gran mansión, jugando a la anfitriona literaria al tiempo que organizaba debates y justas de ingenio para entretenerse y mantener entretenidos a sus invitados.

Nunca volvería a Ventadour. Ni siquiera podía pensar en aquel lugar durante mucho rato sin que su recuerdo fuese eclipsado por la vívida entrada de Gui. Mientras atendía las necesidades del convaleciente, se divirtió recordando las miradas furtivas durante la cena en su segundo encuentro, o su visión de Gui, ataviado de plata y azur, cuando salía de la capilla para alejarse bajo la nevada.

Pero su recuerdo más preciado era el de su primer encuentro. Evocaba una y otra vez aquella verde mañana de mayo en la que Gui llegó a Ventadour con Elías para discutir de lindes con su padre. Entonces lo vio detenerse delante de ella en la sala, con sus cabellos negros como ala de cuervo, aquellos labios curvados y el hoyuelo de su barbilla. Una extraña llama le inflamó el corazón, avivándose rápidamente hasta extender su fuego por toda la prisión de sus costillas. En ese instante, los vientos cambiaron de dirección tan súbita y violentamente dentro de ella que necesitó estar sola. Una vez en su habitación, sintió algo nuevo, algo cuyo nombre siempre había sido un misterio para ella hasta ese momento. Decidió llamarlo pasión.

Lloraba con frecuencia. A veces se sentía enferma, como si tuviera fiebre. Perdió toda noción del tiempo, y empezó a llegar tarde a las comidas. ¡Qué extraño e incomprensible era todo aquello! Además, pensó, el amor era la contradicción encarnada. Estaba a punto de reventar de pasión y, al mismo tiempo, se sentía en comunión con un mundo más grande. Podía estar en sus habitaciones y, al mismo tiempo, pertenecer a horizontes situados más allá de su ventana, unida a cada insecto y cada tallo de hierba por una red invisible que la comunicaba con todos los seres vivos. Aquello la había dejado tan perpleja que sintió la necesidad de hablar con Dios. ¿Era Él quien dirigía aquella magia? ¿Le ocurría a todo el mundo, o sólo a quienes era voluntad suya que les ocurriera? ¿De qué manera la había elegido a ella para aquella aventura? La respuesta de Dios debía de estar contenida en algún pasaje de las Escrituras, pero ¿dónde podría encontrar la paz espiritual necesaria para semejante lectura mientras su corazón siguiera ardiendo?

El hechizo había sido conjurado. Así que aquello era el amor, esa poción compuesta de dos ingredientes, medicina y vino a partes iguales. Bien, pues con ella había surtido su efecto. Ya nunca podría recobrar su antigua vida, las partidas de ajedrez, las ociosas noches rodeada de aquellos a los que se pagaba para que la ensalzaran. Esa rutina podía ser muy seductora, pero ya nunca sería capaz de sucumbir a ella. Lo que hizo fue centrar su atención en Gui, que seguía durmiendo con la mortecina luz del atardecer avanzando lentamente por su rostro.

Béatritz estaba visitando a su padre en el castillo, y Douce volvía a estar sola. Examinó el fondo del aparador en busca de un trapo para limpiar la lámpara que había junto a la cama de Gui, y encontró un cofrecillo de marfil con figuras talladas que representaban a los cuatro elementos. Tan compacto como un relicario de iglesia, estaba lleno de joyas. Abriendo la tapa sobre sus goznes de cuero, quedó fascinada por un par de peinetas tachonadas de granates. Las miró fijamente y luego, como una niña ante una caja de golosinas, metió la mano y la sacó llena de tesoros: grandes discos de jade tallado, rubíes del tamaño de la uña de su pulgar con forma de caparazón de escarabajo, hebillas y broches para sujetar capas, pendientes y cintillos tejidos de oro. En el fondo había un cinturón adornado con perlas tan rosadas como la piel de un bebé.

Volvió a meterlo todo en el cofrecillo y, llevándolo a la luz, lo dejó en el suelo al lado de Gui, que había despertado y la miraba. Boquiabierto, metió un dedo en el cofrecillo y sacó el cinturón de perlas.

—Póntelo —susurró, mirándola con los ojos muy abiertos.

Ella le sonrió, se levantó y deslizó alrededor de su cintura la tirilla delicadamente tejida. A continuación cogió las peinetas y se las puso, y luego adornó uno de los hombros de su traje con un broche de esmeraldas. Riendo a carcajadas, metió las manos en la caja de los tesoros y los esparció por el suelo. Luego, con una ancha sonrisa, empezó a pavonearse, haciendo que el extremo de su falda rozara el lecho de paja de Gui.

—¿Me encuentras digna de admiración envuelta en esmeraldas? —le preguntó—. ¡Ojalá tuviéramos un espejo!

Ejecutó una serie de piruetas dignas de una derviche, evolucionando por la habitación como impulsada por el recuerdo del juego de Gaucelm, con las joyas de Béatritz destellando sobre su cabellera, cuello y cintura. Ayudándose con su mano buena, Gui logró incorporarse sobre su lecho y la contempló como si no diese crédito a sus ojos hasta que Douce acabó dejándose caer a sus pies.

—Me mareas —dijo sin dejar de mirarla.

Douce no dijo nada y siguió donde estaba, sintiendo la presión de la esmeralda encima de su esternón. Anhelaba un abrazo. Estaban solos. ¿Qué le detenía? ¿Se regiría quizá por algún código que ella desconocía? ¿Y si todavía no estaba seguro de los sentimientos de ella? Se irguió, súbitamente seria, y volvió a hurgar en el montón de joyas. Cogió una oscura gema y se la puso entre los senos.

—¿Crees que con esto sujeto a una túnica de seda amarilla parecería una gran dama? —preguntó burlonamente—. ¿O prefieres un broche de ámbar como éste?

Sacudió la cabeza haciendo oscilar su largo cabello sobre los hombros y la espalda.

—Y además llevaré una capa escarlata con una cola muy larga, toda ribeteada de armiño. Marta cebellina por dentro y con un motivo de trencillas que terminará en... A ver, déjame pensar... ¡Sí, en un ramo de flores con algunas de estas perlas por centro! Y para mi cabeza, un griñón de seda italiana...

—¡No! Te prefiero con el cabello suelto. Si lo llevas recogido, tu aspecto de «gran dama» hará que parezcas una hermanita de la caridad.

—¿Entonces quieres que me trence la cabellera?

—Siempre que me dejes hacerte las trenzas...

Se dirigió a la viga de la que colgaban los vendajes de Gui y cogió tres estrechas tiras de lino. Sujetándolas por los extremos, le mostró cómo hacer trenzas con una sola mano.

—Y ahora deja que practique contigo —dijo él.

Y cuando le trenzó el cabello, el roce de sus dedos y los suaves tirones hicieron que Douce sintiera escalofríos en el cuero cabelludo y rió, mordiéndose el labio. Aquello era embriagador.

La primera trenza le salió bastante torcida y Gui se impacientó, por lo que volvió a intentarlo. Sentada con el cuerpo erguido, sintió un cosquilleo de expectación. Cuando él hubo acabado de hacerle la trenza, le volvió la cabeza y la besó en la boca. Douce se estremeció y se apoyó en él, sintiendo la firmeza de su pecho en la espalda. Ella se volvió lentamente y le acarició el cuello. ¿Podría sentir él, o quizá incluso ver, el calor que ardía bajo la piel de Douce?

—Amor mío —susurró—. *Amador...*

Ambos cerraron los ojos y se estrecharon, buscando refugio en el cuerpo del otro como animalillos ciegos que avanzaran hacia el calor. Bastará con unos momentos, pensó ella mientras se abrazaban. Todo habrá terminado enseguida, ¿y qué mal puede haber en ello?

Pero el techo se desplomaría sobre sus cabezas y Dios Topoderoso aparecería, espada en mano, para fulminarlos con su ira o, peor aún, tendrían que enfrentarse a un esqueleto sonriente armado con una afilada guadaña. Douce sonrió ante aquellas ideas descabelladas, manteniéndolas a raya con la proximidad de Gui y el deseo incontenible que temblaba en sus alientos, pero las amenazas del mundo real seguían allí. Se apartó un poco para contemplar aquel hoyuelo de su mentón que tanto amaba, queriendo que aquellos ojos violeta la absorbieran enteramente. Si lo hacían, se dijo finalmente, sería el fin para ambos. Ella se vería condenada a una vida de confesión, nunca podría casarse y quizá tuviera que cargar con un hijo; y él no podría tomar la Cruz, y sus pecados jamás serían expiados.

Y así llegaron al borde de aquel abismo hechizante que ella tanto había temido y hacia el que ahora se sentía atraída como presa del vértigo. Quedaron suspendidos en el borde, tambaleándose y sin llegar a caer, conteniendo la respiración, pero ninguno de los dos se atrevió a saltar. Se sintieron muy virtuosos, y eso tendría que servirles como recompensa durante un tiempo.

El suave chasquido de unos pasos acercándose por la calle les pasó desapercibido a los dos. Sólo se separaron cuando la puerta se abrió dejando entrar una gélida ráfaga de aire.

—¡Nieva! —anunció Béatritz bastante retóricamente, ya que una estela de copos de nieve entró con ella para arremolinarse sobre el umbral.

El resto de su exclamación se perdió en el anochecer sin que pudiera ser entendida mientras, de espaldas a los jóvenes, sacudía los pies contra el peldaño para desprender las pellas de tierra helada adheridas. Cuando hubo acabado de quitar los copos de nieve de la capa y la colgó en su clavija, Douce ya se había recuperado y estaba de pie. El cofrecillo seguía donde lo había dejado, en el suelo al lado de la cama.

Pero Béatritz estaba ocupada en devolver la sensibilidad a sus pies helados. Douce reavivó el fuego y empezó a poner la mesa para cenar.

Una sensación de dislocación se había adueñado de la pequeña habitación. Quizá sea la bajada de la temperatura, pensó Douce. Los cambios de tiempo bruscos siempre se hacen notar, incluso en el interior de una casa. Sin embargo había algo más, una indefinible extrañeza en el comportamiento de Béatritz cuando se sentó delante del fuego para calentarse los pies. Parecía absorta en sus pensamientos. ¿O se habría dado cuenta de que había interrumpido algo? Douce se acordó del cofrecillo y le hizo una seña a Gui, quien lo escondió debajo de la cama.

—Traigo noticias —dijo Béatritz cuando por fin se volvió hacia ellos—. No son buenas, y no sé qué pensar de ellas. Nunca os he hablado de Raimbaut. ¿O sí?

—No —repuso Douce mientras ponía una cuchara en cada sitio—. ¿Te refieres a Raimbaut Vaqueiras?

—No, no hablaba del trovador, sino de Raimbaut de Orange.

—Ese nombre me suena —dijo Douce—. ¿No fue el que le otorgó su señorío a los hospitalarios?

—No fue exactamente...

—Mi padre dice que es un hombre peligroso —intervino Gui.

En el súbito silencio que siguió a las palabras de Gui, Douce vio en el rostro de Béatritz una expresión tan extraña como fugaz, como si estuviese perdida en el recuerdo de hechos muy lejanos. Después rió y dijo como para sí misma:

—Un hombre peligroso... ¡Oh sí, lo es! Pero ¿por qué piensa eso tu padre, Gui?

—¿Acaso no es un aliado de Alfonso? —preguntó él—. ¿No apoya a la casa de Aragón contra Tolosa en toda esta estúpida guerra por adueñarse de las tierras? Mi padre dice que no hay hombre más tozudo que él en todo el sur, que los árboles no le dejan ver el bosque y que no pondrá sus fuerzas a disposición de nuestra causa hasta que sea demasiado tarde. ¿Qué le ha costado a Alfonso tomar este pueblo? Un par de muertos, unos cuantos heridos como yo, tu padre encerrado en sus habitaciones... ¡y se acabó! ¿No crees que eso habrá avivado sus ansias de conquista? ¡La próxima en caer podría ser Carpentras, Villeneuve o la propia Aviñón! ¿Qué les impedirá seguir avanzando hasta el siguiente pueblo, y el otro, y el de más allá...?

—Ya lo han hecho... —repuso Béatritz, pero él estaba demasiado furioso para prestarle atención.

—No se detendrán hasta que Tolosa decida plantarles cara, cosa que Raimundo no quiere hacer —prosiguió con creciente pasión—. ¡Y entonces el sur ya habrá consumido sus fuerzas en disputas internas y estará maduro para la conquista!

Se levantó, fue cojeando hasta la mesa, cogió una manzana del cuenco y le hincó el diente.

—Habla igual que un viejo guerrero, ¿verdad? —observó Béatritz.

—Me recuerda a su padre —dijo Douce—. Es lo malo que tiene el que te enseñen a hacer política: te induce a esperar lo peor de la gente.

—Esta vez tiene razón —dijo Béatritz poniéndose seria—. Te has adelantado a mis noticias, Gui. Cuando estaba en el castillo oí decir que Raimbaut ha enviado hombres a Mornas.

—¿Qué está pasando allí? —preguntó él frunciendo el entrecejo.

—Se están preparando para un asedio.

—*Dieus!* —Gui arrojó su manzana a medio comer contra la pared—. ¿En pleno invierno? ¡Debe de estar loco! ¡Y todo por unas cuantas leguas de tierra!

—Las cosas son más complicadas de lo que parecen, Gui.

—¡Oh, claro! Esas estúpidas querellas siempre son más complicadas. Cuanto más ridículas e insignificantes son, peores acaban siendo sus consecuencias. ¿Te preguntas cómo lo sé? ¡Douce te lo explicará! Una pequeña disputa por lindes estuvo a punto de destruir nuestro futuro.

Douce le miró, súbitamente esperanzada. Había dicho «estuvo a punto», no que lo hubiese destruido. Eso quería decir que estaba pensando en un futuro con ella.

—¡Las lindes son odiosas! —estalló—. Echan a perder las vidas. Desde que era pequeña nunca he oído hablar de otra cosa. Durante las cenas en la gran sala, en el estudio de mi padre, cuando mis padres se peleaban, y en esas interminables reuniones con Elías... —Miró a Gui y luego se volvió hacia Béatritz—. ¡Tuvimos que venir aquí para huir de las lindes!

Era cierto. Ahora podían olvidarse de ellas para siempre, dándoles la espalda de manera tan irrevocable como ella había dado la espalda a los planes de matrimonio con el hijo de Comborn cuando huyó de Ventadour.

Pero Béatritz se limitó a asentir comprensivamente.

—Vamos a dejar claras algunas cosas —dijo, decidida a explicárselo todo a Gui—. No sé qué te habrá dicho tu padre, pero

Raimbaut no «regaló» Orange. Tuvo que dividirlo porque el legado de su tío no le dejaba otra opción, y por eso vive en Courthézon. Por eso apenas tiene hombres de armas a su servicio. Y si se encuentra bajo la protección de Alfonso, eso es debido a los hospitalarios...

—¡Oh, malditos sean los hospitalarios! Se las dan de estadistas, porque tienen riquezas.

—... y la razón por la que mi padre aún vive es que hace un año, cuando ya estaba claro que no tardaría en haber problemas, me arrodillé ante Raimbaut y le rogué que, si llegaba a haber guerra, le perdonara la vida a mi padre. Y Raimbaut así lo hizo por mí. Lo hizo sabiendo lo mucho que mi padre aborrece sus simpatías hacia Alfonso. ¡Lo hizo por mí! —Béatritz estaba al borde del llanto—. Oh, intenté hacerle entender que alzarse en armas contra Tolosa sería una locura: Raimbaut nunca ha tenido alma de guerrero, y apenas tiene tropas. No ha nacido para hacer la guerra, eso lo puedo asegurar. ¡Y ahora resulta que todo ha sido en vano!

Alzó las rodillas y apoyó la cabeza en ellas, volviendo el rostro hacia la chimenea. Gui fue hacia ella con sus andares de convaleciente y le rodeó los hombros. Béatritz le palmeó la mano.

—Ven a la mesa —dijo él.

Ella suspiró y se puso en pie.

—Hay más. Quizá queráis oírlo...

—Sólo si no te apena contárnoslo —dijo Douce.

Acabó de llenar la jarra de vino y la dejó al lado del pan. Después descolgó la marmita de repollo y cebollas que todavía burbujeaban en su baño de vino y la llevó a la mesa.

—Hablar de mi padre a las personas que quiero me hará bien —dijo Béatritz—. Después de todo, ahora ya no hay secretos entre nosotros. Ponme un poco de vino, Gui, y cenemos.

—Empieza por el principio —dijo Douce—. Pero antes háblanos de ti y de tu matrimonio. —Señaló la marmita—. El estofado aún tiene que enfriarse un poco.

—¿Queréis que os hable de mi esposo? Sé menos cosas sobre él que sobre... ¡sobre tu señora Belot, por ejemplo! —dijo Béatritz mirándola—. Puedo deciros que sus tierras quedan al este de ahí, en el río Drôme. Pero en cuanto a su paradero... —Se encogió de hombros sin saber qué decir—. Aunque, dado que me lo preguntáis, contraje matrimonio con mi señor el conde de Die a los trece años, siguiendo los deseos de mi padre. Las circunstancias conspiraron para separarnos casi desde el primer momento: él tuvo que pasar varios años en ultramar mientras que yo, aún casi una niña y demasiado falta de experiencia para administrar las propiedades de mi esposo, venía a vivir aquí. Mi madre murió al traerme al mundo y, con mis dos hermanos en Oriente, mi padre se quedó en Mondragón para cuidar de nuestras propiedades y de la gente del pueblo.

—¿No te sentías sola? —preguntó Douce.

—Teníamos compañía de vez en cuando, y siempre estaba muy ocupada. Cuando quería distraerme, componía versos y cantaba canciones. Y por suerte siempre he querido mucho a mi padre, aunque no parábamos de discutir de política. También tenía que ocuparme de la cocina, la lavandería y la ropa, y aprendí a llevar una casa.

—Y todavía sabes hacerlo —dijo Gui, cogiendo su cuchara y lanzando una mirada anhelante a la marmita de estofado.

—Adelante, pero luego no te quejes si está demasiado caliente —le advirtió Douce, y Gui dejó la cuchara.

—¿Cómo conociste a Raimbaut? —preguntó.

—Ya llegaremos a eso —repuso Béatritz—. Una noche llegaron al castillo unos cuantos juglares para obsequiarnos con una velada de canciones. A la mañana siguiente me levanté temprano antes de que se fueran. Había pasado toda la noche en vela intentando reconstruir unos bellos versos que cantaron. Nunca había oído una composición musical tan ingeniosa.

—¿Qué decía? —preguntó Douce.

—No sé si me acordaré. Sí, esperad... «*Escotatz, mas no say que s'es* / Escucha, mas no me preguntes / Qué es lo que oyes. / *Vers? estribot? sirventés?* / No es ninguna de esas cosas / y en verdad no sé qué nombre darle...» No me acuerdo del resto, pero era un poema maravilloso en el que cada estrofa terminaba con una frase en prosa en vez de hacerlo con el pareado convencional. ¡De esa manera tan sencilla, su creador había inventado una nueva forma de componer!

—Y naturalmente el autor de aquella maravilla no era otro que Raimbaut, conde de Orange —dijo Gui, anunciando lo obvio con un ampuloso ademán y sirviéndose por fin de la marmita.

—¿Cómo termina? —preguntó Douce, soplando sobre el cucharón antes de servir el plato de Béatritz.

—¿El poema o mi historia?

—El poema.

—Pues... creo que terminaba así: «Si alguien pregunta quién escribió esto, decidle que fue aquel que sólo puede sacar sorpresas de un sombrero cuando no sabe lo que está haciendo.» Pero mis palabras no le hacen justicia.

—Así que en cuanto descubriste quién lo había compuesto, quisiste conocerle —dijo Douce, retomando el hilo de la historia.

—Y lo conseguí, con la ayuda involuntaria de mi padre. Un primo mío iba a casarse en Aviñón, y le supliqué a mi padre que me llevara a la boda. Le pedí que pasáramos por Orange para ver el famoso anfiteatro y el arco de triunfo romanos. Averigüé cuanto pude sobre aquellas viejas ruinas y lo dejé impresionado con mi entusiasmo por el tema. Después de todo, forman parte de nuestra herencia, ¿no? Mi padre acabó accediendo a llevarme con él...

—Mi padre las ha visto —comentó Gui, desviando los ojos del estofado que humeaba en su plato—. ¡Habla del arco con tanta reverencia como si fuera una iglesia!

—Orange es magnífica, pero también un poco lúgubre: está llena de fantasmas romanos. Las piedras aún resuenan con los ecos de las legiones de César, sus grandes obras arquitectónicas, sus foros y sus plazas de mercado. Un poco al sur de la ciudad está Courthézon, un lugar muy pobre comparado con Orange. Pero allí es donde Raimbaut tiene su corte, y allí pasamos la noche.

—¿Y Raimbaut estaba allí? —preguntó Douce.

—Sí, afortunadamente para mí, porque de lo contrario hubiese hecho el viaje en vano. Se comportó como un buen anfitrión. Mi padre lo encontró un poco reservado, pero cortés. A mí me pareció el perfecto caballero y poeta.

—Te enamoraste de Raimbaut nada más verlo —declaró Douce con una sonrisa.

—Creo que el poema ya me había conquistado. Si Raimbaut hubiera resultado ser un monstruo quizá me habría sentido decepcionada, pero después de haber oído su canción habría hecho falta mucho para convencerme de que no era mi hombre. Por desgracia aquella noche mi padre y yo tuvimos una... discusión.

—Sobre política —observó maliciosamente Gui.

Béatritz se volvió hacia él.

—Antes mencionaste a los caballeros hospitalarios, por lo que supongo que ya sabrás que los condes de Orange prácticamente son vasallos suyos. Después de nuestra visita me enteré de que, a pesar de su título, en realidad las posesiones de Raimbaut han quedado reducidas a la minúscula Courthézon. El resto ha sido fragmentado, y la mayor parte de las propiedades han sido entregadas a los hospitalarios en pago de deudas o tiene que compartirlas con su tía y otros parientes.

—¡Y los hospitalarios son peones de Alfonso! —dijo Gui, tragando una cucharada de estofado.

—Seamos corteses y digamos que se hallan bajo la protección de Aragón y su rey —dijo Béatritz, que apenas había tocado su plato.

—... y ahora Raimundo tiene que enfrentarse a toda esa alianza. Comprendo —dijo Douce—. ¡Te enamoraste del enemigo!

—No fue tan sencillo, aunque suena más romántico como lo expresas tú.

—Y con todos esos obstáculos interponiéndose entre vosotros, ¿cómo conseguiste conocer a Raimbaut? —preguntó Douce.

—Mi padre se negaba a abrirle las puertas de Mondragón, así que siempre que iba a Aviñón yo encontraba razones para pasar por Courthézon. Después de su matrimonio, la familia de mi primo empezó a crecer con una rapidez que me pareció tan afortunada como providencial. Siempre había un nuevo bebé de camino y mucho trabajo para un par de manos extra. Naturalmente, yo viajaba con escolta, pero siempre dormía en el castillo de Raimbaut. Disfrutábamos de nuestra compañía tanto en la cama como, cuando estábamos separados, en los versos, y al final ya no intentamos ocultarlo. —Abandonó su estofado y cogió un trocito de pan que hizo girar entre el pulgar y el índice hasta convertirlo en una apretada bolita—. Pero el que nos enamoráramos no cambió las cosas en Courthézon —prosiguió—. Raimbaut era... es viudo.

—Pero tu padre... —intervino Douce—. ¿No sospechaba...?

—Por supuesto. ¿Cómo no iba a sospecharlo? Había visto la cara que puse aquella noche en Courthézon. Sí, mi padre estaba al corriente de lo nuestro, pero no le daba importancia. Mi padre es un hombre muy sabio y suponía que tarde o temprano acabaría enamorándome, aunque sólo fuese para huir de la soledad. Lo que hacía que Raimbaut fuera una espina era el hecho de que sus alianzas con Alfonso y los hospitalarios impedían que pudiesen estar en el mismo bando. ¡El barón de Mondragón no podía cobijar bajo su techo a un traidor al nombre de la familia! Al final tuvo que exiliarme a una de sus propiedades del pueblo... y así fue como me encontrasteis.

—¿Y qué pasó con Raimbaut? —preguntó Douce.

Béatritz dejó la bolita de pan con la que había estado jugueteando y suspiró.

—Pues que acabé comprendiendo que una mera mujer jamás podría usurpar su corazón. Raimbaut habría necesitado mucho más que una mujer para inducirle a abandonar esa alianza forzosa con Aragón y pasar a apoyar a Raimundo. No se podía esperar que arriesgara sus escasas propiedades por el amor de una mujer casada a la que nunca podría hacer su esposa, ¿verdad? ¿Quién era él, responsable de un feudo y considerado como un líder de caballeros en la guerra y un juez de sus derechos en tiempos de paz, para echar por la borda todas sus responsabilidades? —Tomó un sorbo de vino—. Nuestra relación estuvo condenada desde el primer momento. Y lo que acabó interponiéndose entre Raimbaut y yo, o entre nosotros tres, fue el veneno de la política —concluyó, y los ojos se le humedecieron.

—Yo recogeré la mesa —se apresuró a decir Douce, levantándose de su taburete.

—Gracias. Estás empezando a cogerle el truco a las verduras,

Douce. La cena estaba muy buena. Y ahora, Gui, ¿podríamos tener un poco de música? Quiero trabajar en el telar hasta que se apague la lámpara.

Douce volvió a colgar la marmita del gancho, tapó la jarra de vino y metió los platos en un cubo. Béatritz ocupó sus pensamientos mientras limpiaba las tres cucharas y el cuchillo que compartían. Había presentido desde el primer momento que tenía una historia y que padecía alguna adversidad secreta, y lo que acababa de contar lo confirmaba. Pero había más. Douce se sorprendió sonrojándose al pensar en lo mucho que se parecían. Béatritz había sido víctima de un matrimonio acordado a espaldas suyas, y ella había logrado escapar por muy poco de un matrimonio similar. Béatritz también había conocido un gran amor. Había buscado aquel amor con todas sus fuerzas y había aceptado las consecuencias.

Pero había una cosa que no acababa de entender. Ardía en deseos de saber cómo era posible que pareciese tan dueña de su destino a pesar de sus infortunios. Béatritz se había entregado a algo más grande que ella, corriendo el riesgo de sentir la misma pasión que Douce sentía por Gui, y aun así eso parecía haberle dado una renovada confianza en sí misma. Le había proporcionado cierta serenidad cuando fue exiliada por su propia familia. Pero, a pesar de toda la franqueza con que les había contado su historia, seguía habiendo un núcleo inaccesible, como si una parte de Béatritz morase en otro reino.

Aquella noche Douce no pudo dormir. Las revelaciones de la cena eran tan difíciles de digerir como un banquete en el que se hubiesen servido demasiados platos. Poco antes de que dieran los maitines, oyó que alguien llamaba a la puerta. Enseguida oyó un rumor en la cama de Gui, seguido por el roce casi imperceptible de su cobertor de piel y el suave susurro de la tela deslizándose sobre la paja. Después hubo una pausa y las botas de Béatritz se posaron sobre el suelo con un cloc familiar, y Douce comprendió que debía de haberse acostado vestida.

Contuvo la respiración. La habitación estaba tan oscura que las tinieblas casi eran tangibles. Sin la ayuda de una vela, Béatritz estaba cruzando la habitación con la parsimoniosa seguridad de una sonámbula, las manos extendidas ante ella. El rumor casi inaudible de sus dedos tanteando la pared y una repentina inspiración indicaron que había encontrado lo que buscaba. Estaba bajando un objeto. El crujido de paja que acompañó sus movimientos permitió a Douce identificar la cesta colgada de la viga junto a la entrada que Béatritz usaba para las compras en el mercado. La paja gimió suavemente bajo el peso de algo depositado dentro de ella. La apertura de la puerta dejó entrar una fugaz cuña de luz y luego la puerta se cerró silenciosamente. Béatritz se alejó calle abajo.

Douce se sentó en la cama, mientras el retumbar ahogado de los maitines flotaba sobre el pueblo coronado de blancura, y se acordó de sus viajes del sábado para llevarle comida a la señora Belot. Aquellas misiones habían sido su gran tesoro oculto, porque le proporcionaban la incomparable sensación de estar haciendo el bien... en secreto. Sin saber por qué, estaba segura de que Béatritz se hallaba involucrada en alguna actividad similar. Quizá por eso se sentían atraídas mutuamente, pensó. Sonrió al recordar cómo había engañado a Alba para que guardara sobras extra de la cocina y el vino sobrante de la cena, diciéndole que eran para sus visitas de caridad con Daniel, el limosnero. En el último instante siempre añadía a sus provisiones unos cuantos tallos de hierbas secas arrancados de las vigas de la cocina. Pero aunque el «montón de Douce» crecía, Daniel sólo veía una parte de él. El limosnero no podía sospechar que, aparte de las visitas en que le acompañaba obedientemente, Douce también tenía una cita periódica con la viuda Belot.

Los cínicos decían de ella que oía voces y podía embrujar a la gente, pero no cabía duda de que poseía auténticos poderes curativos. Podía curar cuerpos atacados por convulsiones: ella se lo había visto hacer. El día en que conoció a la señora Belot, Daniel tuvo que marcharse porque alguien de su familia había enfermado y Douce se encontró haciendo las visitas en solitario. La viuda Belot ya estaba trabajando en una de las casas de inquilinos de Ventadour cuando Douce llegó. La mujer empezó poniendo las manos sobre la frente del niño aterrorizado que se debatía en su lecho, y las mantuvo allí hasta que se calmó. Después, con unos polvos que sacó de la bolsita que colgaba de su cuello, le frotó el pecho y los miembros. Las convulsiones no tardaron en cesar.

Lo que la impresionó casi más que la curación fue el hecho de que aquella robusta anciana con aspecto de gnomo que vivía cerca de Egletons recorriera a pie medio día de camino para obrar su magia sobre los enfermos. Después de que el niño se hubiera sentado en la cama, la señora Belot le habló de su trabajo en la aldea de Ventadour y de la necesidad de pan, vino y, sobre todo, camomila y romero para sus polvos y cataplasmas. Douce le dijo que fuera a la puerta de atrás del recinto exterior del castillo cada domingo a la hora de los maitines. Allí la viuda Belot esperaba, tanto si Douce podía ir a su encuentro como si no, las provisiones que hubiera tenido ocasión de birlar para ella. Douce encontraba muy emocionante poder formar parte de aquella santa conspiración, y la viuda Belot recompensaba su ayuda trayéndole regalos muy especiales: una vez le llevó una crucecita minúscula de forma exótica, con todos los brazos de la misma longitud y rodeados por un círculo; y en otra ocasión le llevó una bolsita de hierbas que le dijo era una poción de amor. Y en aquel momento, mientras los ecos de las campanadas de la iglesia se apagaban, Douce sintió una punzada de remordimiento. La viuda Belot habría ido a la puerta justo a esa hora. Pero desde Año Nuevo estaría haciendo el viaje en vano, pues Douce se había olvidado por completo de la anciana en su huida de Mondragón, y tampoco tuvo tiempo de encomendarle la labor a Guilhelma. Turbada y llena de remordimientos, Douce por fin se quedó dormida.

17

AMADOR

En Ventadour todos eran sospechosos. Los interrogatorios se prolongaron durante días después de que Douce no hubiera vuelto al anochecer el día de Navidad. El mozo de cuadra recibió una zurra de manos de Marie cuando no pudo decirle si Douce había huido a caballo o se había escapado a pie. Ebles, harto de las quejas de su esposa, buscó refugio en su estudio. Marie le siguió.

—Ese muchacho no es capaz de cuidar de los caballos —dijo con enfado—. Estaría borracho perdido, como de costumbre, y más hinchado de pasteles que un cerdo relleno. ¡Cualquiera diría que en fiestas todo el mundo tiene derecho a dejar de trabajar! Y es entonces cuando todo empieza a ir mal, naturalmente.

—Más vale que empieces a pensar en tu poeta —dijo Ebles—. Siento decirlo, pero me parece que si esa moza suya sigue negándose a hablar, entonces Gaucelm tendrá que irse. Lo que Guilhelma no ha dicho basta para convencerme de que sabe muchas cosas.

—La influencia que ejerce sobre esa niña siempre me ha puesto nerviosa. ¡Y no hay manera de sacarle ni media palabra! —exclamó Marie.

—¿La has interrogado acerca de Pieter?

—¡Ese inútil ya tendría que haber sido enviado a su casa hace mucho tiempo!

—¿Cómo quieres mandar a su casa a alguien que ha desaparecido? —Ebles fue a la ventana y contempló los establos que se alzaban al fondo del patio—. Dicen que nadie ha visto a Pieter desde que entró en la sala al frente de ese ridículo desfile de animales navideño de Douce.

—Ya no sé en qué piensa Douce —suspiró Marie.

—Nunca lo has sabido.

—¿Y tú sí lo sabías?

—No entiendo a las chicas.

Marie le fulminó con la mirada.

—Me sacas de quicio —dijo, y salió del estudio hecha una furia.

En cuanto Guilhelma le contó que Douce había escapado de Ventadour, Gaucelm supo que tendría que tomar una decisión. Aún no había digerido el episodio con la señora Audiarde. Estaba harto de los juegos de Marie. Le habían salido sabañones. Se aburría. De pronto se dio cuenta de que sin Douce el castillo le parecía lúgubre y oscuro. Un plan empezó a formarse en su cabeza.

El primer paso estaba claro: encontrar a Douce. Gaucelm no estaba demasiado seguro de qué haría después, aunque quizá fuera a Marsella. La corte de Marsella estaría tan infestada de intrigas como la de Ventadour, pero al tratarse de una rica ciudad portuaria tal vez ofreciera más posibilidades de mecenazgo. Además, cabía la posibilidad de que Vidal estuviera allí. Dejó pasar una semana, y después le dijo a Guilhelma que hiciera el equipaje.

—¡Irse! —Guilhelma estaba indignada—. ¿Y yo qué? ¡Ya veo cómo piensas en mí! ¿Dónde voy a encontrar una casa cuya señora me trate tan bien? ¿Quién me recompensará con joyas la víspera de Navidad, y con el cuidado de la hija de la casa? ¿En qué otro lugar van a permitir que una cocinera prepare remedios de hierbas para la familia de un conde? ¿Es que todo mi trabajo y esfuerzo no han servido de nada? —Le volvió la espalda para que no viera sus lágrimas de furia—. Y tú tampoco tienes razones para quejarte. Has visto cómo Marie recompensaba generosamente tus servicios... y en buena medida gracias a mí. No, no me moveré de aquí hasta que Marie me ordene que me vaya. ¡Y tú ya puedes ir haciendo lo que te dé la gana!

Gaucelm la cogió por el hombro y la volvió hacia él.

—Pero piensa en Douce —suplicó—. ¿Y si se ha metido en algún lío? Puede que la hayan atacado. Tal vez, después de haberle robado, la dejaron tirada junto al camino para que muera. Puede que la hayan secuestrado, violado o dejado abandonada en algún bosque. ¿Y si nunca consiguió llegar a Mondragón?

—¡Entonces vete! —le gritó ella entre sus lágrimas—. Vete... y déjame aquí. Vete y encuéntrala, si eso quieres. De todas maneras, ya estoy harta de verte poner cara de mal humor un día tras otro. ¡Vete, pero no esperes que te siga! —concluyó, volviendo a darle la espalda y prorrumpiendo en sollozos.

Verla tan decidida a permanecer en Ventadour le hizo recapacitar. Soportar unos días de silencio ofendido por parte de Guilhelma siempre sería preferible a obligarse a dejarla en aquel estado, así que decidió dejar pasar algún tiempo. Dos semanas después Guilhelma acabó accediendo a ir con él, aunque con una condición.

—Pero sólo si volvemos pronto... con o sin Douce —le advirtió.

Salieron a mediados de la mañana siguiente sin despedirse de nadie. Gaucelm guardó silencio hasta que estuvieron a una legua de Ventadour y las campanas del pueblo dieron la sexta detrás de ellos. Se dijo que nunca volvería al norte —si podía evitarlo—, pero se guardó sus pensamientos. Guilhelma le seguía sobre su penco, sin duda hundiendo los talones en los flancos del animal de aquella manera que tanto le irritaba. Sabiendo que estaba en deuda con ella por haber accedido a acompañarle, Gaucelm no hizo ningún comentario al respecto.

Cuando hicieron un alto para comer junto al camino, Gaucelm ya estaba de mejor humor y el pan y la pierna de cordero asado que Guilhelma llevaba acabaron de devolverle los ánimos. El estar sentados en su capa extendida sobre el suelo les era muy familiar y poco después, tras haber bebido un poco de vino, Guilhelma se echó a reír.

—¿Y qué les diremos cuando volvamos, Gaucelm? ¿Un pariente enfermo? ¿Una herencia inesperada? ¿La verdad? Oh, sí, reconozco que me encanta poder estar lejos de esa arpía durante una temporada. Se lo tiene bien merecido, ¿sabes? Sí, Marie se merecía que su hija huyese de esa manera. ¿Qué clase de vida le espera a alguien como Douce en Ventadour? —Se aflojó el cordoncillo del talle—. Bueno, a ver si encuentro un par de nueces...

—¡Venga, mujer! Con el frío que hace no apetece ni besarse, y además no podemos entretenernos. ¡El sur, las tierras donde hace calor! Vamos a Provenza, donde las aceitunas y los higos crecen sin necesidad de que los cultiven, o eso he oído decir. ¿Es verdad?

—En verano, bobo. —Se volvió hacia él mientras Gaucelm se levantaba para volver al camino—. ¿Qué tienes contra el norte? ¿Es que los cielos de Uzerche no te parecían bonitos? Y de todas maneras, ¿qué esperas encontrar en el sur?

Gaucelm se desperezó lánguidamente.

—¡Allí siempre hace calor! Y además —añadió— es donde encontraremos a Douce.

En Mondragón el tiempo pareció detenerse mientras seguía nevando. La ventisca sopló sobre los campos durante un rato antes de seguir su camino. Los álamos se alzaban junto a los caminos como soldados recubiertos de hielo, con sus ramas listas para hacerse añicos bajo una ráfaga de viento.

Los tres ermitaños, cómodamente instalados, estaban tan a gusto como tres topos en su madriguera. Ni siquiera Béatritz había vuelto a pisar la calle desde la noche de su misión secreta, dos días atrás. Una pálida luz invernal se filtraba por las ventanas. Gui llevaba toda la tarde entreteniéndose con un viejo guitarrón que había pertenecido al padre de Béatritz y al que intentaba arrancar música con su mano ilesa. Las cuerdas del instrumento estaban intactas, pero su viejo cuerpo de madera reseca hacía que las notas sonaran a hueco. Gui, sin dejarse abatir, seguía con el borde plano apoyado debajo del mentón y manejaba el arco con la mano derecha mientras Douce se encargaba de presionar los trastes para hacer los acordes, pero el arco zumbaba y saltaba sobre las cuerdas emitiendo sonidos chirriantes, hasta que acabaron dándose por vencidos.

Béatritz había estado trabajando en su telar sin quitarle ojo a Douce. La joven se comportaba como una princesa de cuento infantil súbitamente despertada de un profundo sueño. Moviéndose con alegre vivacidad, parecía enamorada de las labores domésticas más sencillas. Y además no dejaba de hacer preguntas.

Aquella mañana había acogido a Béatritz con una larga serie: «¿Soy lo que se podría llamar bella, o sólo soy bonita? ¿O ninguna de las dos cosas? Mi madre nunca me ha parecido hermosa, pero Ebles es apuesto. Dicen que me parezco a él.» Una hora después se la veía bastante preocupada: «¿Tú crees que Gui se da cuenta cuando me cambio de traje? Bueno, supongo que es mejor que no se entere, ya que sólo tengo dos. Pero nunca dice nada. ¡Ah, ojalá me hubiera traído otro polisón! ¿Me prestarás tu broche?» Luego, mientras quitaban la mesa después de haber comido, siguió a Béatritz por toda la casa murmurando lo primero que le pasaba por la cabeza. «¿Crees que a los hombres les gusta que las mujeres coqueteen con ellos? Nunca he aprendido a flirtear.» Podía pasar sin transición de estar llena de planes a callarse como una muerta.

Su presencia eternamente cambiante hizo que Béatritz se acordara de los primeros y vertiginosos días de su pasión por Raimbaut. Revivir aquellos momentos le permitió olvidar su traición durante un rato. Había hecho el amor con Raimbaut, cuidado de él, compuesto tensones y partimientos con él, bailado, gritado y bebido vino en su compañía... y al final, Raimbaut la había rechazado. Béatritz prefería no pensar en las consecuencias de aquella decisión, porque al final lo había perdido todo salvo su linaje, su padre y, afortunadamente, lo que le quedaba de cordura.

Gui empezó a cantar la primera estrofa de un lamento, y Béatritz sintió que el corazón le daba un vuelco.

A chantar m'er de so qu'ien non volria,
tant de rancur de lui cui sui amia...
De asuntos encadenados al silencio he de cantar ahora
Aunque preferiría no hacerlo, tanta es la amargura con que
ahora pienso en aquel a quien amo más que nada.
Vana es con él mi delicada cortesía,

Nada valen con él mi belleza y mi virtud.
Pues he sido engañada: ¡traición me ha hecho,
Como si para él nada valiera!

Aún faltaban horas para el anochecer, y era demasiado temprano para poder llorar sin ser vista. Pero oír la canción de Gui le trajo a la memoria aquellos anhelos que había expresado en versos dirigidos a Raimbaut:

Sapchatz, gran talan n'auria
qu'ied.us tengues en lluoc del marit...
(Sabed pues que todo lo daría
Para teneros a vos en vez de a mi marido...)

Dejó que las palabras se formaran en su lengua sin llegar a ser pronunciadas y se concentró en su telar. Pero aun así las lágrimas acudieron a sus ojos. Bajó la cabeza y se mordió el labio. Dios nos hace esperar, se dijo. Hágase su voluntad.

Gui empezó a canturrear otra rima:

Lejos de ella le digo palabras inventadas,
Bajo su mirada no sé qué decir...

—Me encanta Arnaut Daniel —dijo Béatritz—. Creo que de todos los grandes él es mi favorito.

—¿Y Bernard de Ventadour? —preguntó Douce.

—Algunas de sus canciones superan a las mejores composiciones de Bernard.

—Ssssh —las hizo callar Gui.

Douce cerró los ojos en un arrebato de expectación. Gui volvió a cantar la rima, y después empezó a añadir sus propias palabras a la melodía de Arnaut Daniel:

Na Douce,
La vida te debo
Y por eso he estado pensando en el día

En que me alzaré para volver a empuñar una espada.
Así lo he jurado,
Con la única promesa que puedo dar:
Tomar la cruz y navegar hacia ultramar.
Junto a los hombres de Thibaut combatiré al infiel.
Y ganaré tu resplandeciente honor para que seas mi
prometida.
Lejos de ella le digo...

Gui dejó de cantar. Béatritz había dejado que el telar resbalara de su regazo y cayera al suelo. Poniéndose en pie, se dirigió a un rincón de la estancia y allí pareció rezar.

A la tercera mañana de estar confinados por la nieve, Béatritz volvió a abordar el tema del futuro. Había acercado un taburete a la ventana para aprovechar hasta el último destello de la luz azulada reflejada por la nieve que rodeaba la casa. Una gruesa capa de lana resbalaba una y otra vez de sus rodillas y parecía resistirse a la aguja con que intentaba remendarla.

—¿Qué harás cuando hayas recobrado las fuerzas, Gui? Seguro que no será ir a ultramar... aunque tu canción de la otra noche prometía. Sabes improvisar.

Gui no supo qué contestar, y se preguntó si al menos Douce se habría tomado en serio sus palabras. Incorporándose sobre su lecho de paja, se sintió objeto de alguna oscura burla del destino. La juventud se le había escurrido entre los dedos, pensó, y había pasado directamente de la infancia a ser un viejo incapaz de valerse por sí mismo. ¿Es que Béatritz no podía ver que hablaba en serio? Suspiró. Bueno, daba igual. No debía lamentarse de su suerte, pues sabía que estaba recuperándose de una enfermedad sólo para verse afligido por otra. La segunda, no obstante, la había escogido él mismo, y había dotado a su vida de un nuevo propósito. Por fin comprendía a qué se refería el capellán cuando habló del «amor de Cristo» en el altar durante la bendición del caballero. Gui estaba dispuesto a consagrar su vida a ese amor y a Douce. Antes de tratar de componer la canción, había reflexionado durante horas. Sabiendo cómo languidecían las tierras de los D'Ussel y lo que opinaba Ebles al respecto, se dijo que ultramar era lo único que podía conseguir que su causa fuera vista con buenos ojos en Ventadour, y que sólo Jerusalén podía obrar ese milagro. Los dudosos enredos políticos que tanto gustaban a su padre no eran para él: ¡con tal de conseguir a aquella muchacha, Gui demostraría que era todo un Carlomagno!

Les contó sus planes, saltándose la parte referente a Douce. Pero cuando mencionó Jerusalén, Béatritz puso cara de horror.

—¿No crees que ya has luchado bastante?

—No lo entiendes —replicó él—. Lo de mi mano es temporal. Y además... —vaciló, y luego decidió hablar claro—: Lo poco que he visto de la guerra me ha gustado... mientras estuve en ella, claro. —Hablar de aquello le hizo evocar el olor de la sangre y el frío acero, y el recuerdo de unos sentidos tan alertas que por la noche apenas podía dormir a causa de la excitación—. La gente finge creer que la guerra es mala, pero la verdad es que te despeja la mente de pensamientos triviales. La guerra hace que te des cuenta de lo insignificante que es todo comparado con la gran cuestión: ganar la batalla de mañana.

Esta vez fue Douce la que puso cara de horror.

Y después Béatritz dijo justo lo que Gui no quería oír de labios de nadie.

—Pero Gui, si es gloria lo que quieres, en el Midi hay más gloria para ganar. ¡Esas expediciones a ultramar me dan náuseas! Ricardo Corazón de León tomó Acre, sí, pero ¿de qué sirvió eso? Tres mil musulmanes degollados y la ciudad reducida a un montón de escombros. No; presiento que nuestros días en ultramar están contados. Dios mío, ¿acaso no lo ves? El Papa sabe que nunca podrá conquistar Oriente, y por eso ahora se ve obligado a hacer matar inocentes en su propio reino cristiano. Si quieres luchar por una causa de verdad, Gui, entonces quédate en el sur.

Pero Gui no estaba dispuesto a dejarse convencer tan fácilmente. Fuera cual fuera el precio a pagar, no seguiría los pasos de su padre para acabar en el sur.

—Mientras Jerusalén y el Santo Sepulcro estén en manos de los musulmanes, habrá causa más que suficiente para que yo vaya a luchar a ultramar.

—No soporto ver correr la sangre —murmuró Béatritz.

—Eso nunca ha detenido a nadie a la hora de luchar por una causa justa —dijo Gui con creciente exaltación—. ¿Y por qué debería hacerlo? Especialmente cuando se trata de defender a Cristo.

—¡Si Cristo aún estuviera en esta tierra no permitiría que mataran a miles de musulmanes en Su nombre! —estalló Béatritz.

Gui se encogió de hombros, y replicó:

—Llámalo defensa propia si quieres. Mira, Béatritz: si te pusiera la espada en el cuello, ¿no saldrías huyendo?

—¡Claro que sí! Pero no te la quitaría de las manos y la volvería contra ti para salvar mi vida.

—¿Por qué no?

—Porque no es necesario llegar a eso. Renaceré bajo otra apariencia.

Silencio. Gui se dijo que había salido vencedor de la discusión. Béatritz volvió a inclinarse sobre la capa de lana, y unos mechones escaparon del nudo que recogía su abundante cabellera. Sintiéndose turbada por las palabras de Béatritz, Douce se levantó y encendió un haz de junquillos.

—¿Quién quiere tortas de avena para cenar? —preguntó con tono excesivamente jovial.

—Dado que no hemos comido otra cosa desde hace dos días y que las damas de la casa no han tenido a bien ir en busca de provisiones, supongo que habrá que conformarse con las tortas —dijo Gui con sarcasmo.

Douce encendió el fuego y empezó a mezclar la harina con agua. Gui la contempló sonriente desde su cama.

—¿Alguna otra petición que dirigir a las damas? —preguntó Béatritz.

—Me gustaría bañarme.

—Andamos bastante escasos de agua. A menos que dispongamos de un voluntario que se ofrezca a derretir un poco de nieve, claro.

—Un poco de vino no nos iría nada mal —intervino Douce.

—Y un poco de bacalao salado —añadió Gui.

—Anguilas.

—Pasteles.

—Conejo escabechado.

—Mazapán.

—Faisanes.

—¡Basta! Me muero de hambre —gimió Gui, agarrándose el estómago en un fingido arrebato de angustia.

—Quien se ve obligado a vivir como un estilita debe cargar con las consecuencias... —dijo Béatritz.

—¿Y qué me dices de la que ha escogido vivir como un estilita? —replicó Douce.

Las tortas de avena estaban empezando a llenarse de ampollas sobre la parrilla.

—Daos prisa o se pondrán negras —dijo Douce mientras corría hacia la mesa con el mango de la sartén envuelto en un trapo—. ¡Queman!

Comieron ávidamente. Sólo Béatritz oyó el chasquido del guijarro que golpeó los postigos de madera encima de su cama. Se levantó de la mesa y miró por la ventana. Poniéndose de puntillas, entrevió una figura envuelta en una capa negra que desaparecía alrededor de la esquina de la casa.

—¿Qué ocurre? —preguntó Gui, poniéndose en pie con su instinto de soldado listo para entrar en acción mientras Béatritz corría hacia la puerta.

—Ahí fuera hay alguien —dijo Béatritz, y los dos jóvenes se apresuraron a seguirla.

Pero cuando salieron a la calle nevada envuelta en sombras no vieron a nadie, y tampoco distinguieron pisadas recientes.

—¿Qué quieres? —gritó Béatritz a las tinieblas.

—¡*In nomine spiritus*, soy el tío Raoul!

Béatritz dejó escapar un suspiro de alivio.

—¿Estás sola? —preguntó el hombre quitándose la capucha, pero se paró en seco cuando salió de la oscuridad y vio a Gui y Douce junto a ella en la puerta.

—No te preocupes, Raoul, es como si fueran de la familia —lo tranquilizó Béatritz—. Dame tu capa.

Gui y Douce se miraron con asombro mientras el hombre pasaba entre ellos y entraba en la casa.

—No puedo quedarme —dijo, calentándose junto al fuego pero sin despojarse de la capa. Con seis décadas de edad como mínimo, era alto y llevaba el cabello cortado igual que un monje. La lámpara de junquillos del suelo lo envolvió en sombras, revelando sólo los dedos huesudos de una mano que sujetaba los pliegues de su capa sobre el cuello, una larga nariz y sus ojos entornados. La capa olía a calles y campos, exudando un húmedo olor a nieve que envolvía su cuerpo en un aura helada—. Aún he de avisar a muchos —murmuró—. Antes de que amanezca encenderán una gran pira en Mornas.

Béatritz se llevó las manos a la boca.

—¡Santo Dios! —exclamó.

—¡Mornas! —exclamó Gui—. ¿Es que Alfonso también ha tomado Mornas?

—Sí —dijo Raoul, volviendo a cubrirse la cabeza con la capucha—. Y ahora he de irme.

Béatritz bajó las manos.

—¿A cuántos...? ¿A cuántos han detenido?

—Todavía no estamos seguros. Algunos dicen que veinte.

Béatritz torció el gesto.

Gui, que no daba crédito a sus oídos, fue cojeando hacia aquel hombre.

—¡Veinte! —exclamó—. ¿Cómo se puede tomar una ciudad del tamaño de Mornas y capturar sólo veinte prisioneros? O son unos mercenarios que únicamente piensan en el dinero, o son unos idiotas. ¡Veinte hombres! Nunca había oído...

—¿Hacia dónde van? —preguntó Béatritz.

—No lo sabemos —respondió Raoul—. Al parecer están por toda la comarca, y ahora sólo esperan el momento de lanzar su próximo ataque. Mondragón quizá no tarde en dejar de ser un lugar seguro. La primera vez nos dejaron en paz, pero en cuanto los perros se enteren de lo de Mornas, ¿qué va a impedirles volver aquí? —Echó a andar hacia la puerta—. ¿Sabías que Folquet de Le Thoronet ha vuelto a pedir al pueblo que se alce en armas contra Raimundo?

—Oh, Dios mío —exclamó Béatritz.

—Hace tres días, en una abadía de monjes blancos cerca de Aviñón. Corren rumores de que ha organizado un movimiento seglar contra nosotros al que llaman la Hermandad Blanca.

—No puedo creerlo —murmuró Béatritz, y Gui empezó a pasearse por la habitación con sus vacilantes andares—. Folquet es un fanático.

—Exactamente, y Alfonso también debe de serlo. No le basta con haber dejado en los huesos a Mondragón y Mornas, sino que además está decidido a reducir nuestro número —dijo Raoul.

Tras lo cual, haciendo el signo de la cruz, se envolvió en su capa y se fue.

—¡La Hermandad Blanca! —Gui soltó un bufido de disgusto—. ¿Qué demonios significa eso? Suena a sociedad secreta: un nombre impresionante detrás del que se esconden unos cuantos bribones que no traman nada bueno, igual que los hospitalarios. Folquet es un bastardo muy astuto.

Douce estaba intentando recordar algo. Raoul había dicho «contra nosotros», y eso sólo podía significar una cosa.

—¿Béatritz?

Pero ella estaba arrodillada en su pequeño altar del rincón. Recitó la plegaria de san Juan y después murmuró los seis *dobla*. Finalmente besó sus Evangelios y, poniéndose en pie, miró a Douce y Gui, que habían guardado silencio mientras la oían rezar.

—He de contaros muchas cosas —dijo—, pero antes ¿sabéis lo que significa la palabra *endura*?

Gui y Douce menearon la cabeza.

—Entonces decidme si reconocéis estas palabras: «Si alguien ama el mundo, en su corazón no hay amor por el Padre. Pues cuanto hay en el mundo es deseo de los ojos y orgullo, y esas cosas no vienen del Padre sino del mundo. Y el mundo y sus deseos pasarán, pero quien hace la voluntad de Dios perdurará eternamente. ¡Ten piedad de nosotros!»

—Eso es lo que solía decir la señora Belot cuando le daba comida de mi cesto —respondió Douce—. «Ten piedad de nosotros», decía. Siempre pensé que tenía una forma muy extraña de dar las gracias.

—Belot. En la ciudad hay varios Belot. Son cátaros, ¿sabéis? Son... son de los nuestros, o quizá debería decir que yo soy una de ellos.

Douce tragó saliva.

—¡Que Dios nos ayude! —exclamó Gui—. ¡Entonces eres una hereje!

—Soy una cátara.

—¡Pero el catarismo es una herejía! —insistió él.

—Así es como nos ve el mundo, pero hay otras leyes aparte de las de este mundo. Venid. Recoged la mesa, Douce. Tenemos que hablar.

Gui miró a Douce con alarma. Pero la joven parecía muy tranquila, y la sorpresa inicial con que acogió la revelación de Béatritz se había convertido en curiosidad y en algo próximo a la excitación.

Llevaron sus taburetes a la mesa después de que Douce la hubiera vaciado, dejando en ella únicamente una jarra de vino casi vacía.

—En primer lugar, debéis saber que al norte de aquí hay un hospicio cátaro, allá en las colinas que se alzan detrás de Mondragón —empezó Béatritz—. Si sospechan la existencia del hospicio, es muy posible que las tropas aragonesas se dediquen a peinar los alrededores de la ciudad intentando dar con él.

—Así que todos corremos peligro —dijo Gui con irritación.

—Existe cierto riesgo, sí —admitió Béatritz—. No podía seguir manteniéndolo en secreto por más tiempo, y por eso le pedí a Raoul que hablara libremente delante de todos. Mirad, ya sé que no tenía ningún derecho a poner en peligro vuestras vidas. He llegado a quereros tanto que... Pero no os retendré aquí en contra de vuestra voluntad.

Gui frunció el entrecejo. La revelación había supuesto un golpe muy duro para él. Béatritz lo había rescatado y cuidado de él, y había acabado convirtiéndose en lo más cercano a una madre que hubiera tenido nunca. Por otra parte, si encontraban herejes en Mornas, ¿qué les impediría volver a Mondragón y registrarlo todo para asegurarse de que no se les había pasado por alto ninguno? Lo que empezó siendo una pequeña guerra por unas propiedades podía convertirse en una caza de brujas. Pero ¿adónde irían él y Douce? ¡Gui ni siquiera sabía si podría montar a caballo!

—Empieza por el principio, Béatritz —pidió Douce—. ¿Cómo te hiciste cátara? ¿Qué se siente al llevar esa clase de vida? ¿He conocido a alguien en la ciudad yendo contigo que también lo sea?

—Para mí todo comenzó en nuestro pequeño hospicio. Allí encontré consuelo y ayuda cuando tuve que abandonar el castillo de mi padre y ya no pude contar con su protección... ni con la de Raimbaut. Mi vida yacía a mis pies como un jarrón hecho añicos, y ni siquiera me sentía capaz de inclinarme para recoger los trozos. Una mujer a la que conocí en el pueblo, una buhonera que había atendido fielmente las necesidades del castillo durante muchos años, me habló del lugar, pero se limitó a describirme el aspecto de la persona por la que debía preguntar. Esa buhonera corrió un gran riesgo, pero conocía mi manera de ser y lo apurado de mi situación. Hay muchos que simpatizan con nosotros, tanto en este pueblo como en otros lugares, y que no son cátaros. Afortunadamente para mí, ella era una de esas personas.

»Y así encontré el hospicio y me quedé en él. ¡No tenéis ni idea de lo distinto que es todo dentro de ese modesto edificio! Allí la honestidad, la paciencia y todas esas virtudes que intentamos practicar en el mundo real son algo que sencillamente se da por sentado. Desde los pobres hasta las damas de mayor alcurnia, allí todos somos iguales en la fe. Muchos nobles, nombres que reconoceríais (el de Claramunda de Foix entre ellos), se han entregado en cuerpo y alma a nuestra fe y han puesto sus fortunas al servicio de la causa. Es una vida agotadora, sí, pero me ha dado grandes alegrías. El mero cumplimiento de las obligaciones cotidianas que nos impone nuestra fe...

—¿Como cuáles? —quiso saber Douce.

—Como encontrar lugares donde nuestros *parfaits* puedan estar a salvo cuando viajan y predican, o llevar comida a los enfermos y necesitados. Todo lo que realmente tiene algún valor lo he aprendido en el hospicio: las Escrituras, los principios de nuestra fe, la manera en que hay que vivir... Nuestra fe puede llenarte de un nuevo orgullo del que muchos carecen antes de unirse a nosotros. Me ha hecho ver mi religión como una especie de proeza. El hospicio es un lugar de amor perfecto, tan perfecto que el mundo exterior no tarda en parecerte extraño y descabellado... especialmente ahora.

—¿Y no será que el mundo siempre te ha parecido un lugar extraño y descabellado? —sugirió Gui.

—No. —Béatritz apoyó las manos en la mesa y se las miró. Luego volvió a lo que realmente importaba en aquellos momentos—. Lo que os he dicho debe quedar entre nosotros. Aparte de Raimbaut, nadie sabe que soy cátara. Mi padre no tardará en morir. Cuando eso ocurra, el castillo y las tierras que lo rodean deberían pasar a mis manos. Si los aragoneses se van y puedo entrar en posesión de mi herencia, entregaré todas mis propiedades a la diócesis cátara para que también puedan convertirse en un hospicio.

—¿Y qué será de ti? —preguntó Gui.

Béatritz suspiró.

—¿Yo? He aprendido a vivir por mi cuenta. Ya hace muchos meses que no sé nada de Raimbaut... Oh, no lo sé, no lo sé... ¿Quién puede decir adónde acabarán llevándole sus intrigas? Después de que hubieran tomado el pueblo, esperé. Pensé que... Pero no envió a nadie al castillo. Se limitó a mandar un mensaje diciendo que debían perdonarle la vida a mi padre, y en él preguntaba por mí. Puede que esté jugando con dos barajas a la vez, favoreciendo a Aragón o a Tolosa según sopla el viento. Pero me temo que él y yo nunca volveremos a estar juntos.

Gui miró a Douce, que rodeó los hombros de Béatritz.

—¿Veis a qué me refiero? —prosiguió Béatritz—. El mundo está sumido en el caos. Nada es como era hace un año; desde la última Navidad todo ha cambiado. Hace un año celebramos un banquete en Courthézon y Raimbaut me dio esto. —Sacó la piedra de un color verde lechoso de su cinturón y la tiró sobre la mesa, donde se meció lentamente hasta que acabó quedando inmóvil. Béatritz la contempló en silencio y de pronto se echó a llorar—. Perdonadme, pero este año sólo ha habido incendios y muertes. Nunca podré perdonarle a esta Navidad lo que nos ha hecho. Todas las alegrías y las cosas buenas del pasado se han esfumado. A veces pienso que nuestra prefecta del hospicio tenía razón cuando decía que los cátaros estamos condenados a ser mártires del caos...

—Acábate el vino, anda —dijo Douce—. Te animará.

—Eres tú quien me da ánimos —repuso Béatritz besándole la mejilla—. Pero ahora ya os he advertido. Sólo quiero deciros una cosa más, y es muy importante: si me descubren, si alguien llega a sospechar de mí, si (Dios no lo quiera) soy denunciada como hereje, entonces... entonces recordad que vosotros y yo nunca nos hemos conocido.

Gui exhaló un gemido y se levantó para volver a recorrer la habitación.

Sólo entonces comprendió Douce que, gracias a sus citas secretas con la señora Belot, ella también había estado ayudando a la causa.

Así pues, ése era el vínculo que había compartido con Béatritz sin que ninguna de las dos lo supiera. Aquella herejía era la raíz y el centro de la vida de Béatritz, esa fuente privada de fortaleza que Douce había observado y envidiado en ella. Inclinando la cabeza junto a la jarra vacía, apoyó la frente en las palmas. Béatritz se acercó y le acarició los cabellos. Se quedó junto a Douce en su aflicción, paciente como una madre que espera a que el dolor de un niño se calme después de una caída. Después volvió a sentarse en su taburete y, le levantó suavemente el mentón a Douce, mirándola a los ojos. Los suyos estaban secos, serenos, casi radiantes.

—Ah, ya veo —murmuró—. Quizá al fin he sido perdonada, después de todo.

18

DIES IRAE

Los tenues chasquidos de láminas de nieve que se desprendían del tejado para caer sobre las montañitas blancas que rodeaban la casa despertaron a Béatritz. La tempestad por fin había amainado. Las noticias de Raoul aún estaban muy frescas en su mente, y su cuerpo se puso alerta apenas abrió los ojos. Aquella renovada amenaza a todo lo que amaba —el hospicio, su padre, Douce y Gui— invadió su rutina con una sensación de súbita urgencia: había muchas cosas que hacer.

Despertó a Douce y, después de haber desayunado frugalmente con las tortas sobrantes de la cena, fueron al castillo. Cada una llevaba un cántaro vacío para llenarlo en el pozo del pueblo. Había muchas provisiones que comprar. Una semana de no poder salir de casa debido a la nieve los había dejado muy escasos de todo salvo la harina. El agua, el vino y el pan tenían que ser llevados al castillo, y cuando volvieran llenarían su despensa. Mientras iban hacia el pueblo con la nieve hasta los tobillos, Béatritz hizo una lista mental llevándose un dedo a la palma para cada cosa: cebollas, zanahorias, bacalao seco para el puchero. En honor de sus visitantes, y aunque no pudiera compartirlo con ellos, reservaría un cuarto de cerdo curado en la carnicería para cuando el mes estuviera más avanzado. Manzanas. Y una lámpara de aceite.

De pronto Douce dejó su cántaro en el suelo y empezó a dar saltos entre los bancos de nieve, girando locamente al tiempo que agitaba los brazos.

—¿Verdad que el mundo es maravilloso, Béatritz? —gritó y después se dejó caer sobre la nieve, con los pliegues de su capa extendiéndose como las alas de un ángel. Mientras Béatritz la contemplaba divertida, Douce dejó escapar un largo suspiro de satisfacción y dijo—: Gracias por todo, Béatritz. ¡Soy tan feliz!

Se levantó y se sacudió la nieve de la capa. Béatritz la abrazó y siguieron hacia Mondragón.

—Hoy todo el mundo habrá salido de su casa —dijo Béatritz cuando llegaron a la calle principal.

Tenía razón, porque la bodega estaba mucho más concurrida de lo habitual. Había grupos de gente hablando delante de la entrada, y un oscuro presentimiento impulsó a Béatritz a ir hacia un hombre que trabajaba en el despacho del magistrado.

—¿Ha ocurrido algo, Nicol?

—Aquí nada, mi señora. Pero dicen que una legación papal ha entrado en Orange. El Papa está dispersando a sus emisarios por toda la comarca igual que un granjero siembra el grano, ¿verdad, mi señora? Y corren rumores de que el obispo cátaro de Orange ha huido. Lo cual no es ninguna sorpresa, mi señora. Gracias a Dios, de momento Mondragón está tranquilo. En mi opinión, no somos lo bastante importantes para que el Papa pierda el tiempo con nosotros.

—¡Una legación papal ha entrado en Orange! —repitió Béatritz incrédula—. ¿Se sabe algo sobre los movimientos del conde?

—Sólo que ha enviado un contingente de hombres a Mornas, mi señora. Dicen que el conde Raimbaut no tiene alma de guerrero, pero supongo que eso demuestra que por fin ha decidido unir su suerte a la de los aragoneses. Siempre que los rumores sean ciertos, mi señora...

—Gracias, Nicol. Ven, Douce, debemos darnos prisa. Primero al pozo y luego a la tahona. No podemos entretenernos.

Douce la miró con preocupación.

—¿Por qué no? Tu padre necesitará que le llevemos vino, ¿verdad?

—Esta vez tendrá que conformarse con agua. Ven.

—¿Qué significa... lo de Raimbaut?

—Que después de todo, y a pesar de mis súplicas, ha tomado partido por Aragón.

—Por aquellos que hacen prisioneros a los cátaros —dijo Douce solemnemente—. Oh, Béatritz, no sabes cómo lo siento.

Estirando sus largas piernas, Gui se levantó de la cama. El sol entraba a chorros en la pequeña casa, lo cual quería decir que ya era bastante tarde. Se frotó los ojos y contempló el bulto de ropa de cama enrollada junto a la pared y el trozo de pan seco que le habían dejado encima de la mesa. Aquello indicaba que las mujeres habían salido a hacer sus compras. Béatritz habría ido al castillo, sin duda acompañada por Douce.

De pronto tuvo una inspiración. Estaba solo. ¿Tendría tiempo suficiente? Fue al aparador y sacó de su escondite la arqueta de las joyas de Béatritz. Rápidamente seleccionó una alhaja de entre las piedras más pequeñas y la sostuvo bajo la luz. Era de un rojo oscuro, el color del amor. Devolvió la arqueta al aparador y cogió la lámpara de junquillos del suelo junto al hogar, donde Raoul se había calentado la noche anterior.

Usando su mano ilesa, separó laboriosamente el collar metálico que envolvía el pábilo de la lámpara y paseó la mirada por la habitación buscando algo con que sujetarlo mientras trabajaba en él. Sus ojos acabaron posándose en el cuenco plateado que había encima de la mesa, el que Béatritz había traído del castillo junto con un juego de copas. Poniéndolo boca abajo, colocó el diminuto collar entre dos de las garras que formaban la base del cuenco. Moviéndose deprisa, encendió una vela, la llevó a la mesa y vertió un poco de cera derretida sobre la superficie del collar. Mientras la cera aún estaba caliente, incrustó la piedra roja en ella.

Quedó tan satisfecho de su obra que soltó un gritito de placer. Sostuvo el anillo de Douce y lo admiró mientras la cera iba solidificándose. Después, no pudiendo esperar para dárselo, trazó un plan. Seguiría a Béatritz y Douce al castillo y le entregaría el anillo durante su primera salida al mundo. Lleno de impaciencia y excitación, se puso la capa y se guardó el anillo en el bolsillo. Olvidándose de desayunar, salió a la calle y parpadeando bajo el sol deslumbrante, fue cojeando hasta el pequeño establo que había detrás de la casa. Allí su corcel le dio la bienvenida con un relincho.

Otro motivo insufló aún más su nueva ambición: estaba decidido a recuperar las fuerzas. Permitió que el caballo restregara el hocico en su hombro y luego, con una intensa punzada de dolor, se subió a la grupa sin molestarse en coger la sudadera o las bridas y salió a la luz del sol. Hoy sería su día de salir al mundo, la primera prueba que debía superar para saber si estaba en condiciones de ir a ultramar. Oyó la voz de Béatritz advirtiéndole en su cabeza. No, no cometería ninguna temeridad; no, no esperaría demasiado.

Pero estar fuera de la casa era maravilloso. ¡Cómo había echado de menos todo! Protegiéndose los ojos con la mano, determinó la situación del pueblo por los hilillos de humo que ascendían lentamente desde las chimeneas. El aire frío hacía que todo adquiriese una nueva nitidez: el vapor de su aliento, los pájaros que graznaban en los arbustos donde cada ramita desnuda permanecía inmóvil. Los árboles aún estaban envueltos por una capa de nieve, con sus ramas reducidas a meras líneas negras sobre la blancura. Un rastro de ciervo reciente agujereaba el sendero nevado.

Conforme se aproximaba a Mondragón, fue sintiéndose cada vez más cansado. Pero logró llegar a la calle principal con su buen humor intacto. Incluso los soldados aragoneses parecían sonreírle desde los quicios de las puertas o cuando pasaban, de dos en dos, sobre los adoquines recién barridos. Pero la fatiga ya no podía ser ignorada, y antes de que hubiera transcurrido una hora tuvo que regresar sin haber cumplido su misión. Llevó a su montura al paso y sin apresurarse, un poco asustado de lo que había hecho. Una vez dentro del establo, bajó del caballo y perdió el equilibrio, cayendo sobre un montón de estiércol. Levantándose a toda prisa, maldijo a su único traje, su mano impotente y su agotamiento. Estaba harto de verse recluido en aquel pueblo ocupado y anhelaba subir a un barco con rumbo a Jerusalén. Maldiciendo su torpeza, entró en casa para tratar de limpiarse.

Douce y Béatritz volvieron más pronto de lo habitual y lo encontraron frotando sus botas. La mano izquierda, todavía manchada de estiércol seco, le colgaba inerte. Gui arrojó el trapo al suelo con una mueca de disgusto.

—Déjame ver esa mano —ordenó Béatritz y examinó la vieja herida de flecha—. No pondré a prueba tu valor cauterizándola por segunda vez, pero habrá que limpiarla. —Se volvió hacia Douce—. Tráeme la solución de romero. Volveré a vendarla —añadió mirando a Gui.

Después llevó un taburete a la mesa y esperó mientras Douce preparaba la cataplasma. Antes de que Béatritz hubiera acabado de exprimir el paño, Gui ya apretaba los dientes para resistir el escozor del vinagre mezclado con romero y miraba a Douce, que se había sentado enfrente de ellos.

—¿Qué novedades hay en el pueblo? —le preguntó.

Douce estaba muy seria.

—No traemos muy buenas noticias, Gui.

Mientras Béatritz aplicaba la cataplasma sobre la herida, Douce le contó lo que habían sabido por Nicol, el escribano del magistrado.

—¿Cuántos hombres se habrá llevado consigo Raimbaut a Mornas? —preguntó él.

Béatritz levantó la cabeza.

—Oh, Gui, no, no. Raimbaut no estará allí. ¿Ponerse al frente de sus hombres para ir a la guerra? No es su estilo.

Gui intentó ocultar su desprecio.

—Entonces estará en Orange dando la bienvenida a la legación papal.

—No; estará en Courthézon. Orange está dividida, y para Raimbaut eso la convierte en una molesta espina. Nunca va allí. Odia Orange. —Acabó de aplicar la cataplasma y volvió a examinar la mano. Satisfecha, tapó la botella de solución de romero y se levantó para coger un vendaje. Pero antes le miró fijamente—. ¡Bueno, hemos sobrevivido a amenazas más graves! Recuerdo que en una ocasión tuvimos que evacuar el hospicio. Éramos quince, y cada uno fue a una casa segura distinta. Nuestra prefecta sólo dispuso de unos minutos para darnos instrucciones, pero todo salió de maravilla: nadie fue capturado.

—¿Casas seguras? —preguntó él—. ¿Te refieres a escondites para cátaros?

—Son casas de simpatizantes —respondió ella, dejando la botella de solución de romero en el estante—. Normalmente son *croyants*. Han jurado dar cobijo a cualquier cátaro que esté en peligro, manteniéndolo oculto durante todo el tiempo que haga falta. Sí, escondites, en una palabra.

Cogió una tira de lino colgada de una viga encima de la chimenea, volvió a la mesa y se sentó junto a él. Quitándole la cataplasma de la mano, la dejó caer en la palangana que sostenía Douce.

—¿Cómo sabéis qué casas son seguras? —preguntó Douce.

Béatritz empezó a abanicar con la mano la solución que había esparcido sobre la herida, y Gui torció el gesto.

—El hospicio tiene un mapa, y todos nos sabemos de memoria las rutas y la situación de las casas, e incluso el nombre de la familia y lo que hacen. Forma parte de nuestro adoctrinamiento.

—¿Y qué pasa si te equivocas?

—No puedes equivocarte. Cada casa está marcada.

—¿Cómo? —preguntó Gui, abriendo los ojos con desmesura.

Béatritz titubeó.

—Si crees que no debemos saberlo no es necesario que nos lo cuentes —intervino Douce.

—Os confío este secreto precisamente porque estamos unidos en esto. Es el regalo que os hago, y podría marcar la diferencia entre la vida y la muerte para cualquiera de nosotros. Los dos habéis visto el signo sin comprender lo que significa: es una cruz rodeada por un círculo cuyas cuatro ramas son iguales.

Douce recordó el pequeño talismán que le había dado la señora Belot.

—Nunca me había fijado en ella —dijo Gui.

—Ahora la verás.

Béatritz se apartó de la cama y esperó a que la herida se hubiera secado del todo antes de envolverla con la tira de lino.

—Los cátaros no comen carne, ¿verdad? —se atrevió a preguntar Douce.

—Eres una jovencita muy observadora —repuso Béatritz—. Sí, es cierto que nos mantenemos alejados de la carne.

—¿Y por qué hacéis eso? —preguntó Gui.

—Intentamos llevar una vida pura. ¿Sabes algo de griego? «Cátaro» procede de una palabra griega que significa puro o sin mancha.

—Nada de carne —dijo él con voz pensativa—. ¿Y qué queda entonces? Aparte de las manzanas y las tortas de avena, quiero decir...

—Las judías —dijo Béatritz.

—¿Las judías?

—Como las que cenamos hace dos noches —dijo Douce.

—Judías pintas, judías negras, judías tiernas, judiones, judías de Tolosa —enumeró Béatritz—. Hay mil formas de cocinarlas. En el hospicio aprendí a subsistir comiendo únicamente verduras. A veces comemos huevos, y de vez en cuando pescado. Y también ayunamos con frecuencia, naturalmente.

—¿Con cuánta frecuencia? —preguntó Douce.

—Los *croyants* hacen tres grandes ayunos al año, con muchos ayunos de un día entre medio. Si aspiras a ser un *parfait*, ayunas durante seis días antes del *Consolamentum*.

—¡Seis días sin comer nada! —exclamó Gui mirándola con asombro—. ¿Cómo es posible?

—Se te permite beber agua, y si realmente lo necesitas también puedes comer pan seco. Es lo que llamamos la *endura*. Admito que algunos tienen pesadillas y empiezan a delirar. Pero la mayoría «hacen la travesía», como solemos decir, sin demasiadas dificultades. Y al final, cuando acuden a recibir el Sacramento, ya están preparados. Se han convertido en seres totalmente distintos. Lo he visto muchas veces con mis propios ojos.

Douce, extrañamente silenciosa, estaba absorta en sus pensamientos. Aquella fe que otros llamaban herejía le parecía de lo más razonable. Comparados con quienes se tenían por cristianos —los soldados que se entregaban al pillaje en Mondragón, los caballeros que se embarcaban hacia Oriente para matar a hombres de otra religión, incluso el Papa que los exhortaba a hacerlo—, cátaros como la señora Belot parecían casi santos. No se entrometían en las vidas de los demás, cuidaban a los enfermos, no le deseaban ningún mal a nadie, no mataban, y ni siquiera comían carne. ¿Por qué eran perseguidos?

—¿Puedes decirnos dónde se encuentra el hospicio, Béatritz? —preguntó.

—No me está permitido revelar tanto, amiga mía. Pero si alguna vez llegáis a tener necesidad de él, ya descubriréis dónde está.

Douce volvió a quedarse callada. Béatritz hizo un último nudo en el vendaje de Gui, recogió los extremos y le dio una palmadita en el brazo.

—Ahora eres libre —dijo, y él se levantó para seguir ejercitando las piernas.

—Anoche mencionaste a Claramunda de Foix, Béatritz —dijo Douce—. ¿Te referías a la princesa Claramunda del Languedoc, la que es tan rica?

—Es una *parfaite*, una mujer santa de la fe, sí. ¿Por qué?

—Dijiste que hay muchas como ella, grandes damas del sur, que son herejes.

—Muchos de nosotros tenemos títulos: algunos son ricos, como Claramunda, y otros son tan pobres como yo. Algunos han recibido instrucción, y otros son dueños de tierras. Todos entregaron cuanto poseían a la fe cuando se consagraron a Dios. Algunos predican por los pueblos y los campos, y otros curan a los enfermos y administran el *sacramentum* a los agonizantes. Algunos, como Claramunda, han usado su riqueza para dotar a los hospicios. Claramunda está construyendo el mayor que haya existido jamás en Monségur, en los Pirineos. Ese hospicio será un refugio, un lugar al que todos los cátaros podrán llamar hogar.

Está hablando de mujeres muy importantes, pensó Douce. Aquella religión tenía que ser realmente irresistible para que esa clase de personas decidieran consagrarse en cuerpo y alma a ella y entregarle todas sus riquezas. Entonces sintió una especie de parpadeo inconfundible, como un susurro interior que la impulsó a romper su silencio.

—¿Eres una *parfaite*, Béatritz? —preguntó.

Béatritz la miró y sonrió.

—Sí —admitió.

Desde el otro extremo de la habitación, Gui le lanzó una mirada que decía «¡Ya lo sabía!».

—¿Dónde rezan los cátaros? —insistió Douce.

—En las casas de la gente: miembros de la fe, simpatizantes...

—¿Podría acompañarte a un servicio?

Béatritz se levantó, le tomó la cabeza entre las manos y se la sostuvo por un momento.

—Claro que sí —dijo, y salió a quitar la nieve del pozo de la casa.

—¡No puedes hacerlo! —dijo Gui en cuanto estuvo seguro de que Béatritz ya no podía oírles—. La imposición de manos, los ayunos, la *endura*, el beso de la paz... ¡Todo eso no son más que tonterías! No es para ti. ¿Es que también quieres ser una mártir?

—Sólo tengo curiosidad —repuso ella—. ¿Qué vamos a hacer, Gui? ¿Cuánto tiempo podemos seguir aquí de esta manera?

—No tengo respuestas, mi señora. —Gui cojeó hasta la puerta y hurgó en el bolsillo de su capa—. Pero sí tengo una cosa que darte: lo he hecho esta misma mañana. —Sacó el anillo y se lo tendió—. Pronto estaré lo bastante bien para poder partir. Mientras esté en ultramar, debes llevarlo en memoria mía. —Viendo que reconocía la piedra roja de la arqueta de Béatritz, añadió con una sonrisita conspiratoria—: Pero por ahora Béatritz quizá no debería verlo en tu dedo.

Cogió un taburete y lo puso junto al de ella. Después le besó la frente, la nariz y la boca, de la que no salió palabra alguna. Y cuando los ojos se le llenaron de lágrimas también se los besó, siguiéndolas con la lengua mientras se deslizaban por las mejillas. Douce apretaba el anillo entre sus dedos y, temiendo que fuera a estallarle la cabeza de puro y simple amor, acabó apoyándola en el regazo de Gui. Seguía sin decir nada, aunque todo su cuerpo le hablaba tiernamente.

—Iré a ultramar —insistió él, animado por aquel nuevo propósito—. Todavía me queda la mano derecha, y siempre me ha servido bien.

—*Amador*, mi querido amigo... —fue todo lo que pudo decir ella mientras tomaba esa mano en la suya.

Dos mañanas después Gui despertó con fiebre y Béatritz le ordenó que guardara cama. Tal como temía, la herida se había infectado. Al quitarle el vendaje, vio las inconfundibles líneas rojas extendiéndose a lo largo del brazo, que se había inflamado hasta el hombro. Sabía que hubiese debido tener el suficiente sentido común para cauterizarle la mano por segunda vez, por mucho que quisiera ahorrarle el dolor. Muy preocupada, dio instrucciones a Douce de que hiciera comer y beber al paciente. Ella iría en busca del cirujano, el cual sabría si era necesario cortar.

Douce se sentó junto a Gui. El enfermo sólo había pedido un poco de agua, que bebió para tranquilizarla. Ahora dormía tranquilamente bajo la toalla fría con que le había envuelto la frente. Douce no podía apartar los ojos de su rostro. Bajo los primeros albores de aquel amanecer invernal, sus facciones le hicieron pensar en las máscaras talladas en las losas de las tumbas en las grandes catedrales. ¡Qué pequeño e inmóvil se lo veía! Los hoyuelos de las comisuras de sus labios se estremecieron, y Douce los besó suavemente y esperó.

Cuando las campanas de la iglesia dieron el mediodía, seguía sin haber ni rastro de Béatritz. Douce devolvió la mano de Gui al lecho y lo tapó con el cobertor. Después se levantó para coger las Escrituras y un trozo de pan. Se sentía mareada. Nunca había estado tan sola. Rezaría. No conseguía encontrar las palabras adecuadas, y las que había aprendido de niña no parecían bastarle. Dejó el libro y abrió la puerta para echar un vistazo a la calle. El sol bajo que flotaba en el cielo invernal no le ofreció ningún consuelo, y Douce sólo necesitó un momento para echarse una capa por encima del vestido. Se inclinó sobre el lecho para comprobar si Gui seguía respirando tan pausadamente como antes, y luego salió de la casa y fue al establo, donde el corcel de Gui piafaba de impaciencia por volver a ser montado. Descolgó la silla de Gui de su doble clavija y la depositó sobre la grupa del animal con tal violencia que éste se sobresaltó. Cuando le puso las bridas, notó que tensaba los músculos del cuello y decidió, por su propio bien, tratarlo con la mayor delicadeza.

Los caminos estaban cubiertos de nieve endurecida, pero las calles del pueblo habían sido barridas.

—¿Por dónde se va a la casa del cirujano? —le preguntó al primer ciudadano que vio, un viejo pañero de rostro marchito y lleno de arrugas que se disponía a abrir la puerta de su tienda.

—¡Ahora no lo encontrarás allí! —replicó el pañero—. Seguro que está en la plaza del mercado. Los hombres de Alfonso han vuelto a hacer de las suyas. ¿No te has enterado? Pues echa un vistazo a la plaza, porque han detenido a un montón de herejes para interrogarlos. ¡Nunca se había visto nada igual!

Douce se asustó tanto que estuvo a punto de desmayarse. Puso al trote el caballo de Gui, espoleándolo hasta que sus gruesas herraduras hicieron saltar chispas de los adoquines. La plaza del mercado resonaba con el balar de chivos y los cacareos de gallinas enjauladas, y estaba atiborrada de vendedores de fruta, empleados del concejo, eclesiásticos, comerciantes y pueblerinos curiosos. La nieve derretida por el sol goteaba de los tejados. Buscó desesperadamente la corona de la abundante melena de Béatritz, pero no vio ningún rostro familiar entre la multitud, ni siquiera el de Raoul. Tirando de las riendas, se detuvo para recuperar el aliento. Podía ver a los prisioneros en el otro extremo de la plaza, las únicas figuras que permanecían inmóviles entre la agitación de la multitud, rodeadas por la fuerza de ocupación de Alfonso. Béatritz tenía que haberse dado cuenta de que algo iba mal, y habría ido al castillo. Sólo entonces vio que el pueblo estaba en ruinas.

Tal como predijo Raoul, Mondragón se había convertido en un esqueleto. El muro exterior estaba lleno de brechas, y los fosos y zanjas habían sido llenados de escombros. Los ventanales de la iglesia habían sido arrancados de cuajo, dejando agujeros por los que se podía divisar la plaza del mercado. Delante de ella estaba la familiar fuente de tres caños donde había ido a buscar agua tantas veces con Béatritz. Pero en la calle de los Judíos no había ningún puesto reconstruido, y los vendedores exponían sus artículos encima de mantas. Detrás de ellos, las casas incendiadas se alzaban como mazorcas vacías, con los postigos torcidos, los techos medio derrumbados y las entrañas expuestas al cielo. El humo de los escasos incendios subsistentes subía hacia el cielo en aquellas esquinas donde las casas habían ardido hasta los cimientos. El grito de hambre de un niño se elevó entre el murmullo de voces.

Entonces vio a tres soldados a caballo: hombres de Alfonso. Entraron en el cuadrado central sin encontrar ninguna resistencia, como si Mondragón ya fuera un pueblo fantasma. Uno de los tres se dirigió a los prisioneros vestidos de negro. Los infantes estrecharon su anillo alrededor del grupo de hombres y mujeres, algunos de los cuales rezaban arrodillados en el suelo, medio escondidos por sus capas. Un eclesiástico vestido de blanco empezó a recitar nombres. Douce hizo avanzar su montura, abriéndose paso entre la multitud para oír lo que decía. Un prisionero alto se encaró con los soldados a caballo y pidió que le dejaran ver al escribano de la prisión. El eclesiástico de blanco estaba diciendo algo sobre el precio que debían pagar quienes rechazaban la misericordia de la Iglesia. Uno de los herejes se echó a reír.

Un impulso repentino la llevó hacia unos prisioneros que esperaban en el extremo de la plaza. En el centro de aquel pequeño grupo había una extraña calma silenciosa que la atrajo como si aquellos pobres desgraciados ofrecieran un último reducto de cordura entre la agitación de la multitud. No intentaban liberarse, y no les gritaban súplicas a los soldados. Apenas hablaban entre ellos, como si supieran que sólo era cuestión de tiempo, reducidos al silencio por la terrible certeza de lo que les esperaba.

Y entonces vio a Béatritz. Acababa de levantarse y su abundante cabellera leonada quedó en libertad. Paralizada por el horror, Douce la contempló desde la grupa del corcel de Gui.

—¡Béatritz! —gritó.

Béatritz alzó la vista. Un brazo, desnudo y surcado por verdugones carmesíes, emergió de su capa.

—¡Béatritz!

Pero aquella palma tan familiar se volvió hacia ella para indicarle que guardara silencio.

Douce no volvió a llamarla. Béatritz le sostuvo la mirada por un momento interminable. Su rostro estaba extrañamente calmado. Después cerró los ojos y volvió a pedirle silencio con la mano. Douce se acordó de lo que les había dicho la noche de la visita de Raoul —«Entonces recordad que vosotros y yo nunca nos hemos conocido»—, y sus labios quedaron sellados.

Antes de que se llevaran a los prisioneros, salió de la plaza del mercado para regresar a la casa. Una vez allí, ató el caballo a una anilla de la pared y entró corriendo. Necesitaba la ayuda de Gui desesperadamente. El alma se le cayó a los pies cuando vio que no estaba despierto, y que parecía sumido en algún inquieto sopor. Tenía la cara enrojecida y el cuerpo hinchado, y respiraba con dificultad.

Un miedo terrible la embargó. Despertó a Gui, lo abrazó y le besó los ojos y la boca, aferrándose a él entre una tempestad de sollozos.

—No te mueras... Te quiero... Estoy contigo...

El corazón de Gui latía tan deprisa como el de un pájaro. Douce vio cómo abría los ojos e intentaba pronunciar su nombre, y un instante después ya no pudo sentir los latidos de su corazón. Gui, inmóvil, sonreía. Douce lo abrazó en silencio con el rostro pegado al suyo, todavía caliente. Y entonces el torbellino la abandonó tan súbitamente como un espíritu abandona el cuerpo. Gui se había ido. Junto a ella yacía un joven caballero muerto.

De su cinturón sacó el anillo que le había dado Gui. Y en el silencio de la muerte, se lo puso en el dedo y contrajo matrimonio con el alma de Gui.

19

REQUIESCAT IN PACE

Y después llegó la lluvia, una lluvia pálida y fría. Goteaba de las punteras de las botas de piel de becerro de Gaucelm, sus suelas adelgazadas por el uso. Sacó los pies de los estribos para estirar las piernas un momento. Sacudiendo las gotas de sus nuevas calzas azules allí donde se habían acumulado como niebla encima de la lana, gritó:

—¡Caramba con el gran sol del sur!

—¿No se te ha ocurrido pensar que Dios nos está castigando por la desaparición de Douce? —repuso Guilhelma.

—Te castiga, tal vez —gruñó Gaucelm—. Yo no tuve nada que ver con el asunto, como bien sabes. Además, estoy seguro de que Dios reserva sus castigos para pecados más grandes que ése. Aun así, y dado que ya lleva cinco días diluviando, al menos Dios podría darnos aletas. —Contempló el horizonte grisáceo—. ¿Qué nos tienes preparado, Señor? ¿Un segundo Gran Diluvio, quizá? —Y, empezando a entusiasmarse con su nuevo papel de viajero quejumbroso, alzó el puño hacia el cielo y rugió—: *Seigneur*, a cambio de las penalidades con que nos has afligido durante nuestro viaje, te suplico me permitas cometer un pecado del que pueda disfrutar, un pecado realmente espléndido, uno que tenga el privilegio de planear y ejecutar a mi antojo, un pecado de tal magnitud y audacia que te sientas obligado a descargar auténticos torrentes sobre mi cabeza... ¡en vez de este patético e incesante babear del cielo, esta miseria a la que llamas lluvia!

Guilhelma rió.

—Y además, *Seigneur*, ya que mencionamos el tema, la lluvia no es el único castigo que nos infliges. ¿Qué me dices de todos esos horribles pueblos de las colinas que has ido poniendo en nuestro camino? Hay uno en cada precipicio. Oh, sí, desde aquí abajo parecen fortalezas de los ángeles. Muy bonitos, desde luego. Pero cuando ves que para llegar hasta ellos tienes que escalar un peñasco detrás de otro, entonces ya no te parecen tan hermosos. Y cuando por fin llegas a la cima, te tropiezas con la misma clase de imbéciles que encuentras en las llanuras: nobles avaros y mezquinos, y los pobres esclavos de sus campos y cocinas. ¡Oh, *Seigneur*! ¿No podías haber construido algunas ciudades en las llanuras de los alrededores, unos cuantos asentamientos humanos bien repartidos para que así pudiéramos tener un techo decente sobre nuestras cabezas y un plato caliente para cenar sin tener que subir hasta tan cerca del cielo cada noche?

De pronto, sumiéndose en un silencio malhumorado, Gaucelm se acordó de la horrible ascensión de la noche anterior. Esperando encontrar una posada, habían subido penosamente por las calles serpenteantes de un pueblecito, fijándose en cómo las casas iban volviéndose cada vez más pequeñas conforme avanzaban, hasta que llegó un momento en que las construcciones casi se confundían con el gris del cielo. Un último esfuerzo a través del barro los llevó a la cima. Allí entraron en lo que otrora fuera la plaza mayor y ahora era un mundo en miniatura de rocas y ruinas, un cementerio de piedra, todo lo que quedaba de una aldea saqueada cuyos restos se pudrían lentamente en las alturas.

Desmontando para dar un descanso a los caballos, contemplaron el valle de abajo a través de la llovizna y se preguntaron adónde habría ido la gente del pueblo. No había ni rastro de vida humana en kilómetros a la redonda. De pronto un violento aguacero empezó a cruzar lentamente los campos. Nada podía frenar su impasible acometida, y lo vieron avanzar hacia ellos como un ejército erizado de lanzas. Cuando llegó al pueblo, convirtió sus adoquines en piedra pómez y los dejó empapados y surcados por riachuelos de agua. Las alcantarillas gorgoteaban y se llenaban de lluvia, escupiendo la que no podían absorber. Con los pies firmemente plantados en el suelo, ellos resistieron el tirón del agua cuando ésta empezó a retirarse, aspirando la gravilla debajo de sus suelas como si hubiera resaca.

—Me asombra que no se haya llevado los cimientos de las casas —dijo Gaucelm.

Volvieron a montar e iniciaron el descenso, y faltaba poco para que dieran las laudes cuando por fin encontraron a un monje en un priorato perdido que accedió a proporcionarles alojamiento a cambio de unas monedas.

Por la mañana el cielo ya estaba despejado. El monje les indicó por dónde se llegaba a un pueblo llamado Joyeuse en el que, les dijo, encontrarían un arroyo que desembocaba en el Ardèche. Joyeuse hacía honor a su nombre.[1] Allí encontraron una sencilla fonda en la que desayunaron y dieron de comer a los caballos antes de emprender la última etapa de su viaje. Las cañadas y grutas de la Dordoña, tan escarpadamente traicioneras y difíciles de cruzar, ya sólo eran un recuerdo. Las tediosas llanuras del valle del Lot y las cumbres barridas por la lluvia de los últimos dos días no tardaron en quedar atrás. Delante de ellos había pequeñas colinas que parecían dormitar bajo el sol del invierno, con sus lisos flancos descendiendo en una suave pendiente hacia la gran meseta por la que fluía el Ródano. Nada más entrar en ella, les dijeron, encontrarían Pont Saint-Esprit, y justo enfrente y al otro lado de las aguas, estaría Mondragón. Dos días más de viaje en dirección sur a partir de allí, calculó Gaucelm, bastarían para llegar a la tierra natal de Guilhelma, que formaba parte del marquesado de Provenza, pero su misión les obligaba a seguir adelante hasta encontrar a Douce.

Los vendedores del mercado de Saint-Esprit no daban abasto. La pareja fue por la «calle de oro», llamada así por sus cambistas de moneda. Allí cambiaron las suyas por la nueva moneda acuñada en Orange y estampada con la efigie de su apuesto conde, Raimbaut IV. Llenaron sus alforjas con remolachas, puerros, pescado

1. «Joyeuse»: alegre.

seco y naranjas de Valencia. Guilhelma no había vuelto a ver barriles llenos de olivas desde que se fue de Alès. Mientras el tendero les daba la espalda, metió la mano en un barril lleno del fruto aceitoso y, sonriendo de placer, le ofreció los dedos a Gaucelm para que se los lamiera.

—En Tolosa teníamos olivas españolas —dijo él—. Son más verdes y ácidas.

—Éstas son olivas de verdad, porque las han dejado madurar hasta ponerse negras —dijo ella—. Su aceite es dorado, no verdoso. Ya lo verás.

Compraron un par de puñados para Douce, y unas naranjas para Gui.

—Os prepararé un estofado del sur como es debido —dijo Guilhelma con alegre expectación.

Volvieron a montar, pasaron por delante de un judío que vendía avellanas y dejaron atrás el mercado. En el límite del pueblo, cabañas de trabajadores y burdeles se amontonaban en precaria confusión. Siguieron avanzando entre montones de basura y charcos de agua sucia —lo que Gaucelm llamó «el sistema digestivo del pueblo»—, tapándose la nariz para no oler sus hedores. Los muros de Mondragón ya eran visibles más allá del puente.

—¡Se acabaron las judías y las patatas! —exclamó Gaucelm cuando salieron de Saint-Esprit—. A partir de ahora, higos y peras, turrones y mazapán, vino nuevo... ¡y sol!

—Mira, un huerto de olivos —le interrumpió Guilhelma señalando con un dedo.

Gaucelm sólo vio un campo que rielaba en la lejanía. Pero cuando estuvieron más cerca, divisó una frondosa masa de árboles de cuyas ramas parecían colgar miles de monedas de plata que temblaban bajo la brisa.

—¿Dan fruto incluso en invierno? —preguntó.

—¡No, bobo! Conservan las hojas durante todo el año, pero las olivas se recogen en otoño —replicó ella.

—Sus hojas son como laureles hechos de metales preciosos —dijo él con voz pensativa mientras seguían la linde del huerto, y cuando cruzaron el puente Guilhelma le oyó canturrear.

Detuvieron sus monturas delante de los muros horadados de Mondragón y Guilhelma se puso seria.

—Parece una ciudad desierta —dijo mientras contemplaban el recinto diezmado.

—¿Dónde te dijeron que debíamos buscarla? —preguntó Gaucelm.

—El viejo mayordomo de los D'Ussel sólo me dijo que debíamos ir a la casa de Béatritz de Mondragón.

Gaucelm fue hacia el primer hombre que vio para preguntarle por dónde seguir. El soldado se limitó a encogerse de hombros y escupir en el suelo. Gaucelm insistió con tono apremiante. El hombretón, que llevaba una cota de malla llena de desgarrones, no pareció entenderle. Entraron en la plaza, donde una hilera de estandartes desconocidos colgaban de las puertas de la iglesia. Debajo de los estandartes había una plataforma vacía envuelta en paños negros. Lo único que se movía era el humo que se elevaba de varias hogueras. Aquí y allá había personas inclinadas sobre marmitas. Un olor a carne hervida flotaba en el aire y se oía el gimoteo de niños.

Gaucelm desmontó y fue hacia un joven harapiento sentado junto a una hoguera.

La réplica a su pregunta consistió en un gruñido cínico.

—¿Cómo voy a saber quiénes se han ido después de que arrestaran a los herejes? —acabó murmurando el joven—. ¡Lo próximo que harán será quemar la iglesia! Si es una de ellos —añadió con un tono menos hosco—, aún quedan algunos escondidos.

—¿Cuándo los quemaron? —preguntó Gaucelm.

—No quemaron a nadie. Ayer fueron juzgados y luego se los llevaron, sabe Dios adónde. ¡Ya está bien, por la sangre de Cristo! Nos han echado mal de ojo a todos. Ellos tienen una fe por la que morir, pero va siendo hora de que dejen en paz a los demás. ¿Quién eres?

Gaucelm no respondió, pero abrió su alforja y le ofreció un manojo de puerros.

—Bendito seas —dijo el joven.

Siguieron buscando por todo el pueblo, llamando a la puerta de cada casa donde les parecía que pudiera vivir Béatritz de Mondragón. Gaucelm vio cómo el pánico se adueñaba lentamente de Guilhelma, creciendo como un charco que ahogaba sus esperanzas hasta que acabó siguiéndole sin abrir la boca. Más decidido que nunca a cumplir con su misión, siguió metiendo la cabeza por todas las ventanas hasta que apenas hubo luz suficiente para ver.

Cuando por fin llegaron a la casa de Béatritz, la pregunta que se había convertido en una rutina para Gaucelm murió en sus labios en cuanto vio que Douce salía para recibirlos con abrazos, exclamaciones de alivio, lágrimas y besos. Pero después de darles la bienvenida, Douce se mostró extrañamente reservada. Guilhelma se fijó en lo pálida que estaba y lo hundidos que tenía los ojos. Se movía con una extraña ligereza, y cuando caminaba parecía flotar. Sin decir palabra, los cogió de la mano y los llevó hasta el lecho en que Gui yacía. Guilhelma se inclinó sobre la cama y apartó el cobertor.

—¡Mi querida niña! —exclamó mirando a Douce.

La joven abrió la boca, pero no pudo decir nada.

—¿Dónde está Béatritz? —preguntó Gaucelm, tomándola por los hombros.

—Béatritz ha muerto —dijo Douce—. Era una hereje —murmuró con un hilo de voz, y faltó poco para que se desmayara.

Gaucelm y Guilhelma la sostuvieron y la depositaron en un jergón. Guilhelma cogió el manto de piel de la cama de Béatritz y la tapó. Cuando Douce advirtió la presencia de Béatritz cerca de sus ojos cerrados, el palpitar de su cabeza empezó a disiparse y se sumió en un profundo sueño.

Una fiebre ardía dentro de ella. Le parecía que no pesaba nada, como si estuviera rodeada por un círculo de fuego blanco. Gaucelm y Guilhelma se turnaron para sostenerle la mano; despierta, Douce aún no podía pronunciar palabra. Dormida, empezó a hablar en sueños. Se sentía como si la hubieran enterrado viva. Mientras la llama de la vela temblaba junto a su cama, no tardó en estar segura de que la habitación se había llenado de criaturas malignas. Pese a la presencia de Guilhelma, el aire parecía lleno de susurros que solían convertirse en chasquidos estridentes como los grillos en invierno. Nada parecía hallarse en la estación correcta: los juglares de la Navidad se burlaban de ella; el joven caballero vestido de blanco con la corona torcida había vuelto para torturarla, su armadura tan radiante como una luna llena. Los árboles se cubrieron de flores y Douce se echó a reír. Solía despertar empapada en sudor, con un rumor de alas sobre su cabeza. La mano de Guilhelma, o la de Gaucelm, siempre estaban allí; la vela seguía ardiendo. Pero el fuego blanco se negaba a apagarse. De noche oía voces que le hablaban con acentos que apenas entendía. Las voces poblaban pesadillas durante las que murmuraba y gemía, tirando de la colcha y debatiéndose tan frenéticamente que acababa despertando a Guilhelma, que se acercaba a su lecho para escucharla.

—¡No lo haré, no lo haré! Antes quiero que me tomes las medidas —farfullaba Douce—. ¡Mídeme!

Guilhelma oía una y otra vez aquella súplica.

La pobre niña cree que le están probando un vestido en Ventadour, pensó. Pero en su sueño Douce era una huérfana sucia y harapienta, perdida en el mundo después de que los merodeadores hubieran atacado la aldea de sus padres. Había llegado a otro pueblo, y no sabía dónde estaba. Buscó un baño público, pero lo que más necesitaba eran alas. Vio unas cuantas en el escaparate de una tienda. La tendera era una joven novicia cátara, alta, delgada y vestida de blanco, cuyo negro cabello le llegaba hasta la cintura. La novicia la llamó con una seña y, al ver su sucia carita, le dijo:

—Primero ve a bañarte y luego te tomaré las medidas.

Douce se resistió: quería sus alas ahora, temiendo que la tienda, el mercado y el pueblo entero se desvanecieran de repente.

—¡Ahora! —insistió—. ¡Ahora!

Pero la mujer la cogió por los hombros y, dándole la vuelta, se dispuso a llevarla a los baños. Entonces se dio cuenta de que la niña tenía un par de cuernos en la nuca, y se asustó. Volvió a la tienda, descolgó un crucifijo de la pared y echó a correr detrás de Douce. Finalmente la alcanzó, y acababa de colgarle el crucifijo de uno de los cuernos cuando Douce despertó gritando y castañeteando los dientes.

Gaucelm se hizo a un lado mientras Guilhelma la cogía en brazos. Douce temblaba y se retorcía, sollozando como si hubiera perdido el juicio. Su cuerpo buscaba desesperadamente algún consuelo, pero no podía estarse quieta lo suficiente para que Guilhelma pudiera proporcionárselo.

—Vamos, vamos... Yo te ayudaré a soportar el dolor. Dámelo, ¿quieres? Anda, dáselo a Guilhelma... —murmuraba Guilhelma, intentando mecerla como si fuera un bebé hasta que Douce volvía a quedarse dormida.

A la mañana siguiente fue a hablar con Gaucelm.

—He de preparar el cuerpo de Gui para el entierro —le dijo—. Ve al pueblo y habla con un sacerdote y con el sepulturero. Diles que preparen el funeral para esta tarde, y luego tráete a un joven robusto. Si puedes encontrar a alguno que tenga una carreta, tanto mejor. Y una cosa más, Gaucelm —le dijo desde la puerta—: asegúrate de que lo entierran en un buen ataúd. Habla con el tonelero, y no lo dejes en manos del sepulturero.

Una vez recibidas las instrucciones, Gaucelm bajó a Mondragón.

Después de haber comprobado que Douce seguía durmiendo, Guilhelma empezó a trabajar. Lavó el cuerpo de Gui con agua de nieve, le cruzó los brazos encima del pecho y lo envolvió primero en su capa y luego en el cobertor con que lo había tapado Douce. Estaba tan absorta en su tarea que no oyó despertarse a Douce, pero cuando se irguió después de haber remetido las esquinas del cobertor, la vio sentada en la cama con el rostro apacible y sereno.

—¡Mi querida niña! —exclamó sobresaltada—. ¿Cómo te encuentras? —Sin esperar respuesta, sacó del hogar la olla de gachas que había preparado y le sirvió un plato. Douce, famélica, se las comió sin rechistar—. Muy bien, gatita —dijo Guilhelma, satisfecha—. Si quieres puedo calentar más.

—Estoy mejor, gracias —repuso Douce en un tono casi ceremonioso.

Volvió a acostarse en el lecho de paja, todavía medio dormida. Pasado un rato las gachas empezaron a avivar los fuegos de su cuerpo, y cuando abrió los ojos por segunda vez lo hizo para despertar del todo, agradecida por el sustento que le había proporcionado Guilhelma. Incorporándose sobre un codo, contempló el cuerpo de Gui con una nueva serenidad.

—¿Te acuerdas de lo que me dijiste en una ocasión en Ventadour, Guilhelma? Me dijiste que el amor puede cambiar. Entonces no sabía a qué te referías, pero ahora lo entiendo. —Por fin lo entendía, pensó mientras se decía que la religión de Gui y la suya quizá nunca se hubiesen encontrado. Gui se rió de Béatritz cuando les habló de la *endura* y el beso de la paz, y después le dijo que aquellas cosas no eran para ella. Pero no podía contarle todo aquello a la perpleja Guilhelma, y se limitó a decir—: Ahora que Gui se ha ido he de vivir su vida por él... a mi manera.

Los pensamientos de Guilhelma, mientras tanto, iban por otro camino.

—Seguramente tuvo una muerte noble... —murmuró.

—Una flecha le atravesó la mano.

—Ah, bueno, en ese caso... —dijo Guilhelma con un suspiro—. Murió en la batalla.

Douce no intentó sacarla de su error. La puerta se abrió de golpe y Gaucelm entró en la casa, resoplando y pateando el suelo para calentarse los pies. Al ver que Douce ya estaba recuperada, corrió a abrazarla. Sentándose en su cama, le pasó el brazo por los hombros mientras Guilhelma le reñía.

—¡No hagas eso, Gaucelm! ¿Acaso quieres que la pobre Douce pille un resfriado? Quítate esa capa. ¿Has encontrado a alguien del pueblo para que nos eche una mano?

—No tardará en llegar —dijo Gaucelm, librándose de los pliegues atiesados de su capa de lana y arrojándola al suelo—. Y ahora cuéntanos qué ocurría dentro de esa cabecita tuya mientras dormías, Douce. ¿Qué te hacía retorcerte como si fueras una contorsionista? ¡Pensábamos que te habías vuelto loca!

—Debió de ser un sueño —dijo Douce con dulzura, pero sin revelar su contenido.

—¡Bah! Parecía como si estuvieras luchando con el mismísimo diablo...

—Cuando desperté de mi sueño comprendí que se me había encomendado una misión —dijo en voz baja y suave, y miró a

Guilhelma y Gaucelm—. He de ir a Courthézon para hablarle de Béatritz al conde Raimbaut.

—¿Para hablarle de...? ¿Y qué quieres contarle? —preguntó él.

—Cómo murió.

Paseó la mirada por la habitación, y sus ojos acabaron posándose en el cuerpo envuelto de Gui. Después miró la cama de Béatritz, su silla y su telar. Sólo cuando se permitió recordar a la propia Béatritz, viva hacía tan poco tiempo y remendando la capa que había llevado cuando murió, descubrió que su cuerpo aún no era capaz de resistir aquella terrible imagen. Cuando por fin hubo dejado de llorar, volvió a mirar a Gaucelm y Guilhelma.

—No podéis imaginaros su expresión cuando me miró, allí en la plaza, unos momentos antes de que se la llevaran. Su cara estaba absolutamente serena y sus ojos llenos de confianza. Me buscó con la mirada... —No pudo evitar que las lágrimas volvieran a acudir a sus ojos, pero esta vez el llanto cesó enseguida, porque quería describirles a Béatritz—. Era tan competente en todo lo que hacía... Encender el fuego, remendar una capa, curar la herida de Gui... —De pronto se sintió mucho mejor, como si el hecho de mencionar las virtudes de Béatritz pudiera hacer que llegara a poseerlas—. Y tenía un cabello maravilloso, de color miel, y siempre lo llevaba así... —Se cogió un mechón y, enroscándolo sobre la coronilla, lo sostuvo por un momento antes de dejarlo caer. Gaucelm sonrió al ver aquel gesto, interpretándolo como el de una joven que anhelaba crecer—. Y además estaba enamorada... —No estaba muy segura de si conseguiría contarles aquella parte sin echarse a llorar. Guilhelma arqueó las cejas expectantemente— enamorada de Raimbaut, conde de Orange —concluyó.

El nombre no provocó ninguna reacción en Guilhelma, pero Gaucelm tragó saliva con un jadeo ahogado.

—Ese hombre es una espina en el costado de Elías d'Ussel —dijo—. Pero sabe componer buenos versos.

Douce no pareció oír su comentario.

—Y ahora ya sabéis por qué he de ir a ver a Raimbaut, por qué he de contarle lo radiante que estaba Béatritz antes de su muerte y lo mucho que aún le amaba. De otra manera él nunca lo sabrá.

Gaucelm ya estaba pensando en las cuestiones prácticas.

—Tendremos que comunicarle a Elías que Gui ha muerto. ¿Cómo demonios vamos a dar con ese hombre? Supongo que Gui murió luchando contra Aragón, ¿no? Espero que así fuera, por el bien de su padre.

—Pierre quizá no sea tan difícil de localizar como Elías, así que tal vez deberíamos enviarle un mensajero —dijo Guilhelma y, volviendo la mirada hacia el cuerpo exhausto de Douce, contestó por ella—: Una flecha le atravesó la mano mientras se enfrentaba a los hombres de Alfonso.

Gaucelm asintió y después se asestó una palmada en la frente.

—¡Mornas! —exclamó—. Estábamos en el patio de Ventadour, y Elías le había cogido la espada al muchacho para dibujar un mapa en el suelo. Estoy seguro de que dijo que si Mondragón caía, Mornas sería la siguiente. —Miró a las dos mujeres—. Apostaría a que ahora Elías está allí. En cuanto hayan enterrado al muchacho, buscaremos a algún pobre desgraciado que vaya hacia el sur para que avise a su padre.

Unas ruedas chirriaron junto a la casa.

—Será el muchacho del pueblo —dijo Gaucelm, poniéndose en pie—. Mis oídos me dicen que ha venido en una carreta; dijo que traería unas parihuelas —añadió, respondiendo a la mirada interrogativa de Guilhelma.

—Espero que sea lo bastante robusto, porque yo diría que aún no tiene doce años. ¿Qué le ofreciste?

—Le di unas monedas que me quedaban en la bolsa de cuando cambiamos en Saint-Esprit, y le prometí que habría más. El sepulturero cobrará ocho cobres. No queda ni un solo sacerdote en todo Mondragón: registré toda la iglesia, desde la cripta hasta el campanario. —Abrió la puerta y se volvió hacia Guilhelma—. Ojalá no hubiéramos comprado todas esas provisiones en Saint-Esprit. Tengo el dinero justo en la nueva moneda para ir tirando hasta que hayamos vuelto a los caminos.

—Lo que compramos en Saint-Esprit nos mantendrá con vida hasta que hayamos vuelto a los caminos —replicó Guilhelma.

Douce se dirigió al aparador. Mientras Gaucelm y el muchacho del pueblo entraban las parihuelas con Guilhelma sosteniendo la puerta, Douce cogió la arqueta de las joyas de Béatritz del estante de abajo. Sacó un delgado collar de oro, un par de brazaletes adornados con piedras sin tallar y, por si conseguían encontrar un sacerdote en el último momento, un broche de oro rojizo lo bastante grueso para sujetar una capa. Después volvió a dejar la arqueta en el estante y escondió aquellos objetos de valor en su grueso cinturón, se lo ató y esparció los pliegues de su blusa encima del nudo para ocultar los bultos de las joyas. Luego, como si acabara de acordarse de su existencia, cogió el pequeño Evangelio de san Juan de Béatritz antes de cerrar el aparador.

El ayudante de Gaucelm era un muchacho nervudo que llevaba casaca y pantalones de cuero. Les hizo saber que se llamaba Ulf como su padre, un albañil que gozaba de excelente reputación en Mondragón. Con Gaucelm como público obligado, siguió ensalzando las cualidades de su padre incluso mientras ponían a Gui encima de las parihuelas. Guilhelma se limitó a sacudir la cabeza y descolgó la espada de Gui del gancho en que había estado colgada su capa. Douce fue a sujetar al caballo mientras Gaucelm y Ulf pasaban el cuerpo de las parihuelas a la carreta. Guilhelma salió a la calle, depositó la espada de Gui junto a él y le ordenó a Douce que volviera a entrar en la casa.

—Pasaremos toda la tarde fuera —dijo—. Abrígate bien para no pillar frío.

Gaucelm, mientras tanto, estaba en el establo intentando ensillar al corcel de Gui. El caballo ya le había enseñado el blanco de los ojos, como si percibiera algo amenazador en la presencia de Gaucelm. Pero después de una serie de gruñidos ahogados y secos «¡Ho!» seguidos por «Tranquilo, chico, tranquilo», Gaucelm consiguió ensillarlo y ceñirle la cincha de cáñamo. Retrocediendo hacia la puerta del establo, lo contempló. Luego, obedeciendo un impulso repentino, se acercó al corcel y cruzó los estribos sobre la silla de montar. Así todos podrían ver al caballo de Gui ceremoniosamente falto de su jinete.

Sujetando las riendas por debajo del bocado, sacó al caballo del establo y lo colocó en posición a unos respetuosos ocho pasos por detrás de la carreta. Ulf subió al pescante, ayudó a subir a las mujeres y la pequeña procesión se puso en movimiento. Avanzaron con precaución sobre la gruesa capa de nieve, formando un solemne cortejo bajo un cielo gris acero: caballo y carreta, Douce y Guilhelma mirándose por encima del cuerpo, y Gaucelm en último lugar llevando de las riendas al corcel.

Cuando llegaron al cementerio de la iglesia, el sepulturero todavía estaba luchando con el duro suelo. Viendo que aún tendrían que esperar un rato, Gaucelm llevó el corcel hasta la carreta y pidió a Ulf que sujetara las dos monturas mientras volvía a registrar la iglesia en busca de su ilocalizable sacerdote.

—¡Voy contigo! —gritó Douce cuando lo vio marchar, y saltó de la carreta—. ¡Espera, Gaucelm!

Él se volvió, ella lo alcanzó y ambos entraron en la iglesia juntos, pero Douce fue directamente al ábside. Allí, en vez de ofrecer una plegaria, lo que hizo fue desatarse el cinturón y dejar que el broche, la cadenilla y los brazaletes cayeran con un estridente tintineo sobre las losas debajo del altar.

—¿Qué es todo esto? —exclamó Gaucelm, que se había apresurado a seguirla por la nave—. ¡Por los ojos de Dios, muchacha! ¿De dónde las has sacado? ¿Son bienes robados?

—Servirán para pagar el funeral de Gui —dijo ella sin inmutarse—. Pertenecían a Béatritz. Quiero que las guardes.

Gaucelm las recogió y examinó, sosteniéndolas bajo la tenue luz.

—Mi querida muchacha... Si se te ocurriera darle aunque sólo fuera una de estas joyas a ese sepulturero, pensaría que lo habían canonizado y que acababa de entrar en el paraíso. Sus días de trabajar habrían terminado para siempre. Lo que tienes aquí, Douce, es el rescate de un rey.

—Hay más —dijo ella.

Gaucelm volvió a examinar los tesoros antes de guardárselos en la bolsa.

—Vamos —dijo ofreciéndole la mano—. Anda, ven conmigo y ayúdame a encontrar un sacerdote. Alguno tiene que haber en este pueblo olvidado de Dios.

Pero cuando salieron de la iglesia, vio al sepulturero apoyado en su pala al otro extremo del patio nevado. Junto a la fosa recién cavada había un ataúd que Guilhelma parecía contemplar con desaprobación. Cuando estuvieron más cerca, pudo ver por qué: el sepulturero se había limitado a traer una caja hecha con unos tablones. En su celo por encontrar a un sacerdote, Gaucelm no había seguido su consejo de encargárselo directamente al tonelero.

—Últimamente ha habido muchas muertes —estaba protestando el hombre, levantando una mano para indicar nuevas cimas de mortandad—, y no hay manera de encontrar un solo ataúd de madera pulida en todo Mondragón. Todos quieren un buen entierro para sus muertos. Pero estamos en guerra, señor, y cuando no queda de algo ni todo el oro del mundo podrá proporcionártelo.

Gaucelm intentó no sonreír y se abstuvo de sacar la cadenilla de oro de su bolsa para ponerlo a prueba.

—Qué se le va a hacer —dijo—. Vivimos tiempos difíciles. Si no fuese por esta horrible guerra, Gui habría tenido un entierro digno en Ussel.

—Si no fuese por esta guerra, Gui estaría vivo —declaró Douce—. Celebremos su funeral tal como él hubiese querido. Ulf, pon el cuerpo en el ataúd. Ayúdale —añadió con un gesto hacia el sepulturero, y después sacó el Evangelio de san Juan de su capa. Lo abrió al azar en un sitio marcado por Béatritz y se asombró al ver que el texto era casi milagrosamente apropiado. Lo leyó un par de veces para asegurarse de que realmente prometía una vida después de la muerte, y después le dio el libro a Gaucelm—. Cuando hayan sepultado a Gui lee esto, por favor —le pidió.

El sepulturero y el muchacho hicieron su trabajo, y el pequeño grupo vio cómo Gui desaparecía dentro del agujero cavado en el suelo. Después, con las cabezas inclinadas en actitud de pena impersonal, los dos pueblerinos se unieron al círculo mientras Gaucelm leía el Evangelio:

—«Mi reino no es de este mundo. En verdad, en verdad os digo que se acerca la hora, y que éste es el momento en que los muertos oirán la voz del hijo de Dios, y quienes la oigan vivirán...»

Levantando los ojos entre dos líneas, vio cómo la mano de

Douce salía de entre los pliegues de su capa para buscar la de Guilhelma. Aparte de eso, la joven permaneció tan inmóvil como el báculo de un obispo. Gaucelm se dio cuenta de que no había vuelto a mirar la tumba, y además estaba llorando. Es lógico, pensó. Su fachada de bravura y su pequeña farsa de autoridad han llegado a su fin. La pobre Douce había sufrido mucho.

Una vez convencido de que habían hecho cuanto permitían las circunstancias, Gaucelm entregó unas monedas al sepulturero y a Ulf. Descolgando los estribos de la silla de montar, ayudó a Guilhelma y a una llorosa Douce a subir a la grupa del corcel. Después, adelantándose para coger las riendas por debajo de la cabeza del caballo, dio la señal y el cortejo volvió a casa.

La mañana siguiente al funeral, Guilhelma insistió en que toda la casa debía someterse a una limpieza general. Todos los muebles, colchones y enseres domésticos fueron sacados a la calle mientras ella barría, quitaba el polvo, restregaba las losas con vinagre y aireaba la ropa de cama. Ollas de agua hervían sobre el fuego, nublando el aire con sus vapores. Guilhelma concluyó la limpieza esparciendo junquillos por el suelo, recortando los pábilos de las lámparas y encendiendo velas. A la hora de cenar, ya había acabado.

Douce le echó una mano de vez en cuando, sacando brillo al cuenco y las copas de plata de Béatritz con un trapo. A Gaucelm le pareció que se encontraba bastante bien, porque ni lloraba ni prestaba demasiada atención a los pequeños objetos de la casa que podían evocar la enormidad de su pérdida. Le contó que Ventadour había enloquecido después de su fuga, que Marie estaba hecha una furia y que Pieter había desaparecido. Esta última información pareció divertir a Douce.

—¿Quieres decir que no volvió a poner los pies en el castillo? —le preguntó—. Bueno, no me sorprende: Pieter odiaba Ventadour. Lo único que quería era volver a casa.

Pero más avanzada la noche hubo momentos en que Gaucelm empezó a preocuparse por ella. En un par de ocasiones la sorprendió examinándose los huesos de la mano con fijeza. Cuando le preguntó qué hacía, Douce le dijo que eso era lo más cerca que llegaría a estar de poder verse por dentro. Después se pasó las manos por las costillas y preguntó qué sentiría uno al ver su propio esqueleto, y si podría reconocer sus huesos y la forma de su calavera. Si la viera amontonada con otras calaveras, ¿sería capaz de decir «la mía es esa de ahí»?

Gaucelm se quedó atónito pero, no queriendo alarmarla, se limitó a responder:

—Qué idea tan curiosa. Nunca me había pasado por la cabeza.

Hablar de aquellas cosas le puso nervioso e hizo que ardiera en deseos de irse de Mondragón, con su olor a muerte. Estaba seguro de que Guilhelma sabría cómo manejar a Douce. Un rato después pudo hablar a solas con ella junto al hogar.

—¡Está enloqueciendo de pena! —le dijo.

—No; es como los últimos coletazos de unas fiebres —trató de tranquilizarle ella—. ¿Recuerdas cómo deliraba en sueños? No le hará ningún daño. Después de todo lo que ha sufrido, tiene derecho a ello. Debemos dejar que lo supere por sí sola. Ahora tiene que flotar a la deriva entre el cielo y el infierno durante unos días.

Pero Douce sabía lo que se hacía. Lentamente, como una forma emergiendo de entre las nubes o de la luz de una hoguera, comprendió el significado del sueño de los cuernos y el crucifijo con tanta claridad como si Béatritz le hubiera hablado al oído: Confía en tu fe y encontrarás el hospicio. En cuanto su meta estuvo tan clara como el Grial, ya sólo quedaba la cuestión del cuándo, y eso dependía de su cuerpo. Douce se sentía tan débil y vacía por dentro que no sabía cuánto tardaría en recuperarse. Tendría que valerse de su propio juicio, y en aquellos momentos no confiaba demasiado en él. Hasta que estuviera recuperada, tendría que conformarse con imaginar el lugar. «Está al norte de aquí —había dicho Béatritz—, en las colinas que se alzan más allá de Mondragón...»

Mientras tanto, comió. Le sorprendió la forma en que su cuerpo parecía absorber todo lo que Guilhelma preparaba con las provisiones de Saint-Esprit: pasteles de puerros y cebolla, remolachas con vinagre endulzado, espeso puré de judías. Sólo quedaba una naranja de Valencia y Guilhelma decidió guardarla hasta que se endureciese, sabiendo que entonces podría cortarla en rodajas para dar aroma a los estofados. Mientras llegaba ese momento, la naranja perfumaba toda la habitación junto al hogar.

La cuestión del tiempo seguía atormentando a Douce. Aún se mareaba al levantarse del lecho de paja, y las piernas se le habían adelgazado hasta parecer dos manojos de cordel. Sabía que Gaucelm quería volver a los caminos. Aunque no había hablado de irse, Douce casi podía oír su impaciencia zumbándole en los oídos. Estaba echando una carrera silenciosa con él y con el tiempo. No se atrevía a pensar mucho en ello, por miedo a que le pareciera imposible. Y además, como no se fiaba del corcel de Gui, tendría que ir a pie. ¿Qué distancia tendría que recorrer, y cuánto tardaría en llegar allí? Al no tener idea de la distancia, ni siquiera podía tratar de calcularlo. Aun así, no podía evitar que el hospicio cobrara forma una y otra vez en sus pensamientos. Se imaginaba una sencilla casa protegida por colinas e invisible desde cualquier camino, y vivía únicamente para llegar a verla.

20

EL HOSPICIO

Finalmente, la mañana de las calendas de febrero, el primer día del nuevo mes, Douce supo que había llegado el momento. Gaucelm y Guilhelma habían ido al pueblo en el corcel para comprar harina y vino y cerciorarse de que la tumba hubiera sido llenada y señalada. Antes de que el sonido de cascos se hubiera desvanecido en la lejanía, Douce ya había envuelto un trozo de pan en un paño. Acordándose de la mañana gris y fría del funeral de Gui, se puso toda la ropa que tenía. La sorpresa que se llevó al abrir la puerta fue agradable: el aire era casi tan cálido como en primavera. Había salido el sol. La nieve derretida goteaba del tejado. Volvió a entrar en casa y, quitándose una gruesa falda de lana y una blusa, conservó únicamente la camisola y el tosco traje casero debajo de la capa. Después cerró la puerta sintiéndose más alegre y animada.

Había adivinado su ruta mediante una mezcla de instinto, sentido común y el eco de las palabras de Béatritz: «Al norte de aquí, en las colinas...» Si se perdía, pensó, siempre podía regresar. Para no enloquecer, se dijo que tenía que haber una próxima vez y que seguramente Gaucelm no anunciaría aquella noche, con su tono de «nada de síes o peros» que mañana se irían de Mondragón. Confiando, pues, en lo que de hecho era puro azar, su plan consistía en seguir el camino principal hasta que torcía hacia el oeste para ir al pueblo. Daría un rodeo alrededor de Mondragón, y cuando lo hubiera dejado atrás seguiría andando en dirección norte hasta que viera colinas.

Y así partió la mañana de lo que Alba la cocinera gustaba de llamar «un día picazo». En Ventadour, eso quería decir que los elementos habían convergido para producir un paisaje blanco, negro y marrón. La nieve se derretía, los peñascos mostraban sus flancos, y vetas de esquisto reluciente salpicado de barro brillaban en cada hondonada.

Todo crujía y murmuraba alrededor. Ramajes de nieve caían pesadamente al suelo y ocultaban las cunetas ya llenas de restos al tiempo que los abanicos verdinegros de las higueras, recién liberados de sus cargas de nieve, parecían saludarla ceremoniosamente.

Pero los montones de nieve medio derretida y los restos vidriosos de hielo astillado dificultaban la marcha. Douce se vio obligada a rodear las grandes zanjas fangosas surcadas por roderas de carros que atravesaban el camino. Aun así, se alegraba de poder estar sola, lejos de los cuidados asfixiantes de Guilhelma y las continuas preguntas sobre su estado de ánimo que le dirigía Gaucelm. Aunque sólo fuese para variar, quería ser una nulidad en vez del centro de toda la atención, y mientras andaba notó que sus piernas parecían ir recuperando las fuerzas. En el camino podría ser lo que quisiera y dejar atrás las muertes de sus seres queridos.

Pero aquella libertad imaginada no la acompañó durante mucho tiempo. Se disponía a salir del camino para ir hacia el norte cuando vio a un jinete que venía hacia ella. Douce empezó a andar más despacio, esperando que el hombre pasara y se perdiese en la lejanía. Sabía que los caminos nunca eran seguros, pero su deseo de encontrar el hospicio había vencido a su miedo. Bajó los ojos, pero el jinete hizo que su montura aflojara ominosamente el paso. Con creciente temor, Douce cerró la mano sobre el rubí de Gui. Cuando el jinete detuvo su caballo junto a ella, Douce estaba tan asustada que sólo podía oír el sordo retumbar del pulso en sus sienes. Cuando logró reunir el valor necesario para levantar la cabeza, se encontró con los ojos del tío Raoul. Lanzando un grito de alegría, abrazó su bota en el estribo y su capa. Se lanzó sobre él con tal ímpetu que el caballo respingó hacia la derecha, y Raoul tuvo que concentrarse en el asustado animal para evitar que se desbocara.

—¡Es un milagro que hayas escapado! —exclamó, contemplando su tonsura de monje y sus ojos hundidos.

—Fue pura suerte. Al menos en parte —dijo él, todavía jadeando, y se inclinó sobre el cuello de su montura para tranquilizarla con unas palmaditas—. Mi trabajo consiste en advertir a quienes comparten nuestra fe cuando hay peligro. Había cruzado el río y acababa de dejar atrás Saint-Etienne cuando supe lo de Béatritz. Es una pérdida terrible para nosotros. Cuando las cosas se hubieron calmado un poco, fui a ver a su padre, el viejo barón.

—¿Cómo se lo tomó?

—Está bastante enfermo, y la cabeza ya no le rige muy bien. —Raoul tomó las riendas en la mano izquierda y desmontó—. No pareció entender lo que le estaba diciendo, y no paraba de preguntarme por qué está encerrado en su propio castillo. Creo que esperaba ver entrar a Béatritz en cualquier momento trayéndole vino y comida.

Douce asintió con tristeza.

—¿Y adónde va esta joven dama sola por los caminos?

—Béatritz me habló de un hospicio, un lugar donde la acogieron y le dieron protección...

—¿Tienes problemas?

—¡Oh, no! —repuso enfáticamente ella, temiendo que Raoul la hubiera malinterpretado.

—En ese caso, bien hallada seas —dijo él—. Te acompañaré al hospicio. Ibas por el buen camino, pero te he evitado tener que tomar por esa bifurcación de ahí delante, en el caso de que fueras hacia allí. Y ahora, deja que te ayude a subir.

Cuando se hubieron acomodado sobre la silla, Raoul volvió la cabeza para que pudiera oírle.

—Debo admitir que estoy un poco asustado. Me sé el camino de memoria, pero hace muchos meses que no voy por allí. Está en uno de los distritos a los que no me dio tiempo de llegar antes de que el cielo volviera a caérsenos encima, así que cualquiera sabe lo que encontraremos. Te presentaré a las *parfaites* que lo dirigen, Johana y Marda... si todavía están allí. Pero luego no podré esperarte, porque debería haber pasado esta última hora en la casa segura donde agoniza el hermano Lucien. Quizá ellas puedan encontrar a alguien que te traiga de vuelta. Pero por si acaso, ve fijándote en el camino que seguimos.

Cabalgaron en silencio durante un rato. Douce, que a duras penas podía contener su alegría ante la repentina aparición de Raoul, decidió interpretarla no sólo como un signo de buena fortuna sino como una confirmación espiritual: sí, realmente iba por el «buen camino». Absorta en aquellos pensamientos, no se grabó en la memoria ni una sola casa, establo, peñasco o recodo del sendero. Veía todo lo que la rodeaba como distintos tonos de blanco, plata, gris y negro, el borrón familiar de un paisaje picazo.

Raoul la miró. La lana de su capa, que había exudado un frío de nieve aquella noche hacía poco más de una semana cuando se plantó delante del fuego de Béatritz, ahora estaba tan caliente como una manta bajo los dedos de Douce.

—¿Puedo preguntarte por qué quieres ir al hospicio? Perdóname, pero ahora ya sabes quién soy y cuáles son mis creencias. Dado que he de llevarte allí y presentarte a mis compañeros en la fe, quizá podrías contarme qué vas a hacer.

Douce cambió de postura, inclinándose hacia el flanco del caballo para que pudiera oírla sin dificultad.

—Tuve un sueño —dijo, pero no supo cómo continuar. Raoul volvió la cabeza hacia ella, animándola a seguir—. Había voces —murmuró. Volvió a contemplar el perfil de Raoul y se preguntó si se estaría riendo para sus adentros. Decidió que no y, armándose de valor, prosiguió—. Durante el sueño me ocurrió algo. Vi a un ángel vestido de blanco que no quería darme alas, y entonces el ángel vio los cuernos que me salían de la nuca y corrió hacia mí con un crucifijo. ¡Oh, te parecerá una insensatez! Suena ridículo, lo sé. Pero cuando desperté supe que había encontrado mi fe, y que tenía que ir al hospicio de Béatritz.

Raoul la había escuchado en silencio, con su cabeza meciéndose al compás de los andares del caballo. Después se volvió hacia ella.

—Lo que has dicho me ha dejado muy impresionado, pues está marcado por el sello de una auténtica conversión. No intentaré disuadirte. Pero te ruego por tu propio bien que pienses en lo que estás haciendo. Me oíste decirle a Béatritz que existe un grupo organizado, la Hermandad Blanca, que quiere acabar con nosotros. Con un fanático enemigo de los herejes al frente de ellos y aliados como Alfonso de Aragón, podemos estar seguros de que no hablan por hablar. Ya has visto con qué fervor odian las tropas de Alfonso a los cátaros, y ahora ya sabes hasta dónde pueden llegar en su violencia. ¿Estás segura de que quieres encaminar tu futuro hacia semejante destino? Tu joven vida siempre correrá peligro.

—Te agradezco tus palabras, Raoul —dijo ella tras una pausa—. He pensado mucho en esto. Estoy preparada para enfrentarme a todo lo que conlleva ingresar en esta Iglesia... incluso el máximo sacrificio final. Mi vida encontró un nuevo propósito cuando entré en la casa de Béatritz.

—En ese caso, Douce de Ventadour, ¡que Dios sea contigo! —exclamó Raoul, secretamente complacido por su ardor.

Douce se estiró detrás de él para echar un vistazo al paisaje, y le dio un vuelco el corazón al ver colinas en la lejanía. El hospicio ya no podía estar muy lejos. Se inclinó hacia adelante.

—¿Puedes decirme qué se espera de mí? —preguntó—. ¿Hay alguna respuesta que debiera conocer de antemano?

—¿Béatritz no te instruyó?

—No hubo tiempo para ello. Béatritz no tenía ni idea de que yo...

—¡Comprendo! ¿Has ayunado?

—No. No conozco el ritual, y lo único que sé de vuestra doctrina es que creéis en el *Consolamentum* y el beso de la paz. Oh, y en la *endura*.

—¡La *endura*! Pero eso es el ayuno que termina con la muerte... ¡Eso no es para los *croyants*!

—¿Es eso lo que soy?

—Eso serás cuando hayas elevado los votos. Si tenemos suerte, Marda y Johana estarán allí para guiarte. Cuando hayas dado las respuestas e intercambiado el beso de la paz serás una «creyente». Para muchos de nosotros eso sólo es el principio. El hermano Lucien, a cuya cabecera no tardaré en acudir, es un *parfait*. Ya ha recibido el *Consolamentum*.

—¿Es algo como la extremaunción?

—¡No lo quiera Dios! No, Douce, nuestra fe prohíbe todos los sacramentos salvo uno, y ése es el bautismo por el Espíritu Santo... el *Consolamentum*.

Douce guardó silencio. Tenía muchas preguntas que hacer, pero el camino se volvía cada vez más escarpado a medida que subían y comprendió que Raoul debía de tener el cuello un poco dolorido de tanto volverlo en su dirección y que necesitaba concentrarse en el estrecho sendero. No obstante, había una cosa que ardía en deseos de saber. Después de un intervalo, murmuró:

—¿Eres uno de ellos? Como el hermano Lucien, quiero decir... ¿Eres un *parfait*?

—Lo soy —se limitó a decir Raoul.

Satisfecha, Douce volvió a acomodarse sobre la silla de montar. No podía pedir un guía mejor.

Un rato después Raoul señaló algo a la derecha de ellos.

—Allí está. ¿Puedes verlo entre los árboles?

Douce se irguió.

—¡Sí! —exclamó al divisar una casita medio escondida entre los pliegues de una ladera.

Cuando se adentraron en el bosque pudo ver que sus paredes encaladas estaban llenas de musgo, tal como se las había imaginado. Pero cuando estuvieron más cerca vio que el «musgo» era el verdor de las enredaderas y parras que habían crecido con densidad sobre el dintel, agrietando la mayor parte de la escayola por debajo del tejado. Salieron del sendero y desmontaron en un pantano. La vegetación húmeda y maloliente engulló sus pies hasta los tobillos, lo cual indicaba que hacía meses que nadie se atrevía a limpiar aquel lugar. El rostro de Raoul se ensombreció mientras guiaba al caballo hacia la puerta del hospicio.

Afortunadamente, su llamada provocó un murmullo de voces seguido por unos pasos. La puerta fue entreabierta unos centímetros por un par de figuras, una de las cuales atisbaba por encima del hombro de la otra.

—¡Es el tío Raoul! —exclamó una de ellas.

La puerta se abrió de par en par, y las dos mujeres salieron corriendo por ella para reclamar la mano libre de Raoul mientras éste intentaba calmar a su asustada montura con la otra. Las mujeres eran opuestas en todos los aspectos, una alta y majestuosa (como la reina Leonor, imaginó Douce); en tanto que la otra, que era más bien baja, lucía una ancha sonrisa y tenía un cuerpo que hacía juego con la sonrisa.

—Os he traído a una creyente —dijo Raoul, atando el animal a un grueso tronco y volviéndose hacia Douce—. Ésta es Marda.

La más alta de las dos, de rostro afable y bondadoso, le tendió la mano y Douce palpó anillos en sus esbeltos dedos cuando la estrechó.

—Y ésta es Johana.

La segunda *parfaite* tomó las manos de Douce en las suyas, robustas y un poco gordezuelas.

—Bienvenida —dijo.

Marda les sostuvo la puerta para que entraran.

—¿Cómo te llamas? —preguntó cuando Douce cruzó el umbral.

—Soy Douce, la hija del conde Ebles de Ventadour.

—¡Estás muy lejos de casa! —exclamó Johana—. Tío Raoul, ¿patrocinas a Douce de Ventadour?

—¡No, no! —exclamó Douce—. Béatritz de Die me... me habría enviado aquí.

—Una gran amiga. La echaremos de menos.

Marda llevaba unas sayas de una tela esponjosa ribeteada de armiño, el atuendo de una mujer de un noble. No viste de negro y no tiene aspecto de cátara, pensó Douce. Debía de haberse quedado mirándola fijamente, porque Johana le leyó la mente.

—Han capturado a tantos de nosotros que el disfraz se ha vuelto necesario para no despertar sospechas —dijo.

—¡Un disfraz de lo más convincente! —exclamó Raoul echándose a reír—. Dos mujeres de alcurnia y de cierta edad, ambas vestidas con sedas y pieles, escondiéndose en una miserable casita del bosque. Especialmente tú, Marda... ¿Eso es terciopelo o ardilla? —Cogió una punta de sus sayas y la hizo crujir—. Si estuvierais en una gran sala o en unos aposentos suntuosos, entonces podríais lucir todos los terciopelos de Persia. Pero ¿en esta cabaña? ¡Incluso el más estúpido soldado aragonés sospecharía que aquí hay gato encerrado!

—Pero es que no tengo otra cosa —declaró Marda—. Que piensen lo que quieran.

—En cuanto a ti, Johana, ya veo que no se te puede acusar de haberte engalanado en exceso —le dijo Raoul a la más baja de las dos con un brillo de maliciosa diversión en los ojos.

Douce vio que el rostro de Johana rayaba en lo rubicundo, y que sus ojos eran del mismo e intenso azul que su traje.

—Ya sé que las últimas modas exigen un poco más de elegancia y austeridad en el atuendo, pero no podemos seguir sus dictados —dijo.

Raoul rió.

—Por la misma razón, hemos permitido que la casa esté tal como la ves —dijo, agitando una manga ribeteada de armiño en un gesto de derrota.

Lo cierto era que la sala en que habían entrado ofrecía un aspecto bastante lamentable. Una mesa volcada no había sido enderezada, y las dos mitades de un gran cántaro de barro roto seguían en el rincón donde habían caído. Toda la entrada mostraba signos de haber sido saqueada recientemente.

—Así que vinieron aquí —dijo Raoul—. Ya me lo temía, pero no pude avisar a todo el mundo en tan poco tiempo.

—No te culpes —dijo Marda—. En cualquier caso, logramos escapar antes de que pudieran vernos. Fuimos colina arriba.

—A casa del hermano Lucien... —dijo Raoul.

—Sí —confirmó Marda.

—Ahora iré allí —dijo él.

—Hemos pensado que si vuelven por aquí así verán que la primera vez no nos pasaron por alto —explicó Johana—. De esa manera, y si Dios quiere, irán en busca de otros blancos más tentadores.

Raoul meneó la cabeza.

—Si Dios quiere... —repitió—. Y ahora, mis queridas amigas, dejo a mi pupila en vuestras bondadosas manos. La cabecera del hermano Lucien me aguarda. Espero no llegar demasiado tarde.

—Cuando le leímos el Evangelio de Juan aún fue capaz de responder —dijo Marda—, pero tememos que ya no le quede mucho tiempo.

—Douce... —Raoul fue hacia ella y Douce se encontró envuelta en su paternal abrazo. Después, mientras le cogía las manos y la contemplaba, sintió un nudo en la garganta—. No des la espalda a la gracia de Dios —le dijo y, antes de irse, la miró a los ojos y añadió—: Hazlo por Béatritz.

—Ven, Douce de Ventadour —dijo Marda—. Síguenos a nuestro lugar de culto.

Encendió una antorcha que proyectó sombras en sus marcados pómulos y el arco aristocrático de su nariz. Douce se sorprendió al ver la profundidad que la luz confería a sus facciones. Marda llevaba su fino cabello plateado recogido en una tiara como Béatritz, pero en su caso reposaba sobre la nuca como un nudo que hubiera resbalado por detrás de su cabeza. Con la antorcha en alto, pasó ante Douce y los pliegues de sus sayas de terciopelo ondularon cuando abrió una trampilla en el suelo. Johana le puso la mano en el hombro y las dos siguieron a Marda por una escalera de caracol y un largo pasillo de piedra hasta que, con un estremecimiento de excitación, Douce comprendió que se encontraban muy por debajo del suelo.

Acabaron llegando a una cámara de paredes encaladas en la que había un altar cuadrado de piedra. El mobiliario se reducía a dos bancos de madera y una mesa toscamente tallada del tipo que se usaba en los refectorios de los monjes. Johana trajo un mantel de lino blanco que Marda desplegó sobre el altar, y después Johana cogió dos cirios y los encendió con la antorcha. Marda le señaló uno de los bancos a Douce y se sentó a su lado mientras Johana colgaba la antorcha de un aro de la pared y se reunía con ellas.

—Así que deseas hacerte creyente en la fe —dijo Marda. Douce ya había advertido que Marda siempre parecía llevar la iniciativa en todos los asuntos ceremoniales, mientras que Johana, más joven y enérgica, se ocupaba de las cuestiones prácticas—. ¿Has ayunado? —le preguntó.

—No —dijo Douce—. He estado enferma.

Y de pronto se sintió invadida por una especie de respetuoso temor ante su presencia que casi la asustó, a pesar de que eran más jóvenes que su madre y no mucho mayores que Béatritz y que, de hecho, habían sido amigas de Béatritz. Así pues, ¿a qué venía aquel pánico?

—¿Qué sucede, *na* Douce? —preguntó Marda, usando el diminutivo.

Han percibido mi inquietud, pensó Douce, y lo peor es que no sé por qué estoy tan nerviosa. En ese momento, una imagen de sacerdotes barbudos con sus vestimentas bordadas, nubes de incienso y recitaciones de las Escrituras en latín —la Iglesia tal como había llegado a serle familiar durante su infancia— surgió en su cabeza. En aquella pequeña habitación no había ningún vestigio de su antigua fe.

—Aquí sólo hay... mujeres —no pudo evitar decir.

Marda rió.

—Resulta un poco extraño, sí. Perdona, pero a veces se nos olvida que todo esto es nuevo para ti y que no estás acostumbrada a ver mujeres como nosotras.

—Pero Béatritz... —dijo Douce, pensando en ella y en la señora Belot—. Aun así, parece extraño.

—Béatritz era un caso un poco especial. No estaba destinada a guiarte por el camino de la fe como nueva miembro, como creyente. Estás aquí gracias a ella, pero seremos nosotras las que escucharemos tus respuestas de acuerdo con el ritual cátaro. Con nosotras y aquí, en esta habitación, estás escogiendo tu vida, *na* Douce. Eso es lo que hace que este viaje sea tan notable.

Douce inclinó la cabeza. Sí, tenía razón.

—Béatritz quizá no te haya contado que nuestra práctica está tan dirigida por las mujeres como por los hombres —siguió diciendo Marda—. Como has tenido ocasión de ver por el ejemplo del tío Raoul, los *perfectii* pueden ser tanto hombres como mujeres. Las mujeres suelen encargarse de predicar. Los hombres pueden cuidar a los enfermos y velar a los agonizantes, y son capaces de hacerlo tan bien como las mujeres. Ahora Raoul, como ya sabes, irá a una casa segura para velar a nuestro hermano Lucien en su lecho de muerte. Nuestra religión no da ninguna importancia al sexo: lo importante es hacer las cosas, no quien las haga.

La explicación era sencilla y alivió la sensación de extrañeza de Douce. Su suspiro fue claramente audible.

—Y ahora, empecemos con tu instrucción —dijo Marda y, recostándose en el banco, le hizo una seña a Johana.

Johana alisó la seda de su regazo y entrelazó las manos encima de él.

—No te asustes ante nuestra falta de decoro —dijo—. Vivimos tiempos extraños. Lo tradicional es que este momento venga marcado por una reunión de los fieles. Normalmente para la ceremonia seríamos diez o doce y llevaríamos túnicas negras con capucha, como probablemente sabes. En primer lugar todo el mundo participa en una lectura del Nuevo Testamento. Después nos cogemos de las manos y nos inclinamos tres veces ante el altar. A continuación empiezan las respuestas...

—No conozco las palabras —dijo Douce.

—Nosotras te iremos guiando a través de ellas —dijo Marda—. Yo prepararé la lectura mientras tú vistes a *na* Douce, Johana.

—Ven conmigo —dijo Johana dulcemente.

Douce siguió a la *parfaite* hasta un pequeño vestíbulo detrás del altar, donde había unas cuantas túnicas de lana negra encima de un banco. Johana escogió una para Douce, asegurándose de que no le quedaría demasiado larga, y cogió dos prendas más antes de que volvieran a reunirse con Marda.

Cuando las tres mujeres hubieron ocupado sus lugares después de haberse puesto las túnicas negras, con Douce entre ellas en uno de los bancos, Marda abrió las Escrituras por el Evangelio de san Juan y leyó:

—«Soy un rey... Para esto nací y por esta causa he venido al mundo, para poder dar testimonio de la verdad. Que todo aquel que pertenezca a la verdad oiga mi voz.»

La *parfaite* hablaba en voz tan baja, casi en un susurro, que las mismas paredes de la sala parecieron acercarse a ella para escucharla.

—No tengas miedo, Douce —susurró Marda después de haber

guardado silencio durante unos momentos—. Lo único que has de hacer es hablar con el corazón. —Se levantó, fue al altar y se arrodilló. Después se puso en pie y miró a Douce—. Y ahora repite estas palabras: «Comparecemos ante Dios y ante ti y ante el poder de la Santa Iglesia para recibir servicio, perdón y penitencia por todos los pecados que hemos cometido de obra, palabra o pensamiento desde nuestro nacimiento hasta ahora, y rogamos de tu piedad y de la piedad de Dios que reces por nosotros al Santo Padre de piedad para que nos perdone.»

Frase tras frase, la voz de Douce se hizo eco de la suya.

—¿Pides perdón por tus pecados? —le preguntó Marda a continuación.

—Lo pido —replicó Douce sin vacilar, permitiendo que las palabras llegaran hasta ella desde algún lugar que no trató de identificar.

—Si deseas recibir la verdad de esta Iglesia debes observar todos los mandamientos de Cristo —prosiguió Marda—. ¿Renuncias, en primer lugar, al credo católico y a todos los sacramentos de la Iglesia ortodoxa, incluido el del matrimonio?

—Renuncio.

—¿Prometes no comer carne, no matar y no prestar juramento?

—Lo prometo.

—Prepárate para tu iniciación —dijo Marda.

Douce sintió que una llamita se encendía en su interior, y se levantó sin necesidad de que se lo pidieran.

—Deseas ser recibida en la Iglesia de Dios y que tu confirmación como *croyante* sea sellada con la santa plegaria y el beso de la paz. Ahora escucha las palabras de san Juan en su Epístola: «Amado, no ames el mundo ni las cosas que son de este mundo. Quien ama el mundo y sus deseos perecerá, pero quien hace la voluntad de Dios perdurará eternamente.»

Douce sintió un súbito temblor en la espalda. ¿No le había oído decir eso mismo a Béatritz la noche en que el tío Raoul fue a su casa?

—¿Posees esa voluntad? —le preguntó Marda.

—Sí, la poseo —respondió Douce—. Y pido a Dios que me permita conservarla mientras viva —añadió solemnemente.

—Que Dios te bendiga. Que arrebate tu alma al mal y te lleve a un buen final.

Así Béatritz vivirá en mí, pensó Douce.

Las dos mujeres se adelantaron hacia ella. Los Evangelios fueron colocados sobre la cabeza de Douce y las tres intercambiaron el beso de la paz, uno en cada mejilla. Los actos no podían ser más sencillos, y sin embargo Douce se sintió tan transformada como si hubiera atravesado el fuego de su fiebre. Después se arrodilló delante del altar y rezó durante largo rato mientras las mujeres esperaban detrás de ella sosteniendo los cirios.

Cuando por fin se levantó, Marda le tomó las manos en las suyas.

—*Na* Douce de Ventadour, ahora eres una de nosotras en la fe.

Johana abrazó a la nueva *croyante* y la ayudó a quitarse la túnica. Después se quitó la suya y extendió un brazo para recibir la de Marda antes de devolver las tres prendas al vestíbulo. Las llamas de los cirios temblaron mientras iban por el pasillo que llevaba a la trampilla. Douce dio un paso y se volvió. Las mujeres se detuvieron. Douce se sacó el anillo de Gui y lo dejó encima del paño blanco del altar.

—Para dar de comer a los pobres —se limitó a decir, y las dos *parfaites* inclinaron la cabeza.

Cuando salieron a la luz del día, el cielo estaba nublado.

—Es mejor ir por el viejo camino romano, el *cami roumieu* —le aconsejó Johana cuando Douce les contó que quería pasar por Courthézon—. Los peregrinos lo usan, así que tu presencia no resultará sospechosa.

—Recuerda que siempre debes ir disfrazada —añadió Marda.

—Sólo debes vestir de negro cuando estés entre nosotros y nunca en público, porque de lo contrario atraerías la atención sobre la fe —dijo Johana—. Y la carne nunca debería tocar tus labios.

Una pausa indicó que se aproximaba el momento de la despedida, pero de pronto Marda exclamó:

—¡El mapa, Johana!

Ésta se apresuró a volver a la entrada con Douce y Marda detrás. Un instante después las tres se inclinaban sobre un pergamino sujeto que Marda había apoyado en el canto de la mesa volcada. Era un tosco diagrama salpicado de cruces que parecían huellas de patas de cuervo. Douce se acordó de que Béatritz les había hablado de aquel mapa.

—¿Casas seguras? —preguntó.

—Exactamente —dijo Marda, señalando una gran marca negra un poco a la izquierda del centro—. Eso es Mondragón. —Su dedo se desplazó hacia el sureste—. Courthézon está aquí. El *cami roumieu* pasa por Mornas, y luego sigue por aquí —explicó—. Queda a medio día de viaje. Y a partir de ahora, estés donde estés siempre encontrarás alojamiento allí donde veas estos signos. —Señaló una de las muchas marcas negras, y que tenían la forma de cruces simétricas, como el pequeño talismán que le había dado la señora Belot. Marda se irguió y Johana cogió el mapa cuando ya empezaba a resbalar de la mesa—. No se me ocurre nada más que debas saber —dijo Marda mirando a Douce—. Siempre te recordaremos.

Pronunciando sus nombres, las tres mujeres volvieron a besarse en la mejilla.

—Entonces adiós —dijo Douce—. Os lo agradezco de todo corazón. Siempre os recordaré. —Y volvió a besarlas en la mejilla.

Al salir de la quietud del hospicio, se sintió cambiada. Sus sueños la habían conducido hacia una paz que de otra manera quizá habría buscado en vano durante toda su vida. Casi sonrió al pensar que la mayoría de personas hacían oídos sordos a aquella llamada, o se limitaban a recorrer una parte del camino para acabar retrocediendo asustadas. Ella, en cambio, no había tenido más remedio que seguir hasta el final. ¿Y por qué no ser totalmente transformada en fuego?, pensó con un repentino apasionamiento.

Sintió un súbito deseo de echar a correr, tan ligera se sentía. Pero el cielo se había puesto de un malva amenazador, el color de la tormenta. Sólo había dado unos pasos cuando la lluvia empezó a caer, primero como una fresca caricia y luego persiguiéndola juguetonamente para acabar azotándola. La lluvia se escurrió entre sus ropas mordisqueándole los talones como un cachorro, y finalmente se abatió sobre ella como un ejército lanzado a la carga. ¡Menudo bautismo! Douce echó a correr. El corazón le latía cada vez más deprisa. Aspiraba el aire a grandes bocanadas, como si pudiera llegar a agotarlo. El agua le escocía los ojos, fluía junto a sus fosas nasales y le entraba en las orejas. El mundo entero parecía haber quedado sumergido bajo el diluvio, y tuvo que atravesar lo que parecían torrentes. El cielo se había puesto tan púrpura como una anémona de mar, y el trueno retumbaba en sus confines.

Mientras la tormenta la perseguía con sus agujas de lluvia, una especie de alivio se adueñó de ella, para acabar sollozando como una niña mientras subía penosamente colina arriba. El sendero estaba lleno de fango y apenas era reconocible. Resistió el impulso de tumbarse a descansar. Estaba tan empapada que daba igual que se dejara vencer por aquel terrible vendaval.

Pero entonces, y tan repentinamente como había empezado a llover, el cielo se rasgó y Douce vio aparecer una cordillera de nubes color cobalto cuyos hirvientes centros sulfurosos burbujeaban encima del horizonte. La tormenta estaba amainando y una rebanada de luz iba ensanchándose rápidamente bajo el telón que la naturaleza se disponía a subir. No tardaría en dejar de llover. Pensó en Gaucelm y Guilhelma, aunque ahora ya no se sentía la heroína de sus preocupaciones. Había iniciado una nueva vida. Un recodo en el sendero enfangado le reveló un mojón de piedra, y después volvió a ver el camino.

21

LA CONFESIÓN DE DOUCE

La preocupación por el paradero de Douce no había hecho sino amplificar la furia de Gaucelm. Guilhelma pudo oír los gruñidos con que acompañaba sus furibundos paseos incluso antes de cruzar el umbral. Curiosamente, no sintió ni remordimientos ni aprensión, sólo una nueva satisfacción que ni siquiera la lluvia torrencial parecía capaz de disipar.

—¡Fiebre! —exclamó en cuanto Douce cerró la puerta tras ella—. Vuelve a tener fiebre, Gaucelm. ¡Mira cómo le arden las mejillas!

Le puso una palma en la frente y se apresuró a quitarle la empapada capucha de lana.

Gaucelm, en cambio, se dijo que Douce estaba radiante. ¡Ah, la muy bribona! Douce parecía florecer ante sus ojos a través del agua de lluvia que aún chorreaba de su cabello, nariz y barbilla.

—¡A saber qué travesuras has estado haciendo! —estalló—. ¿Necesito recordarte, jovencita, que ésta es la segunda vez que pones patas arriba una casa con esa bromita tuya de la fuga? Nosotros sí que acabaremos pillando las fiebres de tanto buscarte de sextas a nonas, con todo ese mal tiempo cayéndonos encima. ¡Por todo lo sagrado, Douce! ¿Dónde te habías metido?

Ella contempló el charco que se estaba formando alrededor de sus pies y fue hacia la puerta, junto a la que dos pares de botas se secaban con aire de reproche. Guilhelma le quitó la capa y la colgó de un gancho, donde empezó a lanzar vapor al aire calentado por el hogar. Sin molestarse en tomar asiento, Douce empezó a dar saltitos mientras intentaba quitarse un mocásín de cuero.

—Voy a la leñera —anunció Gaucelm.

Douce no dijo nada. Cuando pasó junto a ella, sintió la furia que irradiaba de él y pudo oír los bufidos de su aliento saliéndole por la nariz. Después de que Gaucelm hubiera salido dando un portazo, miró a Guilhelma.

—Ya no estamos en Ventadour —dijo.

Guilhelma se fue meneando la cabeza.

Douce intentó quitarse los zapatos presionándose el talón con el otro pie. No había manera: estaban empapados. Sentándose en el suelo, se los quitó de un tirón y los dejó al lado de la puerta con las botas.

Gaucelm entró en la casa. Gruñendo y resoplando, llevó tres grandes troncos al hogar y los dejó junto a una pila de leña para que se secaran.

—Hasta que Douce se haya secado, no iría nada mal tener otro tronco en el fuego —dijo Guilhelma—. Estás calada hasta los huesos, Douce, y más valdría que te cambiaras de ropa.

Douce no quería ponerse las prendas de las que había prescindido aquella mañana antes de salir, y éstas quedaron olvidadas encima de su lecho de paja. Pensó en la ropa que había traído para viajar —un blusón color óxido de seda y lana con una falda a juego—, pero decidió reservarla para Courthézon. Finalmente fue al aparador donde Béatritz guardaba la ropa y las sábanas. Buscó algo alegre y de vivos colores, queriendo sentir el tacto de la seda o el rielar de un terciopelo como el de las sayas marrones de Johana. Quería ponerse algo que hubiese pertenecido a Béatritz. Encontró una camisola de seda roja un tanto descolorida y se la puso. Luego se quitó las ropas empapadas. La seda se extendió sobre su cuerpo como el zumo de una granada, y su piel pareció absorberla. Los tesoros de Béatritz eran tan irresistibles que esbozó una sonrisa de gratitud.

Gaucelm estaba escandalizado.

—¿Qué son esos perifollos? ¿Eran de la finada?

Pero Guilhelma intervino antes de que Douce pudiera responder.

—¿Y qué quieres que lleve cuando toda su ropa está en Ventadour?

—Ah, claro —dijo él, cambiando el tono de voz—. Lo había olvidado. —Cogió un taburete y lo puso delante del hogar—. Y ahora, Douce, ¿vas a contarnos qué ha sucedido?

Hubiera sido fácil mentir. Si les decía que había ido al castillo a llevarle un poco de pan al padre de Béatritz, Gaucelm y Guilhelma lo habrían entendido. Fue al hogar, cogió la naranja y se la pasó de una mano a otra con expresión pensativa mientras inhalaba sus amargos vapores. Tenía derecho a no decir nada. Gaucelm y Guilhelma no eran sus guardianes, y no estaba obligada a rendirles cuentas de sus actos. Pero una mirada a la patética hilera de botas alineadas junto a la puerta hizo que se mordiera el labio. Fue a la mesa y se sentó. Había cogido su taburete habitual, pero ahora era otra persona. Sus votos la habían comprometido con la pureza, la verdad y la honestidad. Les debía una explicación, y había llegado el momento de dársela.

—Me he hecho cátara —murmuró.

—¿Qué? —gritó Guilhelma.

Gaucelm no dijo nada, y casi parecía no haberla oído. Los dos se sentaron a la mesa, uno a cada lado de ella. De pronto Gaucelm alzó el puño y se golpeó la frente con fuerza. Meneó la cabeza como un animal meditabundo.

—¿Sabes lo que estás haciendo, niña? —preguntó Guilhelma tras unos momentos de silencio.

—Ya está hecho —dijo Douce.

Guilhelma exhaló un largo suspiro y la miró a los ojos.

—¿Lo has hecho por la señora Belot?

—No. Lo he hecho... por mí. Y por Béatritz —añadió.

Otro silencio. Gaucelm se levantó y empezó a agitar los brazos.

—A ver si lo he entendido bien. En primer lugar... —dijo señalándola con un dedo—. En primer lugar, te escapas de casa. Sola, con uno de los pajes que sirven a tu padre. Dejando todo el castillo de Ventadour, por no hablar de tus padres, sumido en la confusión. Huyes de casa porque estás enamorada. Y todo eso después de haber sido informada de que tu padre piensa buscarte un joven adecuado de tu misma condición. Luego...

—Un idiota de mi misma condición —le corrigió ella apasionadamente, irguiéndose sobre su taburete.

—Luego tu amado muere tras haber pasado varias semanas sola con él en una casa, y...

—No estaba sola. Béatritz estaba aquí —le interrumpió ella, inclinándose como si se enfrentara a un juez que podía condenarla a muerte.

—Tu amado muere... —prosiguió Gaucelm.

—Y Béatritz —dijo Douce, mirándose el regazo.

—Y de pronto decides convertirte en una hereje, con lo que tanto tú como quienes están contigo... —barrió el aire con el brazo en un gesto ampuloso que los abarcaba a todos— se ven expuestos a un enorme peligro. De hecho, pueden perder la vida. —La miró fijamente, las cejas sobresaliendo de su frente como barbas de musgo entre las rocas.

Douce titubeó y cuando replicó no pudo evitar que le temblara la voz.

—Verás, durante la fiebre tuve un sueño...

—Y seguiste ese sueño febril y te hiciste cátara. ¿Y ahora qué? Conseguirás que nos maten a todos. ¿No sabes que se está librando una guerra, o es que eso no salía en el sueño? ¡Dios mío, muchacha! ¡Si todos echáramos a correr detrás de las fantasías que aparecen en mitad de la noche, este mundo sería un infierno!

—¡Ya está bien, Gaucelm! Déjala en paz. La pobrecita ha sufrido mucho.

Guilhelma acercó su taburete al de Douce, y le apoyó la cabeza en su hombro. Douce sintió que le ardía el rostro. No se atrevía a llorar.

—Os quiero mucho a los dos —dijo—, pero ya sabéis que nunca volveré a Ventadour. No puedo volver allí. Esto era algo que tenía que hacer.

—¿Por Gui? —ironizó Gaucelm.

—Cielo santo, no —dijo Guilhelma, tomándoselo en serio—. Gui era un católico como Dios manda.

—Por mí —repitió Douce.

Gaucelm dejó escapar un suspiro que casi era un gemido y pasó un dedo por la mesa.

—Muy bien. Tendrás que explicarnos qué significa exactamente todo esto, Douce. ¿Has...? Lo que sea, no sé... ¿Has hecho alguna clase de votos? ¿Has ingresado en una orden cátara o qué?

Douce irguió la cabeza.

—En cierta manera. Pero no es como en la Iglesia. Es más sencillo. Esas mujeres, Johana y Marda, conocían a Béatritz. Fui a su hospicio de las colinas, un poco más allá del pueblo. Me guiaron a través de las respuestas y luego nos dimos el beso de la paz en ambas mejillas. Eso fue todo.

Mientras la escuchaba, la mente de Gaucelm retrocedió diez años para volver a aquel día en que fue a la plaza del mercado de Tolosa con Vidal y oyó predicar a la cátara.

—Una iglesia de mujeres —dijo despectivamente.

Guilhelma le fulminó con la mirada.

—Ya sabes que no se trata de eso, Gaucelm.

Pero el recuerdo le impulsó a hacer otra pregunta.

—¿Y cómo planeas desafiar a la cristiandad? —preguntó con fingida inocencia.

—Oh, Gaucelm... —repuso Douce en un tono casi suplicante.

—Eres capaz de adoptar una postura radical y luego lo único que se te ocurre decir es «Oh, Gaucelm». Supongo que ya sabes que esos herejes se están dejando llevar al matadero como ovejas, y todo porque no quieren esconderse y se niegan a luchar.

—Se esconderán.

—¿Dónde? ¿En una casa cátara?

—Sí. Nuestra religión tiene casas seguras.

—«Nuestra» religión... Oh, Dios mío. —Gaucelm alzó los brazos hacia el techo—. Mira, Douce, he crecido dentro de la Iglesia, pero nunca he... En fin, digamos que nunca me he tomado lo bastante en serio a ningún Papa como para discutir la forma en que decide gobernar su mundo. Convertirme en un luchador de la resistencia, en un objetor, es algo que sencillamente no va con mi manera de ser. Admiro a quienes lo hacen, y a los que arriesgan la vida para defender sus creencias. Si estuviéramos hablando de una persona adulta, podría aceptarlo. Pero tú eres muy joven y nunca has visto ese mundo del que estamos hablando... ¿Realmente quieres malgastar tu vida persiguiendo un ideal del que probablemente sabes todavía menos que yo? Es una insensatez, muchacha.

—Pero un sueño me mostró el camino. Dios...

—El que haya un Dios o no es algo que no me preocupa, Douce. —Guilhelma se apresuró a persignarse, y Gaucelm la miró con ceño—. Estamos hablando de la decisión de Douce, mujer, no de las mías. Pero ya que pareces tan alarmada, permíteme que te lo explique: quienquiera que me haya creado, y eso también va por ti y por Douce, tuvo que crearme para algún propósito. Quizá sea porque la naturaleza se autorregula, quién sabe... En cualquier caso, al cumplir ese propósito rendimos culto a nuestro creador. Y mis versos son mi manera de rendirle culto. Son la moneda con la cual pago el privilegio de estar vivo, ¿comprendéis? Cuando deje de componer canciones, todo habrá terminado para mí... Mi pequeña aportación particular habrá llegado a su fin... —Gaucelm, que no estaba acostumbrado a hablar de Dios salvo con juramentos y maldiciones, se dio cuenta de que se le habían acabado las palabras.

Douce se encogió sobre su taburete, los brazos todavía apoyados en la mesa.

—Pero Gaucelm, ¿es que no quieres cambiar nada? Quiero decir que... si te limitas a hacer aquello para lo que piensas que has sido creado, eso es... es aceptar las cosas tal como son. ¿No crees que Dios quizá quiere que cuidemos de los enfermos y que aliviemos el sufrimiento y... y que impidamos que haya guerras? ¿Cómo puedes pasar toda tu vida en un lugar tan lleno de maldad sin hacer algo al respecto? —preguntó, alzando las palmas hacia él en un gesto de súplica.

—¿Un lugar lleno de maldad? ¿Qué quieres decir? Cuando miro alrededor, sólo veo viñedos que este verano se llenarán de racimos y producirán una buena cosecha de uvas en otoño. Más allá sólo veo las laderas de Provenza con el cielo encima y el ancho mar al fondo, donde se terminan las colinas. ¿Qué hay de malo en eso? No, Dios nos ha dado todo esto para que lo disfrutemos, pero en vez de disfrutarlo los seres humanos nos pasamos la vida luchando por ello. Pero el protestar, el defender los argumentos... —exclamó con grandes ademanes—. Eso es para los demás, no para alguien como tú.

Douce gimió y escondió la cara en el hombro de Guilhelma.

—Espera, que aún no he terminado. He dicho que cada uno de nosotros sabe para qué ha nacido. Yo he nacido para componer y cantar. Tú... —Alzó las manos y se encogió de hombros—. Tú... Bueno, no creo que hayas nacido para volver la espalda a todo lo que se te ha dado. —Guilhelma estaba fulminándole con la mirada. Douce irguió la cabeza y empezaron a temblarle los hombros, pero Gaucelm alzó un dedo y siguió hablando—. Recuerda que he dicho que soy cristiano. Eso significa que no puedo infringir las reglas. Todos estamos obligados a tratar a los demás como nos gustaría que nos trataran a nosotros, y...

—Eso es demasiado fácil —le interrumpió Guilhelma—. ¿Por qué crees que Cristo murió por nosotros? ¿Es que su ejemplo no significa nada para ti? ¿De qué otra manera podría habernos enseñado Dios su lección? —Miró a Douce, que había cerrado los ojos, y agitó el brazo libre delante de Gaucelm como si le riñera—. Si te estás refiriendo a la Regla de Oro, ¿por qué no permites que Douce pueda beneficiarse un poco de ella? —Pero Gaucelm no le prestaba atención. Guilhelma se irguió sobre su taburete, arrastrando consigo a Douce—. ¿Y qué me dices de la *Eretria*? —casi gritó, y Douce abrió los ojos—. ¿Qué era tu *Eretria* sino un desafío a las autoridades eclesiásticas? —prosiguió Guilhelma—. ¡Consiguió que te echaran de la corte de Raimundo, por el amor de Cristo!

—¿Qué es eso de la *Eretria*? —preguntó Douce, tan alerta como un saltamontes con las antenas extendidas.

—Pura herejía —resopló Guilhelma, y Gaucelm alzó la mano en un gesto de protesta—. Unos poemas que no sentaron demasiado bien en uno de los banquetes de Raimundo —se corrigió Guilhelma—. Un banquete al que asistió el abad Folquet, si no estoy mal informada.

Gaucelm la miró con exasperación.

—La *Eretria* es una composición de versos enlazados formada por treinta y dos coplas rimadas —explicó secamente—. No llegué a terminar la tornada.

—¿Cuándo la compusiste? —preguntó Douce.

—En Tolosa.

—Me gustaría oírla.

—No la oirás. La he olvidado.

Douce, sin embargo, decidió que no la olvidaría.

Gaucelm había vuelto a sumirse en el silencio. Trataba de llegar a una conclusión y debatía consigo mismo una cuestión que siempre había tenido muy clara... hasta ahora.

—Me has preguntado por qué Cristo murió por nosotros —le dijo a Guilhelma—. Su muerte sirvió para advertirnos que el mal existe, y nos mostró cómo podríamos vivir. Pero eso no significa que yo deba vivir o morir por sus razones, ¿verdad? Eso es para otros; yo tengo mi trabajo.

—¡En ese caso igual podrías adorar piedras! —exclamó Douce, súbitamente enardecida por su descubrimiento de la *Eretria*—. Estás hecho un auténtico pagano, Gaucelm: tu dios tiene cuernos y un vientre tan hinchado como el de una gárgola...

Y entonces, asustada por sus propias palabras, se apoyó en la mesa y se echó a llorar con la cabeza encima de los brazos.

—Eh, vamos, vamos... —Gaucelm deslizó un dedo entre su cabello, levantando un mechón y dejándolo caer—. Lo único que digo es que los seres humanos siempre han encontrado alguna manera de salir adelante. Antes de la venida de Cristo los hombres también vivían... y muy bien, por cierto. En algunos aspectos, antes de la religión los hombres estaban más... No sé cómo explicarlo... ¿Más completos, quizá? Reverenciaban cuanto les rodeaba y rendían culto al mundo. Eran tan piadosos y devotos como cualquier pobre diablo católico...

—¡Gaucelm! —exclamó Guilhelma, volviendo a persignarse.

—¡... que prefiere besar la túnica de su obispo e implorar favores a cruces enjoyadas a permitir que el Espíritu entre en su vida y la cambie por entero! Francamente, Douce, prefiero rezarle a un cráneo de carnero o a un montón de rocas que a un Dios que castiga al mundo enviándole un ejército tras otro.

—¡Pero si estoy de acuerdo contigo! —Douce se irguió sobre el taburete—. Oh, sí, totalmente de acuerdo... ¿No entiendes que por eso tomé los votos? Adorar a lo que no puedes ver quizá no sea nada fácil, pero lo realmente difícil es dedicar tu vida a cuidar de los enfermos y los pobres... como hacía Béatritz.

Deseosa de poner fin a toda aquella conversación sobre la herejía y queriendo sustituir las lágrimas por hechos, Guilhelma se apresuró a intervenir.

—El viejo mayordomo de los D'Ussel nos dijo que tu Béatritz también había sido la amante de Raimbaut de Courthézon.

—Ya sé lo que nos dijo el viejo Isard —repuso Douce, secándose los ojos con un dedo—. Es verdad. Por eso quiero ir a ver a Raimbaut.

—Tengo entendido que Béatritz administraba sus posesiones —dijo Guilhelma con acidez.

—No lo creo —repuso Douce—. Quizá lo hiciera hace mucho tiempo, pero aquí en Mondragón estaba tan triste... Rara vez veía a Raimbaut. Pero le amaba, de eso estoy segura.

—¿Y tu... tu fe no ve nada reprobable en esa clase de amor? —preguntó Gaucelm—. Después de todo, la dama estaba casada.

—El verdadero amor nunca es malo.

—Ah, bueno, me alegra saberlo. Así que en el fondo todo se reduce a una cuestión de interpretación, ¿verdad?

—¿Qué quieres decir? —insistió Douce.

—Sabes tan bien como yo que algunos de tus cátaros, los simples creyentes, celebran misas negras y adoran al diablo. Son capaces de copular fuera del vínculo matrimonial y llamarlo parte de su culto. He oído contar historias de brujerías que te pondrían los pelos de punta: relatos de orgías de medianoche en las que hombres y mujeres se acoplan contra natura; horribles historias de lo que les ocurre a las almas de los niños que mueren sin haber sido bendecidos...

—Se convierten en luciérnagas... y en murciélagos —dijo Guilhelma.

—¡Sólo los ignorantes creen esas cosas! —exclamó Douce, tan desesperada al ver que no la entendían que le entraron ganas de llorar.

—Bueno, supongo que no todos podéis ser unos ascetas —dijo Gaucelm implacablemente—. Los campesinos cátaros también necesitan divertirse de alguna manera, ¿no?

Douce volvió a sentir el escozor de las lágrimas y trató de contener el llanto. Mordió salvajemente la naranja hasta que su rugosa piel le desgarró las encías. Casi un día sin comer había llevado a su estómago al borde de la rebelión, y le entraron náuseas. Aquella discusión con Gaucelm tenía que cesar, porque sabía que nunca llegarían a ninguna conclusión. Gaucelm podía mostrarse espantosamente superior, como si el haber estado en la Île de France y en Bretaña le diese derecho a decir lo que quisiera con la convicción de que su palabra sería ley para Douce. Bueno, pues esta vez no se dejaría avasallar. Y Guilhelma... A veces se comportaba como una pueblerina ingenua capaz de tragarse cualquier rumor por estúpido y descabellado que fuera.

Cogió un cuchillo del cajón del aparador, y entonces un pensamiento espantoso le pasó por la cabeza. ¿Y si todos aquellos rumores eran ciertos? ¿Y si los cátaros muertos realmente se convertían en murciélagos? Me da igual, pensó mientras hundía el cuchillo en el centro de la naranja. La dura piel de la fruta cedió bajo la hoja y Douce acabó de aserrarla, y después la partió con las manos para coger la pulpa. Se metió ávidamente un gajo en la boca, y el hambre se apoderó de ella.

Cuando hubo acabado de chupar los últimos restos de pulpa de la piel, volvió a la mesa en que estaban sentados Gaucelm y Guilhelma. Nadie dijo nada. Douce sabía qué estaban pensando. Los había puesto en peligro, eso era verdad. Pero no le había quedado elección, a menos que quisiera seguir sacrificando su futuro por otros. Ella no haría eso por sus padres, y tampoco por un Comborn. ¿Por qué iba a hacerlo por Gaucelm y Guilhelma? Contempló sus rostros hoscos y sombríos, el de él todavía furioso, el de ella una mezcla de empatía y resignación. Pero en realidad aún les quería. ¿A quién más tenía en el mundo ahora que Gui y Béatritz se habían ido? Gaucelm y Guilhelma eran su familia.

—¿Entendéis ahora por qué quiero ir a ver a Raimbaut? —preguntó, rompiendo su silencio.

—Por Béatritz —asintió Gaucelm—. Pero sigo sin entender por qué es tan importante para ti, por qué has decidido que debes entregar el mensaje y comunicarle la muerte de esa mujer.

—Porque mi noticia lleva consigo el conocimiento de su amor. Béatritz amó a Raimbaut hasta el día de su muerte, y yo soy la única que lo sabe. Raimbaut enseguida verá que mi propósito es puro. Comprenderá que compartimos una devoción hacia ella y eso aliviará su pena.

Gaucelm se encogió de hombros.

—Muy bien. Pero escúchame, por favor: espera un poco antes de ir allí. Nuestra situación ya es lo bastante precaria para que encima Raimbaut sospeche que tú... —Se interrumpió al ver que Douce le miraba con ojos confiados, sintiéndose como un estadista que intentara explicarle las complejidades de la política extranjera a una joven princesa—. ¿Es que no lo entiendes? Te implicarás con la herejía de Béatritz. No podemos permitir que eso ocurra.

—Hablas de la «herejía» como si fuese una especie de plaga. —Douce se miró las manos, extendió los dedos y fingió examinarse las uñas—. Sí, ahora lo entiendo: todo el mundo tiene miedo. Todos sospechan de su vecino, y eso lo está envenenando todo.

—Exactamente —dijo él, aferrándose a lo que le pareció lo único razonable que le había oído decir hasta el momento—. Esperemos a que el conde nos conozca y a que hayamos podido ver hacia dónde ondea su bandera.

—¿Y de qué serviría eso? Tarde o temprano he de hablar con él —dijo Douce—. Esperar no hará que le parezcamos menos sospechosos. No si todo el mundo tiene miedo y el aire ya está tan cargado de veneno.

Gaucelm se volvió hacia Guilhelma y encorvó los hombros, y los dos admitieron su derrota con una rápida mirada.

—¿Podríamos salir para Courthézon mañana, Gaucelm? —preguntó Douce de pronto.

Gaucelm, harto de discutir, suspiró.

—Cuanto más pronto mejor —dijo—. Saldremos con las primeras luces del alba.

—Sí, cuanto más pronto mejor —dijo Guilhelma, dirigiendo a

Douce una de aquellas sonrisas de «se hará lo que pueda» tan típicas de ella.

Douce volvió a sentirse invadida por un suave calor, pero esta vez procedía de la gratitud.

—Entonces ¿puedo daros un beso de buenas noches? —preguntó, y le dio el beso de la paz a cada uno.

Ah, Douce..., pensó Gaucelm mientras se desnudaba y se ponía la camisola que usaba para dormir. ¡Condenada niña! Nunca podría ser como las otras mujeres. ¡Douce era capaz de arruinarte la vida metiéndote en los peores líos imaginables, porque su inocencia la volvía irresistible! Siempre habría algo singular en ella, alguna fuerza que la arrastraría por un camino distinto al de la mayoría. Alarmado como estaba por su recién descubierto catarismo, no podía negar que también estaba orgulloso de ella. Nada más verla supo que eran dos almas gemelas, y que compartían algo tan profundo que no necesitaba de las palabras. Pero sus revelaciones de aquella noche le habían permitido comprender en qué consistía exactamente su afinidad: a ninguno de los dos le importaba lo que pudieran pensar o creer los demás. Terquedad, solían llamarlo.

La miró y se dijo que aquel día habría tenido que llorar mucho. Fue hacia ella, medio pensando en pedirle disculpas mientras canturreaba en voz baja «*Non vei una... en ben amar*», y de pronto se acordó de que ésa era la canción con que había reclamado el mecenazgo de Marie. ¡«No partiré por amor a ti», nunca mejor dicho! ¿Es que la madre de Douce nunca dejaría de obsesionarle?

—Gaucelm, por favor... —dijo Douce, incorporándose en la cama—. Ya no soy una niña. A partir de ahora, ¿te acordarás de llamarme *donzella*?

A la mañana siguiente Gaucelm despertó torturado por un remordimiento tan insoportable como la peor jaqueca. Después de todo, ¿quién era él para reñir a Douce por su nueva fe y tratar de apagar su ardor? Era como reprocharle a alguien que te hubiera confiado un sueño. Llevando únicamente la camisola debajo de la capa, salió a los primeros albores del día para orinar junto a la leñera. Después, examinando el pequeño cobertizo junto a la casa, vio un asiento de aspecto prometedor —la piedra plana del pozo— y fue a instalarse en él.

Los pajarillos ya cantaban, y no tardaron en ser imitados por los cuervos. Gaucelm se acordó del tono que había empleado durante la discusión de anoche y torció el gesto al comprender que debía de haber estado tan insufrible como uno de los pomposos mercaderes de Uzerche. Aquellas voces del pasado volvieron a resonar dentro de su cabeza: «Se considera demasiado importante para aprender el oficio... ¡Puedes apostar un bezante de oro a que los versos nunca han dado de comer a nadie!» Se mesó el cabello y, sentado sobre la piedra sin enterarse del frío de las primeras horas, se obligó a recordar lo que le había dicho a Douce para así poder despreciar lo que se oía decir. Había repetido los sermones de la Iglesia, y había jugado a ser Dios con ella. Douce era joven y estaba muy confusa. Tenía razón, por supuesto: aquella nueva religión probablemente satisfaría sus necesidades mucho mejor de lo que la Iglesia había sabido satisfacer las de él. Se levantó y se sacudió la capa. Disculparse no serviría de nada. Lo único que podía hacer era... componer versos, tal como habían predecido los mercaderes de Uzerche.

Entró en casa y volvió a acostarse, y después de hacerlo empezó a perdonarse un poco: un rato de meditación debajo de la colcha siempre ofrecía una buena oportunidad de examinar la situación el día de la marcha. Los reproches que había estado haciéndose a sí mismo acabaron de desvanecerse apenas pensó en las joyas que Douce le había confiado para que las guardara. El viaje a Courthézon sólo podría hacerse con un mínimo de comodidad si disponían de suficientes caballos. Además, al parecer la devoción que Douce sentía por Béatritz significaba que deberían llevarse consigo hasta el último traje y cacharro de cocina que había tenido en vida. No, insistiría en que necesitaban un animal de carga. Pero estaba seguro de que Douce accedería a separarse de una pequeña parte del tesoro de Béatritz con tal de acelerar su llegada a Courthézon. Un par de joyas deberían bastar para obtener dos robustas cabalgaduras. Si podía, se las ingeniaría para que el acuerdo incluyera el envío de un mensajero a Elías.

Courthézon. Había oído hablar de aquel lugar, pero su significado se le había escapado hasta que oyó mencionar el nombre de Raimbaut. Imposible, pensó. Ese Raimbaut lleva siglos siendo trovador en la corte italiana de Boni de Monferrato. Y entonces se acordó: Courthézon era la sede del conde Raimbaut, un compositor de *trobar clos*. Gaucelm nunca había sido muy amigo del verso esotérico, y todos los creadores de esa clase de composiciones le habían parecido hombrecillos petulantes enamorados de sus palabras. No conocía a ningún trovador que se ganara la vida en Courthézon, aunque Raimbaut, al ser él mismo un trovador, mantendría una corte de poetas. Quizá encontrara empleo allí, o quizá no. Douce no había planeado su aventura más allá de comunicar a Raimbaut la noble muerte de Béatritz a manos de unos fanáticos que odiaban a los cátaros. Gaucelm se preguntó a qué venía tanta prisa. Y en cuanto a Douce, ¿cómo sabía que al conde Raimbaut le importaba un pimiento lo que pudiera haber sido de Béatritz? ¿No estarían dejándose arrastrar por las fantasías tejidas por Douce alrededor de lo que en realidad sólo había sido una aventurilla amorosa?

¡Tonterías románticas! Incorporándose en la cama, la contempló dormir. Hablaría con ella tan pronto despertara. Y a pesar de todo, se dijo mientras volvía a arroparse con el cobertor, no tenía ningún plan mejor que el de Douce. Un trovador siempre estaba yendo de aquí para allá. Era su destino, al igual que también parecía estar condenado a ir cargando con alguna mujer durante sus viajes.

Ah, pero Douce... Eso era distinto. A pesar de todo lo que le había dicho anoche, el que Douce hubiera roto con la Iglesia le llenaba de una peculiar satisfacción. Empezó a pensar en las doctrinas con que había crecido, los dogmas que definieron su infancia y se las ingeniaron para protegerle de cuanto estuviera relacionado con el sexo. Volvió a ver a su señora madre, tisana en mano junto a su cabecera, cantando «*Sic patet, quod patitur ci, omtrat ait egridtur...*», y el recuerdo de aquellos versos le hizo sonreír. Cuando era pequeño solía preguntarle por qué la Virgen no sentía nada cuando la Palabra entraba y salía de su cuerpo. Desviando la mirada, su madre le decía que encontraría la respuesta a esa pregunta en la iglesia. Pero Gaucelm había encontrado la respuesta en la vida —en el barrio del Chantier de Tolosa, para ser exactos—, y ahora, en aquella cama, tuvo que reprimir una carcajada. Era Guilhelma quien le había aclarado el enigma. Habría que ser la mismísima Virgen María para no sentir nada, y las mortales corrientes eran mucho más afortunadas. ¡«En la iglesia», ciertamente! Gaucelm nunca había aprendido nada de valor en la iglesia, y se preguntó si los nuevos votos de Douce se interpondrían eternamente en el camino que la llevaría a descubrir el milagro de su propio cuerpo. Apenado, acabó diciéndose que sí. Un instante después, un remolino de lana rojiza se desplomó sobre la paja junto a él.

—¡Gandul! ¡Perezoso! ¡Levántate y canta! —le gritó Douce en la oreja—. Arriba, Gaucelm. Guilhelma y yo ya casi hemos acabado de hacer el equipaje. Y además... —añadió con un murmullo de conspiradora mientras metía la mano debajo del colchón allí donde había escondido la arqueta que contenía el grueso de las joyas de Béatritz—, ¡tengo algo que enseñarte!

22

EL CAMINO A COURTHÉZON

Cant e desport, jois, dompneis e sollaz enseniamen, largessa e cortesia... —cantó Gaucelm con el tono que usaba cuando componía en voz alta, y después lanzó a los cuatro vientos las últimas notas de la primera estrofa siguiendo el compás de los cascos de su montura—: *Honor e pretz...*

Al llegar a la tercera línea, se calló.

—*Esperatz* —sugirió Guilhelma, que cabalgaba junto a él—. Algo que termine en *atz* para que rime con *sollaz*.

—*E lial drudaria an si baisat enjanz* —canturreó Gaucelm.

—*E mal vestatz* —añadió ella, animándole a seguir.

Él simuló no haberla oído.

—*C'ab pauc d' ira...* —farfulló.

—*Non sui desesperatz!* —concluyó triunfalmente Guilhelma—. Ya te lo había dicho: *enjanz* no sirve. Rompe el ritmo del verso.

—¡Oh, por san Esteban! ¿Quién está componiendo esta canción?

—Lo siento. Es que *enjanz* no me gusta. Rompe el ritmo del verso.

—Bueno, pues tu *desesperatz* es una rima demasiado fácil.

—Rudel la usaba.

—Con excesiva frecuencia. Oye, ¿y quién te ha pedido tu opinión? ¡Se supone que las mujeres no deben alardear de su erudición!

Guilhelma le miró con las cejas enarcadas. Ya sabía cuándo no hablaba en serio, y ahora no mordía el anzuelo como antes.

Douce, que se había quedado bastante atrás, no prestaba atención a su charla. Pensaba en Mornas, que no tardarían en contornear. Desde allí no podía ver el pueblo, pero las palabras del tío Raoul, aquella noche en que fue a la casa de Béatritz, aún la hacían temblar cada vez que volvían a resonar en su cabeza. «Encenderán una gran pira en Mornas», les había advertido. Eso era antes de que los hombres de Alfonso hubieran vuelto a Mondragón... y se hubieran llevado a Béatritz. Cuando supo que el *cami roumieu* pasaba por Mornas, Douce convenció a Gaucelm de que los llevara por otra ruta, porque pensar en aquel lugar saqueado la llenaba de horror.

—¡Douce! —gritó Gaucelm—. Cuando hayamos llegado a Courthézon, Guilhelma te enseñará a componer. ¡A lo mejor incluso dejará que yo te enseñe a tocar el laúd!

No hubo respuesta.

—Afloja las riendas, Guilhelma, o esa yegua tuya las partirá por la mitad —ordenó. Y viendo que Guilhelma abría la boca para protestar, añadió—: Y ahora silencio, antes de que la melodía se me vaya de la cabeza. «Canciones y diversiones, galantería y alegría...»

Guilhelma detuvo su montura con un brusco tirón de riendas.

—Eso suena fatal, Gaucelm —dijo.

—Lo sé. ¿Y qué quieres que le haga?

Gaucelm se sentía cada vez más contento. Incluso algo más que eso, se dijo: estaba de tan buen humor que podía aceptar prácticamente cualquier cosa, hasta de perdonar la herejía de Douce. Quizá fuera el lujo que suponía poder disponer de toda la silla de montar para él solo, al igual que Guilhelma y Douce, gracias a un par de las joyas menos valiosas de la arqueta de Béatritz a cambio de las que el dueño de los establos de Mondragón había entregado dos robustas cabalgaduras para damas. Y volver a los caminos quizá hubiese ayudado a borrar las frustraciones que había ido incubando en Ventadour desde la Navidad, a las que había seguido su crisis en Mondragón. ¡Por fin volvía a recorrer el ancho mundo! Un nuevo júbilo se adueñó de él. Quizá también —y se permitió sentir una cierta satisfacción— fuese el mero hecho de hallarse al frente de aquel pequeño cortejo que se adentraba en la tierra prometida de Provenza. O, muy posiblemente, se debiera a que por fin llevaba tras él a su princesa de rubio cabello, a la que habían rescatado de la enfermedad y la pena... aunque no de sus peligrosas creencias. Fuera cual fuese la causa, la sensación no podía ser más placentera.

—Y marzo pronto llegará... —Queriendo lucirse, siguió cantando en la lengua del norte—. *Vei reverdir les jardis et oi les oizelets chanter...*

—Hagamos un alto y comamos algo —le interrumpió Guilhelma, poniéndose a su altura.

—Magnífica idea. ¡Douce! —gritó él—. ¿Tienes hambre?

Guilhelma, mientras tanto, había desmontado y se dirigió hacia un grueso tronco, donde extendió su capa por el suelo debajo de las ramas.

Gaucelm escrutó el rostro de Douce mientras venía hacia él. Su entusiasmo de aquella mañana parecía indicar que no le guardaba rencor por lo que le había dicho la noche anterior. Contempló cómo tiraba de las riendas y examinaba el lugar escogido por Guilhelma, y pensó que se la veía tan serenamente feliz como un ángel. Douce parecía un ángel recién llegado a la tierra que estuviese bendiciendo cuanto la rodeaba antes de darle su aprobación. Curiosamente, la dureza con que Gaucelm había hablado de los cátaros parecía haberla afectado mucho menos que a él, que no conseguía olvidarse del tema. ¡Sabe cómo sacarme de mis casillas, maldita sea!, pensó Gaucelm. Pero esa seda color rojo óxido le sienta de maravilla, de eso no cabe duda...

Desmontó de un salto y, cogiendo las riendas del caballo de Douce, llevó los dos animales hasta el árbol de Guilhelma, que ya había sacado una hogaza de pan de su alforja y estaba partiéndola en tres trozos. Douce se sentó junto a ella mientras él se ocupaba de los caballos, bajándoles las riendas por el cuello para que pudieran pastar con las mandíbulas libres del bocado. Después los ató a un par de árboles, les aflojó las cinchas y volvió con las mujeres. Acomodándose en el surco donde dos rocas se encontraban con el gran tronco, cogió su porción y empezó a masticarla lentamente.

Volvió a examinar la expresión de Douce buscando algún indicio de desprecio dirigido hacia él, pero por mucho que la mirase no encontraba ninguno: al parecer su mal humor no había hecho mella en ella.

—¿Qué aldea es ésa? —preguntó Guilhelma, señalando hacia el sur más allá de un valle de viñedos—. ¿Sabes cómo se llama, Douce?

—Quizá sea Camaret —repuso ella—. Nunca he estado allí. Béatritz solía decir que esas uvas dan muy buen vino. Las llaman gigondas, por las pequeñas colinas en que crecen.

—Qué nombres tan bonitos —dijo Guilhelma—. Camaret, Courthézon, Mondragón, Serignan... Pero gigondas no rima con nada.

—El vino crea sus propias rimas —observó Gaucelm.

Después de comer y haber saciado su sed con un poco de vino rebajado con agua, y en cuanto los tres hubieron acabado de bostezar y desperezarse, Gaucelm se levantó.

—Si queremos llegar a Courthézon antes de que anochezca, va siendo hora de que esta caravana vuelva al sendero. ¡Ya nos hemos entretenido lo suficiente!

En cuanto hubo montado, se dejó absorber por el trote hipnótico del corcel, el cual tenía las patas tan largas que pronto dejó atrás a las yeguas. Cabalgar siempre sumía a Gaucelm en una especie de trance, atrayéndolo hacia otra región del tiempo y el espacio que alentaba la formación de rimas. El rápido clip-clop de los cascos creaba un ritmo al que su mente no tardaba en poner música.

—*Cant e desport...* —murmuró, retomando la composición allí donde la había dejado antes del almuerzo.

Pero mientras cabalgaba, otros sonidos empezaron a infiltrarse en su mente. Al principio eran ruidos inconexos que sólo servían para distraerle. No seguían ninguna pauta, y se negaban a adoptar alguna forma reconocible. En vez de convertirse obedientemente en estrofas tal como hacían todos sus versos, aquellas astillas de sonido parecían una frenética pesadilla, la clase de sueño que se hace añicos cuando, una vez despierto, intentas fijarlo en la memoria. Detrás de ellos se alzaban imágenes borrosas: oscuras siluetas de soldados, las humaredas de las hogueras de un campamento, un horizonte nublado perforado por las afiladas puntas de las tiendas. Después, entre los pasos del corcel, oyó tintineo de cotas de malla, chasquidos de bocados y resoplidos de caballos, y olió los hedores de sudor y orina. Sus sentidos, embotados por la zancada regular de su montura, se abstrajeron de lo que le rodeaba mientras se dedicaban a confeccionar una canción con todos los sonidos imaginados de la batalla.

La vívida intensidad con que veía y oía aquello le sorprendió, pues no tenía ninguna experiencia de la guerra. Pero Gui sí la había tenido. Aquella mujer llamada Béatritz también había vivido la guerra, y Douce la conocía. De hecho, de alguna extraña manera Douce se hallaba bajo su poder y una parte de ella vivía allí donde yacían los muertos. Era como si hubiese atravesado una línea divisoria entre lo que sabía él, Gaucelm, y el lugar donde moraba la guerra, y él sólo podía seguirla hasta allí a través de la canción y el verso. Respiró hondo y dejó que las riendas se aflojaran entre sus dedos, sabiendo que no tardaría en llegar una melodía.

Los signos no podían estar más claros. Una palabra se le había quedado atascada en la garganta: muerte. El lamento que compuso cuando mataron a Ricardo Corazón de León tres años atrás volvió a sus pensamientos.

—¡Muerte! Esa palabra espantosa que tanto nos cuesta pronunciar... *Estrangz motz, quan salvage a suzir! Ben a dur cor totz hom qu'o pot suffrir!* ¿Quién puede oírla sin temblar...?

En cuanto hubo borrado esos versos de su mente (no sin antes saborear su majestuosidad), ya nada se interponía en su camino. Lo que se disponía a componer sería otra clase de *planh*, esta vez para Douce.

Normalmente siempre empezaba por las palabras, confiriéndoles una línea instrumental que pudiera ser interpretada con el laúd. Esta vez, sin embargo, oyó algo totalmente distinto y solitario, el redoble de un tambor tan amenazador como una serpiente que siseara entre la hierba: sh-*sha*, sh-*sha*, SHA. Después llegó un lento y fúnebre golpeteo —DUM, da-da, DUM, da-da—, y el estribillo cobró forma en un instante: «¡Deploro esta guerra con el corazón y con la voz / y con el corazón y con la voz lloro esta guerra!» Sólo cuando hubo establecido el compás musical, el espantoso redoble de la pena y la desesperación, pudo empezar a contar la historia mediante palabras. Y entonces la vieja sensación que tan familiar le resultaba volvió a adueñarse de él, y se sintió invadido por aquella súbita excitación que recorría su cuerpo con la celeridad del rayo. Quiso desmontar y sentarse junto al camino hasta haber compuesto toda la estrofa con sus compases y rimas, y le daba igual que fuera la primera, la última o el pasaje central de lo que ahora sabía sería un lamento dirigido contra la estupidez de la guerra.

—Aquel que cree luchar por Dios en realidad lo abandona todo... *Il laissa tot en lansa l'arm e lo cors, l'aur e l'argen!* ¡Pierde el cuerpo y el alma, y también su oro y su plata!

Las palabras llegaban demasiado deprisa. Maldición. Siempre igual, una y otra vez. Salía a hacer cualquier cosa, podía estar donde fuese menos en su sala de ensayos, y de pronto la canción surgía de la nada. Gaucelm no tenía ningún instrumento a mano, y no podía marcar las frases. Cuando le ocurría aquello, se sentía como una mujer preñada que hubiera empezado a romper aguas lejos de cualquier comadrona. Entonces se veía obligado a memorizar la composición, contando las rimas finales con los dedos como un escolar que recitara sumas en silencio. Pero esto era todavía peor, mucho peor, porque las frases llegaban en fragmentos y éstos pertenecían a distintas estrofas. Era imposible. Tendría que desmontar para poder concentrarse.

El caballo tropezó con una raíz de árbol y su jinete estuvo a punto de salir catapultado hacia adelante. Recuperando el equilibrio, Gaucelm miró atrás para ver si las mujeres se habían dado cuenta, pero las dos seguían cabalgando tranquilamente, con las cabezas subiendo y bajando y sin enterarse de nada. Irguiéndose sobre la silla de montar, Gaucelm se llenó los pulmones con aquel aire húmedo y sereno y percibió el casi impalpable inicio del calor que acabaría llevando a la primavera. Se había salvado por los pelos. Si hubiera seguido componiendo a tontas y a locas, el *planh* se habría esfumado para siempre. Decidió hacerlo como era debido, tomándose su tiempo y preparando un resumen mental: «Las trompetas que anunciaron las viejas reclamaciones de Aragón ahora callan avergonzadas. Alfonso ha pagado sus hectáreas con muchos muertos y heridos, pero Tolosa ha perdido todavía más que él. Las vidas de aquellos a los que llamaban herejes pesarán sobre la conciencia de ambos bandos hasta que otras trompetas anuncien... el Juicio Final.» Primera estrofa. Segunda: «Un joven que acababa de ser hecho caballero muere en el campo de batalla.» Tercera: «La hermosa Douce es despojada de su futuro.» Cuarta: «El fin de la buena condesa de Die.» Finalmente: «¿Y todo esto para qué? Un montón de huesos humeantes. *Il laissa tot en lansa l'arm e lo cors...*» Sí, así estaba mucho mejor.

Los baluartes de Courthézon surgieron ante ellos cuando aún faltaban horas para el anochecer. La población se alzaba sobre la llanura, con el castillo elevando su masa cuadrada en la cima circundada por su recinto de piedra marrón. Abajo, cerca de la puerta principal, se entreveía el campanario de la iglesia. Después todo se desvaneció cuando el sendero empezó a bajar. Los tres viajeros, absortos en sus pensamientos, atravesaron el paisaje. Guilhelma cabalgaba muy erguida, golpeando rítmicamente los flancos de su yegua con los talones. Una imagen de lo que les aguardaba en el castillo de Courthézon empezaba a cobrar forma en su mente. Vio paredes cubiertas de hermosos tapices, pasillos llenos de gente, una gran sala repleta de nobles que llevaban túnicas de brocado y calzas de seda traída de Bizancio. La cocina rebosaría de platos desconocidos en el norte. Alrededor de ella encontraría jardines de damas con lindes de rosales, y debajo de la cocina habría un huerto lleno de hierbas y plantas medicinales. De pronto se dio cuenta de que había renunciado a Ventadour. ¿Qué sutil proceso había hecho que dejara de pensar en volver allí? No estaba muy segura, pero ahora que estaba aquí, con Douce bajo su tutela, se alegraba de haber venido. ¿Quién podía saber qué nuevas perspectivas le reservaba Courthézon?

Mientras tanto, Gaucelm había acabado de esbozar el *planh* y por fin podía pensar en Raimbaut de Orange. Rebuscó en su memoria. Había oído decir que Raimbaut se consideraba un gran protector de los poetas, y esa idea le aceleró el pulso. Desde su triunfo en Tolosa, nunca había vuelto a sentir tales deseos de contar con una audiencia realmente cultivada, y dejó volar su imaginación. Vio una corte llena de prodigios de talento: bufones, malabaristas, acróbatas, cantantes, caballeros adustos y nobles sonrientes, trovadores, él mismo. Generosamente, permitió que hubiera unos cuantos árabes y judíos. ¿Admitiría Raimbaut la presencia de herejes, ya fueran cátaros, beguineros o valdenses? Después de todo, Courthézon era una corte meridional. Pensándolo bien, sin embargo, se dijo que seguramente no habría herejes en Courthézon. Aunque si Raimbaut resultaba ser el Raimundo de Provenza, entonces tanto mejor: Gaucelm agradecería a Dios la generosa hospitalidad del sur y todo lo que él y sus pupilas pudieran obtener de ella.

Supuso que el conde probablemente sería joven y apuesto, quizá un poco inseguro de sí mismo y con cierta tendencia a presumir: un *elegant*, tal vez, que cortejaba a las damas hermosas y enseguida se cansaba de ellas, alguien que creía tener instinto para la política y, no obstante, siempre tenía disputas con sus vecinos. El problema era que, según Douce, Raimbaut había tomado partido por Aragón y acababa de enviar soldados a Mornas. Eso sólo podía significar que, al menos en el aspecto político, estaba en contra de la herejía y, por lo tanto, en contra de Douce. Un secuaz del Papa... ¡Aaagh! ¿Y no había habido también ciertas querellas familiares? Siguió hurgando en su memoria: algo relacionado con una herencia y los caballeros hospitalarios. ¡Sí, había oído decir muchas cosas de esos nobles provenzales! Según Elías, eran unos gandules que sólo pensaban en disfrutar de sus riquezas. Muchos eran poetas, pero daban la espalda a la clase de arte del que tanto se enorgullecían los trovadores lemosinos. Meros poetastros que exhibían sus versos como si fueran pavos reales apenas se les animaba a ello, pero que nunca habían aprendido los secretos de la rima y la versificación. Sintió que el desprecio crecía dentro de él, y tuvo que recordarse que no disponía de ninguna evidencia que apoyara sus conjeturas. Bueno, pensó, ya veremos. Quizá se encontraran con el trovador Raimon de Miraval, o con el mismísimo Vidal.

A juzgar por lo que había oído, Courthézon tenía un especial y a veces trágico atractivo para los trovadores. El infortunado Cabestanh —Guillem de Cabestahn, el del «corazón cocinado»— había residido allí. Gaucelm siempre recordaba la historia con deleite, aunque nunca la había usado como tema. Resultaba demasiado facilona, demasiado simétrica, y por eso se la dejaba a aquellos cantantes que carecían de ideas propias. Pobre Cabestahn, sin embargo, aquel trovador apuesto y osado que, enamorándose del enemigo, se prendó de una mujer de la familia de los Baux. La hermosa Berengère des Baux le dio a beber un filtro amoroso y su pasión pronto fue evidente para todos. Su celoso esposo mató al trovador, le arrancó el corazón e hizo que se lo sirvieran a su esposa dentro de un estofado. Sólo cuando se lo hubo comido le informó que acababa de tragarse el corazón de su enamorado, y entonces Berengère se arrojó por un acantilado. Debió de ser en tiempos del tercer conde Raimbaut.

¡Cabestahn sí había sido un auténtico creador de versos! A diferencia de otros aficionados provenzales, era un verdadero poeta y había nacido con el don de comprender la composición en los huesos. Algunos lo consideraban un poeta para eruditos, un mero virtuoso. En su calidad de pionero del *trobar clos*, quizá hubiese llevado el artificio un poco demasiado lejos. ¿No fue él quien dijo que los mejores poemas nunca podían ser entendidos a la primera audición? Todo aquel retorcimiento de ocultar el nombre de la dama, urdiéndolo en elaborados versos como si fuera un nudo de seda... Bueno, ése no es mi estilo, pensó Gaucelm. Pero lo bueno que tenía era que en cuanto conocías las reglas, siempre podías ir más allá de ellas. Si Raimbaut no hubiese experimentado, se dijo, ahora no tendríamos canciones como *Cuando el mundo parece volverse del revés.*

—*Ai resplan la flors enversa...* —canturreó suavemente.

Pero Douce le tenía demasiado preocupado para que pudiera continuar cantando. La joven no podía presentarse en la corte como Douce de Ventadour, eso estaba claro: a esas alturas, las partidas de búsqueda ya estarían desplegando sus redes en círculos cada vez más amplios. Douce tendría que cambiarse el nombre y ocultar cualquier evidencia de su nueva fe: por ejemplo, Gaucelm ya sabía que no podría rechazar la carne cuando hubiera otras personas delante. Un desliz como ése la haría blanco del interrogatorio. ¿Qué disfraz podía asumir? ¿Acompañante de una dama? ¿Simple criada? Se disponía a abordar el asunto con ella cuando la oyó gritar «¡Mirad!».

Delante de ellos se alzaban los Dents de Montmirail, los famosos riscos que surgían de la llanura como los dientes de un enorme animal, aunque el viento había desgastado sus cimas hasta convertirlas en ganchos aplanados que recordaban las puntas azotadas por las inclemencias del tiempo. Debajo de aquel espectacular telón de roca se extendía una gran llanura cubierta de viñedos, y las nubes surcaban el cielo.

De pronto el camino empezó a subir y Courthézon reapareció delante de ellos. Douce, que iba la última, fue la que pudo ver mejor su perfil, plateado por los últimos resplandores del día. Éste es el pueblo que tan bien conocía Béatritz, pensó. Nunca nos dijo que fuera tan grande. Casi parece una ciudad... El sol poniente obraba su alquimia, convirtiendo las piedras oscuras y mates en bloques de metales preciosos con sus cada vez más tenues rayos, y antes de que hubieran llegado a las puertas principales Douce supo que a aquel lugar acabaría llamándolo hogar.

Entraron en la plaza exterior para encontrarse con una pequeña avenida de plátanos y dejaron atrás las puertas y su rastrillo de madera. A partir de allí el camino iba cuesta arriba, e incluso la plaza del mercado había tenido que adaptarse a la pendiente. Pasaron por delante de las tiendas que se apiñaban alrededor de la iglesia, fijándose en la marcada inclinación de los edificios que flanqueaban la empinada cuesta de la calle.

Guilhelma empuñó las riendas sintiendo un pequeño escalofrío de expectación mientras se sorprendía al ver que Courthézon parecía más pequeño que cuando lo veías desde unas leguas de distancia. Acabarían hartos de subir y bajar pendientes, porque había tantas como si hubieran construido el pueblo sobre un risco. Suspiró. Dejaron atrás una capilla, justo encima de la iglesia. En una hornacina de la fachada había una estatua de san Jorge matando al dragón. Era vieja, y la habían tallado al estilo meridional. Algo en ella hizo que sintiera un súbito deseo de desmontar, entrar en la capilla y rezar a su Dios, al que Gaucelm tan injustamente había vilipendiado anoche.

Lo que hizo fue concentrar su atención en las casas. Todas se inclinaban unas encima de otras, apoyándose en la que tenían más cerca para sostener sus bloques de piedra leonada. Muchas lucían gruesas vigas encima de la entrada. ¡Qué distintas eran de aquellos precarios montones de piedras del pueblo acurrucado debajo del castillo de Ventadour! Aquellas casas tenían hermosas ventanas redondeadas, algunas de ellas con grandes repechos cubiertos de parras. En las más antiguas había grandes masas de musgo y líquenes que recordaban las orejas llenas de pelos de los ancianos. Esas viviendas destacaban entre las demás, con sus piedras pareciendo tambalearse bajo el peso de toda aquella vegetación. Viendo tal profusión de arbustos, plantas trepadoras, parras y pequeños setos, pensó que en verano el pueblo debía de desaparecer bajo un mar de verdor.

Cuando llegaron a lo alto de la serpenteante calleja, Gaucelm señaló el rompecabezas de tejados que se extendía ante ellos: encima de cada uno había pequeños montones de *galets*, aquellas rocas redondas alisadas por la corriente que, una vez sacadas del cauce del río, servían para impedir que un vendaval se llevara las tejas.

—¡Fijaos, hay establos detrás de cada casa! —exclamó irguiéndose sobre los estribos—. ¡Cada ciudadano debe de tener un caballo!

Emocionada, Douce admiraba las escaleras exteriores, los rinconcitos y pequeños porches, los delicados balcones de hierro, ventanitas y recodos llenos de piedras, los arcos, aleros y laberintos de paredes que hacían que Courthézon pareciese una aldea de juguete. Era un pueblo hecho para acoger torneos y festivales, jugar al escondite en las entradas, y bajar saltando de dos en dos los gruesos escalones de piedra de las calles.

Las campanas de la iglesia principal dieron la nona cuando llegaban a lo alto de la cuesta, e hicieron un alto para mirar alrededor. Debajo de ellos y al final del otro tramo de la cuesta, se divisaba la parte más pobre del pueblo con sus callejones descendiendo hacia campos invisibles más allá de la doble muralla de Courthézon. Delante de ellos se alzaba el castillo, un bastión de líneas tan sencillas como majestuosas cuyos baluartes se recortaban contra el cielo. La bandera marrón y negra del principado de Orange ondeaba en la torre central.

—Daos la vuelta y mirad abajo —dijo Gaucelm.

Desde allí podían ver el campanario de la gran iglesia y la plaza del mercado, precariamente inclinadas en una vertiginosa perspectiva como si alguien las hubiera colocado encima de un tablero ladeado. Vistos desde allí, los tejados bañados por los reflejos del sol poniente presentaban un mosaico de tonos brillantes tan perfectamente armonizados que hubieran podido ser obra de un fabuloso artesano que trabajara con piedras preciosas en vez de con la pizarra.

Gaucelm se inclinó sobre la silla y sacó un pañuelo de la bolsa colgada detrás de su pierna. Limpiándose la cara y el cuello, se quitó la gorra y se peinó con las manos. Después le pasó el pañuelo a Guilhelma. Douce se desperezó y tomó un sorbo de vino aguado de su cantimplora.

—¿Listas? —preguntó Gaucelm, y las dos mujeres asintieron vigorosamente—. ¡Pues entonces adelante! —gritó él, agitando la mano como dando la señal de lanzarse a la carga.

Una vez debajo de la barbacana, los cascos de sus monturas atronaron sobre las tablas de madera del puente levadizo. Después de haberlo cruzado, Gaucelm tiró de las riendas, desmontó y llevó el animal hacia Douce.

—¿Y quién quieres ser, mi querida muchacha? —preguntó con un susurro, alzando la mirada hacia ella mientras le tiraba de las faldas—. No puedes entrar aquí como Douce de Ventadour, a menos que quieras que te manden de vuelta a casa nada más llegar.

—Procura recordar que debes llamarme *donzella*, Gaucelm. No soy tu muchacha —declaró ella con firmeza.

—Perdona —se disculpó él—. Lo que quiero saber es con qué nombre deseas ser conocida mientras estemos en Courthézon.

Douce se lo pensó.

—¿No podría seguir llamándome Douce? Seré Douce del pueblo de Die, cerca de Montélimar —dijo, complacida con la elección del pueblo natal de Béatritz como nuevo apellido.

—Muy bien. Pero ¿qué...?

—¿El conde tiene hijos? —preguntó Guilhelma, reuniéndose con ellos. Gaucelm se encogió de hombros—. Podrías ser una de las criadas que cuidan de los niños —sugirió.

Gaucelm miró a Douce, que asintió.

—Esperemos que necesiten una —gruñó mientras volvía a montar—. Y una cosa más, Douce —añadió, dándose la vuelta para mirarla a los ojos—. En el nombre de Dios y todos sus santos, no reveles tu... fe a nadie. Y no le hables de la muerte de Béatritz a Raimbaut hasta que le conozcamos un poco mejor y tengamos ocasión de estar a solas con él.

—Viajeros de Mondragón, mi señor.

El conde Raimbaut de Orange inclinó brevemente el torso y sin alterar la expresión de preocupación que había en sus ojos. Pero cuando habló, sus labios sonrieron.

—Es un placer, un verdadero placer —dijo, pareciendo no tener muy claro si el trío de figuras inmóviles ante él pertenecía al reino animal o al mineral.

Gaucelm dio un paso adelante y susurró un par de palabras al oído del paje que acababa de anunciarlos.

—¡Gaucelm Faidit! —proclamó el paje, y aquel nombre hizo que un franco deleite iluminara el rostro de Raimbaut.

—¿Qué inmensa buena fortuna os ha traído a Courthézon? Si me hubieran advertido de vuestra llegada, os habría recibido más cortésmente. —Volvió a inclinarse ante las damas—. Así que has sobrevivido a Mondragón, ¿eh? Esperemos que baste con esa victoria, y con la de Mornas, para que Raimundo aprenda la lección.

Douce no había oído ni una sola palabra de cuanto acababa de decirles. Estaba viendo al gran amor de Béatritz, y no podía apartar los ojos de él.

—Puedes irte, Yves. —Raimbaut despidió al paje y se volvió

hacia Gaucelm—. Ardo en deseos de saber qué estás componiendo ahora. Conozco el *partimen* que compusiste con Ricardo Corazón de León, y tu *planh* por su muerte es realmente único, toda una gran obra. ¿Qué has estado componiendo desde entonces?

Al parecer las nuevas de la *Eretria* no habían llegado hasta Provenza, y Gaucelm se alegró de ello.

—Lo de siempre, alguna que otra canción —repuso, incómodamente consciente de que desde el *planh* mencionado por Raimbaut no había compuesto ninguna «gran obra».

Miró a Guilhelma y vio que parecía no saber dónde meterse en tanto que Douce, maldita fuese, no podía apartar los ojos de su anfitrión. De pronto tuvo frío y se sintió muy cansado. Vio que Raimbaut llevaba un grueso jubón de terciopelo que, supuso, originalmente habría sido de un hermoso azul oscuro, pero al que los años y la exposición a la luz habían acabado volviendo de un color amarronado. Después de haber contemplado los dos soberbios tapices que flanqueaban el estrado, llegó a la conclusión de que aquella mísera indumentaria se debía más a la falta de atención que a la de fondos. Ni siquiera una esposa cambiaría mucho las cosas en lo que a eso respecta, pensó. Este hombre nunca se ha preocupado de su apariencia. Raimbaut tenía un rostro bastante curioso, largo, de piel casi cetrina y dotado de una boca carnosa y móvil. Irradiaba una extraña inquietud, como si siempre estuviera deseoso de agradar y complacer. Sus ojos grises, casi siempre clavados en la lejanía, anunciaban que no le gustaba perder el tiempo charlando de naderías.

El conde fue al grano sin más dilación: en primer lugar, la cena.

—Debes prometer que me contarás con todo detalle las últimas novedades de Mondragón. Cenaremos inmediatamente después de vísperas.

Más tarde le encantaría oírle hablar de sus viajes, pero ahora quería dejar claro que el estimado trovador y su familia (pues suponía que los tres formaban una familia) eran bien acogidos en Courthézon y podrían quedarse allí todo el tiempo que quisieran.

Douce notó que el conde la miraba y bajó la vista. No sentía vergüenza por haberlo examinado con tal atención, y sí únicamente la satisfacción de saber por fin por qué Béatritz se había sentido atraída por él. Lo que la atrajo era la concentración de Raimbaut, su franca entrega a la persona o asunto que tuviera delante: su intensidad. Estaba segura de que eso la había fascinado, no su rostro de huesos delgados y facciones estrechas. En cuanto a su porte, no anunciaba la presencia de un conde de ninguna manera particular. Y tampoco podía haber sido su manera de vestir, pues le divirtió ver que sus ropajes acusaban el paso de los años. No, lo que había atraído a Béatritz era una peculiaridad que Douce nunca había visto en un hombre, una cualidad muy rara: la joven presintió que cuando aquel hombre amaba a una mujer, era capaz de consumirla.

Raimbaut volvió a dirigirse a Gaucelm.

—Quiza ya sepas que yo también soy poeta, y lo cierto es que echo en falta la compañía de otro poeta con el que poder conversar. Verás —dijo, alisándose el jubón—, Miraval decidió embarcar hacia ultramar antes de que el invierno volviera excesivamente dificultosas las travesías por mar. Con todo ese desagradable asunto de Mornas y Mondragón añadiendo su peso a las mezquinas preocupaciones habituales de la política, el solaz de la poesía se vuelve más necesario que nunca. Tu llegada, Gaucelm, es la respuesta a una plegaria. —Miró el suelo y después clavó los ojos en Gaucelm—. Eres un tesoro digno de ser codiciado por cualquier corte. ¿Qué te trae a Courthézon?

La pregunta no podía ser más brusca, pero Gaucelm se sorprendió a sí mismo reaccionando sin perder la calma.

—Permitid que os presente a Guilhelma Monja, mi juglaresa —dijo, cogiéndola del brazo—. Los tres hemos tenido que padecer los horrores de Mondragón —añadió, incluyendo a Douce en su ademán—. Nos fuimos de allí en cuanto pudimos enterrar a un soldado al que los tres queríamos mucho. Cuando oímos decir que Mornas estaba en llamas, dimos un rodeo y fuimos hacia el este.

Raimbaut inclinó la cabeza como si se compadeciera de sus dificultades.

—Al no ser refugiados políticos —prosiguió Gaucelm con un guiño al que el conde no correspondió—, he pensado que quizá podamos seros de cierta utilidad. Guilhelma tiene mucha experiencia como acompañante de damas. Y Douce de Die ha sido doncella en aposentos nobles, y está acostumbrada a atender las necesidades de ropa blanca de una gran mansión.

—¡Ah! —exclamó Raimbaut—. Entonces no cabe duda de que somos afortunados. Mi hermana Tiburge necesita una dama de compañía, si os parece bien... —dijo, con un gesto hacia Guilhelma—, y Douce debe conocer a la encargada del guardarropa. Pero antes mi mayordomo Bonel os conducirá a vuestros aposentos.

—Estaba preguntándome si el trovador Peire Vidal habría pasado por aquí de camino a Marsella —dijo Gaucelm antes de retirarse.

—Hubiéramos celebrado que se quedara aquí. Pero no, aún no he tenido ocasión de conocer a Vidal. Sabemos que es un hombre bastante peculiar.

Gaucelm se limitó a sonreír.

Bonel fue a su encuentro y los acompañó. La raída librea del mayordomo llamó la atención de Gaucelm. Supuso que Bonel sería un viejo criado personal de Raimbaut ascendido al rango de mayordomo, y se dijo que su apariencia no era buen indicio en lo tocante a la situación financiera del conde. Sin embargo, pensó para tranquilizarse, muchos nobles meridionales solían ocultar su riqueza.

Seguido por el pequeño cortejo de viajeros, Bonel les explicó que debido a la falta de espacio —un ala del castillo estaba cerrada—, Douce dormiría en los aposentos de la servidumbre. Gaucelm y Guilhelma, al parecer, merecían disponer de una alcoba particular. Bonel los llevó a una gran habitación, y después siguió pasillo abajo con Douce.

En cuanto estuvieron solos, Gaucelm señaló la cama, bien provista de almohadas y con un edredón de plumas de ganso recubierto de damasco. ¡Raimbaut no era ningún mendigo! De hecho, aquello parecía confirmar que las apariencias solían ser muy engañosas. Extendiendo los brazos en un aparatoso ademán, se ofreció al abrazo de Guilhelma.

—¡Mira lo que nos ha proporcionado mi fama! —proclamó con voz exultante y no del todo en broma.

Aunque ninguno de los dos osó decirlo en voz alta tan pronto, ambos pensaban lo mismo: ¿por qué ir más lejos? ¿Por qué seguir hasta Marsella cuando aquí somos tan bienvenidos?

Apenas entraron en el salón para cenar, Gaucelm identificó entre los comensales a Tiburge, la hermana mayor de Raimbaut. Estaba hablando con el conde cerca de la cabecera de la gran mesa, y llevaba un traje de tela rielante cuyos pliegues pasaban del oro al verde cada vez que se movía. ¿Sería seda labrada? Aquella tela no podía ser de procedencia doméstica, y pensó que quizá se la hubieran comprado a algún mercader de Ypres o Beaucaire que la había traído de Oriente. Le asombró ver cómo brillaba bajo las antorchas, y le dio un codazo a Guilhelma para asegurarse de que ella también había identificado a Tiburge.

Bastaba con verla para darse cuenta de que aquella mujer era la otra mitad de Raimbaut. Su belleza era tan natural como la de él, una cuestión de mera buena suerte familiar. Las delicadas facciones de su cara terminaban en una elegante barbilla. Sus manos y sus largos dedos parecían tallados primorosamente. Gaucelm pensó en maestros artesanos provistos de herramientas de precisión: luthiers, tallistas de capilla... ¡Sólo un experto en las leyes secretas de la proporción podía haber creado semejante mujer! Después de que Raimbaut les hubiera presentado a su hermana, comprendió que Tiburge encarnaba la esencia de la *dame lointaine* de las canciones de Rudel. Sí, aquella mujer era *la belle dame sans merci.*

En la mesa hablaron de poesía. Guilhelma había sido colocada a la izquierda de Raimbaut. Al mirarla, Gaucelm advirtió que apenas conversaba con su compañero de mesa. Aunque sus ojos estaban desorbitados por el asombro de hallarse presente en aquel banquete, su aire distante y absorto le indicó que estaba preocupada por Douce. Se recordó que Douce comería en la mesa de los sirvientes, mientras que Guilhelma se hallaba rodeada de nobles. La ironía de aquella inversión de papeles le hizo sonreír. Guilhelma, no obstante, parecía un tanto perpleja.

Como invitado de honor al que le había correspondido sentarse a la diestra de su anfitrión, Gaucelm empezó a hablar con admiración de los versos del antepasado de Raimbaut.

—Cuando yo era niño él aún vivía —dijo Raimbaut—. Pero el *trobar clos* ya no me interesa tanto como antes. Es una forma poética que no se corresponde con estos tiempos. Cuando él gobernaba este principado, no había las graves disensiones políticas actuales. Entonces ni Aragón ni Tolosa codiciaban nuestras tierras. Su única preocupación eran los condes de Baux, pero a estas alturas eso ya casi es una tradición. Después de todo, tal como dice el viejo refrán, en las disputas territoriales la regla es ser enemigo del amigo de tu vecino. O al menos solía serlo... Hoy en día, el enemigo es tu vecino. El mundo se encoge, ¿verdad, Guilhelma Monja? —observó, incluyéndola cortésmente en la conversación—. En cualquier caso, por entonces componer versos arcanos para una audiencia selecta no exigía tanto esfuerzo como ahora.

Bonel, resplandeciente en sus harapos, apareció bajo el arco de la entrada. Obedeciendo a una señal de Raimbaut, el mayordomo dio paso a una procesión de servidores con bandejas de comida que fueron arrodillándose uno tras otro delante del estrado. Su señor, volviéndose nuevamente hacia Gaucelm, apenas les prestó atención.

—Ahora compongo *sirventés* porque la política y la guerra siempre están presentes en mis pensamientos —prosiguió—. La victoria de Alfonso en Mondragón, por ejemplo: he estado intentando componer una canción sobre ella. —Su rostro se ensombreció—. Muchos murieron, por supuesto. Hubo muchas muertes innecesarias, sí, y eso siempre es lamentable.

Me pregunto si se estará acordando de Béatritz, pensó Gaucelm.

—Confío en que vuestras simpatías se inclinen hacia Tolosa —dijo Raimbaut, ya más calmado.

Gracias a Dios que Douce no está oyendo esto, se dijo Gaucelm. Raimbaut le miró, y aquellos ojos que parecían capaces de verlo todo se adentraron en las tinieblas del recuerdo mientras Gaucelm buscaba una réplica diplomática.

—No tengo ningún interés personal en el asunto —dijo—. Simpatizo con la idea de una Provenza libre, en la medida de lo posible, ya que ésa es la única forma de que nuestra notable cultura pueda sobrevivir.

—Cierto —replicó Raimbaut—. Aunque a veces tengo la impresión de que estamos a punto de ser comidos vivos con los cátaros como cebo. Me parece espantosamente injusto que hayan sido escogidos como víctimas propiciatorias, mas ¿qué podemos hacer? Lo realmente horrible es que entre ellos hay algunas de nuestras familias más nobles.

Un trinchador dobló la rodilla ante Raimbaut, fue a la tabla y, blandiendo su cuchillo, cortó unas rebanadas de cada hogaza de pan y varias lonchas de carne, probándolas a medida que las cortaba. Gaucelm pensó que aquella curiosa figura parecía un sacerdote ataviado con su alba y su casulla. Pero, naturalmente, allí todo era distinto a las cortes del norte: paredes encaladas, espléndidos cuadros colgados en el lugar que correspondería a una gran chimenea de haber estado en Ventadour en vez de Provenza... No podía dejar de pensar en Tiburge. Su presentación había sido tan breve que no se acordaba del color de sus ojos. ¿Castaño dorado, tal vez? En ese caso crearían un contraste precioso con aquella piel blanca, el cabello oscuro y esa tez casi céltica. ¿Negros? ¿Verdes? Intentó observarla disimuladamente, pero la manga de terciopelo de su anfitrión le ocultó a Tiburge.

—Otro signo de los tiempos —comentó Raimbaut mientras señalaba al trinchador—. Una triste precaución, desde luego, pero muy aconsejable, o eso me dice mi mayordomo.

Gaucelm comprendió a qué se refería: veneno. Incluso allí había que tener cuidado.

Los inmensos paisajes de sus fantasías se encogieron súbitamente: ¡adiós al código sincero y despreocupado de las cortes meridionales, adiós al Rai Mundi de Courthézon! Veneno. Y a decir verdad, la serenidad de Raimbaut parecía ocultar un aire de nerviosa alerta, como si esperase ser llamado al combate en cualquier momento. Gaucelm enseguida lo había percibido pero, incapaz de atribuirle un significado, había pensado que estaría preocupado por algo, sin darle más importancia. De pronto todo aquel hablar de los vecinos y los enemigos cobró un nuevo sentido: veneno.

Raimbaut empezó a conversar con Guilhelma, y Gaucelm vio que poseía no aquella estudiada simplicidad que, en alguien como Raimundo, rayaba en el artificio, sino la naturalidad de un joven que no prestaba demasiada atención a las cuestiones del atuendo y la etiqueta. Parecía encantador. Pero ¿y si todo se reducía a una mera fachada? Gaucelm se preguntó si realmente podías dar crédito a sus afirmaciones. Porque en ese caso, ¿qué había querido decir con «nuestras familias más nobles»? ¿Acaso no podía entenderse que la simpatía implícita en esa frase abarcaba incluso a los cátaros, y particularmente a Béatritz? Pensó en Douce. Suspiró, decidiendo hablar lo menos posible y dejar pasar el tiempo. No mencionaría el nombre de Béatritz ni nada que tuviese relación con Mondragón hasta que hubiera tenido ocasión de conversar con Raimbaut en privado. Entonces podría hablarle de las intenciones de Douce.

Aun así oyó el nombre, y en labios de Guilhelma. Echándose disimuladamente hacia atrás, intentó hacerle señas por detrás de la espalda de su anfitrión. Pero Guilhelma, absorta en su primera intervención en la mesa del conde, sólo prestaba atención a Raimbaut. Gaucelm se inclinó y estiró el torso sobre el mantel elegantemente bordado para atraer su mirada, pero no lo consiguió. Guilhelma siguió contando animadamente que Mondragón estaba lleno de insolentes soldados aragoneses. No dejaba de sonreír, y parecía estar soñando despierta. Todos debían de haber comprendido que nunca se había sentado en una mesa tan suntuosa, y Gaucelm tuvo que admitir que Ventadour parecía un viejo castillo de mala muerte en comparación.

A partir de entonces se esforzó por prestar la máxima atención a Raimbaut. El joven conde había vuelto al tema de la poesía y estaba tejiendo un elaborado símil en el que comparaba la versificación del *trobar clos* con las complejidades ornamentales de las fachadas de las iglesias.

—¡Esos animales que se comen sus propios rabos, o los encantadores grotescos que tocan instrumentos musicales formados por sus propios brazos y piernas! Ya sabes qué clase de bromas para iniciados gustan de tallar los maestros de obra en los capiteles o los pilares, o dentro del tímpano encima de una entrada. Son mero artificio, por supuesto... al igual que esos complicados poemas que sólo sus autores pueden entender. Yo prefiero el lenguaje directo y sencillo...

Sí, pensó Gaucelm, no cabe duda de que sabe ser ingenioso y divertido. Pero su nerviosa elocuencia me aturde un poco, casi parece como si quisiera conquistarme con su conversación. ¿Le inspiraré respeto, o quizá un poco de miedo? Parece tan poco consciente de sus rasgos aristocráticos... Eso me complace, no sé por qué. Estoy seguro de que aquí seré ampliamente recompensado. Apenas lo exhiben, pero aquí hay dinero: obtendré mi recompensa. En cierta manera, Raimbaut es tan inocente que al verlo piensas en un pobre niño que estuviera ahogándose en un mar de riquezas ancestrales. Sin embargo, hay algo en él que pide a gritos ser amado. Por una mujer, ciertamente, y tal vez también por hombres. Volvió a pensar en aquella Béatritz a la que no había conocido, y se preguntó qué aspecto habría tenido. Sus pensamientos no tardaron en volver a Douce, y se recordó que debía advertirle que bajo ninguna circunstancia mencionara a Béatritz delante de la servidumbre.

Y entonces otro pensamiento surgió de la nada para revolverle el estómago. Quizá Raimbaut ya lo sabía. Quizá lo supiese todo: la huida de Douce, el martirio de Béatritz, los insensatos votos de Douce... Imposible. Sin embargo, a estas alturas Marie seguramente ya habría enviado una partida de hombres en pos de la joven. Se preguntó si algún enviado de Ventadour habría indagado sobre ella en Courthézon. Cabía esa posibilidad, desde luego. Y si Raimbaut sospechaba algo, ya que todavía era demasiado pronto para disponer de pruebas, ¿sería todo su encanto una mera forma de ganar tiempo hasta asegurarse? Peor aún, ¿acaso él, Gaucelm, los había conducido a los tres a una trampa en vez de a un refugio seguro? Le horrorizaba pensarlo.

Tratando de calmarse, analizó la situación desde el punto de vista de Marie. En su obsesión por hacer comprender a Douce el peligro que corría, quizá había exagerado el alcance de las medidas que Marie estaba dispuesta a adoptar con tal de recuperarla. La desgracia que suponía el que tu hija huyera de casa muy bien podía disuadirte de iniciar cualquier investigación a gran escala. Después de todo, Marie no querría que todas las gentes del país hablaran de ello. Raimbaut, en cualquier caso, había pasado a ocuparse de los dulces y estaba entreteniendo a Guilhelma con las pintorescas complejidades de su historia familiar.

Douce, que comía con los sirvientes por primera vez en su vida, no podía portarse mejor. Pese a una ávida curiosidad sobre Raimbaut y su casa, evitó cualquier tema que pudiera alertar a sus oyentes. Preguntó por los acontecimientos locales y la vida doméstica en el castillo. Cuando se le dijo que un paje había pasado por allí hacía dos semanas, un muchacho de cabellos pajizos que hablaba una lengua extranjera, Douce casi derramó su vino. Lo único que habían entendido de todo lo que dijo fue «Ventadour». Le dijeron que se llamaba Pieter y que iba a Saint-Gilles, donde partiría en peregrinación hacia Compostela para zarpar luego hacia su lejano hogar del norte. La noticia la afectó hasta tal punto que se estremeció. Gracias a Dios, Pieter no pensaba volver a Ventadour: el muchacho decía la verdad cuando le contó que quería regresar a sus planicies. Pero oír aquello en lo que consideraba un lugar de refugio le hizo comprender lo cerca que había estado de la catástrofe. Con un nudo en el estómago, Douce no se acabó la cena; en aquellas circunstancias no le costaría mucho honrar su voto de no comer carne. Intentó mordisquear un trozo de pan, manteniendo baja la cabeza para ocultar el rubor que afluía a su rostro. Lo único que quería era salir de aquella estancia, esconderse y llorar.

—¿Eres judía? —le preguntó una niñita a la que el delantal casi le llegaba a los pies. Después le dijo que se llamaba Dorie y que ayudaba a las criadas de la ropa blanca—. ¿Por qué no comes la carne? ¿O es que se come mejor en el sitio del que vienes?

—¿De dónde eres? —preguntó su hermana Lucía, igualmente delgada y no menos insistente.

—De cerca de Montélimar —fue lo único que se atrevió a replicar.

Había conocido otras clases de peligro en su vida, como el

experimentado con Gui, que le había producido un agradable cosquilleo en la espalda. Sin embargo, lo que sentía ahora, aquel oscuro miedo a ser descubierta, era algo nuevo para ella. ¿Qué hubiese hecho Béatritz? Confusa y mareada, clavó la mirada en su plato, cerró los ojos y rezó.

En parte fue el pánico lo que la impulsó a buscar al conde Raimbaut. El día en que hizo sus votos, Douce no había contado con aquella sensación de inquietud: la serenidad de Marda y Johana parecía excluir el miedo que ahora sentía como una amenazadora corriente oculta bajo cada movimiento. ¿Y si mañana la capturaban? ¿Y si Pieter, desanimado por las penalidades del viaje, volvía sobre sus pasos para buscar refugio en Courthézon? ¿Y si un mensajero de Ventadour llegaba al castillo en cualquier momento? Mejor confesárselo todo a Raimbaut sin perder un instante. Y de todas maneras, ¿por qué esperar a Gaucelm y Guilhelma? Su miedo pesaba más que todos los escrúpulos de Gaucelm. ¿Cómo podía saber él lo que sentía? Douce no veía virtud alguna en el retraso. Gaucelm sin duda la tenía por una jovencita apocada que necesitaba que la acompañara. En ese caso, había olvidado que Douce era hija de un conde. Courthézon no la intimidaba. Hablaría con Raimbaut a solas.

No tardó en descubrir que era muy fácil dar con él, ya que casi siempre estaba en su estudio.

El conde la recibió con amabilidad, pero no se levantó de su escritorio y siguió leyendo un manuscrito que parecía acaparar toda su atención. Mientras se la hacía esperar de aquella manera, Douce pensó que tendría que sentirse como la sirvienta en que se había convertido oficialmente, pero a pesar de su aire absorto, el conde irradiaba tanta bondad que no podía sentirse menospreciada. Además, vio que llevaba el mismo jubón viejo y gastado de la noche anterior, y de alguna manera eso la tranquilizó. Finalmente Raimbaut se levantó y, saludándola con una reverencia, le señaló el asiento más cómodo.

—He venido a hablaros de Béatritz de Die —dijo ella.

Raimbaut la miró fijamente, súbitamente tan alerta como una liebre arrancada de su sueño por una jauría de sabuesos.

—¿Qué le ocurre? —preguntó.

—Ha muerto. Fue arrestada y se la llevaron con los otros... herejes que detuvieron en Mondragón.

El conde no respondió, pero su rostro pareció desmoronarse. Después de lo que le había oído decir a Béatritz acerca de Raimbaut y sus lealtades políticas, Douce ya se esperaba que aquello lo afectaría. Lo que no había esperado era ser testigo de una pena tan grande que le estremeció los hombros y le hizo cubrirse la cara. Consternada, Douce siguió sentada como una estatua en el asiento tapizado de terciopelo. Allí permaneció, con las manos entrelazadas y la vista baja, hasta que Raimbaut se recuperó lo suficiente para volver a sentarse enfrente de Douce. Carraspeó.

—Entonces sabías que Béatritz era cátara —dijo.

—Eso fue lo que le dio la fuerza necesaria para soportarlo.

—¿Te contó por qué tuve que acudir en ayuda de Alfonso?

—Mencionó un testamento, una división de propiedades y a los hospitalarios —contestó ella, pero el conde no dijo nada—. Y además sé que el barón os debe la vida —añadió y, viendo que Raimbaut aún estaba demasiado conmovido para hablar, creyó llegado el momento de despedirse—. No hace falta que os molestéis.

Pero él se levantó y la acompañó hasta la puerta.

Y entonces el conde Raimbaut hizo algo extraordinario: le ofreció las manos, y Douce las recibió con las suyas. Raimbaut inclinó la cabeza sobre aquel doble apretón de manos y dijo:

—No sé quién eres, pero si llegaste a conocer tan bien a mi Béatritz entonces tienes que ser alguien muy especial —dijo y, besándole las manos, la dejó partir.

CUARTA PARTE

COURTHÉZON

1209

23

JALOSIA

En el Languedoc se incubaba una terrible tormenta. El descontento y la sequía asolaban los alrededores de Tolosa y se extendían hasta Foix para detenerse en Carcasona y Béziers, ya casi en la frontera con Provenza. Cuando acabaron de recoger la cosecha de 1202, los granjeros se maravillaron de lo inmóviles y silenciosos que permanecieron los campos durante el verano, como si esperasen que los truenos y rayos llegaran desde más allá de las montañas para caer súbitamente del cielo. El implacable calor había quemado el trigo hasta volverlo de un feo color marrón; las reses morían de sed encima de las costras secas de sus propias heces; y la lluvia no llegaba.

Aquel año se cerraron muy pocos acuerdos en las ferias de septiembre. Algunos de los puestos estaban vacíos; otros exhibían algunas piezas de muselina y montoncitos de naranjas y manzanas del invierno; y el queso duro había sustituido a la carne como relleno de los pasteles. Las tabernas eran las únicas que hacían negocio, porque los hombres se reunían en sus oscuros y frescos interiores para beber y hablar del pésimo verano.

Las riñas surgían, y en todas partes los hombres se enfrentaban unos a otros con una hosca y ceñuda ira: granjero contra granjero, leñador contra guardia, alguacil contra magistrado.

Cerca de Fanjeaux, un clérigo castellano llamado Domingo inflamaba las pasiones contra los que daban la espalda a la verdadera Iglesia. Alrededor de Pamiers y Galliac, los campesinos estaban inquietos, divididos y enfrentados entre sí: algunos eran seguidores de los párrocos de Roma y otros de los predicadores proscritos que proclamaban la nueva fe. Varias incursiones contra familias cátaras en las regiones montañosas del Aude y las comarcas del Albigés dejaron el familiar espectáculo de casas reducidas a escombros humeantes y esqueletos calcinados. Pero la primera década del nuevo milenio traería consigo cambios más graves que una mala cosecha y algunas persecuciones de herejes.

A finales de 1202 el nombre de Folquet de Marsella ya era conocido en todas las cortes del sur. Él y un puñado de píos seguidores habían organizado la Hermandad Blanca, y juntos alzaban sus voces contra la nueva religión en todos los púlpitos influyentes a los que lograban acceder. En Albi y Tolosa, Folquet había proclamado públicamente su intención de limpiar el reino de Raimundo de aquellos a los que llamaba «infieles más inmundos que los sarracenos, blasfemadores de la Santa Sede, azote de la civilización». Y antes de que hubieran transcurrido tres años, aquel hijo de un mercader de Marsella, aquel trovador fracasado y mujeriego arrepentido fue nombrado, contra toda lógica, obispo de Tolosa. Tras haber sido ascendido a tan alto cargo, Folquet ya podía medirse en pie de igualdad con su vieja némesis y antiguo anfitrión Raimundo, Luz del Mundo. Por fin podrían enfrentarse cara a cara en lo que prometía ser un combate a muerte.

El nuevo obispo enseguida supo ganarse el favor del Papa. A comienzos de 1208, Folquet ya había trazado su estrategia y estaba preparado para humillar a Raimundo.

En primer lugar, el papa Inocencio III administró una severa reprimenda al conde de Tolosa por no haber logrado acabar con los cátaros, y después lo amenazó con el anatema. Finalmente, y a instancias de Folquet, envió una delegación encabezada por Pierre de Castelnau, cisterciense y uno de los hombres del obispo Folquet. Reaccionando con la flexibilidad que siempre había caracterizado a su política, Raimundo se dijo que humillarse de palabra ante las autoridades siempre sería preferible a correr el riesgo de verse excomulgado. Aquel temible edicto, en efecto, no se limitaba a indicar una mera desgracia espiritual de naturaleza personal, sino que disolvía los vínculos entre el vasallo y el señor y, por extrapolación, podía llegar a excluir a toda una población de la práctica religiosa. Para Raimundo, las consecuencias de semejante desafío eran impensables. Así pues, se tragó su orgullo y el día de enero fijado juró solemne lealtad a Castelnau como enviado papal.

A la mañana siguiente y después de que la delegación hubiera partido hacia Roma una vez cumplida su misión, Pierre de Castelnau vadeaba un arroyo de gélidas aguas cuando fue herido de muerte por una jabalina de caza. Ese acto llevado a cabo por un asesino desconocido bastó para atemorizar a todo el mundo. Raimundo fue excomulgado. La chispa por fin había encontrado la yesca: el papa Inocencio proclamó una cruzada contra los cátaros, pidiendo a su mejor aliado, el obispo Folquet, y a los príncipes cristianos de todas las tierras que aniquilaran a los herejes.

Esta llamada a las armas fue atendida por el implacable barón norteño Simón de Montfort, quien se apresuró a movilizar sus tropas. Una guerra a gran escala contra los herejes estaba a punto de estallar.

Poco después de que Tolosa resultase derrotada en Mondragón y Mornas el año 1202, las guerras por los feudos fueron cesando poco a poco. Raimundo, sometido a una creciente presión por el Papa, renunció a sus pretensiones sobre Provenza para atender asuntos más acuciantes y cercanos. El que Raimundo depusiera las armas permitió que Alfonso de Aragón viera confirmados aquellos derechos sobre Provenza que, proclamaba, en cualquier caso se remontaban a casi un siglo atrás. Raimbaut de Orange, liberado de esas incursiones militares que violentaban tanto su carácter, pudo invertir sus energías —e ingresos— dentro del acogedor círculo de su corte. Cuando se enteró de que Castelnau había sido asesinado, se limitó a encogerse de hombros y dijo: «Raimundo ha cometido una grave imprudencia... De hecho, un auténtico suicidio.» Pero los nobles del Languedoc eran así. Provenza, por su parte, se hallaba en paz.

Courthézon, marzo de 1209. Guilhelma estaba aparatosamente embarazada. Cada mañana, cuando apenas había abierto los ojos, se llevaba la yema de otro dedo a la palma. Si sus cálculos eran correctos, sólo le quedaban por contar los dedos de una mano antes del parto. Con el paso de los años había empezado a aceptar su esterilidad, considerándola un castigo del Altísimo a aquellos días en el barrio del Chantier, cuando tenía que evitar un nacimiento accidental por todos los medios a su alcance. En aquellos tiempos había comido semillas de zanahoria maceradas y sorbido incontables pociones de raíces de jengibre aromatizadas con menta, y apuró muchos vasos de amargo aceite de poleo. Había tenido la prudencia de evitar los peligros de la corteza de avellano, pero siempre recurría a los trapos empapados en vinagre. Eran la mejor protección, aunque por aquel entonces ya temía que su uso constante pudiera afectar a su capacidad para concebir en el futuro. Finalmente, y después de todo aquel tiempo, *en Dieus* le había sonreído. Guilhelma se juró que no permitiría que Gaucelm volviera a mofarse de su Iglesia.

Dejó el cuchillo y se secó las manos. Echó otro vistazo al puchero y salió de la cocina para coger otra raíz de bardana y un puñado de tréboles rojos. El huerto de hierbas y plantas aromáticas de Courthézon era pequeño, pero aunque la primavera aún no había llegado y todavía hacía bastante frío, su verdor acidulado crecía con tal exuberancia que cada planta amenazaba con invadir el territorio de sus vecinas. Guilhelma avanzó cautelosamente sobre las piedras y arrancó un puñado de tréboles. Antes de trinchar sus tallos, siempre le gustaba estrujarlos entre los dedos para disfrutar de la mancha de dulce fragancia que dejaban: aquel aroma la hacía soñar. Una vez dentro, una mirada a la tabla de trinchar le dijo que se había olvidado de coger la bardana. Furiosa consigo misma, echó el manojo de tallos de trébol dentro de la marmita sin molestarse en cortarles sus peludas cabezas.

Cuando el guiso llegó a su primer hervor, cogió un cucharón y hundió las hierbas hasta el fondo: aquella marmita saldría lo bastante potente sin necesidad de añadirle bardana, y pensar en aquella fea raíz bastó para provocarle una mueca. Sopló sobre el guiso hasta que se enfrió, probó una gota y la olisqueó aprobadoramente. Se había acostumbrado a ocupar la cocina cuando quedaba vacía a primeras horas de la tarde, y aprovechaba esos ratos para llenar los huecos en el armario donde se guardaban las medicinas —pociones, tisanas y ungüentos— que iba preparando a lo largo del año. A esas horas estaba sola, y todo se hallaba en silencio salvo por los golpes sordos que se oían cada vez que el encargado de las bodegas sacaba el vino para la cena.

Gaucelm estaba fuera con el conde Raimbaut, cazando jabalíes como de costumbre. A esas alturas, Guilhelma ya sabía que un trovador con una audiencia a la que complacer tocará siempre que se lo pidan con palabras suficientemente elogiosas. Raimbaut había insistido en que tanto si iban a pie como si cabalgaban, sus partidas de caza siempre cobraban más piezas cuando disponían de las canciones de Gaucelm para darles ánimos. De hecho, había llegado al extremo de sugerir que la voz de Gaucelm hacía salir de sus escondites a las liebres, ciervos y jabalíes y daba suerte a los cazadores. Como consecuencia, y tanto si la cacería había ido bien como si volvían con pocas presas, Gaucelm siempre regresaba de las monterías muy satisfecho. Era puro y simple halago por ambas partes.

Puso el guiso al fuego para darle un segundo hervor. Suspiró cansinamente y se sentó lo bastante cerca de las llamas para poder remover su preparado si éste amenazaba con dejar de burbujear, y se sumió en la clase de meditaciones a que solía entregarse últimamente.

Para ella aquél era un tiempo de milagros. Amaba aquellas horas de paz y somnolencia en las que nadie le exigía nada y lo único que tenía que hacer era alimentar el centro de su propio ser. ¡Y cómo había bajado aquel centro! Era como si su gravedad interior descendiera del corazón, los brazos y la cabeza para acabar posándose en algún punto situado por debajo de su estómago. Sus piernas, cada vez más rechonchas y cortas, parecían tocones cuya única función fuese servir de taburete al niño que llevaba en su seno. ¡Un niño! No era más que un fruto en proceso de crecimiento que sólo daba molestias, a veces suspendido como una pera y otras agazapado como una rana. Guilhelma ensayó su nacimiento, aquel momento en que el fruto caería por fin a través de un torrente de aguas benditas. Un bebé saludable y lleno de energía, con la graciosa nariz de Gaucelm y sus arrugas en la frente, la deliciosa boca de Guilhelma, las orejitas como capullitos de rosa, las venillas azules agolpándose en las sienes, los párpados fruncidos... y luego aquellos berridos que no eran de agonía sino de alivio por haber nacido.

Nunca había sido de naturaleza contemplativa, pero en su nuevo estado la compañía no tardaba en agobiarla y evitaba charlar con los sirvientes. Quizá también se estuviese volviendo perezosa. «Dama de compañía» había sonado muy bien cuando lo oyó por primera vez en boca de Raimbaut, pero de hecho Tiburge no necesitaba ni compañía ni muchas atenciones. La hermana de Raimbaut era una mujer emprendedora que siempre se había bastado a sí misma, y de hecho las atenciones de Guilhelma la incomodaban. El que estuviera tan absorta en su nuevo estado había sido una bendición para todos, e incluso llegó a esperar con cierta impaciencia aquellos inexplicables períodos regulares de agotamiento. Estaba sólidamente instalada allí donde siempre había querido estar, en el centro de una vida tranquila y acogedora. Guilhelma tenía la certeza de que la maternidad le sentaría de maravilla. Era más feliz de lo que jamás lo hubiera sido o hubiera creído tener derecho a ser.

No podía evitar maravillarse ante la sucesión de estaciones transcurridas desde que se confiaron a la amable hospitalidad de Raimbaut, pero cada vez que intentaba contar los años acababa perdiendo la cuenta. Habían celebrado el día de la Virgen tantas veces que la vida en Ventadour bajo la lúgubre custodia de Marie parecía algo muy lejano, y Tolosa parecía aún más distante. La terrible ordalía de Mondragón fue quedando atrás y acabó esfumándose, al igual que el constante temor de Douce a ser descubierta, que tanto había ensombrecido sus primeras semanas en Courthézon. Cuando se hubieron acostumbrado a su nuevo hogar, y a petición de Guilhelma, Douce informó de su paradero a Ventadour. Marie les envió una seca réplica dándose por enterada que, leída entre líneas, expresaba su confianza en Guilhelma como guardiana de su hija.

Con aquel mensaje, Guilhelma se había anotado su último tanto: incluso después de la fuga de Douce y en su propia derrota, Marie había comprendido que Guilhelma sabría cuidar de su hija mejor que ella. El recuerdo le arrancó un gesto de satisfacción. Nada más ver a Marie, algo le había dicho que por muy condesa que fuese, aquella mujer acabaría comiendo en la palma de su mano.

Se inclinó ligeramente para aliviar a sus nalgas del peso de su cuerpo y suspiró. ¡Douce! Los problemas la seguían allá donde iba, por mucho que ella no hiciese nada para enturbiar las aguas. Poco después de que el mensaje de Marie llegara a Courthézon, Raimbaut empezó a «cuidar de los intereses de Douce», para usar la frase de Gaucelm que, por su delicadeza, Guilhelma sospechaba se había originado en el mismo Raimbaut.

Se acordó de cómo empezó el día siguiente a su llegada, cuando Douce, haciendo caso omiso de la advertencia de Gaucelm, fue a ver a Raimbaut para decirle que Béatritz había muerto. Gaucelm se puso hecho una furia. Guilhelma lo recordó con una sonrisa secreta. Entonces había pensado que lo tenía bien merecido: ser desobedecido por una jovencita de dieciséis años con ideas propias. Después de su estallido de ira, Gaucelm estuvo muy frío con Douce durante varios días sin que eso pareciera afectarla. Tan reservada y serena como siempre, Douce siguió haciendo su vida hasta que a Gaucelm se le pasó el enfado. Tanto grito y tanto reproche para nada, pensó Guilhelma.

Los acontecimientos tomaron un derrotero inesperado. Cuando el conde Raimbaut se hubo recuperado del terrible golpe que supuso la muerte de Béatritz, mandó llamar a Douce.

—Me preguntó quién era, naturalmente —le explicó después Douce a Guilhelma—. Y yo se lo dije... Oh, claro que no le hablé de mis votos —añadió, viendo la alarma de Guilhelma—. Le dije que soy la hija de Ebles de Ventadour.

A partir de entonces todo cambió. La primera cena de Douce en Courthézon también fue la última que compartió con la servidumbre. Después de haber hecho público su linaje, Douce fue tratada como cualquier otra dama de cierta alcurnia. Aun así, y para no dar pie a murmuraciones dentro del castillo y a fin de no suscitar sospechas fuera de él, algo que hubiera podido tener consecuencias muy graves, fue nombrada encargada de la ropa blanca y pasó a ser responsable de las existencias de sábanas y mantelería. Raimbaut interpretó con elegancia y caballeresco buen humor el papel de cómplice en todo aquel juego, asegurándose de no cometer ningún desliz que pudiera delatarla.

Y después empezó a cortejarla, aunque nunca directamente. Al principio Guilhelma se enteró de ello a través de Gaucelm. Raimbaut empezó a componer poesía, versos que Douce tardaría mucho tiempo en oír. Gaucelm le habló de un período de concentración del que Raimbaut emergió con dos *cansons* enteras: un auténtico récord, observó Gaucelm, pues la última canción que había compuesto databa de hacía siete años, antes de que la catástrofe de Mondragón apartara su atención de la poesía. Siguiendo la gran tradición del *trobar clos* perfeccionada por sus antepasados, le hizo una *senhal* a Douce ocultándosela a todos salvo a Gaucelm, cuya habilidad en aquellos apartados tan especializados del arte de los trovadores hubiera acabado permitiéndole descubrir su significado en cualquier caso. Ay, pensó Guilhelma... ¡poesía! Eso bastaba para demostrar que, aunque fuera casi doce años mayor que ella, el conde Raimbaut de Orange se había enamorado de Douce de Ventadour.

Se levantó e inspeccionó la marmita, dentro de la que ya empezaban a formarse burbujas. Cogió el asa con un trapo y subió la marmita una muesca por la armazón del gancho para alejarla un poco del calor. Una *senhal*. Se dijo que ni siquiera Gaucelm había llegado al extremo de introducir un misterioso nombre en clave para su amada cuando empezó a ensalzarla en verso aunque, y eso hubiese podido jurarlo por la Virgen María, ella se había alegrado el corazón muchas veces imaginándose su nombre disfrazado en alguno de los poemas de Gaucelm. En cuanto al *planh* que compuso para Douce, decía que hablaba de política, no de amor. Gaucelm lo definía como su manifiesto contra todas las guerras de religión. Pero ella sabía lo que él sentía por Douce, y también sabía que llevaba años sintiéndolo. Era algo casi... contra natura o, al menos, algo que iba más allá de lo natural. Se había preguntado muchas veces si estaba celosa de Douce. Ahora que llevaba en su seno al hijo de Gaucelm, aquello era lo único que enturbiaba su felicidad.

La verdad era, y eso tenía que admitirlo, que nunca había tenido muy claro qué significaba exactamente para él. Pero ¿celosa? No. Se dijo que la Douce a la que amaba Gaucelm no era la dama de la *senhal* de Raimbaut. Con Gaucelm todo eran juegos vertiginosos, «princesa de los dorados cabellos» y coqueteos de corte. Y Douce le había seguido de la misma manera en que los niños siguen al juglar del pueblo... hasta Mondragón. Entonces había crecido de pronto ante sus ojos. La adversidad hace que todos aprendamos deprisa, pensó. La muerte de Gui había provocado que Douce siguiese su propio camino, y si alguien se quedó rezagado fue Gaucelm. Guilhelma ya había observado con indulgencia cómo Gaucelm intentaba dejar de llamar «niña» a alguien tan mayor como Douce. Finalmente creó su propio apelativo llamándola «damiselinda», porque no soportaba tener que dirigirse a ella llamándola *donzella*. ¡Qué tonto podía ser a veces! Bueno, suspiró, Douce hizo bien obligándoles a dejar de llamarla «niña». Se había ganado el derecho a ser adulta de la manera más dura posible: a través de la pérdida de las personas que amaba. Y ahora, a sus veintitrés años, era toda una mujer.

Recordó con ternura cómo Douce solía caer sobre ella inesperadamente en los aposentos de Tiburge o en la cocina cuando estaba ocupada con sus ollas, o con Gaucelm, para pedirle consejo acerca de las sábanas o preguntarle qué puntada había que dar para que no se deshilacharan los dobladillos, o qué cantidad de sosa cáustica era preciso tener a mano. Venía a verla a cualquier hora del día o la noche, para pedirle consejo o sencillamente para estar con ella. Y de pronto dejó de hacerlo. Guilhelma, perpleja por aquel súbito cambio de conducta, no le preguntó a qué era debido. En una ocasión se atrevió a preguntarle a qué venía aquel voto de silencio y si se había tragado un sapo, pero Douce se echó a reír y no dijo nada. Todo era muy extraño. El patito que se dejaba acariciar por todos estaba transformándose en un soberbio cisne que algún día se iría para no volver jamás. Aun así, el instinto le decía que la distancia entre ella y Douce desaparecería el día en que naciera el niño.

Se acordó de que Gaucelm había percibido aquella diferencia

en una fecha tan temprana como la primavera de su primer año en Courthézon. Comentándole a Guilhelma los cuidados que Douce dedicaba a su atuendo, le dijo:

—Es como si quisiera contemplar su propia imagen pero tuviera que conformarse con ser admirada por los demás.

—Por supuesto —replicó ella—. A su edad, todas las mujeres prestan mucha atención a la forma de andar y la ropa que se ponen.

—Raimbaut está fascinado por ella. Eso sólo puede terminar en una desilusión.

—¡No será ella la que acabe pagando los platos rotos! Aunque su nueva fe no le permita casarse, aún es libre de amar a Raimbaut si quiere.

—No me gusta.

Ella pensó que Gaucelm estaba sufriendo lo que sufren todos los padres, y le pasó el brazo por los hombros.

—Deja que viva su propia vida, Gaucelm. Los dos tenemos que dejar que Douce viva su vida.

Las sayas color óxido que Douce había reservado para los viajes no tardaron en reaparecer. Aquella primavera, y a medida que iba haciendo más calor, el traje de seda de Béatritz salió de su baúl. Douce lo adornaba con la cadenilla de oro o el broche de oro rojizo. Una noche en la gran sala, cuando todo el castillo había acudido para escuchar al trovador Raimon de Miraval, Douce lució en su cuello el mejor tesoro de la arqueta de Béatritz: un gran cierre de esmeraldas. Entonces Guilhelma estuvo segura de que Raimbaut de Orange se había enamorado de Douce, de la que no podía apartar la mirada a pesar de la prominencia de su invitado. Douce, igualmente fascinada por él, se comportó como si Gaucelm y Guilhelma no estuvieran allí. Su abandono le dolía incluso ahora, cuando contaba con la promesa de tener descendencia.

Al pensar en aquello, tuvo que admitir que al principio no había estado muy segura de querer tener un hijo de Gaucelm. ¿Para qué quería un hijo de un hombre que solía presumir de haber perdido su caballo y su único traje en una partida de dados, un hombre que se pasaba media vida en los caminos; y que cuando llegaba a un pueblo no preguntaba por la casa de baños, sino por la taberna? Pero ahora sabía que su cuerpo había anhelado que ocurriera precisamente aquello porque ardía en deseos de renunciar a sí mismo, de expandirse y pertenecer a otro ser para sentir cómo crecía dentro de él. Recordó aquel momento del verano anterior en el que, rechazando todas las insinuaciones de las hierbas, fue a ver a Gaucelm con un rubor secreto y la certeza de que se llevaría consigo su esencia para cuidarla dentro de ella de la misma manera en que hubiese podido preparar una poción, una mágica combinación de dos seres que conjuraría una vida. ¡Alquimia! Y entonces había ocurrido, y todas sus viejas dudas se disiparon. Corrió el riesgo sabiendo que, cualesquiera fuesen los resultados, había hecho lo debido.

Quería casarse con él, por supuesto. Pero un anillo de boda nunca compraría el amor de Gaucelm. El amor era el amor, con o sin símbolos. Un anillo podía significar muy poco, y se echó a reír al pensar en el anillo con la gema azul que Marie entregó a Gaucelm como muestra de su estima durante aquellos vertiginosos primeros días en Ventadour. ¿Qué promesa había transmitido ese anillo? Ahora parecía una baratija insignificante, guardada junto con algunas monedas y otros vestigios en una bolsa olvidada dentro de algún cajón. No, lo que realmente valoraba eran las miradas traviesamente íntimas que le lanzaba Gaucelm cuando ella ayudaba a servir la cena, aquellas ocasiones en que cantaban juntos en su sala de ensayos, los nombres secretos que se daban el uno al otro cuando hacían el amor e incluso las discusiones que terminaban en un abrazo, porque estaba convencida de que aquellas cosas valían más que cualquier anillo. Disfrutaba sabiendo que el hombre al que acogía en su cama no era un mero juglar, sino un famoso poeta. Pero seguía preocupada. ¿Se interpondría aquella criatura entre ambos de alguna manera que ella no podía predecir ni entender? Un niño podía cambiar las cosas, y Guilhelma lo sabía. Y en el caso de una mujer que no estaba atada a ningún hombre, tener un niño podía marcarla para siempre con un estigma que la proscribiría del matrimonio.

¡Oh, maldita fuese la alquimia! Se levantó, removió la marmita y volvió a bajarla a la muesca inferior, en la que se posó con un quejumbroso chirrido. Si Gaucelm hubiera entrado en la cocina en ese momento para sorprenderla con un anillo, Guilhelma habría llorado de alegría. Se secó las manos y bostezó aparatosamente para estirar la espalda. Luego, brazos en jarras, contempló su guiso. Después se aflojó el corpiño y se sentó a esperar el último hervor.

Si no fuese por Douce, todo iría sobre ruedas. Por mucho que intentara ver las cosas de otra manera, debía admitir que la joven era una pequeña molestia que le impedía ser completamente feliz, y el tener que admitirlo traía consigo una incomodidad rayana en el dolor físico, justo allí donde ahora estaba instalado el bebé. Habitualmente ignoraba cualquier clase de dolor, pero la molestia solía escoger aquellos momentos de reposo para hacerse notar, y entonces le costaba ahuyentarla. Sus sentimientos hacia Douce eran tan complejos y tan entremezclados que ninguna palabra parecía capaz de explicar la causa de su dolor. ¿Envidia? La idea la sobresaltó. Se inclinó hacia adelante, súbitamente alerta. Quizá sea eso... envidia, pensó. Douce no depende de nadie. Yo dependo de todo y de todos, especialmente ahora.

Pero no. ¿Cómo era posible envidiar a alguien que podía amar pero no casarse? Aquel pensamiento le hizo ver a Douce bajo un enfoque más cotidiano, uno que siempre traía consigo la preocupación. Porque Guilhelma no podía evitar preocuparse por ella. El que su religión rechazara el sacramento del matrimonio al tiempo que permitía enamorarse le parecía tan escandaloso como incomprensible. Aquello no tenía sentido, y tarde o temprano acabaría llevando a la pobre muchacha a un callejón sin salida.

Quizá sus votos fueran consuelo suficiente, se dijo finalmente. Douce era constante en su fe: bastaba con mirarla para verlo. Últimamente siempre iba de negro, sin importarle que eso le diese una apariencia de palidez. Sin duda aún llevaba el Evangelio de san Juan en su capa, y su preciada hebilla cátara. Siempre que se encontraba con ella, Guilhelma la veía cansada y absorta en sí misma, pero aparentemente feliz. Su religión era su corazón y su alma, aunque a Guilhelma le divertía preguntarse si el conde sospechaba que había dado cobijo a una hereje bajo su techo o, mejor dicho, que adoraba a una hereje.

24

CHAUZIR

Douce sabía que Raimbaut también era consciente de la mágica corriente que había fluido entre ellos desde su primer encuentro. Su corazón cayó en las manos del conde apenas se las besó aquel día después de su llegada a Courthézon hacía siete años, el día en que fue a ver a Raimbaut para decirle que Béatritz había muerto. Sonrojándose ahora al pensar en ello, Douce supuso que sus sentimientos siempre habrían tenido que ser obvios para cuantos la rodeaban. Nerviosa e incapaz de estarse quieta, se levantó de su silla de madera de junco y fue a la ventana, deseando poder disponer de un espejo como el que su madre tenía en una mesa junto a su cama de Ventadour para inspeccionarse. Pero la ventana sólo dejaba entrar aire y luz y no devolvía nada, y mucho menos su imagen.

Suspiró, volvió a sentarse e hizo desfilar por su mente una fila de figuras, todas ella misma, en distintas actitudes. Intentó concentrarse en lo que veían los demás cuando la miraban. Se imaginó sentada a la mesa de Raimbaut, lanzándole furtivas miradas de soslayo. ¿Ella hacía eso? Sí, supuso que lo hacía, y sintió moverse el cuello cuando éste imitó el gesto. Antes de una de esas ocasiones siempre se aseguraba de que su cabello estuviera lo más brillante posible, pasándole el cepillo un millar de veces hasta que le dolía el brazo. ¿Se fijaba Raimbaut en el fulgor de su cabellera, y en cómo dos mechones se adelantaban ligeramente para enmarcar su rostro antes de quedar recogidos sobre su nuca? ¿Se daba cuenta de lo rosadas que estaban sus mejillas, pellizcadas enérgicamente un momento antes de entrar en la gran sala?

Llevaba siete años sintiendo aquello y sólo habían estado a solas —realmente a solas— en dos ocasiones. La segunda vez, cuando Raimbaut la llamó a su estudio para averiguar quién era, Douce se apresuró a ir. Ahora sabía que había ido allí impulsada por su necesidad de contarle la verdad acerca de algo más que sus orígenes. Y en parte, admitió para sí misma, también sentía curiosidad. El conde Raimbaut la intrigaba. ¿Cuál era la atracción, la chispa invisible que había entre ellos? Sólo podía explicársela como algo que no formaba parte de la existencia cotidiana, como si su afinidad perteneciera a otro universo. Pensando que quizá le daría suerte, encajó en su cinturón la hebilla cátara que le había dado Guilhelma.

Aún recordaba la timidez con que se comportó después de que Bonel la hubiera conducido al estudio de Raimbaut, donde entró con la vista baja mientras intentaba controlar sus emociones. Aquel día no había dedicado ningún cuidado especial a su apariencia, ya que sólo podía pensar en el mensaje que había venido a transmitir. La cuestión era tan importante como peligrosa y, por el bien del propio Raimbaut, creyó necesario hablarle de los votos que había hecho.

Habló sin mirarle, clavando los ojos en una mesa inclinada que luego comprendió debía de usar como escritorio. Era vagamente consciente de la presencia de varios objetos de valor perfilados sobre la pálida piedra de las paredes de su estudio, pero por encima de todo fue consciente de su voz, como si ésta articulase palabras que Raimbaut no podía querer oír.

—Tenía que decíroslo, ¿comprendéis? —balbuceó cuando hubo acabado de contarle cómo encontró el hospicio y conoció a las dos mujeres que la iniciaron en su nueva fe—. Béatritz hubiese querido que os lo contara.

Raimbaut, que había permanecido de pie, asintió y se apartó un par de pasos de su asiento. Douce le observó furtivamente, como si hubiese sido sorprendida haciendo algo prohibido. Vio lo delgado que estaba; y de no ser porque sabía lo de Béatritz y porque ya había adivinado qué intensa sensualidad se ocultaba en él, hubiera podido pensar que se hallaba ante un místico o un demacrado practicante de la autoflagelación.

La respuesta de Raimbaut llegó muy despacio y con un visible esfuerzo, como la de alguien que, una vez que ha ocurrido lo peor, es condenado a ver caer el otro zapato.

—Contártelo tiene que haber sido tan difícil para ti como para mí aceptarlo —se limitó a decir.

No le tomó las manos como había hecho en su primer encuentro. Tampoco le dio las gracias. Lo que hizo fue entrelazar los dedos detrás de su viejo y raído jubón de terciopelo y a continuación empezó a pasearse por el estudio, trazando un preciso rectángulo sobre las baldosas del suelo. Después fue a la ventana, hincó los codos sobre el alféizar y apoyó la frente en las manos.

—No te vayas aún... por favor —dijo.

El silencio subsiguiente se prolongó, y a Douce le pareció una eternidad.

Incómoda y sin saber qué hacer, se dedicó a contemplar el estudio. Más objetos —una jarra de largo cuello, un taburete de madera oscura tallada— entraron en su campo visual para proclamar aquello que los hacía únicos, pero Douce, todavía abrumada por las consecuencias de la confesión mediante la cual acababa de depositar su terrible carga a los pies del conde, no podía darles nombre. Se preguntó si alguien le habría hecho semejante confesión alguna vez aparte de Béatritz, y le pareció que la luz iba volviéndose más tenue en el silencio. Empezó a removerse en su asiento. ¿Quedaba algo más que decir? Sabía que debía irse.

Cuando se levantó para salir del estudio, Raimbaut se apartó del alféizar y se acercó a ella. Antes de que hubiera tenido tiempo de volverse hacia la puerta, le puso la mano en el hombro y la miró a los ojos. Poco a poco, y él mismo pareció sorprenderse de ello, una nube se disipó de su frente y sus grises pupilas parecieron expandirse como si estuvieran llenándose de lágrimas. Douce abrió los labios y, tras un momento de perplejidad, apartó los ojos y salió del estudio sumida en la confusión.

Bajó la escalera como si acabara de pasar por una experiencia aterradora, con el corazón desbocado y rezando para no desmayarse. Cuando entró en su habitación, lo hizo con la firme decisión de que a partir de ahora su conducta sería irreprochable. Se acabó el pensar en el conde: se comportaría de acuerdo con los votos que había hecho, aquellos votos que acababa de confesar.

Y durante aquel primer año logró hacer lo que se había propuesto. Interpretó su papel a la perfección, yendo a la capilla como todo el mundo pero susurrando sus propias plegarias bajo el camuflaje que le ofrecían los murmullos de los demás. Hizo saber que su cuerpo sentía tal aversión a la carne que, si se permitía sucumbir a la tentación, lo pagaría enfermando. Pasado un tiempo ya nadie se fijaba en lo que comía o dejaba de comer. En cuanto a Gaucelm y Guilhelma, dejó que siguieran creyendo que Raimbaut no sabía nada sobre su religión.

Pero conforme iba siendo más consciente de la atención de Raimbaut, no pudo reprimir el deseo de aparecer en el gran salón cuando él presidía su corte. Pero, como para contradecir la creciente atracción que sentía hacia él, se comportó aún más tímidamente que antes en su presencia. Cuando estaba lejos de él, en cambio, se concentraba en sus obligaciones, dedicando todo su tiempo a las existencias de ropa blanca y el aprovisionamiento de cenizas y grasa. Los días de colada, cuando podía vérsela recorriendo los pasillos seguida por un cortejo de lavanderas, se la hubiera podido tomar por un general que sólo pensaba en sus responsabilidades. Le gustaba su trabajo y sabía realizarlo a la perfección, y no tardó en ganarse el respeto de la servidumbre.

Cualquier razón que Raimbaut pudiera haber inventado para volver a verla en privado hubiese acabado poniéndola en peligro. En la sala la trataba como a cualquier sirvienta privilegiada, alguien que, como Gaucelm y Guilhelma, era bienvenido en su mesa cuando había visitantes distinguidos. Pero debido a las dos *cansons* cuya existencia le había revelado Gaucelm, Douce ejecutaba su rutina con las mejillas sonrojadas. Sabía que su existencia en el castillo era una farsa, e interpretaba el papel de ventadouriana exiliada disfrutando al máximo de su doble vida, porque la persona que más le importaba en el mundo también sabía que todo era una mascarada. Todos se dieron cuenta de que los ojos le brillaban. Se rumoreó que tenía un amor secreto, y hubo un sinfín de especulaciones sobre su identidad. Aquello la alarmó e hizo que cobrara conciencia de su precaria posición.

Pero no podía dejar de pensar en Raimbaut, y siempre estaba preguntando a Gaucelm acerca de sus costumbres. Al parecer el conde tenía alma de coleccionista. En aquel aspecto se parecía un poco al padre de Douce, aunque carecía de sus medios: adoraba sus tesoros. La opinión general, le informó Gaucelm, era que estaba tan pendiente de ellos que apenas prestaba atención a las cuestiones domésticas. Gaucelm le dijo que quienes peor soportaban el absentismo de su señor eran Bonel y sus subordinados, y tuvo que admitir que probablemente así fuese.

Douce rumió aquella información. Quizá debido a que su relación con Béatritz se había visto tan cruelmente frustrada por las circunstancias, Raimbaut había logrado elevarse por encima de lo que había sido su amor por ella para acabar desarrollando un vínculo especial con los escasos tesoros que poseía. Gaucelm le informó que los más valiosos eran un reclinatorio de madera tallada procedente de las tierras de los francos, y un aguamanil esmaltado obra de un artista de Limoges. Este último era tan exquisito que Raimbaut no permitía que saliera de su estudio para ser usado en el salón ni siquiera cuando alguien tan prominente y entendido en arte como el conde de Foix venía a cenar. También le habló de un libro de horas cuya tapa de plata labrada estaba adornada con una gran esmeralda tallada en cabujón. Esos objetos formaban el núcleo de una colección que era tanto el consuelo como el refugio de Raimbaut. Cobijado en aquella cima alejada de las contiendas humanas, se imaginaba Douce, el corazón fragmentado de Raimbaut había contemplado las relaciones humanas como una especie de campo de batalla a examinar con distanciamiento hasta que —¿podía atreverse a creerlo?— la vio aparecer en él.

Los años siguientes fueron muy duros para ella, tanto que nadie llegaría a saber jamás lo que padeció. Lo que empezó como un juego —sus dos identidades coexistiendo, con Raimbaut como su compañero de conspiración y admirador secreto— no tardó en volverse agotador. Comprendió que debería mesurar su conducta en la corte para no traicionarse. En un intento de mitigar sus deseos de inflamar a Raimbaut y ofrecer una apariencia más discreta, dejó de lucir las joyas de Béatritz.

Finalmente se vio obligada a admitir que el suyo era, para usar las célebres palabras del trovador Jaufre Rudel, un *amor de longh*. Amaba a Raimbaut desde la distancia. ¡Pero cómo padecía esa insoportable situación! Se sentía como una princesa atrapada en un poema. Empezó a envidiar a todos los que la rodeaban —el despreocupado y feliz Gaucelm, e incluso a los sirvientes, pues ellos sólo tenían una vida, su trabajo— y, por encima de todo, a Guilhelma. Porque Guilhelma iba a tener el bebé de Gaucelm.

Pensarlo la hizo removerse nerviosamente en su asiento. Era eso lo que quería, ¿verdad? Sí, quería tener un hijo de Raimbaut. Torció el gesto al acordarse del hermoso discurso sobre la independencia que había pronunciado el día en que anunció a Guilhelma que prefería ingresar en la orden secreta de la señora Belot a casarse con Hubert de Comborn. Guilhelma había reaccionado con incredulidad, lo cual era lógico, pero ése era justo el tipo de proclama que podía esperarse de una jovencita de quince años. Douce por fin era consciente de lo protegida, ingenua y privilegiada que había sido. Guilhelma, como de costumbre, tenía razón. Si se hubiera casado con Hubert de Comborn, ahora sería castellana de su propia casa en vez de verse atrapada en Courthézon por su propia temeridad y por aquella pasión sin futuro que la ataba a un hombre con quien nunca podría casarse. Se había quedado encallada. No podía volver a Ventadour y no podía seguir adelante. Los veintitrés años habían resultado una prisión insoportable.

Se levantó, poseída por una necesidad de aire fresco, de bosque, de cualquier cosa que no le recordase quién era. He de ver árboles, pensó. Un gran árbol es como una plegaria. Cogiendo la capa de su clavija, salió corriendo de la habitación.

Acababa de salir del recinto del castillo y había entrado en el bosque cuando vio a un hombre inmóvil apoyado contra un gran roble. No se le ocurrió pensar que pudiera ser Raimbaut, pero cuando estuvo más cerca y lo reconoció, su primer impulso fue el de escapar. Pero su postura le pareció extraña y el pensar que pudiera encontrarse mal la disuadió de huir, y fue hacia él, que tenía los ojos cerrados. El conde no se apartó del tronco hasta que el crujir de las hojas secas llegó a sus oídos. Había estado tan absorto en sus pensamientos que reaccionó como alguien despertado bruscamente.

—Parecéis inquieto, mi señor —le dijo Douce.

—Tu aparición me ha sorprendido.

—¡Vos sí que me habéis sorprendido! —exclamó ella—. ¿Puedo interrumpir vuestros pensamientos?

Raimbaut se quitó la capa y la extendió sobre las hojas y el musgo junto a la base del tronco. Después se quitó la espada, la invitó a tomar asiento y se sentó a su lado con tanta torpeza como si no estuviera acostumbrado a hacer aquella clase de movimientos. Sus rodillas crujieron suavemente cuando se acuclilló y acabó dejándose caer sobre la capa.

Douce notó que se acaloraba, y rogó no haber enrojecido. Los dos desviaron la mirada hacia el bosque sin decir nada. Un faisán remontó el vuelo desde la espesura, graznando sin llegar a hacerse visible. Un perro ladró en alguna parte. Ni un hálito de brisa agitaba los árboles de ramas desnudas. Raimbaut le ofreció la mano, y Douce la cogió sin vacilar.

Él volvió la cabeza para mirarla a los ojos pero, avergonzándose de la desnudez de su necesidad, volvió a desviar la vista.

—Tienes razón —dijo casi susurrando—. Los acontecimientos me preocupan. —Suspiró y, tras una breve pausa, añadió—: Y tú también, porque... —Se le quebró la voz y le cogió la otra mano.

Douce abrió la boca, pero en vez de hablar se limitó a contemplar en silencio las grandes manos que cubrían las suyas. A partir de ese momento las convenciones pasaron a segundo plano y todo quedó en silencio salvo por los sonidos del afecto del corazón.

Raimbaut sintió que algo cedía dentro de él, como si su cuerpo estuviera hundiéndose. Aquella muchacha poseía una inmensa serenidad, y la serenidad siempre había sido una cualidad preciosa para él. Quizá fuese su religión lo que creaba aquel refugio dentro de ella, lo que le proporcionaba su *solatz*. ¿No era eso lo que había visto y amado en ella durante aquellos siete años? Su necesidad de ella era tan primaria como la del bebé de ser abrazado y amamantado, la de una herida de ser vendada o la de un dolor de ser mitigado. Ahora que la tenía junto a él, las amenazas y las preocupaciones —e incluso las certezas— de su vida empezaron a desdibujarse. Nunca había deseado tanto algo que perteneciese a otra persona. Lo que Douce encerraba en su delicioso yo era algo que Raimbaut deseaba por encima de todo.

Ella también se sentía liberada y derretida, como a las puertas de un acontecimiento tan inmenso como inevitable. La mano de Raimbaut se apartó de las suyas para acariciarle el cabello, y tuvo que reprimir un fugaz impulso de echarse a llorar. Siguieron sentados de aquella manera sobre la capa, tan correcta e incómodamente, hasta que Raimbaut no pudo soportarlo más. Aquella muchachita llevaba años siendo su obsesión y su tormento. Tenía que ser suya.

Ella lo miró. Raimbaut, tembloroso, tenía la expresión de un sabueso que acaba de encontrar el rastro. Ella sabía que no habría lucha, porque la resistencia no tenía cabida en aquel reino al que habían ido a parar. Allí su religión no existía, como tampoco existían Béatritz, Gaucelm o Guilhelma, ni siquiera el mundo real. Raimbaut la atrajo hacia sí, tendiéndola sobre la capa con su aliento susurrando en su oído. Douce pestañeó. Raimbaut le tomó la cabeza y la acunó sobre su pecho. Douce oyó cómo su respiración se aceleraba y empezaba a volverse entrecortada.

El miedo fluyó dentro de ella: era el miedo que le había legado Gui, aquel al que solía llamar «negro». Escrutó el rostro de Raimbaut, pero el conde se limitó a mecerla, hurgando entre los pliegues de sus faldas en busca de los lugares secretos. Douce temblaba allí donde la tocaba. Cerró los ojos. Estaba segura de que se desmayaría, pero en su lugar tragó saliva mientras sentía que algo se agitaba en las profundidades de su ser. ¿Cómo podía estar así, abierta y preparada para él?

A partir de entonces nada siguió el curso que hubiese debido seguir. El mundo, por un instante, tenía sus propias reglas. Y Douce se encontró entre los brazos de Raimbaut gimiendo «Por favor, Dios mío» y «Abrázame» con un susurro casi inaudible. Unida a él de aquella manera, comprendió que, fuera lo que fuese, aquello tenía que ser. En ese momento Raimbaut percibió su necesidad de la misma manera en que ella había percibido la suya. Douce no se resistió. Era como si ambos intentaran alcanzar la misma meta, él con todo su ser fusionado al de ella, ella en la oscura caverna del alma de él con su mente como un pájaro que, posado en la entrada, contemplara las tinieblas con perplejidad.

Entonces el cuerpo impuso súbitamente su voluntad y Douce se vio liberada de todo pensamiento. Yació inmóvil, como una parte de Raimbaut, inundada por el olvido, mojada como un gatito recién nacido y con los ojos cerrados. Padre, hermano, amante, dios: ya no podía negar que Raimbaut era todo eso para ella. No osaba moverse por temor a que el momento cambiara. Poco a poco fue cobrando conciencia de un sordo dolor entre sus muslos. Las copas de los árboles temblaron encima de sus cabezas bajo el embate de un súbito viento que arrancó unas cuantas hojas rojizas de sus ramas. Un caballo relinchó en la lejanía.

Entonces Raimbaut se acercó más a ella, como si despertara de un profundo sopor. Extendiendo la mano, le apartó los cabellos de la frente, se incorporó sobre la ropa que se habían quitado y dijo:

—¿Quieres que te cante una *canson* que he compuesto para ti?

Douce asintió. Así que era cierto. Gaucelm no mentía: Raimbaut había compuesto versos únicamente para ella. Cogiéndole la mano, el conde contempló el gran abanico de ramas de roble desplegado sobre ellos con la expresión de quien sólo es consciente de su propia felicidad. Después empezó a cantar:

—*Dona! Pus mon cor tenetz pres adossatz me ab dous l'amar. Dieus, aiuda! In nomine patris et filii et spiritus sancti! Aiso, que será, domna?*

Douce suspiró y se volvió hacia él, prefiriendo ignorar la pregunta del último verso. Oh, sí, pensó. ¿Qué será de nosotros?

—No sabía que tuviera cautivo a tu corazón —murmuró—. ¿He endulzado tu amargura?

Raimbaut le sonrió.

—¿Hay más? —preguntó ella.

—Mucho más. Pero he de volver.

Extrajo sus pantalones del montón de ropa y se los puso. Después se levantó y, sin dejar de canturrear, se alisó la túnica. Aquellos pocos gestos lo transformaron. De amante, súbitamente había pasado a ser un hombre con responsabilidades.

Ella no se movió. Aquella despedida tan brusca la irritó un poco, y no le miró. No se atrevía a incorporarse, como si quisiera evitar el descubrimiento de que le faltaba alguna parte de su ser. Asombrada por lo que había hecho, se dijo que había renunciado para siempre a algo. Ahora sabía por qué en una ocasión Guilhelma le había dicho que no conocías a un hombre hasta que te acostabas con él. Por mucho que hubiese amado a Gui, Douce no había llegado a conocerle.

Tumbada en el suelo, se sentía tan incapaz de moverse como si estuviera suspendida entre su pasado y un futuro que llevaba mucho tiempo esperando. Finalmente se puso de costado, miró a Raimbaut y vio que se había colgado la capa de un dedo. Arrodillándose rápidamente, el conde la besó y luego echó a andar hacia el castillo.

Douce dejó que partiera sin decir palabra. Después, tan inevitablemente como regresa la marea, el mundo volvió a caer sobre ella. Cuando Raimbaut hubo desaparecido entre los árboles, se levantó, se sacudió la falda y se echó la capa sobre los hombros. El viento soplaba cada vez con más fuerza, y cuando salió del bosque pudo oírlo entre los grandes árboles. Murmuraba a través del huerto y los olivos que crecían junto a él mientras Douce atravesaba los campos que la separaban del castillo. Echó a correr, triunfante, sintiendo que en ese momento poseía todo lo que siempre había deseado. El amor no sólo le había dado a Raimbaut, sino también una extraña clase de poder.

Ya casi había oscurecido cuando llegó a su habitación. Fue directamente a la ventana. Apoyando los codos en el alféizar, aspiró la fragancia ya casi verde de principios de la primavera. Le palpitaba la cabeza y también estaba aquel nuevo dolor, en su ingle. El viento fue amainando con la llegada del anochecer y ella entrevió los pequeños brotes de las ramas delante de su ventana. La luna no tardó en extender su luz plateada.

Un estrépito de metal sobre piedra seguido por los gritos de Gaucelm despertó a Guilhelma. «¡Oh, por Dios! ¡Jesús bendito!», gemía Gaucelm mientras sacudía violentamente una mano. Guilhelma enseguida comprendió que había descolgado el cazo hirviente del gancho sin protegerse del calor de su mango de hierro. Toda la cocina olía a alquitrán quemado, y nubes de humo anegaban la cocina.

—*Dieus!* ¿Cómo podías dormir con esa horrible peste? —dijo Gaucelm, soplándose los dedos sin dejar de sacudirlos.

Guilhelma se levantó, sacó un cubo de agua del pozo de la despensa y lo arrastró por el suelo.

—Mete la mano dentro —ordenó.

Gaucelm así lo hizo, apretando los dientes mientras dejaba escapar un siseo tan estridente como el de un atizador al rojo vivo sumergido en agua.

—Algo olía raro y fui a echar un vistazo —dijo. Se sentó en el suelo al lado del cubo, manteniendo los dedos metidos en el agua mientras se enjugaba la frente con la manga—. Esto ya está mejor. Mira qué te he traído —dijo señalando el gran obrador donde cortaban la carne y desplumaban las aves, encima del cual había unas cuantas liebres con las trampas colgando de sus patas traseras.

—Lucía se ocupará de ellas —dijo Guilhelma.

—Ya empieza a hacer demasiado calor para estar cazando hasta el mediodía —dijo él—. No entiendo por qué Raimbaut se empeña en volver tan tarde. A esa hora los rastros ya han desaparecido, los sabuesos están sudados y al final lo único que encontramos son las trampas que han puesto los furtivos. Me recuerdan a esos canallas que solían venderle pieles a mi padre: la mayoría de sus presas las habían robado de las trampas de otro hombre. No entiendo a Raimbaut, de veras... La caza es para los villanos. ¡No hay ninguna nobleza en ella!

—Quizá pierde la noción del tiempo. Dile que la cocina necesita jabalíes, y que si no empieza a salir de caza al alba su castillo pronto pasará hambre.

—No sé en qué estará pensando, pero te aseguro que no es en la caza. Lo de hoy ha sido increíble. Cuando volvíamos, lo dejamos en el bosque rumiando no sé qué rumor que un mensajero le había traído de Lyon. Dijo que prefería andar, así que tuve que ocuparme de su caballo.

Sacó la mano del cubo y la sacudió para secársela. Guilhelma vio cómo entrecerraba los ojos mientras examinaba la quemadura. Últimamente, cuando Gaucelm miraba fijamente el surco que atravesaba el puente de su nariz se marcaba más, y ella se preguntó si estaría perdiendo la vista. La curva respingona de su nariz todavía le gustaba, y ni siquiera el par de pelos que asomaban de sus fosas nasales le parecían del todo desagradables. La verdad era que se había vuelto francamente peludo. Dos años atrás se había dejado barba como experimento, y el resultado le complació. Ahora ya la tenía muy poblada, y con bastantes mechones grises.

Bufando y resoplando, se levantó. Después siguió sacudiéndose la mano derecha mientras Guilhelma se la secaba con su toalla.

—Te has perdido las volteretas del bebé —le dijo, y Gaucelm le besó la frente.

—Al menos me he ganado una noche libre —dijo después, pensando en su mano—. Siempre que Raimbaut no quiera una canción con acompañamiento cuando regrese, si es que vuelve. Voy a hacer algunas averiguaciones —añadió, y le sopló otro beso desde la puerta.

Guilhelma pensó en su comida echada a perder y siguió sentada un momento más antes de obligarse a limpiar aquel estropicio. Envolviendo el mango del cazo con un paño para no correr riesgos, lo sacó del hogar y después arrastró el cubo de agua hasta dejarlo junto a la ventana. Debajo de ella había unos estantes en los que guardaban los recipientes de lavar oblongos. Metió el cazo en uno de ellos, se arremangó y se dispuso a arrancar el sedimento pestilente del utensilio de cocina. Lo que odiaba no era la limpieza, sino el olor. Las hierbas se habían pegado al fondo del cazo, formando una masa ennegrecida que rezumaba un repugnante olor medicinal. Cogiendo un manojo de ramas, aspiró una buena bocanada de aire y empezó a desprender los residuos. Estaba furiosa. ¿Por qué tenía Gaucelm aquella inclinación a minar todo lo que hacía ella, a echar a perder las cosas, como si ella tuviera la culpa de que hubiese cogido el cazo sin pensar en protegerse la mano?

Para mantener la nariz alejada del hedor, miró por la ventana mientras manejaba las ramas. Una diagonal de sombras cortaba el patio en dos. El sol del atardecer iluminaba el extremo sureste donde alguien había olvidado tapar un montón de heno que empezaba a echarse a perder. A aquella hora del día la otra mitad siempre quedaba enfriada por las sombras combinadas de la fortaleza y una de las torres. Al principio el contraste de luz y oscuridad le impidió localizar a Gaucelm, pero su figura no tardó en materializarse dentro de su campo visual, pasando del negro al oro mientras iba hacia la entrada lateral del castillo más próxima a sus habitaciones.

Volvió a concentrarse en el frotado y cuando alzó la mirada por segunda vez vio que Douce estaba con Gaucelm. Algo en su forma de permanecer juntos, sin saberse observados, hizo que le diera un vuelco el corazón. Casi sin respirar, los observó. Douce señalaba los aposentos de Tiburge. ¿Qué podía llevarla allí, a menos que estuviese buscando a Guilhelma? Eso era, sí, porque ahora Gaucelm señalaba la cocina. Guilhelma bajó la cabeza y frotó salvajemente el cazo, sintiendo que se le aceleraba el pulso. Luego vio cómo Gaucelm le ponía la mano en el hombro y echaban a andar hacia la entrada lateral. Parecía estar enseñándole su quemadura, manteniendo la mano izquierda en la nuca de Douce y jugueteando con sus dorados cabellos. Guilhelma tuvo que apartar la mirada. Le había parecido un gesto de posesión lleno de complicidad. Un cosquilleo despertó detrás de sus ojos y antes de que llegaran las lágrimas ya estaba en el patio, corriendo tan deprisa como se lo permitía su embarazo.

Lloraba y gritaba a la vez, agitando las manos. Cuando Douce y Gaucelm la miraron sorprendidos, Guilhelma se detuvo delante de ellos con lágrimas en los ojos y la nariz enrojecida. No sabía qué decir y en realidad no deseaba hablar, porque lo único que sentía era el anhelo de zarandearlos y golpearlos, como una niña que castigara a un par de muñecas de trapo. La sensación pasó, y Guilhelma deseó que las lágrimas siguieran su curso hasta que se hubiera tranquilizado y pudiera volver a la cocina sin haber abierto la boca.

Muy lentamente, o eso le pareció a Guilhelma, Gaucelm apartó la mano del cabello de Douce.

—¿Qué ocurre?

Guilhelma extendió las manos hacia ella, pero Douce se apartó. No podía decirle lo que hubiese debido resultar natural: aquel hombre le pertenecía por derecho. Pero tampoco podía ignorar aquella evidencia, esa confirmación de que Douce aún ejercía un extraño poder sobre él.

—¡Elige una de nosotras! —gritó por fin—. *Chauzir!* Douce es tu pequeño ángel: ¡admítelo, Gaucelm! *Chauzir!*

—¡Oh, Guilhelma! —exclamó Douce con alivio, y fue a abrazarla—. ¿Pensabas que...?

Pero Guilhelma la rechazó y siguió llorando, inclinada sobre su vientre mientras se cubría la cara con las manos. Douce y Gaucelm se miraron, impotentes.

—Sé que te he descuidado, Guilhelma. Me parece que los dos te hemos descuidado —dijo finalmente Douce, y miró a Gaucelm como diciéndole «Ahora te toca a ti».

Pero Guilhelma levantó la cabeza y se secó los ojos.

—Estoy segura de que es el bebé —dijo con su habitual voz serena—. Dicen que a las embarazadas suele ocurrirles esto cuando les falta poco para dar a luz. Los humores se desequilibran —murmuró y, dándoles la espalda, volvió a la cocina con paso tambaleante.

Douce y Guilhelma la siguieron.

—¿Qué quería decir con «elegir»? —susurró Douce—. No pensará que...

Gaucelm sacudió su cabeza como un enorme animal perplejo.

—Quizá sea por el bebé —añadió—. Ha estado tan sola, tan absorta en sí misma... Tener un niño supondrá un gran cambio en vuestras vidas. ¿Cuándo vas a casarte con ella, Gaucelm? —preguntó de pronto, deteniéndose para mirarle a los ojos.

25

VIDAL REDUX

La sincronización tenía que ser perfecta. Yves, el paje, montaba guardia junto al establo mientras Garsen, el mayordomo de las bodegas, se encargaba de custodiar la tabla. Vidal, todavía cansado de su viaje a través del Ródano, se agazapaba entre las sombras del establo.

No tuvieron que esperar mucho. Durante los dos últimos días, y desde que Guilhelma se había mudado a los alojamientos de las mujeres, Gaucelm iba a verla por la mañana después de haber ensayado y volvía a visitarla antes de vísperas. Aquella mañana llevaba un poco de retraso. Yves dio la señal justo cuando las vísperas empezaban a sonar desde la capilla. En un sigiloso estallido de actividad, los dos jóvenes levantaron la tabla de madera con Vidal a bordo de ella, erguido sobre un codo y con la mano libre encima de la boca para reprimir su hilaridad. Silenciosamente, la procesión empezó a cruzar el patio.

Se acercaron a Gaucelm por detrás, y Vidal empezó a hacer malabarismos con su gorra y a cantar en el mismo instante en que casi chocaban. Vidal se incorporó y se dio de narices con su viejo amigo. Entonces el patio vibró con sus exclamaciones de bienvenida y palmadas en la espalda. A Gaucelm la sorpresa lo dejó sin habla. Los dos amigos se abrazaron antes de que Gaucelm encontrara palabras.

—¡Con todo ese pelo no puedo verte los ojos! ¿Cuánto tiempo llevas en los caminos?

Vidal no contestó, pues la barba de Gaucelm lo tenía fascinado.

—Mirad, ¡tiene canas! —exclamó, y la cintura agrandada de su amigo no se libró de recibir un codazo.

—¿Cuánto tiempo puedes quedarte? ¡Si he de presentarte en la corte, lo primero que debemos hacer es visitar al barbero! —dijo Gaucelm.

—¡No tan deprisa, viejo buey! Tengo muchas cosas que contarte. ¡Muchísimas! —dijo Vidal, extendiendo los brazos para abarcar el patio entero con su gesto—. ¿Hay algún sitio donde podamos hablar en privado?

Gaucelm asintió, y notó que se le estaba hinchando el puente de la nariz, lo cual siempre era señal de lágrimas.

—Pensaba que nunca volvería a verte —dijo sin tratar de ocultar su inmensa alegría y alivio ante la reaparición de Vidal.

—¿Dónde podemos ir? —preguntó Vidal, y echó a andar delante de él.

Gaucelm se pasó el dorso de la mano por los ojos. Después alcanzó a Vidal, le dio una palmada en el hombro y lo condujo hacia la cocina.

—Si tienes hambre, ésta es la dirección correcta.

—Ya me conoces, amigo mío. Estoy famélico.

Visto de perfil, Vidal parecía el mismo, pero estaba más delgado y sus pequeñas rarezas y gestos le recordaron más que nunca a una marioneta movida por hilos invisibles. Pero la frente serena y despejada y la sonrisa levemente irónica de sus labios seguían allí, y el paso de los años no había alterado su expresión. Alrededor de sus ojos había una extraña palidez, como si la piel hubiera sido blanqueada por el sol, pero los ojos negros cual carbones eran tal como los recordaba Gaucelm. Vidal llevaba un jubón que en tiempos lejanos tenía que haber sido magnífico, pero años de uso habían desgastado la seda. De hecho, la prenda se hallaba en un estado lamentable, con agujeros en los codos y una brecha en el hombro izquierdo causada por el roce. Pero había una mejora en su apariencia: una gorra de terciopelo bordado cubría parte de su rebelde cabello.

—Me alegra ver que por fin te has librado de esa vieja gorra tuya —observó Gaucelm.

—Un camello la confundió con su cena —repuso jovialmente Vidal.

Gaucelm puso cara de perplejidad.

—He estado en ultramar —dijo Vidal, como si eso explicara la existencia de camellos que se alimentaban de gorras.

—No puedo creer que estés aquí —resopló Gaucelm mientras abría la puerta de la cocina.

Los dos amigos se detuvieron en el umbral como dos bufones cómicamente opuestos, un oso de pesados andares y un lobo siempre alegre, cada uno con un brazo sobre el hombro del otro.

—Y ahora siéntate y cuéntamelo todo —dijo Gaucelm señalando el fondo de la cocina, que era donde comía la servidumbre.

Pero el cuerpo flaco y nervudo de Vidal ya estaba temblando de expectación mientras sus ojos recorrían la habitación.

—¿Qué nota le pondrías a la mesa del señor de Courthézon en el caso de que tuvieras que calificarla?

—La mesa de Raimbaut no destaca por su brillantez —contestó Gaucelm—. Pero seguí tus consejos y me hice amigo de la cocinera.

—¡Que me cuelguen, Gaucelm! Veo que eres un alumno aventajado. ¿Y tu amiga permitirá que husmeemos en sus pucheros tal como hicimos durante tu primer día en la corte de Raimundo?

La cocina, desierta, parecía haber sido saqueada por un ejército. Las sobras de la cena habían sido amontonadas sobre una tabla colocada encima del lavadero, y el fuego había quedado reducido a unas ascuas rojizas dentro del vasto hogar. Ninguna criada había considerado necesario renunciar a las delicias del buen tiempo para dedicarse a la limpieza. Gaucelm miró en torno frunciendo el ceño mientras Vidal iba directamente al montón de sobras y cogía un trozo de asado prácticamente intacto.

—No hay agua con la que rebajarlo —dijo Gaucelm, alzando una jarra de vino que había descubierto debajo de una mesa.

—Lo beberemos tal cual —dijo alegremente Vidal—. Y yo he encontrado dos vasos —añadió, llevando un taburete a la mesa y atacando el trozo de cordero con su cuchillo.

Gaucelm fue a buscar pan a la despensa, y volvió con una naranja bastante marchita y un poco de mazapán seco.

—No es una cena muy elegante —anunció.

—Servirá —dijo Vidal entre bocado y bocado—. Pero nada de platitos femeninos para mí, aunque te agradezco la oferta.

Gaucelm apartó el mazapán y se sentó enfrente de su amigo.

—¿Cómo te has enterado de que estaba en Courthézon?

—No tuve que preguntar por tu paradero. ¡Tu fama se ha extendido igual que la plaga por toda Tolosa!

—¿Cómo?

—Folquet.

—¿Folquet?

—Folquet, obispo de esa hermosa ciudad. El que remueve el aire tras de sí...

Levantándose del taburete y alzando su cuchillo, Vidal dio unos pasos bamboleantes al tiempo que meneaba las caderas aparentando nadar.

—¡Folquet, el viejo pedorro! —gritó Gaucelm, deleitado por la pantomima de su amigo.

—El viejo pedorro tocado con una mitra de obispo —dijo Vidal, volviendo a sentarse—. Ha oído tu *planh*. Esa declaración tuya ha circulado por todo el país, y Folquet no ha podido hacer nada para impedirlo. Tengo entendido que critica todas las guerras entre religiones, ¿verdad? Un sentimiento muy noble.

—¡Si Folquet ha oído mi *planh*, al menos por una vez habrá respirado un poco de aire puro!

Gaucelm parecía muy satisfecho de sí mismo, pero Vidal se puso serio. Olvidándose de la carne, apartó su taburete de la mesa.

—Escúchame con atención, Gaucelm —dijo, quitándose la gorra para volver a encasquetársela mientras clavaba la mirada en su amigo—. Creo que deberías ir pensando en desaparecer. No lo he oído, cuidado, pero al parecer tu pequeño *planh* contiene ciertas referencias a un respetadísimo eclesiástico que se atrevió a flirtear con el catarismo en su juventud. ¿Cómo has podido ser tan imprudente, hombre de Dios?

Su observación hizo que Gaucelm recordara lo que le había contado Guilhelma sobre el Folquet de los viejos tiempos. Llevaba años sin pensar en el secreto de Guilhelma, en cómo Folquet iba a verla al Chantier, lleno de versos juveniles e inclinaciones heréticas. El recuerdo de haber oído todo aquello se había infiltrado de alguna manera en el *planh*, de la misma forma en que muchas cosas acababan incorporándose a sus poemas, casi sin que él se diera cuenta. Ardía en deseos de contarle a Vidal lo que le había revelado Guilhelma, pero no era momento para ello. De pronto comprendió el auténtico significado del adiestramiento sufrido por Folquet a manos de Marie y la señora Audiarde. La lección erótica del dolor sobre uno mismo podía traducirse con facilidad en dolor infligido a los demás primero, y al enemigo después. Ahora todo encajaba. Si unías el misterioso pasado de Folquet con su afición a las ataduras de seda y los cuchillos para damas, obtenías un obispo instruido en todas las sutilezas de la desviación dotado de unas cualificaciones realmente poco usuales entre los predicadores de la guerra santa. La ironía, pensó Gaucelm, era que en el caso de Folquet el enemigo eran los demonios de su propio pasado: los cátaros. En consecuencia, y aunque Folquet no pudiera saberlo, su tarea consistía en vencer a sus propios demonios. Folquet, comprendió Gaucelm en un arrebato de inspiración tan súbito como un rayo, estaba destinado a dirigir aquella cruzada.

—*Dieus!* —exclamó, volviendo a la observación de Vidal y acordándose de que tenía algo que ver con su *planh*—. ¿Es que Tolosa va a traicionarme por segunda vez?

Vidal se encogió de hombros al tiempo que alzaba las manos en un gesto de impotencia.

—Ah —dijo Gaucelm—. Ya lo entiendo. Traición. Amenazas papales y todo eso. —Respiró hondo, como queriendo restar importancia al peligro—. Vamos, vamos... No pensarás que el gordo Folquet malgastará su valioso tiempo con alguien como yo, ¿verdad? ¡Tiene peces más grandes que freír! —La expresión de Vidal no cambió—. Además —añadió Gaucelm—, la referencia sólo era una alusión de pasada. No mencioné a Folquet, así que podría tratarse de cualquiera. —De pronto se enfureció—. ¿Qué puede hacerme? No puede freírme. ¡No soy ningún hereje!

—Traición —se limitó a decir Vidal.

Gaucelm alzó las manos en un gesto de protesta.

—Espera un momento —dijo—. Si Folquet decide tomarse esa frasecita de una manera tan personal, eso equivale a una admisión de culpabilidad.

—Traición —repitió Vidal—. ¿Quién puede saber lo que Folquet considera una provocación? Pero tu *planh* no te ha ayudado en nada, amigo mío. Para Folquet, no seguir fielmente las consignas equivale a traición.

Gaucelm necesitó unos momentos para entenderlo.

—Si no ser un buen católico fuera un acto de traición, entonces todas las mazmorras y calabozos del sur estarían llenos. Pero si han empezado a detener a los poetas, todavía no he oído hablar de ello.

—La herejía, Gaucelm... —dijo Vidal—. Ofensa a la Iglesia y el Estado.

—¿Quién correría el riesgo de denunciarme por herejía? Ni siquiera tengo amigos entre los cátaros... ninguno que Folquet conozca, al menos.

Vidal fingió no haberlo oído.

—Tanto si lo sabemos como si no, todos tenemos amigos que son cátaros. Y además déjate de falsas modestias, Gaucelm. Eres un pez lo bastante grande para Folquet.

—¡Aunque lo fuese, eso no constituye traición! —insistió él—. ¿Tendrías la bondad de explicarme en qué podría basar sus acusaciones?

—¡Folquet no necesita basar sus acusaciones en nada! Estás en la lista, viejo buey.

Gaucelm le miró. Con un incipiente alivio, se le ocurrió que su amigo podía estar tomándole el pelo, y que todo aquello formaba parte de su temible encanto de bromista.

—¿Una lista? ¿Qué lista? —preguntó alegremente.

—Oh, digamos que es una especie de relación de descarriados redactada por los secuaces de Folquet. Se hacen llamar la Hermandad Blanca. Pero los nombres son incorporados a esa lista por instigación de Folquet, naturalmente.

—¿Quién más figura en ella?

—Yo. Toda la gente importante. Eso incluye a Raimundo, claro, lo cual quiere decir que estamos en buena compañía. Cualquiera que haya expresado alguna idea no ortodoxa en verso. Cualquier amigo del conde de Tolosa o de su sobrino Trencavel. En resumen, cualquier persona a la que Folquet odie lo suficiente. Puede ser por cualquier cosa que hayas hecho, tanto política como personal. En mi caso, probablemente sea por cierta dama de Marsella...

—Pero ¿por qué va a odiarme Folquet?

—¿Porque tus canciones son mejores que las suyas, tal vez? —Vidal cogió un trozo de asado—. ¿Qué dice exactamente ese *planh* tuyo? ¿Y quién es esa Douce a la que está dedicado? Estoy impaciente por oírlo. —Agitó el trozo de carne delante del rostro de Gaucelm—. ¡Acuérdate de la *Eretria dels preires*!

—¡Pero de eso hace siglos!

Gaucelm no daba crédito a sus oídos. Era como si Vidal hubiera vuelto de entre los muertos para recordarle sus pecados.

—Folquet tiene muy buena memoria —dijo Vidal entre bocado y bocado—. En todo caso, está claro que su memoria es mejor que la tuya. No olvides la escenita que provocaste delante de Raimundo la noche en que cantaste en la corte. Todavía se me pone la piel de gallina cuando lo recuerdo. —Sonrió maliciosamente—. Folquet te llamó hereje, y dijo que los cátaros te recibirían con los brazos abiertos. Después se fue hecho una furia gritando que todo aquello llegaría a oídos del Papa. ¿Te acuerdas, o has borrado...?

—Pero eso fue mucho antes de que...

—Antes de que lo nombraran obispo, cierto. Bueno, eso demuestra que ha tenido paciencia. Folquet almacena sus resentimientos igual que una ama de casa sus conservas. Pero en cuanto pudo cerrar su gorda mano sobre el báculo ceremonial, empezó a revisar su lista de cuentas pendientes. De ahí la famosa lista. Y si cree que la Verdadera Iglesia está en juego, Folquet es muy capaz de combinar la venganza personal con las cuestiones eclesiásticas. Las cosas están que arden, viejo amigo, y no me refiero únicamente a las piras. Oh, disculpa, no tendría que haber mencionado las piras.

Gaucelm ya había olvidado lo irritantes que podían llegar a ser las bromas de Vidal, pero lo que acababa de decir sirvió para recordárselo.

—Y además de los nombres que has mencionado, ¿quién más figura en esa relación? —quiso saber.

—Todos nosotros: toda la pandilla de versificadores ambulantes, desde el primero hasta el último. La lista es tan larga que parece un censo. Simón de Montfort podría ser coronado rey antes de que llegaran a nuestra página.

—¿Bornelh figura en ella?

Vidal asintió.

—Y Guillaume de Béziers. Y Bernard de Marjevoir. Peire Cardenal, por supuesto... Pero ¿para qué continuar? Tú y yo debemos reflexionar, y deprisa. Sólo por si acaso, deberíamos ir pensando en la huida. Marcharnos del país, ya sabes.

—Pero yo no puedo...

Vidal le interrumpió alzando una mano.

—Tengo un plan —dijo—, y un posible mecenas. He puesto los ojos en Boni di Monferrato.

—Italia... —murmuró Gaucelm.

—Boni es lombardo, y muy rico. Pero Italia no tiene nada que ver con mi plan. No; estoy pensando en ultramar.

—¿Monferrato?

—Olvídate de Conrado. ¿Crees que sería capaz de aliarme con semejante bribón? Aparte de que sería bastante difícil, teniendo en cuenta que lo asesinaron en Jerusalén hace no sé cuántos años. ¿Ves lo beneficioso que es viajar, mi querido Gaucelm? Tendrías que salir más de casa. —Hizo una pausa—. No, nuestro Monferrato es un hombre bastante menos complicado. Pero tiene los bolsillos repletos, cuidado, y como descubrí mientras estaba allí, lleva mucho tiempo acariciando la idea de organizar una segunda expedición a ultramar.

Monferrato... A Gaucelm aquel nombre le sonaba de algo.

—¿Su trovador es un gascón llamado Cadola? —preguntó.

—Exacto —dijo Vidal—. Los conocí a ambos en Constantinopla.

Por un instante Gaucelm volvió a sentir la vieja atracción de los lugares exóticos.

—¿Y cómo es Constantinopla?

—Arrebatadora. Pero los francos la han dejado en un estado lamentable. La saquearon implacablemente, ¿sabes? Los venecianos tuvieron la culpa de todo, por supuesto. Cuando llegué allí, la ciudad estaba en ruinas. Monasterios, iglesias, bibliotecas... todo había sido devastado. Corrían rumores de que los soldados bebieron tanto vino griego que al final enloquecieron. ¡Oí decir que bebieron de los vasos sagrados de Santa Sofía mientras una prostituta sentada en el trono del patriarca cantaba esas horribles canciones licenciosas que tanto gustan a los francos! Lamento haberme perdido esa parte del espectáculo, porque al parecer duró tres días. Cuando llegué a Constantinopla ya habían organizado un supuesto «imperio latino», más que nada porque esperaban que eso permitiría que los cristianos pudieran hacerse con el control de la ciudad. Y ahí fue donde entré yo. Pero ya te hablaré de eso más adelante. Volvamos a la lista, que es lo que realmente importa en este momento. ¿Qué opinas de mi plan?

—Es un buen plan y merece ser examinado con atención —dijo Gaucelm evasivamente. Quería saber más cosas sobre la situación en Tolosa. Sus propias noticias, Guilhelma y la paternidad, parecían aburridamente domésticas en comparación, y podían esperar—. Así que Folquet por fin ha conseguido convertirse en la plaga que siempre estuvo destinado a ser...

—Oh, lo está pasando en grande. Ha descubierto su auténtica vocación. Ejercer las funciones de obispo parece ser la única forma de redimir su lamentable fracaso en la profesión de trovador. Era su gran cruz, ¿recuerdas? —Vidal alzó el cuchillo sin dejar de masticar—. Ese maldito gordo nunca supo colocar una palabra detrás de otra. ¡Su sitio está en la Iglesia! Deberías oír lo que compone ahora: hace enrojecer de pura vergüenza ajena, créeme —concluyó, y vació su vaso de vino de un solo trago.

—¿Sigue componiendo? No lo sabía. ¿Y qué compone? Tonterías eclesiásticas, supongo.

—Auténticos horrores. Al parecer se ha enamorado de Nuestra Señora, y lo peor es que la gente se lo toma en serio porque es obispo. ¡Dios, es para vomitar! ¡Escucha! —Vidal giró sobre su taburete y, poniendo las manos encima de la mesa, juntó los dedos en un gesto de piedad. Después alzó los ojos hacia el techo y se echó a reír—. Eso sí, Folquet usa frases de la más consumada originalidad. Como ésta, por ejemplo... —Poniéndose serio y retomando su devota pantomima, recitó—: «Nada apartará de ti mi fiel corazón...» O esta otra: «No acataré deseo u orden alguna que de vos no proceda...»

Gaucelm torció el gesto.

—Y también tenemos su «Anhelo vuestro amor, pero no sé cómo pedíroslo», un verso que consigue ser toda una confesión de ineptitud verbal. Magnífico, ¿eh?

—¿Cómo es exactamente? —preguntó Gaucelm, pues su oído había captado algo que le sonaba familiar.

—*Ja par verjan ni per fuelh ni per flor* —cantó Vidal—. *Mon fin cor maisnon viraray de re de vos, cui tenc per don'e vuelh amar...* —Gaucelm abrió los ojos desmesuradamente mientras Vidal seguía cantando sin apartar la mirada del techo—. *Qu'autra el mon non envey ni honor...*

Y entonces Gaucelm, incapaz de seguir conteniéndose, cantó el estribillo:

—*E no-s vaira mos cors, e sai per que!*

Vidal le miró con asombro.

—Tú no... No puedo creerlo... ¿Es realmente tuyo? —preguntó finalmente, cogiendo su vaso y volviendo a dejarlo encima de la mesa.

—Respóndeme a esto: después del estribillo «Mi corazón nunca cambiará», ¿termina con *Que nulh autra non vuelh ni non deman mas vos, vui am mais que dire no sabria*?

—Casi —balbuceó Vidal con ojos desorbitados—. No es exactamente así, pero... ¡pero casi, por las llamas de santa Cecilia! Esto es maravilloso —dijo, golpeando la mesa con los puños—. El obispo de Tolosa, un plagiario. ¡Y mira a quién le ha robado los versos! —exclamó—. ¿Qué vas a hacer al respecto?

—Hombre, los versos tampoco están tan mal —murmuró Gaucelm, poniéndose a la defensiva—. Nacieron de la necesidad de halagar...

—¿A quién?

—Oh, Vidal. Yo... Bueno, en aquel entonces mi situación me imponía ciertas obligaciones y... esa canción fue compuesta para Marie de Ventadour.

—¡Bueno, pues según Folquet, obispo de Tolosa, Marie de Ventadour ha sido coronada Reina del Cielo!

La risita que esa observación arrancó a Gaucelm creció gradualmente hasta convertirse en carcajada.

—¿Y ha compuesto algo más en esa línea?

—Vamos a ver... —Vidal reflexionó—. La composición más admirada por su rebaño se titula «Todos debemos pensar en Dios» —dijo, y sucumbió a un nuevo acceso de hilaridad—. ¿Puedes imaginártelo? Sí, más vale que todos vayamos pensando en Dios... especialmente Folquet. Pensar en esa montaña de grasa esforzándose por componer algo para que luego resulte que son... —bajó la voz hasta convertirla en un murmullo— el recuerdo de unos versos oídos en algún lugar. Folquet no sabe dónde, pero acaban insinuándose en sus versos como si siempre las hubiera llevado en la cabeza...

—Cántame el de Dios. Vamos a ver de quién ha sacado ése.

Vidal así lo hizo sin apartar los ojos de su amigo. Pero Gaucelm le escuchó sin inmutarse y acabó alzando la mano para interrumpirle.

—Será de algún otro pobre idiota —dijo.

Vidal hundió sus dientecillos de depredador en el último trozo de carne.

—Yo también tengo noticias importantes —anunció Gaucelm—. Has llegado justo a tiempo de asistir a un gran acontecimiento.

Vidal le miró, se limpió las manos en el borde de la tabla y chupó los restos de grasa y las briznas de carne adheridas a los dedos.

—¿Y bien? —preguntó en cuanto hubo acabado con el último dedo.

—¿Te acuerdas de los cuatro ducados que me ganaste la primera vez que jugamos?

—Cristo. ¿Todavía lo recuerdas?

—¿Cómo iba a olvidarlo? ¡Tus dados me condujeron a un camino de vicios del que ya no saldré hasta que muera! Estábamos con los mozos de cuadra en el patio, después de que me hubieras enseñado el castillo aquel primer día.

—Estabas muy verde, Gaucelm.

—Tú me hiciste madurar deprisa, amigo mío. Pero también me despojaste de cuatro ducados, y he jurado recuperarlos. Bien, pues ahora dejaré que hagas tres intentos de adivinar qué importante acontecimiento está a punto de tener lugar.

—Eso está chupado: mi presentación al conde de Orange.

—No.

—¿Cómo osas insultarme así? ¡Doblaré tu deuda! —Todavía hambriento, Vidal miró el hueso pelado que había dejado sobre la tabla—. Oh, de acuerdo, jugaré. Has... has tomado las santas órdenes.

Gaucelm esperó en silencio.

—Has descubierto cómo sacar oro de los excrementos de un cerdo.

Gaucelm enarcó una ceja.

—Oh, venga... ¡Dilo de una vez! —exclamó Vidal.

—Puedes hacer otro intento.

Una sensación extraña se adueñó de Gaucelm mientras estudiaba el rostro de su amigo. Sintió que el tiempo pasaba deprisa, como las páginas de un libro vueltas por el viento. Ver que Vidal no había cambiado, en tanto que la dirección de su propia vida le parecía tan incierta, hizo que sintiera una vaga inquietud.

—¡Me rindo, maldición! ¿Qué otra cosa se puede celebrar, eh? El sur está a punto de arder, a Rai Mundi le han arrancado las uñas, el gordo Folquet se tragará Tolosa de un solo bocado, y tú y yo tendremos que poner pies en polvorosa si no queremos acabar asados en los espetones de los cruzados. Así pues, admito mi derrota.

—Voy a ser padre.

—¿Tú? ¡Conque sí hay algo que celebrar después de todo! Bravo, mi querido Gaucelm. Brindemos por el *incunabulum*. ¿Cuándo romperá el cascarón?

—Pronto. Cualquier día de éstos. Puede que ahora mismo lo esté rompiendo. ¡*Dieus*, Vidal, me entra pánico sólo de pensarlo!

Pero Vidal parecía pensar que la ocasión requería celebración más que consuelo. Cogió su vaso y brindó por el futuro padre.

—¡Ya veo que he llegado en buen momento! Te ayudaré a darle la bienvenida al mundo, aunque tal como están las cosas quizá no tarde en arrepentirse de haber venido a él. ¿Y quién es la madre?

—Guilhelma... aunque no hemos llegado a casarnos.

Vidal fingió desmayarse sobre el banco.

—¡Entonces fuiste tú quien despojó al Chantier de su más prominente dama! Oí decir que Guilhelma había dejado los estofados, pero no tenía idea de que... Así que Guilhelma Monja, ¿eh? ¿Desde nuestra primera noche en la ciudad?

—Desde esa misma noche.

—¡Que me aspen! Eres un auténtico diablillo, Gaucelm. ¿Y Raimbaut sabe quién es?

—Mi querido Vidal, ni siquiera tú la reconocerías. Ahora no tiene nada que envidiar a la más noble de las damas, y es más inteligente que la mayoría de ellas. No podrías distinguirla de la hermana del conde Raimbaut.

—¡Por el pie de Dios, Gaucelm! Hemos de contarnos los diez últimos años de nuestras vidas, y no sé por dónde vamos a empezar. ¡Esto requiere más vino! Desde que te vi por última vez, he ido hasta el fin del mundo y he regresado.

—Primero mis cuatro ducados, por favor —sonrió Gaucelm extendiendo la mano—. Ya veo que sigues teniendo la lengua más rápida del país, pero aun así has perdido la apuesta.

Vidal rebuscó en su bolsa.

—Aquí tienes ocho. Eso debería bastar para cerrarte la boca, ¿no? Es la primera vez que pago doble una apuesta perdida, pero son para Guilhelma, no para ti. Y ahora hagamos justicia a esta jarra de vino, ¿eh? Como principio no ha estado nada mal —añadió, empujando el hueso con el cuchillo—. ¿Queda algo más de comida? —Sin esperar respuesta, pasó una pierna por encima del taburete y empezó a hurgar en el montón de tablas—. *Dieus*, aquí no hay ni para dar de comer a un perro callejero —observó, añadiendo su tabla al montón para pasar a inspeccionar estantes y aparadores, levantando un cuenco aquí y una tabla allá mientras mascullaba entre dientes—. ¿Dónde demonios guardan las cosas?

Una súbita inspiración lo llevó al hogar, donde un caldero lleno de estofado de cordero colgaba del gancho. Vidal lo descolgó con un grito de triunfo y lo arrastró por el suelo hacia su taburete mientras le pedía a Gaucelm que le echara una mano.

Gaucelm ayudó a su amigo a depositar el caldero encima de la mesa. El borde quedaba tan arriba que apenas si podía ver a Vidal, pero contempló con una sonrisa cómo empuñaba el cuchillo y se disponía a pescar un trozo de carne.

—Vino, por favor —pidió.

Gaucelm llenó ambos vasos.

—Y ahora quiero una respuesta —dijo—. ¿Por qué te fuiste de Tolosa?

La pregunta pareció sorprender a Vidal.

—¿Y por qué no hubiese debido irme?

—Desapareciste sin más. ¡Me enfurecí, maldita sea! Te largaste y me dejaste abandonado a mi suerte. ¿Por qué?

—Ah, te refieres a eso... Me olí que no tardaría en haber problemas, y ya estaba harto de intrigas. O quizá fue que sencillamente tenía ganas de cambiar de aires. Quería ver ultramar. Viajar. Ya sabes, Gaucelm: las razones habituales. La verdad es que ya no me acuerdo. Ah, pero puse broche final a mi estancia en tierras lejanas siendo emperador de Constantinopla.

Gaucelm decidió seguirle la corriente.

—¿De veras? Cuéntamelo.

—Oh, es una historia muy larga. ¿No deberías estar cuidando de Guilhelma?

—Mi querido amigo, he sido temporalmente expulsado de sus aposentos: soy un varón inútil que no hace más que estorbar. Ya sabes cómo son las mujeres. —Decir aquello hizo que tuviera la sensación de que Guilhelma le pertenecía. Pero decírselo a Vidal en particular también lo hizo sentir un poco extraño, como si hubieran intercambiado sus papeles y él, Gaucelm, hablara como el más viejo y experimentado de los dos—. Para empezar, cuéntame cómo llegaste a Constantinopla.

Vidal se echó a reír.

—Creo que estaba borracho —dijo—. Sé que estaba loco. ¿De qué otra manera se puede sobrevivir en estos tiempos enloquecidos?

—No tengo razón para dudar de tu palabra —repuso Gaucelm—. Y ahora cuéntame qué dicen sobre ti cuando tienes las narices metidas en la copa. ¿Que además de estar loco estás borracho, tal vez?

—Cuando estoy sobrio pueden llamarme loco. Cuando estoy borracho, mi borrachera no se diferencia en nada de la de cualquiera..., salvo por el hecho de que no pierdo la lucidez. Ésa es mi gran tragedia —concluyó, sonriendo melancólicamente.

—¡El bueno de Vidal! Me alegra ver que, borracho o sobrio, sigues siendo el mismo de siempre. —Irguiéndose como si fuera a dictar sentencia, apoyó las manos en la mesa—. Eres un fanfarrón y un mujeriego impenitente, y has hecho todas las locuras posibles y unas cuantas más. Pero ¿cómo esperas que crea que sólo estás lúcido cuando has bebido?

—¡Ah, quieres pruebas! —dijo Vidal, viéndose acorralado. Se levantó, dio un par de vueltas a la mesa y acabó deteniéndose con la mano sobre el hombro de Gaucelm—. Pues las tendrás: mi aventura en Oriente te lo demostrará. ¡Porque tanto si quieres creerlo como si no, fui coronado emperador de Constantinopla! —Volvió a su lado de la mesa y, quitándose la gorra, se inclinó ante Gaucelm—. La locura permite hacer cualquier cosa, ¿comprendes? Al igual que la bebida, da valor.

—¿Valor para qué?

—Para dedicarse a la política, mi querido amigo. ¿Dónde estaríamos sin un gramo de locura y el deseo de participar en los asuntos de los grandes hombres? ¿Te acuerdas de las *sirventés* que compuse para el rey de Aragón? No sólo osé pedirle un caballo, sino que además le dije cómo debía administrar su reino. Se trata de un valor muy especial, cierto, pero puede hacer milagros. Los trovadores desplegamos nuestros poemas allí donde los soldados no se atreven a poner los pies. ¿No es así? —preguntó, encorvándose sobre su taburete y empezando a cabalgarlo como si fuera un caballo.

—Vidal, estás más loco que un lobo envuelto en una piel de oveja, y además lo sabes. Para ti todo es un juego.

—No, no. Ahí te equivocas, Gaucelm. Es una cuestión práctica, no un juego. Siempre mido cuidadosamente mi grado de locura para ajustarla a mis necesidades, y la locura me proporciona muchas cosas. ¿Por qué debería renunciar a ella? Las mentiras también funcionan, pero la locura es más entretenida.

Gaucelm soltó una risotada.

—¿Y cómo se las arregló un trovador, hijo de un peletero, para llegar a emperador de Constantinopla?

Después de haber acabado con varios trozos suculentos de la olla, Vidal se dedicó a pinchar distraídamente los restos del estofado.

—Muy sencillo. No tienes ni un real. Te enamoras.

—Eso suena como una doble invitación al desastre. Explícate.

—¿Qué ha sido de ese manjar para damiselas que me ofreciste hace un rato?

—¿El mazapán? Dijiste que no lo querías. Toma, cómete esto —dijo Gaucelm, señalando la naranja de Valencia.

Vidal ensartó su cuchillo en la piel, tan arrugada como la de una vieja. Mientras la pelaba, la naranja desprendió una fragancia tan maravillosa que Vidal acabó soltando el cuchillo para llevársela a la nariz.

—El aroma de ultramar —murmuró—. ¿Dónde estaba?

—Sin un real y enamorado, como de costumbre.

—Así que decidí recorrer los caminos. ¿Y dónde ha de estar un trovador que se respete a sí mismo sino en la tierra de nadie del exilio, mi querido Gaucelm? Fui hacia el este y llegué a Génova con la idea de encontrar un barco. Bueno, los genoveses le habían declarado la guerra a los pisanos y no zarpaban barcos del puerto, así que, para abreviar, me quedé allí una temporada para disfrutar de la diversión y me gané el pan componiendo. Compuse un *envoi* para un naviero genovés en el que denostaba a los pisanos, y después presté el mismo servicio a los pisanos. Ya conoces el truco,

Gaucelm: funciona siempre que sepas que no tardarás en irte de allí. Finalmente conseguí sitio en un navío que iba a Chipre. No era el destino que tenía en mente, pero cierto noble de Pisa andaba tras de mí con la muerte en los ojos y, dadas las circunstancias, me habría subido a cualquier cosa que flotara.

—Pero esa dama de la que dices te enamoraste...

Vidal alzó una mano, adelantándose a su pregunta.

—Logré llegar a Constantinopla, y allí la conocí. Se hacía llamar la emperatriz latina de Constantinopla, ¿sabes? Como te dije al principio, después del saqueo de la ciudad crearon el imperio latino. No tengo por costumbre meter las narices en asuntos de legitimidad, pero ella se hacía llamar emperatriz y quienes la conocían me confirmaron que su esposo reinaba sobre todo Bizancio. Y después de que él muriera me fui a vivir con ella, porque contaba historias maravillosas y también estaba un poquito loca. Asumí el título de emperador mitad en broma y mitad en serio... como una especie de seudónimo útil para mi trabajo, ¿comprendes? Queda muy bien en los poemas. Incluso hizo que me tallaran un trono, en el cual me sentaba para componer. *Ai*, era una mujer extraña y sorprendente, de origen griego, y despreciaba las convenciones corrientes. —Suspiró—. Bueno, finalmente llegó el momento en que decidí cambiar de aires. Llevaba tanto tiempo lejos de casa que ya casi había olvidado qué aspecto adquieren las colinas aquí al anochecer, y ya no me acordaba de lo que es tocar un muro de piedra en vez de uno de arcilla. En resumen, que añoraba Provenza, aunque por aquel entonces no me daba cuenta de que la echaba de menos. Estaba decidido a no volver a Tolosa, pero los acontecimientos conspiraron para llevarme allí. Y quizá fuese mejor así, porque de esta manera el pobre Raimundo, sin él saberlo, me ha pagado el viaje hasta aquí con lo que probablemente sea su último estipendio.

—¿Su último estipendio? ¿Qué quieres decir?

Vidal enarcó una ceja.

—Mi querido amigo, no me digas que no lo sabes. El Papa había amenazado con volver a humillarle. Juró que Raimundo, desnudo hasta la cintura, sería flagelado en público hasta que su espalda quedara convertida en un mapa de verdugones ensangrentados ante los ojos de todos...

Vidal hablaba cada vez más deprisa, como le ocurría siempre que tenía ganas de pelea.

—Así que fue peor que el... acontecimiento del año pasado.

—Mucho peor. Y en enero pasado yo estaba en Saint-Gilles. Lo vi todo. Dios mío, Gaucelm... ¡Menuda escena! El Papa debía de llevar meses planeándolo. Fue casi tan impresionante como un auto de fe, con toda la fanfarria y los delegados de Roma. Había docenas de estandartes ondeando en la gran fachada de la abadía, que con todos esos colores parecía un arco de triunfo. —Vidal se puso serio—. En el pasado yo había tenido mis diferencias con Raimundo, pero aun así me rompió el corazón verlo allí, arrodillado sobre los escalones de la iglesia. Primero leyó su juramento de lealtad al Papa. Luego se levantó y le ordenaron que rindiera homenaje al pontífice inclinándose ante Castelnau, esa condenada marioneta papal. El problema, naturalmente —añadió en voz baja—, es que el Papa había escogido al hombre equivocado para obligarle a tragarse ese sapo: la humillación sufrida por Rai Mundi sólo sirvió para hacerle más popular entre su gente.

—Me alegro. Menudo triunfo para la Santa Sede, ¿eh? —resopló Gaucelm.

Los recuerdos ensombrecieron el rostro de Vidal.

—La verdad es que todo fue bastante patético. En cuanto corrió la voz de que su Portador de Luz iba a ser humillado por el papa Inocencio, la multitud se agolpó alrededor de la iglesia. Vi rostros llenos de rabia, pero muchos lloraban. Había una atmósfera de luto. Más que un acto de reconciliación con la Iglesia, aquello parecía el final de Raimundo. —Miró a Gaucelm con expresión pensativa—. Fue como si un capítulo de la historia hubiese llegado a su fin. El siglo había terminado hacía poco, y lo lógico sería esperar que la gente volviera a tener esperanzas. Pero en vez de eso, lo único que hemos tenido ha sido muerte y desolación. Y justo antes de que me fuera, la luz de Bernard se extinguió como... como la llama de una vela. Ya hacía mucho tiempo que apenas alumbraba, claro, pero aun así...

—¡Bernard! ¿Bernard de Ventadour ha muerto?

—Murió el día antes de mi marcha. ¿Y sabes una cosa, Gaucelm? Al final acabé cogiéndole cariño al viejo. Últimamente estaba demasiado enfermo para que pudieran cuidar de él en la corte, así que Raimundo hizo que lo llevaran al monasterio de Dalon. Lo vi allí un par de veces. Daba pena. La piel se le había vuelto casi transparente. Ya sabes que llevaba años viviendo con un pie en el otro mundo, pero al final se volvió... Oh, no sé cómo expresarlo. Parecía un profeta o un vidente, como si ya nada tuviera secretos para él. No era más que un anciano decrépito, pero encontró una manera de seguir siendo útil. Hablábamos, aunque quizá debería decir que yo gritaba y él me contestaba. Desde que nombraron obispo a Folquet, Bernard estaba seguro de que Raimundo sería traicionado y el papa Inocencio tendría su cabeza. Temía que pudiera desatarse una guerra civil. Parecía saberlo todo sobre la Hermandad Blanca y la lista.

Pero Gaucelm ya no le escuchaba. Su pena fue tan repentina como intensa, y le obligó a apoyar la cabeza en los brazos cruzados como si estuviera a punto de desmayarse. Nunca podría explicarle aquello a Vidal. Apenas podía explicárselo a sí mismo, y no entendía por qué sentía aquel nudo en la garganta o por qué el cuerpo se le encogía como si acabaran de golpearlo. Un viejo había muerto. Pero el viejo era Bernard de Ventadour, el maestro para ver al cual había ido a Tolosa y con cuya presencia había soñado desde que era pequeño; el pobre espectro sordo para el que había cantado la noche de su primer éxito; el poeta a cuyos pies había depositado la ofrenda de su primera canción. Vio desfilar mentalmente los patéticos años del declive de Bernard, seguidos por su mágico renacimiento cuando Gaucelm descubrió que no podía seguir adelante sin su guía y el vínculo entre ambos quedó sellado para siempre.

Se apartó de la mesa con una mueca de furia, agitando la mano en una rápida disculpa.

—No tenía ni idea de que la muerte de Bernard te afectaría tanto —dijo Vidal—. Lo siento.

—Después de tu marcha pasamos muchas horas juntos. En cierta manera, se podría decir que llegamos a estar tan cerca el uno del otro como un artesano y su aprendiz. Pero lo inesperado de la noticia me ha pillado desprevenido. Te pido mil perdones.

—Estás perdonado, amigo mío. ¿Dejamos a Bernard para otro momento?

—No. Quiero oír el resto.

—Ah, bien. El pobre anciano todavía aguantó algún tiempo. Quizá tenía curiosidad por ver si sus predicciones acerca de Raimundo acababan confirmándose. El viejo narrador de historias que llevaba dentro no estaba dispuesto a darse por vencido tan fácilmente. Después de todo, eso hizo de él un buen poeta: su audiencia siempre quería saber qué ocurría al final, y él también quería saberlo. —Vidal clavó su cuchillo en la mesa como si quisiera sacar a la luz algún pensamiento oculto en ella—. Esta vez él era la audiencia. Y luego murió.

Gaucelm se levantó para traer un poco más de vino.

—Ya veo que vienes cargado de buenas noticias, ¿eh? ¿Cuánto tiempo estuviste en Tolosa esta vez?

—El suficiente para ver cómo Folquet echaba chispas hasta que pudo apuñalar a Raimundo por la espalda. El suficiente para presenciar el declive de Raimundo. El suficiente para acabar harto de verlos y oírlos...

—¿Y después te fuiste, con la noble misión de ponerme al corriente de las últimas novedades del reino de Raimundo como único objetivo de tu vida?

Gaucelm se paseaba por la cocina, tan nervioso y preocupado como un puercoespín metido en un saco. Ya se había olvidado del vino.

Vidal ignoró el comentario de su amigo. Apartó su taburete de la mesa y se desperezó, abriendo la boca en un bostezo tan descomunal que su gorra de rufián resbaló por su frente hasta acabar tapándole los ojos.

Gaucelm se detuvo delante de él.

—Hay más. Hay algo que no me estás diciendo.

Vidal se ajustó la gorra y se irguió sobre el taburete.

—¿Acerca de por qué me fui? ¿No te basta con que me las haya ingeniado para no caer en las garras de la Hermandad Blanca de nuestro querido Folquet, el cual no sabe distinguir a un trovador de un cátaro? —Hizo una pausa—. Y también estaba la Loba, naturalmente.

Silencio. Gaucelm le animó a seguir no pronunciando las preguntas que sabía esperaba oírle: «¿La Mujer-Lobo de Penautier? ¿La dama que ha sido cortejada por hombres como Rai Mundi y Raimon de Miraval? ¿Te refieres a esa Loba?» No, no le daría aquella satisfacción.

—La Mujer Lobo de Pinautier —dijo finalmente Vidal—. La famosa Loba, esposa de todos esos parajes agrestes que se elevan sobre Tolosa... —Ladeó la cabeza y le miró—. Me pregunto si has oído esta canción: «Y si me llaman lobo / no me insultan con ello. Vientos, nieves y hielos atravesaré / para reunirme con ella.»

Gaucelm sacudió la cabeza.

—No me extraña que no la hayas oído. La compuse la semana pasada mientras venía hacia aquí. —Vidal sonrió—. Pero tienes razón. Esa cuarteta explica una parte de la razón de mi presencia.

—¿Un esposo celoso?

—Un esposo celoso dispuesto a llegar al asesinato.

Gaucelm no tuvo más remedio que sonreír.

—Tendría que haber adivinado que había motivos más complicados que el gordo Folquet y su lista —dijo—. Aunque me temo que Courthézon no podrá ofrecerte mucha protección contra un esposo dispuesto a llegar al asesinato —añadió, poniéndose en pie al ver que ya no había mucha luz—. Te enseñaré dónde puedes dejar tus cosas, y luego iré a ver cómo se encuentra Guilhelma.

Antes de que salieran de la cocina, Vidal, que había abusado un poco del vino, encontró una hogaza de pan y se la metió debajo del brazo. Mientras cruzaban el patio, Gaucelm sonrió al pensar en la reacción de los comensales cuando vieran cómo se les había encogido la cena. La muerte de Bernard lo había afectado hasta tal punto que prefería no encontrarse con Raimbaut, y tampoco tenía ganas de presentarle a Vidal a nadie. Aquella noche ni él ni su amigo cenarían en la sala, decidió.

Después de que hubieran recogido la alforja de Vidal del patio, llevó a su amigo a una gran estancia vacía, una parte de la cual estaba separada del resto por unas colgaduras para que los invitados pudieran disfrutar de cierta intimidad. Escogiendo una alcoba desocupada que tenía ventana, dejó en el suelo la alforja de Vidal.

—Mañana, si Raimbaut no está encerrado en su estudio, podremos ocuparnos de las presentaciones y demás asuntos de vital importancia para la corte y el país. Ah, y te advierto que lo primero que haré será llevarte al barbero. Y ahora, te dejo para que puedas deshacer tu equipaje —dijo, sabiendo que Vidal sucumbiría al sueño antes de haber abierto la primera alforja.

Las florituras verbales habían sido añadidas en beneficio de Vidal, y no mejoraron el estado de ánimo del orador. Gaucelm tampoco planeaba visitar a Guilhelma, o por lo menos no de inmediato. No queriendo compartir a Bernard con nadie durante un tiempo, decidió dejar que el acontecimiento fuera asentándose dentro de él. Le dolía que la alegría de ver aparecer a Vidal le hubiera sido arrebatada, o al menos ensombrecida, por la pena de la noticia que portaba. Estaba enfadado con Bernard por haberse muerto, y también lamentaba que semejante calamidad hubiera tenido que ocurrir en un período razonablemente tranquilo de su vida. Vagó por el recinto llorando por todas aquellas razones, tanto las generosas como las egoístas. También lloró a su yo desaparecido, aquel muchacho de dieciséis años que quería triunfar con la ayuda de un maestro y descubrió que tendría que hacerlo por sí solo. Se sentía traicionado por la muerte de la misma manera que, aquella primera noche en la corte, se sintió abandonado a su suerte cuando vio que Bernard estaba sordo. A pesar de todo, al pensar en aquellos años comprendió que la presencia de Bernard, el mero hecho de que estuviera allí, había bastado para asegurarle que iba por el buen camino, que alguna mano invisible estaba guiando sus pasos y que, tarde o temprano, llegaría a ser algo parecido a un trovador. Y ahora ese vínculo entre ellos se había roto, y Bernard había salido de su vida.

Se sentó en el suelo y apoyó la cabeza en los brazos. Sus pestañas humedecidas le distorsionaban la visión. Veía resplandores que rielaban en un sinfín de arco iris, y pensó que así debían de ver los peces debajo del agua. El pasado se había desprendido de golpe y le parecía estar viéndolo caer al mar, donde se alejaría flotando sobre las olas. Aquello era peor que perder a Vidal, a Guilhelma, a Douce o a sus padres, y el terrible dolor de aquel golpe sólo podía compararse con el que había sentido cuando Raimundo lo había expulsado de su corte tantos años atrás. Aún no había olvidado la primera y aguda punzada de aquel dolor que, todavía no acompañado por la ira, había sido como recibir una bofetada silenciosa.

Pero con Bernard las cosas siempre habían sido distintas a como lo fueron con Raimundo. En cierta manera Gaucelm se había convertido en el heredero del gran poeta, por mucho que aún no se sintiese preparado. Y de pronto comprendió que con la muerte de Bernard se le habían terminado las excusas. Hasta ahora había vivido su vida sabiendo que había alguien a quien podía recurrir en busca de consejo y aprobación. Eso se había acabado. Incluso durante todos los años pasados lejos de Tolosa, Bernard siempre había estado con él como un talismán, un amuleto, un símbolo que le daba suerte y guiaba sus pasos: su estrella mágica particular en los cielos. Ahora Bernard volvía a ser lo que había sido antes de Tolosa: un poeta con una sólida reputación encarnado únicamente en la imaginación de un muchacho, un fantasma que palpitaba al compás de sus versos con una vela solitaria encendida en su ventana, un santuario en el que Gaucelm había rendido culto a su deidad. ¿Dónde estará ahora?, se preguntó. ¿Sentado delante de alguna ventana en el cielo, contemplándome desde allí arriba?

Las palabras empezaron a cobrar forma en su mente: *Planher vuelh en Bernard... Ab cor trist...* ¡No!, gritó su corazón mientras las ahogaba. Ahora no, se dijo. Confiar la pena a la poesía, permitiendo que fuese engullida y mitigada por sus rimas, hubiese sido demasiado fácil. En el futuro tal vez, pero ahora no. Quería tener a Bernard para él solo, recordar al hombre en vez de ver cómo se esfumaba entre los versos y las estrofas.

Parpadeó para quitarse las lágrimas y apoyó la espalda contra uno de los viejos olivos que crecían alrededor del recinto del castillo. Plantando las botas entre sus ancianas raíces, se secó la cara con la manga. Tenía que volver a encontrar el rumbo, aprender a vivir con el dolor de aquella pérdida antes de volver al castillo. Pero no había ningún significado o lección que extraer de ella, nada que salvar excepto, quizá, su propia persona. Después de todo, aún estaba vivo. Seguía siendo el mismo ser al que Bernard había dicho: «Tienes el don, y llegarás a adquirir una gran habilidad.» Y sí, Gaucelm la había adquirido.

Se acordó de sus advertencias, cuando Bernard le puso en guardia contra el peligro de dejarse seducir por la atractiva facilidad de los versos cortesanos convencionales. ¿Qué le había dicho? Que un trovador era alguien que encontraba, alguien capaz de *trobar*; no un mero malabarista de las palabras que sabía manejar hábilmente las rimas, sino un descubridor, alguien que decía la verdad... un poeta. No recordaba sus palabras con exactitud, pero había comprendido muy bien su significado. ¿Había sabido hacer lo que Bernard esperaba de él? Gaucelm estaba seguro de ir por buen camino: primero la *Eretria*, y luego el *planh* para Douce. Presentía que aún le esperaba una última tarea, una especie de grial cuya naturaleza exacta todavía no le había sido revelada. Sólo cuando echara a andar por el camino que llevaba a ella podría aspirar a cubrirse con el manto de Bernard de Ventadour.

Hacía frío, y se sobresaltó al ver que ya había anochecido y no tenía una antorcha. Andando muy despacio, pues no había luna para guiarle, volvió al castillo.

26

ACORDANZA

Al día siguiente Guilhelma fue llevada a la cama de los partos cuando las primeras estrellas asomaban en el cielo y las campanas de las iglesias de Courthézon anunciaban la completa. Había sido un día de obligaciones religiosas, la fiesta de San Gregorio, pero en las habitaciones de las mujeres la última hora del día trajo consigo los ruidos del ir y venir con palanganas y toallas en vez del rumor de las plegarias.

En cuanto hubo roto aguas, Guilhelma empezó a sentirse mejor y pudo disfrutar de las atenciones que le granjeaba el estar acostada. Lucía, la moza de la cocina, había sido avisada y junto con dama Berta, la partera, le frotó los costados con aceite de rosas. Las habitaciones de las mujeres olieron a rosas durante un rato, y a través de la ventana Guilhelma pudo oír el canto de un ruiseñor posado junto al muro de la torre que, en su clamor de notas, hizo que se acordara de la célebre canción de Bernard de Ventadour.

Entonces llegaron los dolores y pronto se volvieron cada vez más intensos, con el respiro que separaba una convulsión de otra haciéndose cada vez más corto. Dama Berta tomó el mando, echando a Douce de la habitación pero prometiendo que Lucía la llamaría tan pronto hubiera noticias para Gaucelm. Dama Berta centró su atención en la paciente, mostrándole cómo ensanchar sus pulmones aspirando lentamente el fresco aire nocturno, para exhalarlo después en una ráfaga que hacía temblar la vela colocada junto a su cama. Aquella respiración profunda y regular tranquilizó a

Guilhelma, pero en una o dos ocasiones la contracción la obligó a boquear.

—¡Me parece que soy demasiado vieja para esto! —gritó en un momento dado, pero dama Berta ni se inmutó.

—Si gozas de buena salud —dijo tranquilamente—, la edad apenas influye.

Guilhelma exhaló y giró la cabeza para fijar la mirada en la llama hasta que recuperó la calma.

La vieja partera preveía cada nueva molestia y se adelantaba a ella. Cuando Guilhelma empezó a temblar y sudar al mismo tiempo, la tranquilizó diciéndole que a algunas mujeres les ocurría. Cuando sintió que las náuseas le subían por la garganta, Lucía, respondiendo a una señal de dama Berta, se acercó y le dio a beber un sorbo de vinagre mezclado con miel. Cuando empezó a tener un calor insoportable la refrescaron con esponjas; le trajeron un orinal cuando tuvo necesidad de él, y un poco de vino rebajado con agua cuando tuvo sed.

¿Y entonces por qué estaba tan inquieta? Un pequeño nudo de miedo se agazapaba dentro de ella, oculto en algún espacio no ocupado por el bebé, y aquel miedo era tan antiguo como la misma muerte. Aparecía cada vez que empezaban los dolores, y entonces intentaba respirar pausada y regularmente mientras contemplaba el parpadeo de la vela. Cuando la presión aflojaba, dormitaba. Era como entrar y salir del sueño, para ver la vela ardiendo delante de ella con la cabeza vuelta hacia la luz y el olor del aceite de rosas, limpio y reconfortante, impregnando la habitación.

La campana de la iglesia dio los maitines. Con los ojos cerrados, Guilhelma respiraba regularmente. No vio bostezar a la partera, pero aún estaba lo bastante consciente para oír cómo le decía a Lucía que iba a acostarse un rato en la habitación contigua.

—¡No! —gritó Guilhelma, súbitamente despierta del todo.

—Lucía irá a buscarme si me necesitas.

¡No te vayas ahora!, jadeó Guilhelma para sus adentros mientras la ansiedad volvía a adueñarse de ella. Confusa y horrorizada, estaba segura de que perdería al bebé en el mismo instante en que dama Berta saliera de la estancia. No pudo evitar preguntar si Gaucelm estaba cerca.

La partera asintió. Armándose de valor, Guilhelma la dejó marchar. Después se volvió hacia Lucía para pedirle un poco más de vino, rezando para que también la ayudara a dormir.

Gaucelm pasó la noche en la habitación de Vidal, cogiendo el laúd pero sin lograr extraer ni una sola nota coherente. Aunque intentaba mostrarse alegre y tranquilo, estaba nervioso.

—No entiendo por qué la Iglesia dice que el parto es la maldición de Eva —masculló desde la cama—. Debería ser conocido como la maldición de José.

Vidal deshacía el equipaje sentado en el suelo, una tarea para la que no había tenido fuerzas la noche anterior. Sacó de su alforja una manta de invierno, una delgada pelliza azul para el verano y una camisa de seda amarillenta. Después de haberlas doblado, añadió al montón unas cuantas medias de lana negra y varios calzones de lino. Sosteniendo las prendas, se levantó penosamente y las dejó encima de la cama. Sólo entonces se dirigió a Gaucelm.

—Una opinión muy poco convencional —dijo—. Se supone que la inminencia de la paternidad trae consigo un delicioso éxtasis de alegría, ¿no?

—Tal vez, pero debo confesar que estoy siendo presa de un auténtico frenesí de nerviosismo —dijo Gaucelm, y no mentía.

Su manera de expresarlo hizo reír a Vidal.

—¿Temes tener que sentar la cabeza y echar raíces?

Gaucelm asintió.

—No tengo madera de marido, Vidal. ¡Tú deberías entenderlo!

—Sí, en eso tienes razón. Pero me parece que hay un fallo en tu razonamiento.

Gaucelm le miró.

—¿Qué quieres decir?

—Tú no eres yo.

—¿Qué me hace tan distinto?

Vidal ejecutó una elegante reverencia cortesana.

—Muy bien. Voy a disipar las tinieblas de tu ignorancia, Gaucelm, yo no dejo embarazadas a las mujeres con las que me acuesto. Tú vives con una mujer a la que has dejado embarazada y que está a punto de darte un hijo.

Gaucelm se echó a reír.

—¡Ahora dilo en verso y tendrás una *cobla* preciosa!

Vidal, con un par de zapatillas en una mano y un puñado de medias rojas en la otra, fue hacia él dando un elegante paso de baile.

—Cásate con ella, Gaucelm —murmuró—. Guilhelma es una buena mujer.

—¿Y qué clase de vida podría darle? Atada a un trovador incapaz de resistir la llamada de los caminos, que siempre está yendo de una corte a otra y al que de vez en cuando se le van los ojos detrás de otra...

Vidal alzó una mano.

—Lo que me estás preguntando es qué clase de vida sería ésa para ti —dijo, y se agachó para recoger sus últimas pertenencias dispersas a los pies de la cama.

—Entiendo a qué te refieres —dijo Gaucelm—. Pero aquí Guilhelma disfruta de una buena posición. Ella y el niño podrían quedarse en Courthézon todo el tiempo que quisieran y estarían seguros en este castillo. Si nos casamos, estoy seguro de que Guilhelma querrá tener su propia casa en el pueblo.

—¿Y...?

—Hablemos en serio, Vidal. Ya conoces el significado de mi nombre, y mi nombre es mi naturaleza.

Vidal agitó la mano.

—¡Ah, el significado! Ya hemos analizado ese tema. Estuvimos hablando de él durante horas el día en que nos conocimos: Faidit, el desterrado, el alma perdida, el poeta vagabundo que no tiene familia, Faidit, hijo de los caminos, viajero incansable, etcétera. *Dieus!* «Gaucelm, la historia de un burgués descarriado.» Tu historia y la mía, ¿te acuerdas?

—Pero yo no cuento con la protección añadida de la locura. Un grave descuido por mi parte, ¿verdad?

—Cásate con ella, Gaucelm.

—Bueno, si tomara la cruz tendría que casarme con Guilhelma, ¿no? Nadie va a ultramar excomulgado. ¿Satisfaría eso tu plan para el exilio?

—El matrimonio no es lo peor que puede ocurrirle a un soltero.

—Por otra parte, siempre cabe la posibilidad de que los esbirros de la Hermandad Blanca me arranquen la piel a tiras antes de que...

—Cásate con ella, Gaucelm.

—O la venganza de Folquet podría caer sobre mí después de tantos años. Prometió que me haría pagar caro lo de la *Eretria*. Tú estabas allí y lo oíste.

—Cásate, Faidit.

Unos pasos se acercaron a la puerta. Los dos hombres se callaron y vieron aparecer a Douce en el umbral.

—Guilhelma se pregunta dónde te has metido —dijo ella mirando a Gaucelm, que se apresuró a levantarse.

Por un instante los tres permanecieron tan inmóviles como figuras en una charada, y después todos hablaron a la vez.

—¿Ya ha...?

—¿Eres...?

—¿Soy...?

Se echaron a reír y volvieron a empezar.

—No, Guilhelma aún no ha dado a luz —dijo Douce—. Pero el bebé nacerá esta noche.

—Éste es mi amigo de los viejos tiempos, el trovador Peire Vidal —dijo Gaucelm.

Douce le sonrió y recitó el principio de uno de sus poemas:

—Ab l'alen tir vas me l'aire qu'eu sen venir de Proensa...

Vidal se inclinó ante ella con la gorra en mano.

—Merce, bona domna. Mis insignificantes esfuerzos os agradecen el gran honor que les hacéis.

—Y ésta, Vidal, es Douce de Ventadour, de la que ya hemos hablado —dijo Gaucelm.

—¡La dama del *planh*!

Vidal alzó su vaso de vino ante ella, y Gaucelm se dio cuenta de cómo le miraba el cabello. Con su antigua finura de bebé ya desaparecida, ahora Douce llevaba la cabellera recogida detrás de las orejas y se la sujetaba con cintas. Sus facciones parecían haber sido perfeccionadas por una mano invisible desde la frente hasta el mentón, su perfil no mostraba defecto alguno.

Sintiendo dos pares de ojos posados en ella, Douce dijo a Gaucelm.

—Debería volver con Guilhelma. Vendré a buscarte cuando le llegue el momento —dijo y, con una nueva sonrisa a Vidal, salió de la habitación entre un susurro de faldas.

Vidal lanzó una mirada significativa a su amigo.

—He visto cómo te saltaban chispas de los ojos —dijo.

—Es Raimbaut quien está enamorado de ella.

—Da igual. Casi podía oír cómo el corazón te ladraba dentro del pecho. —Gaucelm intentó hacerle callar lanzándole una mirada asesina, pero Vidal insistió—. Que el Señor me fulmine ahora mismo si miento: Douce de Ventadour te atrae muchísimo.

Gaucelm titubeó y acabó soltando una risita.

—Acabas de desacreditarte como proclamador de verdades.

Vidal se encogió de hombros y se arrodilló junto a su alforja abierta.

—Entonces sigue mintiéndote a ti mismo —dijo después—. Bueno, al menos ahora ya entiendo a qué venían todos esos comentarios maliciosos de Folquet sobre tu *planh*. Él ya no puede celebrar una belleza terrenal como la de Douce, y no soporta vérselo hacer a otros —concluyó, cerrando la alforja y metiéndola debajo de la cama.

—Mi *planh* habla de la guerra, y ni siquiera lo has oído —repuso Gaucelm.

—De todas maneras no me ha gustado nada cómo mirabas a esa muchacha. Si tuviera un par de años menos, Douce podría ser tu hija.

—¡Por los pies y las pelotas de Dios, Vidal! ¿Por qué no te callas de una vez? Esconde esos colmillos de lobo tuyos durante un rato, ¿quieres? Me darán pesadillas.

—Es lo que deberían darte. Por eso tienen dientes los lobos: para asustar a la gente. ¡No sé qué demonios he hecho con ese pan! ¿Dónde puedo haber metido la hogaza que trajimos de la cocina anoche?

—«Trajiste», no «trajimos». Aunque quizá debería decir «robaste».

—¿No tienes hambre?

Gaucelm meneó la cabeza.

—¿Entonces qué me dirías de una partidita de dados ahora que hemos acabado de deshacer el equipaje?

—Prefiero emborracharme. Todo esto me ha puesto bastante nervioso, y además me molesta que alguien critique mi comportamiento. La vida iba bastante bien antes de tu llegada, aunque no me la hubiera perdido por nada del mundo.

—Gaucelm, por una vez hablo en serio. Hazme caso y...

—¡Y cásate con Guihelma! —tronó Gaucelm mientras golpeaba la pared con el puño—. ¡Cásate, cásate, cásate! —dijo asestando tres puñetazos más a la pared, y después se quedó inmóvil—. ¿Y por qué no, Vidal? ¡Por todo lo sagrado, quizá lo haga! Al menos así me dejarías en paz.

El vino había conseguido adormilar a Guilhelma, pues despertó de repente con un grito. Una terrible presión le oprimía las entrañas. Una mirada a su rostro hizo que Lucía interrumpiera su siesta y fuera corriendo en busca de dama Berta. Asustada, Guilhelma se volvió hacia la vela, pero ésta casi se había apagado y su pábilo flotaba en un charquito de cera caliente proyectando sombras temblorosas sobre la pared. La habitación ya no estaba tan oscura, y un gallo cantó en el patio de las aves detrás de los establos.

Dama Berta entró en la habitación, restregándose los ojos para acabar de espabilarse.

—Empieza a empujar —le ordenó antes de examinarla—. Enciende otra vela, Lucía. Ponla en el suelo, aquí, al lado del escabel. —Dama Berta puso una mano sobre el abdomen de Guilhelma y metió la cabeza debajo de la sábana—. ¡Ya le veo la coronilla! —exclamó.

La partera, ya despierta del todo, entró en acción. Metió las manos en un gran recipiente de aceite mezclado con semillas de lino y se untó los antebrazos hasta el codo.

—Ayuda a Guilhelma a subirse al escabel, Lucía. ¡Venga, date prisa! —ordenó.

Cuando Guilhelma hubo subido al escabel, dama Berta se

apostó delante de ella y esperó. La campana de la iglesia dio las laudes.

Guilhelma creyó tener que esperar toda una vida antes de que las contracciones volvieran a empezar, pero cuando lo hicieron casi le parecieron una bendición. Cerró los ojos, pero el dolor atravesaba sus párpados como una luz cegadora. Sabía que había entrado en un nuevo lugar donde lo único que podía hacer era permitir que su cuerpo tomara las riendas y la dominara de una forma en que ningún hombre lo había hecho nunca. Dejó que su cuerpo le hiciera perder el sentido del tiempo y la realidad. Su mundo se contrajo hasta quedar reducido a la sábana, las almohadas y la cuna vacía que esperaba a su nuevo ocupante al otro lado de la cama. Intentó concentrarse en su abrumador deseo de tener aquel niño, gritando rítmicamente «*Ahi, Dieus, María, ahi! Ahi, Dieus, María, ahi!*». Pero la asombró descubrir que, a medida que el dolor incrementaba su presa muesca tras muesca, cada vez podía distanciarse un poco más de él hasta que la sensación se volvió casi exquisita y pudo contemplarla como desde una gran distancia. Si Dios tiene que llamarte a su lado, pensó, dar a luz sería una buena manera de partir. El clímax de todos aquellos meses durante los que había sido no sólo Guilhelma, sino también el receptáculo de lo que en cualquier instante se convertiría en un ser dotado de vida propia, no tardaría en llegar.

Finalmente, y con un último esfuerzo, el bebé empezó a venir al mundo por sí solo. A Guilhelma, con los ojos cerrados fruncidos por la determinación, hubo que sacudirle el hombro para que viera lo que dama Berta sostenía ante ella, todavía conectado al cordón umbilical: un niñito mojado y convulso que no paraba de llorar.

—Ve a decirle a Douce que traiga al padre del bebé —ordenó la partera y Lucía, sonrojada por la buena noticia, salió corriendo de la habitación.

Las campanas repicaban a prima cuando Douce apareció por segunda vez en el umbral de Vidal. Algo en su expresión indicó a Gaucelm que tenía un hijo. Todas las preocupaciones mezquinas e insignificantes de las últimas horas se esfumaron de repente, y le asombró descubrir que estaba muy emocionado. Corriendo junto al revoloteo de faldas de Douce, se apresuró a ir a las habitaciones de las mujeres. Allí todo volvía a estar en calma y Douce, con su tacto habitual, enseguida empezó a ocuparse de las cuestiones prácticas, recogiendo los utensilios usados para lavar a la madre y el niño a efectos de que Gaucelm no tuviera que hacer nada más que asumir su nuevo papel de padre.

Gaucelm contempló temerosamente la figura acostada en la cama. Le habían cepillado el cabello, que se extendía sobre la almohada en suaves ondulaciones color caoba. Guilhelma no se movía. Tenía los ojos cerrados y la vela del suelo proyectaba profundas sombras debajo de su rostro, ahuecándole los pómulos. Por un momento aterrador pensó que estaba muerta. Pero entonces Guilhelma se removió, percibiendo su presencia, y volvió la cabeza hacia él. Gaucelm sintió que la vida volvía a su cuerpo, y notó un último cosquilleo de alarma al pensar que había podido perder a Guilhelma.

Luego oyó un suave gorgoteo procedente del otro lado de la cama y, con el corazón todavía palpitante, vio a su hijo. Sus ojos no se apartaron del bultito envuelto en lino mientras rodeaba los pies de la cama. Guilhelma estaba despierta. Con una mirada casi suplicante, Gaucelm le pidió permiso para coger al bebé.

—Adelante—murmuró ella, y añadió—: ¡Es un niño, Gaucelm!

Gaucelm contempló con ojos llenos de asombro las venas de las sienes del bebé. Después se inclinó torpemente sobre la diminuta figura y pasó un dedo por su aterciopelada mejilla. La piel del bebé desprendía un olor peculiar, un aroma rosáceo que recordaba al de un melocotón maduro calentado por el sol. Gaucelm le acarició la frente y pensó en Ayen, un pueblo cercano a Uzerche famoso por sus frutales. De niño iba a pescar en su arroyo cuando podía librarse de ir a la iglesia el domingo.

Cogió cautelosamente el pequeño fardo que era su hijo. La cabeza del bebé estaba rodeada de finos cabellos empapados y tenía dos ojos azules como el Mediterráneo. Sopesándolo, Gaucelm se acordó de que el parto había tenido lugar más pronto de lo predicho por Guilhelma, pero el niño no era más pequeño por ello; al contrario, era robusto. Sus ojos se cerraron en una mueca.

—Ayen —murmuró acercando los labios a la naricita fruncida, y los ojos azules volvieron a abrirse. Gaucelm quedó encantado.

—Llora con ganas. —Guilhelma se había incorporado sobre la almohada—. Eso es buena señal: cuando crezca llegará a ser un gran cantante.

Algo palpitó en la garganta de Gaucelm, haciendo que le costara tragar saliva.

—Ayen, Ayen... —dijo, sosteniendo al bebé contra el pecho mientras lo mecía.

Los ojos azules seguían fijos en los suyos. Miró a Guilhelma a través de una neblina de lágrimas.

—¿Te parece que el nombre le va bien?

Guilhelma sonrió al verlos tan absortos el uno en el otro.

—Me gusta cómo suena —dijo—. ¿Qué significa?

—Creo que será de tu agrado —farfulló Gaucelm, todavía fascinado por el bebé.

Guilhelma sabía que dama Berta no le permitiría quedarse mucho rato, y extendió lánguidamente los brazos para reclamar a su hijo. Gaucelm se lo entregó y la besó apasionadamente en los labios, sin importarle que la comadrona estuviera presente. Un leve rubor surgió del cuello de Guilhelma y se extendió por sus mejillas, y Gaucelm sintió una felicidad tan inmensa que le entraron ganas de cantar. Era como si se hubiese enamorado de ella por primera vez. Se había enamorado de ambos, y ahora los tres siempre serían una familia.

Inclinó la cabeza impulsivamente sobre Guilhelma y le besó la palma de la mano. Dama Berta se alzó sobre la cama.

—El nuevo *paire* debería irse —le advirtió a Gaucelm—. El bebé ha de mamar, y la madre tiene que descansar.

Dobló el embozo de la sábana de Guilhelma y colocó al bebé encima de su pecho. Gaucelm remoloneó como un becerro enamorado, pero un gesto de dama Berta bastó para que se apresurara a salir de la habitación, andando hacia atrás porque no quería dar la espalda a aquella inolvidable escena.

Guilhelma le siguió con los ojos hasta que salió de la habitación. Después apretó los dedos sobre el beso de Gaucelm, envolviéndolo como si fuera un delicado pajarillo.

27

PARLAMENTO

Gaucelm se había echado en la cama de Vidal, sacando las botas por los pies del lecho para no ensuciar la colcha. Si alzaba la cabeza podía entrever las volutas verde-plateadas de los olivos que cubrían las colinas detrás de Courthézon. Si miraba al frente, podía divisar los cerezos y ciruelos envueltos en el tenue halo de la luz del atardecer. El próximo mes, si no nevaba en aquella impredecible parte del mundo, un cálido sol provenzal abriría sus brotes rosados y amarillentos. Si se incorporaba sobre los codos, podía ver el patio de los establos, cuyo rico depósito de fertilizante tarde o temprano acabaría animando a los resistentes rosales silvestres a trepar por el muro de la torre. Con el paso de los años, sin embargo, había aprendido a no confiar en el caprichoso clima de marzo.

Unos días después de la llegada de Vidal, había alquilado una casita en el pueblo para su pequeña familia. Gaucelm actuó impulsado tanto por el instinto como por lo reducido del alquiler que pedía el propietario. Una Guilhelma asombrada se puso contentísima cuando vio que por fin tendrían un lugar donde vivir. Aquella decisión significaba que ahora lo único que unía a Gaucelm con el castillo era su sala de ensayos. Pero con un segundo trovador en la corte, Raimbaut ya no exigía tanto de él, y ahora podía pasar más tiempo, felizmente ocioso, en las habitaciones de Vidal.

Vidal, en cambio, estaba muy ocupado ganándose el sustento casi todas las noches. Su nueva posición no podía ser más de su agrado.

—Gracias a ti —le había confesado a Gaucelm—, por primera

vez en muchos años de vagabundeos estoy contento tanto del mecenas como de la audiencia. No sé cuánto durará, naturalmente, pero al menos me he demostrado a mí mismo que, cuando las circunstancias son propicias, puedo evitar meterme en líos durante un tiempo. —Aquella mañana había dejado a un lado su laúd para observar a una abeja que, fascinada por los rayos de sol, revoloteaba sobre el alféizar de su ventana. Y de pronto tuvo una idea—. Préstame un pie, Gaucelm.

—¿Y por qué razón debería permitir que te tomaras libertades con mis pies?

Vidal se encogió de hombros.

—Si las gitanas pueden leer la palma de la mano, ¿por qué no voy a poder leer yo la planta del pie? Además, eso es algo que no puedes hacer por ti mismo.

—¡Tonterías!

—Inténtalo.

Gaucelm se inclinó para agarrarse un tobillo. Pero el pie resistió todos sus intentos de ser sujetado y vuelto hacia arriba para que su planta fuera inspeccionada.

—Es por la bota. Me estorba —resopló Gaucelm, dejando que el pie cayera al suelo con un golpe sordo.

—¡Siempre dispuesto a engañarte a ti mismo, mi querido amigo! ¡Lo que te estorba es la barriga!

El paje Yves asomó la cabeza por la arcada que llevaba a los aposentos de Vidal.

—¡Maese Faidit! Llevo siglos buscándoos. Veo que conocéis a este hombre, ¿no?

Y junto a él apareció la flaca silueta de Elías d'Ussel, que inclinó su desgarbada altura por debajo del arco y alzó una mano a guisa de saludo.

Gaucelm se levantó de un salto.

—¡Mil bienvenidas!

Elías asintió, sin mostrar ninguna sorpresa al encontrarlo allí. Después lanzó una rápida mirada a la exótica figura de Vidal. Su frondosa cabellera había sido recortada recientemente, aunque resultaba obvio que no por la mano de un barbero. Parecía canturrear una melodía entre dientes, y Elías tomó nota de que la tonada era más bien movida. Había algo raro en él, y no era sólo el cabello.

Gaucelm se adelantó hacia el recién llegado.

—Permíteme presentarte al trovador Peire Vidal —anunció—. Elías d'Ussel, poeta y defensor de la causa del sur —añadió ampulosamente.

—Conozco tu obra —dijo Elías—. Esa canción de *Proensa* es preciosa.

—Pareces bastante cansado como para agradecer una cama —dijo Gaucelm, señalándole el lecho de Vidal—. ¿Qué te trae por aquí? Pero antes de que me respondas, he de decirte que siento mucho lo de Gui.

Elías agradeció el pésame con una seca inclinación de la cabeza y siguió inmóvil bajo su cota de soldado. Gaucelm vio que su túnica estaba raída por el uso.

—¿Se han ocupado de ti? —preguntó—. ¿Has comido?

—Estoy bien aprovisionado, gracias. Aunque no he bebido nada desde que salí de Mornas al amanecer.

—Así que has venido directamente desde allí.

—De Saint-Etienne, en realidad todo el camino río arriba. Había planeado reunirme con mi hermano Pierre, que está en Bèziers con Trencavel. Pero justo debajo del sitio por donde crucé el río, en Sablons, divisé un campamento de hombres del norte. Había más de cien tiendas, puede que ciento cincuenta. Eso significaría casi un millar de hombres. Sólo podían ir hacia el sur, y eso no me gustó nada. Así que vine aquí para advertir a Raimbaut de que se encuentra justo al este de su camino. Corren rumores de que Raimbaut se considera neutral. ¿Es verdad eso?

—Él te lo dirá. ¿Todavía no le has visto? —preguntó Gaucelm.

—No, porque vine en tu busca en cuanto el paje me dijo que estabas aquí. Antes de hablar con Raimbaut quiero saber cómo están las cosas. ¿Neutral? ¡Bah! ¡Hoy en día ningún noble del sur puede permanecer neutral! —dijo Elías, paseándose como un general que planificara una campaña.

—¿Crees que pueden estar viniendo hacia aquí? —preguntó Gaucelm con alarma.

—¿A Courthézon? —Elías arrugó la frente—. Es difícil decirlo, pero no lo creo. Aquí hay muy poco que pueda tentarlos. En toda la comarca ya no queda nada que pueda atraer su atención, ni en Mondragón ni en Mornas. Salvo quizá por Orange, ya no hay ningún fruto que merezca ser arrancado de la rama a menos que vayas al Languedoc. Sí, aquí abajo las cosas tienen muy mal aspecto: Trencavel va a pasarlo bastante mal, y Raimundo aún lo pasará peor. —Hizo una pausa, alzando la barbilla como un sabueso que intentara identificar un olor—. Si el campamento hubiera estado al otro lado del río, podría estar seguro. Aun así, creo que son capaces de todo. Esas bestias del norte podrían decidir hacer un alto en cualquier lugar para matar a un par de herejes. Ya has visto lo que ha ocurrido por todo el sur, incluso en las aldeas más pequeñas.

El pueblo de la hebilla cátara, pensó Gaucelm. Aún recordaba los montones de madera calcinada de la pequeña plaza y el hedor de la carne quemada, pero creía que aquello había sido un mero acto de destrucción aislada. Sin embargo, Elías hablaba de lo que parecía una guerra organizada a gran escala que contaba con el respaldo oficial del papa Inocencio.

—¿Cuántas divisiones puede llegar a reunir Raimbaut en un momento dado? —preguntó Elías. En realidad no esperaba una respuesta, porque se dejó caer en la cama y, mesándose el cabello, clavó los ojos en el suelo—. Dios salve al sur de que tenga que aprender la lección por las bravas —murmuró.

—Te acompañaré a ver a Raimbaut —dijo Gaucelm. Dándose cuenta de que se había olvidado de la sed de Elías, recogió una jarra del suelo—. Pero antes bebe un poco de vino con nosotros. —Llenó el vaso de Vidal y se lo ofreció a Elías—. ¿A qué distancia se encuentran exactamente? —preguntó después.

—A una semana de marcha como mucho —dijo Elías, vaciando el vaso de un trago y alargándoselo para que volviera a llenarlo.

—Ahora entiendo por qué he tenido todos esos sueños —dijo Vidal.

Sorprendidos, los dos hombres se volvieron hacia él.

—¿Qué sueños? —preguntó Gaucelm.

—Oh, supongo que podrías llamarlos pesadillas. Anoche fue

un enorme perro negro con las fauces cubiertas de espuma ensangrentada que comía hierba y despojos dentro de una jaula. Una manada de lobos acababa matándolo. Una vieja intentaba protegerlo haciendo el signo contra el mal de ojo, pero no sirvió de nada. Al final los lobos le arrancaban la cabeza, dejando el cerebro expuesto y a medio devorar...

Elías dejó el vaso en el suelo.

—¡Ninguna batalla ha conseguido revolverme el estómago, pero un sueño como ése me haría vomitar! —dijo mirando a Vidal.

Gaucelm alivió la tensión del momento dirigiéndose a Elías.

—¿Has estado en Ventadour? —preguntó, y contuvo la respiración un instante antes de añadir—: ¿Sabes algo de Marie?

—No he estado en Ventadour. Tenía demasiadas cosas que hacer en Ussel, ¿comprendes? —Elías levantó su vaso del suelo—. Pase lo que pase, no puedo permitirme el lujo de olvidar mis tierras. Mis aparceros creen que no sé lo que murmuran a espaldas mías cuando estoy fuera. «Ha ido a reunir tropas en tierras de herejes mientras nosotros nos deslomamos trabajando sus campos...» Tenía que ir allí, aunque sólo fuese para cobrar mis rentas. —Frunciendo el ceño, estudió el vaso y tomó otro sorbo—. Ahora que ya no tengo un hijo al que legárselas, me da igual el destino de mis propiedades.

Gaucelm contuvo una sonrisa al acordarse de la *froideur* con que Marie trataba a Elías, al que reprochaba que no cuidase de sus posesiones como era debido. Ussel ya se hallaba en un estado lamentable en vida de Gui, y Gaucelm pensó que ahora debía de haberse convertido en una auténtica ruina.

—Antes de que hables con Raimbaut, debo advertirte que su mundo termina en el Ródano —le dijo—. El problema de todos estos nobles provenzales es que no pueden vivir sin sus familias. ¡Y menudas familias! Tienen tantas ramas como un olivo, y las ramas se enredan entre sí como los zarcillos de una parra. Necesitas un mapa para saber quién es dueño de qué. Raimbaut tiene muy pocos intereses aparte de unos cuantos objetos valiosos que posee... y el componer. Debo advertirte que no es ningún soldado. Probablemente ya sabes que envió tropas a Alfonso para que lucharan junto a los aragoneses, pero desde entonces no ha vuelto a convocar a sus hombres ni siquiera para un torneo. No tengo ni idea de cuántos vasallos podría reunir si consiguieras que diera su brazo a torcer.

Elías miró a Vidal y se levantó.

—Gracias —dijo, devolviéndole el vaso vacío a Gaucelm—. Y ahora, debería quitarme el polvo del camino antes de presentarme ante el señor del castillo.

—¿Dónde has dejado tus cosas?

—Junto a los establos.

Gaucelm acompañó a Elías por el pasillo.

—Uno de los mozos de cuadra te traerá agua para que puedas lavarte. Te enseñaré dónde están las letrinas y nos reuniremos allí —dijo señalando el arco de una puerta—, al lado de la gran sala.

Estaba harto de política, y ni siquiera le apetecía hablar de versos y composiciones. Lo que realmente necesitaba ahora era disfrutar de la sonrisa de su hijo, pero eso tendría que esperar al final del día.

Gaucelm envió a Yves para que anunciara la llegada de Raimbaut y después fue corriendo a la sala de ensayos, donde guardaba una túnica limpia. Se reunió con su visitante junto al arco, tal como habían acordado.

—Cuéntale a Raimbaut exactamente lo que viste, pero sin exagerar —le dijo a Elías—. Que sean doscientas tiendas, ¿de acuerdo? Los árboles rara vez le dejan ver el bosque. Recuerda que desde lo de Mornas, y ahora ya hace siete años de eso, Raimbaut ha intentado mantenerse alejado de todo lo que pueda oler a problemas.

—¡Como no se decida a luchar por ella, ya puede ir despidiéndose de su adorada neutralidad! —resopló Elías. Gaucelm aflojó el paso cuando estuvieron cerca de la habitación de su amigo—. Vidal acaba de llegar de Tolosa. Conoce la situación que hay allí y...

Pero Elías no le dejó acabar.

—Como quieras —dijo secamente sin aflojar el paso.

Los tres fueron al estudio de Raimbaut donde, avisado de su

venida, los esperaba el conde de Orange. Tres sillones habían sido colocados delante del suyo. Cuando sus tres visitantes entraron en el estudio, Raimbaut levantó la vista del manuscrito abierto en su atril.

—Bienvenidos —dijo, ofreciéndole la mano a Elías—. Y ahora, siéntate y cuéntame a qué has venido. Te conozco por tus canciones, Elías d'Ussel, así como por tus proezas guerreras.

Mientras Elías hablaba, Raimbaut permaneció de pie junto al atril acariciándose los extremos de la túnica con los dedos. Miró a Vidal, que con su gorra y su cabello despeinado le resultó entre pintoresco e irritante. Gaucelm guardó silencio mientras Elías hacía un sucinto relato de cómo había encontrado el campamento. Pero sus temores empezaron a hacerse realidad cuando Elías, tal como esperaba, se embarcó en una apasionada defensa de la causa del sur, exhortando a Raimbaut a que enviara todos los hombres que pudiese reunir en auxilio de Trencavel y Raimundo.

—¡Mirad en qué situación se encuentran! —exclamó—. Uno es un muchacho de veinte años, y el otro es un gran señor que tiene las manos atadas. Y en cualquier caso tendréis que convocar a vuestros caballeros y vasallos, porque el peligro también amenaza a Courthézon —concluyó esperando enardecer al conde, que permanecía impasible e inexpresivo.

Viendo que las palabras de Elías no estaban teniendo ningún efecto sobre Raimbaut, Gaucelm creyó necesario intervenir.

—Mi señor, Vidal no ha tenido ocasión de describiros la situación en el Languedoc, que pudo ver con sus propios ojos hace menos de un mes. Os ruego le permitáis hacerlo ahora, pues la invasión de las tropas del norte parece segura, y quizá pronto tenga repercusiones para nosotros.

Raimbaut rechazó su intervención con un gesto de la mano. Observó su sillón vacío, pareció cambiar de parecer acerca de si debía ocuparlo y, sentándose, preguntó a Vidal:

—¿Qué tienes que decir?

—Mi señor, en Tolosa y Saint-Gilles presencié acontecimientos terribles, de los que la humillación del conde Raimundo ante representantes del Santo Padre fue uno de los más graves. He padecido los aguijonazos de la lengua del obispo Folquet, y sé hasta dónde llega su poder. Le he oído exhortar a las gentes a actuar contra los cátaros en nombre de la Hermandad Blanca. Y junto con Gaucelm y otros muchos trovadores, figuro en su lista de condenados a la... extinción. Por eso digo que él y Simón de Montfort podrían significar nuestro fin y el de todo el sur, y que ninguna frontera los detendrá.

Gaucelm miró a su amigo con admiración. Los talentos de Vidal no excluían la elocuencia, pero nunca había imaginado que pudiera mostrarse tan persuasivo.

—... y Simón —estaba diciendo Vidal—. No ha habido soldado más cruel e implacable que él. Obra impulsado por un fanatismo que ninguna Iglesia debería permitir. Simón está loco, mi señor. Escuchadme, pues algunos me consideran un profeta: Simón de Montfort no se detendrá ante nada. No parará hasta haber saqueado y quemado nuestras tierras desde Tolosa hasta Marsella, y desde Courthézon hasta los confines de Lombardía. De momento a Raimundo le han cerrado la boca, como ya os he dicho, y su sobrino Trencavel nunca ha librado una batalla. Entre los dos, un líder avergonzado ante su pueblo y el otro un joven sin experiencia... ¡Todo Languedoc se encuentra indefenso ante la acometida de los bárbaros!

Raimbaut se volvió hacia Elías con un suspiro de cansancio.

—Ah, sí, esas tropas que acabas de ver debajo de Sablons... Si hubieran salido de Lyon, hace más de quince días que yo tendría noticias de ellas. No suponen ningún peligro para nosotros. En cuanto a Trencavel, es el vizconde Raimon-Roger, señor de Béziers, Carcasona, Albi y Nîmes. Cuando puedes reunir a mil hombres de armas, la edad importa poco. —Raimbaut se levantó con súbita decisión, como si el asunto hubiera quedado resuelto—. Y ahora quiero detalles sobre esas tropas —le dijo a Elías—. ¿Quiénes son exactamente?

—No estoy muy seguro de su composición. La mayoría parecían mercenarios, pero no me atreví a quedarme allí para averiguarlo, y estaba demasiado lejos para distinguir los estandartes. Las únicas tiendas que pude identificar por su forma eran francesas. Diría que hay cuatro destacamentos. El resto probablemente son mercenarios y caballeros. Cualquiera sabe por qué han acampado allí, aunque tal vez estén esperando la llegada de más reclutas. Pero un ejército de esas dimensiones tiene que ir a reunirse con las tropas de Simón y yo diría que se encontrarán con ellas en algún lugar por encima de Tolosa, ya que Simón bajará a través de las tierras del oeste. Sí, creo que el destino de la casa de Orange dependerá de lo que ocurra en el Languedoc. No ahora, pero sí más adelante. —Reflexionó en silencio—. Si queréis saber mi opinión, yo no descartaría la posibilidad de que Courthézon sea atacado. Después de todo, estamos en el sur y aquí hay herejes escondidos por todas partes. Los del norte podrían tratar de cazar a unos cuantos cátaros en su trayecto para reunirse con Simón. Eso les daría ocasión de hacer ejercicio, y además podrían hacerse con algun botín de camino a la auténtica batalla.

Raimbaut pensó en Douce y torció el gesto. Elías no le gustaba, y había conseguido irritarle. Su estrategia no podía ser más transparente: que Courthézon se armara hasta los dientes, y cuando el enemigo no hiciera acto de presencia, que enviara a sus hombres al sur. Después de todo, estaban obligados a prestar servicio durante cuarenta días. Aun así, Elías d'Ussel no tardaría en verse obligado a recapacitar. Raimbaut se volvió hacia él.

—Yo no te he pedido tu opinión. Y además, ¿qué tiene que ver el Languedoc conmigo? A decir verdad, me gustaría que toda Provenza volviera a ser nuestra para que fuésemos conocidos una vez más como el Imperio del Sol. Orange ha sido la joya de la diadema del Gran Emperador desde tiempos carolingios. En vida de mi padre y mi tío, que fueron señores de Courthézon antes que yo, Federico fue coronado rey de Arles y Orange en Saint-Trophime. De eso apenas hace una generación. Pero la Fortuna me ha repartido otra mano de cartas, y lo que tenemos ahora es un matrimonio forzoso entre Aragón y Provenza. Por supuesto que me encantaría ver disuelto ese matrimonio —dijo, escogiendo cuidadosamente sus palabras—, pero Alfonso no renunciará fácilmente a los trofeos que tanto le ha costado ganar. Sus conquistas en Provenza significan mucho para él. Supongo que ahora entenderás por qué he preguntado qué tiene que ver el Languedoc conmigo. ¡El conde Raimundo y su sobrino no son aliados míos! —exclamó, volviéndose hacia Elías con exasperación—. ¿Qué te da derecho a pensar que querré ir en su ayuda? Sé que ésa es la única razón de tu presencia aquí.

—Admito haber venido a Courthézon como partidario de la causa del sur —dijo Elías—. Me gustaría ver a todo el sur unido contra este monstruo del norte. Pero si permitís que me adelante a vuestros pensamientos, entonces os diré que no soy un hereje. Mi única herejía es el deseo de unidad.

—Tal vez, pero hay mucho que no sabes... que no puedes saber. Créeme, Elías d'Ussel: esos hombres del norte, ya sean franceses o mercenarios, no atacarán Orange. Ni ahora ni nunca.

Y con esas palabras, Raimbaut juntó las manos como dando por finalizada la reunión.

Gaucelm, un poco irritado por los nada hospitalarios modales de Raimbaut, sucumbió a la curiosidad.

—¿Cómo es eso? —preguntó. Raimbaut no abrió la boca, y Gaucelm decidió atravesar aquel pétreo silencio con la cautela que parecían exigir las circunstancias—. Dado que se ha declarado una guerra y que un ejército ha entrado en el sur, lo lógico sería esperar que tarde o temprano...

—Ciertamente... —Raimbaut se paseó por unos momentos, y después se detuvo súbitamente—. Bueno, tendré que contároslo... —murmuró y, encarándose con los tres hombres, les lanzó una mirada penetrante—. Orange no será tomado porque ya no me pertenece —dijo, vocalizando tan despacio como si estuviera dirigiéndose a tres tontos de pueblo—. Hace años cedí mi porción del señorío de Orange y... —Titubeó y no llegó a terminar la frase—. Mirad en torno vuestro —dijo moviendo el brazo en un gesto que abarcó toda aquella estancia frugalmente amueblada—. No es ningún secreto para vosotros que tengo deudas y que no soy rico en vasallos. Según los cálculos más optimistas, podría contar con doce caballeros y unos doscientos cincuenta hombres. La campaña de Mornas asestó un golpe mortal a mis recursos. Pero incluso antes de eso... —carraspeó—, me vi obligado a disponer de mi porción de una ciudad que siempre ha sido una espina para poner remedio a mis apuros financieros. No creo necesario daros más explicaciones, y no os habría revelado ni siquiera esto si no fuese porque no me habéis dejado elección.

—Pero Courthézon... —empezó Gaucelm.

—¡Oh, Courthézon! He perdido todos mis feudos excepto Courthézon, pero los hombres del norte no lo querrán. ¡Van detrás de presas más grandes que las que puedo proporcionarles!

—Sigo sin entenderlo —dijo Elías, que no podía dejar de pensar en Orange—. ¿Por qué el haber dispuesto de la sede de vuestro principado la ha hecho inmune a los ataques del norte?

—Porque, mi querido amigo, ya se la he entregado al norte. La ofrecí al mejor postor, y los únicos que se mostraron dispuestos a pagar por ella fueron los caballeros hospitalarios.

Gaucelm se había quedado sin aliento. No osaba hablar, y sólo pudo lanzar una rápida mirada de soslayo a Elías. Raimbaut había vendido su señorío a los caballeros hospitalarios para pagar unas cuantas deudas. Eso explicaba por qué nunca mencionaba el lugar y nunca iba allí, a pesar de que todos lo conocieran como el conde de Orange.

Vidal silbó.

—Vendiendo vuestro derecho de nacimiento nos habéis puesto en manos de Simón... —murmuró—. ¡Y ahora lo llamáis inmunidad!

—¡Yo no he hecho nada de eso! —gritó Raimbaut, intentando mantener su dignidad—. El acuerdo es más sutil, porque... —Estaba tan furioso que se le quebró la voz—. ¿Qué sabéis vosotros de política? Sólo alguien que haya nacido aquí puede aspirar a solucionar los problemas de Provenza, que ha sido comprada y vendida cien veces a lo largo de su historia. Ésta no es la primera vez y no será la última. Mi porción de Orange ha pasado a ser administrada por Aragón, al que estoy vinculado como aliado. Si no, ¿por qué iba a ayudar a Alfonso en Mornas? ¿Es que no lo entendéis? Los hospitalarios hacen algo más que cobrar las rentas de mis propiedades hasta que mi deuda haya quedado saldada: también son mis protectores. De esta manera he garantizado la seguridad de Courthézon, que sigue siendo mío. ¡Un auténtico prodigio de diplomacia, si se me permite decirlo! Nadie ha perdido nada, y yo he ganado tiempo. ¿Queda todo esto más allá de la comprensión de los soldados y los poetas? ¿He sobrestimado vuestra astucia política, quizá? —Hizo una pausa, inclinando la cabeza hacia un lado como si esperara una contestación—. Ya veo —murmuró—. No tendría que habéroslo contado. Y ahora, queridos amigos, os ruego que me dejéis solo.

Sus visitantes se levantaron, balbucearon unas palabras de despedida y se alejaron por el largo corredor con el paso cansino y vacilante de tres hombres que acaban de ser vendidos como esclavos. Cuando llegaron a la habitación de Vidal, Elías rompió el silencio.

—Las compuertas se han abierto —dijo.

Cuando los tres hombres se hubieron ido, Raimbaut permaneció inmóvil durante largo rato. Sus pensamientos volvieron a Douce, pero enseguida descartó la posibilidad de que alguna otra persona pudiera estar al corriente de sus votos. Aun así, sería conveniente tomar ciertas precauciones. Volviéndose, clavó la mirada en el aguamanil de Limoges y el reclinatorio. Tenía que hacer que se los llevaran del castillo inmediatamente. Se acordó del mensajero del bosque, y comprendió que los rumores eran ciertos. Pero el que Courthézon fuera atacado era sencillamente impensable. El pacto con los hospitalarios le protegía, y el norte ya se habría dado cuenta de que las condiciones del acuerdo impedían que Raimbaut pudiera llegar a ser su enemigo. Mientras no dispusiera de evidencias irrefutables que le convencieran de lo contrario, no haría nada. Descartó sin más lo que le había pedido Elías, aun admitiendo la lógica de su razonamiento. Raimbaut odiaba su pobreza, y odiaba tener que compartir el lecho con los aragoneses. Pero ¿acaso tenía elección? Elías era un soñador. Movilizarse en defensa propia era una cosa, pero enviar todo un ejército para que luchara por la causa de otro... No, imposible.

Recorrió la habitación con la mirada. De momento tenía un problema práctico. En el improbable supuesto de que Courthézon fuera atacado, nada estaría a salvo de los malditos merodeadores. Orange... ¿Podía hacer que llevaran los tesoros allí? Con los hospitalarios estarían seguros. A pesar de lo que acababa de decir —y creía de todo corazón en ello—, debía admitir que la neutralidad no constituía ninguna garantía contra el pillaje. De hecho, quizá no fuese una garantía de nada. Aún estaba furioso por la humillación que había supuesto para él tener que admitir su acuerdo con los hospitalarios. Oficialmente no era ningún secreto, pero ya hacía mucho tiempo de ello y prefería no pensar en el asunto. Aquella venta había sido un auténtico infierno desde el primer momento de las negociaciones. Contravenía todo aquello en lo que creía, y durante un tiempo enfrió sus relaciones con Béatritz. Su único mérito, aparte de ayudarle a pagar sus deudas, había sido que le permitió dar cobijo al anciano padre de Béatritz durante los horribles días de Mondragón y Mornas. Ahora todo volvía a salir a la luz, trayendo consigo la amargura de aquellos años.

Los tristes recuerdos del pasado y la incertidumbre sobre la seguridad de Courthézon lo embargaron hasta sumirlo en la desesperación. ¿Y si se veía obligado a preparar el castillo para resistir un asedio? La idea lo levantó del asiento e hizo que empezara a pasearse por el estudio, abrumado por la inmensidad de la tarea. Los carpinteros tendrían que levantar cobertizos delante de los baluartes y alrededor de los muros externos. Ya no quedaba nada de las estructuras originales, a no ser que las de la poterna de entrada siguieran en su sitio. No se acordaba. Sería preciso traer montañas de provisiones que deberían ser almacenadas en la fortaleza. Y ahora que pensaba en ello, el muro llevaba años agrietándose y perdiendo trozos que caían al patio. Habría que despejar el patio, y tendrían que librarse de esas balas de heno. Ahora el recinto, lleno de aperos de labranza, parecía un establo para vacas. Con un penoso esfuerzo mental, intentó visualizar aquel confuso paisaje de carretillas, cubos y trozos de arneses. En cualquier caso, algo habría que hacer al respecto. ¿Habría munición suficiente en la torre de carga? Las lanzas tendrían que ser afiladas, y los escudos remendados o vueltos a tensar. Muchas armaduras y cotas de mallas necesitarían reparaciones. ¡Oh, qué horror! Y habría problemas con sus hombres. ¿Qué haría con Garin y De Galeron, los únicos que podían permitirse redimir su servicio mediante una suma de dinero? ¿Dónde encontraría mercenarios para sustituirlos? Ya le habían fallado una vez, en Mornas, y volverían a hacerlo. Particularmente porque, pensó con remordimiento, luego no había insistido en que fueran a su corte. Había permitido que salieran impunes de un crimen casi tan grave como el asesinato, y toda la culpa era suya.

El caos de sus pensamientos había alcanzado tales niveles que necesitaba centrarse en otra cosa para no enloquecer. Siguió recorriendo el estudio, parándose distraídamente delante de sus tesoros. Sus amados tesoros... Sí, había que hacer algo con ellos, y cuanto más pronto mejor. Podía hacer que los enterraran en algún lugar del recinto del castillo. Podía llevarlos a la cripta de la capilla; pero no, la capilla formaba parte del muro interior del castillo, y si lograban abrir brecha en él, el santuario sería saqueado. De alguna manera, el mero hecho de pensar en esos objetos bastó para dejarle agotado. En momentos como ésos, su colección pasaba a ser una carga. Lo que había sido primero su pasión y luego un refugio se había convertido súbitamente en una responsabilidad... no, de hecho en un estorbo. Aquellas preciosidades ya no le importaban tanto como en el pasado. Era como si el poseerlas hubiera hecho que fuesen absorbidas por su piel: ahora formaban parte de su ser, y el contemplarlas había dejado de ser su principal fuente de placer. Si algún mercader de Ypres o Beaucaire, si algún gran coleccionista —alguien como el riquísimo conde de Foix— viniera a tentarle con otra pieza de Limoges, como un relicario, o tal vez una rara talla en marfil, Raimbaut ya no se dejaría seducir. Sus dedos, que antes siempre ardían con el deseo de poseer cosas, se habían vuelto extrañamente insensibles. Por imposible que pareciese, su alma ya no necesitaba la proximidad de los objetos de valor. ¿Qué le había ocurrido? ¿Se estaría haciendo viejo? ¿O sería quizá que su instinto de poseer cosas se había disipado porque...? Porque —la respuesta le llegó sin necesidad de buscarla— ahora ya tengo lo que quiero, lo que he querido durante siete años. Ahora tengo a Douce.

Llamó a Bonel, quien se materializó en la puerta con una presteza que siempre sorprendía a Raimbaut.

—Busca a un hombre que maneje bien la pala y haz que se ocupe de todas estas cosas —dijo barriendo el aire con el brazo—. Enterradlas.

—¿Enterrarlas, mi señor?

—Sí. Y una cosa más, Bonel...

—¿Sí, mi señor?

—Que saquen de la capilla la cruz, el cáliz, los candelabros y... qué más, qué más... ah, sí, y la custodia. Y que los escondan junto con... —murmuró, señalando con un dedo el reclinatorio, el aguamanil y un montón de manuscritos diciéndose que Bonel ya sabría a cuáles se refería.

—¿La cruz? Pero ¿dónde, mi señor?

—En Saint-Denis.

Sí, allí estarían a salvo.

—¿En el pueblo, mi señor?

—Y no pierdas de vista al hombre que se encargue de enterrarlos, Bonel. Y luego tráemelo. ¿Está claro? Puede que tengamos que padecer una guerra.

Darle un susto de vez en cuando era una buena forma de conseguir que el anciano pusiera manos a la obra.

—No, mi señor. Quiero decir que... No, no está claro. ¿Dónde, exactamente, debemos enterrar todas esas cosas?

—Pues en el cementerio. ¿Dónde si no, hombre de Dios? Asegúrate de que el que las entierre no deja ningún rastro. Ah, y grábate el punto exacto en la memoria para luego decírmelo.

Esperaba no haber sido demasiado duro, pero Bonel parecía paralizado.

—Sí, mi señor —dijo por fin y salió, andando de lado como un cangrejo, con una expresión de terror en el rostro.

Mientras iba a ver a Guilhelma y Ayen, Gaucelm sintió que el cerebro le palpitaba y temió que las sienes fueran a reventarle. La revelación de las maniobras políticas de Raimbaut lo había dejado perplejo y horrorizado. Y durante todo ese tiempo, y sabiendo lo que sabía, Raimbaut se entretenía examinando manuscritos y *objets d'art* en sus aposentos, componía versos y jugaba a ser un gran señor. ¿Nadie había podido abrirle los ojos? Lo que debía hacer, decidió, era presentarle a Elías a algunos caballeros que pudieran ver aquel asunto desde otra perspectiva y aferrarse a la esperanza de que entre todos lograran convencer al conde de que debía prepararse para defender Courthézon. Pero sabía que Elías era el único que tenía alguna posibilidad de persuadir a Raimbaut. Elías aportaba la mirada de alguien de fuera, respaldada por la clase de experiencia militar que Raimbaut tenía que respetar. Aun así, cuando salió a la tenue claridad del atardecer las dudas empezaron a titilar como estrellas. No, nunca daría resultado. Raimbaut ya había dado su respuesta, y el orgullo se interpondría en el camino de un cambio de parecer.

Antes de cruzar el puente que atravesaba el foso seco del castillo, se paró a coger unos cuantos tallos de ajedrea. Luego les añadió una rama de un laurel que, al igual que el matorral de ajedrea, debía de haberse fugado del huerto de la cocina para acabar echando raíces allí. Aplastó una hoja de laurel con la mano y aspiró su frescor. Sabía que a Guilhelma le encantaba el sabor que daba a los guisos, especialmente a sus estofados de cordero, y pensó que se pondría muy contenta.

Su nueva casa quedaba casi al final de la calle más empinada de Courthézon, en la que cada vivienda casi parecía aposentada sobre los hombros de la siguiente. La suya estaba muy cerca de la iglesia de Saint-Denis, pero aun así quedaba a pocos minutos del castillo yendo a pie. Construida de piedra al igual que sus vecinas, destacaba por ser un poco más ancha de lo habitual: en el juego de la rana saltarina, su casa hubiera sido la rana sobre la que se saltaba. Otra cosa que la diferenciaba era que tenía dos pisos, mientras que las demás casas tenían tres. Encima de las ventanas que daban a la calle, al igual que sobre la puerta principal, había sólidas vigas de madera. El hombre que se la había alquilado se encargó de asegurar la pendiente del tejado con unos cuantos *galets*, aquellas piedras planas en las que se había fijado Gaucelm cuando entraron a caballo en el pueblo y que, ahora lo sabía, ofrecían una defensa cuanto menos parcial contra los vendavales de Provenza. Pero lo que le robó el corazón a Guilhelma fue la puerta doble de la casa. Se imaginó abriendo la mitad superior y apoyándose en la parte de abajo para observar todo lo que ocurriera en la calle. Y debido a su relativa elevación, desde el segundo piso incluso podían divisar las colinas que se alzaban detrás de Courthézon.

Antes de entrar, Gaucelm expulsó de su mente todos los pensamientos relacionados con la política. No quería perturbar la apacible escena que encontraría dentro de la casa, o al menos todavía no. Tampoco quería echar a perder el deleite que sentiría cuando contemplara los luminosos ojos azules de su hijo. Le encantaba ver cómo Guilhelma cuidaba de él, limpiándole las encías con miel o envolviéndolo en sus ropitas de lino después de haberlo bañado. Douce había pasado la tarde con ellos, y al entrar la vio sentada en un taburete junto al bebé. Guilhelma dormitaba con Ayen en los brazos, y Douce se llevó un dedo a los labios. Gaucelm casi podía sentir el respetuoso afecto que le inspiraba su nuevo «hermano». A diferencia de la mayoría de mujeres, Douce le hablaba a Ayen como si ya fuera una persona en vez de una mera cosita lloriqueante, y eso había hecho que Gaucelm volviera a abrirle su corazón. No podía negarlo: la presencia de Douce le inquietaba levemente, y su porte sereno aún le obsesionaba.

Se paseó por la estancia sintiéndose fuera de lugar. La mesa, el baúl y el taburete extra estaban incómodamente alejados de la pared, y allí seguirían hasta que hubieran decidido su nuevo emplazamiento. Las formas más familiares parecían cobrar vida ante sus ojos en aquella nueva morada, como si hubieran salido desnudas de las sombras a que estaban acostumbradas en sus antiguas habitaciones del castillo. La gran cama había sido desplazada a un rincón para dejar sitio a la cuna de Ayen, y había montones de ropa blanca limpia por todas partes.

Douce cogió a Ayen cuando vio que se le cerraban los ojos y empezó a cantarle. ¡Qué distinta de Guilhelma era en todos los aspectos! Y sin embargo, pensó Gaucelm, alguna misteriosa simetría hacía que cada una tuviera aquello que le faltaba a la otra. Miró a Guilhelma dormir. Miró a Ayen en brazos de Douce y ésta absorta en el canturreo y el mecer al bebé. Allí estaban, todos juntos: todo lo que había querido en su vida. Pensarlo bastó para tranquilizarle. Inclinándose sobre Ayen, resiguió sus facciones con un dedo. El niño era un don de Dios, y en cuanto nació Gaucelm supo que su vida había cambiado para siempre. Inmóvil entre los brazos de Douce estaba toda la pureza del mundo, una *tabula rasa* de bondad absoluta, una inocencia que Gaucelm, lleno de gratitud, comprendió estaba al alcance de la mano porque era la inocencia de su propia juventud antes de que el mundo hubiera empezado a arrebatársela. Pasó un dedo por la delicada nariz del niño, y se sintió bendecido.

Pero finalmente se vio obligado a romper el hechizo.

—Elías d'Ussel está aquí —murmuró inclinándose sobre el hombro de Douce—. Ha venido a advertir a Raimbaut que hay tropas del norte en Sablons. Las vio cuando hizo un alto de camino a Ussel.

—¿Pasó por Ventadour? —susurró ella.

—No —replicó Gaucelm.

—Así que no hay noticias de allí.

—Ninguna.

Douce reanudó su canturreo y siguió meciendo a Ayen como si no tuviera más deber en el mundo que velar por su sueño. A Gaucelm le asombró que no mostrara ninguna sorpresa ante la llegada de Elías, y el que la mención del padre de su primer amor no evocara en ella ningún eco del pasado. Douce había dicho adiós al pasado en una muda despedida, y el recuerdo de Gui parecía haberse borrado de su memoria.

El canturreo cesó de repente. Douce se inclinó y Gaucelm se sobresaltó al oír su voz.

—Hay algo de profético en el hecho de que Elías haya venido a vernos. Está claro que ha venido para convencer a Raimbaut de que...

—Ya lo hemos intentado.

—¿Cuándo?

—Hace una hora.

—¿Y no quiso escucharos?

—Raimbaut ha entregado su porción de Orange a los caballeros hospitalarios.

Douce siguió meciendo a Ayen en silencio. Con qué calma es capaz de aceptarlo todo, pensó Gaucelm, incluso las noticias más sorprendentes.

—Entonces todavía es más importante que Elías consiga hacerle recapacitar —dijo Douce—. Supongo que volverán a hablar del asunto, ¿no?

—Lo dudo. Esta nueva situación podría poner en peligro a Courthézon. Raimbaut quizá se vea obligado a reunir a todos los hombres de que puede disponer tanto si quiere como si no. Pero temo que perdamos a Elías antes de que llegue ese momento. Está decidido a reunirse con Pierre en los alrededores de Béziers.

—Hablaré con Raimbaut —dijo Douce.

Gaucelm, muy sorprendido, al principio no supo qué decir. A él nunca se le hubiera ocurrido aquella idea, y tuvo que examinarla. En realidad Douce ya había ido a ver a Raimbaut en una ocasión. Y aunque al hacerlo le hubiese desobedecido, Gaucelm no tuvo más remedio que admirar la determinación que la había impulsado, el día siguiente a su llegada a Courthézon, a comunicarle la muerte de Béatritz a Raimbaut. Pero presentarse ante él con semejante petición quizá fuese una temeridad, pues equivalía a confiar el futuro de un reino a una mujer. Pero por muchas vueltas que le diera, no veía otra salida.

—Mañana hablaré con él —añadió Douce.

La cuestión de los votos cátaros se interponía entre ellos aunque no hubiera sido mencionada. Cuando Gaucelm le habló de las tropas del norte, un estremecimiento de miedo recorrió a Douce. Durante un fugaz momento, el pánico se había adueñado de ella. ¿He sido descubierta? ¿Me ha traicionado alguien?, se preguntó, pero el temor se desvaneció. ¡Imposible!, se dijo.

—¿Quieres que te acompañe? —preguntó Gaucelm, lanzándole una mirada de soslayo.

Pensó que Douce quizá usara sus argucias femeninas sobre Raimbaut, y descubrió que la idea no le gustaba nada. Era una misión delicadísima en la que la religión podía jugar un papel decisivo. Si Raimbaut la interrogaba sobre los motivos de su súplica, Douce quizá se vería obligada a confesarle su herejía. Pero Douce no parecía preocupada por aquellos escrúpulos, y su rostro seguía tan sereno como de costumbre.

—Entonces... ¿hablo antes con él para allanar el camino, para...? —No supo cómo seguir. Douce iba a ponerse en la línea de fuego, y no parecía importarle. Su decisión no podía ser más firme. Gaucelm pensó que nunca conseguiría entenderla, y se preguntó si en su relación con Raimbaut habría algo más que él ignoraba.

—No —dijo Douce—. Es mejor que vaya a verle sola, por la mañana. Pero antes debería hablar con vosotros tres para saber qué ocurrió cuando fuisteis a verle.

¡Qué muchacha más sensata!, pensó él. La miró con gratitud, y después se inclinó y le besó los dedos allí donde se curvaban alrededor de los hombros de Ayen. Douce acostó al bebé dormido en su cuna. Luego, con una última mirada a Guilhelma, que estaba roncando, Douce salió de la casa antes de que sonaran las vísperas y las puertas del castillo se cerraran con su metálico retumbar.

A la mañana siguiente, y antes de reunirse con los demás, Douce fue a hablar con Elías. El viejo soldado tuvo que examinar sus rasgos antes de estar seguro de que aquélla era la niña de los vecinos a la que había visto tan tímida y avergonzada en presencia de su hijo. Ahora casi parecía una reina, con el mismo porte erguido de su madre y, vio con diversión, la misma mandíbula tozuda. Pero era encantadora, con su cabello dorado y su evidente seguridad en sí misma. Aquella muchacha sabía tomar sus propias decisiones.

A Douce le pareció que Elías estaba más delgado, con las arrugas del rostro más marcadas y el porte orgulloso de un soldado con su cota de malla y sus botas de cuero de puntera cuadrada. Lejos de Ussel y Ventadour, el padre de su primer amor seguía siendo una figura imponente.

Pero ahora no pensaba en Gui. Ante ella había un hombre avezado en las artes de la guerra, un defensor de la causa del sur que había demostrado su valor en los campos de batalla. Douce no se anduvo con rodeos.

—Gaucelm me ha contado cómo están las cosas, con el norte

acampado cerca de Sablons —dijo—. No os he visto desde Ventadour, pero sé que vos y Pierre habéis decidido defender al sur contra estos intrusos. Y no puedo evitar pensar que os gustaría incluir a Courthézon en vuestra causa. Os ruego que no nos abandonéis hasta que el peligro haya pasado.

Elías la miró solemnemente.

—Mi señora... —empezó a decir, pero se le quebró la voz y clavó los ojos en sus botas—. Me habéis pillado desprevenido. No tenía ni idea de que... os hubierais convertido en una mujer tan hermosa. Pero no puedo hacer lo que me pedís. El Languedoc me necesita.

Douce se puso seria y entrelazó las manos. Alzó la mirada hacia él, buscándole los ojos.

—Yo estaba con Gui cuando murió. Por él, y en su nombre, os pido que no os vayáis de Courthézon hasta que podamos ver de dónde sopla el viento. Quizá corramos un peligro más grande que el Languedoc. ¡Pensad en la muerte de vuestro hijo como una señal y dadme vuestra palabra, Elías d'Ussel! —concluyó, armándose de valor.

Elías volvió a bajar la vista y pareció recapacitar, pero después la miró y dijo secamente:

—Gui no tiene nada que ver con esto. Mi trabajo me espera en el Languedoc, y no puedo dejar abandonado a Pierre allí. Es demasiado para un hombre solo. No, no puedo haceros esa promesa.

—Muy bien —dijo Douce—. Pero en cualquier caso, seamos amigos. Gui significó mucho para mí. Vos, como su padre, merecéis saber cómo transcurrieron sus últimos días.

Elías sonrió y volvió la cabeza hacia ella.

—Si estuviste con Gui al final como dices, entonces estoy en deuda contigo.

La tomó del brazo y entraron en el patio justo cuando el sol se deslizó entre las nubes para proyectar sus primeros rayos sobre el día.

Los cuatro se reunieron en la habitación de Vidal. Gaucelm se alegró al ver la cortesía con que Douce era tratada por Elías: la que antes no era más que la hija de un vecino quisquilloso, había pasado a ser considerada una persona digna de su caballeroso respeto. Gaucelm también se dio cuenta de que, al igual que en otras ocasiones que consideró lo bastante importantes para ello, Douce se había recogido los cabellos. Aquella mañana los llevaba enroscados sobre la nuca. A diferencia de la mayoría de damas de la corte de Raimbaut, rara vez se tomaba la molestia de ocultarlos bajo un griñón y, de esa manera, parecía habitar permanentemente el ambiguo espacio suspendido en el umbral de la feminidad. Gaucelm pudo ver que Elías no era inmune a aquel aspecto del atractivo de Douce. El efecto quedaba realzado por su traje azul oscuro, que se amoldaba elegantemente a su esbelto cuerpo.

Mientras Elías y Vidal detallaban en beneficio de Douce la conversación mantenida con Raimbaut el día anterior, Gaucelm se encontró examinando su traje más atentamente de lo que tenía por costumbre. El escote acogía el broche de esmeraldas de Béatritz, suspendido justo debajo de su cuello. Sus hermosos tonos verdes le trajeron a la memoria recuerdos de aquel crudo día de invierno en el que enterraron a Gui. Elías seguía hablando, y Gaucelm dejó vagar sus pensamientos. Se preguntó si Elías le hablaría de Gui a Douce. ¿Confesaría ella su amor por su hijo muerto y, con ello y a su manera, llenaría la brecha abierta entre Ussel y Ventadour? Volvió a mirarle el cuello, y sólo entonces comprendió que Douce llevaba el broche de Béatritz por una razón. Se acordó del notorio *amor* entre la antigua propietaria del broche y Raimbaut. El conde quizá se lo hubiera regalado a Béatritz, en cuyo caso el que Douce lo luciese de manera tan prominente era un gesto taimado. Esa posibilidad le hizo sonreír abiertamente. ¡Qué diablillo tan astuto! Así que Douce estaba decidida a usar sus argucias femeninas después de todo, y quizá hiciera bien. Gaucelm a duras penas logró reprimir una risita, evitando una interrupción del relato de Elías cuyo auténtico motivo le hubiera costado mucho explicar.

Cuando Douce hubo digerido todo lo que necesitaba saber, se levantó y fue a la puerta. Allí se volvió hacia ellos para advertirles:

—Ninguno de vosotros debe seguirme bajo ningún concepto.

Titubeó, acarició el cinturón debajo del que reposaba la hebilla cátara y se fue.

Tardó tan poco en volver que los tres hombres la miraron alarmados.

—¿Raimbaut no estaba en su estudio? —preguntó Gaucelm.

Pero cuando Douce fue hacia ellos, Vidal vio una expresión triunfal en su rostro. La miró, inclinando la cabeza hacia un lado. Después, clavando en ella su reluciente mirada, dio énfasis dramático a su pregunta.

—¿Qué le dijiste para convencerle tan deprisa?

Gaucelm se puso alerta y Elías se inclinó hacia adelante. Douce titubeó apenas un instante.

—No habrá secretos entre nosotros. Apenas hablé. Le dije que si no salía de su estudio teniendo su palabra de que convocaría a todo el contingente de Courthézon, mañana me iría del castillo antes de prima y nunca volvería a verme. Raimbaut sabe que cumplo mis promesas.

28

ATAQUE

Al amanecer, los vasallos y servidores de Raimbaut se armaban a la luz de las antorchas. Un murmullo de voces resonaba en la gran sala mientras los caballeros se introducían en las cotas de malla que sus escuderos sostenían. Los más veteranos, Elías entre ellos, estaban de pie delante de la chimenea apagada desayunando lonchas de carne fría y una medida extra de vino.

En el piso de abajo, doncellas y pajes se cruzaban en desacostumbrado silencio bajo la luz de las antorchas colgadas de las paredes. Guilhelma supervisaba el traslado de las provisiones con una lluvia de órdenes. Había movilizado a todas las sirvientas y mozas de cocina, a cada jardinero, bodeguero, servidor y cuidador de los corrales que ponía los pies en su territorio —el cual iba desde la cocina hasta la sala— para que llenaran a rebosar aquella marmita, bajaran esa olla y cargaran esta cesta. Dos semanas de descanso le habían devuelto las fuerzas, y ahora podía confiar el bebé a las eficientes manos de dama Berta. En el patio los sirvientes formaban una cadena, pasándose cajas de huevos, ristras de gallinas, barriles de grasa y recipientes de aceite, vino y grano desde la poterna y por encima de los adoquines hasta la planta baja de la fortaleza, donde se había apostado Guilhelma.

En el centro del patio, Bonel, envuelto en las nubecillas de vapor que el frío de primera hora de la mañana fabricaba con su aliento, gritaba instrucciones a sus subordinados. El sudor relucía sobre las frentes de los cocineros y los carreteros, que también estaban ayudando en lo que podían. De la cocina llegaba un estruendo de recipientes de hierro a medida que ollas y marmitas eran descolgadas de sus ganchos y los sirvientes de la casa se apresuraban a trasladarlas a los almacenes debajo del salón. Los caballos piafaban nerviosamente en los establos, y las vacas con terneros jóvenes sacaban la cabeza de sus comederos y mugían en respuesta. Patos y gansos correteaban por el patio sin dejar de graznar. Los cocineros y carreteros proferían juramentos y maldiciones mientras se echaban el aliento en las manos. El canto de los gallos anticipaba el amanecer.

Guilhelma, que había llevado a Ayen a las habitaciones de dama Berta antes de laudes, no había tenido ni un instante para preocuparse por el bebé durante aquella larga y frenética noche. Muchas vidas podían depender de cómo fuese aprovisionada la torre, y Guilhelma lo sabía. El éxito o el fracaso de más de un asedio había dependido no de las municiones, las tácticas y demás tonterías masculinas, sino de la cantidad de comida y bebida que las mujeres hubieran logrado almacenar en la fortaleza.

En el tembloroso círculo de claridad proyectado por una lámpara de aceite, Gaucelm y Vidal se inclinaban sobre el suelo de la habitación de Vidal, con las cabezas casi tocándose mientras examinaban lo que tenían delante. Ya se habían armado, y sudaban abundantemente debido al peso de sus cotas de malla, el vino suministrado por un paje hecho un manojo de nervios, y las ruidosas idas y venidas de los caballeros y hombres de armas congregados en el piso de abajo. En una mesita delante de sus rodillas estaba el mapa de Vidal.

—Lo repetiré otra vez: si todo lo demás fracasa... —empezó a decir Gaucelm, enjugándose la frente con el dorso de la mano. Mover el brazo le resultaba dificultoso, tan poco acostumbrado estaba al peso de una cota de malla—. Acerca de Marsella: para el día de Pascua habrás dejado recado en casa de Azalaïs. Si me retraso, debo suponer que te habrás hecho a la mar y que he de seguirte en el próximo barco que salga del puerto. En ese caso nos encontraremos en casa de Lamois, en Constantinopla. ¿Correcto?

—Correcto. Y ahora vayamos a reunirnos con los demás

—dijo Vidal—. Deberíamos estar lo más cerca posible de nuestro gracioso señor para registrar cada uno de sus actos en forma de canciones, en beneficio de la posteridad.

—Al cuerno con la posteridad. Si se nos ocurre cantar desde lo alto de esa torre, ofreceremos un magnífico par de blancos a los hombres del norte y la posteridad sólo se beneficiará de nuestros cadáveres. ¡Maldito seas, Raimbaut! ¡Si pudieras, nos harías cantar encima de los baluartes como un par de gallos! Antes de que empiece el jaleo, quiero hablar con Douce.

—Entonces hazlo. Venga, ¿qué te lo impide? —replicó Vidal al ver que Gaucelm no se movía.

—No sé si podré ponerme en pie —gruñó Gaucelm, pero antes de acabar de hablar ya se había levantado del banco e iba hacia la puerta.

—Suenas igual que una catapulta oxidada —dijo Vidal con una sonrisa.

—¡Ya veremos qué aspecto tenéis vos cuando os levantéis, si es que podéis hacerlo! —repuso Gaucelm mientras contemplaba los aparatosos esfuerzos de Vidal—. Me recuerdas a uno de esos lagartos de plata articulados que los árabes ricos solían regalar a Raimundo.

Vidal señaló la mesa.

—No te olvides de eso.

Gaucelm cogió el mapa, lo dobló por sus pliegues originales y se lo metió en el bolsillo de la sobreveste.

—Te veré en lo alto de la torre —dijo Vidal—. En mi disfraz de lagarto, por supuesto. Dale un beso a la dama de mi parte. La guerra... ¡Que Dios nos proteja!

Douce esperaba en la entrada de la torre, ardiendo con la lenta incandescencia de una vela. A Gaucelm le pareció que casi resplandecía.

—¿Qué mosca te ha picado, damiselinda? —preguntó—. ¡Pareces un caballero listo para entrar en combate!

Douce sonrió al oír el cariñoso apelativo que Gaucelm se había inventado para ella.

—¿Entonces no tienes miedo?

Los dedos de Gaucelm subieron hacia su mejilla ruborizada como si quisieran servirle de escudo, y Douce se apartó de él en una grácil pirueta que hizo arder su piel con los destellos de la vela. Esquivando una pregunta para la que aún no conocía la respuesta, Douce se limitó a apretarle la mano.

—¿Gaucelm? —Manteniendo su mano en la suya, lo atrajo hacia ella—. Si soy capturada, avisa a Ventadour y diles que quiero que mi dote sea entregada a los cátaros. Eso irá contra los deseos de mi madre, pero tú siempre has sabido cómo manejarla. ¿Te ocuparás de ello?

—Lo haré —dijo él, sabiendo que las protestas no servirían de nada.

—He de hablar con Elías —dijo Douce una vez obtenida la promesa que quería.

El aliento de Elías d'Ussel humeaba bajo la luz de las antorchas en lo alto de los baluartes. Detrás de él, la brea empezaba a burbujear dentro de las cubas suspendidas sobre las hogueras de madera. Amontonadas detrás de cada tercera almena había una buena provisión de rocas. Dentro de unos momentos ya podría asignar sus puestos a los arqueros. Pero antes sería mejor que inspeccionara los tubos de fuego y las reservas de aceite y salitre en la torre de carga, donde había dejado a Raimbaut. Después tendría que hablar con Bonel, que estaba supervisando el suministro de agua de los pozos y la cisterna. Miró adelante. Lo que más le preocupaba eran aquellas fisuras en el muro, ya que sólo había habido tiempo de tapar las grietas más grandes. Escupió y bajó por la escalera, inspeccionando los manojos de flechas a lo largo del trayecto para determinar el emplazamiento de los arqueros. Douce se encontró con él en el último escalón.

—Elías d'Ussel, te agradezco mucho que te hayas quedado... —dijo.

—Ahora no tengo tiempo —fue todo lo que respondió él mientras pasaba junto a ella para ir en busca de Raimbaut.

Douce siguió inmóvil junto a la base de la torre durante unos momentos: aquel baluarte era un terreno desconocido para ella. Después subió por la escalera de caracol. Una antorcha que ardía en lo alto, allí donde un gran arco daba a un parapeto, le iluminó tenuemente el camino. Cuando salió del arco al calor alquitranado y el rugido de la antorcha, Douce jadeaba. La neblina se había levantado por el noroeste para revelar, más allá del pueblo, un campo de tiendas de una deslumbrante blancura con un estandarte marcado por una cruz escarlata ondeando encima de cada tienda. Detrás de ellas había otras tiendas de distintos colores. Los campos estaban llenos de corceles cubiertos con magníficos mantos, y algunas de las cabalgaduras lucían penachos de plumas lo bastante espléndidos para un cortejo real. Máquinas de sitio, cascos y armaduras absorbían los primeros albores del día y desprendían su propio fuego para rivalizar con el del sol naciente. Douce pensó que parecía una gigantesca feria. Se detuvo, deseando poder hacerse invisible para presenciar lo que estaba a punto de ocurrir. Pero en vez de quedarse en lo alto de la torre, bajó por la escalera y salió al patio.

El enemigo marchó sobre Courthézon al amanecer. Una avanzadilla de doce caballeros con sobrevestes grises marcadas por cruces carmesíes precedió al ejército bajo los primeros resplandores del día. Sus estandartes ondeaban al viento mientras iban hacia el pueblo, perfilándose sobre el risco allí donde las praderas subían hacia el norte. Al frente de ellos galopaba Hugh d'Harcourt, amigo y brazo derecho de Simón de Montfort. Él y sus caballeros serían seguidos por un contingente de arqueros, hombres con fuego líquido y antorchas encendidas; carros y carretas llenas de escaleras y munición; reatas de mulas con provisiones; catapultas, ballestas de sitio y arietes; y, finalmente, infantes desplegados con meticulosa precisión. Todos estaban listos para iniciar la marcha. Pero de momento sólo la primera fila se puso en movimiento, flanqueada por cuatro dominicos y un heraldo.

El tiempo empeoró súbitamente unos momentos antes de que la comitiva llegara a las puertas de Courthézon. El heraldo fue admitido junto con uno de los dominicos y los dos emisarios cabalgaron hacia el castillo por un Courthézon inmóvil salvo el estandarte negro y oro de Raimbaut, que ondeaba sobre la barbacana. En las alturas, una espesa niebla hervía bajo un cielo amenazador. Grandes nubarrones brotaban de las colinas como humaredas agitándose ante un trueno. Más allá, un verdoso resplandor ultraterreno bañaba las praderas.

El ruido de cascos sobre los adoquines fue aproximándose al castillo, y luego llegó el grito del heraldo en la lengua del norte: «¡Rendíos en nombre de Dios!» Durante lo que pareció mucho tiempo no ocurrió nada. Gaucelm, que aguardaba con Vidal en el lado de la torre desde el que se dominaba el pueblo, temblaba de frío pese a la protección de su cota de malla. No había manera de ver lo que ocurría abajo. Alrededor de ellos, todos los arqueros estaban en sus puestos, inmóviles y con los oídos alerta a la espera de la trompeta que anunciaría el ataque. Gaucelm creyó oírlos respirar, pero el único sonido era el chasquido de los leños ardiendo debajo de los calderos de brea detrás de él. Y la señal no llegaba. Algunos arqueros se relajaron y volvieron la cabeza hacia el parapeto donde estaba apostado el trompetero. Nada. Gaucelm miró a Vidal y se inclinó hacia adelante.

Y entonces hubo una súbita agitación debajo de ellos y una figura de largas túnicas entró lentamente en su campo de visión. Gaucelm vio que era el sacerdote de Saint-Denis, acompañado por uno de los prebostes del pueblo. ¡Así que iban a parlamentar, después de todo! El sacerdote y el preboste se detuvieron delante del heraldo, dos hormigas negras enfrentándose a un dominicano y un guerrero sin rostro, ambos montados. Una nueva esperanza se adueñó de Gaucelm. Inclinándose hacia Vidal, susurró:

—¡Pensaba que Courthézon rechazaría cualquier clase de condiciones! ¿Es que vamos a negociar?

Vidal se llevó un dedo a los labios por toda respuesta. Los dos hombres le hicieron gestos al heraldo y acabaron volviéndose el uno hacia el otro. El heraldo permaneció inmóvil sobre su silla de montar. Como obedeciendo a una señal, el sacerdote de Saint-Denis dio un paso adelante y habló.

—Apostaría a que los está exhortando a no empuñar las armas durante la Cuaresma —murmuró Gaucelm.

El comentario de Vidal consistió en un pedo despectivo.

Gaucelm pensó en Guilhelma. Esperaba que a esas alturas ya estuviera a salvo dentro de la fortaleza, con Ayen y dama Berta. Sus ojos no se apartaban de los cuatro hombres que tenían el destino del pueblo en sus manos. Finalmente se separaron como si hubieran llegado a alguna clase de acuerdo. El preboste le gritó algo al portero, quien transmitió la orden y poco después, con un rugido que pudo oírse claramente en el baluarte donde esperaban Gaucelm y Vidal, las puertas de Courthézon fueron abiertas. El heraldo hizo sonar su trompeta, y el enemigo respondió a la señal entrando en las calles. Un par de ancianos bruscamente sacados del sueño salieron de sus casas como topos súbitamente obligados a huir, boquiabiertos y lanzando chillidos de alarma. Los ciudadanos echaron a correr, algunos hacia los campos, otros hacia las iglesias y muchos hacia el castillo.

Gaucelm le dio un codazo a Vidal.

—Que Dios le ayude, pero el preboste tenía razón: este pueblo no podía enfrentarse a la máquina de guerra del norte. ¿Dónde está Raimbaut? Seguro que se habrá puesto lívido. Me pregunto si ahorcarán al preboste por traición. —Miró al ejército que venía hacia ellos—. Bueno, al menos parecen capaces de mantener el orden...

Entonces oyeron gritos. Vidal se asomó por encima del baluarte para contemplar la escena.

—Mira abajo —dijo—. Orden, ¿eh?

Debajo de ellos había gritos, carreras, empujones y un redoblar de tambores. Los hombres del norte habían roto filas y entraban en las casas, entregándose al pillaje mientras golpeaban a los pueblerinos con el plano de sus espadas. Los perros aullaban, los caballos relinchaban y las gallinas cacareaban en los corrales. Con los hombres del norte sueltos por las calles, Gaucelm sólo podía pensar en su casita, donde los muebles aún no habían sido colocados en su sitio.

Vio a una mujer descalza que huía por la calle con su camisón ondeando. Una sobreveste gris le pisaba los talones. La mujer se enredó con el camisón y, perdiendo el equilibrio, cayó sobre la escalinata de una casa. El soldado la alcanzó antes de que pudiera levantarse y la obligó a tumbarse, doblándole la columna sobre los escalones de piedra como si quisiera partírsela. En un abrir y cerrar de ojos ya se había bajado los pantalones y, tapándole la cara con el camisón, la poseyó delante de sus ojos. Los gritos de la mujer se perdieron en el tumulto mientras el soldado se levantaba y entraba en la casa. La mujer yacía sobre la escalera sin poder levantarse, meneando la cabeza entre muecas de dolor. Los nudillos de Gaucelm palidecieron sobre el baluarte. En el mismo instante en que el estrépito, los gritos y la confusión parecían alcanzar un insoportable apogeo, el heraldo del enemigo volvió a hacer sonar su trompeta para detener el saqueo.

—Sed de sangre —dijo Vidal—. Los vuelve locos.

Gaucelm seguía con el rostro rígido.

—Tiene la espalda rota —murmuró.

—No será la única —repuso Vidal.

Los hombres del norte estaban reagrupándose para marchar sobre el castillo. Por primera vez, Gaucelm pudo ver claramente a Hugh d'Harcourt. El caballero tiró de las riendas y se volvió para dirigirse a sus tropas. Después, irguiéndose sobre los estribos, alzó un puño enfundado en cota de malla. Sus hombres respondieron al gesto con un grito de guerra y siguieron subiendo por las estrechas calles de Courthézon. Los estandartes ondeaban a los lados del séquito de D'Harcourt. Sus soldados atravesaron la plaza, dejando atrás las tiendas y la pequeña iglesia de San Jorge, ahora atestada de ciudadanos aterrorizados, y subieron por los peldaños de piedra que llevaban al puente que cruzaba el foso seco hasta la entrada principal del castillo.

Pero lo que atrajo la atención de Gaucelm no fue D'Harcourt, sino su retaguardia. Porque, pese a la advertencia de la trompeta y en una muestra de desprecio a las convenciones de la guerra, una compañía de infantes arrojaba antorchas encendidas al interior de todos los edificios que franqueaban su ruta a través del pueblo. Diminutos arcos de fuego surcaron el cielo plomizo, algunos para convertirse en cenizas, pero muchos para prender fuego a patios, casas y tiendas, alimentándose con una vida de posesiones, ropa y muebles que se hacían humo. Los cobertizos de un callejón se inflamaron como otros tantos pajares, alimentando las calles contiguas con su fuego. Gaucelm boqueó, al tiempo que agradecía a Dios que aquellos bárbaros no tuvieran que pasar cerca de su casa. Exhaló un largo suspiro y apartó la mano del muro. Alrededor de ellos, en cambio, el silencio era absoluto. Los arqueros seguían inmóviles en las aspilleras y baluartes, aunque cada nervio estaba listo para entrar en acción a la menor señal.

Y por fin llegó el floreo de metales que esperaba la defensa. Un clamor ensordecedor subió hacia el cielo, ahogando las últimas notas de la trompeta. Las cuerdas vibraron en los arcos mientras los hombres se apresuraban a hacer pagar al enemigo su deliberada infracción de la ley, y una lluvia de flechas surgió de cada baluarte que daba al pueblo para abatirse sobre los uniformes grises. Gaucelm vio que otras sobrevestes empezaban a montar sus catapultas sin hacer caso del diluvio de flechas. En la puerta de la torre del castillo estaban descargando las escaleras. Primero aparecieron las pieles protectoras montadas sobre armazones de madera. Acordándose de sus deberes, Gaucelm empezó a entonar el *Reis Glorios.* Vidal se unió a su cántico, y juntos parecieron lograr calmar a los frenéticos arqueros, proporcionando un ritmo al tensarse de los arcos, la recarga de flechas y el tomar puntería para volver a disparar. Los hombres no tardaron en corear las estrofas, y los dos amigos fueron a otra sección de la muralla.

Avanzaron a lo largo del baluarte de la torre de homenaje, serpenteando entre hileras de arqueros, tratando de esquivar los codos cada vez que un hombre echaba el brazo hacia atrás en busca de más flechas y dando un rodeo alrededor de los calderos de brea caliente que eran vaciados a través de los matacanes. Detrás de la esquina siguiente encontraron a Elías, que estaba supervisando los disparos de una catapulta ligera. Raimbaut, pálido e inmóvil, se hallaba detrás de él.

—¡Apartaos de ese merlón! —les gritó Elías cuando vio que intentaban pasar—. ¡No os acerquéis!

Y la enorme ballesta montada sobre ruedas se deslizó hacia

adelante con súbita velocidad, lanzando una roca del tamaño de un peñasco pequeño para luego volver a su posición original con un horrible gemido de metal contra madera.

Elías se incorporó y miró a Raimbaut.

—Mi señor, si pudiéramos montar otro ingenio podríamos aniquilar a su vanguardia antes de que puedan traer sus gatos y arietes...

Raimbaut rechazó la sugerencia con un ademán impaciente. Que él supiera, no había ningún otro ingenio.

—Usa los arqueros —ordenó.

Elías se volvió hacia sus hombres y dio una señal. Una lluvia de flechas se curvó en el aire y encontró su objetivo debajo de las murallas o rebotó en los escudos de piel y madera del enemigo.

—¡Otra andanada! —gritó Raimbaut alzando una mano.

Varios arqueros extendieron el brazo hacia atrás en busca de flechas pero no las encontraron. Elías pidió que trajeran más. Un manojo surgió de algún lugar. Los arqueros dispararon la mayor parte de él y vieron cómo la llovizna de flechas se cernía sobre el enemigo.

—¡Otra andanada! —gritó Raimbaut.

—¡Apenas nos quedan flechas! —gritó Elías, preguntándose si Raimbaut estaría ciego. Él, en cambio, podía ver los escasos suministros restantes tan claramente como las caras de consternación de los arqueros—. ¿Cómo esperáis que mantenga una defensa sin munición? —estalló.

—Entonces usa el fuego.

Raimbaut no le sería de ninguna ayuda. Elías comprendió que tendría que hacer las cosas a su manera y llamó a su mariscal.

—Que traigan el aceite caliente —le dijo—. Encended las flechas que os queden —ordenó a continuación, antes de ir hacia la catapulta.

Después de que la primera andanada de flechas de puntas llameantes hubiera sido disparada, Elías ordenó a los arqueros que cesaran el fuego. Mirando por un matacán vio que el esfuerzo no había servido de nada. El enemigo se había apresurado a desembarazarse de los pocos escudos incendiados por las flechas, y los cubos llenos de vino con vinagre traídos de un carro de aprovisionamiento ya estaban convirtiendo las llamitas en humo negruzco. Mientras tanto, los atacantes no malgastaban su tiempo: al amparo de enormes manteletes de madera, un gato y una catapulta ligera eran montados rápidamente justo debajo de la torre de homenaje del castillo. Y, aún más grave, Elías vio que una formacion de sobrevestes grises había logrado transportar un ariete a través del foco seco y lo enfilaba hacia la poterna por el puente.

Se volvió hacia Raimbaut.

—Sin otro ingenio no puedo hacer más. Necesito más flechas, y más hombres sobre la poterna. ¡Si no hacemos algo ese ariete no tardará en derribar la puerta!

Raimbaut seguía tan inmóvil como si estuviera tallado en piedra. Parecía fulminado por alguna enfermedad paralizante. De hecho, llevaba un buen rato pensando en la poterna. La puerta —esa abertura en el muro posterior del castillo que salvaba el foso seco y por la que se podía llegar a las colinas— atraía sus pensamientos con la promesa de la huida. Aun así, había permanecido en su puesto durante toda la mañana dirigiendo la defensa del castillo, inmovilizado por la traición de los prebostes de su pueblo y aquel maldito sacerdote. Faltando a todas las leyes que les ordenaban ser fieles a su soberano, prácticamente habían invitado al norte a entrar en Courthézon. Ahora ya no le quedaba escapatoria, ni siquiera en la fantasía.

¡Traición! Sacudió la cabeza como intentando despertar de una pesadilla. ¿Por qué le había enviado Dios un comandante que se negaba a obedecer las órdenes? Y ahora aquel ariete en la puerta. ¿Acabaría atrapado en su propio castillo? De pronto temió desmayarse. Responder a las apremiantes peticiones de Elías era tan imposible como sacar un ejército armado del cielo. Con el rostro demudado, dio media vuelta y fue hacia la capilla como un sonámbulo.

—¡Mi señor! —gritó Elías en vano.

Se volvió hacia sus hombres, maldiciendo aquella única catapulta de tan difícil manejo, a sus arqueros ociosos, y al inmenso cuerpo crujiente del ariete que, en algún lugar por debajo de ellos, pronto empezaría a roer las defensas posteriores del castillo.

¡Bum, bum-bum! El ariete hacía tanto ruido que Gaucelm sentía el eco de sus golpes en las suelas de sus botas. Su hueco retumbar se infiltraba en los cuerpos como el latido de un corazón hasta que acababa adueñándose de ellos. Y lo peor era tratar de cantar por encima de todo aquel estrépito cuando, además, tenías las fosas nasales anegadas de humo.

Gaucelm se interrumpió a mitad de una estrofa, atónito: un casco enemigo había aparecido sobre el baluarte a su izquierda, y luego otro, y otro. Los hombres del norte estaban entrando por los huecos de los matacanes. Los soldados invadieron la cima de la torre de homenaje gritando como fieras pero, gracias a Dios, ninguno fue hacia él. Armados con jabalinas y mazas y enarbolando sus hachas, Gaucelm vio cómo golpeaban indistintamente la piedra y el acero haciendo vibrar los muros con sus gritos de guerra. Había dejado a Elías y Raimbaut en la catapulta mientras él y Vidal hacían la ronda de los baluartes cantando. Pero Vidal había desaparecido. Gaucelm se había quedado solo.

De pronto se sintió envuelto por el entrechocar del acero. Inhaló su olor, y casi pudo sentir el sabor del metal cuando una fila de sobrevestes grises pasó corriendo junto a él, al parecer sin advertir su presencia. Con una mezcla de alivio y horror, Gaucelm los oyó correr escaleras abajo.

Nada de todo aquello le estaría ocurriendo de no ser por el bastardo de Folquet. Su mente, en blanco hacía un instante, volvió a Tolosa, su Tolosa de los viejos tiempos, la dorada ciudad abierta de su juventud. Después del peligro —tan reciente, tan agudo, tan distinto a nada de cuanto hubiera experimentado jamás—, las lágrimas del resentimiento y la pérdida acudieron a sus ojos. Tolosa había sido suya, con todo su resplandeciente panorama de riquezas y recompensas. Gaucelm había sido su héroe... hasta que Folquet lo estropeó todo. Volvió a pasar por todo aquello, sintiéndose como un niño que acaba de sentarse a comer un pastelillo caliente cuando ve cómo el matón de la calle viene hacia él y se lo quita de la mano. Y aquel matón había seguido haciéndole la vida imposible a todo el mundo, y de paso había devastado la mitad del país.

¡Destructor de almas! La imagen de Folquet surgió de la nada con tal nitidez que un silencio especial pareció envolver a Gaucelm, como si estuviera existiendo dentro de una esfera propia. Los sonidos del exterior ya no llegaban a él, aunque el aire parecía palpitar con el sordo rumor de una inmensa bandada de pájaros. Creyó ver un gran cuervo alzando el vuelo desde un parapeto encima de su cabeza, y después la negra ave pasó ante él sin que sus alas produjeran ruido alguno. Pero su resentimiento se convirtió en pánico cuando se acordó de dónde estaba. Los sonidos volvieron poco a poco, a través de una confusión tal que no podía determinar su fuente. Volvió a temer por su seguridad, y se obligó a moverse.

Acercándose sigilosamente al baluarte, miró abajo: las sobrevestes estaban llegando al muro que se alzaba junto al campanario de la capilla, una cinta gris en movimiento salpicada de cruces rojas y rematada por cascos plateados. Oyó los gritos sedientos de sangre y el estrépito del hierro y el acero. Por fin entendía cómo era la guerra, cómo borraba todo pensamiento salvo el de seguir viviendo; cómo era posible que, en el corazón de la refriega, quedase tan poco tiempo para el miedo. El retumbar cesó. Una fanfarria de trompetas resonó debajo del baluarte, y un griterío ensordecedor acompañó la caída de la puerta de la poterna. Se apartó del baluarte y fue al otro lado de la torre, atraído por unos gritos en el patio. Cuando miró abajo, el corazón se le desbocó por unos instantes y luego pareció detenerse: estaba viendo a Douce. La joven cruzaba a la carrera el patio lleno de heridos, sosteniendo en alto una jarra con la mano derecha sin prestar atención al peligro y con su rubio cabello ondeando.

—¡Douce! —gritó insensatamente, pues la joven se encontraba demasiado lejos para oírle.

Se volvió hacia la escalera de la torre de homenaje para ir a reunirse con ella, pero vio obstruido su camino por un corpulento soldado enemigo que se abalanzó contra él. Gaucelm, reuniendo el valor que sólo da la desesperación, asestó tal rodillazo en el estómago del soldado que éste se desplomó sobre el muro del baluarte.

Aturdido, Gaucelm vio cómo el hombre lograba incorporarse trabajosamente.

En una fracción de segundo, Gaucelm comprendió que se le estaba ofreciendo la ocasión de su vida. Por lo que fuese, aquel hombre había quedado separado de los demás. Con una ferocidad que ignoraba poseer, empuñó su espada con ambas manos y, atraído como por un imán hacia un desgarrón en la cota de malla del hombre, se lanzó sobre él. Hundió la espada en el centro de aquel torso desprotegido con toda la violencia que hace hervir la sangre de quienes han nacido para la batalla. Ya no se trataba de proteger a Douce, y ni siquiera de protegerse a sí mismo. Algo que iba más allá de ambos, alguna atávica necesidad de destruir aquello que odiaba, se había adueñado de él.

El hombre emitió un aullido y volvió a desplomarse sobre el muro. Gaucelm retrocedió tambaleándose, perplejo ante lo que había hecho. Confuso y aturdido, vio cómo un charco de sangre iba creciendo lentamente sobre las piedras.

Unos instantes atrás no sabía que pudiera matar a un hombre. Ahora acababa de hacerlo. Había acabado con la vida de un ser malvado, y sin embargo no era aquel pecado lo que lo tenía tan desconcertado: lo que le parecía más absurdo era que fuese capaz de saborear la absoluta y evidente justicia de lo que había hecho. Había nivelado la balanza contra Folquet, vengando una vieja y profunda injusticia. Seguía experimentando la satisfacción que sintió cuando su espada atravesó a aquel hombre. Incluso se alegraba de verlo muerto, y le alivió ver el hilillo de sangre surgido de los labios hinchados, indicio de que había exhalado su último aliento.

Pero lo que le inquietaba más era que se sentía como un animal extrañamente separado del acto que acababa de realizar. Se apartó del cuerpo para distanciarse de la confusión de sus pensamientos. Intentó desviar la atención de los riachuelos de sangre que empezaban a aproximarse a sus botas, pero estaba fascinado por la púrpura evidencia de su propia bestialidad.

—Tuve la ocasión y la aproveché —dijo. Y en cuanto hubo pronunciado esas palabras en voz alta, fue como si la pizarra por fin hubiera sido borrada.

Bajó por la escalera de la torre de homenaje sintiendo una extraña mezcla de triunfo y consternación. Sólo cuando llegó al último peldaño se dio cuenta de que el pánico que lo había paralizado hacía un rato, cuando vio asomar los cascos por encima de los baluartes, se había desvanecido por completo.

La caballería del norte entró en el patio. Sus caballos, que no estaban acostumbrados a moverse por recintos tan pequeños, piafaban y resbalaban sobre el suelo, pateando espadas rotas o cascos de acero con ojos relucientes de terror. Una nueva remesa de flechas había llegado de la torre de carga, permitiendo que los arqueros de Raimbaut fueran apostados en los baluartes que daban al patio, el cual se había convertido en territorio enemigo.

En la confusión, reses perplejas alzaban la cabeza y mugían. Douce había decidido que permanecer allí y seguir atendiendo a los heridos sería una locura, y pensó que a Elías quizá no le iría mal su ayuda. Llenó la jarra de agua en el pozo y fue en su busca, apartando la mirada de los soldados ensangrentados que yacían en derredor.

Elías había abandonado su puesto en los baluartes de la torre de homenaje, en el muro del campanario. Al pasar junto a los establos vio con espanto unos cuantos tubos de fuego tirados junto a la entrada. Algún estúpido suicida —sin duda creyendo que su acción era digna de elogio— los había traído del arsenal, y ahora todos aquellos tubos llenos de azufre, alquitrán, petróleo y salitre estaban expuestos a la vista de todos, esperando ser encendidos por el enemigo para volar en mil pedazos. Su mariscal tendría que ocuparse de aquello inmediatamente. Se disponía a ir en su busca cuando un arco de fuego hendió el aire delante de él, con su flecha de punta llameante hundiéndose en una bala de heno no muy lejos de sus pies. Las llamas atrajeron a Douce, que vino corriendo y las extinguió con su jarra. Douce alzó la mirada mientras el fuego se apagaba con un siseo y vio a Elías que, enmudecido por la ira, intentaba entender por qué nadie se había molestado en sacar aquel heno de allí. Llevando a Douce hasta los tubos de fuego, le indicó por señas que les echara agua. Pero su jarra estaba vacía. Desesperado, Elías corrió hacia el pozo, arrastrando consigo a la joven. Pero allí la batalla era tan encarnizada que no había manera de acceder al agua.

—¡Sé dónde podemos encontrar un poco! —le gritó en el oído y la cogió de la mano.

Mientras iban hacia la torre de carga siguiendo la pared del patio, oyeron un estrépito de golpes y martillazos encima de ellos.

—¡Mira! —gritó Douce señalando hacia arriba.

Elías apenas pudo dar crédito a sus ojos: sobresaliendo del baluarte asomaba la larga palanca de disparo de una ballesta de sitio. Demasiado tarde, por supuesto, lamentable y espantosamente tarde. Pero era un plan nacido de la desesperación, y quienquiera que hubiese tenido la idea de desplegar una máquina cuyo lento y difícil manejo la hacía inútil para todo lo que no fuese una ofensiva a gran escala era digno de admiración. Alguien se habría tropezado con ella, desmantelada y olvidada, en los almacenes de la torre de carga.

Llegaron a lo alto del baluarte a tiempo de ver cómo la ballesta de sitio salía de las planchas sobre las que la habían montado para ser firmemente alojada en su hueco. Los ingenieros de Raimbaut acondicionaron presurosamente en el gran ingenio. Cuando hubieron acabado, Elías lo inspeccionó y dio el visto bueno. Un clamor surgió de las tres torres. Todos los ojos estaban fijos en él. Mirando a la izquierda del patio, vio una silueta que daba saltos y reconoció a un eufórico Gaucelm. Haciendo oídos sordos a la voz de la razón, Elías empezó a ver un rayo de esperanza. Disparar contra un blanco tan cercano era un riesgo que tenía que correr: si salía bien, podría aniquilar a la confusa masa de jinetes y hombres de armas que se debatían en el patio; si algo fallaba, todo el ejército le caería encima.

—Cargadores... ¡preparados! —ordenó.

Los dardos estaban apilados junto al instrumento en tranquilizadora abundancia. Los efectivos de cobertura de Elías habían quedado reducidos a dos arqueros que aún llevaban sus gorras de cuero. Su primer cargador subió a la plataforma con un proyectil en los brazos desnudos. Pero cuando se inclinaba sobre el ingenio para posicionarlo, una flecha le atravesó el cuello y lo derribó sobre el suelo del baluarte. Elías, vuelto de espaldas, estaba ordenando preparar la siguiente carga de munición.

Pero Douce vio lo ocurrido y corrió hacia la máquina. Recogiéndose las faldas hasta las rodillas, trepó a la plataforma y se inclinó para colocar el proyectil. El segundo cargador la ayudó a asegurarlo en el receptáculo de disparo, y juntos bajaron la palanca tirando de sus gruesas sogas. Aguantándola con todas sus fuerzas, Douce consiguió mantener inmóvil la palanca mientras el hombre ajustaba el resorte principal. Su ayudante retrocedió limpiándose las palmas en el delantal de cuero y miró a Elías. Pero no había tiempo de esperar a que Elías le prestara atención, no con la muchacha subida allí arriba haciendo el trabajo de un hombre robusto. Las manos del hombre cayeron sobre el perno de activación junto con las de Douce mientras gritaba «¡Fuego!». Douce sintió cómo el impacto del resorte hacía vibrar la plataforma y el proyectil salió disparado hacia el patio. Bajó de la plataforma y se sentó para recuperar el aliento apoyada contra el baluarte.

No oyó el rugido que se elevó del patio. Su cara y sus brazos chorreaban sudor, y cerró los ojos para entregarse al alivio y el remordimiento. He roto mis votos por segunda vez, se dijo. En un momento he deshecho todo lo que me ataba a Dios. He empuñado las armas, y con eso me he desterrado... Confusa y aturdida, se echó a llorar. Sus sollozos atrajeron a Elías, que miró hacia abajo y vio, con asombro, la figura de Hugh d'Harcourt, el comandante de las fuerzas del norte, caído de bruces sobre los adoquines con el cuerpo ensangrentado y atravesado por el dardo de la ballesta. Tenía las piernas rotas debajo de él, tan grande había sido el impacto. Una mirada a Douce le indicó lo que había ocurrido. Rodeándole el cuerpo exhausto con los brazos, la hizo asomar al baluarte. Una gran sonrisa iluminó el rostro de Douce en cuanto vio el cuerpo inerte de D'Harcourt, y por un momento victorioso ella y Elías se fundieron en un abrazo de pura alegría.

Elías, un soldado curtido en muchas batallas, sabía que momentos como aquellos eran insólitos en una guerra, y que rara vez podían resistir la ira redoblada del atacante. Así fue para Courthézon. Enfurecidos por la caída de su líder, los hombres del norte enloquecieron. Uno de ellos, en una salvaje escaramuza cerca de los establos, se encontró con los tubos de sustancia inflamable que habían quedado allí y les acercó una bengala encendida. Todo el muro este del castillo tembló bajo un estallido de llamas. Caballos y bueyes, perros y gallinas pregonaron su agonía desgañitándose lastimeramente mientras los hombres luchaban encarnizadamente.

Desde el patio a la torre, tanto los arqueros de Raimbaut como el enemigo sucumbieron a la atmósfera ponzoñosa. Sólo Raimbaut y los dos guardias que, junto con su hermana Tiburge, habían buscado refugio en la capilla, escaparon a la nube sulfurosa de explosivos volatilizados que flotaba sobre los establos y hacía que casi todos vomitaran o padeciesen arcadas.

Los hombres del norte, sin embargo, no habían dado por finalizada la batalla. Su furia, avivada por la muerte de D'Harcourt, no parecía conocer límites. Era a Raimbaut a quien querían, y estaban decididos a hacerlo prisionero. Persiguieron al conde como si fuese un raro ejemplar de ciervo sin el cual el banquete no estaría completo, y el instinto los llevó hasta su refugio. Un grupo de tres soldados, como juramentados, entró en la capilla por la puerta lateral con las espadas desenvainadas. Una vela solitaria que parpadeaba en el altar guió sus pasos hasta donde Raimbaut y Tiburge rezaban arrodillados. Cuando los dos se levantaron alarmados, los soldados atravesaron a Tiburge con sus espadas ante los ojos de su hermano. Después maniataron a Raimbaut y sus guardias y los sacaron al patio. Todo había terminado.

Cuando Gaucelm volvió a ser consciente de donde estaba, la torre de homenaje ya proyectaba su negra sombra a lo largo de todo el baluarte. Se removió sobre la fría piedra y después se incorporó, con la cabeza dándole vueltas y un regusto agrio en la boca. Un olor a gas, metal caliente, sangre y vómitos le obligó a taparse la nariz con la mano. De abajo llegaban los horribles gemidos de animales heridos; encima de los establos, nubes de brea y gas aún flotaban en el aire recalentado. Cada vez que inhalaba, sentía un agudo dolor debajo de las costillas. Algún diablo del norte le había golpeado, eso estaba claro, pero sus esfuerzos para recordar fueron infructuosos. Gaucelm sólo deseaba quedarse donde estaba y, envuelto en su capa, volver a sumirse en su sopor. El sonido del combate, tan brutal e implacable como el retumbar del ariete, había cesado, y un frío extraño flotaba en el aire.

El nombre de Ayen volvió súbitamente a su memoria, y se acordó de que tenía un hijo. Tenía que ponerse en pie. ¿Dónde estaba Vidal? Con un esfuerzo mental, Gaucelm recuperó todo lo que tenía algún significado para él: Ayen, Guilhelma, Douce, Vidal. ¿Estarían vivos cuando por fin pudiera volver a moverse? ¿Le sería de alguna utilidad su vida, milagrosamente perdonada, sin ellos? Lo que había ocurrido en el patio, fuese lo que fuese, era demasiado horrible para saberlo. Se removió, estiró una pierna y la flexionó a la altura del tobillo. Aparte del dolor en las costillas, se encontraba bastante bien.

Apoyando la cabeza contra el muro de la torre, miró hacia arriba. Sólo parecía ser de noche en el centro del cielo. El resto del mundo visible era rojo y sus bordes ardían lentamente, como si las llamas estuviesen devorando un trozo de pergamino. En el silencio, un aura de locura se cernía sobre el castillo. Gaucelm casi esperaba tener visiones, ver profetas y extrañas criaturas de la vida espiritual. Arrastrándose cautelosamente, se arrodilló delante de una aspillera de arquero para contemplar el patio en la creciente oscuridad. Allí abajo estaban las ascuas de un holocausto ígneo y, más allá, un vacío. ¡Ahora creo en el Apocalipsis!, pensó. Lo estoy viendo. Antes nunca había dedicado mucho tiempo a pensar en el día del Juicio, aunque hubiera oído hablar de él en Uzerche. Incluso de niño lo había tomado por una mera fantasía, pues no eran más que historias contadas por los tontos y las comadres del pueblo, gentes supersticiosas cuya educación se limitaba a lo aprendido en una iglesia cuyo sacerdote no daba muchas explicaciones. Las calles y los campos eran los únicos lugares donde oías hablar del fin del mundo.

Pero para Gaucelm todo había cambiado en el curso de una sola y horrenda jornada. El que aún no supiera si al amanecer seguiría vivo hizo que se sintiera extrañamente dispuesto a todo.

Pero había algo más, algo mucho peor. Rebuscó en su mente y acabó descubriendo qué era: la sensación de que ya no había forma de que nada —mujer, niño o amigo— pudiera estar a salvo. Quizá los tontos del pueblo fueran los más sabios después de todo: el mundo podía tener un final.

Lo que quedaba del castillo cobró forma lentamente: la brecha humeante en la poterna, la torre de carga medio derrumbada y con una mitad ennegrecida por el fuego. La palanca destrozada de la catapulta asomaba de su baluarte en un ángulo peligrosamente pronunciado, como un gran brazo que intentara aferrar el vacío. Abajo, vio unos cuantos soldados aturdidos, cuyo retorcerse contrastaba con los montones de cuerpos despedazados: los desechos de la batalla librada en el lugar que había sido el castillo de Courthézon. Vio a Raimbaut cautivo de los hombres del norte, con la cabeza inclinada y las manos atadas a la espalda, andando lentamente entre una guardia de sobrevestes grises. Así que todo había terminado más deprisa de lo que nadie hubiese imaginado. Apoyó la frente en el puño.

De pronto oyó una voz tenue y familiar:

—*Pretz et paratge* se han esfumado de la tierra, todo honor, alegría y caballerosidad han huido de ella...

Sorprendido y aliviado, Gaucelm pasó un brazo por el hombro de su amigo. Vidal, exhausto, se calló.

Abajo se oyeron pasos y voces. Una antorcha fue clavada en el suelo, revelando que un grupo de soldados del norte había formado un círculo. Gaucelm y Vidal vieron cómo los cuatro dominicos reaparecían con un nuevo valvasor, el sustituto de D'Harcourt. Colocándose junto a la antorcha, el recién llegado empezó a leer en latín un trozo de pergamino. Un sacerdote local, con las muñecas atadas, iba traduciendo las frases. La formalidad fue llevada a cabo con titubeante lentitud, aún más dificultada por los gemidos de los heridos que la rodeaban. Cuando la proclama llegó a su fin, Raimbaut fue obligado a avanzar por dos sobrevestes grises que lo sujetaban de los hombros. El conde levantó la cabeza para responder a algunas preguntas antes de que las sobrevestes volvieran a conducirlo a empellones hacia el círculo de hombres del norte.

—Será entregado al brazo secular —murmuró Vidal—. Un bastardo con suerte, nuestro Raimbaut. Para él hay esperanza, mas no para ésos de ahí —añadió, señalando a otro hombre de armas que sostenía una antorcha, seguido por un grupo de campesinos entre los que había un par de soldados. Ellos también estaban atados, pero andaban con paso lento y cansino, arrastrando los pies con abatimiento. Sus ropas estaban sucias y llenas de desgarrones. Algunas mujeres gemían, sosteniendo a sus niños contra el pecho para taparles los ojos. Algunos parecían aturdidos y clavaban los ojos en el suelo, siguiendo a los demás a duras penas hasta que eran azuzados por un golpe asestado con el canto de una espada. Los cautivos desfilaron ante ellos como un rebaño de ovejas. Gaucelm sintió que se le aceleraba el pulso ante cada nuevo rostro, temiendo ver el de Guilhelma, pero su familiar pañuelo no apareció. Como mínimo habría tres docenas de prisioneros, y seguían llegando más.

El valvasor reanudó su lectura mientras los soldados continuaban registrando el recinto. Cada puerta del muro del castillo, cada parapeto y escalera parecieron entregar un último prisionero, que después era atado con brusca violencia por las sobrevestes y añadido a empujones al creciente grupo de cautivos. El valvasor interrumpió su lectura, hizo unas preguntas y habló con uno de los oficiales. El oficial asintió, cruzó el patio y, agitando la mano, transmitió una orden a otra sobreveste, que entró en la capilla del castillo. Unos instantes después salió con la espada, el estandarte y el casco de Raimbaut. Y detrás de él venía un último grupo de prisioneros. Douce estaba entre ellos.

29

KYRIE ELEISON

Durante la noche había nevado. Fue una de esas tímidas nevadas de finales de marzo que amainan antes de cubrirlo todo, con el resultado de que al amanecer los negros muros del castillo y el patio sobresalían de la delgada capa de blancura. En el pueblo, la nieve había humedecido las paredes ennegrecidas por el humo de las casas y tapiado las empinadas callejas. Las hogueras del enemigo habían ardido toda la noche en la plaza mayor de Courthézon, desprendiendo una fantasmagórica claridad que se elevaba hacia el cielo. El sol subió lentamente, un disco amarillo detrás de las nubes. Los hombres del norte terminaban su obra con la sierra y el martillo delante de la iglesia de Saint-Denis: la plataforma del valvasor ya estaba lista para el juicio. El estandarte del norte, con su cruz roja, colgaba sobre la puerta de la iglesia. Algunos soldados mataban el tiempo jugando a los dados sobre el suelo helado, pero la mayoría se habían refugiado en la iglesia buscando un poco de calor.

—Se hacen llamar cátaros. ¡Menuda pandilla de desgraciados! Son más fáciles de capturar que un rebaño de cabras.

—Dicen que los herejes no llevan ningún atuendo especial: pueden ir vestidos de leñador, de furtivo o de lo que quieras.

—Pues si no son distintos de ti y de mí, ¿cómo se supone que los vas a reconocer?

—Tanto da, porque de todas maneras ahora son prisioneros.

—Una cosa que no son es soldados.

—Te equivocas: he oído decir que los hay de todas las vocaciones y oficios. Y todos llevan un trocito de tela con unas palabras de los Evangelios metido entre la ropa...

—Yo digo que los quememos a todos y acabemos de una vez. Cuando hay trabajo que hacer, más vale poner manos a la obra.

—¿Te fijaste en esa chica, la del cabello rubio que le cae por la espalda? En cuanto la vi supe que había entregado su alma al diablo. ¡Esa adoradora de Satanás tenía ojos de loca!

—¿La que corría por el patio atendiendo a los heridos? Puede que odie al Papa, pero es valiente.

—¿A eso lo llamas tú ser valiente? ¡Bah! ¡Yo lo llamo ser idiota! ¿Dar agua a unos soldados medio muertos delante del enemigo? Menuda locura.

—Es el tipo de cosa que suelen hacer esos cátaros.

—Se merecen que los asen a todos.

Alguien hizo sonar la campana de la iglesia. La sombría procesión se puso en movimiento, con el valvasor al frente, flanqueado por los cuatro dominicos y seguido por sus sobrevestes grises.

—Esperemos que no se entretenga mucho con éstos. Aquí hace un frío que pela.

El valvasor subió a la plataforma. Un círculo de pueblerinos y espectadores se acercó para escuchar, con Vidal entre ellos. Gaucelm le cogió la mano a Guilhelma. Elías, inmóvil detrás de ellos, desplazó torpemente el peso de una pierna a otra y se echó el aliento en los dedos desnudos. Un contingente de soldados del norte atravesó la pequeña plaza, con los cascos de gala reluciendo bajo los primeros albores del día. Algunos empuñaban antorchas y otros sostenían estandartes rojiblancos. Los prisioneros los seguían. Cuando avanzaron, el círculo de ciudadanos se inclinó hacia ellos, guardando silencio y extendiendo las manos para tocar por última vez a los que conocían. Los soldados los obligaron a retroceder. La campana de la iglesia volvió a resonar. Cuando sus reverberaciones se hubieron extinguido, el valvasor alzó una mano enguantada de negro y empezó a recitar los cargos con su monocorde voz del norte.

Gaucelm no podía escuchar aquello. Sus ojos buscaron a Douce y sintió que le daba un vuelco el corazón al verla, temblando con su delgado vestido. Mientras contemplaba su cabello y sus manos, se le hizo un nudo en el estómago. Su boca reseca formó su nombre una y otra vez, pero ningún sonido salió de ella.

Aunque se dirigió a los prisioneros en su propia lengua, el tenor del interrogatorio del valvasor estaba horriblemente claro. «¿Admites haber abrazado las doctrinas de esa secta de herejes conocidos como los cátaros? ¿Admites también haber recibido la ordenación en sus ritos? ¿Admites profesar y practicar doctrinas contrarias a la fe católica? ¿Has accedido a conocer, cobijar y alentar a dichos herejes en su obra de conversión de miembros de la fe católica a su doctrina herética?»

El valvasor siguió con sus acusaciones, alzando la voz por encima de las de aquellos prisioneros que tenían la temeridad de gritar «¡No soy ningún hereje!» o que, saliendo valientemente en defensa de algún hermano o amigo, clamaban: «¡Pero él nunca prestó el juramento! ¡Nunca dio cobijo a un hereje en su casa! ¡Ella jamás predicó la herejía! ¡No es cátara!»

Luego, uno de los dominicos subió a la plataforma. Pronunció la sentencia, declarando que los prisioneros eran excomulgados y condenados por haber cometido traición contra el rey francés y el Papa.

—Desesperando de vuestra salvación, dejamos vuestro juicio en manos del Señor —anunció apresuradamente.

El dominico hizo una seña y dos sobrevestes grises fueron hacia el centro de la plaza, donde esperaba un gran montón de leños y ramas mezcladas con paja. Los soldados le prendieron fuego con una antorcha. Un tercer soldado añadió un poco de brea a los leños, haciendo que la pila quedara envuelta en llamas.

—¿Y dónde están los «jueces religiosos»? —preguntó Elías alzando la voz.

Gaucelm se volvió hacia él.

—Cada católico se considera un juez, y cada uno de ellos es un verdugo.

—Amén —dijo Vidal, que se había abierto paso entre los espectadores para reunirse con sus amigos.

La escolta de soldados hizo avanzar a los prisioneros. El primero de ellos fue atado a un poste tan alto como el mástil de un navío y alzado hacia las llamas. En la multitud se oyó un grito de terror. Algunos dieron la espalda a la pira y se echaron a llorar. El humo no tardó en cegar incluso a quienes tenían estómago para mirar. Un cántico quejumbroso *Kyrie eleison, Christe eleison...* vibró en el aire. ¿Sería posible que los prisioneros estuvieran cantando? Las voces subían y bajaban conforme disminuía su número. Más antorchas fueron arrojadas al fuego para reavivar las llamas. El valvasor y su tribunal seguían encima de la plataforma envueltos por el humo, aunque el dominico había bajado de ella para buscar refugio en la iglesia. Guilhelma se aferró a Gaucelm mientras intentaban salir de la multitud. Pero los soldados retuvieron a los ciudadanos dentro de la plaza para que presenciaran aquella espantosa lección de derrota que los hombres del norte habían organizado para inculcarles la humillación de Courthézon.

Guilhelma cerró los ojos y le apretó el brazo a Gaucelm. Vidal les rodeó los hombros. Elías permanecía inmóvil con la cabeza baja y los ojos cerrados para protegerlos del humo. Las llamas se alzaron hacia el cielo blanquecino mientras los ciudadanos de Courthézon tosían y lloraban.

Gaucelm luchaba consigo mismo, desgarrado por el deseo de lanzarle una última mirada a Douce. El corazón le palpitaba en los oídos y sentía una rabia infinita. Trató de avanzar, esperando verla por última vez. El humo se aclaraba para volver a espesarse, y las llamas morían para avivarse de nuevo.

—¡Douce! —gritó desesperadamente, aunque sabía que ella no podría oírle.

Por fin la vio cuando su poste fue levantado: la habían atado con cuerdas. ¡Douce, mártir de las llamas! Los ojos de Gaucelm encontraron su rostro en el mismo instante en que inclinaba la cabeza, pero estaba demasiado lejos para poder ver su expresión. Lo que vio fue una cortina de cabellos dorados que quedaban suspendidos, delante de su frente. Esperó que ya hubiera perdido el conocimiento y rezó fervientemente para que así fuese. Vio que su cuerpo, que había dejado de forcejear con las ligaduras, estaba inmóvil. Después, mientras las llamas devoraban sus piernas y creaban un nimbo blanco alrededor de su ropa, las cuerdas incendiadas se aflojaron y el cuerpo de Douce, presa de las llamas, cayó hacia adelante.

El día, con su devastadora sucesión de acontecimientos, había terminado. Era aquella hora en que la noche, como alguien que cambia de postura, se volvía hacia el amanecer. Gaucelm llevaba horas debatiéndose en un inquieto sopor. Cuando sus sueños lo despertaban veía fuego detrás de sus párpados, una red de sangre rojo oscuro que latía al compás de su corazón. Cada vez que despertaba llegaban a él palabras pronunciadas por una voz de muchacha, como si Douce estuviera hablándole: «¿Por qué no ser totalmente transformada en llamas?»

Miedo. ¿Lo había sentido Douce? La mente de Gaucelm volvía una y otra vez a los instantes finales de Douce. ¿Qué habría sentido? ¿Tuvo mucho miedo durante la larga espera? El juicio, el momento en el que la ataron al poste, las llamas que le lamían los pies... Eso habría sido la peor parte. Después ya sólo habría habido dolor y el esfumarse de todas las sensaciones a medida que eran derretidas por las llamas rugientes. Repasó una y otra vez aquella sucesión de imágenes que se negaban a dejar de desfilar por su mente. Acabarían volviéndole loco.

Estaba muerta. ¿Por qué seguía torturándole? Porque lo era todo para él, porque no podía renunciar a ella. Se volvió hacia Guilhelma como un niño que necesita ser guiado, y estudió su rostro dormido. Guilhelma roncaba suavemente, como si ya hubiera aceptado aquella cosa terrible que le había sucedido a Douce, aceptándola como aceptaba todo lo que traía consigo la vida. La contempló con cariñosa envidia y deseó poder ser como ella, íntegro y sin divisiones en sus sentimientos.

Se incorporó en la cama e intentó ordenar sus pensamientos. Cuando sus palmas se apartaron de su rostro cubiertas de sudor, comprendió que conciliar el sueño era imposible. Escuchó la respiración lenta y regular de Guilhelma y Ayen. Elías y Vidal yacían sobre el suelo envueltos en sus capas entre las sombras, y uno de ellos murmuraba en sueños.

Y entonces comprendió que el miedo no pertenecía a Douce, sino que venía de ellos: era el miedo del enemigo. Eran las sobrevestes grises quienes tenían miedo, y era su miedo el que había apagado la luz de Douce. ¿Qué los impulsaba con aquel pánico animal? No era un simple recelar de los herejes. Era un terror mucho más ancestral y que se remontaba a las raíces de la naturaleza humana: el miedo a lo diferente. Meneó la cabeza y se miró los pies, absurdamente desnudos asomando por debajo de su capa. Pensó que los dedos de sus pies parecían setas amarillas. Se los inspeccionó con ira y disgusto, y sintió un súbito deseo de rugir.

No podía aceptarlo. Quizá Guilhelma, hacía ya mucho tiempo, había intentado prevenirle cuando le dijo que debía renunciar a Douce. Pero no podía soportar que se la hubieran arrebatado de aquella manera: devorada por el fuego, entregada a... Se encontró rezándole a Dios, tal como había hecho de niño en Uzerche, suplicándole como si aún fuera posible salvarla: ¡Dejaré que se vaya, *en Dieus*, pero por favor, no de esta manera!

Se levantó, se calzó las botas y salió de la casa. Como un borracho encolerizado, fue dando tumbos por las calles adoquinadas de Courthézon. Alzó la mirada hacia el castillo y vio que los muros de la fortaleza y el campanario se habían derrumbado, revelando los restos calcinados de la capilla. Enfrente de él, el removerse de un centinela dormido en una entrada le recordó que el pueblo había sido ocupado. Podían arrestarle si le encontraban, pero si le daban el alto siempre podía hablar en adivinanzas o en dialecto. Podía inventarse cualquier balbuceo ininteligible. Podía fingirse que estaba borracho. Se sentía ebrio, como alguien acostumbrado a dormir muchas horas al que se obliga a permanecer despierto, afligido por pesadillas que abrasaban con el chisporroteo de las llamas. Presintió que aquella pesadilla estaba destinada a prolongarse mucho tiempo, que las piras serían encendidas durante muchas noches en aquella tierra maldita, su Occitania. Escupió sobre los adoquines y siguió andando.

Llegó al lugar. Las cenizas aún desprendían calor en el sitio donde la habían quemado. La iglesia de Saint-Denis alzaba su negra mole bajo el frío amanecer detrás de él. No osó mirarla, y tampoco se atrevía a mirar lo que le rodeaba. Se arrodilló. Entrelazó los dedos y se apretó los ojos con ellos.

—Espíritu Santo, ayúdame —musitó y, para su asombro, se echó a llorar. Lloró con lágrimas de ira y remordimiento, meciéndose sobre los talones hasta sentir un vacío helado en las entrañas. Después la ira se adueñó de él y se encontró murmurando un juramento a las cenizas—: Vengaré tu muerte con mi corazón y mi lengua hasta que ya no pueda hablar.

Se sintió mejor. Limpiándose los ojos, se sonó con la capa sin apartar los ojos del suelo.

De pronto, a un metro de él, vio una forma familiar. Las cenizas la habían ennegrecido, pero aún era reconocible. Debía de haberse caído del cinturón de Douce. ¿O lo habría estrechado entre sus dedos durante los últimos instantes? Se preguntó cómo habría llegado a sus manos aquel símbolo de amor que él le había dado a Guilhelma hacía tantos años. Sin hacerse más preguntas, se arrastró sobre las rodillas y recogió la hebilla cátara. Todavía estaba caliente al tacto. Miró alrededor con aprensión y, viendo que la plaza estaba desierta, se levantó. Después, sintiéndose tan exhausto y lleno de pena como si hubiera sobrevivido al Apocalipsis, volvió a casa con paso lento y cansino.

30

LA MISIÓN A MARIE

Muy típico de Marie hacerle esperar de aquella manera. ¡Condenada mujer!, pensó Gaucelm mientras aguardaba sentado en un banco delante de la gran sala del castillo de Ventadour. Ya había conseguido hacer que se sintiera como un sirviente a merced de los caprichos de un potentado. Se levantó hecho una furia y, pese a su fatiga, empezó a pasearse por el pasillo surcado por corrientes de aire.

El viaje había sido muy largo, y lo habría sido todavía más si Gaucelm no lo hubiese acelerado con su impaciencia. Aun así, fueron diecisiete días de viajar casi sin interrupciones. Gaucelm tenía demasiada prisa para perder siquiera unas horas. Cada noche se iba a dormir después de su cena de vino y queso, porque así podría levantarse a primera hora de la madrugada.

Y después de tanto correr, ahora tenía que esperar. Gaucelm conocía los métodos de Marie: lo mantendría prudentemente alejado de ella durante el tiempo suficiente para que él cediese en sus exigencias hasta adaptarlas a la realidad. Las palabras cuidadosamente ensayadas de la súplica que anhelaba brotar de él murieron lentamente en su lengua. ¡Maldita bruja arrogante! Gaucelm podía leerle la mente igual que un vidente: Marie estaba decidida a ajustarle las cuentas a aquel trovador traicionero que había abandonado su servicio sin permiso y, lo que era aún más grave, había tenido el descaro de hacerse famoso en otro lugar. Haría que comprendiese a quién debía qué. Y Gaucelm, que se presentaba ante ella como un mendigo, no estaba en situación de imponer condiciones.

Un suave rumor de zapatillas atravesó la sala. Bien, así que Marie había enviado a un paje. Se le dijo que la condesa le recibiría por la mañana. Se le rogó que fuera a la capilla y que asistiera a la cena después: las cortesías habituales. Gaucelm vio su plan con tanta claridad como si Marie se lo hubiera revelado en persona. Muy bien, jugaría a su juego por última vez. Quería algo, así que esperaría.

—Mientras tanto, os acompañaré a vuestros aposentos —dijo el paje.

Gaucelm se conocía de memoria aquella habitación. Era una de las que Marie solía asignar a los invitados, pero cuando no había ninguno, Gaucelm la usaba como sala para ensayar. Las mismas cuatro paredes sin adornos lo acogieron con el mismo frío aliento de siempre. Fue a la ventana. Dos muchachos con casacas cortas jugaban a los bolos bajo la ya tenue luz, levantando nubecillas de polvo con sus pies desnudos. El recuerdo de Douce jugando a las herraduras acudió a su memoria. Dio la espalda a la ventana y clavó los ojos en la pared del fondo, pero la imagen de Douce apareció todavía más claramente sobre aquella desnudez, perfilándose tan nítidamente como una figura iluminada en un misal. Gaucelm se dijo que no era momento de pensar en ella; no debía dejarse ablandar por los recuerdos. Tenía que ser fuerte para hacer lo que Douce le había pedido que hiciera. Intentando expulsarla de sus pensamientos, se sentó en la cama y se tapó los ojos con las manos.

Ventadour y aquella habitación le parecían extrañamente encogidas. Sin mirarla, tuvo la sensación de que el espacio se había vuelto imposiblemente pequeño, como algo reflejado en un trozo de acero cóncavo que hacía que todas las cosas parecieran minúsculas. Él, en cambio, se sentía casi inmenso. Haber vuelto allí le permitía ver las cosas desde otra perspectiva, obligándole a percatarse de que algún cambio casi imperceptible había tenido lugar. Quizá fuese su propia vida la que había adquirido una nueva premura, y por eso ahora el tiempo parecía acosarle de una forma en que no lo hacía cuando vivía allí. Cuanto más viejo te vas haciendo, pensó, más peso y propósito adquieren tus actividades. Ahora tenía una misión que cumplir, y nuevas responsabilidades le obligaban a volver a Courthézon. Antes de Ventadour estuvieron Raimundo y Bernard y Vidal, y Gaucelm había sido libre de ir a cualquier parte. Incluso Ventadour, cuando pensaba en ello, había permanecido fuera del tiempo: le había dado a Douce. Con Douce en su vida, Gaucelm se había convertido en otra persona. ¡Ángel secreto! Sacó la hebilla cátara de su bolsa, pasó el pulgar por su cruz circundada y las lágrimas le humedecieron los ojos.

Ya lo había vuelto a hacer. Se había permitido pensar en ella otra vez. Y ya que había empezado, intentaría invocarla... pero valerosamente, no suspirando y llorando. Seguiría su rastro y sorprendería su mirada impasible como un cazador nocturno. Ahora disponía de tiempo para pensar. Sin quitarse las botas, se tumbó en la cama y cerró los ojos. Fijó a Douce en su mente, con la esperanza de que si podía verla claramente, su imagen le llevaría a entender aquella parte de su ser que se había desprendido con su muerte y la parte que aún conservaba.

Pero Douce seguía siendo tan escurridiza como de costumbre. Lo único que sabía era que, mediante su ejemplo, le había entregado un mapa de lo que debía buscar en la vida. Le había mostrado otro camino, otra manera de ser. También sabía que seguir andando por el camino que le había mostrado sería su perdición. La muerte de Douce era su advertencia. Se incorporó, fulminado por una súbita revelación. Acababa de comprender que la alquimia que había convertido a Douce en fuego era una fuerza más grande que la muerte. El verdadero resultado final de la herejía quizá fuese la transformación, no la muerte. Gaucelm había sobrevivido para continuar la obra de Douce.

¡Basta! Volvió a acostarse. No seguiría pensando en el pasado. Ventadour estaba induciéndole a revisitar partes de su pasado muy dolorosas para él, mientras que su deber quizá no debiera ser tanto hacia Douce como hacia los vivos: él mismo, Ayen, Guilhelma. Su verdadera vida, se recordó, estaba en Courthézon.

La campana de la capilla dio las vísperas. El estómago de Gaucelm gruñó exigiendo comida: Marie había conseguido que estuviera muerto de hambre. La avaricia, el frío y un estómago vacío eran los tres castigos que Gaucelm nunca había podido soportar, y ahora Marie le obligaba a padecer los tres a la vez. Levantándose con un juramento, empezó a restregarse las manos para calentarlas. Si ése era el precio a pagar por la cena, quizá iría a la capilla. Llegaría tarde, se quedaría al fondo y vería quién estaba allí. Y, de hecho, casi lo haría de buena gana. Privado de compañía durante tanto tiempo, le encantaría ver cómo una o dos cabezas se inclinaban en un gesto de reconocimiento e incluso sabría disfrutar de la austera gracia de la capilla.

Nada más entrar en la nave, vio el perfil de Marie y una punzada de miedo le surcó las entrañas. Los contornos de su cara, con su larga nariz, su mandíbula angulosa y la toca tan estricta como la de una monja coronando la perfecta economía de su atuendo, parecían tallados en piedra. Y junto a ella estaba la señora Audiarde de Malemort. La forma de su cabeza era inconfundible, e hizo que le diera un vuelco el corazón. Se apresuró a desviar la mirada, temiendo que volviera la cabeza y lo reconociese, y se preguntó cómo podría evitarla.

Durante el salmo sus ojos buscaron el techo, adoptando así una actitud de plegaria. Lo estudió minuciosamente. Nunca se había fijado en que estaba todo cubierto de diamantes pintados, cada uno de los cuales enmarcaba alternativamente una roseta o un iris. ¿O era un lirio, o hiedra? Guilhelma lo hubiese sabido. Se preguntó qué estaría haciendo en ese instante. Cuidando de Ayen, sin duda. Dejó que sus pensamientos vagaran mientras la voz del oficiante subía y bajaba. ¿Estaría allí Vidal cuando volviera? Probablemente ya habría partido hacia Marsella. ¿Y Elías? De camino a reunirse con Pierre en Béziers, como había pensado hacer en un principio.

—*Laudate nomen Domini, laudate, servi, Dominum...* —entonó el sacerdote.

La señora Audiarde. Quizá pudiera serle de alguna utilidad a la hora de hablar con Marie. Se acordó de la conversación que habían mantenido durante la extraña noche que pasó en Malemort. La señora Audiarde hizo gala de una gran amplitud de miras, y no intentó ocultar que simpatizaba con los herejes. Una frase se le había quedado grabada en la memoria. Hablando de Folquet, ella lo había llamado «un lobo con piel de cisterciense disfrazado». Sí, cabía la posibilidad de que simpatizara con su causa.

Nubes de incienso flotaban debajo del techo pintado en una atmósfera habitada por una silenciosa hueste de seres invisibles. Tal vez fueran las palabras del capellán, que habían alzado el vuelo. Vidal se indignaría ante semejante metáfora, y le divirtió pensar en lo furioso que se hubiera puesto su amigo. «*Homo vanitati similis factus est: dies ejus sicut umbra proetereunt...*» ¿Qué es el hombre sino un hálito pasajero, una sombra? Ventadour siempre le había producido la extraña sensación de que su vida real había terminado antes de haber empezado. Después de todo, siempre le quedarían los grandes nombres del pasado. Cerrando los ojos, invocó al cortejo. Estaba Bernard, por supuesto, que había puesto al servicio de Rai Mundi el espíritu de Ventadour en su momento de máximo apogeo. También estuvo el famoso monje de Montaudon, cuyos versos se sabían de memoria todas las personas cultas. Y Pons de Capdoill, y Savaric de Mauleon y Giraut de Calanson. Y también Bertrán de Born, el guerrero trovador... A partir de él Gaucelm perdió la cuenta.

Los vio desfilar en su mente al compás de las cadencias del *Benedictus Dominus.* Había olvidado a otros que también se beneficiaron de Ventadour. Raimon de Miravel, por ejemplo. ¿Dónde estaría ahora? Hacía una década que no producía un verso. Exiliado, tal vez... o muerto. Ah, pero también estaba el joven Peire Cardenal. Y Arnaut Daniel, cuyas canciones admiraba. Sus nombres parecían dirigirle la palabra desde el techo de la capilla. Y el suyo, que algún día ocuparía su lugar en el firmamento estrellado de Ventadour, no era precisamente el menor de ellos. Porque, por mucho que la hubiese enfurecido su marcha, Marie lo reclamaría en calidad de protegido. Aun así, Gaucelm sabía que había caído en desgracia ante ella. Necesitaba a alguien que abogara por su causa. Tal vez la señora Audiarde, si podía ingeniárselas para verla a solas antes de ir al encuentro de Marie.

Marie de Ventadour, sin Ebles, entró en el salón al frente del cortejo. Cuando le tocó el turno, Gaucelm se inclinó sobre sus anillos y

Marie pronunció las esperadas frases de bienvenida. Después cada uno ocupó su asiento, subrayando así que no volverían a hablarse hasta su cita del día siguiente. Gaucelm miró alrededor: el mismo tapiz con sus cinco paneles, pero más raído que nunca, colgaba sobre el estrado. Seguía sin haber rastro de Ebles. Su vecino de mesa le informó que Ebles de Ventadour había ingresado en el monasterio de Grandmont.

—¿Cisterciense?

—Por supuesto.

—¿Estaba enfermo?

—No, pero había envejecido mucho. Marie es su segunda esposa, ya sabes. Además, nunca pudo superar la muerte de su hija.

Gaucelm dio un respingo.

—¿La que se llamaba Douce? —logró decir—. Oí decir que había desaparecido. Creía que ya hacía años de eso.

—Oh, no; la mataron. Y de la manera más horrible que puedas imaginar. Primero la violaron y luego la asesinaron...

Así que ésa era la historia. ¿Quién de ellos —Ebles o Marie— se había inventado aquella versión calculada para despertar las simpatías de quienes lo oyeran y preservar el honor de la casa de Ventadour? Daba igual: saber que habían urdido una excusa para Douce le facilitaría la tarea. Aunque no hubieran conseguido arreglar su matrimonio, al final habían decidido el destino de su hija.

Los comensales conversaban mientras Marie ejercía de anfitriona con sus aires de costumbre, ejecutando los gestos que se había aprendido de memoria. En una mujer de su edad, ahora resultaban ridículos. Su risa también era extrañamente inadecuada: recordaba las risitas de una jovencita, y sorprendía oír tales sonidos saliendo de una garganta tan profundamente marcada por la edad. Cuando le pidieron que cantara, Gaucelm se excusó alegando la fatiga de su largo viaje y fingió acostarse temprano. Al levantarse de la mesa, volvió la cabeza hacia la señora Audiarde para lanzarle una mirada cuyo significado no podía estar más claro.

La señora Audiarde comprendió que quería verla, y abandonó la sala después de un intervalo razonable. Vestía de blanco como antes, y lucía la misma piedra roja en el cuello. ¿Cuál era aquella tonta frase que se había repetido una y otra vez cuando la vio por primera vez? «Rojo rubí, blanco de escarcha.» Todavía fascinante, sus rasgos no habían perdido su impresionante belleza y su voz seguía siendo igual de melodiosa.

—¿Aún huyes de las pequeñas sorpresas de la vida, Gaucelm Faidit? —le preguntó con una sonrisa de diversión—. ¡Nunca te he perdonado que te fueras sin una despedida, una prenda, ni siquiera una invectiva!

Gaucelm sonrió.

—Vos no tuvisteis la culpa de nuestra pequeña catástrofe, mi señora. Yo era un muchacho falto de experiencia, y hubiese debido rechazar la misión que me encomendó Marie. Pero no lamento esa noche. Una gran parte de nuestra conversación se me ha quedado grabada en la memoria. De hecho... —sintió que se ruborizaba ligeramente— no os podéis imaginar hasta qué punto cambiasteis mi vida.

Ella le miró y sonrió. La franqueza con que iba directamente al grano, su seguridad en sí misma y la blancura de su piel: ésas eran las cualidades que le habían atraído desde el primer momento y que estaban volviendo a ejercer su magia sobre él. Lo más seductor era el hecho de que no le preguntara de qué manera había cambiado su vida. En su lugar él lo hubiera preguntado. Pero supuso que estaba acostumbrada a dejar huella en las vidas de los demás y no necesitaba conocer los detalles. Ahora esperaba que siguiera hablando.

—Vuestras convicciones... —balbuceó Gaucelm—. Lo que dijisteis sobre la herejía.

La señora Audiarde arqueó las cejas con expectación.

—Recuerdo que no erais muy amiga de Folquet —añadió él, recuperando el control de sí mismo—. Es decir, de su política...

—Oh, Folquet —dijo ella con impaciencia—. ¡Realmente ha ido demasiado lejos! Todos esos rumores sobre su relación con el Papa, la Hermandad Blanca y todo lo demás... A estas alturas todo el mundo tiene claro que ese hombre no es más que un renegado.

Gaucelm decidió seguir adelante.

—¿Y Marie... por fin ha visto la luz?

—Marie de Ventadour quizá sea una mujer dura, pero no es estúpida. En enero pasado, cuando el conde Raimundo fue humillado ante los hombres del Papa y Folquet no abrió la boca en su defensa... Bueno, eso le abrió los ojos. Hemos pasado muchas horas hablando de Folquet. Marie tuvo que cambiar sus opiniones acerca de él conforme iba quedando claro que Folquet es el colaborador y el portavoz de Simón de Montfort. No es más que un traidor, pero también es su criatura, y por eso ha tardado años en darse cuenta. Ahora no consiente que nadie pronuncie el nombre de Folquet ante su presencia. Supongo que has venido a verla, ¿no?

—Por la mañana. ¿Y cómo reacciona cuando oye mi nombre?

—Está agradablemente sorprendida por tu fama, de la que se atribuye el mérito —dijo ella con traviesa malicia.

—Naturalmente.

Aliviado, Gaucelm tuvo que reprimir el impulso de abrazarla.

La señora Audiarde rió a carcajadas.

—Me parece que nos entendemos muy bien, Gaucelm Faidit. ¿Te he sido de alguna ayuda?

Él le tomó las manos y se las besó. Ah, si supiera lo mucho que me ha ayudado...

—¿Y ahora me perdonaréis que os dejara sin avisar aquella noche? —le dijo—. Espero que seguiremos siendo amigos.

Sin responder, la señora Audiarde le sonrió y se alejó por el pasillo. Gaucelm fue presa de un caos de emociones encontradas que ninguna mujer había logrado provocar en él y se sintió invadido por una confusa mezcla de gratitud, deseo, adoración y deleite. Después de habérselo pensado unos momentos, les añadió la pena.

El paje fue a buscarlo mientras desayunaba en la sala. Marie estaba en sus aposentos y aguardaba su visita. Gaucelm se apresuró a levantarse y siguió al paje. Aunque hubiese podido moverse por aquellos corredores con los ojos vendados, se dejó guiar por el muchacho hasta la puerta de Marie.

En la habitación todo estaba como antes: hermosos tapices de Arras colgando de las paredes, la cama protegida por un cobertor de pieles, hierbas esparcidas en el suelo... Marie estaba de pie junto a la ventana, vuelta de medio perfil hacia él.

Gaucelm había decidido ir directamente al grano y terminar con aquello lo más pronto posible. Mientras intercambiaban saludos, acarició la hebilla cátara guardada en su bolsa de cuero.

—Os traigo malas noticias —dijo—. Vuestra hija fue quemada como una mártir hace tres semanas.

Marie no le invitó a sentarse.

—Douce ha muerto, condesa. Siento ser quien os...

—Eso es imposible. ¿Qué quieres decir? —preguntó Marie, volviéndose hacia él con una mano todavía apoyada en el alféizar.

—Lo que he dicho. Douce murió en Courthézon a manos de las tropas del norte —dijo y la vio luchar con los hechos, renunciando gradualmente a aquella ficción sobre la muerte de Douce con que había vivido durante tantos años.

—¿Quién la mató? —preguntó Marie finalmente, tratando de ganar tiempo—. ¿Quién la hizo prisionera?

—Hugh d'Harcourt, un lugarteniente de Simón de Montfort.

¡*Dieus*, seguía tan erguida y majestuosa como en el pasado! Los años no habían alterado la altivez de su postura, pero habían dejado su señal en las facciones: su piel estaba surcada por finas líneas, como una porcelana antigua.

—He oído hablar de Simón. Cuéntame qué ocurrió en Courthézon.

—No dispongo de tiempo para narraros los acontecimientos, mi señora. Sin duda no tardaréis en conocer todos los detalles. Permitidme que os transmita la petición... la última petición de vuestra hija.

—Mi hija lleva años muerta para mí. No quiero oír hablar de ella. De hecho, debo decirte que no te creo, Gaucelm Faidit. No creo lo que dices.

—Tomad, mi señora —dijo Gaucelm, sacando la hebilla de la bolsa y yendo hacia ella—. Os entrego esto. Pertenecía a Douce. Lo recuperé de entre sus cenizas.

Marie torció el gesto al oír la última palabra y extendió el brazo hacia el objeto, pero luego se apresuró a retirarlo. Rechazando la hebilla con un ademán, volvió la cabeza para no verlo.

—¡No quiero pruebas de su locura! Ya te he dicho que Douce lleva muchos años muerta para mí. Para eso no necesito ninguna prueba.

Gaucelm se guardó la hebilla.

—Mi señora, padeció la muerte de una mártir... —Tarde o temprano tendría que decirlo—. Murió en la hoguera —concluyó, aliviado de haber conseguido pronunciar aquellas terribles palabras.

Marie apretó las mandíbulas y un músculo se tensó en su cuello. Gaucelm no tuvo ninguna dificultad para interpretar su expresión: la castellana de Ventadour no permitiría que viese hasta qué punto la había afectado aquella revelación.

Tras unos momentos que parecieron eternos, Marie se apartó de la ventana y se volvió hacia él.

—¿Qué quieres de mí? —preguntó.

—Douce... —murmuró él, y tragó saliva—. Antes de morir, Douce me hizo prometerle una cosa. Debo explicaros que hacía años que era cátara, y que había recibido el *Consolamentum* y practicaba los rituales de esa fe. Llevaba una vida muy sencilla y era feliz con...

—Ahórrame los detalles, Gaucelm.

Él se irguió.

—Vivía con nosotros en el castillo de Courthézon, al servicio del conde Raimbaut de Orange. —Marie asintió, reconociendo el nombre—. Elías d'Ussel estaba con ella cuando Douce disparó el dardo de ballesta que mató a D'Harcourt.

Marie alzó las cejas. Gaucelm decidió pararse allí. Ardía en deseos de contarle cómo aquella esbelta joven había llevado a cabo un acto heroico, pero Marie no se lo agradecería. En cuanto el mundo supiera lo que había hecho Douce, la mentira que Marie se había obligado a creer quedaría al descubierto y la oscura sombra de la vergüenza caería sobre Ventadour. Gaucelm no podía correr el riesgo de loar a Douce.

—Y supongo que el joven Gui también estaría presente, ¿no?

—Gui cayó en Mondragón, mi señora.

Marie no le preguntó cuándo había ocurrido, pero mostró su

satisfacción con un rápido asentimiento. La ignorancia de Marie era una carta en manos de Gaucelm.

—Supongo que has venido en busca de dinero, aunque no sé qué motivo puedes alegar para que te lo dé —dijo ella—. ¿La... mantuviste?

—Se ganaba el sustento en el castillo trabajando honradamente —replicó Gaucelm, optando por no revelar la humilde posición que Douce había ocupado. Pero Marie le sorprendió con uno de sus bruscos cambios de humor, y pasó a ser toda preocupación y magnanimidad.

—Dime una cosa, Gaucelm... Pero antes sentémonos. —Le señaló una silla acolchada—. Cuéntame algo de tu vida. Te fuiste de Ventadour sin per-per... sin avisar. —Su tartamudeo había vuelto—. Me inclino ante tu fama. Me han dicho que tus canciones se oyen por todas partes, y me complace que tu nombre siempre vaya a estar unido al de Ventadour. Pero en todos estos años no he sabido nada sobre tu paradero. Y se te ve un poco dis-dis-distinto.

—Soy más viejo, mi señora.

—Creo que es la barba.

—Tal vez. Pero contaros mi... Bueno, sería una historia muy larga, mi señora, y no sabría por dónde empezar. He visto mucha guerra, y aun así he sido más afortunado que la mayoría. Lo que más me duele es ver al sur en llamas, pero con la ayuda del cielo alguna parte de él sobrevivirá, aunque sólo Dios sabe en qué condiciones. Quizá se salven una iglesia aquí y un mercado allá —añadió para exagerar—. Pero la tierra nunca lo olvidará. Las manchas son permanentes, como sangre seca sobre una pieza de tela. Oh, tengo muchas historias que contar, pero el tiempo escasea.

Empezó a relajarse, disfrutando de aquella oratoria bárdica que había adoptado para complacerla. Si Marie decidía mostrarse seca y cortante, él contraatacaría con solemnes discursos. Habían vuelto a la vieja partida de ajedrez, aquel incesante duelo de palabras que había acabado echando a Gaucelm de su corte. Pero esta vez sí había algo en juego.

—No. Continúa, por favor —dijo ella—. Esta mañana no tengo ninguna prisa.

—Pronto no quedará ninguno de nosotros. Al parecer los trovadores somos una raza agonizante.

Había logrado atraer su atención. Marie se levantó y volvió a mirar por la ventana, como si buscara en el paisaje alguna confirmación de lo que acababa de oír. Gaucelm decidió esperar, y la señora de Ventadour supo poner fin a su silencio.

—Si Douce se ganaba el sustento y Raimbaut de Orange paga el tuyo, ¿por qué vienes a mí?

—No pido para mí. Y además, el enemigo ha humillado a Raimbaut. Está arruinado.

—¡Pues entonces habla de una vez! No permitiré que ju-juegues conmigo de esta manera.

Marie se volvió hacia él, sonrojada por una mezcla de impaciencia y curiosidad. Si no tenía cuidado, una sola palabra bastaría para destruir todos los planes de Gaucelm.

—Pido una suma muy discreta que, de hecho, es la dote de Douce —repuso—. Y el tiempo apremia. Los ejércitos de Simón de Montfort avanzan con diabólica rapidez, devorándolo todo a su paso... —Las palabras salían de sus labios atropellándose unas a otras, y ahora ya no había manera de detenerlas aunque quisiera—. Empezó con un pueblo aquí y una aldea allá. He visto el humo y las ruinas. Pronto ciudades más grandes que Courthézon quedarán reducidas a cenizas en una noche, y castillos enteros como Ventadour serán destruidos. Hombres, mujeres y niños serán quemados en la hoguera sin importar que sean cátaros o no. El norte sólo quiere matar y adueñarse de nuestra tierra a cualquier precio. A menos que haya dinero para defenderlo, dentro de unos meses todo el sur se habrá convertido en un erial. Debemos reunir y equipar tropas antes de que sea demasiado tarde...

—¿Debemos? ¿En quién más estás pensando, Gaucelm? Supongo que te refieres a Elías d'Ussel, ¿verdad?

La taimada bruja lo había pillado con la guardia baja, y Gaucelm se dijo que hubiese debido acordarse de la animosidad existente entre ellos.

—Existe una sociedad de terratenientes y simpatizantes del sur, de la cual soy miembro...

Estaba improvisando, y le pareció que el invento sonaba muy convincente.

—¿Cuáles son los nombres?

—¿De quiénes, mi señora?

—De los miembros de esa sociedad.

Volvió a correr un riesgo: los nombres que le venían a la cabeza eran los más lógicos, y sabía que no dejarían indiferente a Marie.

—Sí, bueno... La casa de Orange, es decir, la tía de Raimbaut, que todavía tiene la mitad del pueblo a su nombre. —Por si acaso Marie estaba al corriente de ello, decidió evitar toda referencia al hecho de que Raimbaut hubiera vendido su porción a los hospitalarios—. La casa de Die, por supuesto, y creo que la de Aubusson... —Pensó que eso ayudaría, ya que los Aubusson eran una familia del Corrèze—. Luego está Claramunda de Foix, hermana del conde de Foix, una mujer de inmensas riquezas...

—He oído hablar de ella. La benefactora de ese refugio para herejes. Montségur, en algún lugar de los Pirineos, ¿verdad?

—Oh, y Elías d'Ussel —concluyó Gaucelm como si acabara de acordarse de aquel último nombre.

Marie torció el gesto, pero su enfado no fue más allá de eso.

—Hace años que no sé nada de ese viejo idiota —dijo—. ¿Aún compone versos? Así que su hijo también ha muerto, ¿eh? —Parecía resistirse a aceptar aquel hecho que, por una vez, hacía que tuviese algo en común con su antiguo vecino—. ¿Quiénes son los nuevos poetas? —preguntó de pronto.

—Hay unos cuantos —dijo Gaucelm, y mencionó dos nombres que no significaban nada para ella—. Pronto todos habremos desaparecido. El norte habla una lengua bárbara. Cuando el polvo se haya disipado, ¿quién quedará para cantar en la lengua del sur? O seremos viejos, o ya habremos quedado sepultados por los escombros de las escaramuzas con los hombres del norte. Sabe Dios quiénes de nosotros han perecido... y esto sólo es el principio. Mi señora... —Acababa de tener una idea, algo que no le había pasado por la cabeza cuando planeó su pequeño discurso. Inclinándose, empezó a hablar más deprisa, escogiendo las palabras para ganársela—. Mi señora, los trovadores somos una tribu de trabajadores que cultivan el suelo de las palabras, y nuestra cosecha ha sido una lengua que es el alma de todas las gentes del sur. Por eso es justo y necesario que, como sabéis, entre nosotros haya príncipes e hijos de leñadores como Bernard, que llevaba el nombre de este lugar. Hay granjeros, caballeros, guerreros... Somos una democracia, no un círculo elitista de lánguidos poetastros que tejen un lenguaje para su exclusivo deleite.

Se recostó en el asiento. Ahora era su combate, no un simple juramento hecho a una joven muerta. Marie había empezado a pasearse por la habitación. Gaucelm deseó que se sentara y dedicara toda su atención a lo que tenía que decirle. Volviendo a inclinarse con los codos apoyados en las rodillas, se embarcó en los últimos pasajes de su súplica.

—Dama Marie, hemos creado la voz del sur con una voz viva. Somos una raza de sirvientes de la tradición... una tradición que vos, tanto como cualquier mecenas, ha ayudado a llevar a su apogeo. ¡No permitáis que nos extingamos! Porque cuando hayamos desaparecido, y cuando las raíces de nuestros antepasados hayan sido partidas por la espada de algún nuevo conquistador, nuestras palabras desaparecerán con nosotros y ya no podrán seguir indicando los antiguos caminos. El vínculo, pues de eso se trata, con la más remota antigüedad, con la antigua sabiduría y las generaciones futuras, se habrá roto para siempre.

Marie no se movía. Gaucelm la vio extender los dedos de sus manos sobre su falda en un gesto de fútil resistencia, y supo que había ganado. Marie cogió una manzana, un plato y un cuchillo de mango tallado del cuenco que había encima de una mesita cerca de la ventana. Después se sentó y, sumida en una profunda reflexión, hundió el cuchillo en la manzana.

—Marie de Ventadour, vos sabéis esto al igual que sabéis cómo os llamáis: sabéis que al cantar a nuestra tierra hemos ayudado a crearla, de la misma manera que al componer canciones de amor hemos mostrado nuevas formas de amar. Mi señora, os suplico que recordéis lo que vos misma habéis conseguido en la corte de Ventadour para que todo el mundo pudiera verlo. Nos habéis alojado, escuchado y alentado en el nombre de la tierra que amáis. Poca cosa más os hemos pedido, pues los poetas sólo somos humildes custodios del pasado. —Una nube de tenue perfume se alzó de la fruta, distrayendo a Gaucelm mientras las palabras seguían surgiendo de sus labios—. Pero el pasado se encoge y se nos escapa de las manos, el valor nos abandona, y el futuro de nuestra tierra y de nuestra tradición nos asusta... ¡Marie! ¿Vais a permitir que perezcamos después de todo lo que habéis hecho? Mi señora sabe mejor que nadie que mientras los hombres quieran que alguien cante sus proezas y las mujeres deseen que su belleza y su generosidad sean ensalzadas, el mundo seguirá necesitando poetas.

Una sinuosa peladura de manzana cayó sobre el plato.

—Sigues siendo tan elocuente como siempre, Gaucelm —se limitó a decir Marie, y después se levantó.

Gaucelm le rozó los anillos con los labios y volvió a su habitación, exhausto. Esa mujer me saca de quicio, pensó. Por lo menos tiene sesenta años, pero aún conserva todos los dientes. Pensó ávidamente en la manzana abandonada en el plato y empezó a hacer el equipaje.

Estaba metiendo sus últimas pertenencias en las alforjas cuando un paje apareció en el umbral.

—¡Entra! —gruñó Gaucelm, tirando del cierre de la alforja para ganar un agujero más.

—Mi señora os envía esto —dijo el muchacho, tendiéndole un pergamino sobre el que Marie había escrito: «Desde que te fuiste ningún trovador de mérito ha honrado esta corte con su presencia. Dices que el conde de Orange está arruinado. Piensa en mi oferta de volver, Gaucelm.»

El paje salió de la habitación para volver a entrar un instante después con un saco de tela que depositó encima de la cama al lado de las alforjas. Cuando lo soltó, el tintineo de las monedas que contenía hizo que Gaucelm diera una palmada de alegría.

Gaucelm tiró de las riendas de su montura, diciéndose que el trote era el paso ideal para la reflexión. Cumplida su misión, podía tomarse las cosas con calma durante un tiempo antes de que el viaje de regreso a Courthézon pusiera a prueba su resistencia. Era asombroso cómo unas cuantas horas encima de la silla de montar bastaban para poner las cosas en perspectiva. Nunca hubiese imaginado que su eterno tira y afloja con Marie terminaría de aquella manera. La victoria era suya y no sólo bajo la forma de la dote de Douce, sino a través del hecho de que, por primera vez, hubiera conseguido colocar a Marie en la posición de suplicante. Saboreó su mensaje con una sonrisa. ¡Volver, ciertamente!

Estaba muy satisfecho de cómo se había ganado las monedas que iban en las alforjas. Repasó lo que le había dicho a Marie, visualizando con deleite el efecto que sus palabras habían producido en ella. Había conseguido que la crueldad de la cruzada del Papa se hiciera real ante sus ojos. Bueno, pensó sombríamente, la cruzada es muy cruel y muy real, y heme aquí disponiéndome a volver a ella. ¿Quién podía saber dónde atacaría el norte la próxima vez? Sí, el mundo se había vuelto loco.

Dejando que el caballo se pusiera al paso, recordó los primeros versos de *Ai resplan la flors enversa.* Era lo mejor que hubiera compuesto jamás el tío de Raimbaut. Hacía siglos que no pensaba en aquel Raimbaut. Un talento considerable, mucho más grande que el de su sobrino: tenía que haber sido un hombre encantador. Se puso a cantar, modificando el ritmo para adaptarlo a los andares del caballo.

> Pongo el mundo del revés.
> Veo las llanuras como colinas
> Y por flores tomo a la escarcha y la nieve.
> Mis versos hacen que el frío viento
> Parezca tan suave y cálido como la brisa
>   en el jardín de una dama...

Allí estaba. Dar la vuelta a los hechos, ése era el poder del poeta. Sólo el verso podía obrar aquella clase de magia. Pensó en su Courthézon herido. Ah, si pudiera conjurar otro final para el destino del pueblo... Pero no, eso no era más que jugar con la realidad. Irritado, se pasó las riendas a la otra mano y se preguntó si los versos serían capaces de extraer algún significado de aquella trágica derrota. Si no podían explicar el horror y las atrocidades de la guerra, al menos podrían dar testimonio de ellas.

Sintió que los hombros se le enfriaban a medida que las nubes iban espesándose en el cielo. Alzó la mirada y vio una luna nueva apareciendo por el este. Pensó en Bernard, que estaría en algún lugar por allí arriba. «Tienes el don. ¿Qué harás con él?» A pesar del frío, un repentino calor inundó el centro de su ser. La *Eretria,* el *planh* para Douce... Todo le había conducido hasta ese punto, y se preguntó por qué no podía ser el cronista de aquellos tiempos de guerra, de lo que le había ocurrido a Courthézon, de lo que había pasado antes y de lo que seguramente pasaría en el futuro. Se sentía preparado para enfrentarse a un desafío al que daría todo su corazón. Una nueva excitación mezclada con miedo hirvió en sus venas. Cada arteria de su cuerpo pareció expandirse con una intensa expectación. A esto se refería Bernard de Ventadour, pensó. Bernard me encomendó la misión de ir más allá de las convenciones, de «encontrar», de «decir» de una manera nueva... y eso es lo que haré.

Iría aún más lejos, pues haría que lo que iba a decir no fuera olvidado: lo escribiría. ¡Eso sí sería desafiar la convención! Ningún trovador había puesto jamás por escrito una canción. Siempre había sido así. Después de que el trovador hubiera cantado sus versos, los juglares y las juglaresas se encargaban de llevar sus palabras a otros lugares, depositándolas en la gran corriente de *canzos* que alegraba cada plaza de mercado, posada de aldea y corte de noble allí donde la gente se reuniera para escuchar. Si las palabras del trovador no eran dignas de ser repetidas, morían de muerte natural. Ése era el destino que le esperaba a cualquiera que hubiera creado una obra defectuosa.

Pero aquél era un mundo nuevo y exigía nuevas reglas. Aquella guerra pedía a gritos ser testimoniada. Alguien tenía que dar testimonio de aquellas calamidades, aunque al escribirlas sobre el pergamino arriesgara el cuello. Pero ésa era una forma de venganza que Gaucelm podía llegar a dominar. No podía estar más acorde con el juramento hecho a Douce, y sería su réplica a Folquet. Y en vez de sentir temor, se asombró ante la emoción que recorría su cuerpo con la celeridad del rayo. Incluso se atrevió a pensar que, por muy odiosa que fuera, la proclamación del Papa quizá albergase alguna posibilidad de hacer el bien, y se dijo que tal vez ofreciera la oportunidad de transformar el mal en poesía.

Ardía en deseos de formar las letras. Empezaría describiendo lo que había visto, comenzando por la cabeza de Amalarico, blanca y de fija mirada, aquella segunda mañana después de su llegada a Tolosa. Documentaría los huesos calcinados que él y Guilhelma habían encontrado en la base de una cruz quemada cuando iban hacia Ventadour. Hablaría de casas saqueadas donde los caballos piafaban entre el humo y los perros vagaban entre los escombros, y de cómo había extraído la hebilla cátara de aquellas patéticas cenizas. Contaría las muertes de Béatritz y Gui. Resucitaría el noble corazón de Douce. Lo contaría todo, y no dejaría de escribir hasta que la guerra hubiera terminado o él hubiera muerto. La cruzada del Papa contra los herejes sería una epopeya que nadie que la leyera o escuchara podría olvidar. Queriendo sellar su promesa ante sí mismo, empezó a hablar en voz alta:

—Esto no se borrará de la memoria... *en la pena e la dolor e.l martire...* Aunque me traiga dolor, penalidades e incluso la muerte, seguiré haciéndolo mientras me tenga en pie y pueda llamarme Gaucelm.

Aquélla era su ocasión de ser por fin un poeta, un decidor de la verdad. Bernard había sabido escoger su legado. Le sentaba tan bien como si el propio Bernard acabara de dejar caer su manto sobre los hombros de Gaucelm desde el cielo.

Todo fue quedando en calma con la llegada de la noche. La suave brisa había cesado tal como ocurrió antes del anochecer, dejando los tallos de lavándula erguidos en los campos y aquietando las ramas de los arbustos de romero de tal manera que ahora Gaucelm podía identificar el olor de todos ellos, junto con el del espeso barro rojo que pisaba el corcel. *Proensa!* Vidal tenía razón: si habías nacido en el sur entonces daba igual dónde acabara llevándote la vida, porque aquella tierra siempre sería tu hogar.

Pensó en Guilhelma y su mano fue instintivamente hacia la hebilla cátara, que seguía en su bolsa. La presencia de aquella hebilla, rescatada de las cenizas de Douce y rechazada por Marie, era un símbolo: Guilhelma era su legítima dueña, y le pareció natural devolvérsela. Guilhelma era suya, y él era de Guilhelma. Era como si una mano invisible los hubiera reunido. Una parte de su ser siempre lo había sabido desde la noche en que se quedó dormido delante de su puerta en Tolosa. Vidal y Douce enseguida se habían dado cuenta. Pero Gaucelm había estado ciego a ella hasta la mañana en que nació Ayen, cuando la besó y vio alzarse el rubor en sus mejillas. Castigó su estupidez golpeándose la frente con la mano que empuñaba las riendas, haciendo que su sorprendida montura alzara bruscamente la cabeza. ¡Qué estúpido había sido! Habían hecho falta una batalla, un martirio y un viaje al norte para demostrarle que él y Guilhelma habían nacido el uno para el otro.

Ahora sabía que al final de aquel camino, el sendero que llevaba a Courthézon, le esperaba una certeza: le suplicaría su perdón. Pediría a Guilhelma que fuera su esposa. Respiró hondo y alzó la vista. Las nubes se habían entreabierto y una estrella solitaria florecía en el cielo nocturno.

Era su estrella, y Gaucelm la saludó con la cabeza.

NOTA HISTÓRICA

Gaucelms Faiditz si fo d'un borc que a nom Userca, que es el vesquat de Lemozi, e fo filz d'un borges. E cantava peiz d'ome del mon; e fetz molt bos sos e bos motz. E fetz se joglars per ocaison qu'el perdet a joc de datz ton son aver. Hom fo que ac gran larguesa; e fo molt glotz de manjar e de beure; per so venc gros oltra mesura. Molt fo longa saiso desastrucs de dos e d'onor a prendre, que plus de vint ans anet a pe por lo mon, qu'el ni sas cansos no eran grazidas ni volgudas. E si tolc moiller una soldadera qu'el menet lonc temps ab si per cortz, et avia nom Guillelma Monja. Fort fo bella e fort enseingnada, e si venc si grossa e si grassa como era el. Et ella si fo d'un ric borc que a nom Alest, de la marqua de Proenssa, de la seingnoria d'En Bernart d'Andussa. E missers lo marques Bonifacis de Montferrat mes lo en aver et en rauba et en tan gran pretz lui e sas cansos.

Traducida, esta breve biografía del trovador, quedaría así: «Gaucelm Faidit nació en Uzerche, en el Lemosín; era hijo de un mercader. No había en el mundo entero hombre que cantara peor que él, pero compuso muchas hermosas letras y tonadas. Se hizo juglar después de haber perdido todo lo que poseía jugando a los dados. Era un hombre corpulento al que le encantaba comer y beber, y así fue echando tripa. Durante mucho tiempo tuvo mala suerte y no fue reconocido en su tierra, por lo que pasó veinte años recorriendo el mundo. Se casó con una prostituta, que viajó con él; se llamaba Guilhelma Monja. Era hermosa y de gran talento; y acabó teniendo tanta tripa como su esposo. Venía de la rica ciudad de Alès en Provenza, en el señorío de Bernard d'Anduze. El marqués Bonifacio de Montferrat le dio a Gaucelm Faidit dinero y ropas, y lo tuvo, a él y sus canciones, en la más alta estima.»

Esto, y sus más de setenta poemas, es cuanto sabemos sobre el trovador Gaucelm Faidit. Hasta las fechas son inciertas. Los estudiosos tan pronto lo sitúan entre 1150 y 1205 (Jean Mouzat), como entre 1190 y 1240 (Robert Briffault). Blackburn y Economou se decantaron por 1185-1215 como el período en que prosperó la carrera de Gaucelm. Yo he escogido arbitrariamente 1176 como año de su nacimiento para que pudiera entrar en Tolosa a los diecinueve años de edad, cuando la corte de Raimundo se hallaba en su apogeo.

Como la mayoría de novelas históricas, *Trovador* es una mezcla de hechos y ficción. No hay evidencias de que Gaucelm visitara Tolosa o Courthézon, pero sus poemas dejan muy claro que conoció al conde de Tolosa y a Raimbaut de Orange. Le dedicó ocho canciones a este último, y sus letras demuestran que amaba a Provenza tanto, o más, que a su Lemosín natal. Que Marie de Ventadour fue su mecenas durante algún tiempo está sólidamente documentado por los muchos versos que compuso para ella. Pero, a juzgar por el número de versos que compuso en el sur del Lemosín, su estancia en Ventadour tuvo que ser mucho más larga de como la he descrito aquí. Probablemente también pasó algún tiempo en otras cortes —Malemort, Combron y Embrun entre ellas—, aparte de en la de Marie. Aunque seguramente no escribió ninguna *Chronica*, o historia épica en verso de la cruzada contra los cátaros, alguien lo hizo: existe una versión del año 1211, y otra de 1228.

El lector debe tener en cuenta que por aquel entonces apenas existían registros escritos. Los trovadores formaban parte de una activa tradición oral en la que muy pocas personas sabían leer y escribir. En la corte, la actuación de un trovador formaba parte habitual de los entretenimientos de la noche, junto con la danza, los malabarismos, el contar historias y las risas. Registrar por escrito las letras de sus canciones se consideraba tan poco necesario como dejar constancia de que alguien se había bebido una copa de vino o había conversado con su vecino de mesa. Las primeras biografías de trovadores no se escribieron hasta mediados del siglo XIII. Ni siquiera podemos fiarnos de ellas, pues a esas alturas no cabe duda de que los acontecimientos históricos ya habían sido contaminados por la fantasía y la exageración. (La *vida* de Gaucelm es un buen ejemplo de ello: quien la escribió nos cuenta que estaba gordo, pero no que sus viajes lo llevaron a lugares tan lejanos como Lombardía, Hungría y, con toda probabilidad, ultramar.) Las canciones no fueron registradas hasta varios siglos después del gran florecimiento de la cultura trovadoresca. Es probable, no obstante, que Gaucelm supiera leer y escribir, pues creció en un próspero pueblo de mercaderes y seguramente recibiría una educación convencional: retórica, lógica y gramática. Eso le habría permitido poner por escrito su *Chronica.*

Con excepción de Douce y Gui, todos los personajes principales de esta novela existieron. Pero al igual que con Gaucelm, en algunos casos he modificado las fechas para que pudieran compartir la misma página. Bernard de Ventadour probablemente murió alrededor de 1195, pero he prolongado su vida catorce años para que pudiera servirle de mentor a Gaucelm.

Béatritz de Die es una figura enigmática sobre la que sabemos muy poco. Parece haber nacido hacia 1140, y es posible que mantuviera una relación romántica con Raimbaut de Orange. Una mujer con ese nombre, descendiente de una familia noble de los alrededores de Montélimar que contrajo matrimonio con un señor de Die, fue trovadoresa. Cuatro de sus poemas han sobrevivido. Fuese quien fuese, su nombre me inspiró el personaje de Béatritz. Ahora al menos existe como un híbrido de mi imaginación. He adelantado la fecha de su muerte, permitiéndole habitar el mismo período que Gaucelm. En cuanto a Raimbaut, parecía el hombre ideal para el papel de mecenas de Gaucelm. Así pues, y aunque sus fechas eran hacia 1144-1173, lo he desplazado unos veinticinco años adelante.

Los D'Ussel eran vecinos de Marie y Ebles en Ventadour. He tomado prestado el nombre del sobrino de Elías d'Ussel y se lo he adjudicado a su hijo inventado, Gui.

La acción de *Trovador* condensa el período entre los últimos años del siglo XII y los primeros del XIII para dramatizar un agudo contraste que ya existía desde hacía varias décadas: el florecimiento de la cultura trovadoresca en colisión con las terribles guerras que devastarían el sur y acabarían arrancando de cuajo dicha cultura de sus raíces. Pero a veces las novelas te obligan a acelerar el curso de la historia, porque los cambios internos de las sociedades no van tan deprisa como los acontecimientos que permiten urdir un buen relato.

El marco histórico general de *Trovador* es todo lo fidedigno que me ha sido posible. No obstante, he inventado incidentes como los ataques contra Mondragón y Courthézon, que están basados en las frecuentes incursiones contra pueblos y ciudades que habían dado refugio a los herejes en los años anteriores a 1208, cuando Inocencio III declaró oficialmente su «guerra santa» contra los cátaros. Esos ataques relámpago, en los que una población entera podía perecer en la hoguera, anunciaron las grandes ofensivas contra las ciudades del sur, como las matanzas de Béziers (1209), Lavaur (1211) y Muret (1213).

Allí donde había constancia histórica de algún acontecimiento público, no me he tomado ninguna libertad con los hechos, siempre hasta el punto en que es posible saber qué ocurrió exactamente en un período tan remoto. Así, por ejemplo, el lector puede tener la seguridad de que el relato hecho por Vidal de la excomunión de que fue objeto Raimundo en 1208, está basado en lo que vieron testigos oculares.

Finalmente, los medievalistas podrían observar que no fue hasta después de la Edad Media cuando los constructores de Tolosa empezaron a usar ladrillos, que se vieron obligados a importar cuando se agotaron las canteras. Sin embargo, el famoso «resplandor rosado» de la ciudad que puede verse actualmente sirve mejor a los designios del novelista, y he investido retroactivamente con él a la Tolosa del siglo XII.

«Las novelas surgen de los vacíos de la historia.»
NOVALIS